U0139828

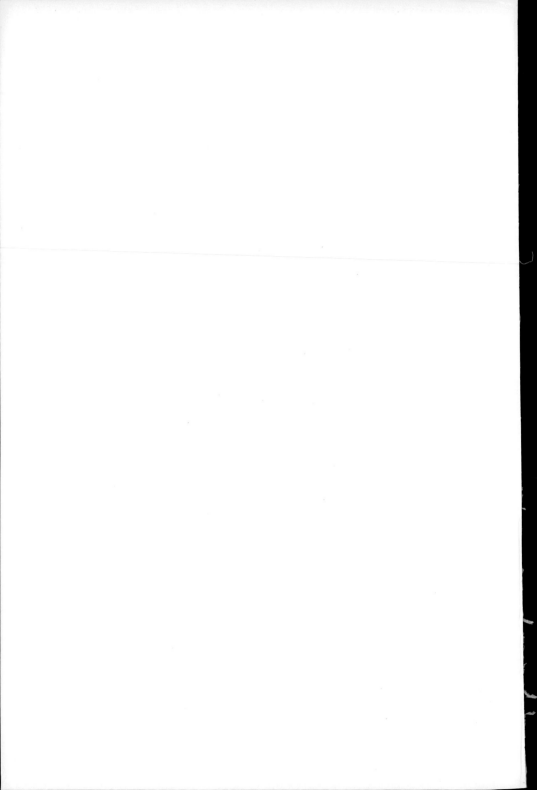

公众史学译丛

Tony Horwitz

CONFEDERATES IN THE ATTIC: Dispatches from the Unfinished Civil War

公众史学译丛 —— 李娜 主编

阁楼里的南军：未结束的美国内战现场报道

〔美〕托尼·霍维茨 著

宋思康 译

商务印书馆
创于1897
The Commercial Press

《公众史学译丛》总序

　　1978 年，美国历史学家罗伯特·凯利（Robert Kelly）使用 public history 为历史学研究生教育改革命名，公众史学作为历史学的一个领域诞生。在过去四十余年里，公众史学发展迅速，影响力与日俱增，不仅给美国史学的发展带来前所未有的活力，而且与不同国家的史学传统相结合，成为全球化时代历史学家创造共享话语权的一种跨国学术媒介。

　　21 世纪的中国，随着媒体的更新，历史解读、传播与书写方式发生着变化。历史受众的多元态势导致历史的生产与消费开始失衡，开始整合，而历史学家在公众领域的作用、角色与影响也随之改变。公众史学——一个新兴学科，一种新型史观，一场知识自组织运动，一种大众文化——应时代而生。公众史学是突出受众的问题、关注点和需求的史学实践，目的是促进历史以多种或多元方式满足现实世界的需求，促成史家与公众共同将"过去"建构为历史。其基本旨趣，亦是其新颖之处，在于多样性与包容性。

　　公众史学在中国迅速发展，呈显学之势，成为新的学术增长点。但总体而言，学术界仍处于摸索阶段，尚未形成基本的学理框架与教育体系，因此译介西方公众史学的经典之作、促进跨文化的交流与对话十分关键。我们推出的这套《公众史学译丛》主要针对公众史学的研究者、教育者、实践者和历史爱好者，既包括公众史学的经典学术成果，也包括畅销书，旨在将国外公众史学领域的经典之作陆续引入中国。

本译丛得到美国公众史学委员会前任主席玛拉·米勒（Marla Miller）的大力支持，也是与全球公众史学同人数年来交流切磋的成果。编委会为译丛的选题设计、书目推荐、版权落实、译者推荐等提供了宝贵的建议。

李娜

对托尼·霍维茨《阁楼里的南军》的赞誉

好久没有读过如此令人耳目一新的有关美国分裂的书了。

——《纽约时报》

霍维茨的简约风格和低调的幽默感使他的文字读起来充满乐趣。他是那种可以让一本讲电梯的书变得有趣的作家。

——《费城询问报》

既是游记，又是社会研究，也是90年代的战争史诗，《阁楼里的南军》从个人视角深入地窥探了我们许多人不知道或宁愿相信不存在的那部分美国。

——《波士顿环球报》

南方在这项杰出的研究中再次崛起。

——《人物》

对于真正关心美国政治和社会冲突的人来说是必不可少的读物……你会发现托尼·霍维茨引人入胜的叙事让人无法抗拒。

——《路易斯维尔信使报》

近年来最重要的美国南方研究之一。

——《俄勒冈人报》（波特兰）

对迪克西症结的严肃指南和对不断变化的意识形态景观的准确分析……坐在他的副驾驶上是一种享受。

——《新闻日报》

对大多数北方人完全不了解的那部分美国进行的一次非常和谐、苦乐参半、令人大开眼界的旅行。

——《芝加哥太阳时报》

一部独一无二的美国史著作……不仅对美国的过去，也对美国的当下进行了深刻的调查。

——《保护杂志》

杰出的新闻作品，具有巧妙的构造和不折不扣的生动性，完美呈现了美国身份内核的神秘吸引力。

——《石板》

幽默风趣、引人入胜、令人不安、富有洞察力、充满乐趣且极具可读性。

——《查尔斯顿邮报·快讯》

充满了精彩的内容。

——《芝加哥论坛报》

本书以一种前所未有的方式探讨了南方对这场由北方发起的侵略战争的态度之神秘性。霍维茨的书简直太棒了……把这本书放在你的非小说类图书清单的前列吧。

——《阿肯色民主党公报》

就像你身边有一位最聪明、最善于观察的朋友，他的描述能力总是让你捧腹大笑。

——《哈特福德报》

出色且令人惊叹……霍维茨设法进入了南方那厚得不能再厚的头骨，并在其中进行了长时间、令人不安的观察。

——《莫比尔纪事报》

霍维茨是一个非常善于讲故事的人，是一个有语言天赋且对细微之处有敏锐洞察力的作家。阅读他的作品是一种乐趣。

——《洛杉矶周报》

真正的赏心悦目……他的叙事亲和而深邃，温柔而有趣。

——《奥兰多前哨报》

幽默、悲惨、富有思想、令人恐惧，但总是充满乐趣。

——《西雅图时报》

这部南方奥德赛里的古怪人物和偶尔出现的危险角色足以填满一部弗兰纳里·奥康纳的小说。

——《圣迭戈联合论坛报》

献给我的父亲，
他给了我热情。
献给我的母亲，
她给了我颜料。

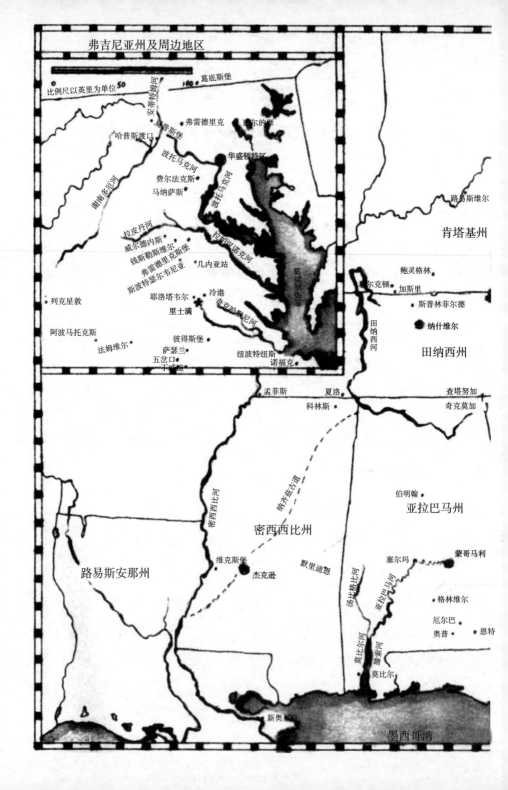

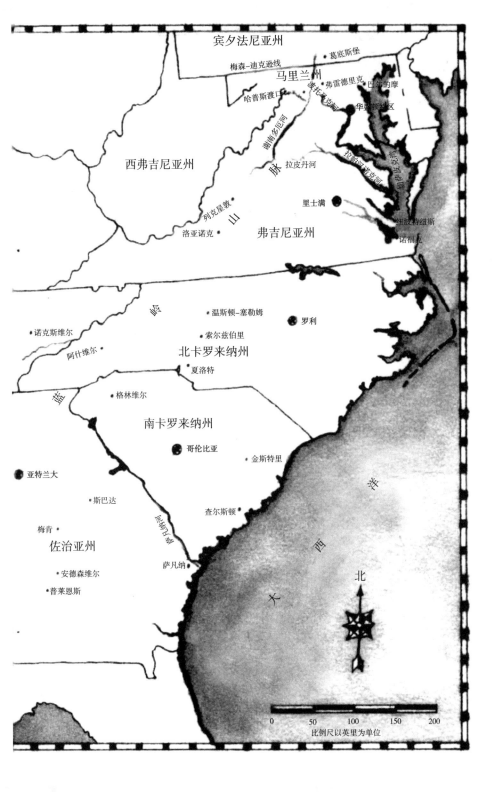

宾夕法尼亚州

梅森-迪克逊线

葛底斯堡

马里兰州

弗雷德里克

巴尔的摩

哈普斯渡口

波托夏克河

华盛顿特区

西弗吉尼亚州

谢南多厄河

山

拉皮丹河

拉帕河诺克河

詹姆斯河

纽波特纽斯

诺福克

列克星敦

里士满

洛亚诺克

弗吉尼亚州

岭

温斯顿-塞勒姆

罗利

诺克斯维尔

索尔兹伯里

阿什维尔

北卡罗来纳州

夏洛特

蓝

格林维尔

南卡罗来纳州

哥伦比亚

金斯特里

亚特兰大

斯巴达

萨瓦那河

查尔斯顿

梅肯

佐治亚州

萨凡纳

北

安德森维尔

大

西

洋

普莱恩斯

0   50   100   150   200

比例尺以英里为单位

南方人对那场战争的态度很奇怪。

——谢尔比·富特

目录

第一章　阁楼里的南军

在美国，永远不会有比内战更有趣的事了，永远不会。

——格特鲁德·斯泰因 [①]

1965 年，在阿波马托克斯投降 [②] 过去了整整一个世纪的时候，内 [3] 战对于我来说在康涅狄格州纽黑文一个弥漫着霉味的阁楼里开始了。我的外曾祖父在他戴着的老花镜前又举了一个放大镜去研究一本铺展在地毯上的巨大图书。透过他的肩膀，我看到钢笔素描画上的士兵举着刺刀向我飞奔而来。

那时我 6 岁，艾萨克太姥爷 101 岁。他秃头，不到 5 英尺 [③] 高，生活非常节俭，甚至会把卷烟切成两半来抽。后来，一位年长的亲戚告诉我，艾萨克太姥爷在 1882 年移民到美国之后不久就买了这本内战画册。在我之前，他经常会和自己的孩子们和孙辈们分享这本书。

[①]　格特鲁德·斯泰因（Gertrude Stein, 1874—1946），又译格特鲁德·斯坦，美国先锋派女作家。本书注释均为译者所加。

[②]　1865 年 4 月 9 日，在弗吉尼亚州里士满西边的阿波马托克斯县（Appomattox County）境内发生了南北双方的最后一场战斗。战斗以罗伯特·E. 李（Robert E. Lee）率南方军队在阿波马托克斯法院向尤利西斯·S. 格兰特（Ulysses S. Grant）率领的北方军队投降而告终，从而也就结束了内战。因此阿波马托克斯投降标志着内战的结束。

[③]　1 英尺 = 30.48 厘米。

多年以后，我意识到这段与外曾祖父有关的栩栩如生的记忆有着奇怪的一面。艾萨克·摩西·珀斯基（Isaac Moses Perski）作为一个十几岁的逃避兵役者——在意第绪语中叫 shirker①——从沙皇俄国逃到了曼哈顿，没有钱，不会英语，没有亲人。他在下东区的一个血汗工厂里工作，真的是只吃花生充饥，因为花生不仅便宜，有饱腹感，[4] 还有营养。我想知道，为什么这个节俭的难民到了美国之后，会优先选择去买一本由他基本上不懂的语言书写的著作，这本书还是关于一场发生在他基本上不了解的土地上的战争，而且他还坚持仔细研读，直到他在 102 岁时去世？

到艾萨克太姥爷去世的时候，我父亲已经开始每天晚上给我朗读一套名叫《影像内战史》（*The Photographic History of the Civil War*）的十卷本丛书。这套丛书是 1911 年出版的，书中成熟的行文对我来说犹如外语，外曾祖父看他书上的图画说明一定也是同样的感觉。所以，跟艾萨克太姥爷一样，我对书中的照片入了迷：棕黑色的人骑着棕黑色的马穿过玉米地和小溪；意气风发的志愿兵们，他们的脸都被扁扁的军帽和大胡子框在中间；光脚的南军士兵瘫坐在泥泞的战壕中，睁着眼睛，四肢像甘草一样扭曲着。对我来说，比起与我相隔百年的那些在马修·布雷迪的作品中担任主角的大男孩们，莫里斯·森达克笔下的奇异角色并没有什么魔力。②

不久，我就开始和父亲一起朗读，高喊着那些奇怪而美

---

① 意第绪语是居住在中欧和东欧各国的犹太人说的一种通用语言，shirker 在意第绪语中意为"开小差的人"。

② 马修·布雷迪（Mathew Brady, 1822—1896），美国历史上最早的摄影家之一，以拍摄内战现场照片而著称；莫里斯·森达克（Maurice Sendak, 1928—2012），美国著名插画家和儿童作家。

妙的河流名称 —— 谢南多厄河（Shenandoah）、拉帕汉诺克河
（Rappahannock）、奇克哈默尼河（Chickahominy）——还卷着舌头
去读叛军将领们滑稽可笑的名字：布拉克斯顿·布拉格，朱巴尔·厄
尔利，约翰·萨平顿·马默杜克，威廉·"额外比利"·史密斯，皮
埃尔·古斯塔夫·陶特·博雷加德。① 我从南方船长拉斐尔·塞姆斯
（Raphael Semmes）那里学到了回文②。我还开始对应着布雷迪的作品
去结结巴巴地说出照片拍摄地点的那些农场小路和石头的名称：穆勒
鞋、屠宰场、血腥之径、魔窟。③

---

① 布拉克斯顿·布拉格（Braxton Bragg, 1817—1876），美国内战时期南军的
七名上将之一；朱巴尔·厄尔利（Jubal Early, 1816—1894），早年从军，后辞去军职
成为弗吉尼亚州的一名律师和政治家，内战爆发后以将军的身份加入南军；约翰·萨平
顿·马默杜克（John Sappington Marmaduke, 1833—1887），南军高级军官，在内战
中负责指挥"横贯密西西比河战区"的骑兵部队，战后于1885年至1887年担任密苏
里州第25任州长；威廉·"额外比利"·史密斯（William "Extra Billy" Smith, 1797—
1887），律师出身，曾担任国会议员和弗吉尼亚州两任州长，早年因为在华盛顿与佐治
亚州之间的邮路上设立支线并收取额外费用而获得了"额外比利"的绰号，内战爆发后
以65岁高龄加入南军并成为少将，是南北战争期间南军中最年长的战地指挥官；皮埃
尔·古斯塔夫·陶特·博雷加德（Pierre Gustave Toutant Beauregard, 1818—1893），
南军将领，于1861年4月12日指挥了炮击萨姆特堡（Fort Sumter）的行动，美国内
战由此开始。

② 回文（palindrome）是一种顺读和倒读效果都一样的修辞法。

③ 穆勒鞋（Mule Shoe，又译斜口管鞋、无跟鞋，是一种只包裹脚趾与脚掌，不
包裹脚后跟的皮鞋）指的是南军在1864年5月发生的斯波特瑟尔韦尼亚战役（Battle of
Spotsylvania）中摆出的一个阵形，因其形状而得名；屠宰场（Slaughter Pen），又叫屠
宰场农场（Slaughter Pen Farm），是1862年12月发生的弗雷德里克斯堡战役（Battle
of Fredericksburg）中的一处战场，在这一区域，8000名北军士兵在几乎没有掩护的情
况下向占领制高点的南军进攻，损失巨大，故而得名；血腥之径（Bloody Lane）是安蒂
特姆战役（Battle of Antietam）中的一处战场，1862年9月17日，2600名南军沿着这
条原名为"低洼路"（The Sunken Road）的农场小路阻击5500名北军，在3小时的战斗
中，双方共计伤亡5500人，"低洼路"因此被改名为"血腥之径"；魔窟（Devil's Den）
是位于葛底斯堡战场的一处高地，由一些巨石组成，在1863年7月的葛底斯堡战役中，
南北双方在此发生了激烈的战斗，两军共损失了5万多人。

上三年级时，我用铅笔照葫芦画瓢地书写了属于自己的一部内战史——开头是这样写的："在所有的州都脱离了联邦之后，内战开始了。"——我还着手开始了一个野心勃勃的艺术项目，把我家阁楼的墙壁上画满骇人的战斗场景。因为更喜欢小人物，我在洗手间的门口贴了一张真人大小的约翰尼·里布①画像。一幅以古埃及壁画的形式绘制的安蒂特姆战役②中叛军士兵们的画像从楼梯一直延伸到阁楼的窗户。艾伯特·西德尼·约翰斯顿战死在夏洛的场景占了一整面墙。③皮克特将军和他的部队勇敢地向着屋檐冲锋。④

画到 1863 年夏天的场景时，墙已经画满了。但是站在阁楼的中央，我可以转啊转的，使我在自己创作的大幕布画中眩晕。阁楼变成[5]了我的卧室和承载着儿时美梦的壁画。每天早晨，我在一个舒适的声音中醒来：我父亲跳着登上阁楼的台阶，用手指吹口哨模仿军号，然后高喊："将军，军队在等待您的命令！"

---

① 在美国流行文化和严肃的内战史研究中，约翰尼·里布（Johnny Reb）被用来指代普通的南军士兵，这个名称可能起源于内战中北军对南军士兵的玩笑式称谓。

② 安蒂特姆战役，南方人通常称之为夏普斯堡战役（Battle of Sharpsburg），于 1862 年 9 月 17 日发生在马里兰州北部的夏普斯堡和安蒂特姆河附近。在战役中，联邦军击退了向华盛顿突进的南军，最终南军被迫撤回弗吉尼亚州。此次战役双方共损失约两万三千人，造成了南北战争史上最大的单日伤亡。这次会战阻止了国际社会对南部邦联的承认，使林肯赢得机会，在三天后发布了《解放黑奴宣言》（The Emancipation Proclamation）。

③ 艾伯特·西德尼·约翰斯顿（Albert Sidney Johnston, 1803—1862），南军将领。早年曾在美国陆军和得克萨斯州的军队服役，参加了黑鹰战争、美墨战争、犹他战争等等。内战爆发后，他加入南部邦联军队并担任西部战区从得克萨斯州到阿巴拉契亚山脉之间所有邦联军队的指挥官。1862 年 4 月，约翰斯顿率众参加了夏洛战役（Battle of Shiloh），在战斗中受伤而死，是内战期间在战斗中死亡的最高阶军官。

④ 乔治·皮克特（George Pickett, 1825—1875），南军将领，在葛底斯堡战役的第三天（1863 年 7 月 3 日），他带领部队向北军发起了无效且伤亡惨重的冲锋，史称皮克特冲锋（Pickett's Charge）。

* * *

25 年后，壁画仍在那里，我儿时的迷恋也依然没有消退。经过9 年的海外工作，我回到了美国，搬进了坐落在蓝岭山脉脚下的一栋老房子里。我的澳大利亚籍妻子选择了这个地点：田野、牛群和歪七扭八的栅栏正符合杰拉尔丁（Geraldine）对美国内陆的想象。对我来说，这个地方搅动了隐藏在我心中的另一些东西。我看到一座砖砌教堂的墙上还有内战时留下的弹孔。在一个凹凸不平的村庄墓地，我发现南军士兵和北军士兵并排埋在一起，有些还是亲戚。在离我们的新家一个小时车程的范围内，有几个我小时候画过的战场遗址，现在我总是在周末拉着杰拉尔丁开车去那些地方。

在我们搬到这里不久之后的一次野餐聚会上，我听到一位邻居问杰拉尔丁是否喜欢弗吉尼亚。"挺好的，"她叹了口气说，"除了我丈夫已经变成了一个无趣的内战迷。"

我当然一直是个内战迷，但是我的痴迷休眠了几十年。在青少年时期，我有了其他的爱好，所以我把玩具毛瑟枪、塑料版军士兵和林肯积木①塞进了专门存放小孩子玩意儿的壁橱里。一张吉米·亨德里克斯②的荧光海报替换了约翰尼·里布的画像。皮克特冲锋和安蒂特姆河的画消失在了飞镖靶子、《星际迷航》海报和频繁更新迭代的青少年喜爱的东西底下。

但是，我在海外生活的那段时间，发生了一件奇怪的事情。

① 林肯积木（Lincoln Logs）是同名美国玩具制造商生产的一种经久不衰的儿童积木玩具，原木形状的积木最终可以搭成象征林肯故居的小木屋。

② 吉米·亨德里克斯（Jimi Hendrix, 1942—1970），美国黑人摇滚歌星，以出色的电吉他演奏而著称，在 20 世纪 60 年代后期红极一时。

千百万美国人有了我小时候的那种痴迷。肯·伯恩斯[①]制作的内战电视纪录片在几个星期之内吸引了全国人的注意力。电影《光荣战役》和《葛底斯堡》的上映使电影院座无虚席。[②]出版的内战书籍超过了6万部，仅关于葛底斯堡战役的书籍目录就达277页之巨。

从表面上来看，这种一时的流行似乎不符合美国的风格。像许多从国外回来的人一样，我发现自己的国家既新鲜又陌生，很少有事情比美国对自己历史的健忘更让人感到奇怪。在过去的十年间，我作为一名驻外记者在一些记忆非常厚重的地区工作：波斯尼亚、伊拉克、[6] 北爱尔兰、澳大利亚土著地区。塞尔维亚人会悲痛地谈起他们在科索沃被穆斯林军队打败的历史，好像战斗就发生在昨天，而不是1389年。[③]贝尔法斯特的新教教徒会亲切地称威廉三世为"比利国王"（King Billy），好像他是一位老朋友，而不是在1690年带领奥兰治党人赢得胜利的英国君主。[④]

---

① 肯·伯恩斯（Ken Burns），出生于1953年，美国著名历史纪录片导演，以在影片中使用原始的资料影片和照片而著称。

② 《光荣战役》（*Glory*），又名《光荣》，上映于1989年，由真实事件改编，讲述了内战中由黑人组成的"马萨诸塞州第54步兵团"的故事；《葛底斯堡》（*Gettysburg*）上映于1993年，重现了葛底斯堡战役。

③ 这里指的是1389年发生在塞尔维亚与奥斯曼土耳其之间的科索沃战役。在近代塞尔维亚人的记忆中，此次战役占据着重要的位置，标志着塞尔维亚帝国的灭亡和奥斯曼土耳其奴役塞尔维亚的开始。

④ 1688年，以辉格党和托利党为主的英国政治精英因不满詹姆士二世的亲天主教政策，邀请他的长女玛丽和女婿荷兰执政威廉赴英执政。同年11月5日，威廉率军在英国德文郡登陆，兵不血刃地夺取了英国王位，是为威廉三世，詹姆士二世逃往法国。此事件史称"光荣革命"，它的成功标志着17世纪英国革命的结束。但是，詹姆士很快又逃到了当时还在英国治下的爱尔兰，希望通过当地天主教教徒的支持重获王位。1689年，威廉率军亲征爱尔兰，并在1690年的波尼战役中击败詹姆士率领的天主教军队，詹姆士再次逃到法国。奥兰治党人（Orangemen）是当时爱尔兰的新教政治团体，他们反对爱尔兰民族主义和天主教，支持新教的统治地位。

回到美国，我发现自己缺失的知识背景并不是与历史有关的，而是关于流行文化的。人们经常提到一些我在国外期间错过的电视节目，或者是我从未看过他们比赛或表演的运动员们和歌星们。我在报纸上读到一则新闻，说政府发起的一项调查显示 93% 的美国学生不能指出 1776 年发生在费城的"一个重要事件"。家长们也不及格：73% 的成年人不知道"D-Day"指的是什么事件。[①]

尽管如此，美国人还是保持了对内战的痴迷。这种热情并没有只局限于书籍和电影。人们持续地为了是否允许悬挂叛军旗帜，为了州权的相关性，为了在里士满的罗伯特·E.李和"石墙"杰克逊的雕像旁边竖立阿瑟·阿什的雕像而争吵。[②]我回国后不久，迪士尼公司就宣布了一项在马纳萨斯战场遗址旁边建造内战主题公园的计划。这个计划激起了强烈的抗议，人们担心迪士尼会庸俗化历史，会玷污国家的"圣地"。似乎，我儿时研究过的黑白照片都一起变模糊了，然后形成了一片罗夏测试的墨迹，在里面，美国人现在面临着各式各样的有待解决的冲突：有关种族的，有关主权的，有关历史遗迹圣洁性的，还有应该由谁来阐释过去。

然后，在一个大清早，内战闯进了我的卧室。就在我们的窗外，

① 1776 年发生在费城的"一个重要事件"指的是美国《独立宣言》的发表；"D-Day"是第二次世界大战中，盟军对诺曼底登陆日期使用的代号，指的是 1944 年 6 月 6 日，因此在英语语境中，这个短语一般用来指代诺曼底登陆。

② 罗伯特·E.李（Robert E. Lee, 1807—1870），在美国内战中担任南军的总司令。托马斯·乔纳森·"石墙"·杰克逊（Thomas Jonathan "Stonewall" Jackson, 1824—1863），著名的南军将领，在第一次布尔溪战役（The First Battle of Bull Run，又称第一次马纳萨斯战役，The First Battle of Manassas）中表现出色，以至于另一位参战的将军喊道："看哪，杰克逊像石墙一样屹立在那里！"他由此获得"石墙"的美誉。阿瑟·阿什（Arthur Ashe, 1943—1993），美国著名黑人网球运动员，出生于弗吉尼亚州里士满。

传来一声巨大的爆裂声。"那是我以为的声音吗？"杰拉尔丁惊醒后问我。我们在中东工作的时候，有时候会突然听到枪声，但我们怎么都想不到会在这里听到这种声音，在这个只有 250 人的小村庄，绵羊的咩咩叫在过去的六个月中成了我们的起床号。

　　我走到窗前，看到穿着灰色制服的人们在我们房前的道路上举着毛瑟枪射击。然后一个女人从一块石头后面跳了出来，喊了一声"停！"。射击停止了，南军士兵们在我们的院子里坐下来。我 [7] 煮了一壶咖啡，拿了些马克杯走了出去。原来我们的村庄被选为一部讲述弗雷德里克斯堡战役的电视纪录片的拍摄地，这场发生在 1862 年的战斗有一部分是在与我们的街道相似的 18 世纪街道上进行的。①

　　但是这些人不是演员，至少不是专业演员，他们只有很少的片酬或没有片酬。"反正我们在大多数的周末都会做这种事。"一个瘦瘦的、脸上挂着火药污渍的叛军说道。他叫特洛伊·库尔（Troy Cool），名字很符合他的气质。

　　在本地报纸上，我经常看到有关内战重演者（reenactors）的报道，他们用烟幕弹和仿制毛瑟枪来演绎模拟的战斗。在我们所居住的弗吉尼亚州这一部分，这是一个很流行的业余爱好。但是当我向特

---

　　① 弗雷德里克斯堡战役是于 1862 年 12 月 11 日至 12 月 15 日发生在弗吉尼亚州弗雷德里克斯堡的一场重要战役。1862 年 12 月 11 日，北军将领安布罗斯·埃弗雷特·伯恩赛德（Ambrose Everett Burnside，1824—1881）率领联邦的波托马克军团渡过拉帕汉诺克河，占领了弗雷德里克斯堡，意图进一步进攻南方首都里士满。然而，李率领的北弗吉尼亚军团在弗雷德里克斯堡后面的高地上顽强抵抗住了北军的进攻，粉碎了北军的战略意图。联邦军队在遭遇了巨大损失后撤过拉帕汉诺克河，战役最终以南军的胜利而告终。这里提到弗雷德里克斯堡战役有一部分是在街道上进行的，指的是战役开始的第一天双方在弗雷德里克斯堡城内进行的巷战。

洛伊·库尔问起这些事的时候，他皱了皱眉头，说："我们是硬核重演者（hardcores）。"

在大口喝咖啡的间隙——这些人坚持用他们自己的锡制杯子喝咖啡，不用我们的陶瓷马克杯——库尔和他的战友们向我解释了其中的区别。硬核重演者不仅穿上制服、打空包弹，还追求19世纪60年代的绝对真实度：手织的衣服、古老的讲话模式、单调的饮食和简单的器皿。正确地恪守规则，这种对还原历史的极致追求会产生一种时光旅行的快感，或者硬核重演者们所说的"时代的快感"（period rush）。

"看这些扣子，"一个士兵指着他的灰色羊毛夹克说，"我把它们放在盛满尿液的碟子里泡了一晚。"尿液里的化学物质氧化了铜，给了这些扣子19世纪60年代的扣子才有的铜绿。"早上我老婆醒来，闻了闻空气里的味道，说：'蒂姆（Tim），你又往你的扣子上撒尿了。'"

在重演中，硬核重演者只吃内战士兵才会吃的食物，比如硬饼干和咸猪肉。他们把谈话限制在19世纪中叶的方言和话题中。"你不能谈论星期一晚上的橄榄球比赛，"蒂姆解释道，"你可以骂亚伯·林肯（Abe Lincoln）或者说这样的话：'不知道贝姬（Becky）把农场打理得怎么样了。'"

一个硬核重演者把这种表演方法做到了一种怪异的极致。他的名字叫罗伯特·李·霍奇（Robert Lee Hodge），当他向我们缓慢走来的时候，士兵们指出了他。霍奇看起来像是从内战时期的湿版照片里走出来的一样：高高的个子，削瘦，留着长长的尖胡子，一身很破很脏的灰胡桃色制服粘在他细长的身躯上，就像稻草人身上裹着的破布。

当他走近时，特洛伊·库尔喊道："罗布（Rob），表演个鼓胀！"
[8] 霍奇突然捂住肚子倒在地上。他的肚子怪异地鼓起来，手弯曲着，双颊
鼓起，因为疼痛和惊吓而龇牙咧嘴。这是对安蒂特姆战役和葛底斯堡战
役照片上浮肿的尸体毫无破绽的模仿，我小时候经常盯着这些照片看。

霍奇一跃而起，笑着说："在派对上，表演这个可以活跃气氛。"

对罗伯特·李·霍奇来说，重演内战也是一种生活方式。作为战
地鼓胀尸体表演界的马龙·白兰度 ①，他经常受雇参演内战电影。他
还经常为复制内战主题和技术的画家及摄影师们当模特——死尸和活
人的造型都摆。"我经常去国家档案馆看他们收藏的内战照片，"他
说，"在原片上，你能看见许多在书本刊印的照片上看不到的细节。"

一群穿着蓝色服装的士兵开始在路上集结，继续战斗的时间到
了。霍奇从他的挎包里掏出一张名片递给我，说："有空了，你应该
和我们一起出来，"他棕色的眼睛与我对视，充满了福音派传道士般
的热情，"来感受下时代的快感。"说完，他大踏步地加入了蹲在一堵
石墙后面的叛军士兵。

我看了一会儿打仗，然后回到屋里，在壁炉里生了一堆火。我从
书架上抽出艾萨克太姥爷的书。这个大部头巨著因为年代久远已经皱
巴巴的了，书脊上的书名已经磨损不清了，每次我打开厚重的书皮，
纸间都会喷出一股黄色的纸灰。搜寻着弗雷德里克斯堡战役的照片，
我很快就迷失在了内战中。自从我们回到美国以后，我经常这样。

---

① 马龙·白兰度（Marlon Brando, 1924—2004），美国著名影视演员、导演，其
代表作包括 1972 年上映的黑帮电影《教父》（*The Godfather*），他凭借此片获得了第 45
届奥斯卡金像奖最佳男主角奖。

杰拉尔丁端着一杯咖啡走了进来。她也和几个人聊了天。"他们做的这件事很奇怪,"她说,"但是他们看起来像是平常人。"一个人是贝尔大西洋公司的推销员,另一个是叉车司机。甚至罗伯特·李·霍奇看起来也是正常的。在工作日,他在餐厅当服务员,有时也作为自由撰稿人给内战杂志写文章。我也曾在 28 岁的时候当过服务员,和现在的霍奇一样的年纪。我也当过自由撰稿人,尽管我写的是在时间上更近的战争。

不过话说回来,我从来没有在周末穿着用尿泡过的衣服在树林里乱逛,啃咸猪肉并躺在路上让自己鼓胀。也不是说我自己的行为就完全可以解释得通:坐在弗吉尼亚山中一个破旧的房子里,仔细地打量 [9]那些早已死去的南军的素描画。最后一位叛军士兵普莱曾特·克伦普(Pleasant Crump)在他位于亚拉巴马州林肯市的家中去世的七年之后,我才出生。我在马里兰州长大,马里兰在内战中是边界州,现在属于"中部大西洋沿岸各州"(Mid-Atlantic States)的一部分,可以说是在南北方之间不属于任何一方的缓冲区。我和内战也没有血缘纽带。当普莱曾特·克伦普随着亚拉巴马第十兵团长途跋涉穿过弗吉尼亚的时候,我的祖先还在明斯克和平斯克之间的地方挖土豆和学习犹太律法呢。

我拿出罗伯特·李·霍奇给我的名片。卡片的颜色是南军的灰色;电话的尾号是 1865。外面,毛瑟枪的射击发出噼啪的声音,假装疼痛的尖叫声在空中回荡。为什么在阿波马托克斯投降 130 年之后,这场战争仍然让这么多美国人着迷?我继续回去翻看艾萨克太姥爷的书。那场战争与他或者与我有什么关系呢?

几周之后,我给罗布·霍奇打了个电话。他似乎对我的来电并没有感到惊讶，还再次提出要带我去现场感受一下。霍奇所在的组织叫"南方护卫队"（Southern Guard），为了在漫长的冬季活动停止期间保持状态，他们准备进行一次演习。（战役重演和真正的内战战斗一样，集中在春季到秋季之间。）"这将会是一次长达 48 小时的硬核行军，"他说，"想来吗？"

霍奇给了我主持这次活动的护卫队队员的电话号码，是一位名叫罗伯特·杨（Robert Young）的弗吉尼亚农民。我打电话询问了活动地点的方位，还问了需要带什么东西。"我有个睡袋。"我告诉他。电话那边的声音安静了。"或者我带些毯子。"我补充道。

"你将会被派发一个铺盖卷，还有视需要而定的其他用具。"杨说，"带些食物，但不能是现代食物。绝对不能有塑料制品。"他建议我早点到，这样他可以检查一下我的装备。

我穿了一件老式的连体长内衣裤——这种衣服被称为联盟套装（听起来有点内战的味道）①，一条已经褪色的纽扣门襟牛仔裤，一双沾满泥巴的工作靴，还有我的一位嬉皮士前女友在多年前送给我的一件粗布衬衫。我对 19 世纪的食品包装一无所知，所以就往皮挎包里[10] 装了一大块奶酪和几个苹果，还有一个生锈的水壶和一把露营刀。我觉得其他人肯定会分享他们的食物。在我的想象中，护卫队队员们会围着篝火，边谈论着家常边往煮着的爱尔兰炖菜里切土豆。

两个年轻的南军士兵在演习地点的入口处站岗，这是一个占地400 英亩② 的农场，坐落在弗吉尼亚州皮德蒙特地区田园牧歌式的乡

---

① "联盟套装"的原文为 Union Suit，一般译为"连衫裤"，是一种连体的内衣，从款式和功能上讲，类似我国常见的秋衣和秋裤。这里按照字面意思译为联盟套装，因为作者在这里想表达的是这件衣服在名称上听起来与内战有关联。

② 1 英亩 ≈ 6.07 亩。

间。① 其中一位士兵是招待我的人，罗伯特·杨。他微微地向我点了个头，然后对我进行了全身搜查，以找出产自 20 世纪的违禁品，算是来欢迎我。苹果必须扔掉，因为它们是油亮的澳洲青苹，一点都不像成色斑驳的 19 世纪 60 年代的水果。刀、水壶和挎包被认为太新了，我的一身衣服也是。甚至连联盟套装也是错的；19 世纪 60 年代的内衣裤是分开的，不是连体的。

作为交换，杨扔给我一条会令皮肤刺痒的羊毛裤子，一件脏衬衫，一双钉靴，一件明显是给矮个子南军士兵定制的外套，还有一双羊毛袜，袜子臭得好像是自第二次马纳萨斯战役以来就未曾洗过。然后他伸手摘掉我的玳瑁眼镜。"眼镜架是现代的。"他边解释边递给我一副金丝边眼镜，镜片又小，度数又低。最后，他往我肩上挂了一条毯子，说："我们今晚可能会贴身拥抱着睡（spooning）。"

贴身拥抱着睡？他的态度看起来是不欢迎提问的。我现在是一个士兵了，我的态度应该是不去问为什么。处于半瞎状态，穿着不合脚的靴子蹒跚而行——在内战时期，不是所有的靴子都是分左右脚来制作的——我跟着两人走向一个狭小的农场建筑，它坐落在一栋引人注目的内战前的豪华住宅的后面，我在来的路上就看见了这座住宅。我们打着哆嗦坐在里面，等着其他人。我对谈话的规则还不太确定，就问了接待我的人："你是如何成为一个重演者的？"

他一脸怪相。我忘了"重"字打头的这个词会令硬核重演者感到不快。"我们是活在历史中的历史学家，"他说，"或者说是历史的翻译者。"他还告诉我，南方护卫队在一年前由一个分离主义派系组成，

---

① 皮德蒙特（Piedmont）原义为"山脚下"（Foot of Hills），这里特指弗吉尼亚州中部夹在东部沿海平原和西部蓝岭山脉之间的区域。

是从一个有太多"法布"的部队中脱离出来的。

"法布"（farb）在硬核重演者的词典中是最具侮辱性的一个词语。它指重演者缺少逼真度地演绎历史。这个词的来源不是很清楚；杨猜测"法布"是"远不及真实"（far-be-it-from-authentic）这个短语的缩写，也有可能是"呕吐"（barf）一词的变体。严重到可以被冠以此词的犯规行为包括戴手表、吸卷烟、涂抹防晒霜或驱虫水——最恶劣的是用假血。法布还是一个可以变换使用的词；它可以变成一个形容词（farby，法布的）、动词（比如用在这样的句子中："别给我法布"）、副词（farbily，法布地），还可以是一个异端的思想流派（Farbism or Farbiness，法布主义或法布行为）。

南方护卫队对法布行为非常警惕，即便是对无心的错误也是如此；他们组织了一个"真实性委员会"来研究一些课题，比如内衣扣子和19世纪60年代的染料，以此来保证护卫队队员们的穿着与南军士兵们的穿着一模一样。"有时候，经过这样的周末，我三四天才能回到所谓的现实中，"杨说，"这就是终极目标。"

我们说着话，其他护卫队队员陆续进来，钉靴踩在屋外小路上的咔嗒声通报着他们的到来。罗布·霍奇也到了，用痛苦的咧嘴笑跟他的战友们打招呼。几天前，他在一部讲述叛军骑兵的电视剧里扮演内森·贝福德·福瑞斯特①时出了意外，从奔跑的马上跌落，被马拖行。这次事故使罗布断了三根肋骨，一根脚趾也断了，胫骨上也有血

[11]

―――――――――

① 内森·贝福德·福瑞斯特（Nathan Bedford Forrest, 1821—1877），南军将领，是内战时期南方少有的骑兵名将。战后，福瑞斯特创建了美国历史上臭名昭著的种族主义组织三 K 党（Ku Klux Klan），并在 1867 年至 1869 年担任三 K 党历史上的首任大巫师（Grand Wizard）。

肿。"我想去参加一次在路易斯安那举办的行军，"罗布告诉他的伙伴们，"但医生说那会严重地损害我的腿，甚至可能要截肢。"

"超级硬核！"其他人齐声喊道。如果法布是对护卫队队员最严重的侮辱，超级硬核就是最高的赞美，表示对重现内战进行的一次异于寻常的大胆尝试。

许多护卫队队员都不住在弗吉尼亚州，自去年的活动以后就没有见过他们的战友了。随着房间挤进了二十几个人，大家都相互用拥抱和呼喊打招呼，很明显，已经没有人试图来维持内战时期的对话了。相反，聚会呈现出一种奇怪的模样：有点像兄弟会派对，又有点像时装秀，还有点像是减肥者聚会。

"哎，快看乔尔！"一个细腰高个的护卫队队员进来时，一个人喊道。乔尔·博依（Joel Bohy）在屋子的中央旋转一周并脱下了他的灰色外套，像是一个走猫步的模特。然后，他把手伸进低腰的裤子里，拉起棉衬衫。

"看我的腹肌！"

"哇。"

"很棒的外套。什么款式？"

[12]

"第一型号，1862 年年初到年中，带嵌边。"乔尔说，"棉毛牛仔裤。我自己缝的。"

"太酷了！"

罗布·霍奇过目了针线活，明显地留下了深刻的印象。他转向我说："在内战装备方面，我们都是 GQ 时尚的挑剔者。"

"是 CQ，"乔尔纠正道，"*Confederate Quarterly*（《南军季刊》）的缩写。"两个人拥抱了下，罗布赞许地说："你瘦了点。"乔尔笑着说：

"最近两个月瘦了15磅①。我昨天吃了个比萨，但今天还什么都没吃。"

减肥是一种硬核的痴迷，是对真实性永不休止的探索的一部分。"如果你看过养老金记录，你就会意识到只有少数内战士兵的体重超过了135磅。"罗布解释道。南方士兵又格外地瘦。所以，每个护卫队队员都梦想小几个裤围，达到南方士兵那种骨瘦如柴、眼窝凹陷、营养不良的样子。

罗布在过去的一年内瘦了35磅，他6英尺2英寸②高的骨架上没剩下多少肉，或者说已经没有肉了。乔尔是一个建筑工人，体重降了85磅，减掉了他所谓的"水桶腿"，他啤酒肚的腰围从40英寸减到了30英寸。"内战结束了，但肚子之战永远不会结束。"他打趣地说，并且给罗布说了一个用普里特金节食减肥法做无皮鸡胸肉的食谱。

不幸的是，所见之处没有任何食物——减肥食品或是其他的都没有。取而代之的是，护卫队队员们吸着玉米芯烟斗或嚼着烟草，挨个大口畅饮装在古董水壶里的米勒淡啤，壶嘴上沾满了他们的白肋烟碎末。偷听着他们的闲谈——关于个人仪表、缝纫、臀围、磨炼出来的肱二头肌——我情不自禁地想，自己是不是无意间进入了弗吉尼亚皮特蒙德地区一个奇怪的同性恋亚文化组织。

"我有个很不错的杂烩菜食谱。几乎没有油。在下次给那个画家做模特之前，我必须再瘦五磅。他喜欢细腰的南军士兵。"

"你觉得我们应该招募那个来岗哨询问的新人吗？他看起来很不错，又高又瘦。"

---

① 1磅 ≈ 0.454千克。
② 1英寸 = 2.54厘米。

"问问他:'你有里士满服装局^①的外套吗? 你自己做衣服吗?'
好多人都是一开始看着不错, 但实际上他们对外套和鞋一无所知。" 　[13]

睡觉的安排一点都没有减轻我的疑虑。我们行进到露营地点, 是
一个月光照耀下的果园, 我的哈气在寒冷的空气中雾化。发给我的薄
羊毛毯子看来根本不够用, 我大声说出我的疑虑, 质疑我们怎样才能
避免以罗布·霍奇鼓胀表演的那种形态被冻醒。"贴身拥抱着睡," 乔
尔说, "跟他们在内战中一样。"

护卫队队员们把他们的毛瑟枪堆在一起, 把防潮地布铺开。"沙
丁鱼罐头时间到了。"乔尔说着, 扑通一下躺在地上, 把毯子和外套
拉到胸部。一个接一个地, 其他人也都躺下了, 挤得很紧, 像在奴隶
船上一样。我感到尴尬, 拖拖拉拉地走到人群的最后, 在离我最近的
人几英尺远的地方躺下。

"向右贴身拥抱!"有个人喊道。每个人都向右侧翻身并且抱紧
了旁边的人。按照他们的做法, 我也抱紧了我的邻居。和我隔了几个
位置, 挤在乔尔和罗布中间的人开始抱怨:"你们太瘦了, 都没有温
度给别人。你们只是在吸收我的温度!"

一刻钟后, 有人喊道:"向左贴身拥抱!"所有人都向左翻身。
现在, 我的后背暖和了, 但我的前面暴露在了冷空气中。我的邻居跟
我解释, 我处在"锚"的位置, 是内战式贴身拥抱睡眠队形中最冷的
位置。

我饿极了, 还处于半冻死状态, 开始幻想起我曾天真地期待的篝

---

① 里士满服装局 (The Richmond Depot 或 The Richmond Clothing Bureau) 于
1861 年在弗吉尼亚州里士满成立, 在内战期间主要为弗吉尼亚及周边各州的邦联军队生
产制服、军靴及相关装备。

火炖菜。远处，一匹马打了个喷嚏。然后一个士兵放了个响屁。"你法布了，"他的邻居喊道，"毒气直到第一次世界大战才出现！"

这个插曲激起了一连串低级庸俗的笑话，大多数是关于女朋友和配偶的。"你结婚了吗？"我问旁边的人，他与我年龄相仿。

"嗯，我有两个孩子。"我问起他的家人如何看待他的这个业余爱好。"如果不是这个，也会是打高尔夫球或其他什么东西。"他说。他撑起肘部，从一个写着"摩擦火柴"的古色古香的盒子里拿出一个雪茄屁股，点着了。"至少，这个爱好不会引起任何猜忌。你回到家，浑身充满了火药、汗和廉价烟草的臭味，你的妻子就知道你是和伙计们出去玩了。"

[14]　　和我们相隔几个人的乔尔也加入了谈话。"我刚和女朋友分手，"他说，"这是她和内战之间的持续争斗。她厌倦了与发生在130年前的事情竞争。"

乔尔担心他再也找不到女朋友了。现在，当他遇到一个喜欢的女性，他会含蓄地说自己"喜欢历史"。他解释说，这样，"我就不会因为说漏了嘴而把她吓跑了"。

"如果你直接向她坦白会怎么样？"我问他。

"她会被吓到。"问题不只是周末没时间，还有钱的问题。乔尔估算他收入的四分之一都花在了重演上。"我试图从正面去解释这件事，"他说，"我对女人们说：'我不吸毒，我玩内战。'"他笑了笑，继续说："问题是，内战比可卡因更让人上瘾，还差不多一样贵。"

闲谈慢慢平息了。有人起身尿尿，踩到了树枝，骂了一声。一个人因为一直咳嗽而无法入睡。我意识到，应该在躺下之前把湿了的靴子脱掉，现在它们已经变成冰块了。我的胳膊很难受地压在自己身下，但是又不可能把它解放出来。那样会打扰到整个睡眠队形，也会危及毯子和大衣岌岌可危的摆放位置，它们是保护我以免冻伤的唯一屏障。

我的邻居保罗·卡特（Paul Carter）还半醒着，我问他不在弗吉尼亚山中冻得要死的时候都做些什么。"写我的博士论文，"他咕哝地说，"是关于苏联历史的。"

终于，我用令人昏昏欲睡的斯大林格勒战役的画面使自己平静下来，进入了梦乡。醒来后，我发现自己紧紧地抱住保罗的身体，所有的尴尬在不顾一切地搜寻温暖的努力中消失不见了。他也在对旁边的人做着同样的事。夜里肯定又来了一次"向右贴身拥抱"。

过了一会儿，有人敲打着锅，喊着起床号："都他妈的起来！已经晚了！"天空还是灰色的，还没到六点钟。

至少，锅是个令人鼓舞的道具。我从前一天午饭后就没吃过任何东西了，后来也只是稍微地期盼了一下丰盛的野营晚餐。但是，没有人去捡柴火，或者做出准备早餐的举动。我看到一个人偷偷地咬着一块硬面包，再没有其他吃早饭的迹象了。我想起来前一天带的奶酪了——那是我唯一没有被没收的物品——我疯狂地在外套的口袋里寻[15]找。奶酪还在，沾满了线头，冻硬了。

护卫队队员们卷起他们的铺盖，排好整齐的队伍，毛瑟枪扛上肩。作为初次参与者，我被告知看着就行了，不用参加训练。其中一个人扮演教官，开始喊口令："向右转，齐步走！队列间隔13英寸！"队伍转向，然后行军穿过果园，他们的杯子和水壶叮叮咣咣地响，像牛脖子上挂的铃铛。在清晨的阳光下，他们的毛瑟枪和刺刀在霜打的草地上投射出如长矛一般的影子。"右前方，齐步走！正前方，齐步走！"

大家都很清醒，充满了部队的气氛，一点都不像昨晚。除了有个宿醉的士兵离队，抱着一棵树呕吐。

"超级硬核！"他的战友们喊叫着。

我花了一个小时看他们按照教官单调的命令行军和转向。"枪上肩，持枪，端枪。"操场被木栅栏围绕着。庄园府邸过去一点，矗立着一栋漂亮的砖砌大厦，被宏伟的橡树包围着；昨晚，他们告诉我，南军游击队队员约翰·莫斯比曾经从那个房子的窗户爬出来，顺着树爬下，以躲避联邦骑兵的追捕。① 西边，蓝岭山脉若隐若现，在清晨的阳光中温柔而蔚蓝。放眼望去，没有一丝现代气息的侵入。看着景色，我想起了马修·布雷迪的黑白照片及其所传达的错误印象。真实的内战风景充满丰富的颜色和美景。天空，在布雷迪的照片中总是毫无特色的白，实际上则是灿烂的、云彩锦簇的蓝。

教官打断了我的幻想，他把自己的毛瑟枪递给我，建议我跟在其他人后面练习行军步伐。一开始，操练让我想起了学习方形舞的经历，教官是指挥，士兵们轮流担任领舞者。最主要的区别是，在操练中走错一步就可能让枪托磕到下巴，而不是踩到脚趾。动作也是干脆和生硬的，缺少里尔舞和互绕舞步行云流水的动作。"向右看齐，列队，齐步走！"

终于，在几个小时不间断的操练之后，护卫队队员们堆起他们的

---

① 约翰·莫斯比（John Mosby, 1833—1916），绰号"灰鬼"（Gray Ghost），是内战期间南军弗吉尼亚骑兵团的指挥官。他的部队以闪电袭击敌军，然后迅速融入老百姓中以摆脱敌军追击而著称。

枪，瘫坐在一棵树下。他们把手伸进干粮袋里，开始狼吞虎咽地吃起 [16]
玉米面包、带壳花生和厚片的培根。一个名叫克里斯·戴利（Chris
Daley）的新兵给了我一片看起来好像已经放了一年的牛肉干。我问
他为什么加入护卫队。

"我是长岛的一名律师助理，"他说，"这对我来说是逃避现实。
在48小时内，别人告诉你什么时候吃、什么时候睡、什么时候行军。
没有责任在身。"

克里斯大口吃着牛肉干，补充道："我觉得许多人都像我一样，
想回到一个更简单的年代。有沙地棒球、牛仔和印第安人、内战的
年代。"

罗布·霍奇表示赞同。"当你了解到内战那些残酷的细节，你就
会意识到自己的生活是多么舒适。在这一点上，我觉得我们都多多少
少感到愧疚。做这件事是一种让生活变得更艰难一点的办法。"

这段对话激起了关于一个硬核重演者的生活应当有多艰难的讨
论。罗布倾向于完全沉浸在内战士兵的苦难中：在泥地上扎营、光着
起泡的脚行军、通宵站岗。如果他长了虱子，那就长了吧。"如果长
了，我会觉得我们把重演上升到了一个新的高度，"他说，"那会很糟
糕，但是最起码我会知道一天到晚在头上挠痒痒是什么滋味。"

一位名叫弗雷德·里卡德（Fred Rickard）的护卫队队员有个比
罗布更好的想法。"在我心里，我希望我们能够真正地做到底。"他
说。"我愿意冒被杀死的风险，就是为了体验身处内战的枪林弹雨之
中的真实感受，"他停顿了一下，用力嚼着咸猪肉和饼干，"至少那样
我们就能确定自己是不是在正确地重演。"

弗雷德侧身吐掉一块软骨，注意到了草地上发生的事情。"罗布

在鼓胀。"他告诉大家。罗布张开身体躺在地上，脸颊鼓起，肚子膨胀，眼睛像玻璃球似的盯着天空。乔尔走过去，用靴子戳一戳他的肋骨。"收一点肚子，"他说，"你看着像坐在打气筒上一样。"弗雷德重新摆放了罗布的手，说："它们看起来还是不太像尸僵。"然后两人回去吃饭了。

罗布坐起来，扭动着他的手指。"手是个问题，"他说，"除非你真的已经死了一段时间了，否则很难把它们弄得鼓胀。"

[17]　　我坚持演习到傍晚。温度下降得很快，又一个贴身拥抱睡觉的夜晚临近了。我决定还是法布吧，总比冻死或者饿死强。罗布力劝我在战斗季节到来的时候再跟护卫队出来一次，我说我会的。但是，我同时还想去做另外一件事情。在夜不能寐、思考着对内战的迷恋的时候，我谋划了属于自己的一场硬核战役。超级硬核。

第二章　北卡罗来纳：南军之猫

南方是一个地方，东方、西方和北方则仅仅是方向而已。

——致编辑的信，《里士满时报·快讯》

（*Richmond Times-Dispatch*），1995 年

历史学家们喜欢说内战发生在成千上万个地方。随便在南部的地 [18] 图上扎一个图钉，你就很有可能大概戳到某个战役、小规模战斗或其他一些内战历史发生的地方。我的第一个图钉扎到了北卡罗来纳州一个叫索尔兹伯里（Salisbury）的城镇。

我在夜深人静的时候谋划的计划是花一年的时间去研究内战，寻找那些时至今日仍将内战的记忆保持着活力的地方和人们。按照我的研究方法，我会去造访那些确确实实被内战席卷过的地方。这就需要一个"南部的"策略：不去关注葛底斯堡战役以及南军对北方各地零散的突袭，比如其对印第安纳州科里登的攻击，而只着眼于发生在梅森-迪克逊线 ① 以南的战争。基于此任务，一次在南部的旅行就

---

① 梅森-迪克逊线（Mason and Dixon Line）为宾夕法尼亚州与马里兰州的分界线，于 1763 年至 1767 年由英国测量家查尔斯·梅森（Charles Mason, 1728—1786）和英国测量家、天文学家杰里迈亚·迪克逊（Jeremiah Dixon, 1733—1779）共同勘测确定，解决了殖民地时期宾夕法尼亚、马里兰和特拉华之间长达百年的边界争端。在内战之前，这条线也是传统的北方自由州与南方蓄奴州之间的分界线。

顺理成章了。艾德蒙得·威尔逊[①]曾说过："我们已经在试图去忘记内战，但是我们所打败的敌人还在这片土地上，他是不会允许我们去忘记的。"

从查尔斯顿（Charleston）开始我的旅程似乎是合理的，内战就始于南军对此地萨姆特堡的炮击。但是在从弗吉尼亚往南走的时候，我对州际公路感到有些厌倦了，所以我在索尔兹伯里下了高速，选择了一条去往南卡罗来纳州的小路。我在沿路寻找非连锁快餐的饭店时，注意到了一个牌子上写着"索尔兹伯里历史遗迹"，我就顺着牌子开到了一个旧火车站。一位上了年纪的女士坐在那里读着一本书，书的封面上是一对穿着内战前服装的恋人相拥在一起。我向她询问索尔兹伯里的历史遗迹是否包含任何与内战有关的东西。

"噢，有的，"她一边翻着抽屉一边说，"国家公墓。"她递给我一个发黄的小册子和一本自驾游指南。"墓地就在纺织厂的旁边。"说完她就继续读起了言情小说。

缓慢地行驶在索尔兹伯里的主街上，我路过了一家当铺，一间纺织品工厂直销店，一个被恰当地命名为"OK假发"的假发店，还有一个历史纪念牌匾，上面写着乔治·华盛顿于1791年曾在这里住宿过。到了一家叫斯潘奇咖啡馆的小店，我走进去点了一杯咖啡，翻阅了一下旅游资料。第一眼看上去不是很乐观，就像索尔兹伯里这个城镇一样：一个土褐色的纺织城镇和注定不可能繁荣的旅游业，旅游业基本上就是一些老房子和为数不多的坟墓，还有阿波马托克斯投降三天之后发生在这里的一次骑兵突袭战斗。

---

① 艾德蒙得·威尔逊（Edmund Wilson, 1895—1972），美国作家和文学评论家。

一个年轻的黑人小伙子坐在我的邻桌凝视着空处。他的络腮胡和小胡子都是精心修剪过的，胡子下面的脖子上围着一个蓝色的印花大手帕。他时不时地在一个皮制笔记本上写着点什么，我靠了过去问他在写什么。

"我在试图搞清楚自己在这里干什么。"他看到了我放在桌子上的纸和笔，就问："你在写什么呢？"

"我猜我和你一样。"

他微微一笑，露出了一个镶金的门牙。他的名字叫詹姆斯·康纳（James Connor），32岁，刚刚和结婚了十年的妻子分居。"我们结婚时太年轻了，两人都从未有机会去独自探索这个世界。"所以在他们分居以后，康纳辞掉了他在亚特兰大的美发师的工作，坐上一辆长途公共汽车来到索尔兹伯里，他的叔叔就住在城外的一个拖车房里。"我想亲眼看看这个世界。我厌倦了别人告诉我这个世界是什么样子的。"

他抵达索尔兹伯里的时候是在晚上。街上看不到别的黑人。他笑着说："我当时就惊慌失措了。我在想：'我的人（黑人）都哪儿去了？他们（白人）对他们（黑人）都做了些什么？'"那是三天以前的事了。"这里的白人把我当作一个人来看待。这是我到这里学到的第一件事。我本来以为这里会像电影《激流四勇士》里展现的一样。"[①]

他抬起笔说："轮到我了。"

"尽管问吧。"

[20]

---

① 《激流四勇士》（*Deliverance*），又译《生死狂澜》，是一部上映于1972年的美国惊悚电影，讲述了四位好友一起前往山区漂流，却遭到当地居民攻击的故事。康纳在这里想表达的意思是他以为索尔兹伯里的居民会不友善地对待他这个黑人。

"你如何定义偏见？"

"嗯，这个问题很大。我能想一想再回答吗？"

"可以。第二个问题。如果我问你，你在寻找什么，而你自身在你寻找的东西中处于什么位置，你会怎么说？"

我扫了一眼咖啡厅。有五六个顾客也看了看我。"有容易点的问题吗？"我问。

"有。"他指着我的游客地图和磁带，"这些是什么？"

"索尔兹伯里的自驾游指南。想随我一起去吗？"

我们在一间牛仔布工厂的旁边找到了一个公墓，那里埋葬着死在内战中的人们，工厂有一个大广告牌子，上面写着："赋予布料生命！"公墓的另一旁是菲多利公司的一个仓库。两座建筑里传来的喧嚣盖过了磁带里的声音，所以我们停好车步行在墓碑之间。

第一个墓碑上写着"无名之人"，下一个写着"两个无名之人"。然后是一个纪念碑，上面写着："饥饿、口渴和贿赂都没有动摇他们的忠诚。"这个纪念碑是由缅因州竖立的。

"叛军的墓都在哪里？"康纳问道。

我又看了一下旅游资料。这个墓地被温和地命名为"国家公墓"，其实这里埋葬着的都是那些死在南方邦联战俘营里的北方人。我们又往前走了一点，看见了 18 个排成一线的墓碑上写着"无名美国士兵"。每个墓碑的背后都有一条几乎和橄榄球场一样长的埋葬壕沟。

我们在一个管理人员使用的小房子里找到了公墓的负责人阿贝·斯蒂斯（Abe Stice），这座建筑上很不协调地装饰着一幅囚犯在监狱操场上打棒球的画作。阿贝·斯蒂斯保留了一份被埋葬者信息的电脑日志。北方联邦士兵的日志并不是很长。斯蒂斯说："大多数的尸体被扒去了衣服，然后被扔到装死尸的马车上，最后倾倒在那些壕沟里。所以许多人的名字我们并不知道。"索尔兹伯里这个微小的公墓里埋葬的无名士兵比美国任何其他国家公墓里的都要多。

大多数的战俘死于营养不良和疾病：天花、痢疾、坏血病，还有登革热或者"骨折热"，叫这个名字是因为此病会造成剧烈的疼 [21] 痛，以至于得病者会以为他们的骨头在一节一节地折断。"官方的数据是 10,700 人死亡，但我们真的只是在猜测。"斯蒂斯说道。如果这个猜测的数据是正确的，那么超过三分之一的战俘在这里死去，这就使索尔兹伯里成为包括安德森维尔战俘营[①] 在内的最致命的内战战俘营之一。

斯蒂斯向我们展示了一些有关战俘营的书籍和日记。一个艾奥瓦人抵达战俘营的时候重 181 磅，六个月后他离开的时候却只有 87 磅了。另外一个战俘写道："战俘营的生活艰难不是因为饥饿和寒冷，或者疾病和死亡，而是因为完全无事可做、空虚、漫无目的的生活，没有任何东西去填补空虚的心灵，这种状况总是会形成一种病态，然后转而向内持续加剧这种状态。"

奇怪的是，关押在这里的囚犯不全是北方佬[②]。还有南军的逃兵，

[①]　安德森维尔（Andersonville）是佐治亚州中南部的一座城市。1865 年，南方邦联在此地建立了一个战俘营来囚禁北军战俘。前后共有四万名北军战俘被关押在这里，其中有一万三千名死于饥饿、疾病、虐待或者被看守打死。

[②]　"北方佬"的原文为 Yankees。Yankee（洋基）一般表示美国佬、美国人的意思。在美国内战时期，南方人通常称北方人和北军士兵为 Yankee，与指代南方人的 Dixie（迪克西）相对应。在译文中，根据不同的语境，Yankee 被翻译为北方、北方佬、北方人、北军、北军士兵等。

由于宗教原因不肯服兵役的卡罗来纳贵格会教徒，因为小偷小摸、醉酒或者"与北方人做生意和引诱黑人逃往华盛顿"而被关起来的罪犯们。花名册上还有在非洲很著名的传教士和医生大卫·利文斯通（David Livingstone）在当时才十几岁的儿子。罗伯特·利文斯通（Robert Livingstone）从苏格兰的学校辍学并搭上了一艘到美国的船，很明显是为了追求冒险。因为害怕遭到家人的反对，他用一个假名参了军。"在这里用你的姓只会进一步地使它蒙羞，"罗伯特在弗吉尼亚写给他父亲的信上说，"我从来没有在战斗中故意伤害过任何人，我总是往高处开枪。"

索尔兹伯里的南军守卫们并不是很友好，他们在一次大规模的越狱行动中射杀了利文斯通。其他几百个犯人也在试图逃跑的过程中被打死。"我们的人现在会在任何场合下向他们开枪，"一个南军守卫在给他妻子的信中写道，"我昨天看见一个人中枪倒下，像一块牛肉一样。"

像大多数内战爱好者一样，我总是关注那些残酷而又光荣的战斗史。索尔兹伯里同样是残酷的：囚犯喝老鼠肉煮的汤，与虱子"战斗"，"像木材一样被堆砌"在运尸车上。但是这些都没有使管理员阿贝·斯蒂斯感到惊讶。"你知道谢尔曼 ① 曾经说过：'战争是件残酷

---

① 即威廉·特库赛·谢尔曼（William Tecumseh Sherman, 1820—1891），美国内战时期北军中地位仅次于尤利西斯·S.格兰特的高级将领。早年毕业于西点军校，参加过美墨战争并担任过路易斯安那州军事学校校长。内战爆发后，历任联邦军团长、旅长、师长等职务，参加了布尔溪、维克斯堡、查塔努加等战役。1864年3月就任联邦军西部战区总司令，与格兰特共同制订东西战场协同作战和分割歼敌的计划。同年9月率部攻占战略要地亚特兰大，11月攻占佐治亚州的萨凡纳，成功地实施了"向海洋进军"（March to the Sea）的作战方案。然后挥师北上，与格兰特一起合围南军主力，最终迫使其投降。战后，他于1869年接替格兰特担任美国陆军总司令，并晋升为陆军上将。1884年2月退休，著有《美国内战回忆录》。

的事情，你不能美化它。'"斯蒂斯转过身，他夹克的背面写着"勿忘越南"。"在越南，我得到了属于我的那部分残酷，并且我带了一些回来。"斯蒂斯是一个在越战中负过两次伤的直升机飞行员，他在医院里待了 14 个月之后才得以回家。"我忘不了越战。但是我希望下一代人不会像我们这一代一样对它念念不忘。"他说。 [22]

他的这种情感却没有延伸到内战。斯蒂斯已经在索尔兹伯里工作了一年，这时间足够使他意识到这里关于内战的记忆比他的家乡俄克拉何马州要持久得多。"上学的时候，我记得学过内战在很久以前就已经结束了，"他说，"但这里的人们却不总是那样看。他们认为现在只是中场休息。"

斯蒂斯潦草地写下苏·柯蒂斯（Sue Curtis）的电话号码，她是南军之女联合会（The United Daughters of the Confederacy）本地分会的负责人。"去找这位女士聊聊，你就知道我说的是什么意思了。"他说完，关闭了墓园。

康纳和我坐在车里，开着暖气，牛仔布工厂喷出的烟雾弥漫在墓地。这个地方使我感到沮丧，但康纳却不这么觉得。他注视着坟墓，说道："他们的死意味着我的自由，就这么简单。"

康纳要去一家发廊面试。而我要去萨姆特堡，至少我是这样计划的。但是斯蒂斯最后说的话引起了我的兴趣。"想去见一个南军之女吗？"我问。

康纳笑了："你刚才也听到那个人说了，这里的一些人认为现在仍然是思嘉和嬷嬷的时代呢。"①

---

① 思嘉和嬷嬷（Scarlett and Mammy）是美国经典小说《飘》（*Gone with the Wind*）中的人物。康纳这里想表达的意思是，索尔兹伯里的一些人还认为他们生活在内战时期，这些人不会对一个黑人友好。

康纳的话让我想起了他问我的问题。"你之前问我怎么定义偏见。你这就是。对你从来没见过的人做出假设。"

康纳摇了摇头，说："你把这个叫偏见，我把这个叫理智。"因此我把他送到了发廊。他让我下次路过索尔兹伯里的时候造访一下发廊。"说不定那个时候你就可以回答我的另外一个问题了。"他说。

我找到了一个公用电话亭并拨通了苏·柯蒂斯的电话。当我向她解释阿贝·斯蒂斯推荐我找她聊内战的时候，很奇怪，她并没有感到惊讶。

"非常抱歉，我愿意请你过来，但是我正在为我们今晚的聚会做准备，"她说，"今晚是我们一年一度的李-杰克逊生日派对。"

罗伯特·E. 李和"石墙"杰克逊的生日只差两天，曾经是南部的两个重要节日。我当时并没有意识到现在还有人在纪念他们的诞辰。

[23]   "这个聚会对公众开放吗？"我问道。

"一般不对公众开放，但可能会。"她说到这里停顿了一下，"南军老兵之子（The Sons of Confederate Veterans）的聚会在我们对面的大厅里。如果你想去的话，我可以跟他们说一声。"

在罗恩县（Rowan County）的图书馆，三个人出来迎接我，他们按照级别依次介绍自己。"吉姆·怀特（Jim White），指挥官。"第一个人说。他戴着牧师衣领，留着精心打理过的长胡子。

"艾德·柯蒂斯（Ed Curtis），第一副指挥官。"第二个人说。他是苏·柯蒂斯的丈夫，一个戴着飞行员眼镜的瘦高男人。

"我是迈克·霍金斯（Mike Hawkins），北弗吉尼亚陆军罗恩步枪团的掌旗军士。"第三个人说。他直直地站着，像一个海军陆战队的军校学员。

他们都没有穿制服。他们所服役的军队在 1865 年就已经解散了，或者说我最后一次听说的情况是这样。我所能做的就是结结巴巴地说出我的名字和家乡，至少我的老家在弗吉尼亚北部。

"你在哪里长大的，托尼？"指挥官问我。我认为这是在婉转地暗示我没有南方口音。"马里兰。"我回答道。其实，我出生和上学都是在华盛顿，但我家住在马里兰境内，离这个曾经的北方首都有几个街区的距离。

指挥官拍拍我的背并且唱了一句马里兰的州歌："呼啊，她唾弃那些北方渣滓！"马里兰在内战中保持中立，但是收留了许多南方邦联的同情者。很明显，作为一个马里兰人，我可能仍然可以算作南方的一分子——或者至少不是一个北方渣滓。

"我们不能以弗吉尼亚对贵族制的主张或者南卡罗来纳作为分离主义摇篮的名声而自豪。"指挥官继续说道。

"你知道他们怎么称呼北卡罗来纳吗？"艾德·柯蒂斯补充道，"两座狂妄大山之间的谦逊之谷。"他微笑着说，"当然了，这样说自己是自负的。但是至少我们在比其他地方好太多这一点上还是谦虚的。"

随着聚会的开始，房间里的二十多个人先向星条旗宣誓效忠。然后掌旗军士展开了叛军的战旗。人们齐声说道："我向邦联旗帜敬礼，带着深情、崇敬和对旗帜所代表的大业永不消逝的忠诚。"这句话实际上与他们之前刚刚说过的誓言相矛盾："这一上帝庇护下的国度不[24]可分割，民众享有自由和公正。"

接着出现了一面印着 N*C① 的旗帜。"我向北卡罗来纳的旗帜敬礼，对老北州（Old North State）的爱、忠诚和信仰宣誓效忠。"人们热情高涨地吟诵着。这时另一面旗帜出现了，这个旗帜上印着常见的叛军十字，但却是白底红边的。指挥官说："正如我被告知的那样，第三面国旗仍旧是邦联的官方旗帜。"

我不解地看了看坐在我旁边的掌旗军士。他小声说道："那是南方的最后一面政治意义上的国旗。除非邦联国会再次召开，否则它不能被替换。"

接下来的生日派对就更奇怪了。首先，指挥官指了指一张摆满了食物的桌子：上面有一种用来纪念"石墙"杰克逊的柠檬饼干，据说他在战斗期间喜欢嘴里嗫着这种酸涩的水果。另外一种零食叫"饼中鸡"，这个是用来纪念李的。他在 1863 年的战役中随马车带了一只宠物母鸡。接着一个会员站起来简单地回顾了李的军事生涯——但是只讲了他在 1863 年 7 月以前成功的故事。末了，他总结道："至于葛底斯堡——李在那里犯了一些错误，这是一件悲伤的事情，我不准备细讲了，剩下的就是直到阿波马托克斯投降之间的事了。李于 1870 年 10 月 12 日去世。"他在礼貌的掌声中坐了下来。

下一个讲话的是诺曼·斯卢普医生（Dr. Norman Sloop），他讲了"石墙"。他说："我来讲一下杰克逊的职业生涯中与医学相关的方面。"接着他讨论了杰克逊将军的消化不良、近视以及著名的疑病症（"石墙"的疑病之一是他相信一条胳膊和一条腿比另外的胳膊和腿更重一些）。斯卢普用杰克逊的致命伤结束了讲话。杰克逊在带领叛军取得

---

① N*C 为北卡罗来纳州（North Carolina）的英文首字母缩写。

胜利的钱斯勒斯维尔战役中被自己的士兵误伤。[①]

斯卢普在结尾说道：“正如从来没有输过一场比赛却死于飞机失事的拳击手洛基·马西安诺[②]一样，‘石墙’在他的巅峰时期逝去。当他抵达天堂的时候，上帝对他说：‘好样的，我优秀而虔诚的仆人。’”最后这个逸事的来源不完全清楚。但是听众们非常喜欢，并且报以热烈的掌声。

接下来，房间里的人分成了两队——柠檬队与鸡队——来进行这[25]个晚上的主要节目：李-杰克逊冷知识问答游戏。副指挥官艾德·柯蒂斯站在房间的前面读一叠小卡片上写的问题。

“杰克逊从西点军校毕业的时候在他的班里排第几名？”

“第 17 名。”斯卢普医生喊道。

“正确。杰克逊在第一次马纳萨斯战役中受了什么伤？”

“左手中枪。中指骨折。”医生又回答道。

“正确。罗伯特·E.李在战争开始的时候体重是多少？”

“我想说是 180 磅，但有可能是 173 磅。”指挥官喊道。他也是我所在的柠檬队的队长。

---

① 钱斯勒斯维尔战役（Battle of Chancellorsville）是美国内战中的主要战役之一，于 1863 年 4 月 30 日至 5 月 6 日发生在弗吉尼亚州斯波特瑟尔韦尼亚县境内一个叫钱斯勒斯维尔的小村庄。联邦军指挥官约瑟夫·胡克（Joseph Hooker, 1814—1879）将军带领的波托马克军团在这里与罗伯特·E.李带领的北弗吉尼亚军发生了战斗。最终，仅六万人的北弗吉尼亚军击退了十三万人的波托马克军团，取得了战役的胜利。但“石墙”杰克逊在 5 月 2 日的战斗中不幸被友军误伤，手臂受了重伤，后被迫截肢。5 月 10 日，他因并发的肺炎逝世。

② 洛基·马西安诺（Rocky Marciano, 1923—1969），全名罗科·弗朗西斯·马切基阿诺（Rocco Francis Marchegiano），美国职业拳击手，是 1952 年至 1956 年间的世界级重量级拳王，也是拳击历史上唯一一个在职业生涯中保持不败的世界级重量级拳王，被认为是历史上最伟大的拳手之一。后死于飞机失事。

"不，是 170 磅。"斯卢普纠正道。

"对。在电视剧《叛军》中，谁扮演了约翰尼·尤马这个角色？"[①]

很快，因为斯卢普医生，鸡队明显要取得胜利了。所以当测试进行到一半的时候，柠檬队开始玩耍式地瞎猜了。

"在墨西哥战争中，布拉克斯顿·布拉格在战场以外遇到了什么危险行为？"

"淋病。"牧师指挥官喊了出来。

"对不起，不是。他两次险遭刺杀。李将军最有名的坐骑是旅行者（Traveller）。他的另一匹坐骑叫什么？"

"玛丽·卡斯蒂斯·李（Mary Custis Lee）！"指挥官再一次喊叫出来。

"埃贾克斯（Ajax）。"斯卢普医生纠正道。

"正确。有多少个邦联兵团参加了皮克特冲锋？"

"太多了。"掌旗军士说。

"准确地说，是 46 个。在内战中头部受伤的存活几率有多大？"

"不是很大。"为了参与一下，我自愿回答道。正确答案是六分之一。又是斯卢普医生提供了正确答案。

"噢，天哪，伙计们，这儿有个送分题。"艾德·柯蒂斯说道，这也是最后一个问题。"有多少匹马在内森·贝福德·福瑞斯特的胯下被射杀？"

---

① 《叛军》（*The Rebel*）是一部于 1959 年至 1961 年上映的美国电视剧，讲述了一名前南军士兵在内战结束后闯荡美国西部的故事，展示了主人公约翰尼·尤马（Johnny Yuma）落寞、放荡不羁却心存正义的南军士兵形象。主人公的扮演者为美国电视明星尼克·亚当斯（Nick Adams, 1931—1968）。

"29 匹！"大家齐声喊道。在所有的 65 个问题中，只有杰夫·戴维斯（Jeff Davis）①的中间名——菲尼斯（Finis）——难倒了所有人。我默默地下决心要去多读点书。要想跟这些当代叛军不相上下，我小 [26] 时候学到的那些内战冷知识显然是不够的。

游戏结束以后，南军之女联合会的女士们加入了我们，她们的聚会就在对面的房间里。苏·柯蒂斯是一个肥胖的女人。她戴着一副宽边的三焦距眼镜，穿着一套草莓代基里酒颜色的套装。她丰满的胸前斜挂着一条缀满了闪耀勋章的丝带，就像拉丁美洲独裁者经常穿戴的那样。

"我有 17 位有据可考的南军祖先，"她说，"还有一个我认为加入了北军，"她笑着说，"我不会再对他做进一步的研究了。"

我向她介绍了我刚刚开始的旅行，并问她觉得为什么南方人依旧关心内战。

"是国家之间的战争（War Between the States）。"她彬彬有礼地纠正了我，"答案就是家族。我们从小就认识隔代表亲和六代以内的亲戚。北方人说：'忘记那场战争吧，它已经结束了。'但是他们不像我们一样拥有家庭'圣经'。这些'圣经'里记满了那些奔赴战场并战死的亲属们。我们失去的太多了。"

严格来讲，她是对的。现在的南方白人差不多有一半是南军的后裔，当时每四个适龄参军的南方男人就有一个死在了战争中。在北方男人中，同样的死亡率是一比十，而战后一波又一波的移民潮使与内

---

① 即杰斐逊·戴维斯（Jefferson Davis, 1808—1889），美国政治家，在美国内战期间任南部各州联合成立的"美利坚联盟国"（The Confederate States of America）总统，任期由 1861 年至 1865 年。

战有血缘关系的北方人的比例降到更低。然而，苏·柯蒂斯的语气依然给我留下了深刻的印象。她说那些话的时候，好像她的亲属们死在昨天，而不是 130 年前。

"我的高祖父凯莱布·森特（Caleb Senter）在冷港被俘，"她边说边指着一个印着他名字的"祖先别针"，"在他被送往埃尔米拉战俘营的路上，在宾夕法尼亚，一个喝醉了的电报员指挥他所乘坐的火车撞向了一辆运煤货车。可怜的凯莱布被轧死，并就地掩埋在了铁道旁。"她的眼睛湿润了，"我为他的坟墓做了一个木兰花圈。"

我们的谈话被她的丈夫艾德打断了。他问："苏是不是在用她的战争故事让你感到厌烦？"

"完全没有。实际上，我有些嫉妒。我连我高祖父们的名字叫什么都不知道。"

艾德向我使了个眼色："可别让她开始讲她的高叔父们。"

[27]　其他人开始陆续离开图书馆。快九点钟了。苏说："我们要去街对面的露西小姐餐馆喝冰茶和吃法式丝滑巧克力派。你要一起去吗？"

突然间，我不着急去查尔斯顿了。

第二天早上，我在索尔兹伯里 27 美元一晚的经济旅馆（广告语是"花一个晚上，而不是花一笔财富！"）醒来，我意识到了那种摈弃当下而生活在南部历史中的魅力。从我的房间走到汽车旅馆的停车场，我眺望着远处一栋名叫汤恩商场的低矮马蹄形钢筋混凝土建筑、一片由嗡嗡作响的高压线铁塔组成的钢筋水泥森林、一家凯马特超市、一家耀眼的黄色的华夫饼屋、一间涂着粉色条纹的唐恩都乐快餐店，加上塔可贝尔餐厅、伯强格斯炸鸡店、汉堡王，麦当劳的金拱门标志，还有同样花哨的埃克森、英国石油和壳牌的标志高高地矗立在空中，如混乱的商标战场上空飘扬的战旗。一些被尾气窒息的灌木丛戳在油腻的柏油路面上。

我本来准备回到床上读关于南军将领艾伯特·西德尼·约翰斯顿的书。他在夏洛战役中督促他的部下参加战斗时说："记住那片美丽、广阔和富饶的土地，还有快乐的家庭和纽带，你们的失败会使这一切变得荒凉！"我昏昏欲睡地想，约翰斯顿会如何看待我从经济旅馆看到的这片景象。

在华夫饼屋喝着咖啡，我还开始想起昨晚遇见的人群。他们不仅包括了医生和牧师，还有纺织厂工人、玫瑰花农、枪店店主、州公务员和几个穿着连体工装的农民。除了体育运动项目，我想不到有什么兴趣可以把如此广泛的人群联系起来。我很好奇地想知道是什么把他们吸引到一起的。

"血缘，"苏·柯蒂斯说，"那是加入这个俱乐部所需要的唯一的东西。"

我在罗恩县图书馆找到了她。她每星期会在那里花几个上午的时间去核实南军之女联合会的会员申请。这意味着花几个小时去翻看19世纪60年代军事记录的微缩胶片。我眯着眼透过微缩胶片机看一份花名册。通过简洁的语言和细致的手写笔迹，这些记录列出了每个 [28] 士兵的家乡、职业、年龄和最终的命运。一个典型的条目写着："死于敌手，没有个人财物。"

在这样的碎片里，苏可以还原完整的一生。花名册可以引出退休金记录、遗嘱、结婚证明和墓碑。日记和信件可以让故事丰满起来。

她给我看了一个笔记本，里面粘满了有关她高祖父凯莱布·森特的文件。他在给妻子的信中写道："我看到了炮弹击中人，衣服的碎片飞得像树那么高。"在另一封信中，他提及了自己持续性的饥饿，并恳求道："如果有人来我们连队，给我捎一小块火腿肉、一些鸡肉、几个派、两个洋葱和其他吃的。"很快，凯莱布就被俘虏了，然后死在了苏昨晚告诉我的那个发生在宾夕法尼亚的火车事故中。

"当你对这些人做了研究，每个个体都会变得很具体。"她说，"你会知道他们有什么颜色的头发，他们的眼睛是棕色的还是绿色的，他们有多高，他们返回家乡以后的梦想。不久之后，你会感觉到内战其实并不是那么遥远。它变成了你生命的一部分。"她停顿了一下，说："或者说它占领了你的生命。"

我问她什么意思，苏笑了笑说："今晚来我们家，你就明白了。"说完她继续看微缩胶卷去了。

那天下午的晚些时候，我去见了麦克·霍金斯，那个在李-杰克逊聚会时坐在我旁边的掌旗军士。他 14 英尺宽的拖车房位于一条窄路的旁边，这条窄路贯穿了包围着索尔兹伯里大片住宅和商场的红黏土农地。屋内，主要的生活空间杂乱地摆放着一个豚鼠笼子、一台大电视和一张典雅的桌子，这张桌子是霍金斯的曾祖父在 19 世纪 90 年代收到的结婚礼物。

霍金斯长得瘦高，满脸麻子，留了个束状的小胡子。他穿着与昨晚相同的衣服：黑色牛仔裤、牛仔靴和红色法兰绒衬衫。他挤着坐在妻子凯（Kaye）的旁边。凯是个肥胖的女人，坐在那里几乎占满了整个沙发。

"麦克对我说他昨天晚上遇到了一位作家。"凯说，伴随着紧张的刺耳笑声，"我从未见过作家。"

"事实上，我在为一本书做些研究。"

"噢，书啊。"凯说着，再一次笑了，"麦克爱他的书，爱它们胜[29]过爱我，我觉得。"

凯是霍金斯的第二任妻子。他的第一次婚姻在一场难堪的法律争斗中结束了，他只得到了对他三个孩子有限的探视权。他指了指墙上孩子们的照片。"他们在上帝的手中。"他说，"我对他说：'为我力所能及地照顾他们吧。'"

在离婚后不久，霍金斯变得对内战着迷起来。为了支付孩子们的抚养费，他搬到了父母家住，并且在一个纺织厂一周七天地工作。晚上，他去图书馆的宗谱室。他说："我想让自己的生活重新走上正轨，我有这种找出自己祖先的欲望。"

一天晚上，在梳理花名册的时候，他发现了他的高祖父被列为北卡罗来纳军团的一个列兵。在志愿参军时，菲尔茨·霍金斯（Fields Hawkins）是一个 21 岁的农民。1862 年的春天，他中了两枪，在养伤期间，他结婚了，然后返回了战场——尽管只回去了两个月。"他的腿在夏普斯堡战役中被打掉了。"霍金斯说。

霍金斯向我展示了菲尔茨申请义肢的申请书，还有 20 世纪早期的人口普查记录，上面把六十多岁的菲尔茨和他的妻子列为棉花厂工人。"就和我一样。"霍金斯说。但是一个很重要的细节他始终没有搞清楚：他高祖父的坟墓所在地。"已经七年了，但等我找到时，我会感到我终于做成了一些事情。一种与我的历史的联系，那种我可以触摸到和握在手中的联系。"

霍金斯把他找到的文件拿到了南军老兵之子，并且支付了 33 美元的年费入了会。从那以后，每次聚会他都参加了。"它把人们聚在一起，正如内战把人们聚在一起那样。"他说，"我和医生还有牧师坐在一个房间里，在其他的场合我可见不到他们。我们因为同一个原因聚在一起。"他另外参加的俱乐部只有他们工厂的棒球队，这支棒球队在北卡罗来纳的工业联盟里打比赛。

霍金斯对他在罗恩步枪团掌旗军士的职位感到非常自豪。"如果我们参加战斗的话，我会走在所有人的前面，"他说，"这是一份荣誉，尽管在战场上这会是一份短暂的荣誉。"旗帜还有一个吸引人的地方，霍金斯可以在跳蚤市场或者纪念品商店很便宜地买到它们。

[30] 他把我带进拖车房狭窄的卧室里，里面成列摆放着许多二手的内战书籍。霍金斯读了所有他能找到的有关夏普斯堡战役（北方称之为安蒂特姆战役）的书，并且梦想着去造访位于马里兰的战场遗址，特别是被命名为"血腥之径"的低洼路，菲尔茨·霍金斯在那里失去了他的腿。"我在脑子里去了那里很多次。"他说着，翻开了一本书，上面有那些死在安蒂特姆的人的照片，"我看着这些照片，就像《阴阳魔界》的主题音乐响起了，就像我回到了那时候。"①

凯打开了电视并开始做晚饭。霍金斯降低了他说话的声音。他说，夜深时，当凯睡着了，他经常偷偷下床，借着炉灶上的电灯去继续读书。"这是一种逃避。"他说，"当我读书的时候，我感觉我就在那里，不在这里。读完以后我感到满足，好像自己离开了一段时间。"

---

① 《阴阳魔界》(*The Twilight Zone*) 是一部上映于 1959 年至 1964 年的美国奇幻电视剧，部分剧集有时间旅行的情节。霍金斯在这里表达的意思是，看书上的照片使他仿佛通过时间旅行回到了内战时期。

他笑了，继续说："有时候，阅读让我感到脑子被烧了。"

我问他是不是觉得"那里"比"这里"好。

"不是比这里好。"他说，"我的意思是，毕竟我高祖父在那里丢掉了他的腿。但不知怎么的，我觉得那里更重要。"霍金斯翻着书中内战照片的部分。"在工厂，我勾兑染料并把它们倒进机器里。我 36 岁了，我的人生几乎有一半的时间都花费在了一号染坊。我每小时赚 8 美元 61 美分，还不错，除了每个人都在说工厂将要被关闭，然后搬到中国去。"他把书放回到书架上。"我只是觉得，自从那次战争以后，南方就没有被公平对待过。"

霍金斯从床边的一个小旗座上拔出一面叛军旗帜。他挥舞着旗子说："我这儿有个昨天晚上他们没有问到的冷知识。哪个州向邦联派出的部队人数最多，并且承受了最大的伤亡？"

"北卡罗来纳？"

霍金斯笑了，说："没有多少人知道这个。我们派出了十二万七千人，损失了四万人。你知道北卡罗来纳人被称为'焦油踵'①的其中一个原因是什么吗？"

"我不知道。为什么？"

"因为李说我们被困在了战斗中。比如说，在奇克莫加。"②

---

①　"焦油踵"（Tar Heel）和前文提到的"老北州"都是北卡罗来纳州的别称。

②　奇克莫加战役（Battle of Chickamauga）于 1863 年 9 月 18 日至 20 日发生在佐治亚州的奇克莫加河。在 1863 年的西部战区，自尤利西斯·S. 格兰特于 7 月夺取了维克斯堡以后，北军意图继续向东推进并占领南部的另一个战略要地查塔努加。9 月 9 日，北方联邦军抵达查塔努加，并乘胜追击布拉克斯顿·布拉格率领的南军。但是布拉格并没有继续撤退，反而向北军发起了进攻，最终两军于 9 月 18 日在佐治亚州的奇克莫加河畔对阵。在 9 月 20 日的战斗中，联邦军右翼被击溃，后全部撤回查塔努加。奇克莫加战役是内战期间发生在佐治亚州境内的第一次战斗，标志着北军在西部战区的进攻告一段落。

凯把头探进卧室。"晚饭时间到了。"她说。霍金斯看起来像是被吓了一跳，好像他离开了一段时间。凯邀请我留下吃饭，但我说我得
[31] 走了。我们尴尬地在拖车房的门口站了一会儿，一阵冷风把遮挡风雪的护窗吹得吱吱作响。

"我们很荣幸，真的。"凯说。

我脸红了，说："我也很荣幸。"

"昨晚我一下子就喜欢上你了，"霍金斯说，"聚会上有那些医生啊什么的，你却想和我交谈。"

在去艾德和苏·柯蒂斯家的路上，我发现索尔兹伯里是一个比我一开始想的要舒适和繁荣太多的小镇。住宅区的街道沿着公园、花园和雅致的住宅而铺设（我后来得知，建设这些街道的几百万美元来自当地人多年前投资的一个连锁超市而得来的收益，这个超市以索尔兹伯里为总部，名字叫"食狮"）。从外面看，柯蒂斯的家再平常不过了：一栋端庄的砖砌平房，前面竖立着一面美国国旗。但是进入内部以后，我发现自己来到了一座陈列着南军庸俗艺术作品的博物馆。一面墙上挂着杰夫·戴维斯和罗伯特·E.李的画像。一个茶几上放着一个由钟形玻璃罩装着的艾希礼·威尔克斯[①]的模型。李、戴维斯、杰克逊和杰布·斯图尔特[②]的小雕塑放在壁炉的顶上。"我一直想找一些跟那个区域颜色搭配的东西。"苏说的是那些灰色的小雕塑。她

---

① 艾希礼·威尔克斯（Ashley Wilkes）是小说《飘》中的主要人物之一。

② 即詹姆斯·尤厄尔·布朗·斯图尔特（James Ewell Brown Stuart, 1833—1864），杰布（J. E. B.）是他的绰号，来自其英文教名的首字母缩写。斯图尔特是美国内战时期南方邦联军著名的骑兵指挥官。

漫不经心地取下了"石墙"的头。这些小雕塑其实是由软木塞插在长颈瓶上制成的。

还有李和杰克逊样式的镇纸，一个播放《迪克西》①的音乐盒，一个装满了用过的米尼弹头的贝壳。"这个是和那幅画搭配的。"苏指着贝壳上方的一幅水彩画解释道，画上画的是博雷加德将军在查尔斯顿的海滩上。

这只是客厅。在餐厅，有印着叛军将军们肖像的盘子和杯子，还有描绘内战战斗的油画，这些都是柯蒂斯家族的祖先们参加过的战斗。苏推开厨房的门。我扫了一眼，看到了叛军主题的冰箱贴和印着白瑞德②画像的马克杯。"基本上从这里一直到车库都是关于内战的东西，"苏说，"但是卧室里没有。我们把界线画在那里了。"

在这个祖先熔岩里的某个地方，放着一位叛军祖先曾带去战场的一本《圣经》。艾德的一位祖先是一个南军侦察兵，保留了一块自己的 [32] 胫骨，他被躲在树上的敌军开枪打到，失去了这块胫骨。"他把它放在一个瓶子里，然后放在床边。"艾德说。但大部分的纪念品和不值钱的小玩意儿都是苏和艾德相互赠予对方的生日礼物和结婚周年礼物。他们

---

① 《迪克西》（Dixie）是一首美国歌曲，全名为《我愿我仍在南方》（I Wish I Was in Dixie），由美国作曲家丹·艾美特（Dan Emmett, 1815—1904）所作，歌曲的内容主要是歌颂美国南方乡土。此曲被创作出来之后，深受美国民众的喜爱，特别是在南方流传甚广。1861 年 2 月 18 日，在杰斐逊·戴维斯的总统就职仪式上，该曲被作为国歌演奏。自此，《迪克西》成了代表南部邦联的歌曲。同时，"迪克西"也是一个常用名词，其出现和流行早于歌曲《迪克西》，指代美国南部各州和该地区的人民，后来延伸为代表与南方有关的事物的代名词及文化符号，和指代美国北方人的"洋基"意义相对，其起源可能来自划定"梅森-迪克逊线"的天文学家杰里迈亚·迪克逊。在译文中，根据不同的语境，"迪克西"被翻译为歌曲《迪克西》、美国南部、美国南方人、美国南部邦联、南军等。

② 白瑞德（Rhett Butler）是小说《飘》中的主要人物之一。

甚至是在内战的战场遗址恋爱的。"我没有听到教堂的钟声，只听到了大炮发射的声音。"艾德开玩笑地说。

然而，在结婚之后，柯蒂斯夫妇对内战的兴趣才从随意的爱好变成了一种痴迷。导火索是苏对自己叛军祖先的好奇心。"像我一样的许多人是在 70 年代晚期的时候开始深入了解南军历史的，那个时候宗谱学开始兴起了。"她解释说。

讽刺的是，是亚历克斯·哈里的小说《根》引发了这股风潮。①这本小说给了黑人灵感去挖掘档案和行船记录，然后其他美国人也开始效仿。在南部，追寻血统并不是一件新鲜事，但是以前只在名门望族中流行，比如最初移民到弗吉尼亚的家族（First Families of Virginia，FFVs）。苏说，在过去的 20 年中，寻找普通人祖先——包括叛军士兵祖先——的风潮戏剧性地高涨起来。

苏作为会员注册主任的职责让她经常造访位于罗利（Raleigh）的州立档案馆。作为一种特殊的节目，艾德有时候会开车送她去华盛顿的国家档案馆。我问他们上一次与内战无关的旅行是什么时候。

艾德看了下苏："我们有过吗？"

苏耸了耸肩，并摇摇头说："我想不起来。"

几乎每个星期都有什么聚会或者周年纪念日，它们分散到整年，就像圣人的节日一样：李和杰克逊的诞辰、邦联国旗日、邦联阵

---

① 亚历克斯·哈里（Alex Haley, 1921—1992），美国黑人作家。他通过对冈比亚的口头传说进行深入研究，发现自己的家族可以追溯到七代以前的一个于 1767 年被贩卖到美洲的非洲人。基于这些研究，哈里以大量史实为基础，再加上自己增补的细节，写出了长篇小说《根》（Roots），并凭借此书获得了 1977 年的普利策奖。由该书改编的电视连续剧在美国上映后引起了巨大的轰动。

亡将士纪念日、杰斐逊·戴维斯的诞辰。苏还和一些祖先被埋葬在
索尔兹伯里公墓的北方妇女们通信，她甚至还组织过一次密歇根阵
亡将士的纪念仪式，仪式上有花圈，还咏唱了《共和国的战斗赞歌》
（Battle Hymn of the Republic）。她提醒我说："我的高祖父在被送往
北方监狱的路上死去，我希望某个北方的女士会像我一样为他做这
些事。"

柯蒂斯夫妇没有自己的后代去加入南军之子或南军之女。至少
没有血亲去加入。"我建立了南军之猫（Cats of the Confederacy）的
第一个分会，"苏边说边摸着她患有糖尿病的猫，猫的名字叫弗拉 [33]
里·贝尔（Flurry Belle），"我们戴着灰色的绸带，上面缀着猫的胸
针，聚在一起讨论战争中的猫的故事。"比如，一个叫汤姆猫（Tom
Cat）的南军吉祥物是联邦军队在 1863 年对萨凡纳（Savannah）的一
次炮击中唯一的伤亡。

鉴于这一切，柯蒂斯夫妇能够保持他们的日常工作看起来真是了
不起；艾德帮助退伍士兵找工作，苏在学校、图书馆和医院当义工。
但是他们对内战的热情高于一切，包括宗教。

"我们是作为卫理公会派教徒长大的，"苏说，"但我们皈依了邦
联。我们没有时间同时做两件事情。"

"战争是地狱，"艾德面无表情地说，"它可能会把我们送到
那里。"

但是苏并没有担心死后的事情。事实上，她很期待。"活着最棒
的事就是我可以死去，然后最终找到那些我在记录里找不到的人。"
她指了指天花板又指了指地板。"不管是天堂还是地狱，只要能得到
那些信息，对我来说都是天堂。"

在李-杰克逊生日派对上，一位名叫迈克尔·谢尔曼（Michael Sherman）的店主给了我一张名片，上面写着"枪械等"。我问他"等"都包括什么，他回复道："你自己到店里看一看吧。"所以第二天早上，我沿着出城的一条乡村道路找到了一栋水泥建筑，上面挂着一个左轮枪形状的牌子。

谢尔曼站在柜台的后面，他正在展示一杆带可收回刺刀的突击步枪。一位男士和一个 10 岁左右的男孩儿在看着他展示。谢尔曼一边向墙上插着刺刀一边说："这杆枪的好处在于，如果你只剩下几颗子弹了，你可以用它戳穿你的敌人。"

在枪店的另一边坐着两个我在聚会上见过的人：一个身材臃肿的伙计，穿着连体工装和迷彩夹克，他叫道格·塔尔顿（Doug Tarlton）。另一个更胖，叫沃尔特·福勒（Walt Fowler），他坐在那里喝着无糖汽水，狼吞虎咽地吃着妙脆角。

福勒说："我必须少吃点糖了，我的痛风病又犯了。当然有可能是因为我今天早上吃的西红柿里含的酸，或者是夹着它们的芝士汉堡。"

[34]　　"沃尔特是餐馆卫生检查员，"塔尔顿解释道，"所以他必须吃所有的食物样品，以确保它们对人类是安全的。如果你觉得沃尔特是人的话。"

作为对这个朋友间嘲讽的回应，福勒从他椅子旁边的一个塑料袋里翻出了一张粗糙的卡通画复印件，卡通画的内容是几个人用手枪指着一个马桶。"波兰佬掷骰子。"沃尔特说着，抽搐地笑了。①

---

　　①　"波兰佬掷骰子"的原文是"Polacks shooting crap"。shooting crap 是英语中的固定搭配，意为掷骰子。而 shooting 和 crap 按照字面意思分开理解也可以表示"向粪便射击"，因此漫画中的人物拿枪指着马桶是在"向粪便射击"。这幅漫画是在嘲笑波兰人蠢笨或者不懂英语，具有歧视的意味。

塔尔顿微笑着说："沃尔特不是歧视。他对所有少数族裔都一样憎恨。"塔尔顿指着一个椅子让我坐，还给了我一个巧克力色的威化饼干，一开始我还以为是玛氏巧克力棒。他问："想来点提神的东西吗？"我从瓷实的一卷口嚼香烟上撕下了一块，塞进了嘴里。在接下来的几分钟里，我专注地咀嚼着烟草并且打量了一下枪店。店里放着许多装着鲁格尔手枪、瞄准镜、枪套、胡椒喷雾剂、香蕉弹夹、鲍伊刀的箱子，还有毛毡包，上面写着："你可怕的攻击步枪用的软盒子！"店门的旁边挂着一个牌子，写着："扒手会被枪击。幸存者会被补枪！"

店里唯一不致命的物品是一幅叫"最后的会面"的画，这个流行的复制品展示了最神圣的邦联画面：李和杰克逊在钱斯勒斯维尔战役中分别，那天"石墙"在从侧翼进攻联邦军的行动中被击中。我指了指那幅画，问塔尔顿觉得为什么关于邦联的记忆会如此持久。

"答案就在你眼前，或者至少是其中一个原因，"他说着，指了指这个挤满了人的枪店，"南方人很军事化。内战的时候是，现在也是。这里的每个男人都为他的国家而携带一支枪，可能一些女人也是。"

塔尔顿曾在越南服役，他的腿被很多弹片击中，为此他已经做了七次手术，现在装了一个假体膝盖。"近距离体验的话，战争是令人反胃的，"他说着，隔着连体工装敲了敲他的腿，"我更喜欢在书里体验战争。"

从越南回来以后，塔尔顿当了一段时间刑警，然后转行去种地了。他还是一个有执照的俗家牧师。

"你现在做什么工作呢？"我问。

"为死而生。"他掀起头戴的猎人帽，露出已经完全秃了的头顶。"我有晚期白血病。"

[35]　我才意识到他的眼袋很湿，并且不自然，那是化疗或者皮质醇激素造成的，而不是因为南方饮食。"对不起。"我说。

"不用对不起。医生说我在圣诞节就应该死了。我现在正在享受借来的时间。"

塔尔顿把他的许多时间花在了研究内战上。"当下——我活在里面，所以没有神秘感，"他说，"而过去有。"他停顿了一下，继续说："另外当下对我来说不是那么有吸引力。当你对着马桶呕吐的时候，过去看起来就好太多了。"

内战还让他保持了敏锐的侦探能力。塔尔顿帮助朋友们去找有关他们叛军祖先的证据。做刑警的时候，他花了好多时间去抓毒贩和炸掉非法酒厂。"我基本上是个缉毒警，"他说，"所以我对这个社会的阴暗面有过近距离的接触。吸毒者，暴徒，为了毒品让自己女儿去卖淫的人。每天处理这些事情，你自己都会感到很脏。"他指了指李和杰克逊的画，"我读他们的事迹的时候，感到人是一种高贵的物种，似乎人类有可能只是正在经历一个坏的阶段。"

他笑了笑，指着快要吃完妙脆角的福勒大声地说："拿沃尔特来说吧，单看他，你永远都猜不到，当他的高叔父亨利·福勒（Henry Fowler）在战斗中阵亡之后，指挥官还写了封信称赞他'行事非常沉着勇敢'。"

我问塔尔顿对自己内战时期的祖先了解多少。"一群穷苦的农民，跟这里的大多数人一样，现在这里的许多人还是那样。"他说，"他们不曾拥有任何奴隶。"

"你认为他们为什么去参战？"

"我是这么看的，"塔尔顿说，"他们是在为男人的光荣而战斗。

他们来自受压迫的阶层，当政府告诉他们应该怎样去生活的时候，他们又一次感到受压迫了。"

"现在也一样，"另外一个人插话说，"政府正在让黑鬼们放飞自我。"

"阿门，"一个正在看一箱刺刀的人抬起头说，"他们需要做的是把所有的瘾君子①送进劳改队，让他们修几年公路。你可以随便打赌这能改变他们的态度。"

我往嘴里塞了块新的口嚼烟草。沃尔特·福勒通过再次翻找他的 [36] 塑料袋来打破尴尬的沉静。他找出了一张羊皮纸，就像那些布道者挂在自己家客厅墙上的那种。福勒庄严地诵读："上帝，请赐予我宁静，这样我可以接受自己改变不了的事情，去改变那些我可以改变的事情，还有智慧去隐藏那些我杀死的人的尸体，因为他们惹我生气了，所以我必须杀死他们。"他拍着大腿大笑起来。

我起身要走，并告诉塔尔顿我可能会去看他。"别指望了，"他说，"我让医生们停止了一切治疗手段。没有化疗了。"他脱帽致意。"人生就是个混蛋，然后你就死了。如果上帝想要我，他可以把我带走。我准备好了。"

然后，好像说好了一样，他和福勒从他们的外套口袋里拿出左轮手枪，生硬地放在他们的胸前，模仿着年轻的南军士兵于内战伊始在照相馆拍照时摆出的姿势。两个人齐声喊道："枪还在手，准备好战斗了！"

在苏和柯蒂斯所属的邦联组织目录里，有一个特别地激起了我的

---

① 这个人说的瘾君子（Crackheads）指的是黑人。

好奇心：邦联儿童会（The Children of the Confederacy），简称 C. of C.。作为南军之女联合会的附属组织，邦联儿童会的设计初衷是预备年轻人成为邦联公民，相当于美国未来农民组织（Future Farmers of America）为青少年的未来农民生活做准备一样。"他们到 18 岁就自动脱离 C. of C. 了，"苏解释说，"然后希望他们能立即加入 UDC（南军之女联合会）或者 SCV（南军老兵之子）。"

苏已经把索尔兹伯里休眠的邦联儿童会分会"重新激活"了，她邀请我去罗利的种植园度假酒店参加一个州级的会议。这个酒店位于一条繁忙的市郊公路上，就在凯马特超市的正对面，是一家仿种植园风格的汽车旅馆。大概有一百个孩子和他们的父母挤在一栋有空调的附属建筑中，一起回忆和纪念他们祖先所经历的磨难。

房间的前面坐着身穿白色荷叶边裙子的女孩子们，她们红色的腰带上写着"助理"，旁边的男孩子们戴着卡夹式领带，上面写着"助手"。家长们从观众席上站起来，拿着摄像机，像随处可见的那些骄傲且溺爱孩子的家长们看学生话剧或者初中辩论赛一样。这种正常的幻象随着聚会的进展很快被打破了，孩子们首先向各式各样的旗帜敬礼，然后唱了《迪克西》，最后还宣读了邦联儿童会的信条。

[37]

"我们宣誓保持纯洁的理想；去缅怀敬爱的老兵们的一生；去学习和教授历史的真相（其中最重要的一个真相是，'国家之间的战争'不是一次反叛，根本的起因也不是为了保留奴隶制）；并且一直保持能够体现荣誉的行为方式，那种我们高贵的和爱国的祖先身上的荣誉。"

一个助手分发了《教义问答书》，这是一本 16 页的小册子，被用作孩子们的行为指南。它是 1954 年出版的（同年，"布朗诉教育委员会案"的裁决宣布了学校的种族隔离是违宪的），以问答的形式呈现。

> 问：哪些事情引起了从 1861 年到 1865 年的国家之间的战争？
> 答：掌权者对南部各州权利的漠视。
> 问：第一艘奴隶船是在哪里建造和首航的？
> 答：在马萨诸塞州的马布尔黑德，1636 年。
> 问：奴隶对他们的主人有什么样的情感？
> 答：他们是忠诚的和献身的，并时刻准备着去服侍他们。

各个战役的历史也按照南方勇猛的传统观念进行了剪裁。

> 问：历史学家们认为哪个战役是这场战争的决定性战役？
> 答：葛底斯堡战役。
> 问：为什么？
> 答：因为这次战役对没有偏见的人来说是结论性的证据，证明联邦的后勤和军力大大超过了邦联军队。

事实上，葛底斯堡战役是为数不多的一次南军在人数上占优势的战役。如果这场战斗可以证明任何事，那就是李也会粗心犯错，还有北方人可以像南方人一样顽强地战斗。读着《教义问答书》的剩余部分，我开始听到我在海外遇到的那些战败的人会说的话：库尔德人、[38]亚美尼亚人、巴勒斯坦人、北爱尔兰的天主教教徒。跟他们一样，南方人在用另外的方式继续着他们的战争。

在喝牛奶和吃小动物饼干的茶点休息以后，孩子们坐好了，开始进行一个《教义问答书》测验的环节。一个少年提出书中的问题，然后一群 12 岁以下的孩子们相互竞争，看谁能第一个答出正确的答案，一般都是一字不差地把答案背诵出来。如果在 15 秒中没有人能回答，仲裁人就会喊"书！"，然后孩子们就开始翻书，直到找到正确答案。孩子们有几次被难住了。这是一次令人印象深刻的死记硬背式学习的展示，让我想起了自己小时候对内战逸事的热情，尽管我从来没有达到如此高难度的水平。

测验结束后，我跟着柯蒂斯夫妇和一对姓克劳德（Crowder）的夫妇一起去一家名叫莫里森餐厅的南方风味饭店吃饭。我们把盘子装满了一堆"非南军"的食物，包括玉米面包、炸鸡、土豆泥和羽衣甘蓝。我正要开始吃，维奥莉特·克劳德（Violet Crowder）大声地清了清她的嗓子，然后她扭头看了看她 4 岁的儿子沃伦（Warren）。"上帝啊，"他开始吟诵，"感谢主赐予我们这顿饭，还特别感谢您赐予我们伟大而精彩的邦联。"

维奥莉特骄傲地笑了，说："你必须让他们在小的时候就走上正路。这样的话，即便他们偏离了轨道，也终究会回归信仰。"

我不确定她说的信仰是哪一个：邦联还是基督教。

"我们都会偏离轨道，我知道我曾经偏离过，"维奥莉特边拨弄着豇豆边继续说，"我曾经是一个自由派。"

"不会吧！"苏·柯蒂斯大叫。

"维甚至有监禁记录，"她丈夫说道，"因为她在 1969 年参与了华盛顿的一次抗议活动。"

维奥莉特脸红了，说："我生长在一个很小的城镇，那里的每个人都认识我祖父和祖母。你永远不会狂野生长。所以当我离家去上大学的时候，我变野了。"她喝了一小口冰茶，继续说："从那以后我就改邪归正了。"

她儿子安静地坐在那里，玩着以叛军旗帜为背景的幼儿连线游[39]戏，在一本美国地图的填色书上填着颜色：邦联是灰色，联邦是蓝色，交界南部诸州是绿色。"沃伦，"他母亲说，"告诉这位来自弗吉尼亚的好先生，有比北方佬还让你憎恨的东西吗？"

"没有，先生！没有任何东西！"他大喊道。接着他钻到桌底下，喊着："有人告诉我这附近有北方佬！他们憎恨小孩子！"

下午，邦联儿童会在罗利的南军公墓再次召集，举行了一个纪念活动。孩子们读了他们编写的有关死者的简短资料，然后背诵了一些关于"沉睡的南军"的感人诗篇，并且向一座名叫"记忆之屋"的陵墓敬献了花圈。苏·柯蒂斯解释说，邦联儿童会花了好多周末做这些事：给南军的墓除草施肥，用花装饰墓地，参观纪念碑和圣祠。

一个女孩在其他孩子后面徘徊不前，向后盯着一排排的墓碑。"你知道我讨厌什么吗？"她说，"人们说历史会重复。这是我能想到的最可怕的事。"

贝丝（Beth）是一个热情的 12 岁女孩，高挑的个子，戴着牙套，一个黑色的条形发卡弯曲地卡在她的头发上。我告诉她，我不确定自己能理解这种膜拜墓穴和雪花石膏雕像的魅力所在，我甚至开始觉得，这对于一个儿童组织来说有些病态。

"跟你说实话，今天来这儿，我都有点难为情。"她说，"我告诉学校的一位朋友时，她说：'那是什么，是什么红脖子 ① 的活动吗？'" 贝丝皱着眉头说："我没有偏见，我也不认同所有那些'南方有多么好'的说辞。我确定北方也有好的地方。" 她看了看周围。"我希望没人听见我说这个。"

即便如此，贝丝还是她所在的邦联儿童会分会的会长，并且她觉得自己会在年龄到了的时候加入南军之女联合会。但是她对邦联的热情并不是来自邦联儿童会的《教义问答书》。在学校，她刚刚学了犹太人大屠杀的历史，开始对安妮·弗兰克（Anne Frank）和其他被纳粹杀害的犹太人入迷。

[40]　"打动我的是犹太人的心灵。他们是劣势者，他们知道自己会死，但却没有放弃信仰，" 她说，"就像南军一样。"

贝丝还看到了另一个内战与犹太人大屠杀之间的联系。"我喜欢阴森的东西，喜欢监狱，" 贝丝说，"我喜欢奥斯维辛——我的意思是，我不喜欢它，但我喜欢学习关于它的东西。那是我最喜欢的集中营。它让我思考为什么人类会对同类做那样的事情，还有人怎样才能在这种情况下保持自己的精神。然后我就想起了索尔兹伯里的战俘营。" 像一个 12 岁的孩子准备说可怕的事情那样，她降低了声调，说："你知道索尔兹伯里战俘营里的一些犯人是怎么自杀的吗？他们喝马桶里的水。" 她做了个鬼脸，继续说："我猜想，当人已经病得非常严重的时候，喝马桶里的水也能自杀。但是你必须是真的想死才能喝下去。"

在一栋内战前修建的豪华住宅中举办的"水果饮料及饼干招待会"上，我们赶上了其他人，然后是一个有炸鸡、奶酪土豆、青豆、

---

① "红脖子"（Redneck），对部分美国南方白人男子的一种称谓，有贬义。

英式饼干和脆皮桃子馅饼的宴会。吃着今天的第三顿毫无特色的饭，我想起了我和田纳西作家约翰·埃杰顿在纳什维尔的一次美味无比的午餐上的对话。"这顿饭包含了南方所有的六种主要食物类别，"他说，"糖、盐、黄油、鸡蛋、奶油和培根油。"①

晚饭以后是讲话和颁奖：有给《教义问答书》测验的获胜者的，有给"交了最多准确会员资料"的分会的（当然是苏·柯蒂斯的小组赢了），还有给"分区里年龄最小的注册会员"的，是一个五个月大的婴儿，下一年，他会成为邦联儿童会的州"吉祥物"。苏说，这个称号对好多家长来讲是梦寐以求的，有些父母在孩子出生的那一刻就注册了，甚至让产房里的医生帮着签申请表。

在十点半的时候，会议终于结束了。我向贝丝保证我会给她寄些从大屠杀纪念馆得来的资料，还会告诉她位于特拉维夫的另外一家博物馆的情况，我在那里挖掘出了一些有关我的东欧祖先的细节。贝丝的眼睛一亮。她最近也开始对宗谱学感兴趣，现在正在寻找自己的叛军祖先。

"我父亲的母亲的娘家姓是弗兰克，他们来自中欧的某个地方，"[41]她说，"可能，噢，只是可能，我在祈祷我是安妮·弗兰克的亲戚。那将会是这个世界上最棒的事了。"

我在索尔兹伯里待了一个星期，跟着柯蒂斯夫妇又参加了几个聚会。到最后，我知道了《迪克西》的每一节歌词，还学会了如何去区

---

①　约翰·埃杰顿（John Egerton, 1935— ），美国记者、作家。迄今为止出版了约 20 本非虚构类的著作，并在报纸和杂志上发表了大量专题文章，其作品关注的主题主要包括民权运动、南方历史、南方文化和南方美食。

别叛军的战旗和战时南部的第一面、第二面和第三面国旗。我还开始意识到，柯蒂斯夫妇每年为这些邦联活动走的路比北弗吉尼亚军走过的路还要多。

但是，在索尔兹伯里的最后一天，我决定去参加一个不同的纪念会。1月的第三个星期不仅有李和杰克逊的诞辰，还有马丁·路德·金①的生日。在20世纪90年代的南部，这个重新建立的世界里，纪念南军将领们的诞辰是不可告人的事情，只能在图书馆隐蔽的房间里庆祝，而金的生日是全国性的节日。我后来得知，弗吉尼亚州曾经试图对内战和民权运动进行一次奇怪的整合，创立一个"李-杰克逊-金纪念日"（州立法机构宣称，这三个人都是"大业的守护者"）。但混合并没有成功，大多数弗吉尼亚人继续分开纪念他们各自的英雄。

在索尔兹伯里也是一样。黑人用游行来纪念金的诞辰，还在距离南军纪念碑只有几个街区的小教堂举办纪念仪式。接待员向参加仪式的人分发纸扇，纸扇一面印着金的照片，另一面是殡仪馆的广告。有十来个白人坐在前排，包括市长、县治安官和县法官。

和我参加的其他聚会一样，纪念仪式在宣誓效忠和歌唱南部历史的歌曲声中开始，只不过是由站在种族冲突与解放的另一边的人来咏唱的。

如果一个黑人艰难度日，上天会帮助他。

---

① 即小马丁·路德·金（Martin Luther King Jr., 1929—1968），美国著名黑人民权领袖，美国民权运动的主要发起者和领导者之一，于1968年4月4日在田纳西州孟菲斯的一家汽车旅馆被人刺杀。

如果一个白人坐视不管，上天会帮助他。

一个人对别人落井下石，上天会帮助他。

上天帮助我们所有的人。

一位访问牧师讲的"诞辰祝词"也谈到了内战的遗产。他的讲话这样开始："一个多世纪以前，弗雷德里克·道格拉斯①说过，美国不 [42] 能一半是奴隶一半是自由人。他说，对于黑人来说，天空是黑暗的，但不是没有光明的。今天，我也会说同样的话。听到了吗？"

"是的，先生！"

"我们中的一些人仍然会为自己非裔美国人的身份而感到羞耻。我们比所有人都更努力地去融入。我们试图像其他人一样去说话，我们不敢笑。在我小时候，你在一个街区以外都能听到我们的笑声。来，谁来和我说话！"

"说吧，牧师！"

"我们不是食人族。我们不烹煮人类或者在鼻子上穿人骨。小时候，我读过'小黑人桑博'往烤薄饼上涂抹老虎黄油。②上学时，我

---

① 弗雷德里克·道格拉斯（Frederick Douglass, 1818—1895），美国黑人社会改革家、废奴主义者、演说家、作家和政治活动家，19世纪美国废奴运动的领袖人物，也是美国第一位获得举国承认的黑人领袖。

② "小黑人桑博"（L'il Black Sambo）是儿童读物《小黑人桑博的故事》（*The Story of Little Black Sambo*）中的主人公。此书首次出版于1899年，由英国女作家海伦·班纳曼（Helen Bannerman, 1862—1946）创作。在故事中，印度黑人男孩桑博有一天碰到了四只老虎，为了不被老虎吃掉，他被迫扔掉了自己的衣服和雨伞。但是，四只老虎为了抢夺衣服和雨伞打了起来，绕着一棵树相互追赶，最后一起变成了一摊印度酥油。桑博不仅拿回了自己的衣服和雨伞，还收获了酥油。回到家后，桑博的妈妈用酥油为全家做了一顿烤薄饼。这里牧师提到的"往烤薄饼上涂抹老虎黄油"说的就是这个情节。

学过罗伯特·E.李的事迹。但没有人给我讲过'花生人'布克·T.华盛顿。[①] 我没有听过'我们的'英雄的故事。我们不可能都成为超级巨星。我们大多数人只是努力工作的普通人。但你是特别的，因为上帝没有制造任何垃圾。我要在这一点上争辩一下，然后就不说了。"

"不，先生！继续说！"

"金博士说我们必须愿意去坚守原则，不然就会很容易上当。杰西·杰克逊[②]说，不管是哪艘船把你带到这个国家的，我们现在都在同一艘船上。所以，让我们团结起来。让我们手牵手并笑对彼此。"

合唱团开始唱歌，每个人都跟着唱了起来，引吭高歌《共和国的战斗赞歌》。朱利亚·沃德·豪所写的废奴赞美诗我都听过一百遍了。[③] 但现在透过内战的棱镜再听，我被它细致的尚武曲调和其描绘的 19 世纪 60 年代军队生活栩栩如生的画面吸引住了。

---

① 布克·T.华盛顿（Booker T. Washington, 1856—1915），美国黑人政治家、教育家和作家，曾给数任美国总统担任顾问。自 1890 年至 1915 年，华盛顿是美国黑人的领袖人物。他和白人合作，为美国黑人筹款创建了数百个社区学校和高等教育机构。此外，他还大力促进美国各种族之间的和平共处。这位演讲的牧师犯了一个错误，误把布克·T.华盛顿称为"花生人"（The Peanut Man）。事实上，"花生人"指的是另一位杰出的美国黑人，同时也是布克·T.华盛顿的同事兼好友，乔治·华盛顿·卡佛（George Washington Carver, 1864—1943）。卡佛是美国著名的黑人教育家、农业化学家和植物学家。他早年从艾奥瓦州立农业学院毕业，并取得硕士学位。1896 年，他接受邀请，到布克·T.华盛顿创办的黑人学院特斯基吉学院（Tuskegee Institute）任教。在校任职期间，他致力于开展花生和红薯的农产品加工研究，成功地研制出许多以农作物为原料的新型产品。仅花生一项，他就研制出近三百种包含燃料、肥皂和奶制品在内的合成产品。他的发明极大地改善了南方农民，特别是穷困黑人农民的生活。也正是因为他在花生上的研究成果，他被人们亲切地称为"花生人"。

② 杰西·杰克逊（Jess Jackson, 1941—　），美国著名黑人运动领袖、政治活动家和浸礼会牧师，被认为是继马丁·路德·金之后的又一位有巨大影响力的黑人民权领袖。

③ 朱利亚·沃德·豪（Julia Ward Howe, 1819—1910），美国女诗人、作家、废奴主义者和社会活动家，以创作《共和国的战斗赞歌》而闻名。

"他已拔出带着宿命闪光的快剑……在许多圆形军营的篝火中，我看见他的存在……他已吹响那绝不撤退的号角……他为了人类的圣洁而牺牲，让我们也为人类的自由献身吧，正当上帝在向前迈进时！"

如果说《迪克西》是挽歌，一个对充满了棉花地、荞面饼和同性恋欺瞒者的乡愁的唤醒，《共和国的战斗赞歌》就是它的对立面：在召唤上帝的军团去摧毁邪恶的方面，《共和国的战斗赞歌》是末日的、残酷的，并且几乎是工业社会的。说两首歌为南北方分道扬镳的原[43]因——还有北方胜利的原因——提供了一个旋律优美的概括，有些夸张了。但是，听着这两首歌被接连地演唱，我情不自禁地感受到了两个大业在情感上的距离。

歌唱结束以后，我跟与我并排而坐的人聊了起来，包括一位有贵族气质的高个子男士，他有一头涂着发油的灰色头发。我向他讲起我之前参加的李–杰克逊聚会，并问他对人们还在纪念邦联是什么感受。

"我很高兴他们有纪念那些人的自由，就像我们有纪念金的自由，"他说，"但你在那些聚会上没看见过黑人，对吗？我们这里有白人，至少有几个。任何你必须和自己人秘密进行的事情，都是有问题的。你会打心底里觉得不安。"一个歪嘴的微笑弄皱了他的嘴唇。"我对那些人只有一句话——阿波马托克斯投降。游戏结束了，你们输了。忘掉它吧。"

同座的其他黑人看起来并不关心白人纪念李和杰克逊的行为。"白人有过属于他们的好日子，现在我们有我们的。"一位女士说。但是另一位男士没有像其他人那样漠不关心。迈克尔·金（Michael King）是一位年轻牧师，他戴着角制框架的眼镜，胡子剪得很短。

"《圣经》上说，如果吃肉冒犯了你的兄弟，就别吃肉了。"他说，
"崇拜邦联的行为冒犯了我。"

我问他为什么这么说，他带我去了南军纪念碑，这个纪念碑占据
着索尔兹伯里最繁忙的街道的中央分隔带。这个 1909 年竖立的纪念
碑是一个青铜天使，她一只手怀抱着一位将死的叛军士兵，另一只手
握着一个桂冠。大理石基座上刻着南军的座右铭，Deo Vindice，意思
是"上帝是我们的守卫者"。

"这表达了什么信息？"金说，"上帝派了一个天使来接这个勇敢
的叛军去天堂。作为一名基督教牧师，我对此不满。上帝参与了一个
种族压迫另一个种族的这个概念，与基督教国家的本质相违背。上帝
才不和种族主义或者任何细分人群的东西站在一边呢。"

金被纪念碑所困扰，还有另外一个微妙的原因。"这是偶像崇拜。
我对那些必须树立偶像才能使自己感觉良好的人感到遗憾。"

金在索尔兹伯里生活了一辈子。他知道他持有的是少数人的观
[44] 点。他说，大部分黑人对此是无动于衷的，或者是他们不想因为谈论
旧的纪念碑而扰乱索尔兹伯里的种族平静。他只公开提过一次这个问
题，在一次公共会议上，他质疑为什么这个纪念碑——为苏·柯蒂
斯的南军之女联合会分会所有——应该竖立在一条繁忙街道的中间。
"每次我在红灯停下的时候，都必须去崇拜它。"金说。

作为答复，金收到了恐吓信。他的抗议给本地报社带来了雪花般
的来信，信上都强调纪念碑不涉及种族主义，它只是一个纪念那些
为了信仰而战斗并死去的曾祖父们的象征。"我是这么看的，"金说，
"你的曾祖父战死是因为他相信我的曾祖父应该继续做奴隶。难道我

应该对此感到心里温暖吗？"

　　我问金有没有一种方式可以让南方白人纪念他们的祖先却不冒犯他。他仔细思考了片刻，说："记住你的祖先，但是同样记住他们为什么而战，并且承认他们是错的。这样的话，说不定你还可以邀请我去你的李和杰克逊派对呢。就是这种方式。"

第三章　南卡罗来纳：在更美好的一半世界里

南卡罗来纳作为一个共和国来说太小了，

作为一个精神病院来说又太大了。

——詹姆斯·L.佩蒂格鲁在1860年这样描述他的家乡[①]

[45]　　"博雷加德将军"号渡轮缓慢地离开码头，慢慢地驶入了查尔斯顿港。在中层甲板，我被一群学生、各种相机肩带以及在风中摇曳的游客地图围在中间，很难看到萨姆特堡或者听清渡轮播放的嘈杂音乐："随着萨姆特堡的第一声炮响，美国内部冲突的最伟大时刻，国家之间的战争，开始了。"

　　走出人群，我来到"博雷加德将军"号的船头，和几个坚忍的乘客一起迎着寒风远眺。萨姆特堡距离海岸线有三英里[②]，附近其他的内战堡垒修建在伸入水面的细长陆地上。"这些堡垒，微微地泛着蓝色，坐落在闪烁的海面上，看起来就像一束模糊的海洋之花。"亨利·詹姆斯[③]在描述他于1905年造访查尔斯顿的经历时这样写道。

---

　　① 詹姆斯·L.佩蒂格鲁（James L. Petigru, 1789—1863），南卡罗来纳州律师、法学家和政治家。这句话是他在1860年12月南卡罗来纳州宣布脱离联邦时说的，以表达他反对脱离联邦的立场。

　　② 1英里 ≈ 1.609公里。

　　③ 亨利·詹姆斯（Henry James, 1843—1916），著名美国作家，被认为是英语文学界最伟大的小说家之一，在现实主义文学向现代主义文学的转型中扮演了重要角色。

从"博雷加德将军"号的船头看去，萨姆特堡更像是一个浮在查尔斯顿港上面的下水道井盖。

我左边的一个人看着他的旅行手册，说："他们向那个东西打了三千发炮弹。"他的妻子发呆似的点了点头，像一个早上第一节历史课上的学生。我右边站着一个与我年龄相仿、体格魁梧的男士。他留着光头，戴着太阳镜，穿了一件迷彩夹克，衣服上的扣子都换成了安全别针。 [46]

"令人心碎，是吧？"他盯着海面说。我不确定他指的是内战还是从"博雷加德将军"号上看到的场景。

"托尼·霍维茨。"我说着，伸出自己的手。

"乔尔·多尔夫曼（Joel Dorfman）。"他停顿了一下，说："平安（Shalom）①。"

多尔夫曼是一名失业的货车司机，来自长岛。我问他是什么把他带到了萨姆特堡。

"这里是终点。"他说。

"终点？"

"是的，终点，我的朋友。我一个小时前才抵达这座城市。"

"我也是。"

"环顾四周，看风往哪里吹。"

我不知道自己想在驶往萨姆特堡的渡轮上找到什么，但肯定不是这个：一个来自长岛的光头犹太人货车司机，用大门乐队②的歌词进行对话。

---

① "Shalom"意为平安，是犹太人见面问候的习惯用语。
② 大门乐队（The Doors）是1965年成立于洛杉矶的美国摇滚乐队。

"我已经做了四个月的暴风雨中的骑士了。"多尔夫曼继续说。①
他的旅行始于他丢掉工作的一刻。从那时起，多尔夫曼就开始沿着内
战的轨迹旅行，正如我现在计划要做的一样。只是多尔夫曼是反着来
的：从李在阿波马托克斯的投降开始，然后到匹兹堡、葛底斯堡、安
蒂特姆、马纳萨斯，现在到萨姆特堡。今天晚些时候，他将会开始去
往纽约的长途撤退。

"为什么倒着来？"我问他。

多尔夫曼疑惑地看着我，说："如果时间能够倒流的话，我们不
是会先撞见战争的结束吗？"

"博雷加德将军"号停靠在萨姆特堡。比起从海上看，近看这个
被亨利·詹姆斯称为"神圣物体"的堡垒更不让人感到印象深刻。要
塞是一座低矮的砖砌五角形建筑，蹲坐在一个荒凉的人造环礁上面。
墙面覆盖着一层难看的、像岩浆一样的黑色沥青。我们爬上岸，海鸥
在我们周围尖叫和拉屎。在渡轮回来之前有一个小时的参观时间。

一名公园管理员站在要塞内部的一个炮管上。他向我们讲解说，
[47] 当位于查尔斯顿的南军指挥官皮埃尔·古斯塔夫·陶特·博雷加德接
到"开始将其削弱"的命令时，萨姆特堡还没有完工。1861 年 4 月
12 日的黎明，博雷加德执行了这个像健康食谱一样的指令，叛军从
围绕着港口的炮台向要塞发动了炮击。②

---

① "暴风雨中的骑士"原文为"a rider on the storm"，出自大门乐队 1971 年的同
名歌曲。这里多尔夫曼想表达的意思是他已经旅行四个月了。

② "健康食谱一样的指令"原文是"dietlike instruction"，指的是前文"开始将其
削弱"的命令，其原文为"proceed to reduce it"。在英语的语境中，这个短语也可表达
"开始减少某种食物的摄入"的意思，通常用在减肥建议或医嘱中。因此，在这里作者才
会说攻击萨姆特堡的命令像健康食谱一样。

萨姆特堡里面的联邦守军进行了还击，直到要塞的木结构营房失火，他们才被迫投降。令人难以置信的是，在这场持续了 34 小时的炮火对决中，唯一死亡的只是一匹南军的战马。但是，博雷加德批准了他的敌人在降下星条旗之前鸣枪一百下致敬，这时一支枪走火打死了两名北方士兵——他们是在接下来的四年战争中死去的 62 万名将士中的头两个。

"禁止攀爬，禁止翻越栏杆，还有请不要把萨姆特堡带回自己家。"游客们在石头要塞里四下散开时，管理员这样说道。管理员是一个名叫乔·麦吉尔（Joe McGill）的黑人青年，他说的不要把要塞带走的警告不完全是玩笑话。许多南方人把萨姆特堡看作一个邦联的神殿；经常会有海军陆战队队员们来到这里举行延长服役的仪式，情侣们在这里交换结婚誓言。"每隔一段时间，就会有人情不自禁地试图撬走一块带有弹痕的砖头。"

不过，大多数只是普通的游客，他们中间的许多人只是懵懂地知道一些美国历史。游客们经常问麦吉尔为什么他没有提到《星条旗之歌》[1]。他还得解释说，国歌是在另一场战争中的另一个要塞遭到炮击时所创作的：1812 年战争中巴尔的摩的麦克亨利堡。还有人问是不是约翰·布朗打响了攻击萨姆特堡的第一炮。他们以为这里发生的是废奴主义者对哈普斯渡口的袭击，那次突袭发生在炮击萨姆特堡的 18 个月之前。[2]"有个人甚至问我，为什么许多内战的战斗都发生在国

---

① 《星条旗之歌》（"Star-Spangled Banner"）是美国国歌，又译《星条旗》。

② 约翰·布朗（John Brown, 1800—1859），美国废奴主义者领袖，主张通过武装起义解放美国南部的黑奴。1859 年 10 月 16 日，在布朗的领导下，18 位废奴主义者在弗吉尼亚州的哈普斯渡口（Harpers Ferry）发动武装起义，并很快控制了该镇，解放了少数奴隶。10 月 18 日，由于势单力薄，起义被镇压，10 名起义者在战斗中牺牲，包括布朗在内的几名起义者被俘。12 月 2 日，布朗被处以绞刑。

家公园里。"麦吉尔说。

我很好奇麦吉尔带领游客参观蓄奴邦联的神殿会不会感到尴尬。"如果袭击萨姆特堡就是故事的全部，我会的。"他说。他指着海上不远处的一处沙嘴说，就在那边的附近，由黑人组成的联邦部队对一座叫瓦格纳炮台的棱形堡垒发动了自杀式袭击。电影《光荣战役》中的高潮部分展现的就是这次攻击，它改变了南北双方白人对黑人士兵战斗能力的态度。

[48]　麦吉尔还给我讲了罗伯特·斯莫尔斯（Robert Smalls）的故事，他是一个查尔斯顿的奴隶和港口领航员，劫持了一艘名叫"种植园主"号的南军船只，从萨姆特堡的炮口下溜过去，把船交给了北方海军。斯莫尔斯后来成了这艘船的指挥官，还五次担任南卡罗来纳州的国会议员。麦吉尔笑着说："我觉得我在这里的角色和他有些一样，说不定我能在讲解中夹带一些能改变人们对内战看法的东西。"

麦吉尔借故走开，去给一群学生讲解要塞的碎石防护堤。石灰砂浆是由牡蛎壳和石灰做成的，我从海上看到的丑陋的黑色涂层是美西战争后的一次翻新遗留下来的。陆军把萨姆特堡改造成了一座炮台，用加固的水泥封起来，涂成黑色以减弱它的光泽。

我在外面闲逛，发现乔尔·多尔夫曼鬼鬼祟祟地走在萨姆特堡旧大门外面的泥滩上。一些炮弹仍然镶嵌在墙上。"这些可是当年的石头和炮弹啊。"多尔夫曼说。他把手掌按在被晒热的砖头上，闭上眼睛吟诵着："打穿墙壁，到另一边。"

船上的号轻轻吹响，召唤我们回到"博雷加德将军"号上。在驶回查尔斯顿的路上，我们凝视着沿线栽种着菜棕的防波堤，1861 年，女人和孩子们曾聚集在这里观看对萨姆特堡的炮击。"所有这些死亡，"

多尔夫曼说，"开始进入你的心里。夏洛，我去过。血池，很可怕。威尔德内斯，我去过。在战斗中，森林被点着了，烧死了几百名伤兵。"①他停顿了一下，继续说："我去过许多公墓。你可知道当时有三千名犹太人为南方而战？他们中的有些人就埋葬在这里，查尔斯顿。"

突然，有人叫喊起来，其他乘客都开始指着海面。"鱼鳍！"有个人喊。两只海豚跃出海面。"快，把摄像机拿出来！"

多尔夫曼摇了摇头。"我去过许多和这里一样的地方，"他说，"我不敢把数字说得太高，但是 90% 的人都不知道他们为什么来这里。对他们来说，站在一万座坟墓之上跟在迪士尼乐园没有什么区别。"

日落时分，我们在查尔斯顿靠岸。我把多尔夫曼送到他的车上。破旧道奇车的后座上堆着起皱的衣服、沾了污渍的枕头、内战书籍、[49]被捏扁的乐之饼干盒，还有一个泡沫餐盘，上面放着一个蘸了肉汁的发面软饼干。"剧终了，我的朋友。"多尔夫曼边说边坐进车里。他摇下车窗，大声喊了句"平安"，开走了，留下一团尾气。我微笑着挥手，同时也在想，我会不会以相似的状态结束我的旅程：对内战痴迷得要死，每天吃发面软饼干和肉汁，睡在扔满脏衣服和乐之饼干的车中。

作为一个内战迷，我来到查尔斯顿，天真地以为会在每个拐角处

---

① 夏洛战役是于 1862 年 4 月 6 日至 7 日发生在田纳西州西南部的一次战斗，因战场附近一个名叫"夏洛"的小教堂而得名，是美国内战中西部战区发生的第一场关键性战役。战役的起因是格兰特率领的北军意图攻占位于田纳西州科林斯的铁路枢纽，最终北军取得了胜利。"血池"（Blood Pond）是夏洛战役中战场上的一个小池塘，因士兵的鲜血染红了池塘而得名。威尔德内斯战役（Battle of Wilderness）于 1864 年 5 月 5 日至 6 日发生在弗吉尼亚州的威尔德内斯高原，经过两天的激烈战斗，双方都损失惨重，最终不分胜负。

都能遇见 19 世纪 60 年代。但是，下了"博雷加德将军"号，我很快就看到邦联只代表了查尔斯顿悠久的历史中一闪而过的四年。发现这个城市其他血统的第一条线索就是犹如皇家车队一般的街道名称——国王、女王、约翰、玛丽——让人联想到殖民地时代的威廉姆斯堡。事实上，查尔斯顿建立的时间比弗吉尼亚的第一个首府还早，因查理一世而得名，他是比奥兰治的威廉早两代的英国国王。

查尔斯顿甚至有自己的建城故事，"五月花"号的南方版本。1669 年，勇敢的殖民者们乘三艘船从英格兰出发；飓风摧毁了其中的两艘，他们被迫全部挤在"卡罗来纳"号上，一直到第二年才在查尔斯顿登陆。如果有查尔斯顿人暗示他们的祖先可追溯到"三艘船"，他们是在用上流社会的语言告诉你，他们的血统是最纯正的查尔斯顿血统。

在 18 世纪，查尔斯顿是费城以南最大的城市，有各殖民地中最好的剧院、最豪华的住宅和第一个公共图书馆。到了夏天，当奴隶们在水稻和蓝靛田地里辛苦劳作时，绅士们为了躲避沿海种植园里的疟疾而来到城市中的欢乐宫居住，这些宅邸可以与强盗大亨们在罗得岛州纽波特的"农舍"相媲美。① "绅士的种植园主们除了吃、喝、懒洋洋地坐或躺、抽烟和睡觉，绝对看不上任何其他的消遣方式，这五个行动模式组成了他们生活和存在的本质。"一位殖民地时期的查尔斯顿医生曾这样描述。

---

① 强盗大亨（Robber Baron）是对 19 世纪晚期通过剥削或非法手段致富的美国商业大亨的贬义称谓，这些手段包括掠夺自然资源、贿赂政府高层、剥削工人、制造垄断、操纵股价等。这个称呼最早出现在 1870 年 8 月的《大西洋月刊》（*The Atlantic Monthly*）杂志上，到 19 世纪末期已经被广泛使用。"农舍"（cottage）特指这些大亨在罗得岛州纽波特海边修建的豪华庄园。

这种奢侈逸乐的美好生活帮助触发了内战，反过来，它也被内战摧毁了。在内战前夕，查尔斯顿的白人有着美国最高的人均收入。在[50]低地地区（Lowcountry）——指查尔斯顿周围的沿海沼泽地带——的大部分地方，奴隶和白人的比例是九比一。1860年12月的一个晚上，基本上由富有的种植园主组成的一群人聚集在查尔斯顿的一个大厅里，全体一致通过了南方的第一个脱离联邦的法令。

到内战结束时，查尔斯顿已经被大火和联邦海军长达18个月闪电般的炮击摧毁了。战后，亚特兰大和其他城市按照北方的图样重建了自己，查尔斯顿却安于在闷热的天气中昏昏欲睡，成了一个战败的南方的贫穷却骄傲的幽灵。但是，穷困或许是一件幸事，查尔斯顿免于遭到大拆大建。当繁荣在第二次世界大战期间慢慢回来时——讽刺的是，这次的繁荣是由80年前攻击这座城市的同一支联邦海军带来的——查尔斯顿的豪华住宅被认为是历史和建筑的珍宝而值得保存，城市作为一个观光客的游乐场重生了。打败了老南方（Old South），北方人现在可以分享其奢华，住在种植园主的城市豪宅中，参观他们的种植园，坐马车行进在鹅卵石街道上，优雅地品尝低地地区那些名字有趣的菜肴：跳脚的约翰、弗罗格莫尔炖菜、野猫虾和母蟹汤。

我选择住得便宜些，入住了一间民宿旅馆，在查尔斯顿历史区中心所在的半岛尖端部分闲逛。这片差不多一平方英里的区域是至今为止我在美国游览过的最令人惬意的城区。低矮的天际线、被飓风吹过的植物、彼此相隔适宜的建筑赋予了查尔斯顿的街道阳光明媚的绚丽，就像一张凡·高的风景画，建筑的色彩也与之相辉映。我观赏了墙面涂成棒棒糖颜色的"彩虹街"，透过铁制大门看房屋后面的秘密花园，还有被称为"Piazzas"的大型门廊。① 这种门廊的建筑形式是从加勒比海地区引进的，是为了捕捉海风和遮挡夏日阳光而设计的。即使是在冬天，也很容易想象出一对查尔斯顿贵族坐在一个门廊下面的柳条长椅上，用朗姆酒、烟草和惠斯特桥牌来消磨时光的场景。

[51]　终于，我在"市场"（Market）找到了内战，这里以前是一个海鲜和农产品市场，现在是个旅游集市，里面有一个专营南军相关物品的摊位：叛军旗帜、迪克西酒杯和写着"如果一开始你不脱离（联邦），再试一次"的保险杠贴纸。摊位的旁边有一个黑人妇女坐在那里用菜棕叶、松针和香根草编篮子。她坐在一张折叠椅上，腿上铺着毯子，用几张硬纸板挡风。"我受不了冷。"在一个 60 华氏度的日子，艾米莉·海恩斯（Emily Haynes）这样说。她把头上一撮被风吹着的灰白色头发塞进亮绿色的头巾下面，从苍老的外表来看，她的年龄是在 45 岁到 90 岁之间。

海恩斯是一个佃农的女儿，她小时候的大部分时光都在地里干活，那时她用的篮子和现在她为游客编织的篮子一模一样。"把稻米颠起来再接住，让风把稻壳吹走。"她说，"我们以前把这个叫作扇子篮。"她笑了，露出了仅存的臼齿。"现在白人们用它们装水果啊、花啊什么的。"

在稻田里，海恩斯学到了她唯一知道的关于内战的东西。"我忘了调子怎么唱，但歌词是这样的。"她清了清嗓子，背起了歌词：

> 亚伯拉罕·林肯，犹太人的国王，

---

① "彩虹街"（Rainbow Row）是查尔斯顿的一处景点，街上的房屋都涂成绚丽的色彩，因此而得名；"Piazzas"源自意大利语，有广场、拱廊、走廊等含义。

穿着廉价的马裤和牛肚子皮鞋。

　　她继续编篮子。"马裤的意思是滑稽的裤子，鼓得像气球一样。"她说，"不知道牛肚子皮鞋是什么，听起来很廉价。林肯是个乡巴佬，我猜想。"我问她为什么林肯是犹太国王。"因为他领着奴隶们走向自由，和摩西一样。"她说，"这就是为什么'匪帮'刺杀了他，和他们刺杀马丁·路德·金的原因一样。'匪帮'不想让他坐他们的位子。"

　　"匪帮"还一直压迫穷人。海恩斯说，黑人曾经拥有查尔斯顿周围的大部分农田，但是被"骗走了"。"我爸爸总是说：'白人比你会算计，然后赚走你的钱。'"这让她想起了大萧条时期流行的一个小曲：

　　　　五分钱的糖，一毛钱的猪油，
　　　　我想多买点，但是日子太艰难了。

　　现在日子好些了。海恩斯把她的篮子卖到 30 美元一个——她估[52]计，这比她父亲一年赚的都多。我让她骗了我 30 美元，买了一个篮子。起身准备走时，我问她如何看待她的邻居在旁边摊位上卖叛军小饰品。

　　海恩斯耸耸肩，往她腿上放了些菜棕叶，准备编制新的篮子。"他们可以随便纪念那场战争，"她说，"只要他们记得自己输了就行。"

　　查尔斯顿——或者说查尔斯顿的旅游业——更倾向于把内战完全

忘掉。该市最大的博物馆展出了几件南军文物，但是没有提及脱离联邦或萨姆特堡的历史。街对面，在查尔斯顿巨大的游客中心，介绍城市概况的幻灯片选择用被动结构的语句去讲述这些事件："在萨姆特堡，炮被打响了，查尔斯顿被拖进了内战的黑暗时期。"然后，幻灯片很快切换到城市历史上发生的其他灾难事件：大火、地震、飓风"雨果"。我问了接待处的一位女士有什么内战的景点可以去参观。除了萨姆特堡，其他的她一个都说不出来。"'市场'里曾经有个老博物馆，好像是。"她说着，给了我一堆介绍游览马车、园林展、种植园游览的小册子。

回到"市场"，我发现了一栋模仿希腊的雅典娜胜利神庙建造的内战前建筑。门廊上方的牌子上写着"南军博物馆"，但是窗户被木板堵住了；自从这栋建筑在 1989 年的飓风"雨果"中损坏了以后，它就关闭了。很碰巧，我在街上的一家商店看到了一张手写的宣传单，上面写着博物馆暂时搬到了一条小街上，只在每个周末开门几个小时。

原来，博物馆临时使用的场所是一家幼儿园，博物馆的馆长是一位南军之女联合会的成员，她平时在幼儿园教课。"幼儿园说我们可以把一些东西暂时放在这儿。"琼·韦尔斯（June Wells）说。她指着一个光线昏暗的小房间，里面堆满了满是灰尘的箱子。

她所说的"一些东西"包括了在萨姆特堡升起的第一面叛军旗帜、第一门邦联造大炮的木轮——因为缺少空间，木轮被塞进了幼儿园的一个儿童厕所隔间。"我们是政治不正确的，你明白的。"韦尔斯这样说起博物馆所处的境况，"市政府说他们因为缺钱，所以没办法把我们的房子修理好。但是他们修建了一个新的公园、一所新的学校、一家新的水族馆，还修理好了所有其他被风暴损坏的建筑。"

[53]

韦尔斯跟我说这些时，语气里不带任何怨恨。她大概 70 岁，有着雅致的外表和玲珑有致的身材。我发现自己开始想象她年轻时的样子。也不光是因为她的外表，还有她温柔的笑声，以及她直率且几乎是迷人的眼神。"你来自弗吉尼亚？噢，我们太荣幸了。"我在访客簿上签名的时候她这样说。我在一张标着 1 月的空白纸上写下了我的名字。

我给她讲了我的旅行，还有我对内战纪念开始形成的印象。"多好的一个计划啊，"她说，"我可以给你提供一些我自己的想法吗？"

"当然可以，夫人。我会很感激您的想法。"南方礼节最好的地方就是它似乎改进了我的行为举止，至少是暂时改进了。

"在查尔斯顿，我们是异类，以前和现在都是，我确定这正是为什么我们挑起了内战。"她说，"我们是一个受过良好教育的城市，关心各种问题，从未经历过殖民地时期的穷困阶段。"

韦尔斯的祖先坐"第一艘船"来到这里，然后就一直在这座城市里繁衍生息。她认识几十个有着类似血统的家庭。"我们不是习惯迁徙的人，"她说，"我们住在老房子里，每天用旧盘子和旧银器。我们和过去很亲近，并且对此感到很舒服。我们的生活被挂在墙上的亲戚们的照片所包围，我们是听着他们的故事长大的。我们这种生活状态给了这里的展品超越它们本身的个性。"

她站起来，抚平身穿的佩斯利裙子。"我可以给你看些东西吗？看了你就知道我的意思了。"她轻轻地握住我的手腕，把我带到一个玻璃箱前面，箱子里面装着一个大酒碗。她说，捐赠这个碗的女人的父亲是萨姆特堡的南军总工程师。19 世纪 80 年代的一次南军重聚会上，这位女士用这个碗盛着潘趣酒招待了几百位杰出老兵。

[54] "虽然当时她还年轻，但是她装了假牙，"韦尔斯说，"她在弯腰倒酒的时候，假牙掉进了碗里。她看了下排队取酒的人，又看了下酒。假牙已经沉到了碗底，所以她决定继续倒酒。直到她确定不会被人发现时，才把假牙取了出来。"韦尔斯笑了，继续说："她40年前给我讲了这个故事，但至今我看到这个酒碗就会想起那副假牙。"

她走到另一个玻璃箱，讲了另外一个奇怪的故事。"有一天，一位我从未听说过的女士打电话到博物馆，她说：'我今天就要死了。我有件南军制服，如果你想要的话就过来取吧。'"韦尔斯赶到那位女士家，女士却拿出银制高脚杯盛着的雪莉酒来招待她，她们一起聊了两个小时。"然后她说：'我要死了，所以如果你想要我爷爷的军服，它就放在楼上的衣柜里。'"

韦尔斯指着军服说："这个非常珍贵，因为有裤子。很少有裤子流传到现在，因为士兵们一般会继续穿它们，直到穿坏。"我问她那位老太太后来怎么样了。"噢，她还时不常地给我打电话，询问她爷爷的情况，"韦尔斯笑着说，"她好得很。但她不喜欢她的亲戚们。我觉得她把军服给我就是为了气他们。"

博物馆里的每件展品似乎都有一个类似的哥特式故事。布满灰尘的展品背后隐藏的故事被韦尔斯端庄地讲出来，这让我开始猜想韦尔斯意在称赞她的展品，还是想讽刺它们。"皮埃尔·古斯塔夫·陶特·博雷加德是个有女人缘的男人。"她这样评价那位有着响亮名字的克里奥尔人。[①]"这是他的一个银制火柴盒，显示了他高雅的

---

① 克里奥尔人（Creole）一般泛指在拉丁美洲殖民地出生的欧洲人后裔，但是这个称谓在不同的地区和不同的历史时期有不同的含义，在美国一般指路易斯安那州部分地区的法国移民后裔。皮埃尔·古斯塔夫·陶特·博雷加德就是一位来自路易斯安那州的法裔美国人。

品位。"她停顿了一下，再次开始讲自己珍藏的故事："你知道吗？他从路易斯安那带了个仆人到查尔斯顿，只是为了让仆人每天为他的胡子打蜡。他还把自己的牛从新奥尔良用火车运过来。他说自己胃不好，不能喝任何其他动物产的奶。你能想象吗？"

韦尔斯家人的故事也没有被落下。她的祖父和外曾祖父在内战中都加入了南军。"他们在查尔斯顿的威望很高。"她说。至少在外人面前威望很高。两位老人生活在一起，都活到了 95 岁。"所以我祖母不得不照顾这两个老古董——她的丈夫和父亲——他们至死都在争论这 [55] 场战争。你知道老祖母有多忙了吧。"

韦尔斯在年轻时就加入了南军之女。那时，她所在的小组还包括了许多真正的叛军士兵的女儿，甚至还有几位遗孀。韦尔斯经常用渡轮送她们去参加聚会。"她们是真正的查尔斯顿淑女，戴着手套和帽子，穿着高跟鞋。我有时会帮她穿束腰紧身内衣。她们都 85 岁了，还吸着肚子去展现自己苗条的腰身。"

在20世纪初的鼎盛时期，正是这些女士在管理南军之女联合会。当时，整个组织发展到了十万人，她们在南方各地的法院前面都竖起了叛军士兵的纪念像。我很奇怪，为什么在纪念神圣的战场荣耀方面，女人比老兵还活跃。但是，曾经担任过南军之女联合会历史学家职务的韦尔斯认为，女人们在纪念她们的男人们的同时也是在纪念自己。

"战争爆发之前，南方女人——南方富裕阶层的女人——基本上是被保护的对象，她们基本上什么事都不用做，"她说，"但是后来男人们去打仗了，女人们留下来照顾家庭、生意、农场。突然间，她们不得不变得自力更生，而且她们发现自己可以。"至 1865 年，每三个南军士兵中就有一个因为战斗负伤或疾病而死亡。那些从北方战俘营或者弗吉尼亚战场零零星星回到家的人彻底被打败了，意志消沉，好多还残废了。"但是，以一种奇怪的方式，女人们变得比以前更坚强了，"韦尔斯说，"她们照顾了遗孀、孤儿和受伤的男人。她们对南方形成了一种团结与怜惜之心。"

　　她们还珍视内战的遗物，是南军之女在1896年开设了南军博物馆。许多展品还贴着发黄的标签，都是由老兵们自己手写的。一个典型的标签上写着："C. P. 波彭汉姆（C. P. Poppenheim）大衣上的扣子，上面有他在夏普斯堡战役受伤时沾上的血渍。"一位老兵捐赠了一玻璃箱从马纳萨斯带回来的干花。另一位把一个布满弹孔的树干拖回了家。还有一些人甚至带了石头回来。"不向北方佬射击的时候，他们都在收集纪念品。"韦尔斯说。

[56]　　搜寻遗物并没有随着战争的结束而终止。韦尔斯给我看了一封信，上面缝着一缕灰色的头发。"这是我们最受欢迎的展品。"她说。这封信来自罗伯特·E. 李的理发师，上面写着："随信寄去的一缕头发是我在伟大的英雄死后，从他的头上剪下来的。"另一个箱子里放着一缕杰斐逊·戴维斯的头发，还有一些树的碎片。1865年，他在那棵树下被联邦军逮捕。

　　头发、木头的碎片和有血渍的衣服，幼儿园开始变得不像一座博物馆，更像一个圣人的圣物箱。"你为什么在这里工作？"我问韦尔斯。

　　"是义务在这里工作。"她纠正了我。然后，为了回答我的问题，她给我看了一对鼓槌，上面写着："在战死的一个小伙计手中找到。"还有一个小箱子，里面装着鼓手男孩带到战场上的儿童物品。

　　"我总是让年轻人看这些，因为我非常反战，"韦尔斯说，"这就是为什么我在这座博物馆工作。这里所有的东西都是真的。这不是电视节目。我希望人们看到这些东西，能让他们永远不想打仗。"

对韦尔斯来说，失败和破坏是内战的真正遗产；它们把南方从这个习惯了胜利的国家区别开来。她认为这一点让南方人更明智些，可能还更相互体谅一些。"我一直为北方人感到难过，"她说，"我有个北方亲戚住在纽约，每次我去看她，我都感到不舒服，人们特别多疑和冷漠。"她耸耸肩。"可能，我仍然觉得南方在某种程度上是世界更美好的另一半。"

这时有人敲门，一位面露疲倦的女士走了进来，带着一个 10 岁左右的男孩。看到博物馆，男孩的脸上露出喜色。"我们终于找到这儿了，我太高兴了，"他的母亲说，"他对内战着了迷。"

男孩把脸贴在一个玻璃箱上，箱子里展示着一叠邦联钱币。"我们小时候，"韦尔斯对男孩说，"经常用这些钱玩过家家，还用它点火。"男孩开始拉着他的母亲向武器和制服挪动，眼睛瞪得大大的。

"我们有一些鼓槌，是你这个年龄的男孩们曾经用过的，"韦尔斯［57］说，"你们离开之前，别忘了让我带你们去看。"

白天，1 月的查尔斯顿看起来安静而文雅。晚上就变得疯狂起来。一天晚上，我差点被一群喝醉的大学生撞倒，他们在大街上飞奔，还尖叫："舔不着阴茎！"[1] 南卡罗来纳大学的"斗鸡"橄榄球队

---

① "舔不着阴茎"的原文是"Can't lick those cocks"，斗鸡是南卡罗来纳大学的体育运动队的名称和吉祥物，"cock"在英文中有雄鸡和男性生殖器两个含义。因此，"Can't lick those cocks"一语双关，字面的意思是"舔不着阴茎"，隐含的意思是"（对手）不能击败斗鸡队"。所以，这些年轻人是在用淫秽的双关语来讽刺对手并表达他们对胜利的喜悦。

最近刚刚赢得了一场橄榄球碗比赛的胜利，这次胜利在"市场"区域沿街的酒吧中引起了一场持续一个星期的饮酒狂欢。也不是说查尔斯顿人需要这样一个借口来饮酒作乐。南卡罗来纳州刚刚选出了一位基督教右派州长。在同一次竞选中，查尔斯顿人进行了一次允许周日饮酒的公民投票。

来到查尔斯顿几天以后，我给一个当地女士打了电话，她是一位朋友推荐的导游。她提出要带我去"行走"。

"是步行游览炮台吗？我去了。很不错。"

她笑了，说可以在天黑时与我见面。"行走"原来是查尔斯顿的俚语，意思是走着去查尔斯顿的各式酒吧逐店饮酒，直到参加者醉得不能继续走路时才算结束。

此外，一家叫"穆特里酒馆"的酒吧成了我在查尔斯顿开展内战行动的基地，这似乎再合适不过了。第一眼看去，穆特里酒馆像是一个专宰游客的黑店。据称酒馆"建立于 1862 年"，店内有老音乐和内战装饰品，还有装满了米尼弹头和扣子的玻璃箱子，这些都是喜爱收集内战遗物的酒吧店主从地底下挖出来的。但是，当观光客们正在津津有味地品尝精心命名的菜肴时——比如封锁线沙拉和萨姆特火腿与虾——一个由穿着正式的白领和粗鲁的工人组成的奇怪组合挨着吧台，无休止地辩论起内战。

一天下午，我在吃午饭的时候听到一个人向其他几个喝酒的顾客大声吼叫："一群查尔斯顿的大亨篡改了整个南方的大业，正是这个行为把我们从萨姆特堡拖进了内战的烂摊子。别误会我。我对州权感到非常骄傲。去他的，我还相信城市权呢。"

他停下来喝光了啤酒，我想知道他将要谴责州政府的哪些掠夺行为。

"哥伦比亚根本管不着我们，"他这样评价南卡罗来纳州的首 [58]
府，"它在该死的'圣经地带'。从小别人就告诉我，浸信会教徒们
从来不站着做爱，因为别人会以为他们在跳舞。他们的信仰就是这
么坚定。"

我把午餐挪到吧台，向这个人提出给他买杯酒。他点了四瓶啤
酒，塞给我一瓶。"我喝啤酒是为了后面喝烈酒，"他说，"在开始喝
硬货之前，要先给胃打好基础。"

在查尔斯顿，特立独行是件值得骄傲的事。已经有几个人向我夸
耀过查尔斯顿市的警察总长，他是一位名叫鲁本·格林伯格（Reuben
Greenberg）的非洲裔犹太人，毕业于加利福尼亚大学伯克利分校，以
前当过竞技牛仔。他穿滑轮鞋巡逻，还用微型的叛军旗帜装饰他的办
公室。但是，即使是按照查尔斯顿的标准，杰米·韦斯滕道夫（Jamie
Westendorff）也是个古怪的人。他肩膀很宽，有一双水汪汪的蓝眼睛
和一头棕色的卷发。除了其他一些身份，韦斯滕道夫还是一名鳄鱼摔
跤手、第五代查尔斯顿人和一位穿越封锁线的南军船长的后代。

"那些船长为了大业而战，这个大业就是钱，"他说，"当时的穿
越封锁线和现在的走私毒品没有太大区别。除了他们比毒品走私犯更
聪明，因为他们不会对自己运送的东西上瘾。"

韦斯滕道夫也是一名水手，他为自己的餐饮生意捕捞贝类。他
的特长是做低地特色的筵席——用醋和辣椒做炸虾、软壳蟹和猪
肉——他总是给大型的宴会做饭，一次做很多，就像是给拉伯雷笔
下的巨人做的。"我喜欢那些穿越封锁线的人。无论你做什么，尽最
大努力去做。所以，如果我可以给一百个人做饭，为什么不给一千

个人做呢？"

韦斯滕道夫还做水管工的工作，这个工作导致了他的主要爱好：室外厕所挖宝。[①] 他在 19 世纪的查尔斯顿保险地图上找到标示着 W. C. 的小方块，然后按图索骥，在现代房子的后院里寻找旧时的遗物。"财富都被扔到那些洞里了。"他说。这些财富包括药瓶、陶器、厨房器皿、酒瓶。"以前，有些人不想让别人知道他们喝酒，所以就跑到屋外的厕所喝。这就是'屎房饮酒者'的来源。"

韦斯滕道夫喝完最后一瓶啤酒。"我得去做猪肉了。"他说。

[59]　　"介意我跟着去吗？"我问。

他耸耸肩，说："只要你不介意乘坐南方最臭的皮卡车。"

两只臭熏熏的土狗，拉特（Rut）和拉特–莱特（Rut-Lite），坐在他破旧的皮卡车的车厢里。管道疏通器、花生壳、内战时期的弹片被随意扔在仪表盘上方和地上。韦斯滕道夫用一个看着像回形针的东西发动了汽车，然后问我都看了查尔斯顿哪些地方。我告诉他我去了萨姆特堡和几个博物馆，体验了"行走"，还参观了几个花园和房子。

"换句话说，你还什么都没看。"他说。他提出要带我去看几个他最喜欢的"半岛城市"（他这样称谓市中心）的景点。我们首先在港口旁边的一条街道上停了下来，街上满是豪华住宅。"我在'炮台'区域的大部分房子里都干过活——或者说至少在房子下面干过活，"他说，"那些旅行团不会告诉你这些房子到底是什么——是全世界最大的钱坑。"白蚁、潮湿和海洋空气常年腐蚀着房子的表面和门廊。

---

① 室外厕所挖宝（Privy Digging）是在美国某些地区流行的一种业余爱好。此项活动的爱好者会首先研究历史资料，以找出老式室外厕所的位置，然后对其进行挖掘。最终的目的是在室外厕所的原址上挖出古董瓶子或者各类家庭用品，用以出售或者收藏。

光是粉刷一栋大房子就要花费四万美元，有的房子每年都需要粉刷。

韦斯滕道夫给我指了一栋长满藤蔓的别墅，房子的前墙脱落，百叶窗都腐烂了。"这是典型的老查尔斯顿有钱人，"他说，"太穷了，粉刷不起房子。又太高傲了，不愿意把房子刷成白色。"他缓慢地向前开，指给我看了几个维护得不错的房子。"这是新的查尔斯顿有钱人。都是外地来的。暴发户。"其中一栋房子属于一位华尔街交易员，另一栋属于温蒂汉堡的创始人，第三栋属于一位麦当劳高管。韦斯滕道夫吹了个口哨，说："卖汉堡一定很赚钱。"

然而，别人看到的是宏伟的房子，韦斯滕道夫看到的却是粪便。他指着一个铁门后面的花园，说："我猜测室外厕所就在那边。几英尺的地下可能是个金矿。"但是，韦斯滕道夫怀疑他再也没有机会在那里挖了。随着外地人涌入查尔斯顿购置房产，室外厕所宝藏正在变得濒临灭绝。"以前，我在别人家里干完活，房子的主人会让我在后院到处找找宝藏。但是新的有钱人不愿意让别人挖坏他们的山茶花。"

一辆马拉大车咯噔咯噔地驶了过去，车夫穿着19世纪的侍从制服。一个皮革尿布挂在马的臀部下方，以防马匹弄脏查尔斯顿的街道。这种过分的讲究延伸到了导游们的词汇中：奴隶宿舍被称为"从属房"或"马车房"，室外厕所被称为"必需的房子"。韦斯滕道夫看着一群游客把相机伸出马车的窗户。"我叫他们'必需的人'，"他说，"必须有他们，就像你必须有个厕所。但是他们正在把这个城市变成赝品。" [60]

韦斯滕道夫更喜欢真的东西，大部分真的东西都隐藏在小街道或者很久以前就被拆掉了。他开车转进一个巷子，在一栋脏乱的木结构建筑前面停下。"这是查尔斯顿的最后一家大'挤院'。"他说。

"大什么？"

"'挤院'，"他重复了一遍，"你是什么，一个天杀的浸信会教徒吗？"

"挤院"。妓院。韦斯滕道夫是我遇到的第一个有纯正查尔斯顿口音的白人。查尔斯顿方言有扬声和入声两种形式，后者叫 Geech 或者 Geechee。"这是一种懒惰的说话方式，"他说，"用有吞音的词语，还省去发音。"他开始数数：一、二、"山"（三）、"是"（四）。舒尔茨路与米歇尔街之间的区域变成了简单的"舒街"。然后还有查尔斯顿俚语。"挤院"附近原来有几十个"花生店"，是一种在下班后卖一品脱的瓶装酒的小店——它们同时也卖花生、雪茄和其他商品，作为非法交易的遮羞布。查尔斯顿也曾经窝藏了无数个非法经营的酒吧，叫作"瞎老虎"。人们相信，就是在这样的一个低级酒吧里，黑人爵士乐师们创造了被称为"查尔斯顿"的舞蹈。

"这座城市自从有了人，就有了派对。"韦斯滕道夫说。他尽了自己最大的努力去保持这项传统。他靠边停车，把我带进了一栋没有标识的砖砌建筑。墙上挂着殖民地时期人物的肖像画，这些戴着假发的人向下注视着满是牌桌和骰子桌的房间。这里是"友谊会"，成立于 1762 年，是查尔斯顿诸多私人俱乐部中的一个。韦斯滕道夫前一天晚上在这里赌博了。"我想，为什么要熬夜呢？所以我用五百美元跟一个人叫了开牌。他拿了个女王。我拿了个'山'（三）。"他耸耸肩。"无论做什么，尽力去做。"

外面，教堂的钟敲响了。韦斯滕道夫用手指拨弄着一对古老的黑
[61] 白球，它们曾经被用来给潜在的新成员投票，没有被批准入会的人会得到"黑球"。"在这里长大，你很难不对历史着迷，"他说，"没有

什么会在这座城市死去。就像一瓶红酒，只会变得更老、更好。"

韦斯滕道夫需要回家取些东西，所以我们驾车跨过阿什利河，到了一栋看起来很普通的市郊平房。不普通的是，院子里应该种棵黄杨木的地方却放着一枚炸弹。"北军炮弹，重 200 磅，从一个厕所里挖出来的。"他说。

屋内也满是从室外厕所挖出来的宝贝。韦斯滕道夫拿起一个 19 世纪的瓶子，让我看瓶底的字："请送回"。"人们觉得回收是新事物，但是以前的人们回收所有的东西。他们不扔东西。"当然，除了往厕所里扔。

韦斯滕道夫挖出了一个发黄的笔记本，里面全是发货单和提货单。这是一家管理穿越封锁线者的公司的日志。"里面没有传奇故事——只有生意。"他说。他打开日志，翻到 1863 年早期，大声读道："'刚得到消息，又被北方佬打得惨败。我们已经向顾客提出以成本 300% 的价格卖给他们货物或是部分货物。'"韦斯滕道夫吹了个口哨。"这些人真的是没有白送东西给别人。"

他继续读："'我们认为到了春天，北方佬就厌倦打仗了。即使我们怀疑自身的存在，也不会怀疑最终的胜利。'"这是标准的南军自我宣传的话语。然后又开始说生意："'因此，我们希望在 1863 年底之前，尽可能地多卖些货物。'"

韦斯滕道夫咯咯笑了，说："人们都传说封锁线穿越者非常富有，可以像罗宾汉一样随意散财。但是看看这本日记——这伙计日子过得太紧了，他把纸的每一寸都写满了，一点儿都不浪费。"果然，每一页的页边和背面都写满了微小的潦草字迹。"你可以打赌，他们每运进一把手枪，就运进了两倍的香水和麦芽啤酒。即使他们为了大业只收 50 美元，他们也发财了。"

韦斯滕道夫的封锁线穿越者祖先并没有那么成功。作为"百慕大"号的船长，他在战争爆发后不久就去了利物浦，往船上装满了大炮。但是，货物使船过于沉重，跑不过封锁线。所以他把船开到一座加勒比岛屿靠岸休整，在那里被联邦海军抓获了。出狱之后他又被抓了一次。他从未成功地穿越封锁线，战后不久就去世了。他是一个穷困的人，四个孩子最终都被孤儿院收养。

"大业给大部分人带来的都是这种下场，"韦斯滕道夫说，"监狱、阶层下滑和早亡。"即便如此，韦斯滕道夫还是把自己的船命名为"百慕大"号，以纪念他那位航海的祖先。

我们回到韦斯滕道夫的皮卡车上，驶回城中。我为他带我游览表示了感谢，并且向他询问了去一个老犹太人公墓的路，是乔尔·多尔夫曼在去萨姆特堡的渡轮上提到的那个公墓。这给了韦斯滕道夫一个机会告诉我他自己的墓碑。"我给一家殡仪公司举办的户外宴会做饭。公司的老板没有钱，所以他给我做了个墓碑抵账。"碑文写着："他热爱生活，尝试了所有的事情。收回这句话——有两件事他从未试过。吸吮阴茎和自杀。"韦斯滕道夫笑了起来，说："我母亲看到这个的时候都快气死了。"

他去烹饪猪肉了，我自己走了半英里，来到了由铁栅栏围着的犹太人公墓。查尔斯顿不仅是分离主义的摇篮，也是美国犹太教改革派的起源地。1695 年，开始有犹太人来到查尔斯顿定居；直到 19 世纪早期，这座城市居住着美国最大的犹太人群体，四分之一的美国犹太人生活在南卡罗来纳州。1824 年，美国的第一个改革派教堂在查尔斯顿一家改造过的轧棉厂成立了。犹太姓氏现在依然点缀着城市中的商店和律师事务所。我面前的墓碑也满是犹太名字，混合着希伯来文字、大卫星和邦联徽章。

一座纪念碑是为了纪念两位年轻的士兵而修建的，他们是 22 岁的艾萨克（Isaac）和 17 岁的迈克尔（Mikell），碑文写着："他们是战争惨剧的年轻受害者，自愿把生命奉献给了祖国的需要。"其他刻着摩西（Moses）、希尔曾姆（Hilzeim）、波兹南斯基（Poznanski）等名字的墓碑上，同样讲述着在战场上或在战俘营里英年早逝的故事。其中一位亡者还是查尔斯顿大拉比的儿子。

我知道几千名犹太人曾为邦联而战，其中一些人还在政府中担任了重要职务。大卫·尤利（David Yulee）是一个狂热的佛罗里达分离主义者，也是第一位当选为美国参议员的犹太人。大卫·德·利 [63] 昂（David De Leon）担任过南军的军医总长。朱达·本杰明（Judah Benjamin）是杰斐逊·戴维斯的亲密心腹，在内战中成为邦联的司法部部长、国务卿和作战部部长。

但是，普通南军犹太士兵的形象还是让我感到困扰。我想起了躲避兵役的外曾祖父，还有犹太逾越节祭祀，祭祀的主题是纪念犹太人从埃及的奴隶制中被解放出来。即便如此，这些年轻的犹太人——甚至是拉比的儿子，他很有可能在家族的逾越节宴会上背过四个问题①——离家去打仗，然后为了保卫南方和南方的法老式奴隶制度而死去。我还是觉得艾米莉·海恩斯编花篮时唱出的景象更让人舒

---

①　逾越节是犹太人的重要节日，是为了纪念公元前 1313 年犹太奴隶成功逃离埃及。庆祝逾越节的主要活动是家庭晚餐（Seder），有复杂且具象征意义的程序。四个问题（希伯来语是 Mah Nishtanah）是逾越节晚餐中的一个程序，通常由家庭中最小的儿子以自问自答的形式背诵出来。四个问题其实是一个基本问题引申出来的四个子问题。基本的问题是"为什么今晚不同于其他晚上？"，然后四个子问题从四个方面分别解释了今晚为什么不同。

服。亚伯拉罕·林肯，犹太人的国王，因为把黑人从奴役中解救出来而被"匪帮"杀害。

当然，黑人为了解放自己进行了艰苦的斗争。所有作为奴隶被贩卖到这个国家的非洲人，有三分之一是在查尔斯顿踏上美国土地的。也正是在这里，一位名叫登马克·维西（Denmark Vesey）的自由黑人密谋了南部最有野心的奴隶起义之一。维西是一位木匠和传教士，他用买彩票中奖得来的钱为自己赎身，成了自由人。维西计划攻占查尔斯顿的军火库，然后把低地地区的奴隶都武装起来。因为一个手下的背叛，维西和34名同党于1822年被处以绞刑。

一个纪念登马克·维西的圣祠依然矗立在那里，尽管很少有人知道它是什么。起义失败后，查尔斯顿建造了一个戒备森严的军火库，以应对未来的暴动。这个堡垒变成了南方的军事学院，被称为"要塞"（一些黑人把它称作"登马克盖的房子"）。现在的要塞学院以拒绝女性入校而闻名，我去参观的时候，女人们正在努力争取进入这所学校读书的权利。

现在的要塞学院校园以一个阅兵场为中心，场地周围是一圈仿摩尔式城堡的建筑，这些建筑让我想起了小时候用塑料模具做的沙雕城堡。在学校的微型博物馆里，我找到了一间专门用于内战的展室。

[64]　　"第一炮。"展览开始的地方挂着一块牌子，上面写着这句话。我已经看够了有关萨姆特堡的内容，准备移步到下个展品。这时，一句话把我拉了回来："于1861年1月9日，由P. F. 史蒂文斯上校（Major P. F. Stevens）麾下的我校学员打响了。"

1月9日？打开任何一本历史书，你都会看到内战的第一炮是在

1861 年 4 月 12 日博雷加德炮击萨姆特堡时打响的。但是，按照要塞学院的说法，它的四名学员先于博雷加德开火——早了三个月。

"学员乔治·E. 海恩斯沃斯（George E. Haynsworth），"我继续读，"拉响引信，向船头开了第一炮。"

船头？堡垒的船头？

走到室外，我在阅兵场的旁边找到了一个小纪念碑，上面的铜制浮雕描绘了四个学员向海面发射一门小炮的画面。"1861 年 1 月 9 日的黎明，要塞学院的学员在莫里斯岛上打响了国家之间战争的第一炮，"匾牌上写着，"保卫南方成为现实。"

是不是有人掩盖了这段历史？

我走向图书馆，进去后映入眼帘的就是一面巨幅壁画，上面画着同样的场景。我向图书馆馆员询问了有关这次事件的资料。她递给我一个文件夹，上面写着"西方之星"，里面装满了发黄的新闻剪报和已经褪色的专题文章，这些东西讲述了被尘封的内战起始的历史。在南卡罗来纳脱离联邦之后，查尔斯顿的联邦军队从一个陆地要塞转移到了更为安全的萨姆特堡的棱形工事中。查尔斯顿的官员们采取了相应措施，在海港周围的海滩和岛屿上部署了民兵。他们中间有一个由要塞学院的学员组成的分遣队。

几个星期之后，一艘北方的蒸汽船"西方之星"（Star of the West）号，满载着送往萨姆特堡的补给离开了布鲁克林。纽约的一个南方同情者给查尔斯顿发了电报。1861 年 1 月 9 日，当"西方之星"号试图进入查尔斯顿港的时候，一位要塞学院的学员拉响了警报。他和另外三个同学向船头开了炮。另外几门炮也开火了。三枚炮弹嵌在了船体上，船长出于谨慎，把船开回了纽约。故事就是这样。

我很好奇，想知道更多的细节，因此去见了比尔·戈登上校（Colonel Bill Gordon），他是要塞学院研究"西方之星"号的常驻专家。戈登上校是一位腰杆笔直的海军陆战队军官，留着平头，黑皮鞋擦得炫亮。他说他经常带学生们去莫里斯岛实地考察，尽管著名的学员炮位的原址早已被冲刷到海里了。

"我是这样看这个事件的。"他说，"那是在1860年圣诞节，刚好是期末考试之前。有人对这些学员说：'你们愿意参加几何和英文写作考试，还是愿意去莫里斯岛打北方佬？'不用说，他们肯定去打北方佬。"

冒险很快变成了一次痛苦的露营旅行。学员们住在一个放满了棺材的废弃医院里。里面到处是虫子，还冷，最糟糕的是无聊。所以，一天早上，当一艘北方船只出现的时候，血气方刚的学员们开了炮。"我不认为这些孩子知道他们在做什么，除非他们是疯子。"戈登说。

接下来的战争并没有善待这些学员。他们中的两个人死在了战场上，第三个打了四年的仗，一直到南方投降。他和另外一位活下来的学员都没有享受到自己的行为所带来的名气。"传奇故事是后来才有的，在他们的家人开始对此产生兴趣的时候，"戈登说，"这些人自己可能一点儿都不关心内战。"

戈登对这个事件的不敬言论让我感到吃惊，我告诉了他我的感受。他解释说，他在越南见过太多的战斗了。"一点儿都不传奇，我告诉你。"他说。还有，像南军博物馆的琼·韦尔斯一样，他对内战的研究似乎培育出了一种和平主义。"我觉得要塞学院宣称他们打了内战的第一炮是合理的，"他说，"但考虑到之后的屠杀，我不确定这有什么值得骄傲的。"

要塞学院的其他人明显不同意他的观点。学校甚至还设立了一个叫"西方之星勋章"的奖项，每年颁发给在训练中表现最优异的学员。奖品是一枚金质勋章，上面有一颗木质的星星，是由戈登所说的"神圣之木"——"西方之星"号船体上的木片——所刻。"西方之星"号还成了"门把手知识"的一部分，"门把手知识"是一年级学员——他们在入学时都剃了光头，所以被称为"门把手"——必须记住的死记硬背的知识，高年级学员要求他们背出来的时候，他们必须"脱口而出"。

戈登把我送出门口。那天是星期五，学员们都穿着制服在练兵场上训练。他们穿着灰色的制服，背着步枪，和内战中的南卡罗来纳人一样，面带着同样的骄傲升起同一面棕榈树旗。[①]学员们留着平头，穿着崭新的制服，和粗鲁的大胡子叛军并不太像。但训练在一个恰当 [66]的仪式中结束。一组炮兵把一门炮推到了"西方之星"纪念碑前面。一位学员猛地一拉炮绳，一枚空弹大声地打了出去，一股刺鼻的烟雾在练兵场上翻滚。炮兵组的学员们笑了。

参观了要塞学院之后，我决定去查阅内战历史书籍的索引，以找出关于"西方之星"号的历史碎片。我很少能找到大于一条脚注的内容。在愿意提起这个事件的历史学家眼中，学员们的行为被证明是不重要的，它仅仅导致了船只返回纽约，再没有其他重要性了。所以，"西方之星"号仍旧是内战历史的一个丢失的碎片，被严密地封存在要塞学院里，好像被封存在法老的坟墓里一样。从某种意义上说，这

---

① 南卡罗来纳州的州旗的图案由一棵棕榈树和新月组成，因此被称为"棕榈树旗"（Palmetto Flag）。

再合适不过了。要塞学院可能是美国最木乃伊化的机构，还有比它更合适的地库吗？

尽管如此，因为知道了这个秘密，我感到了一种鬼鬼祟祟的快感。我怀疑甚至北卡罗来纳州索尔兹伯里的那些内战冷知识专家都不知道这件事。所以我默默地把它藏在心里，期待着有一天，我在和一个内战爱好者喝酒的时候，可以拍一美元在吧台上，然后从要塞学院的发射井中发射出我的秘密武器。"我用一美元打赌，你不知道是谁开了内战的第一炮。"

打这个赌必须去其他酒吧，不能在穆特里酒馆，在这里我肯定会输。一天下午，在酒馆里打发午餐时间，我注意到了吧台后面的一幅栩栩如生的肖像画，标题是《遗物狩猎者》（*The Relic Hunter*）。画中，酒吧的老板在用一个金属探测器扫描海滩。让我震惊的是，这张肖像画非常好地捕捉到了模特的形态，所以我向酒保询问了这幅画的创作者。

"曼宁·威廉姆斯（Manning Williams）？"酒保笑了，"从哪儿开始说呢？正如你看到的，他是个顶级艺术家。他还是一位大学教授，一个重演者，查尔斯顿的头号分离主义者。除此之外，他还有其他的身份。"

换句话说，又一个查尔斯顿怪人。我从酒吧给威廉姆斯打了电话，他立刻邀请我去他家。按照他给的路线，我来到了城市北边的一 [67] 个社区。我还以为自己走错路了，因为这个区域住的主要是黑人。我不应该对此感到惊讶；从数据上看，南方城市的种族融合比北方城市的要好得多。我来到一栋平平无奇的现代房屋，又一次让我感到惊讶的是在家门口接我的威廉姆斯。他是个精瘦结实的男子，50 岁左右，有一双炯炯有神的蓝眼睛，手指上沾满了颜料，留着长长的山羊胡，几乎都到他的胸骨了。他看起来像一个有流氓气的叛军军官——这种相似性完全是威廉姆斯有意设计的。

"这里看起来很平静，"他说着，关上了我身后的门，"但别被骗了。在情感上，内战还在继续。我叫它千年战争。它会持续一千年，或者直到我们以平等的地位重回联邦。"

威廉姆斯把我带进一个工作室，房间里到处放着半满的咖啡杯、喝剩一半的啤酒、抽了一半的雪茄。内战巨著和一些叫"邦联队长"的超级英雄漫画书放在椅子和画架上。"这是我快要完成的作品，但是我永远不会停止创作这个主题的作品，"他说着，在一块大画布前面停下，"这个叫《林肯在地狱》（*Lincoln in Hell*）。"

这幅油画让我想起了耶罗尼米斯·博斯 ① 的作品《世上欢乐之园》（*Garden of Earthly Delights*）里面的地狱。天空是绚丽的橘色，还有炮弹爆炸的条纹色。在前景，一个穿着双排扣的大礼服和戴着大礼帽的枯瘦人物大步跨过一堆由骷髅、炮弹以及蓝色和灰色军服的衣服碎片组成的小山包。他的后面，耸现着其他尸骨堆，每个尸骨堆上都站着一位模糊的人物。

"那是拿破仑，"威廉姆斯说，"那边是成吉思汗。"像林肯一样，这些领导者都是好战的暴君，因此他们都在威廉姆斯的地狱里赢得了一席之地。

---

　　① 　耶罗尼米斯·博斯（Hieronymus Bosch, 1450—1516），15 至 16 世纪尼德兰（荷兰）画家，被认为是 20 世纪超现实主义的启发者之一，其作品内容大多关于宗教概念或宗教叙事。

"另外，我已经为一个名叫《南方人在地狱》（*Southerners in Hell*）的作品做了一些研究，"他补充道，"这幅作品将会展现一群叛军坐在那里用手捂住耳朵，林肯则站着背诵葛底斯堡演讲，一直到永远。"威廉姆斯咧着嘴大笑起来，露出了带有烟渍的牙齿。"我质疑偶像。我对所有的政治议程都持怀疑态度，首先就怀疑我自己的。"

在下午剩下的时间里，威廉姆斯不停地在工作室里徘徊，一个人讲着独白，从"失败的大业"讲到战死的人，再说到基督教福音传道士，再到计算 1863 年的一双羊毛军袜可以穿多长时间（他猜想，可以"穿到臭得不能再穿了"）。时常，他在一句话里跨越两到三个话题。每 15 分钟左右，他就用绳索套住一个脱缰的想法，把它拉回到他的中心思想：不可能改变的南北分裂。

[68]

"拿开车习惯来说吧，"从一个关于区域投票模式的谈话中绕回来以后，他说，"在这里，你在堵车时招手让别人插进来，只有一辆车会插到你前面。在北方，你刚停下五秒钟，十辆车就跑到你前面了。"

威廉姆斯憎恨汽车，特别是汽车轮胎，他谴责固特异轮胎和风驰通轮胎的广告。又一次，我花了片刻时间才明白他想说什么。"汽车轮胎是北方工业社会的脚印。"威廉姆斯说。作为一个巧妙的抗议，他把轮胎画进了作品里——比如，一个废弃的子午线轮胎被他放在了一张肖像画的前景中，这是一张丑化威廉·特库赛·谢尔曼的画作，轮胎明显与画中的时代不符。

我们回到内战，虽然威廉姆斯不这样称呼它。"一场内战是一次内部的叛乱。但是这场战争是两个独立国家间的战争，其中一个是在行使它的宪法权利去脱离联邦。"像众多南方人一样，威廉姆斯倾向于用"国家之间的战争"，或者"南部独立战争"来称呼内战。"当然，

'镇压北方傲慢的战争'也是可以接受的。"他说。

用一种绕来绕去的方式，威廉姆斯向我介绍了现代叛军心中珍视的东西：新邦联思想（Neo-Confederate thought）。这个松散定义的意识形态把各种人物的思想集合在一起，这些人物包括托马斯·杰斐逊、约翰·卡尔霍恩、纳什维尔重农派（他们宣言的标题"我要表明我的态度"是《迪克西》里的一句歌词），还有其他在理想化南部种植园主和自耕农的同时妖魔化北方银行家和工业家的思想家们。[①] 在新邦联主义的观念中，北方和南方之间发生战争是因为它们代表了两种截然不同的且不可调和的文化。从血统上就不一样。南方白人是热爱自由的苏格兰、爱尔兰和威尔士凯尔特人的后代。北方人——特别是新英格兰废奴主义者——有重商主义和扩张主义的英格兰血统。

这个人种学甚至可以解释内战是怎么打的。和他们勇敢而鲁莽的祖先一样，南方人总是对敌发动正面进攻，不顾一切地与敌人战斗。相反，北方则通过部署其工业的威力和人数上的优势，用克伦威尔式 [69] 的军事效率去碾压南方。军事史学家和新邦联主义大师格雷迪·麦克

―――――――――――

① 　约翰·卡尔霍恩（John Calhoun, 1782—1850），美国政治家，南卡罗来纳州人。他是 19 世纪前半叶最重要的美国政治家之一。曾担任参议员、战争部部长、国务卿等职。1825 年至 1832 年连续担任了约翰·昆西·亚当斯和安德鲁·杰克逊两届政府的副总统。他支持奴隶制，并反对北方干涉南方事务的言论和政策，还主张各州有权废止联邦立法。纳什维尔重农派，一般称南方重农派，又称逃亡派，是美国现代南方作家组成的一个松散的文化团体。由一批南方学者和文化人于 1915 年成立于田纳西州纳什维尔的范德比特大学。1922 年至 1925 年，他们出版了颇有影响的文艺杂志《逃亡者》，"逃亡者派"的称谓即由此而来。1930 年，12 位南方作家共同撰写出版了专题论文集《我要表明我的态度》，被认为是重农派的宣言。这些文章的主旨都是以南方农业社会为尺度来评价和批判现代美国的资本主义社会。他们认为旧南方的种植园式的农业社会能够使人全面健康地发展，是"有机的"社会，而北方的现代工业社会则是"刺激与萧条"交替出现的弱肉强食的社会，是造成混乱和非人化现象的根源。

温尼① 总结得很好："南方人输掉内战是因为他们太凯尔特了，而他们的敌人太英格兰了。"

透过这个棱镜去看，"北方侵略战争"与奴隶制没有太大的关系。准确地说，内战是一场文化的战争，北方佬把他们帝国主义和资本主义的意志强加于重农主义的南方身上，正如英国人对爱尔兰人和苏格兰人所做的那样——也正如美国人以天定命运的名义对印第安人和墨西哥人所做的那样。反过来，北方的胜利给国家带来了集中的工业社会，以及随之而来的所有病症。这些病症包括了汽车轮胎。

"如果你喜欢美国现在的样子，这是北方胜利结出的果实。"威廉姆斯说。他丢掉还在燃烧的雪茄，换了一块咀嚼烟草，然后往咖啡杯里倒了一些棕色的果汁。"南方是一个可以看到美国以前样子的好地方。在这里还能看到，如果南方赢了，美国可能会变成的样子。如果什么被搞砸了，是北方的错，不是我们的。"

但是，战争远没有结束；正如威廉姆斯所说，这是一场千年之战。作为一个艺术家，威廉姆斯选择在文化领域表明他的立场。"如果南方赢了内战，我们永远不会有《低俗小说》② 那样的电影。"他说。我最近刚看了这部昆汀·塔伦蒂诺的电影，因为其中充斥的无端杀戮，我没有看完。③ 但是，惹怒威廉姆斯的是一个我错过了的细节。

---

① 格雷迪·麦克温尼（Grady McWhiney, 1928—2006），美国历史学家，主要研究美国南方历史和美国内战史。

② 电影《低俗小说》（*Pulp Fiction*）上映于 1994 年，是美国导演昆汀·塔伦蒂诺（Quentin Tarantino, 1963—   ）职业生涯早期的代表作之一。

③ 昆汀·塔伦蒂诺，美国导演、编剧、制片人。他所拍摄的电影风格独特，以非线性叙事、冗长的对白和极端暴力血腥的场面而著称。他的作品大都涉及美国的种族问题，并以隐喻的方式表现出反种族歧视的立场。电影《被解救的姜戈》（*Django Un-chained*）和《八恶人》（*The Hateful Eight*）还正面探讨了美国内战之前的奴隶制和内战结束之后的种族问题。

　　"塔伦蒂诺用他的方式上下颠倒了所有的刻板印象——除了一个。"由布鲁斯·威利斯扮演的拳击手，是个白人。毒贩是雅皮士。约翰·特拉沃尔塔扮演的杀手用法语讲笑话，坐在马桶上看小说。[①]"但是当两个'老伙计'[②]出现在电影中时，他们做了什么？"威廉姆斯问，"他们在一面邦联旗帜的前面强奸了一个黑人男子。"他停顿了一下，一脸厌恶的表情。"红脖子们差不多是唯一还可以被粗暴对待的人群了。当然，纳粹分子不算在内。"

　　太阳落山了。我们已经谈了几个小时；或者，准确地说，威廉姆斯一直在谈，我一直在试着从他滔滔不绝的关于艺术批评、汽车批评、不敬言语、政治哲学的讲话中筛选出我能理解的道理。威廉姆斯所说的大部分东西似乎不像是在巧妙地略过种族和奴隶制，更像是在 [70]花言巧语地辩护南方的"生活方式"，和战前演说家们——尤其是南卡罗来纳的演说家们——所做的辩护类似。

　　但是，在他无休止的抨击中，有一部分让我感到不舒服。北方热衷于纠正南方的错误，而这种热情会在自己门前出现类似的错误时消失，这肯定是事实。在某种程度上，我也曾屈服于同样的伪善。我在华盛顿特区出生和长大，那里是种族和阶级分裂严重的地区。我却在大学毕业以后跑到密西西比州的乡下做了一份工会组织者的工作，

---

　　① 布鲁斯·威利斯（Bruce Willis, 1955—　　）和约翰·特拉沃尔塔（John Travolta, 1954—　　）均为美国著名电影明星。

　　② 老伙计（Good old boys）是对部分美国南方白人男子的一种称谓，通常指那些在世界观和生活方式上都坚守美国南部传统保守文化的、生活在农村地区的下层白人男子。这个称谓多表示褒义，但是取决于使用的人或者语境，也可以表示贬义。在美国俚语中，对这一群体还有许多表示贬义的称谓，比如"红脖子"、"穷酸白人"（Cracker）、"白鬼"（Peckerwood）、"乡巴佬"（Hillbilly）、"白人垃圾"（White Trash）等。

力劝大多数为黑人的穷困伐木工去发起罢工来对抗他们的白人老板。我在第 18 个月的时候就燃尽了所有的热情，但是，从那以后，我一直怀念这个青年理想主义的闪光时刻。我觉得威廉姆斯肯定会对我在密西西比的短暂经历进行不同的解读。他会说我像一个假装圣洁的废奴主义者，或者像一个"自由乘车者"，他们在 60 年代席卷了南部，却对自己后院的不公正现象视而不见。[①]

"在这里的时候，仔细倾听，并且用力去审视你自己的偏见，"威廉姆斯在送我出去的时候拍着我的背说，"我们也许能把你塑造成一个荣誉'穷酸白人'。"

---

① 自由乘车者（Freedom Riders）指的是从 1961 年开始乘坐跨州公共巴士前往种族隔离现象严重的美国南部各州的民权运动参与者。1960 年，美国南部的青年和学生开始参加大规模的静坐抗议，反对在餐厅、商店等公共场合分开设置黑人区与白人区。随后，抗议活动扩大到跨州公共交通领域，民权活动家们发起了"自由乘车运动"。因为最高法院已经判决跨州旅行者可以无视当地的种族隔离政策，因此这次活动旨在检验判决的落实情况。1961 年 5 月 4 日，第一批自由乘车者从华盛顿出发去往新奥尔良。后来，越来越多的人参与进来，作为"自由乘车者"前往南部各州，并且在亚拉巴马州和田纳西州遭到了当地种族主义者的袭击。最终，1961 年 9 月，州际商业委员会发出强制命令，取消了州际长途汽车和火车，以及配套设施里的种族隔离政策。

第四章　南卡罗来纳：灰的度数

> 噢，我是一个老叛军，那就是我……
>
> 我不会被重建，我才不在乎呢。
>
> ——英尼斯·伦道夫 [1],《一个老叛军》
>
> （*A Good Old Rebel*），1870 年

自从我来到卡罗来纳地区，几乎每天都会在报纸上看到一些与内 [71]
战有关的片段：一所学校在辩论是否应该在球赛上演奏《迪克西》；
一场即将开始的内战重演活动；一个关于叛军旗帜的读者论坛。但
是，一天早上，一则短篇报道跳出纸面，引起了我的注意，就像八卦
小报上报道猫王在火星的文章一样。

金斯特里发现北军士兵雕像

南卡罗来纳州的金斯特里——又一个内战士兵——在擅自离
队了将近一个世纪之后——在敌后被发现。一座叛军雕像眺望着
冰冷的新英格兰海岸，另一个用大理石做的北军士兵也在紧密地

---

① 小詹姆斯·英尼斯·伦道夫（James Innes Randolph, Jr., 1837—1887），南方
邦联军军官、律师和诗人。

监视着这个南方小镇。

他们在造出来时被调包了吗？

两个社区都不能给出确切答案。

故事报道了生活在缅因州约克镇的人们发现他们几十年前竖立的内战纪念雕像"特别像桑德斯上校"。[①] 同时，南卡罗来纳州金斯特里（Kingstree）的居民们长久以来对他们的内战雕像持怀疑态度，这个雕像出奇地像比利·扬克。[②] 报道总结说："纪念像混淆之谜可能永远无法解开了，而且随着日子一天天过去，这件事变得愈发怪异。"

怪事当然值得一探究竟。所以我驱车前往卡罗来纳的腹地，想亲眼看看这个擅离职守的北方佬。驱车离开查尔斯顿 45 分钟以后，窗外的景色由缓慢的河流和松树林变成了荒芜的农田和废弃的小镇。一座座板条棚屋以令人难以置信的角度倾斜地立在杂草丛生的田地旁。我开过虱咬溪，在一个小村庄停下加油，这个村庄只有四栋建筑，其中三栋是空的。加油站的服务员摊开四肢躺在一张台球桌上呼呼大睡。回到路上，我驶过了一座临时的砖砌房子，几个前院放置着卫星电视接收器的拖车房，还有一些经济生活的微弱脉搏：卖煮花生的摊

---

① 桑德斯上校（Colonel Sanders），本名哈兰·桑德斯（Harland Sanders, 1890—1980），是美国著名快餐企业肯德基（Kentucky Fried Chicken, KFC）的创始人，他本人的形象也是肯德基的商标和吉祥物。长久以来，美国普通民众一直把桑德斯上校误认为是一位内战时期的南军军官，其背后的原因暂时无法考证。所以这里说约克镇的人觉得他们的雕像"特别像桑德斯上校"，意思是他们觉得雕像看起来像一位南军军官。

② 比利·扬克（Billy Yank 或者 Billy Yankee）是对美国内战中北方士兵的通用称谓，最早出现在 20 世纪早期的政治漫画中，后流传开来。这个称谓与南军士兵的绰号"约翰尼·里布"相对应。因此，这句话的意思是，金斯特里的居民觉得他们的雕像看起来像一名北军士兵。

位；一片片棉花田，上面还长着去年没有采摘完的"暴风雨棉花"，已经湿透了；还有一个手绘的大牌子，上面写着："出售鲇鱼，便宜！"

抵达金斯特里，首先映入眼帘的是一个路牌，告诉人们这里是约瑟夫·戈尔斯坦 [①] 的出生地，他是 1985 年诺贝尔生理学或医学奖的获得者。接着是一条破败的商业街：台球厅、假发店、洗车行、小猪扭扭超市、兼顾卖枪的典当行。金斯特里看起来像是在 20 世纪 80 年代达到了巅峰期，从那以后就悄悄地退化了。

停下来吃午饭的时候，我向餐厅的女服务员询问了报纸上报道的雕像混淆事件，她胸前的名牌上写着"菲莉丝！"（Phyllis！）。"噢，当然了，这里的每个人从小就知道那个事。"她说，"我爸总是叫它我们的'南军北方佬'雕像。"

菲莉丝给我倒了杯茶。"我是这样看的，"她继续说，"他只是一个最终没能回家的战俘。我们把他照顾得很好。我希望他们（北方人）也同样照顾了我们的战俘。总之，这里的好多人都是从外地来的。我就是在北卡罗来纳出生的。"

柜台边上的一个男人插嘴说："我们有太多能让人大发雷霆的问题。比如全州最高的失业率。"

"还有最严重的腐败。"菲莉丝补充道。

收银员和厨师突然坐到我两边的高脚凳上。收银员认为北方佬雕像是战后来到南方的提包党 [②] 搞的一个骗局。厨师怀疑是北方的某个 [73]

---

①　约瑟夫·戈尔斯坦（Joseph Goldstein, 1940—　），美国生物学家和医学家，因在血脂生成和调控机理上的突出贡献获得了 1985 年诺贝尔生理学或医学奖。

②　"提包党"原文是 carpetbagger，另有"提包客""自备毡囊者""毛毡提包客"等译法，专指内战结束以后（只带一只旅行袋）去南方投机钻营的北方人，因其携带地毯或毛毡材质的提包而得名。

城镇向某个石匠定制了这尊雕像，但后来又不要了，所以石匠就把已经做好的雕像卖给了金斯特里。菲莉丝则认为雕像上的人有可能真的是一个南军士兵。"好多叛军士兵不得不在战场上捡北方佬的衣服穿。"她说。

显然，金斯特里穿错衣服的南军士兵不仅是一个公开的秘密，还是一个受欢迎的旅游景点，这个小镇除了贫穷、贪污腐败和被遗忘的诺贝尔奖获得者以外，很少有其他为人所知的地方。"你知道，戈尔法布（Goldfarb）①，就是那个犹太人，"菲莉丝说，"他得了个大奖——别问我他因为什么而得奖——跟血有关的什么东西，好像是。"

午餐高峰的顾客们建议我去见见弗朗西丝·沃德（Frances Ward），她在农业局工作，同时也负责当地的历史协会。我在她的工位上找到了她，她正在筛选保险索赔。她似乎也很高兴能有个机会暂停工作，去聊一聊雕像的事。"我去看扬克了。"她开心地对同事们说。

我们先到一家典当行借了一副别人抵押的双筒望远镜。我们来到雕像前时，我才知道为什么需要望远镜。那个士兵站在一根高达 32 英尺的柱子上，可能这就是扬克能长期不被人察觉的原因。"我也不知道为什么，"沃德说边把望远镜递给我，"他就是看着不对劲。"

士兵留着短发和修剪整齐的胡子，手持军帽。"大多数类似的雕像都有个宽边软帽。"沃德说，"另外，他看起来太整洁了，衣服不够破旧。"士兵还背了个背包，北军士兵通常都背着这种背包，而传统的叛军装束是单肩背一个干粮袋。沃德让我看了缅因州那个雕像的照片。宽边软帽、长胡子、干粮袋挂在腰上，教科书式的南军形象。

---

① 菲莉丝误把"戈尔斯坦"的名字说成了"戈尔法布"。

"奇怪，是吧？"她说。

金斯特里的雕像有一处是正确的。士兵警觉地面朝敌人所在的北方，叛军雕像就应该这样放。他注视着金斯特里废弃的店铺、假发店、台球厅和哈迪餐厅，一直到缅因州的约克，在那里，他失散多年的双胞胎兄弟也在注视着他。沃德说她在 20 世纪 60 年代的青少年时期得知了这个变节的纪念雕像。这个消息让她非常震惊。"这是一个非常南方的城镇，"她说，"我从小就看着曾祖父的照片长大，他留着长胡子，一只袖子别起来，因为他在弗吉尼亚的某个地方丢了条胳膊。发现站在我们纪念碑上面的家伙是个北军士兵，感觉就像别人告 [74]诉你圣诞老人不存在一样。"

不过，随着时间的流逝，沃德开始喜欢上了这个陌生人。"他在那里很长时间了。我们不妨还是留着他。"还有，和餐厅里的人们一样，她觉得这个谜团是个"大大的玩笑"，可以让大家从金斯特里所在的威廉姆斯堡县的真实生活中暂时解脱出来。"有些关于本县的正面——或者说至少不是太负面的——新闻总是好事。最近的新闻基本上都在讲我们的治安官被捕，副县长由于贩毒住进监狱，或者是本县丢掉信用评级，还有橡胶手套厂关闭。"

隔壁的李县新修建了一座最高安保级别的监狱和一个棉花博物馆。但金斯特里离州际公路很远，可提供给游客的东西又很少。沃德笑着说："可能只有这个纪念像。"然而，她承认我是第一个专门到金斯特里看雕像的人。

把雕像留下来，还有一个更敏感的原因。威廉姆斯堡县三分之二的人口是黑人。"如果我们大张旗鼓地把扬克撤下来，可能会冒犯到一些人。"沃德说。一年前，雕像旁边竖立了两个新的纪念碑：纪念瑟古德·马歇尔①和小马丁·路德·金的纪念牌匾。"当时，一些白人差点气死了，就在雕像的旁边。"毕竟，这两个人都从未到过本县，更不用说为其打仗了。"话又说回来，"沃德说，"我们的扬克也没有为本县打过仗。"

她带我来到历史协会，这里以前是一家银行，现在摆着瓷器碎片、一个旧的拍立得相机、一张本地足球教练的照片、一条疑似印第安人做的巨大的独木舟。"基本上都是从人们的阁楼里拿出来的垃圾。"沃德说。她把我带到一台嘎吱作响的微缩胶卷机前面，翻出了本县报纸的胶卷，上面满是灰尘。浏览着胶卷，纪念像的故事依旧变得愈发奇怪。雕像是由南军之女联合会在 1910 年花费了 2500 美元委托制作的，对于一个又小又穷的社区来讲，这是一大笔钱。两千人参加了雕像的揭幕仪式。一位南军上校发表了激动人心的讲话，受到了[75]"观众人群里面忠诚老兵们的热情赞同，他们中没有人尊重北方那些后悔听从了国家召唤的娘娘腔们"。

但很奇怪，这篇过度赞美的新闻现场报道并没有提到雕像本身。原因藏在最后一段话里："很遗憾，计划安装在大理石柱上的雕像没有按时抵达揭幕仪式的现场。"报纸还说，雕像因为"意料之外的延迟"而没有被送达，并向读者保证："完工以后的雕像将会是后人的骄傲。"一个月后，雕像送达了，并被吊上底座，没有举办任何仪式。

这个故事提出了几个有趣的可能性。是不是石匠意识到他把雕像做错了，所以故意拖延了运输，希望这样就没有人会发现？还是他真

---

① 瑟古德·马歇尔（Thurgood Marshall, 1908—1993），自 1967 年至 1991 年任美国最高法院大法官，是美国有史以来第一位非洲裔最高法院大法官。

的遇到了"意料之外的拖延"，等雕像完工，他在匆忙运走已经延迟交付的成品时，把雕像弄混了？或者，是不是有明智的南军之女，在收到错的雕像之后，谨慎地选择把雕像先藏起来，而不是冒着引起骚乱的风险，当着"忠诚的老兵"的面揭幕？

沃德说，可以确定的是，他们打开箱子的时候一定有人注意到了问题。"当时很可能用南方的方式处理了，"她猜想，"关起门在家里悄悄地谈论，而在外面保持安静，这样就不会有人感到难堪。"

较新的新闻剪报提供了另一些奇怪的细节。当缅因州约克镇的人们得知他们的南军士兵和金斯特里的扬克，一位当地居民来信提出"友好地交换我们的最后两位战俘"。但是金斯特里的一位南军之女成员礼貌地拒绝了，她在回信中说："我们对英俊的北方朋友感到满意。"事实上，没有证据显示两个雕像被调换过。金斯特里的雕像是在 1910 年被一家南卡罗来纳州的公司制作的；约克的雕像早了四年，是由生活在马萨诸塞州的一个英国人雕刻的。"作为一个土生土长的英国人，他对美国内战的知识可能是模糊的。"缅因州的一则新闻这样推测，或者："雕像可能本来是给某个南方城镇做的，然后那个城镇食言毁约了。"

尽管如此，把金斯特里和约克联系在一起的传说继续流传着，正如我在新闻专题报道中读到的那样，作为一个都市传说的原型时不常地冒出来。无论这件事的真相是什么，沃德觉得这个故事有其可取之[76]处。"最初他们为什么立起这些纪念像？许多南方人死得毫无意义。看看现在的我们，仍然在为叛军旗帜争论。在我看来，这证明了在许多方面，我们仍然是一个失败的大业。"她把一摞旧文件扔进独木舟里，关了灯。"可能整个雕像混淆事件就是在告诉我们不应该对这些旧时的象征大惊小怪的。忘了吧。眼下有许多正经事需要操心呢。"

　　几天之后，我打开早报，看到一面叛军的战旗印在头版上，我想起了沃德最后说的话。南卡罗来纳州的议会将要对是否继续在州议会大厦的圆顶上升起邦联的旗帜进行辩论。自 1962 年以来，邦联的旗帜就一直悬挂在上面。预计在本周的晚些时候会有抗议游行。所以，我不情愿地离开了魅力十足的低地地区，向西驱车两小时来到南卡罗来纳州的腹地。

　　看过查尔斯顿以后，哥伦比亚看起来像是一个苍白无趣的小镇，只有为数不多的历史建筑和毫无生气的市中心，在日落后就变得死寂。这也不全是哥伦比亚的错。1865 年，在"向海洋进军"的返程中，谢尔曼摧毁了哥伦比亚市区。[①]大火又毁掉了联邦军的炮弹没有打中的地方。一位战后在南方旅行了六个月的北方记者甚至都对他在哥伦比亚看到的"废墟和寂静的荒凉"感到惊讶。"我在去过的所有城市，"《国家报》(*The Nation*)的记者约翰·丹尼特(John Dennett)写道，"都没有遭受过在我看来是如此强烈的敌意。"

　　哥伦比亚没有像亚特兰大一样去重建和忘却，而是把州议会大厦的区域改成了北军劫掠的纪念地。一块墓碑标出了旧的木结构议会大厦的原址，上面写着"被谢尔曼的部队烧毁"。在新议会大厦的墙壁上，一颗颗铜星标出了谢尔曼的炮弹打出的每一记弹痕，而在 1865

---

　　① "向海洋进军"(March to the Sea)是美国内战后期北方联邦军深入南方腹地进行的一次战略性进攻行动。1864 年 5 月，谢尔曼率军从田纳西州的查塔努加出发，先攻占了佐治亚州的亚特兰大，然后向海边的萨凡纳进军，目的是在沿途摧毁南军的粮食供应基地，并切断"南部同盟"的东北部与西南部的联系。联邦军在沿途进行了大规模破坏，并于同年 12 月占领了萨凡纳，达到了战略目的。

年时，这座大厦还在修建中。在附近，一尊乔治·华盛顿的铜像上面有个纪念牌匾，记录了谢尔曼的部队"用砖头砸了这尊雕像，把拐杖的下半部分砸掉了"。损坏的部分没有被修补。

　　紧挨着州议会大厦，有一座叫"南军遗物房"的博物馆，馆藏的展品包括一个谢尔曼的部下用过的火把，一个北方提包党用的那［77］种像地毯似的手提箱，还有一份"邦联军队阵亡将士名册"，这是一份手写的名单，记录了在内战中阵亡的南卡罗来纳将士的名字。名册最近被州档案馆编纂成书并出版，一夜之间成了本地书店最畅销的书。

　　"谈到邦联，我们不愿意做查尔斯顿的第二小提琴手。"遗物房的馆长多茜·博伊瑙（Dotsy Boineau）说。事实上，分离主义者最初是在哥伦比亚会面，并投票做出了脱离联邦的决定；后来因为首府出现了天花，引起了恐慌，他们才转移到了查尔斯顿。"我认为，我们还不确定自己愿意成为联邦的一部分，"博伊瑙继续说，"我们依然觉得，在许多大政府正在接手的问题上，属于我们自己的这个小国家有权去做出决定。"

　　我与博伊瑙谈话的同时，她的新邦联主义观点正在附近的州议会大厦得到一定的证实。一位支持州权的保守派州长正在宣誓就职，他保证会让战旗继续飘扬（他后来又试图食言）。而且，南卡罗来纳州自战后重建以来，第一次选出了共和党占多数的议会。被前几代南方人诅咒的林肯的政党①现在则为南方各地的反政府趋势代言。甚至，共和党发表的声明《与美国的合同》和邦联宪法惊人地一致；两者都

---

　　①　林肯的政党指的是共和党。

主张任职期限、预算平衡、抑制税收和其他一些限制政府的政策。^①

"我们祖先起事的时机不太好，但是他们对联邦政府的反叛终于结出了果实。"一位共和党议员这样对我说，当时我们在他的办公室聊天，就坐在李和杰克逊的画像下方。

然而，如果这位议员的叛军祖先看到邦联的战旗在州议会上空飘扬，他可能会感到惊讶。19 世纪 60 年代的时候可没有这样。现在大多数美国人口中的叛军旗帜——旗子是红底的，上面有一个对角线的蓝色十字，十字里面排满了白色五角星——在内战中只作为战旗使用。正如我在索尔兹伯里学到的那样，政治意义上的南方国旗有着不同的设计，而且在内战期间换了好几次。

[78]　　但是在南卡罗来纳和另外几个州，更为人熟知的战旗于内战结束一个世纪之后，在民权运动的争吵中，升起在议会大厦的圆顶上。旗帜的捍卫者主张，在内战结束百年之际升起这面旗帜是为了纪念士兵的英勇和牺牲。但对许多南方白人而言，在他们感到再次被联邦政府和那些想改变南方"生活方式"的北方人包围的时刻，这面旗帜还象征着反抗和种族隔离。

立法会召开公开会议的那个早晨，我在离州议会大厦的台阶只有几码^②的"议会餐厅"吃早饭，遇见了一个保卫旗帜的组织，叫"保守公民委员会"（Council of Conservative Citizens），或者简称 CCC。这个组织很容易就被我找到了；他们桌子中央的果汁杯里放着微型的叛军旗帜。但是，他们十来个人吃着玉米粥和煎蛋，看起来更

---

①　《与美国的合同》（"Contract With America"）是在 1994 年由一些主要的众议院共和党人起草的一份声明。这是一份全面的清单，列出了共和党人对美国人民做出的承诺。当时几乎所有的众议院共和党人都签署了这份声明。

②　1 码 ≈ 0.914 米。

像本地"扶轮社"①的会员，而不是一伙激进的战旗捍卫者。

　　"你找到了狂热的红脖子们，是吧？"一个穿着细条纹西装的人开玩笑说。他一口北方口音，递给了我一张压花的名片，上面写着一家位于费城的进出口公司的名字。坐在他旁边的是一位来自新泽西的中层经理。还有一位从新罕普什尔来的工程师，他戴了一块米奇老鼠的手表，夸口说他的家乡彼得伯勒是桑顿·怀尔德的话剧《我们的小镇》的背景地。②"南方传统和普利茅斯岩③一样是美国历史的一部分，"他用刺耳的新英格兰口音说道，"但对于我来讲，叛军旗帜主要是一个反抗政府控制的象征，而不是南方的象征。"

　　坐在我对面的人留着长长的卷发，戴着贝雷帽，穿着一件格子衬衫。他看起来像个节拍诗④诗人。"我是沃尔特（Walt），"他说着，亲切地伸出手，越过桌子上的一堆早餐盘子和我握手，"我来这里是为了从政府和犹太人控制的媒体手中保卫我的种族。"

---

　　①　扶轮社（Rotary Club）是遵循国际扶轮组织的规章所成立的地区性社会团体，旨在增进职业交流和提供社会服务。每个扶轮社的成员必须来自不同的职业，并且在固定的时间和地点每周召开一次例会。目前全球各地有超过三万个扶轮社。第一个扶轮社于1905年2月23日创立于美国芝加哥，当时每周的例会是在各社员的工作地点轮流举办的，因此便以"轮流"（Rotary）为社名。

　　②　桑顿·怀尔德（Thornton Wilder, 1897—1975），美国小说家和剧作家。《我们的小镇》（*Our Town*）是怀尔德于1938年编写的话剧，此剧讲述了在一个虚构的美国小镇生活的人们从1901年到1913年的日常生活故事。怀尔德凭借此剧获得了普利策剧作奖。

　　③　普利茅斯岩（Plymouth Rock），又称移民石，位于美国马萨诸塞州小镇普利茅斯的港口边。上面刻着"1620"字样，传说是"五月花"号上的第一批移民涉水踏上美洲大陆时踩到的第一块石头。

　　④　节拍诗（Beat Poetry），又称贝特诗，是20世纪50年代和60年代在美国流行一时的写作风格。它采用了一种自由形式的写作方式，提倡个人主义并抗议信仰的丧失，是第二次世界大战以后在美国兴起的"垮掉的一代"（Beat Generation）文学流派的重要组成部分。

我还没来得及回应，这个组织的领导者到了：威廉·卡特（William Carter），他是一名38岁的脊椎按摩师，穿了一件深灰色西服，上面佩戴着一个叛军旗帜图案的徽章。我向他询问了在议会大厦抗议的计划。"我们会模拟一下提交请愿书的场景，举一些旗子，喊些口号，"他说，"本质上就是做宣传。"

[79] 我问他是否有参加过内战的祖先。卡特耸耸肩，说："有，但我不太清楚细节。总之，那不是我们来这里的原因。此次抗议是为了今天，是为了针对南方白人的种族清洗——和波斯尼亚正在发生的事情一样。现在有黑人历史月，有黑人的美国小姐选美比赛，南卡罗来纳州甚至还有黑人专用的电话黄页。你能想象有一个白人专用的电话黄页吗？不可能。任何白人的东西都是PIC——政治不正确的（Politically Incorrect）。"

新罕普什尔的工程师指了一下自己的米奇老鼠手表。卡特一跃而起，带领他的部队进入战斗。"让我打扮一下。"他说，然后拿着一把梳子猛地梳了梳他那稀疏的、涂了百利发乳的头发。这时，已经聚集了大概40个人，包括两个穿迷彩裤子、头戴插着羽毛的宽边软帽的人，几个飞车党成员，还有一个身穿灰色礼服的人，他带着一部移动电话，还拿着一个手提箱，上面的贴纸写着"我也有一个梦想"——标语的下面是一幅画，画的是议会大厦的圆顶上飘扬着一面叛军旗帜。

电视台的摄像师们都在议会大厦的台阶上等着。虽然卡特和他的副手们在早餐时辱骂了媒体，但现在他们急速走向前，在摄像机前面摆姿势，挥舞叛军旗帜，并且高喊："永远不要降下它！"卡特手中挥舞着有四万个签名的支持保留旗帜的请愿书，并痛骂了南卡罗来纳的一些公开表示反对保留旗帜的公司高管。他特别提到了美国电话电报公司

（AT & T）。"我们不会在一家喜欢同性恋的电话公司身上花一分叛军的钱！"卡特高声喊道。我不是很清楚这和叛军旗帜到底有什么关系。

抗议者们移步到议会大厦里面，站在门和电梯的旁边，这样议员进来以后，就必须在挥舞的标语牌和口号呼喊声中接受走过抗议者队伍的夹道刑罚。议员们展示出了他们最好的南方礼节；甚至黑人议员也是微笑着、点着头走过，仿佛是在和自己的支持者打招呼。

我在外面闲逛，发现一位保守公民委员会的示威者正在研究一座南军阵亡将士的纪念碑，碑文写着："用他们正值壮年的生命让失败的大业熠熠生辉。"巴德·夏普（Bud Sharpe）55岁，是一位建筑工地的工头。"一旦旗子被去除，他们就会开始动这个东西的心思了，"他指着雕像说，"我们是输了战争，但至少我们应该有这个东西去回顾战争。"这句话似乎是一个伤感的逻辑：大业失败了，但失败的大业不应该失败。

"我觉得，这面旗帜是像我这样的工薪阶层所剩下的唯一的东西[80]了。"他继续说，"我这一辈子，事情一件接一件。起初，他们合并了学校。然后他们合并了所有的东西。然后他们说'有色人种'不能说了，必须说'黑人'，然后是'非裔美国人'。但没有人为我们做出任何改变，我们仍然是'穷酸白人''白鬼''红脖子'。我觉得自己这辈子已经忍气吞声得够多了。"

我问夏普，如果南方还在实行种族隔离，是不是会好一些。"那当然了，当然会好，"他回答道，"在我居住的城镇，直到最近才开始有黑人——以前他们知道自己不应该和白人生活在一起。现在到处都有他们的身影。甚至还有跨种族恋爱。"

夏普停顿了一下，试图控制一下自己的情绪。"你看，我是个工头。有黑人在我手下工作。我们一起吃午餐。但下班以后，我回自己家，他们不跟过来。这不是憎恨，只是不想把自己的种子和其他种族混合。"

夏普拿起他的标语牌——"让它继续飘扬！"——然后准备离开，去重新加入其他示威者。"我今天来这里是为了维护传统，"他最后说，"这面旗帜就是传统。"

我在纪念碑下坐了一会儿。在过去的几个星期，人们一直在对我说"传统"。但是，和叛军旗帜一样，传统显然对不同的人意味着不同的东西。对我在北卡罗来纳遇到的"南军老兵之子"来说，传统意味着他们祖先的英勇和牺牲。对巴德·夏普来说，传统意味着种族隔离和过去四十年来解除种族隔离的过程。是否可能在纪念一种传统的同时，不去维护另一种传统呢？

我回到议会大厦餐厅，边喝咖啡边看了几份保守公民委员会的报纸。报道旗帜争论的文章就在头版上，旁边一篇报道的标题是"**马尔科姆·X 的追随者强奸、杀害白人女性**"。①

女服务员走过来，为我续满了咖啡。她在早餐时服务了保守公民委员会的人，对有关旗帜的纷争形成了自己的看法。"你知道州政府该怎么做吗？派人在深夜把旗子取下来，跟谁也别说。我用一个星

---

① 马尔科姆·X（Malcolm X, 1925—1965），原名马尔科姆·利托（Malcolm Little），美国黑人穆斯林教士，美国黑人民权运动的领导人物之一。同时也是美国黑人穆斯林组织伊斯兰国度（The Nation of Islam）的主要成员之一，后脱离该组织，并且于1965 年 2 月 19 日被该组织的成员刺杀。伊斯兰国度是混合了伊斯兰教和黑人国家主义等因素的非裔美国人的宗教组织，是美国平权运动中的重要黑人政治组织。

期的小费打赌，南卡罗来纳州没有一个人会注意到旗子没了。"她叹 [81]
了口气，继续说："现在已经太迟了。一旦问题被制造出来，每个人
都觉得他们应该选边站队，跟他们 18 岁左右时的处事方式一样。"

这是我在南卡罗来纳听到的对旗帜争议事件——或者是对 18 岁
左右发生的事情——最简洁明了的分析。

我继续看保守公民委员会的报纸，读到了一个在六个南部州建立
由黑人控制的"新非洲共和国"的秘密计划。我想把保守公民委员会
当作南方种族偏见的恐龙化石和进化的死胡同而不予理会。但是，可
能这样随意的不予理会也是一种偏见行为。右翼极端主义在美国愈加
兴盛，这使我感到有必要去倾听他们的观点。所以，当晚我驱车前往
位于哥伦比亚郊外的一个房车公园，去造访沃尔特，那个戴着贝雷
帽、早餐时坐在我对面的人，他在一张保守公民委员会的报纸上写下
了自己的地址。

沃尔特的拖车房的一扇窗户被一面叛军旗帜盖上了。另一扇窗户
上挡着一个纸板，上面写着"沃尔特的窝"。这是个恰当的别称；混
乱的室内摆满了一堆堆从地板摞到天花板的《时代》杂志、《花花公
子》和《华尔街日报》；墙上挂着罗伯特·E.李和斯波克 [①] 的照片；
天花板上贴着迈克尔·杰克逊和泳装模特的海报。

沃尔特让我坐在一张破烂的沙发上，然后回到狭窄的厨房中继续
切蔬菜。"我是个素食主义者，"他一边切着一个红辣椒一边说，"因
为我不信任联邦检验的肉类。"

沃尔特信任政府的地方不多——他称政府为"蛇"。这就是为什

---

① 斯波克（Mr. Spock）是美国科幻影视系列片《星际迷航》中的主人公之一。

么他请了一天无薪假去参加支持叛军旗帜的抗议。"我不是美国人。我是美利坚联盟国的公民，它在过去的 130 年中一直处于军事占领的状态。"

放下削皮刀，沃尔特在一堆报纸中翻找出一张照片递给我，照片上是柏林墙倒塌之前发生在东德的一次反共产主义集会。在集会的人潮中，有一名男子挥舞着叛军旗帜。在这张画面粗糙的美联社照片上，沃尔特用黄色的记号笔圈出了举旗的男子。"我怀疑那个德国人对邦联一无所知，"他说，"但是他知道这面旗帜象征着什么。身为叛军，发出呐喊。"

这是南方的无政府主义和詹姆斯·迪恩式的叛逆的一面，我青春期的灵魂也曾经被此所深深地吸引，特别是在摇滚乐上。[①] 在 20 世纪 70 年代，十几岁的我每天听"反叛的呐喊"，对这些音乐感到兴奋：乐队合唱团的《他们毁掉老迪克西的那一夜》（"The Night They Drove Old Dixie Down"），奥尔曼兄弟乐队的《漫游之人》（"Ramblin' Man"），小壮举乐队的《迪克西之鸡》（"Dixie Chicken"），还有其他要不是来自南方，要不是浪漫化南方民俗文化的乐队所创作的音乐。[②] 对我而言，这些歌曲激发了一种自由思想的反叛，与我青春期对"体制"的疏远完美地吻合——对我而言，这个

[82]

---

① 詹姆斯·迪恩（James Dean, 1931—1955），美国男演员。作者这里指詹姆斯·迪恩主演的电影《无因的反叛》（*Rebel without a Cause*）。此部电影上映于1955年，讲述了三个青少年对家庭和社会叛逆，最终造成悲剧的故事。

② 乐队合唱团（The Band）是一支加拿大摇滚乐队，于 1967 年在加拿大多伦多成立，其作品以音乐元素丰富而著称，对后来的北美摇滚乐和流行乐产生了深远影响；奥尔曼兄弟乐队（The Allman Brothers Band）是一支美国南方摇滚乐队，于 1969 年在佛罗里达州的杰克逊维尔成立，其音乐的风格融合了布鲁斯、爵士和乡村音乐的元素；小壮举乐队（Little Feat）是美国的一支南方摇滚乐队，由吉他手洛厄尔·乔治（Lowell George）于 1969 年创建，1979 年因洛厄尔·乔治的辞世而解散。

"体制"是由理查德·尼克松、亨利·基辛格、我的父母和大多数老师组成的松散的阴谋集团。

49 岁的沃尔特曾经参加过反越战游行。他打开了一个抽屉，里面存放着他当时戴过的珠子和麦卡锡徽章①。他对贝雷帽、长发、有机蔬菜和《星际迷航》的喜爱也是自己在 60 年代反越战的经历所留下的痕迹，没有这段经历，他或许早已把这些爱好抛在身后了。在过去二十多年中的某一时刻，沃尔特本能的反叛转变成了反动。从职业技能学校毕业以后，他从一个工作跳到另一个工作。现在，他住在一个破旧的拖车房里，开着一辆已经行驶了 20 万英里的丰田车，在一家修理有线电视转换器的小型工厂上班，领着一小时 5 美元 45 美分的工资。

"曾经，我变成了一个愤怒的人，"沃尔特说，"我知道有些事情不对，但我不知道到底是什么不对。我责怪自己。"他从冰箱里拿出了西蓝花。"现在我不再愤怒了。我理解了为什么世界是这样的。"

沃尔特走到房车的另一端，掀开盖在一个高高的分类架上的马德拉斯棉布。分类架的格子里塞满了各类读物，格子也被分成区域，每个区域都仔细地贴上了打印的标签："赫梯人""闪米特人""亚洲人""共济会""同性恋"。上面放着新纳粹组织"全国联盟"（The National Alliance）的小册子，还有激进的排外报纸《最终真相：被日常媒体封锁的新闻》（*The Truth at Last: News Suppressed by the Daily Press*），

---

① 麦卡锡徽章指的是在 1968 年的美国总统大选中，民主党候选人尤金·麦卡锡的支持者胸前所佩戴的徽章。尤金·麦卡锡（Eugene McCarthy, 1916—2005），美国政治家和诗人，于 1949 年至 1959 年担任美国众议员，1959 年至 1971 年担任参议员。在 1968 年的总统大选中，麦卡锡以坚定的反对越南战争的政治立场与时任美国总统的林登·约翰逊（Lyndon B. Johnson, 1908—1973）竞争民主党的总统候选人提名，直接导致了约翰逊退出总统选举。虽然麦卡锡最终败选，但他的立场和行为积极促进了反战运动的发展。

这份报纸宣称国家正在被吃虫子和狗的移民侵占。其他出版物则把枪支管制的拥护者、黑人、女权主义者和天主教教徒作为抨击对象。

"黑人是一个原始的种族，他们没有我们聪明。"沃尔特说着，从一个贴着"布须曼人"①标签的格子里抽出一本油印的册子，"他们长得像人类，所以不敢妄下结论，但他们确实是野蛮人。他们的牙齿比我们的大，是为了咀嚼东西，但是他们的大脑比我们的小。他们需要人的监督才能活下来。"

[83]　　　黑人天然的监督者是白人——赫梯人的后代。但赫梯人也是一个隶属民族。这个世界真正的主人是闪米特人，他们的后代就在现代犹太人之中。"他们是一个掠夺性的种族，智商比我们高。"沃尔特解释道。闪米特人的种族优越性只有一个来源：种族纯洁性。犹太人只和他们自己人繁衍，同时他们鼓励其他种族混血。这就保证了犹太人自己的基因纤维的完整，而其他人的都变弱了。"通过这种方法，犹太人保持了对世界的控制。"沃尔特解释说。

通过这扇反犹主义的窗户，沃尔特重新审视了所有的事情。他年轻时信仰的基督教是闪米特人逐渐削弱白人的阴谋；耶稣告诉自己的追随者，被人打右脸的时候，连左脸也转过来，让他打，而不是反击。②沃尔特还否定了《星际迷航》和他挚爱的斯波克。斯波克一半是人类，一半是瓦肯星人——一条鼓励种族混合的隐晦信息。然后是

---

① 布须曼人是生活在南非和东非的非洲原住民族。在 20 世纪 70 年代以前，布须曼人仍然处于原始社会阶段。

② "连左脸也转过来"的英文原文是"turn the other cheek"，是基督教《圣经》中耶稣基督在著名的"山上宝训"里说的话，完整的句子是："只是我告诉你们，不要与恶人作对。有人打你的右脸，连左脸也转过来由他打。"这句话通常被解读为体现了基督教的不反抗和非暴力的和平主义精神。

乌胡拉（Uhura），这位性感的黑人女军官打破了禁忌，和寇克船长
（Captain Kirk）进行了电视历史上的第一次跨种族接吻。

"我们的政府被一个外国势力控制着——以色列，"沃尔特总结
说，"逃脱这种控制的唯一办法就是分解美国。我能看到的唯一希望
就是复兴邦联。"

沃尔特回去继续切他的蔬菜，我则思考着应当如何回应。"你见
过犹太人吗？"我问他。

"高中时我认识一个。他看起来很正常。但那是在我知道这些事
之前。"

"那么，你刚见到了你的第二个犹太人。"

沃尔特从一堆平菇里面抬起头来。"你是犹太人？你看着不像。"
他审视了我，搜寻着什么明显的闪米特人的线索。"你姓什么来着？"

"霍维茨。"

"我应该猜出来的。"他又切了一个蘑菇。"那么，你更知道我在
说什么了。总之，我所对抗的是一群强大的人，他们是幕后操纵者。"
他伸手去拿豆腐。"一个种族是坏的，不代表那个种族里的每一个人
都是坏的。我就非常尊敬一个黑人。"沃尔特又一次在他的图书馆里
快速翻找。"这个家伙，"他说着，递给我一张路易斯·法拉堪在伊斯
兰国度的集会上讲话的照片，[①]"他认为种族混血是错的，黑人和白人
应该各走各的路。他也厌恶犹太人。"

沃尔特还认为迈克尔·杰克逊是个例外——"他是个机器人，他 [84]

---

① 路易斯·法拉堪·穆罕默德（Louis Farrakhan Muhammad, 1933— ），原名
路易斯·尤金·沃尔科特（Louis Eugene Wolcott），早期名为路易斯·X（Louis X），
是伊斯兰国度的领导人。

其实不是黑人"——还有一个名叫"两个现场团队"^①的说唱组合也是例外。一位南卡罗来纳州的官员想要封禁这个组合最新的专辑，因为里面有淫秽的歌词。沃尔特立即出去买了他们的音乐。"所有政府反对的事情，我都支持。"他解释道。再一次，这个话题过渡到了他对叛军旗帜的捍卫。"直到他们开始批评那面旗子之前，我从来没想过这个问题。但是，一旦他们开始攻击什么东西，我就会去支持它。"

沃尔特拿下来一个锅，往里面倒了点芝麻油。"想吃点儿晚饭吗？"他问我。

"下次吧。"

沃尔特耸耸肩，把我送到门口。然后，他的手伸进一个格子里，拿出一张贴纸贴在了我的笔记本的封皮上。上面写着："地球上最濒危的物种：**白人种族！**"他伸出手，和他在早餐时伸出手时一样友好。"很高兴能和你聊天，"他说，"有空再来，你会吧？"

"或许会的。"他说的话像是真心的，我的也是。我不禁很欣赏沃尔特那种有活力的反传统特质，尽管他的名字在美国所有仇恨团体的邮寄名单上。

第二天早上，我在离开哥伦比亚的路上，顺便在机场工业园停了一下，沃尔特说他在这里上班。部分原因是我好奇地想检验一下他是否对我说了实话。他告诉我，他和一个激进的全国有色人种协进会

---

① "两个现场团队"（2 Live Crew）是美国的一支说唱乐团，活跃于 20 世纪 80 年代后期和 90 年代早期，以其在作品中大胆露骨地谈论性话题而著称。也正是因为这个原因，美国的许多地方试图禁止他们的音乐出售，他们在多地被当地政府起诉，乐团最终因官司缠身于 1992 年被迫解散。

（NAACP）会员一起工作，还说他的老板"脑子中毒了"，因为他给黑人升了职，而不是给白人，还让沃尔特打扫厕所。

工厂是一个没有窗户的吊架厂房，四十个左右的工人蹲在日光灯下修理着有线电视转换器。沃尔特戴着他的贝雷帽，坐在一个年轻的黑人的对面，这个黑人戴着金丝边眼镜，穿了件高领毛衣，戴着金耳环。"嘿，伙计们！"沃尔特一看见我就大喊，"这就是我跟你们说过的那个犹太人。"

年轻的黑人翻了个白眼。"别理他，"他说，"沃尔特是个疯子。"

沃尔特笑了，好像他刚刚受到了称赞。"我给山姆（Sam）看了 [85] 昨晚给你看的东西。他和我意见不合。"

"意见不合？扯淡，"山姆嘟哝着说，"我认为那些东西应该被烧掉。"他再次转向我，说："沃尔特觉得黑人受到的重视太多了。但是白人从出生的那一天起就得到了重视。我们才刚刚进入这个世界。"

工厂的主管出现了。"您有什么需要帮助的吗？"他问我。这是詹姆斯·帕吉特（James Padgett），就是沃尔特说的"脑子中毒了"的人。我告诉他，我和沃尔特是在前一天的旗帜集会上认识的，我只是好奇，想看看他工作的地方。帕吉特把我带到了他的办公室，关上门。"我不能因为个人的政治立场而开除他，"他说，"不管怎样，沃尔特活跃了这里的单调气氛。"

帕吉特基本上证实了沃尔特对我所说的情况。山姆确实是一个直言不讳的全国有色人种协进会会员；有些黑人比白人挣得多；还有，确实，沃尔特打扫厕所。"他不是个一流的工人，所以，如果他想挣更多的钱，他就必须去打扫厕所。"

我问他怎么看待沃尔特的观点。"偏执，"帕吉特说，"还有愚蠢。"他停顿了一下，继续说："你看，我 38 岁了，我在新的南方长大。不管是白人还是黑人，我们都需要和睦相处。如果我们做到了，就能真正地有好日子过。如果做不到，我们就会一直被倒垃圾。"

"被倒垃圾？"

"我给你看些东西。"帕吉特把我带到工厂的装卸台，指着堆成山的板条箱，说："我们属于一家全国性公司，我们转换有线电视盒，老百姓才能看付费电视。看看这些订单的寄回地址。有马萨诸塞州、纽约州、俄勒冈州。他们把最难的工作都派到南方，因为我们是最优秀的。"

帕吉特的脸变红了。"我以前去纽约参加公司的会议，每个人都因为我的乡下口音而轻视我，"他说，"但是后来他们发现我们并不蠢。事实上，我们是公司最能干的单位，为公司赚了很多钱。所以，现在我再去纽约开会，我不再是野蛮人了——我是英雄。"帕吉特摇摇头，继续说："我一直是我。改变的是我在他们心中的形象。"

[86]　　帕吉特把我送到门口。他似乎对刚才自己的情感宣泄感到有一点尴尬。"祝你旅途愉快，"他说，"睁开眼睛，敞开胸怀。南方可能会让你感到惊讶。"

南方已经让我惊讶许多次了，帕吉特说的话同样让我感到惊讶。他们都重复着一样的南方的不满情绪，我在卡罗来纳各地都看到了：在索尔兹伯里的枪店里的人们身上，在查尔斯顿艺术工作室里的曼宁·威廉姆斯的身上，在州府的叛军旗帜示威者身上。在他们看来，是北方——或者说是北方的刻板印象——在遮蔽着南方，使这个地区落后。

但是这幅画面是有问题的。一位阿肯色人占据着白宫。副总统来自田纳西州。一位佐治亚人在担任众议院议长。① 州权，或者说"权力下放"，是当下热门的政治议题。还有，南方已经变成了全国经济最有活力的地区。

"南方是一个可以看到美国以前样子的好地方。"曼宁·威廉姆斯曾这样告诉我。这个看法迎合了我心中关于南方的浪漫画面，闭塞的乡村，其丰富的历史和特色在美国大多数地区几乎不存在。但是，我在哥伦比亚的议会大厦和机场附近的工业园看到的——还有我在卡罗来纳地区各地路过的街边商圈、住宅区和新工厂所看到的——南方的情况正好相反：南方是一个可以看到美国正在变成什么样子的好地方。现在的南方，近郊和远郊快速发展，政治上保守，反工会，福音派基督教占主流，是全球经济中飞速发展的部分。

后来，我向南方历史学家 A. V. 哈夫（A. V. Huff）谈起了这些，他是弗曼大学（Furman University）的教授，弗曼大学位于南卡罗来纳州的丘陵地区。他提醒我别忘了南方的转型是多么新近和多么彻底。哈夫向我讲了他小时候摘棉花的故事，在 20 世纪 40 年代，南方的学年还是根据棉花作物的生长周期来安排的。孩子们在盛夏时的农闲季节上课，秋收时回到田地里干活。

但是，在哈夫的有生之年，这个南方习俗的最根本部分已经从大多数南方人的人生经历中消失了。哈夫的许多学生——大多数是来自亚特兰大和其他城市郊区的中产阶级家庭的孩子——从未见过棉花作 [87]

---

① "一位阿肯色人"指的是美国前总统比尔·克林顿（Bill Clinton, 1946— ）；副总统是艾伯特·戈尔（Albert Gore, 1948— ）；"一位佐治亚人"指的是时任众议院议长的纽特·金里奇（Newton Gingrich, 1943— ）。

物。哈夫邀请我去旁听他的一节课，用以说明他的观点。在讲授伊莱·惠特尼[1]发明轧棉机的课上，他带了自家农场种出的一个棉铃作为讲课的道具。学生们传看着棉铃，都满脸惊叹地盯住看，好像它是一个乳齿象的牙。

今天，不到 5% 的南方人在田地里工作，而迪克西（南方）正快速成为美国的新兴工业腹地，汽车工厂在以前的棉花种植带遍地开花。南方的人均收入——在 1937 年哈夫出生时，是全国平均水平的一半——现在和美国的其他地区接近。旧邦联的 11 个州的经济总量加起来是全世界的第 15 大经济体。

对哈夫来说，这个转变解释了他在南方各地感受到的怀念邦联的复苏，甚至在家庭最优越的学生中间也有这种现象。"南方——白人的南方——一直有这种强烈的失落感。"我们于课间坐在他的办公室聊天时，他这样对我说。首先，是输掉战争和战前的财富。后来，随着几百万南方人移居到城市里，他们感觉丢失了紧密结合的农业社会。现在，南方有了新的繁荣和影响力，南方人开始觉得他们是否正在失去通过世代贫穷和孤立得来的尊严和独特性。

"现在，南方人正在为了眼前利益，去出卖所有那些他们所说的自己珍视的东西，"哈夫说，"所以，他们有这种感觉：'如果我用叛军旗帜裹着自己，可能奶奶就会原谅我卖了农场，去和北方佬做交易。'"

哈夫从他的书架上抽出一本书，给我读了一首叫作《被征服的旗帜》（"The Conquered Banner"）的诗，是一位南军牧师在内战之

---

① 伊莱·惠特尼（Eli Whitney, 1765—1825），美国发明家、机械工程师和企业家。他于 1793 年设计制造出轧棉机，大大提高了轧棉效率，推动了美国的工业革命。

后写的。

> 收起那面旗帜，它疲倦了；
>
> 打磨那个旗杆，它垂头丧气的；
>
> 收起，叠起，是最好的；
>
> 因为再也没有人去挥舞它，
>
> 再也没有剑去保护它，
>
> 再也没有人　　　　　　　　　　　　　　　　　[88]
>
> 在英雄的鲜血里冲洗它；
>
> 现在，它的敌人藐视它、挑衅它；
>
> 收起，藏起——让它休息吧。

　　哈夫合上书，起身去上另一堂"棉花王国"的课。"很遗憾，没有人会经常读这首诗了。"他说。

第五章　肯塔基：为迪克西而死

年轻时，无论发生什么事，无论一件事是发生过还是没有发生过，我都能记得一清二楚。不过现在我的机能正在一天天衰退，用不了多久，可能我就什么都不记得了，能记得的很可能是那些以前从未发生过的事。[①]

——马克·吐温

[89]　　位于田纳西州边界旁边的这座用煤渣砖修建的建筑，看起来更像是一个碉堡，而不是酒吧。窗户的大小如中世纪的箭洞一般，外面由铁丝网覆盖着。一人高的刀片刺网包围着紧邻的院子。一辆沙漠迷彩涂装的军用吉普车停在前面，旁边还停着一些皮卡车和哈雷摩托车。猩红色的字母分散地写在建筑的正面：Redbone's Saloon（红骨头酒吧）。

　　酒吧里面，自动唱机哀号着邦联铁路乐队[②]的歌曲。柜台的

---

①　马克·吐温：《马克·吐温自传》，石平译，西安：陕西师范大学出版社2010年版，第5页。

②　邦联铁路乐队（Confederate Railroad）于1987年在美国佐治亚州成立，主要创作美国乡村音乐和南部摇滚乐，其乐队名称、乐队标识以及作品内容都展示出强烈的对美国南部文化的认可和对南部邦联政权的怀念。

后面站着一个人，他戴着波尔卡圆点帽，穿着一件印着纳粹党徽的 T
恤衫。他就是酒吧的店主，叫红骨头。他给我倒了一杯啤酒，然后
和另一个人抱头交谈，那个人的衣服前面写着"我的家谱上有一个黑
鬼"，后面则画着私刑的场景，一个卡通形象的黑人男子被悬挂在树
枝上。①

　　一个星期之前，红骨头酒吧举办了一个"感谢上帝赐予我们詹
姆斯·厄尔·雷派对"来庆祝小马丁·路德·金的诞辰。②派对的传　[90]
单贴到了附近肯塔基州的加斯里（Guthrie），上面写着"去他的马
丁·路德·金诞辰"，还邀请大家到酒吧打台球，吃三美元一盘的
"鸡肉、排骨加配菜"。

　　那个周末，一个名叫迈克尔·韦斯特曼（Michael Westerman）
的 19 岁青年开着他的皮卡车穿过加斯里，车上插着叛军旗帜。几车
的黑人少年开车追他，其中一个射杀了迈克尔·韦斯特曼。然后加
斯里开始出现烧十字架的行为。③联邦调查局、三 K 党、全国有色
人种协进会以及肯塔基州和田纳西州的记者们很快拥进了这个边境小
镇。我也一样。我被一篇卡罗来纳报纸上的报道——《叛军旗帜引发
杀戮》（"Rebel Flag Is Catalyst to Killing"）——吓了一跳。在此之前，

----

　　①　"我的家谱上有一个黑鬼"原文是"I've Got a Nigger in My Family Tree"。这
句话一语双关。"Family Tree"译为"家谱"，英文的字面意思为"家族树"。衣服背后
的图画展示了一个黑人被吊死在树上，这是美国奴隶制时期对黑人处以私刑的常见形式。
所以结合衣服背后的图画，衣服前面的文字也可以理解为"我家的树上吊死了一个黑
鬼"。这件衣服上的文字和图画前后呼应，以一种戏谑和反转的形式表达了对美国旧奴
隶制的支持和对黑人的憎恨。
　　②　马丁·路德·金于 1968 年 4 月 4 日在田纳西州孟菲斯的一家汽车旅馆被人暗杀，
而詹姆斯·厄尔·雷（James Earl Ray, 1928—1998）是暗杀他的主要嫌疑人，并因此被
判处有期徒刑 99 年。
　　③　烧十字架是三 K 党的标志性行为。

我从未意识到自己已经开始探索的那场 19 世纪的冲突还在以枪战的形式继续着。

但是，我在星期六的深夜才到达这里，所以对这个地方知之甚少，只有加油站的服务员告诉了我一些信息。她说，加斯里在肯塔基州境内的部分是禁酒的。如果我想喝啤酒，田纳西州那边有两个酒吧，就在城镇的南部边缘，刚过州的边界线。"一个是比利酒吧，有点儿西部乡村风情，"她说，"另一个是红骨头酒吧。那是一个摩托骑手酒吧，不是什么好地方。"

红骨头酒吧的音乐太刺耳了，以至于无法和人交谈。所以我小口喝着自己的百威啤酒，研究着酒吧的墙。墙上贴着半裸女人斜跨在摩托车上的照片，一支手枪挂在墙上，旁边写着"我们懒得拨打 911"。在这些常见的摩托酒吧的装饰中，我注意到一组字迹潦草的诗选，看起来令人好奇。这些诗把摩托骑手主题和南军主题混合在一起，唤起了一种虚无主义场景，好像是坐在哈雷摩托车上看内战中已成废墟的南部。

> 那是 *1865* 年，家园被焚毁，
> 失去了一切，我站了出来。
> 骑行穿过浓雾，
> 叛军旗帜在手，
> 为我的自由而战，
> 为我的家园而战。

诗的下方有一个含义模糊的记号："F. T. W."。在自动唱机切换歌

曲的间隙，我转向坐在旁边的人，问他 F. T. W. 代表什么意思。

"你是谁？"他反问道，"联邦调查局的？"

这句话在吧台激起了一阵咆哮声。"我是个作家，不是警察。"我 [91]
说着，傻乎乎地亮出封皮上印着"记者笔记本"的线圈本子。那个人
怀疑地看着我，但是嘟囔了一句："F. T. W.，去他妈的世界（Fuck the
World）。"

另一个人穿着紧身的琳纳德·斯金纳德乐队①T 恤衫，他突然斜
靠过来，向我吼道："把这个写到你该死的笔记本里。只有少数人挺
身而出去捍卫白人的权利。剩下的人都是孬种，让黑鬼在他们身上
随意践踏。就像那天枪杀韦斯特曼的那些男孩儿。"他踉跄了一下，
继续说："现在有 KKK（三 K 党）和 BBB——就是'厉害的黑兄弟'
（Badass Black Brothers）。他们是一个硬币的两面。如果他们想开战，
来啊，开始打吧。"

他砰的一声坐下，双眼无神地看着吧台后面的电视。穿着紧身
裤的男性滑冰选手从电视屏幕上滑过。正当我匆忙写下他所说的话，
我感觉到有人在从后面接近我。然后一个人在我耳边小声地说："你
写字用的是速记法，还是写得太潦草了？"他嘴里发出的热气都是
啤酒味。

我抬头看见了一个穿着皮衣的大个子，眼睛充血，一头散乱的长
发。"速记法。"我撒谎说，心里希望他看不清我写的关于纳粹党徽和

———————

①　琳纳德·斯金纳德（Lynyrd Skynyrd）乐队是一支美国南方摇滚乐队，于 1964
年在佛罗里达成立，在 20 世纪 70 年代红极一时，其代表作包括著名的《甜蜜的家，亚
拉巴马》（"Sweet Home Alabama"）等歌曲，这些作品的流行在南方摇滚乐的兴起和传
播中起到了重要作用。

私刑的笔记。他弯下腰，从我的笔记本上撕了几张纸，揉成一团塞进嘴里。"你知道吗？"他大声地咀嚼着纸团说，"我今天早上拉的一坨屎都比你大。"

我不确定如何去恰当地回应，所以扫了一眼吧台，希望有人能帮我。其他喝酒的人已经消失在台球桌那边的一团香烟烟雾中。只有红骨头还在，他站在吧台后面警惕地看着我们。"问题是，"盘问我的人继续说，"我应该在此时此地狠狠地揍你一顿，还是这次就算了？"

他脖子上的血管开始跳动，一只手握成了拳头。我权衡了一下是否应该摘掉眼镜，摘掉的话，眼镜碎片就不会扎到我的头，如果不摘的话，可能还有一线希望让这个大个子"这次就算了"。一首诗的片段在他脑袋后面的墙上晃动。

> 如旧时叛军，
>
> 依然迸发骄傲，
>
[92] > 从不忍气吞声，
>
> 骑着哈雷前行。

我缓慢地从高脚凳上下来，向门口摆了下头，说："可能我应该——"

那个人抓住我的外套，从腋窝处一下子撕到腰部。红骨头猛地冲出吧台，抓住那个人的胳膊，喊着："冷静！"我俯身从大个子的身下闪开，冲出门去，四脚朝天地摔在碎石地面上。然后我起身向城镇的光亮全速冲刺。等我慢下来，变成小跑时，我已经到了肯塔基州的边界线，一个牌子上写着：

欢迎来到加斯里

美国第一位桂冠诗人

罗伯特·佩恩·沃伦^①的出生地。

在 20 世纪初，罗伯特·佩恩·沃伦还是个孩子，那时的加斯里是个新兴的铁路城镇，周围都是农田，种着一种叫"黑眼罩"的深色烟叶。沃伦在加斯里长到 15 岁，后来，他形容自己的家乡"非常不南方"，作为一个新的城镇，"对任何一个地方或者任何一段历史都缺乏归属感"。80 年后，加斯里和遍布南方偏远地区的上千个城镇一起呼出了枯竭的空气，州际公路绕过了它们，持续数十年的向大城市移民榨干了它们的生命力。加斯里破败的主街上只剩下一家"小猪扭扭"超市、一家台球厅、一家"美国餐馆"（广告语是"吃农家菜让你变好看"）、一个猪饲料升降机、一家服装厂，还有一些便利店，里面挤满了刮彩票的人（当地人在田纳西州那边喝酒，但是只能在肯塔基州这边赌博）。

走到路的尽头，我在"小镇浸信会教堂"的旁边，找到了一家名叫"假日汽车旅馆"的破旧宾馆。汽车旅馆的霓虹灯标牌上闪烁着**我们价格公道**，刚刚经历了在红骨头酒吧的对话，这句话让我感到欣慰。一个穿着宽松家常便服的胖女人坐在前台的后面抽烟。

"我想开个房间。"我说。

[93]

---

① 罗伯特·佩恩·沃伦（Robert Penn Warren, 1905—1989），美国诗人、小说家和文学评论家。他曾在 1947 年获得普利策小说奖，并于 1958 年和 1979 年两次获得普利策诗歌奖，是美国历史上唯一同时获得普利策小说奖和诗歌奖的文学家。同时，他也是著名的"南方"文学家，是"南方作家协会"（The Fellowship of Southern Writers）的创始会员，并于 1935 年参与创办了文学期刊《南方评论》（*The Southern Review*）。

"为什么？"她有一口德国口音，一边摸着腿上的雪纳瑞犬一边问我。她身后的墙上挂着一面德国国旗和一张巴伐利亚州阿尔卑斯山的照片。

"为什么这么问？"

她耸耸肩。"你的车牌是外州的，你的外套破了，看起来脸色苍白。克拉克斯维尔有家假日酒店，比我这儿好多了。"

我告诉她我想待在加斯里，来了解迈克尔·韦斯特曼的枪击案。然后我提起了刚才在红骨头酒吧的经历。

"你疯了吗？"她惊叫出来，"酒吧关门的时候，我就会打开'客满'的灯。他们本来就愚蠢，但是一旦他们开始喝酒吸毒，他们连脑子都没了。"

我在填写登记表的时候，一个警方通信接收器在柜台的后面发出响声。"我好打听。"女士说着，转动着旋钮，还透过汽车旅馆的落地窗向外看了看。"这里很少发生什么事，直到他们射杀了那个叫韦斯特曼的男孩儿。"她咯咯笑了。"你知道吗？我认为这件事有值得骄傲的地方。加斯里有了第一次驾车扫射。"

那晚，我基本上都和玛丽亚·埃斯克里奇（Maria Eskridge）一起坐着，小口喝着薄荷杜松子酒，筛选报纸中有价值的信息，以及她收集的有关韦斯特曼枪击案的——还有加斯里发生的所有其他事情的——小道传闻。埃斯克里奇是慕尼黑一位酿酒师的女儿，她嫁给了一名美国士兵，然后移居到了她丈夫的家乡肯塔基。她的丈夫打理一个小农场，她经营这家汽车旅馆。她大方地承认，自己的汽车旅馆就是个脏乱差的地方。"假日汽车旅馆——听起来就像个笑话，"她说，"谁会来加斯里度假？"但是她喜欢八卦，汽车旅馆给了她充足的机会去八卦。她自己也变成了当地传说的一部分，一位有着奇怪的巴伐利亚和肯塔基混合背景的人物，用带喉音的口音说"舔老娘的脚丫"之类的话。"这里的人都叫我'小镇的疯德国鬼子'。"她说。

但是，在加斯里生活了 30 年之后，埃斯克里奇仍然觉得自己像个外地人，在迈克尔·韦斯特曼死后的日子里，这种感觉从未如此强烈。她给我讲了在晚上被烧掉的那些用废旧木料制作的粗糙十字架，还给我讲了迈克尔·韦斯特曼的送葬队伍；去往白人墓园的灵车后面跟了一个由 120 辆车组成的车队，叛军旗帜在车上啪啪作响。现在，镇上开始出现穿着讲究的陌生人，他们到处分发资料，上面把迈克 [94] 尔·韦斯特曼称赞为一名邦联的烈士，是 130 年以来第一个因叛军旗帜而死的人。

雅利安国（Aryan Nation）和其他白人至上主义的组织也来到了加斯里。"我是从雅利安国的人那里得知的。"埃斯克里奇边说边翻弄着其中一个组织的传单。她从柜台底下拿出了一张新闻剪报，是从 20 世纪 50 年代的德国报纸上剪下来的。上面是一个裸体的光头男人被拴在一辆平路机上。埃斯克里奇给我翻译了标题：《我们这个时代的苦役犯》（"The Galley Slaves of Our Times"）。照片中的男人是她的父亲，他因为说了反对纳粹的言论，在第二次世界大战期间被关在达豪集中营里。"这就是雅利安国的样子。"她看着照片说。

埃斯克里奇还有个东西要给我看。她带我穿过汽车旅馆的前院，来到一个被栏杆围起来的区域，里面有野餐桌、海滩伞和一块长方形的草地，上面的草东一块西一块的。"这里以前是我们的游泳池。"她说。加斯里没有公园和公共游泳池，所以当地人都花两美元来汽车旅馆游泳。后来，两年前，几个黑人小孩付了钱，跳了进去。"当时的情况就好像是我们在水里通了电，"她说，"黑人一进去，所有的白人都出来了。"白人们要求埃斯克里奇让黑人离开。她回答说：舔老娘的脚丫。

　　白人们一直抱怨，埃斯克里奇和她的丈夫用池塘里挖出的泥土把游泳池填平了，宁可如此，也不愿游泳池变成一个种族冲突的现场。现在，一棵山茱萸和一棵垂柳已经在深水区的地方发芽了。

　　"祝你在加斯里过得愉快。"她说着，递给我房间的钥匙，然后和她的雪瑞纳犬回屋了。

　　我在假日汽车旅馆住了两个星期，忍受着凹凸不平的床、满是污渍的地毯和破旧不堪的被子，我被迫把破了的夹克当成毯子加盖在身上。每天早晨，我的早餐就是一杯用塑料泡沫杯装着的淡咖啡，还有一张刮刮乐彩票，都是从马路对面的便利店买的。我游览了罗伯特·佩恩·沃伦的故居，是一栋坐落在第三大街和彻丽路交叉口的维多利亚式小屋，现在是一个维护良好却被遗忘的圣祠，每周只开放几个小时。星期三晚上，我去了教堂，听了一次长达两小时的布道，
[95] 题目是："如果你因为基督徒的身份而被逮捕并被起诉，有没有足够的证据给你定罪？"大多数晚上，我都在比利酒吧喝酒，在那里，两首歌曲——《如果地狱有点唱机》（"If Hell Had a Jukebox"）和《我喜欢有点俗气的女人》（"I Like My Women a Little on the Trashy Side"）——一直重复播放，酒吧侍女也跟着哀号。据我判断，如果地狱里有一处与世隔绝之地，它肯定和肯塔基州的加斯里有点像。

　　但是，加斯里在生活气氛上的缺失，都在错综复杂的案情上补了回来。谜团由迈克尔·韦斯特曼枪击案的原委开始。韦斯特曼和他的

妻子汉娜（Hannah）是高中时代的恋人，自他们的双胞胎在五个星期之前出生以来，这是他们第一次晚上出去玩。他们计划先给汉娜买一条牛仔裙，然后去纳什维尔吃晚餐，纳什维尔在加斯里的南边，有一个小时的车程。在去的路上，大概是下午四点钟，迈克尔在加斯里的主街上一个叫"詹尼市场"（Janie's Market）的便利店停下来加油。

韦斯特曼的皮卡车引起了四个黑人青少年的注意，他们就坐在附近的一辆车里。这辆皮卡车很难被忽视：一辆红色的大型雪佛兰四驱车，底盘被升高了，叛军旗帜图样的车牌，车斗里插着一根旗杆，一面大号的叛军旗帜在旗杆上摆动。另一辆车的司机，达米安·达登（Damien Darden）觉得他以前见过这辆挥动着旗帜的皮卡车在加斯里的黑人社区游荡。

"咱们去教训一下那个小伙儿。"他对车内的朋友说，然后快速开走，去叫人来打架。因为韦斯特曼的皮卡车窗户上贴了深色的膜，达登和他的朋友们看不见车里坐着的夫妻是他们的老邻居和老同学。

迈克尔·韦斯特曼加了油，还买了西瓜味的泡泡糖，然后坐在车里和汉娜聊天。两个人一点都不着急。他们把双胞胎交给了迈克尔的父母照顾，所以有整晚的时间出来玩。汉娜告诉警察，迈克尔还逗她，开玩笑说晚上要"来一次"[①]。

达米安·达登带着两辆车回到了詹尼市场，把车停在了皮卡车旁边。几个黑人少年后来作证说，一只白人的手伸出皮卡车车厢的后窗户，摇动了叛军旗帜。其中一人还说听到了车内的人喊"黑鬼"。汉娜否认她或者迈克尔说了任何话或者做了任何事。

---

① "来一次"原文为"getting some"，是一句俗语，意为同房。

迈克尔开车离开詹尼市场，往南驶向田纳西州。汉娜往后看了一
眼，发现之前在詹尼市场的三辆车在后面跟着他们。"踩油门！"她
说，然后迈克尔把油门踩到底，在双车道的高速公路上猛冲。

[96]

几乎同时，在达登的车后座上，名叫弗雷迪·莫罗（Freddie
Morrow）的 17 岁少年告诉他的朋友们自己有一支枪。"不，你才没有
呢。"其他人都嘲弄他。弗雷迪把手伸进腰带，拿出一把廉价的 0.32
英寸口径手枪炫耀。达米安·达登加速，逼近插着旗子的皮卡车。

在加斯里南边几英里，靠近一条被遗弃的铁路岔线的地方，弗雷
迪向车窗外疯狂地开枪。然后子弹卡壳了。达米安加速驶入了反方向
车道。他现在和迈克尔并排赛跑了，速度高达 85 英里每小时。迈克
尔把汉娜按到地上。弗雷迪修好了枪，把手伸出窗外，再次开枪。

汉娜没有听到枪声，但是她看见自己的丈夫捂住胁部呻吟："我
的上帝啊，他们射中了我。"皮卡车慢下来，她想办法挤过迈克尔，
坐上了驾驶座。达米安的车就停在前面；从詹尼市场跟过来的另一辆
车在皮卡车后面停了下来。汉娜以为这些车准备包围她。所以她突然
转向掉头，加速往肯塔基方向回去，弗雷迪再次开枪。

当汉娜把车开到一家医院的急诊室时，迈克尔已经休克了。一枚
子弹穿过了他的心脏。外科医生缝合了他的伤口，然后紧急用救护车
把他送往纳什维尔，第二天，他在纳什维尔死去。警察在搜查韦斯特
曼的皮卡车时，发现车门上有一个弹孔，迈克尔上了膛的 0.38 英寸
口径自动手枪放在地上，旁边放着他的黑色牛仔帽，帽檐上粘了一大
块西瓜口味的泡泡糖。

整个事件充满了问号。谁是迈克尔·韦斯特曼？他在马丁·路

德·金诞辰的周末，跑到一个黑人占多数的城镇，挥舞叛军旗帜是什么意思？为什么这个行为能如此激怒达米安和他的朋友们，以至于他们在光天化日之下追杀一名白人男子？为什么由叛军旗帜引起的强烈的愤怒会在这里爆发，在沃伦"不南方"的家乡，在一个从未加入邦联的州？

　　在一个星期天的早晨，我来到陶德县（Todd County）的县城埃尔克顿（Elkton）寻找答案的线索。埃尔克顿位于陶德县的主要交通枢纽上，在加斯里北边十分钟车程的地方。韦斯特曼夫妇和袭击他们[97]的人所上的高中就在埃尔克顿。也是在这里，迈克尔有时会在车上插着叛军旗帜开车巡游，绕着法院广场转圈，然后缓慢行驶过旁边的一排快餐店。在这个禁酒的县，没有商场或者影院（甚至都没有交通信号灯），在"奶品马特"餐厅和"冰雪皇后"餐厅之间来回游走是为数不多的可以做的事。青少年们把这个 20 世纪 50 年代风格的惯例叫作"换蘸酱"。

　　我抵达的时候，一群插着叛军旗帜的皮卡车正在"换蘸酱"。甚至还有两个车主粗暴地在他们的车顶上钻了个洞，然后把旗杆伸出来，就像人头顶上变异的毛囊。这个蹩脚的护旗队中的一名成员戴着一顶叛军的扁军帽，腿上放了一支上了膛的 0.22 英寸口径手枪。他告诉我，他是从迈克尔被杀以后才开始悬挂叛军旗帜的。"一个人倒下了，两个人补上去。"他说。然后他把旗子举高，喊道："这些颜色不会逃跑！"然后向"冰雪皇后"餐厅快速驶去。

　　在附近，十几个穿着丛林迷彩服和军靴的人站在广场周围的战略要点，他们在给从教堂返回的车流分发传单。我靠近这队人马的领导者，一个拿着对讲机的大胡子，问他在干什么。"资料路障。"他边说边递给我几张传单。第一张上面有个标题："今天，你还是白人的唯一原因，是因为昨天，你的祖先施行并信奉种族隔离！"第二张就开始下命令了："**我要你加入全能的三 K 党！**"①

传单的落款是："为了白人的胜利敬上，罗恩·爱德华兹（Ron Edwards），基督、种族和国家的威龙（Grand Dragon）。"②落款的人就是站在我面前的大胡子，他正拿着对讲机喊着的命令，一点都不像龙发出的声音。"过马路只走斑马线，待在该死的人行道上！"他指挥着部下。然后对我说："我不想让我们的人违反任何法律。"

罗恩·爱德华兹是个职业冲洗工，同时也是"肯塔基王国"的统治者。他的两名属下和他一起站在这个街角："尊贵的独眼巨人"（Exalted Cyclops）吉姆（Jim）和"考利发"（Klaliff）维尔玛（Velma）。③维尔玛也穿着丛林迷彩服，还戴了一副毛绒的御寒耳罩，穿着一双暖和的短靴，手上戴着一副绿色的连指手套。"吃果酱甜甜圈吗？"她递上来一个纸盒子问我。

路过的车辆都按喇叭示意，还伸出大拇指。几个开车的人还和他们交换了传单，拿标题为"我必须做什么才能被拯救？"的教堂小册[98] 子换三 K 党感叹语气的资料："给予我们的人民正义，**立刻！**"然后，一个戴着农场帽了、体格健硕的行人停下来抱怨："我受够了那些黑鬼告诉我们应该做什么。"

---

① "我要你加入全能的三 K 党！"原文是"I Want You For Almighty Ku Klux Klan！"，这句话是模仿第二次世界大战中美国著名的征兵广告词"我要你加入美国陆军！"（"I Want You For U.S. Army！"）。

② "基督、种族和国家"是罗恩·爱德华兹所在的三 K 党分会的名称，"威龙"是他在党内职务的头衔名称。

③ 与前文的"威龙"一样，"尊贵的独眼巨人"和"考利发"都是三 K 党党内职务及级别的名称。

　　吉姆和维尔玛迅速把这个人带进了一辆生锈的别克车，这辆车就是三 K 党的招募办公室。我跟了过去，和维尔玛一起坐在后排座椅上，吉姆坐在前面，讲着三 K 党的推销话术。"上升得很快，"吉姆说，"现在，我很快就会升职成为'大巨人'（Great Giant）了。"

　　"我儿子刚刚入会，"维尔玛补充道，"他现在就已经是'大泰坦'（Grand Titan）了。"

　　健壮的人看起来是被打动了。吉姆继续说："今天交 25 美元和两张照片，你就可以开始了，如果你妻子也想加入，还是这个价钱。"他停顿了一下，说："这是我们这个月搞的特价活动。"

　　吉姆继续推销"上帝、种族和国家"的同时，维尔玛给我看了她孙辈们的快照相片。她还讲了自己的工艺品商店，她为圣诞节做的流苏花边，还有她希望能去参加的一次即将举行的燃烧十字架活动。在去之前，维尔玛必须参加一次考试，通过了以后，她就是"王国"的正式公民了。"像驾照考试一样，他们会试图让你犯规，"她说，"我必须知道书中所有的知识。比如有人问：'我们为什么憎恨犹太人？'我以前不知道，但是现在我知道了。是犹太人把基督钉上十字架的。"

　　如果她通过考试——还有避免了三 K 党的犯规行为，比如犯重罪或者和黑人睡觉——维尔玛就可以穿戴缎面的尖帽和袍子参加烧十字架的活动，这标志着她完全"归化"了三 K 党。我问为什么她和其他人今天没有穿戴尖帽和袍子。

　　"尖帽和袍子确实好看，"她说，"但是我们最近有好多活动。洗衣费会让人受不了的。"

　　三 K 党总共发出去了 750 份传单，并签下了 10 个新的侍从，而后回到了肯塔基山区，还埃尔克顿星期日的宁静。广场上唯一营业的地方是一家叫"小城烧烤"的小餐馆。餐馆的前台上放着一份请愿书："我们，以下签名之人，相信叛军吉祥物应该留在陶德县的学校之中。我们是南方，让我们挥舞自己的骄傲。"女服务员解释说，陶德县中心高中的运动队叫"叛军"，他们的标志是两个挥舞着旗帜的南军。但是，就在迈克尔·韦斯特曼枪击案发生之前，一个由杰出市民组成的委员会悄悄地向学校建议换掉叛军图案，以缓解种族间的紧张关系。

[99]

对这位女服务员和许多白人来说，本地精英阶层对叛军吉祥物的攻击，还有关起门来开会的做法，与愤怒的黑人青年攻击韦斯特曼和旗帜的行径相似。"他们在扒光白人——那些没钱的白人——扒光他们仅有的东西。"女服务员说。

这次请愿活动是由一位名叫弗朗西丝·查普曼（Frances Chapman）的退休护士发起的。我从餐馆给她打了电话，约她出来聊聊。在去赴约的路上，我在陶德县中心高中停了一下，这是一所低矮的砖混结构学校，有明亮的走廊和崭新的电脑机房。它看起来和其他的公立学校没什么两样，除了大厅里的那幅画着臭名昭著的吉祥物的巨幅壁画：两个卡通形象的南军士兵手握着旗子并吹着军号，从军号里吹出来三个词："加油，叛军，加油。"

我很惊讶这些个松松垮垮的漫画人物竟然掀起了轩然大波。这种形象看起来更像是在嘲笑南军，而不是美化他们。但是弗朗西丝·查普曼不这么看。"那些胖子，噢，我觉得他们棒极了！"她感叹地说，"他们让我感到非常骄傲。"

查普曼是位娇小的女士，她戴着特大号的眼镜，穿了一身亮绿色的长裤西服。她所说的话同样很有吸引力。我刚坐下，她就给我看了一篇新闻报道，上面引用了她在一个本地电台节目上发表的评论。"奴隶制并没有那么坏，"她宣称，"许多人很高兴能够生活在大种植园里。"

查普曼甜美地笑了。"黑人只是需要忘掉奴隶制，"她这样说，就像是在谈论流感，"人不能活在过去之中。"

我温和地说，她维护叛军旗帜，也可以被指责为活在过去之中。"噢，不是，那是一个当下的问题，"她说，"黑人其实没有什么理由反对叛军旗帜。他们只是不想让我们拥有它。他们想要最好的工作，赚最多的钱。现在他们又想要这个。如果我们失去了吉祥物，我们早晚会失去所有的东西。"她的声音颤抖了，带着愤怒。"别把我们放到他们以前的位置上。"

这些话表达的怨恨，和我从巴德·夏普，还有哥伦比亚的那些支[100]持叛军旗帜的示威者口中听到的一样。对夏普和查普曼来说，叛军旗帜代表了堵在堤坝裂缝里的手指，是对令人不快的少数族裔权利日益增长的最后一脚刹车，这种增长正在快速侵蚀白人的地位。"令人惋惜的是，"查普曼继续说，"黑人有伟大的传统。他们有雷·查尔斯、艾灵顿公爵①、乔治·华盛顿·卡佛。他们首先学会了唱歌跳舞——我们又从他们那里学到了那些。"

查普曼还从黑人那里学到了另外一些东西：习惯用语和民权运动的斗争策略。她和支持者们发起了一场罢课，许多白人家庭把他们的

---

① 雷·查尔斯（Ray Charles, 1930—2004），著名美国黑人盲人音乐家和钢琴演奏家，开创了节奏蓝调音乐。艾灵顿公爵即爱德华·肯尼迪·艾灵顿（Edward Kennedy Ellington, 1899—1974），"公爵"（Duke）是他儿时的绰号，成名后广为流传。艾灵顿是美国作曲家、钢琴家以及爵士乐大师，其作品对爵士乐和其他美国音乐流派的发展都产生了巨大影响。

孩子从陶德县中心高中拉回了家，他们还威胁停止给县里交税，除非叛军吉祥物得以保留。他们还计划在下次教育委员会开会时举行静坐抗议。查普曼为此次抗议制作了一件特别的 T 恤衫，上面印着叛军旗帜，还有标语：**"请表示尊重——你身处叛军的地界"**。

查普曼送我到门口，把她的小拳头举过头顶，说："我们必胜。"

第二天，在埃尔克顿的图书馆，我得知了一件奇怪的事。陶德县并不是叛军的地界，至少在历史上不是。根据我找到的有关本地历史的书籍，在内战中，大多数陶德县人是支持联邦的。和南方北部的大部分地区一样，陶德县沿着地理上的分界线分开。与田纳西州接壤的部分是肥沃的种植园，住在这里的白人倾向于站在南方一边。但是，人数更多的自耕农住在陶德县北部的丘陵地带（这里奴隶数量不多），他们则支持联邦。肯塔基州也留在了联邦，尽管第一届邦联国会带着希望肯塔基州也能脱离联邦的愿景，乐观地在邦联国旗上给它分配了一颗星。

虽然历史事实如此，但几乎所有和我交谈过的白人都与弗朗西丝·查普曼一样，宣称他们的县是叛军的地盘，还相信在历史上一直如此。为了证明他们的说法，这些人都给我指了坐落在县西部边缘地带的一座 351 英尺高的水泥塔。这个方尖塔碑标示着邦联总统杰斐逊·戴维斯的出生地，他于 1808 年在此出生（与他未来的敌手亚伯拉罕·林肯的出生地只隔了 100 英里，在时间上只隔了 8 个月）。

这个方尖塔碑的形状和华盛顿纪念碑一模一样，但在高度上只有它的三分之二。那些在 20 世纪早期首先开始计划修建这个纪念碑的叛军老兵们相信，邦联之父值得拥有一个与纪念美国国父的纪念碑一样高大的纪念碑。但是，奥兹曼迪亚斯规模的高塔却掩盖不了陶德县自称为杰斐逊·戴维斯故里的牵强之处。[①] 在他出生的时候，陶德县还不存在（陶德县是在他出生十年之后，从旁边的克里斯琴县划分出来的）。也没有人能肯定地说出戴维斯家的木屋是否在今天的陶德县境内。另外，戴维斯的父母是漂泊的人；他们在"小杰夫"两岁的时候就搬到了路易斯安那州。很难说这位邦联的领导人对他的肯塔基老家还保留着任何记忆。

但无论怎样，每年到了戴维斯的诞辰，陶德县人都会聚集到塔碑，举行一个奇怪的仪式：为一位当选为"邦联小姐"的本地少女加冕。参赛者比赛体态、发型、圈环裙，并回答类似这样的问题："如果你赢得桂冠，你将会如何去守护和发扬南方的传统？"在选美比赛的最后，一位身穿南军制服的年轻小伙子会护送戴着头冠的获胜者，在本地乐队演奏的《迪克西》音乐声中走下纪念碑的台阶。

罗伯特·佩恩·沃伦小时候观看了纪念碑的建造过程。后来他回忆了当时感受到的震撼，他觉得塔碑就像是插在家乡土地上的一根"稳固的水泥刺"。他写道：对邦联的纪念"在加斯里从未有过如此迫切的重要性，对一部分当代的加斯里人来说，内战似乎是为了他们合法实施私刑的权利而打的"。

但在之后的几十年中，奇怪的事情发生了，这里出现了一种被今天的心理学家称为"恢复记忆"的行为。当地人要找回一段他们自己

---

① 奥兹曼迪亚斯（Ozymandias）是希腊人对古埃及第十九王朝法老拉美西斯二世（Ramesses II，约公元前 1303—前 1213）的称谓，他是古埃及历史上最著名和最强大的法老之一，其执政时期是埃及新王国时期最后的强盛阶段。拉美西斯二世非常喜欢修建庞大的土木工程，在埃及各地修建了大量宏伟的宫殿、神庙、雕像和石碑等。这里作者意在形容戴维斯纪念碑的宏伟。

创造的历史，在其中，陶德县曾经是坚定的叛军领地，一片住着南方淑女和南军勇士的田园乡村。罗伯特·佩恩·沃伦曾写道："历史的发展就像大自然一样，不会跳跃。除了向后跳跃。"

[102]　　正如弗朗西丝·查普曼所保证的那样，在陶德县教育委员会再次召开会议的时候，几百个人占领了一个初中体育馆的看台。有些人戴着扁军帽和叛军旗帜图案的印花大手帕，其他人则穿了查普曼为集会印制的**"请表示尊重——你身处叛军的地界"**的 T 恤衫。

　　几个黑人家庭坐在出口处，治安官办公室的全部四位警官也坐在那里。教育委员会的委员们坐在体育馆中间的一张桌子旁，很尴尬地处理着例行事务。终于，人群开始变得焦躁不安，一位委员架起了一个麦克风，邀请公众上前发言。

　　第一个发言的人是位军人遗孀。"我的丈夫是个北方佬，我把他转换成了叛军，我对此感到非常骄傲！"她喊道，"我不会为了满足少数族裔而妥协我的价值观和平等权利。上帝保佑美国，上帝保佑我们的叛军旗帜！"她解开身上的羊毛衫，露出了下面穿的**"请表示尊重"**T 恤衫。她身后的人群沸腾了。

　　接下来，位染着金发的纤瘦女士大步走到麦克风跟前，手指不断地指着教育委员会，说："听我们的——是我们把你们选出来的！"她因为愤怒而满脸通红，说起在韦斯特曼被谋杀以后的那个星期，她的儿子在陶德县中心高中被迫脱掉了一件印有叛军旗帜的 T 恤衫。学校还安装了金属探测器，以防止更多的暴力发生。

　　"他们甚至没收了我孩子的辣椒喷雾器！"有个人在看台上喊。

　　"这肯定是不对的！"麦克风前的女士喊道。

人群开始一起跺脚并喊口号："歧视！歧视！"那位女士走向她的座位，像职业拳击手离开赛场时一样，把双拳举在空中。

集会就这样持续了两个小时。大概有 20 位女士痛骂了教育委员会，这让我想到，最近媒体过度地把注意力放在了"愤怒的白人男性"上，而忽视了我在陶德县各地看到的相当强烈的女性愤怒。她们的愤怒与叛军旗帜所承载的历史象征主义也没什么关系。这面旗帜似乎已经挣脱了时间上和地点上的绳索，变成了一个用途广泛的"去你[103]的"，一个带着扭曲的愤怒，向黑人、教育官员、各种当局——任何可以为这些女人的困难生活负上点责任的人或事——而竖起的中指。今晚，至少这些困在拖车房和工厂里的女人们可以发泄她们的愤怒，去肯定黑人已经展示了几十年的那种种族觉醒，甚至用阿蕾莎·富兰克林① 式的骄傲去展示她们的"尊重"T 恤衫。

弗朗西丝·查普曼发表了最后的讲话。她挥舞着手中的请愿书喊道："永远别把我们排除在外！"请愿书现在已经有三千个签名了，是这个县四分之一的人口。然后她和其他的白人愤怒地冲出体育馆，走进室外正在下着的小雪之中。她们逗留在外面，挥舞着旗子呐喊，好像还有些不满意。教育委员会和参加会议的几家黑人都没有回应他们。

在体育馆里面，六个黑人女性站在那里，等着人们离开停车场。"我在陶德县工作，"一位女士轻声地说，"我交税，我的孩子也在这里上学。我觉得，为什么我们对学校的吉祥物不应该有发言权？因

---

① 阿蕾莎·富兰克林（Aretha Franklin, 1942—2018），美国著名黑人女歌手、作曲家和钢琴家，同时也是美国"黑人骄傲"（Black Pride）运动和妇女解放运动的标志性人物。

为这个，孩子们在相互残杀。你不觉得至少我们应该开始讨论这个问题了吗？"

我问她为什么没有在会议上表达自己理智的意见。她看着我，好像我是个疯子一样。"谁会听呢？"她问。

另一位女士一脸空虚和忧虑的表情，好像一个刚刚经历过炮击的士兵。她说，在迈克尔·韦斯特曼死亡之前，白人对黑人的敌意是有控制的。"我们生活在这种有控制的敌意之中。我觉得他们尊重我们。"但是现在，她在想是不是这辈子一直都在自己骗自己。"那面旗子开启了一扇我们已经关上了许多年的种族之门。这是在说，白人一直在抑制自己的情绪。"

"给白人平等权利"的口号声从打开的大门传进来，她停顿了一下，摇了摇头，说："他们发疯了。"

学校会议之后的一个星期，我拜访了当地官员、牧师和老居民，[104] 到处寻找线索，以了解陶德县正在发生的事情。从黑人和白人那里都得到了同样的答案：不知从哪里来的怨气。虽然，与更南方的州相比，吉姆·克劳法在肯塔基州从未那么严格地实施，但在过去的三十年里，这里也发生了巨大的变化。① 黑人和白人可以在学校、工作场所、餐馆和其他的公共场所自由地交往。然而，因为一些没有人能够完全理解的原因，这种亲近造成了一种隐蔽的愤怒。经过迈克尔·韦斯特曼枪击案以及之后的骚动，这种愤怒沸腾了。

---

① 吉姆·克劳法（Jim Crow）泛指 1876 年至 1965 年间美国南部各州实施的针对有色人种的一系列种族隔离法律，这些法律强制公共设施必须按照白人和有色人种分开使用。在"隔离但平等"的原则下，吉姆·克劳法被解释为不违反美国宪法，因此得以长期存在。

"我们这里是一个老式的南方梅伯里小镇[①]，"加斯里的市长对我说，"或者说，我以为我们是。"市长是一个 36 岁的肥胖男人，他用"我是个好人，我会为你们努力工作"的口号竞选上了这个人口只有 1600 人的小城的市长。我找到他时，他正在非常仔细地打扫加斯里微小的市政厅。"我小时候，没人关心那面旗子，"他继续说，"见鬼，我甚至从来没有认为自己是个南方人。但是现在，有了这种不宽容，白人和黑人都有。人们觉得，他们必须相互在对方面前挥舞自己的信仰。"

在几个街区之外，一位中年黑人店主证实了市长的话。"现在的孩子，更脆弱，更明智，"她说着，一边整理萝卜，一边抽着库尔牌香烟，"我们以前不在意的东西，他们在意。如果有人叫我们黑鬼，我们摆摆手，不理他们，自己做自己的事。现在可不是这样。很奇怪，我的孩子们有白人朋友，我从来没有。但他们也有白人敌人。"

迈克尔·韦斯特曼短暂的一生似乎成了这种困境的典型。他和将要被控谋杀了他的两个黑人青年在同一条街上长大，这条街上都是砖砌的低矮平房。他们一直上同样的学校，都在韦斯特曼家门口的车道上打过篮球。迈克尔的父亲是一个佃农，和黑人青年们的亲戚一起在消防队当志愿消防员。迈克尔的母亲在加斯里服装厂操作一台缝纫机，这个工厂的员工一半是黑人，一半是白人。在陶德县中心高中，跨种族恋爱已经变得很普遍了。迈克尔去世的几个月之前，一名黑人女生击败了几个白人对手，被选为返校节王后。

但是，在表面上种族友好的气氛中，一场低级别的游击战在一些

---

①　"梅伯里小镇"（Mayberry）是一个虚构的南方小镇，来自 20 世纪 60 年代的美国电视剧《安迪·格里菲斯秀》（*The Andy Griffith Show*），后来被人们用来特指美国南部那些生活节奏慢、居民都相互认识的小镇。

黑人和白人中间酝酿。老一辈的陶德县黑人默默地忍受了杰斐逊·戴
[105] 维斯、叛军旗帜以及旗帜所代表的那个已不复存在的国家一起趾高气
扬地遍布于生活之中。陶德县中心高中的黑人运动员们运球穿过体育
馆里画着叛军吉祥物的地板；他们手上佩戴装饰着叛军徽章的毕业纪
念戒指；他们购买"叛军的"毕业纪念册，多年以来，纪念册里都包
含了两名当选为"将军和他的南方淑女"的学生，他们在照片中穿着
圈环裙和南军制服。

"那时候，家长们告诉我们要低调，努力工作，在白人面前把嘴
闭上。"金·加德纳（Kim Gardner）说，她于 20 世纪 70 年代末在陶
德县中心高中上学。我在加德纳的家里采访的她，她的拖车房位于埃
尔克顿的郊外。她的女儿莎尼基娅（Shanekia）在陶德县中心高中上
高二，她坐在母亲旁边，穿着紧身牛仔裤和添柏岚靴子，身后的墙
上贴着一张马尔科姆·X 的海报。我和金谈话的时候，莎尼基娅摇摇
头，说："我们不会像自己的父母一样去简单地忍受这些事情，我一
直对妈妈说时代已经变了。"

在整个南方，时代确实已经变了，在某些方面，陶德县只是在赶
上这些变化。虽然在 20 世纪 60 年代早期的民权斗争之后，黑人对邦
联图腾的敌意相对来说休眠了二十多年，但它在 80 年代中期重新浮
出水面，然后就一直呈上升趋势。1987 年，全国有色人种协进会发
起了一场运动，旨在降下南方各州议会大厦上的邦联旗帜，最终使亚
拉巴马州降下了旗帜。黑人啦啦队队员拒绝在大学球赛中展示叛军旗
帜。学校开始禁止庆祝"老南方"周末，还禁止演奏《迪克西》。在
一些城市，黑人呼吁拆除南军纪念碑，并换掉以叛军名字命名的街道

名称。1993 年，黑人参议员卡萝尔·莫斯利-布朗（Carol Moseley-Braun）成功地阻止了"南军之女联合会"徽章的专利更新，这个徽章上面包含了邦联的国旗。

但是，这种日益增长的战斗性激起了南方白人的强烈反弹，他们中的许多人本来就已经对小马丁·路德·金的节日、平权法案和其他带有种族色彩的问题而感到愤愤不平。自封的"南方传统"或"南方民族主义者"组织在这一地区如雨后春笋般地涌现，到处宣讲州权、南方的自豪感和对邦联的崇敬。

这些组织还精明地利用了普遍存在于南方的自尊文化和身份认 [106]同政治。当斯派克·李① 导演的马尔科姆·X 传记电影引发了一波穿"X"衣服的风潮，一个针对性的标志迅速出现在南方白人的 T 恤衫和保险杠贴纸上。这个标志是叛军旗帜上的对角交叉十字，旁边写着："你穿你的 X，我穿我的。"

1992 年，当马库斯·弗利平（Marcus Flippin）成为陶德县中心高中的一名教师兼体育教练时，学生们正到处挥舞着两种不同的 X，好像它们是决斗用的手枪。如果一个白人孩子戴着叛军旗帜的印花大手帕来学校，而另一个黑人孩子戴着印有字母 X 的帽子，他们就会打架。第二天，更多的学生就会穿戴印着 X 的服装来上学，开始下一个轮回。

作为学校仅有的三名黑人教师中的一个，弗利平变成了黑人学生的倾诉对象。"他们在新闻中看到亚拉巴马州撤掉叛军旗帜，或者

---

① 斯派克·李（Spike Lee, 1957— ），美国黑人电影制片人、导演、编剧和演员。

《迪克西》被禁止演奏，"他说，"就会来找我，问：'为什么这里的白人还能用那些东西？'"

弗利平还发现来学校比赛的客队教练用陶德县中心高中的叛军标志去鞭策他们的黑人队员，说："你知道的，那面旗子代表了奴隶制和三K党。我们必须过去，给那些种族主义者一点儿颜色看看。"弗利平说服了学校官员，让他们把体育馆的地板重新画上了无伤大雅的陶德县地图轮廓。但是这个改变进一步激怒了白人学生。学校的厕所开始出现各种涂鸦："KKK""滚回非洲""如何玩得愉快——杀死黑鬼！"。一天下午，黑人学生正在学校门口等校车，一个白人学生开着他的皮卡车路过；车的后保险杠上用锁链拴了一个黑人芭比娃娃，在地上拖着走。黑人和白人学生都开始在他们的汽车和皮卡车里放刀和枪。

弗利平试图让黑人学生和白人学生都冷静下来，但就是感到突破不了。"我不知道是不是因为现在的电影、音乐、音乐电视的原因，"他说，"但孩子们就是对大人，或者说是对人命，没有尊重。你就是会一直有一种感觉，坏事情就要发生了。"

[107]　　马库斯·弗利平在陶德县中心高中任职的第一年，是迈克尔·韦斯特曼在那里上学的最后一年，他在1993年毕业。那时的迈克尔是一个瘦高的少年，留着黑色长发，有迷人的微笑。在他毕业的那一年，他获得了"美国'甜心'的未来持家者"称号。作为一个平庸的学生，他在女友汉娜·拉斯特（Hannah Laster）的帮助下艰难地读完了高中。他们一毕业就结了婚，然后在汉娜父亲的锯木厂工作。迈克尔锯木头，汉娜开叉车。

锯木厂位于陶德县北部山中的一条碎石路旁。汉娜的父母，比利·拉斯特和南希·拉斯特（Billy and Nancy Laster），住在锯木厂旁边自建的房子里。"如果每个人都自己做自己的事，这些都不会发生。"比利说。他像翻滚过锯木厂的橡树一样健壮，认为努力工作是包治百病的良药。

他的妻子恪守《圣经》的戒律，不剪头发；她把头发盘起来，像是在头上戴了一顶六英寸高的灰色头盔。"迈克尔喜欢戏弄人，觉得什么都好笑。"她说。他参加四驱车比赛、搞恶作剧、学动物叫、舔他妹妹的脸、讲嘲笑胖人的笑话。迈克尔有自己独特的穿衣风格：黑色李维斯牛仔裤、黑色牛仔帽、牛仔靴和一个巨大的镀银皮带扣。

"他对杰夫·福克斯沃西①的笑话喜欢得要死。"汉娜的妹妹萨拉（Sarah）说。她引用了迈克尔最喜欢的几个笑话："如果你家的家庭树（家谱）不分叉，你就可能是一个红脖子。"或者是："如果你把五年级说成'我毕业那年'，你就可能是一个红脖子。"就在迈克尔去世之前，他刚给自己皮卡车的挡风玻璃买了一个写着"红脖子车辆"（"Redneck Ride"）的贴纸。

这家人说迈克尔和汉娜是在去往职业夜校的公共汽车上认识的，他在夜校学焊接，汉娜学护理。迈克尔后来用他的焊接技术把旗杆焊在了车斗里的菱形斑纹工具箱上。另外，在他去世的几个月前，他在手臂上文了一个文身，文身的图案是一只卡通形象的袋獾手握一面南军战旗。

"那是个学校的标志，没有其他含义，"比利·拉斯特说，"我不 [108]

① 杰夫·福克斯沃西（Jeff Foxworthy, 1958— ），美国喜剧演员、作家、制片人、电视明星和广播明星，以讲有关"红脖子"的笑话而著称。

认为他自己知道这个图案的历史背景。"

萨拉觉得这个文身有更多的意义。"旗子是他的象征，"她说，"他是一个叛军，不怕死，直言不讳。他会做任何事。"

迈克尔的姑姑布伦达·阿姆斯（Brenda Arms）从一个非常不一样的角度解释了迈克尔对叛军旗帜的热爱。作为一名退休的护士和自封的韦斯特曼家族的历史学家，布伦达在迈克尔小时候给了他第一面叛军旗帜。"那面旗子伴随着迈克尔长大，我自己的儿子也是一样，"她说，"它是我们生命的一部分。"

我们坐在她的厨房里喝咖啡，杯子上印着叛军旗帜。布伦达说，迈克尔小时候把旗子挂在他卧室的墙上，后来把旗子从他的自行车上挪到了他骑着穿过田野的三轮摩托车上，然后到他的汽车上，最后到他的皮卡车。"那是他的第一面旗帜，"她轻轻地哭泣着说，"他把旗子当作宝贝，就像我把从小带在身边的洋娃娃当作宝贝一样。"

侄子死后，布伦达变成了韦斯特曼家的接头人，有大量的南方团体想要联系他们家。首先造访的是南军老兵之子在附近的一个分会。他们志愿给迈克尔的遗孀和孩子们设立了一个银行账户，并往账户里存了几千美元作为启动资金。他们还帮助迈克尔的父母交齐了各种账单。很快，"韦斯特曼双胞胎基金"的募捐活动开始出现在南军老兵之子的全国性杂志上。"他的死使我们反思在传统和荣誉的名义下持续的牺牲。"募捐广告上的一条信息这样写道。

这些南方传统团体现在计划于3月上旬在陶德县举办一个邦联国旗日的重大纪念活动。组织者们请布伦达读一段她侄子的简介。她递给我一张国旗日活动的传单。标题写着："纪念一位倒下的邦联爱国者。"

在加斯里住了两个星期之后，我听从了汽车旅馆老板玛丽亚·埃 [109]
斯克里奇的建议，搬到了附近田纳西州的卡拉克斯维尔的假日酒店，
在那里，我晚上可以放松一下，在酒吧的有线电视上看一场篮球比
赛。一天晚上，酒保问我来这里做什么。我向他解释了情况，他说：
"噢，是的，韦斯特曼。他以前在这里刷盘子。穿着紧身牛仔裤、工
作靴、巨大的皮带扣。非常标准的红脖子。"

他叫来两名女服务员，她们给我描绘了一幅"倒下的邦联爱国
者"不那么讨人喜欢的画像。"怎么描述迈克呢？愚蠢和讨厌，还有
些无知，"名叫莉迪亚（Lydia）的 22 岁服务员这样说，"他总是洗几
个盘子，然后就坐着看漫画，还骚扰每个从他面前走过的人。他做事
很极端。"

一天晚上，迈克尔和一名女服务员发生了争执，然后他把女服务
员抱起来，在厨房到处走。女服务员大喊"放我下来！"，挣扎着下
来了，但迈克尔还是不放她走。一名黑人厨师企图阻止他，迈克尔大
喊"黑鬼"，还喊了其他带有种族歧视的蔑称。"迈克有种族焦虑，"
莉迪亚说，"他认为种族之间不应该混血。"那次事件之后不久——其
实这已经是他第三次被训斥了——迈克尔被开除了。

那晚之后，被韦斯特曼骚扰的女服务员就换了个工作。听到韦
斯特曼因为展示自己的叛军旗帜而被杀的消息，她并没有感到惊讶。
"我不想说故人的坏话，但是形容他最好的词语就是霸凌者，"她说，
"他周围的所有人都必须知道他更厉害才行。"她停顿了一下，继续
说："我也有种族偏见，我觉得。但我知道什么时候该闭嘴。他就

是那种永远不知道闭嘴的人。"

几个星期之后，我终于见到了迈克尔的皮卡车，汉娜在一次纪念活动中把车开了出来，在她丈夫死后的几个星期内，举办了六次纪念活动。这次活动是由肯塔基州的一些摩托车俱乐部组织的，他们故意给活动起了个有讽刺意味的名字："自由乘车者1995"。

[110]　　游行队伍的集合点在一家克雷巴洛连锁餐厅的旁边，我在那里找到了一大片哈雷摩托车、飞行员夹克和T恤衫组成的海洋，T恤衫上印的文案和摩托车的轰鸣声一样响亮："喝醉了，准备好做爱了""倒霉事会发生""头盔法案糟透了"。有人喊了声"开拔！"，一群铁马冲下肯塔基南部的山丘，叛军旗帜在风中啪啪作响。我跟在长达一英里的队伍后面，突然想到我可能正在见证阿波马托克斯投降之后最大的一次叛军旗帜的集结。

摩托车队咆哮着穿过加斯里的主街，来到一座谷物升降机旁边的空地上。几个骑手搭起了一个临时的舞台，开始拍卖皮衣和其他一些物品，全部获利会捐给韦斯特曼的家人。舞台旁边停着韦斯特曼的皮卡车，一面叛军旗帜在车斗中的旗杆上飘扬。前来祝福的人群庄严地排队走过皮卡车，他们把小拇指伸进车门上的小弹孔里面，观看迈克尔的牛仔帽，帽子放在仪表盘上，西瓜口味的泡泡糖还粘在帽檐上面。

汉娜是一个留着一头红色烫发的健壮女人，她面无表情地站在车旁。我问她迈克尔为什么会挂上叛军旗帜。是因为南方的骄傲吗？

"他对邦联历史什么的不是很感兴趣，"这和她父亲所说的一致，"我是说，他没有深入了解过。"

"是为了表示对学校的支持吗？"

她笑了，说："迈克尔觉得自己能从那个地方毕业就已经很高兴了。"她说，迈克尔买这辆皮卡车的时候，他的几个朋友开始在他们的皮卡车上悬挂叛军旗帜。所以他也决定挂上。

"为什么？"

汉娜耸耸肩，说："为了让他的皮卡车好看，他什么都做。皮卡车是红色的。旗子是红色的。它们很搭。"

到邦联国旗日集会的时候，枪击案已经过去六个星期了，迈克尔·韦斯特曼的传记已经被重写一次了。现在，根据官方的说法，迈克尔和汉娜是在学校组织的外出活动中认识的，那次活动去的是多纳尔森要塞，迈克尔的一位祖先曾在这个堡垒中服役。南军老兵之子也宣称迈克尔如饥似渴地学习他家的叛军家谱，并且计划加入他们的组 [111] 织。肯塔基的一个分会追授他为会员，并且帮忙整修了他的坟墓。新的大理石墓碑上刻着迈克尔的皮卡车和旗帜。墓碑的旁边立着一个铁制十字架，和真的叛军老兵坟墓上用的一模一样，一面刻着 C. S. A.（美利坚联盟国），另一面刻着"1861—1865"，旁边写着南军的格言：Deo Vindice。意思是"上帝是我们的守卫者"。

迈克尔新的南军形象看起来安慰了他的亲戚们，赋予了似乎是毫无意义的死亡一个更大的意义，并且把整个家庭带到了陶德县这个偏僻角落之外的世界。迈克尔的父母之前只在私下里哀悼，现在他们开始接受报纸和电视台的采访，为自己儿子悬挂叛军旗帜进行辩护。一名与纳什维尔音乐节有联系的南军老兵之子会员为迈克尔的家人准备了音乐会的票，还安排他们到后台与"琳纳德·斯金纳德""邦联铁路"以及别的乐队见面。遍布南方的同情者们给"韦斯特曼双胞胎基金"的捐赠蜂拥而来，信件和诗也是一样。三 K 党也发来了唁电，他们甚至向韦斯特曼的家人提出帮忙写感谢卡片。

但是，没有人愿意让三 K 党分散国旗日纪念活动的注意力。三 K 党大体上顺从了这个看法，他们又设立了一个"资料路障"——这次穿戴着袍子和帽子——但是在和其他人一起去公墓之前换上了正常的衣服。雅利安国也有礼貌地提前给迈克尔的姑姑打了电话，并且同意不带宣传资料。来参加活动的几个光头党与 200 辆车组成的车队保持了一定距离，以示尊敬，车队慢慢地驶过加斯里的主街，穿过铁轨，然后路过了紧挨着公墓的一家瓦楞纸箱厂。

在墓地，南军重演者们展开了一面绣着"迈克尔·韦斯特曼烈士"字样的叛军旗帜，并手持毛瑟枪射击，以示敬礼。穿成南军送葬者模样的女人们在葬礼上哭泣。葬礼在《迪克西》的音乐声中结束，密西西比州南军老兵之子的"指挥官"发表了最后的悼词。他宣布，迈克尔·韦斯特曼和在战斗中倒下的叛军一样，"在同样的光荣情景[112]中加入了南军阵亡将士"。"他只不过是一百三十多年以来，在持续不断的针对我们以及我们的人民的敌意中，众多阵亡南军中的又一个伤亡。"

车队缓慢穿过陶德县，到达了杰斐逊·戴维斯的纪念碑，在那里，韦斯特曼的家庭成员简短地分享了迈克尔生平的一些细节。布伦达·阿姆斯说："迈克尔在车上升起南军旗帜的个人原因是，他想表达自己对那些为旗帜而战死的祖先们的骄傲之情，也是为了展示自己的南方传统。"他的父亲大卫是一个粗犷而英俊的男人，他说迈克尔是因为自己的"信仰和宪法赋予的权利"而死的。

然后，一连串来自南方各地的发言者把纪念活动变成了一次公开的政治集会。总部位于亚特兰大的"传统保护协会"（Heritage Preservation Association）的一位官员猛烈地抨击了"在政治正确运动中踢正步的帝国冲锋队"，宣称"美国有色人种协进会、酷儿国度和其他一些团体，一直以来都在对光荣的南方文化煽动仇恨"。①一位名叫贾里德·泰勒（Jared Taylor）的右翼时事通讯的编辑引用了黑人针对白人犯罪的数据。"一个黑人，"他喊道，"杀一个白人的几率是一个白人杀一个黑人的几率的 17 倍。"他列举了一些残暴的黑人谋杀白人的案例，每次提到一个案件就问听众："我们要保持沉默吗？"

"不要！"人群回答道。几个人还喊着："复仇的时候到了！"

迈克尔·希尔（Michael Hill）是一位来自亚拉巴马州的历史教授，他把迈克尔的死放在了一个更宽泛的层面上。作为新成立的"南方联盟"（Southern League）的负责人，希尔呼吁南方从"腐败的北方佬国家"中分离出来，并声明："南方代表了美国在走向警察国家的道路上仅存的绊脚石。"他补充说，这个警察国家会使美国陷入一种以"无神论"和"血统混合"的多元文化主义为代表的"新世界秩序"。

希尔还把迈克尔谋杀案与联邦调查局针对一些案件的行动联系起来，包括在得克萨斯州的韦科围剿大卫·考雷什领导的大卫支派的行动，还有在爱达荷州的红宝石山脊对白人分离主义者兰迪·韦弗采取

---

① "帝国冲锋队"（Stromtroopers）是纳粹德国的一个军种；酷儿国度（Queer Nation）是美国的一个同性恋组织，于 1990 年在纽约成立。

的行动。① 所有这些事件传达的信息是："任何人，只要胆敢质疑强大的联邦政府的命令，或者胆敢质疑那些赐给顺从且要命的底层阶级的不正当权利——这些底层阶级人士现在已经转变成了与 20 世纪 30 年代希特勒手下的褐衫党街头暴徒类似的角色——他们就会被政府围捕。"

[113]

好多人可能会被这些话吓到，杰斐逊·戴维斯就是其中一个。在发言者身后几英尺的地方，纪念碑上面的一个牌匾上写着戴维斯最后一次公开演讲的话，他在去世之前不久曾对一群南方青年说过："过去已经死了；在你们铺设未来之前，让过去埋葬死者、希望和渴望吧；我恳求你们放下所有敌意和所有共同的痛苦，向那些能够带来我们衷心希望的圆满结局———一个重新统一的国家——的人看齐，站在他们的队伍之中吧。"

但是，国旗日的演讲其实意不在南方，迈克尔·韦斯特曼的形象再次变化，从一位倒下的邦联爱国者变成了一个当代战争中的前线战士，参战的双方是正派的敬畏上帝者对抗迈克尔·希尔所称的"失控的政府和无法无天的底层阶级"。

这种对小镇悲剧末世般的解读似乎让许多陶德县人感到困惑和警

---

① "大卫教"（Branch Davidians）是美国的一个邪教组织，又译"大卫支派"，创立于 1934 年，最后一任主教为大卫·考雷什（David Koresh, 1959—1993）。1993 年 2 月 28 日，美国联邦执法人员出动坦克和飞机，对位于得克萨斯州韦科的大卫教总部进行围剿，在当天的冲突中有 6 名大卫教教徒和 4 名联邦执法人员丧生。之后，双方进行了长达 51 天的武装对峙。4 月 19 日，为了结束对峙，联邦执法人员对大卫教总部所在的山庄进行了强攻。在混战中，山庄多处起火，包括 25 名儿童、2 名孕妇和主教大卫·考雷什在内的 75 人葬身火海。此事件引起了美国媒体与民众对政府行为过当的批评，史称"韦科惨案"。兰迪·韦弗（Randy Weaver, 1948—　），全名兰德尔·克劳德·韦弗（Randall Claude Weaver），早年在美国陆军服役，退伍后与家人一起在爱达荷州的红宝石山中过着与世隔绝的生活。1992 年 8 月 21 日，美国联邦执法人员因为怀疑韦弗参与了白人至上主义组织"雅利安国"的活动而来到他家进行调查，随即与韦弗一家发生了武装对峙并交火。最终，在十天的对峙中，韦弗的儿子和妻子，以及一名联邦探员在交火中身亡。

觉，包括迈克尔的姑姑布伦达。我在集会几天之后造访了她，她打开了一个箱子，里面塞满了她最近收到的各种资料。"这里面的一些东西有点太疯狂了。"她说着，递给我一些新纳粹的报纸、白人至上主义者的长篇大论，还有偏执的民兵团风格的小册子。一篇讨论迈克尔之死的文章的标题是"憎恨南方的自由主义者们要为此负责！"。一份名叫《地下邦联》(*Confederate Underground*)的报纸上刊登的另一篇文章把袭击迈克尔的人描述成"凶恶的黑人匪徒"，还宣称迈克尔死后发生的烧十字架事件是民权煽动者为了吸引同情所使用的一种手段。一份名叫**战争：白雅利安人的反抗**(WAR: White Aryan Resistance)的出版物发出警告说，一场末日大决战即将到来。

布伦达合上箱子，将一盘国旗日集会的录像带塞进了她的录像机里。录像带播放到一半，在暴躁的演讲再次出现时，布伦达哭了起来。"我觉得我的孙辈们会看到另一场内战，"她说，"黑人和白人之间的内战，不是北方和南方之间的。人们就是合不来。"

抗议在肯塔基州南部继续进行的同时，针对迈克尔·韦斯特曼袭击者的诉讼也在田纳西州的各个法庭之间迂回推进。虽然被告人都是[114]未成年人——其中一个才 15 岁——公诉人赢得了把他们作为成年人来审判的动议，提出了一系列严厉的指控：一级谋杀，恐吓公民权利（指的是迈克尔展示叛军旗帜的权利），还有恶性意图绑架（这项罪名来自汉娜的指控，她声称几个少年试图用自己的车来包围她）。除了开枪的弗雷迪·莫罗，其他人都得以保释出狱。

按照法律规定，在田纳西州的监狱中，少年犯不能和成年罪犯关押在一起。但是枪击案发生地所在的罗伯逊县没有少管所，所以莫罗被关在了县看守所单独的拘禁室里，县看守所里人满为患，法院已经责令其改进条件恶劣的设施。看守所是一栋低矮而结实的建筑，有点偏橙红色，屋顶上面有一个由铁丝网和刀片刺网围起来的运动场。我走过停车场时，屋顶的犯人们开始拍打着铁丝网喊叫。

"嘿，白雪公主！你叫什么名字？"

"嘿，甜心，上来吃些甜点吧。"

"你是来见弗雷迪的吗？"

"他们要把那个小伙儿处以电刑吗？"

"都给我闭嘴！"一名看守大声喊了一句，护送我进入了一个被改造成监狱图书馆的牢房。然后他把弗雷迪·莫罗带了进来。他是一个 5 英尺 10 英寸高的瘦高个，穿着白色 T 恤衫和监狱配发的橘色裤子，对我笑时，露出有龋的牙齿。他的头被剃光了，但是脸上长着青少年的那种稀疏的山羊胡，他一直不自觉地用手指拨弄胡子。他看起来甚至比自己 17 岁的真实年龄还要小。

我们在狭窄的牢房里促膝漫谈了篮球。我从弗雷迪的家人那里听说他在监狱里变得热爱读书了，所以我问他最喜欢哪本书。莫罗一下子来了精神。他刚刚读完了《土生子》，说自己非常能与理查·赖特笔下的主人公别格·托马斯产生共鸣。[1]

---

① 理查·赖特（Richard Wright, 1908—1960），美国著名的黑人小说家与评论家，其作品以描写美国黑人题材和美国种族歧视的主题而闻名于世。1940 年出版的长篇小说《土生子》（*Native Son*）是他的代表作，讲述了贫穷的黑人青年别格·托马斯（Bigger Thomas）无意中杀死了一个白人女孩，企图焚尸灭迹，最后被捕并被判处死刑的故事。在书中，别格被白人看作"坏黑鬼"，他心中有怒火，敢于向现存的社会秩序挑战，甚至盲目行动。作者对别格满怀同情，在书中剖析指出别格的犯罪活动与社会制度有内在的联系，力图证明黑人的暴力既非天性，也非民族性，而是美国社会制度所造成的。

　　当我问他为什么有共鸣时，他开始讲述自己在芝加哥麻烦不断的成长经历，这是一个又长又错综复杂的故事。故事在一卷都市影像的胶片中展开：一个艰难度日的单亲家庭（弗雷迪出生后不久，他的父亲就在一次车祸中去世了）、差学校、吸毒派对、帮派斗殴、怀孕的女友、违反宵禁规定、未成年法庭审讯。最终，弗雷迪的母亲把他送 [115]到加斯里，和她婆家的亲戚们一起生活，希望小镇的生活气氛可以让他冷静下来。

　　一开始确实有效果。他开始和一个女孩交往，还和亲戚们一起去教堂礼拜。肯塔基安静的生活很适合他。"我以为自己来到了天堂。"他说。但是，他进入陶德县中心高中上学以后不久，这种状态就开始瓦解了。弗雷迪的宽松裤子、耳环和大城市俚语引起了白人学生和老师们的怀疑和恐惧。黑人同学也给弗雷迪带来了麻烦。

　　"他们主要是想成为帮派分子，想成为坏人，"他说，"他们问我关于帮派颜色、偷车等疯狂的事情。"

　　不久，弗雷迪就回到了老路上，扮演着白人和黑人都期望他变成的街头混混角色。他向别人展示身上的星形文身，这个文身代表着他是臭名昭著的芝加哥"黑帮学徒"帮派的成员。他和老师顶嘴，和同学打架。按照弗雷迪的说法，这些打架事件都是一样的套路。有人挑衅他，他会走开，然后一句辱骂或者内心的刺激会导致一场斗殴。他一直重复一句奇怪的宿命式的话："来啊。"用在句子中就是："他捡起一个酒瓶砸碎，然后拿着破酒瓶向我走来，要插到我背上，我就会说：'来啊，你来啊。'"

　　弗雷迪在陶德县中心高中上学的第二年，开学伊始，他就和克拉克斯维尔的一群不良少年混在了一起，克拉克斯维尔是距离加斯里十分钟车程的一个中型城市。他在加斯里一个废弃的棒球场花 50 美元买到了一把捷克造的半自动手枪，并在沃尔玛超市买了子弹。一天晚上，他在肯塔基寒冷的空气中打了几枪。"感觉很好，"他说，"好像我所有的烦恼都没了。"他把枪塞到床垫下面，直到马丁·路德·金诞辰的那个周末才又拿出来。

就在圣诞节之前，弗雷迪在全校师生大会上因为遭到辱骂而打架。弗雷迪被停学，然后学校官员告诉他，他因为缺课太多已经连续第二年不及格了。正是在这次停课期间，他射杀了迈克尔·韦斯特曼。弗雷迪的律师禁止我们谈论案件的细节。所以我问了弗雷迪一[116]个问题，自从我来到加斯里，这个问题就一直在折磨着我。他刚搬到陶德县，并不认识迈克尔·韦斯特曼。但是，显而易见，迈克尔的旗子还是激起了非常强烈的愤怒，造成了一名少年现在躺在加斯里的公墓，弗雷迪则坐在单独拘禁的牢房里，摆在他面前的是终身监禁的可能性（因为是未成年，他不能被判处死刑）。叛军旗帜对于他来说到底意味着什么？

弗雷迪耸耸肩，面无表情地看着我。"我以为那只是个《正义前锋》（*Dukes of Hazzard*）的标志。"他说。《正义前锋》是一部流行的电视连续剧，剧中的一辆车上装饰了一面叛军旗帜。这就是在芝加哥长大的弗雷迪对邦联旗帜仅有的了解了。

搬到加斯里以后，他逐渐开始感觉到白人对这面旗子的依恋，还有黑人对它的敌意，他们把旗帜看作奴隶制的象征。"他们跟我讲过，他们以前因为它打过仗什么的。"弗雷迪说。这就是他对内战所知道的全部了。对他来说，叛军旗帜仅仅是一个白人知道黑人所痛恨的东西。他怀疑白人挥舞旗子是一种校园内的挑衅，"只是出于恶意这么做，看我们会有什么反应"。

现在他们知道会有什么反应了。弗雷迪所说的话与我来陶德县的几个星期以来开始对这些事件形成的画面一致。在加斯里外面那条人迹罕至的路上发生的事情，并不是外来者——从南方联盟到全国有色人种协进会，再到像我一样的记者——所想象的一次有预谋的冲突，而似乎更像是缺乏安全感的青少年自我的一次悲剧性碰撞：一个倾向于辱骂和粗野，另一个则倾向于暴力和炫耀。在某种程度上，迈克尔·韦斯特曼和弗雷迪·莫罗有许多共同之处。

在我们三个小时的谈话中，弗雷迪越来越忧郁。他说自己频繁地做噩梦，都是关于那次枪击的，然后开始哭。"无论我做了什么——自从我自首以后，我一直在说'对不起'，但是都没用。"一天晚上，他把一条床单撕开，决定上吊自杀。但是一名监狱守卫把他从死亡的边缘拉了回来，这名守卫以前是传道士。自那以后，守卫说服弗雷迪去学习《圣经》，还有思考自己的未来。弗雷迪说他现在计划把画画拾起来，他小时候就喜欢画画。他还幻想着自己出狱以后的情景，他 [117] 谈起这个的口气好像是马上就要出狱了。

"我出去以后，主要的计划是和家人重新建立联系，每个星期日都去教堂。"他说。他想留在加斯里——没什么特别的，就是和他的女朋友稳定下来，在一个家用电器厂找个工作，他的几个亲戚都在那里工作。"我在想，等我到 18 岁了，就能和表兄弟杰夫一起去州立炉具厂上班。"他说。

与之相反的是，弗雷迪在他 18 岁生日的那天搬出了单独的拘禁室，成了"石头人"，在监狱俚语中这是厕所保洁员的意思。他的母亲已经负担不起自己雇的私人律师了，所以一位公共辩护律师接手了案子。同时，在陶德县，气氛在国旗日集会之后终于冷静下来了。县教育委员会悄悄地搁置了更换陶德县中心高中吉祥物的计划，让弗朗西丝·查普曼和她的追随者们宣布胜利并结束了罢课。加斯里雇了第一位黑人警察。而且，当官员们得知加斯里新开的一家文身馆是三K党的幌子时，他们很快以违反建筑条例的理由关闭了文身馆。

在一个平静的下午，我去杰斐逊·戴维斯纪念碑看了新一届邦联小姐的加冕仪式。年轻的南方淑女们一个接一个地在人群面前神气地走过：转着遮阳伞，扇着扇子，穿着令自己喘不过气的紧身内衣，尽可能地保持微笑。获胜者是一个名叫瑞贝卡（Rebecca）的十年级学生，她用取悦观众的答案回答了问题，轻松地赢得了比赛。"作为一位妻子和母亲，南方淑女的正确角色是什么？"

"作为妻子，她支持和尊敬丈夫，相信大业。"瑞贝卡说，"作为母亲，她照顾孩子，花很多时间陪他们。"

各传统团体在邦联小姐大赛上表现得很低调，可能他们感觉到当地人对集会抗议感到厌倦了，急切地想恢复正常生活。但是在陶德县之外，肯塔基青年烈士神话般的地位持续提升，在迈克尔被纳入南军英雄先贤祠的时候达到了顶点，先贤祠位于田纳西州的富兰克林（Franklin），是纪念南方牺牲最重要的神殿之一。1864年秋天的一个下午，南军在富兰克林发生的一次正面进攻中伤亡了六千人，甚至比皮克特冲锋还要勇敢和血腥。

[118] 富兰克林的南军老兵之子博物馆正在举办一场韦斯特曼的专题展览，展品包括迈克尔棺材上覆盖的叛军旗帜和他的一张照片，还有讲

述迈克尔被杀事件的讲解录音，讲解带有 19 世纪兵团历史的色彩："用种族主义言语侮辱旗帜的一车黑人青年上前搭话"以后，"南军烈士因伤而死"。

展览占据了博物馆大厅的显要位置，紧挨着帕特·克利伯恩[①]的肖像，他是在富兰克林战死的六位南方将军中最著名的一位。克利伯恩的两匹坐骑都被射杀，而后他步行带领部队前进，挥舞着他的帽子大喊："如果我们今天会死，死得像个爷们儿！"他的尸体在第二天被找到，心脏被打穿了，靴子、佩剑和表都被人拿走了。克利伯恩战死的地方距离博物馆只有一百码，在一家必胜客餐厅的停车场下面。

对迈克尔·韦斯特曼行凶者的审判在田纳西州斯普林菲尔德（Springfield）的法院开庭，这里距离加斯里有 45 分钟的车程。法院是一栋维多利亚式的砖砌建筑，里面有玻璃圆球形状的售卖机，出售一分钱一个的泡泡糖，法庭内，一团团香烟的烟雾飘在空中。韦斯特曼的家人坐在控方后面的长椅上，胸前挂着迈克尔的照片。韦斯特曼家的朋友们和邻居们坐在他们后面，另外还有几个南军老兵之子的成员和一个南方书籍出版商，每次庭审暂停的时候，出版商就开始推销《历史学家们忽略的事实》（"Facts the Historians Leave Out"），这是一份 20 世纪 20 年代的邦联辩解书。两个三 K 党的成员也坐在后面，没有穿袍子，也没有带宣传资料。

---

① 帕特·克利伯恩（Pat Cleburne, 1828—1864），全名帕特里克·克利伯恩（Patrick Cleburne），爱尔兰移民，在内战爆发前夕加入南军，并且在战争期间一路升任少将，最终在富兰克林–纳什维尔战役中阵亡。

中央过道的另一边坐着人数相对较少的一群黑人，大多是被告人的家人。他们之中最引人注目的是弗雷迪的母亲辛西娅·巴蒂（Cynthia Batie），她乘坐"灰狗"长途汽车从芝加哥赶来。因为被腿部神经性疾病所折磨，她开了一辆机动代步车进入法庭。

[119] 　　法庭上没有陪审团。潜在的陪审团成员绝大多数都是白人，他们更支持控方，因此辩方律师选择让法官直接审理案件。在开场辩论中，辩方把追车和枪击比作一次不幸失控了的校园吵架事件。弗雷迪疯狂地开枪，只是为了吓皮卡车里的人。在辩方看来，这只能算是过失杀人，而不是重罪谋杀，重罪谋杀带有强制性终身监禁的刑罚。

　　双方律师都尝试了弗雷迪的律师所说的"蟑螂辩护"。他对我说，"蟑螂辩护"的意思是，如果你缺乏强有力的证据来证明你的委托人无罪，"你就尽力诋毁对方所掌握的所有东西"。这就造成了庭审的大部分时间都在关注警察在案件调查中所犯的错误。警察自始至终没有对迈克尔的枪做过弹道实验，所以不知道他有没有开过枪。他们也没有对黑人少年的车做枪击火药残余测验，直到案件发生116天之后才检查了迈克尔车上的损伤（更好的测试可能会弄明白弗雷迪是胡乱射击的，还是瞄准皮卡车射击的）。

　　关于救治迈克尔的问题也被提了出来。急诊科的医生不小心切下了控制膈的神经。还有一个离奇的意外转折，签署迈克尔的验尸报告的法医不能出庭回答问题。他因为遭到不称职和恋尸癖的指控而逃离了田纳西州；他的同事们说他曾爱抚尸体的胸部，还对死者进行不正当的和有辱人格的肛门生殖器检查。

　　这些以及其他一些问题，还有最近结案的 O. J. 辛普森杀妻案，让被告人的家人们燃起了希望，他们认为公诉方的指控会因为有缺陷和有污点的证据而崩塌。[①] 但是辩方团队——一位公共辩护律师、两位法院指派的律师，还有一位无偿服务的黑人律师——并没有 O. J. 辛普森的"梦之队"那样的资源。还有，被告人在有律师之前，也是在他们得知迈克尔受了致命伤之前，对警察说了归罪型陈述。

控方还有两个有力的证人，汉娜·韦斯特曼和托尼·安德鲁斯（Tony Andrews），安德鲁斯是坐在被告人车上的其中一人，他同意作证指控自己的朋友们，以换取两年的缓刑。汉娜在证人席上手握迈 [120] 克尔的照片，讲述了她早产的双胞胎孩子〔名字叫迈克尔（Michael）和迈克拉（Michaela）〕，他们两人在孩子出生后第一次晚上出去玩，还有导致迈克尔死亡的那次在加斯里的加油。她说迈克尔和她在詹尼市场都没有做出任何挑衅黑人少年们的行为。在被问到迈克尔为什么要升起那面旗子的时候，汉娜重复了她之前告诉我的话："旗子和他的皮卡车颜色很搭，能让皮卡车变得好看。"

托尼·安德鲁斯证实了汉娜的故事，平静地指认了达米安·达登是开车的人和追车的发起人，还有弗雷迪·莫罗是自愿开枪射击的。但是他也作证说，他在詹尼市场看见有人从迈克尔皮卡车里伸出手

---

① "辛普森杀妻案"是美国司法史上的著名案例。1994 年 6 月 12 日，美国前黑人橄榄球明星和娱乐明星 O. J. 辛普森（Orenthal James Simpson, 1947—　）的妻子被发现死于家中，同时，她的一位朋友、餐馆服务员朗·高德曼（Ron Goldman）也被人杀死。随后，辛普森作为主要嫌疑人被捕。此案因为受到明星效应、种族因素和电视直播的影响，引起了美国社会的巨大关注，被称为"世纪审判"。在庭审中，辛普森花重金雇的由著名律师组成的"梦之队"将辩护重点放在了警察办案过程中的几个重大失误上，最终导致有力证据的失效，辛普森得以无罪释放。

来，晃动了旗子，就在达米安还在犹豫要不要闹事的时候。托尼说，这个行为，再加上其中一个乘客听到有人喊了"黑鬼"，重新燃起了少年们打斗的欲望。

托尼作证结束以后，法官暂时休庭，两家人都出去站在走廊里，安静地发呆。托尼向他的朋友们扔去了一颗手榴弹，但也在汉娜的故事——和迈克尔的名誉——上面炸开一个洞，他指出在詹尼市场发生了种族歧视的动作和言语。弗雷迪的母亲开着代步车离开法庭的时候，撞见了就站在门外的迈克尔的家人。汉娜两手交叉放在胸前，愤怒地瞪着辛西娅·巴蒂。

"你有毛病吧？"巴蒂厉声说道。

"婊子。"汉娜说。

"你说什么？"

"你听见了，婊子。"

汉娜的家人把她拉走，巴蒂大喊："真相会大白的！然后我们就知道谁是婊子了！"两个阵营在走廊的两头，各自站成一圈，抽烟，发泄着他们的愤怒。巴蒂怒言汉娜和她的家人都是种族歧视的红脖子。对迈克尔的母亲来说，弗雷迪的残疾母亲是一个"坐在机动车上的机动大嘴巴"，和她儿子一样，是一个傲慢自负的城市黑人。看着这个场面，很难不在沮丧的成年人身上看到困扰着她们儿子们的那种愤怒和种族刻板印象。

在庭审的第三天，弗雷迪出庭接受问讯。他一点都没有表现出我们在监狱谈话时的情绪或懊悔。相反，他看起来已经焦虑得麻木了，控方一个接一个地问着可以使他有罪的问题，他无精打采且含糊不清地说着"是的，先生"或者"我不知道"。在法庭中间的过道里，陶德县的副县长靠过身去，小声地对旁边的人说："开始时，他拿着铁锹站在一个大约 6 英尺深的沟里。现在，他在沟里开着一辆挖土机，给自己挖一个尽可能深的坟墓。"

讽刺的是，控方指出了叛军旗帜在案件中扮演的挑衅性角色。辩方则害怕过于强调旗帜的问题或者陶德县的种族冲突的问题，会增强控方提出的有预谋犯罪的说法，而且还会让被告人在侵犯迈克尔公民权的指控上被判有罪。

但在结案陈词中，一位辩方律师引用了汉娜的话，说迈克尔在皮卡车上放旗子只是为了让车好看，而不是为了表达任何政治信仰。在他看来，这一点削弱了威胁公民权的指控。"美观不受宪法保护。"他冷冷地说道。

一位公诉人做出了带有情绪的回复，他是一位儒雅的男士，带着几本大部头的书快步走到讲台。他说，关键的问题不是一个人升起旗子的目的，而是看见旗帜的人所做的"刻板印象的假设"。

"如果一个人觉得它（叛军旗帜）是阻止非裔美国人进步的象征，那么他就很容易相信，挂出旗帜的人是有种族偏见的人。"听众席上的白人开始躁动不安。"他们会生气，"公诉人继续说，"他们可能想把他们（挂出旗帜的人）拽出来打一顿。在这个案件中，一个刻板印象的假设被做了出来，这就是案件发生的原因。"

然后，他打开了威廉·L.夏伊勒（William L. Shirer）的《第三帝国的兴亡》（*The Rise and Fall of the Third Reich*），开始引述排斥犹太人的纳粹法律，他说这些法律进一步说明了"刻板印象的假设"是如何导致暴力的。他打开另一本书，卡尔·桑德伯格（Carl Sandburg）所著的亚伯拉罕·林肯传记。"这本书可能会冒犯到一些人。"他说。然后他读了葛底斯堡演说的片段，在"人生而平等"这句话上停留了许久。

公诉人引用林肯的话来支持他的中心论点：和黑人有权佩戴"X"的帽子一样，白人有权升起叛军旗帜。但是，有人因为叛军旗帜被杀，而在坐满了他亲人和朋友们的田纳西州法庭，听到有人援引"北方反基督者"① 的话，还是很奇怪的。

[122]　法官斟酌判决时，双方家庭分别站在法院的两边，手牵着手祈祷。经过 90 分钟的休庭，法官回来了，法庭内站满了便衣警察。法官之前已经收到了死亡威胁，而且警察也害怕判决宣布后双方家人会发生冲突。

法官用手指拨弄着一个泡沫塑料咖啡杯，盯着一个信件簿看了几分钟。然后他读了对弗雷迪的指控，并宣判他在重罪谋杀、恶行意图绑架和威胁公民权利上有罪。"本庭判处被告人终身监禁。"他说。达米安·达登被判处了同样的刑罚。只有年仅 15 岁的第三个被告人在所有的指控中被判无罪，很明显，他只是一直坐在车上，并没有参与犯罪。

弗雷迪把头低到胸口的位置。达米安目光呆滞地盯着前方。在他们身后，亲人们开始哭泣，韦斯特曼家的女人们也开始哭泣。汉娜没哭，她大步走出法庭，在一台摄像机前面停下，说："他们得到了应有的下场——其实，他们该死的。"但她似乎对今天的庭审很满意。"是时候了，"她说，"该有个白人站起来说：'我们的公民权受

---

① "北方反基督者"指的是林肯。原文是"the Confederate Antichrist"，意为"邦联的反基督者"，译者认为这是作者的笔误，他的原意是想说"the Union Antichrist"或者"Yankee Antichrist"。

到了侵犯。'"

几个小时以后，在加斯里的比利酒吧，我在六点钟的新闻里又一次看见了汉娜。酒吧的女招待关掉点唱机，拿起一瓶啤酒致敬，酒吧里的人都欢呼喝彩。在街道的那边，詹尼市场里，一群车斗里插着叛军旗帜的皮卡车开进来，停在加油机旁边。但是，几天之后，白人的耀武扬威停止了。大多数本地人都意识到了判决的严重性：正义得到伸张，却用大家的钱交了赎罪金。

在公墓里，我看见两个少女站在迈克尔的墓前吸烟。她们说陶德县中心高中现在平静了下来，但是一段不友好的距离把黑人和白人分开了。"没有人想和对方说话——我们各走各路，"一个女孩说着，把烟灰弹到地上，"或许这样最好不过了。"

和我交谈过的黑人少年差不多也这样认为。他们中越来越多的人决定逃离陶德县，尽可能早地去参军。现在，他们的父母在当地的商 [123]家都感到了尴尬和不受欢迎，他们都去附近的克拉克斯维尔购物。有一些黑人避免在天黑之后出门。

审判之后的那个星期天，我参加了在加斯里黑人浸信会教堂举办的礼拜，被告人的家人们也出席了。几位亲人起身讲话，感谢大家对他们的支持。"上帝会做出判决，但是会在他觉得合适的时候，"弗雷迪的姑母说，"我们只看到小照片，他看的是大景色。"另一位女士哭号着说："我不想下地狱，主啊。这里就是地狱。"然后牧师把这次审判放在了黑人受难的大背景之下。"我们已经被压迫和被压制超过两百年了，"他说，"除了年份，什么都没变。"

礼拜结束后，弗雷迪的母亲邀请我去她公婆家，就是教堂对面的一个小平房。她给我看了一张弗雷迪两岁时的照片，照片中的他抱着一只泰迪熊。她一直在思考，自己最小的孩子是怎么因为谋杀进了监狱的。她说，可能是她的错，在弗雷迪还小的时候丢掉了工作；自那以后，她就不得不搬到芝加哥的新杰克城，那里是一个治安不太好的区域。就是在那里，她的儿子第一次惹上了麻烦。

或者，可能应该怪罪于青少年的荷尔蒙。"男孩子们都追求这个东西，展现出男子气概，就是展现出自己是个坏人，"她说，"这是个男人的事。"但是她对庭审没有讨论种族主义和叛军旗帜感到愤怒。"那面旗子，还有叫'黑鬼'的举动——你可以否认这些东西伤害到了别人，但它们是会积累的，"她说，"你一直往别人身上放，总有一天会爆发。"

她从包里掏出了一张监狱寄来的明信片。正面是一张照片，上面是一个安静的冬天景色，有农场和马匹。背面，弗雷迪潦草地写了一首诗。

> 我搭车去天堂，总有一天会到那。
>
> 其他人已经到了，我在路上。
>
> 我在生命的高速公路上，高举大拇指。
>
> 我看见罪人路过时嘲笑我。
>
> 有一位天使，骑着云彩而来。
>
> 是来接我去天堂的，我回家去了。

[124]　明信片的落款写着："和平和爱，妈妈。我爱你。"弗雷迪还请她向自己的兄弟姐妹和小孩子们转达问候。"非常多的爱，来自被关起

来的小兄弟和叔叔。"

辛西娅·巴蒂开始哭泣，把明信片放回包里。"我的宝贝。"她哭着说。

十分钟车程远的地方，在加斯里北边平缓农田中的韦斯特曼家里，升起了十四面叛军旗帜。其中一面降了半旗，其他的都耷拉在门廊家具的上方。屋内，汉娜和她的婆家人在看《奥普拉脱口秀》①，她的双胞胎孩子在地板上玩耍。一个孩子穿着叛军旗帜的衣服，上面写着："生为美国人，成为叛军是上帝的恩典。"小房子里还到处塞满了各种南军物件，大多是南方各地的祝福者们送来的礼物。

迈克尔的母亲琼（JoAnn）加入了我们的谈话。她是一位精瘦结实的 40 岁女士，她说她现在吃镇静剂，还和丈夫一起接受心理咨询来应对他们儿子的死亡。回到服装厂工作也很艰难。"那些我觉得和自己关系亲近的黑人，现在我们在内心深处产生了隔阂，"她说，"我们把隔阂放在那儿，不讨论它。"

迈克尔的父亲大卫提出让我看一段家庭录影。迈克尔的画面在电视屏幕上播放：小时候的画面，七年级在橄榄球队的画面，在家和父亲一起为科学竞赛制作电报机的画面，和汉娜一起参加毕业舞会的画面，最后，抱着他刚出生的双胞胎的画面。大卫·韦斯特曼开始哭泣。一个谦逊、轻声说话的男人，和弗雷迪的母亲一样，他还在试图理解发生在自己儿子身上的事。

---

① 《奥普拉脱口秀》（*Oprah*）是美国一档家喻户晓的访谈类脱口秀节目，因其黑人主持人奥普拉·温弗瑞（Oprah Winfrey, 1954—　　）而得名，1986 年首次开播，2011年播出最后一集。

"看这个。"他说着，打开了一本家庭历史的相册，这本相册是他的姐妹布伦达·阿姆斯送给他的。大卫的手指滑过一个叛军祖先的名单：一个被俘虏，另一个在葛底斯堡中枪身亡，还有一名列兵在"1862 年 5 月 24 日阵亡"。上面写着他的年龄是 19 岁。

"和迈克尔一样的年纪。"大卫说。他擦擦眼泪，继续说："他们说内战在很久以前就结束了。但是在这儿，好像内战还在继续。"

第六章　弗吉尼亚：心的法布

> 谁知道呢？两面旧旗帜，破烂不堪，在风中啪啪作
> 响，说不定会再次正面交锋，飞来飞去，追来追去，胜利
> 的呼喊声充斥着夏日。战斗结束后，死者和伤者会起身，
> 在两面旗帜下相聚，都安然无恙，谈笑欢呼，他们都会
> 说：刚才的战斗看起来不像真的吗？跟以前不一样吗？
>
> ——贝里·本森（Berry Benson），南军老兵

我急需一次休假，回到了弗吉尼亚的家中。我的南部旅行在陶 [125] 德县进行了一次时间又长又令人沮丧的绕行。除了简短地造访了萨姆特堡和其他几个地方，我几乎都没有踏足那些原本计划考察的内战历史景观。

回家后不久，补救随之而来，罗伯特·李·霍奇打来了电话，就是几个月前我见过的那个在路上鼓胀的硬核重演者。他说，战斗季的第一次重大活动马上就要开始了：威尔德内斯战役。预计有八千名重演者参加，还有两倍数量的观众。"这将是一次法布的盛宴。"罗布这样预测。

硬核重演者对战斗重演的态度是矛盾的。毕竟，在战斗最真实的

[126]　瞬间不能被复制出来的情况下，重演很难做到真正的"真实"，尽管罗布已经尽最大的努力去演绎鼓胀。硬核重演者们还觉得观众人群影响了战斗的真实体验。但罗布和其他几个护卫队队员还是计划去参加，一方面去物色新的人才，一方面去看看长时间的冬季休整为他们的业余爱好带来了什么新的变化。

　　我对此感到好奇，也想去。和南方护卫队队员们贴身拥抱着睡了以后，我做了些研究。以前，我以为重演是内战记忆的边缘部分，是持枪的老男孩们周末消遣的业余爱好——重音在"男孩们"上面。我读到的资料却显示了完全不同的情况。重演已经变成了最受欢迎的纪念内战的形式。现在，全国范围内有四万多名重演者；一项调查称重演为美国增长最快的业余爱好。

　　另外，虽然战斗仍然是重演的核心活动，但现在的重演已经包括了内战的所有非军事方面，反映了内战学术研究上的相似趋势。日益增长的"平民"类别重演者加入了士兵们的活动，他们扮演护士、外科医生、洗衣女工、传教士、记者，甚至殓尸官。二十多年前，一个对内战有强烈兴趣的年轻人很可能会加入一个内战"圆桌会"，这个"圆桌会"可能是全国几百个学术俱乐部中的一个。在 20 世纪 90 年代，这个人更有可能加入一支重演部队，说不定还和他的妻子和孩子们一起参加。

　　并不是说女人们需要男人才能参与内战重演。在互联网上，我找到了一些重演者的聊天室；在一个聊天室里，当日的话题是"内战十大帅哥"，这是女人们在讨论"最应该上爱情小说封面的绅士"。话题指定的"菜"包括 P. G. T. 博雷加德（克里奥尔外表下的欧陆魅力）和罗伯特·E. 李（嗜耄癖者的梦中情人，可做甜心爹地）。"哑弹"的名单主要包括了布拉克斯顿·布拉格（"还不如尼赫鲁的外套时尚"）和威廉·特库赛·谢尔曼（"凶神恶煞的表情"）。

重演还孕育了一个涉及广泛的家庭手工业，包括裁缝、织布工和其他"萨特勒"（Sutler）——这是个内战时期的称谓，用来称呼那些为军队提供军需品的随军小贩。寻求建议的话，重演者可以求助于十几种出版物，从矛盾修饰法的《内战新闻》（*Civil War News*）到《蔡[127]斯营公报》（*Camp Chase Gazette*），这份月刊写满了"如何"文章，比如《如何包扎实战用的弹药纸包》，还有个人广告，比如"DWF ISO S/DWM，45岁至55岁之间。必须身材好，可参加一些有难度的活动。TBGs不要申请"。翻译过来是：离异白人女性寻找身材苗条的单身或离异白人男性——不要矮胖的大胡子男人（Tubby Bearded Guys，TBGs），就是罗布所说的"死胖子法布"。甚至还有一份《消费者报告》（*Consumer Reports*）类型的季刊，名叫《监察员》（*The Watchdog*），专门关注提供给内战爱好者的各种产品，评估它们的历史准确性和质量。

以前的标准并没有这么高。在内战一百周年之际的20世纪60年代，重演刚开始流行的时候，许多士兵穿着从西尔斯百货购买的工作衫打玩具气枪。但在此后的30年中，这个业余爱好和士兵"造型"的质量都日趋成熟。即便如此，在追求"真实性"到底应该走多远的问题上，重演者之间存在着分歧。硬核重演者在重演圈内是一个少数派小群体，许多人认为他们是重演者中的精英。主流重演者们还害怕硬核重演者的信仰会走向极端，把业余爱好变成一种没人想看——更别说参与——的行为艺术。

"在追求真实性方面，他们在挑战极限，"我向《蔡斯营公报》的编辑比尔·霍尔舒（Bill Holschuh）致电询问他的见解时，他这样告诉我，"硬核重演里还没有的东西，差不多就只剩下真弹药和内战时的疾病了。我希望他们不会走到那一步。"

威尔德内斯战役开始的前一天，罗布来到我家，借给了我一些装备：一双散发着恶臭的袜子，可能曾经是白色的，但现在是带有斑点的琥珀色；一件胡桃色的"横贯密西西比河战区①军官的紧身夹克"；一条灰色的"JT 摩尔"裤子；一个"光边的 1885 年版"水壶和一个"油布联邦干粮袋"。这些东西在我眼里什么都不是，但是罗布告诉我，我穿戴好这些，就是一个行走的博物馆。"穿上这套装备，"罗布说，"即使你的行为举止看上去像一个彻底的法布，别人也会认为你是个硬核重演者。"罗布不确定南方护卫队的计划是什么，所以我们在重演场地约定了一个大概的集合地点；重演在战场附近的一个私人农场举行。

[128]

正如其名，真实的威尔德内斯战役是于 1864 年发生在弗吉尼亚丛林里的一场混乱战斗。②李率军猛烈进攻格兰特的挺进部队，寄希望于出其不意的进攻和复杂的地形能使数倍于自己的敌军阵脚大乱。整整两天，所有部队都在矮橡树和湿地松之中迷了路。森林燃起了大火，烧死了数百名伤兵。格兰特损失了一万七千人，是李的部队

---

① "横贯密西西比河"（Trans-Mississippi）是一个历史地理学概念，特指 19 世纪美国密西西比河以西的地区，包括阿肯色、路易斯安那、密苏里、得克萨斯、印第安人居住地和其他一些未被美国人开发的地区。在内战的话语中，"横贯密西西比河战区"（Trans-Mississippi Theater）指的是战争波及的非太平洋沿岸各州，与之相对应的是"太平洋沿岸战区"（Pacific Coast Theater）。

② 威尔德内斯的英文是 Wilderness，意为"荒野"，因此威尔德内斯战役也被译为"荒野之战"。

损失人数的两倍。但是北方比南方更有能力承受如此大的伤亡，格兰特继续进攻，发动了可怕的消耗战，最终导致李于次年春天在阿波马托克斯投降。

现在的内战"战斗"在数月前就提前安排好了，还为了方便而设置了路标。我开车越过拉帕汉诺克河和拉皮丹河，在一个写着威尔德内斯战役的路牌处转弯。再往前一点，另一个牌子指出了去往"C. S. A. 停车区"的路。一位女士坐在一张桥牌桌后面，拿着手机打电话聊天。"你提前注册了吗？"她问我。我吞吞吐吐地说了句关于南方护卫队的什么话。"好吧，入列吧，"她说着，看了一眼自己的手表，"下午的战斗就要开始了。"

离停车场和一长排临时厕所不远的地方，军鼓敲响，军旗飘扬，几千名南军开始集合。我扫视了一列列长长的灰色队伍，找不到任何南方护卫队的人。一队杂牌军从我面前路过，领军的是一个非常英俊的精瘦男子。他戴着一副金属框眼镜，还有一顶破旧的棕色宽边软帽，帽子两边卷曲，看着像一片枯萎的秋叶。一缕缕金色长发拂过他穿着灰胡桃色军服的肩膀。他看着像是杰布·斯图尔特和吉姆·莫里森①的合体。

我向他敬礼，说："长官，我找不到自己的部队了。我可以加入您的队伍吗？"

透过眼镜，他看了看我的军服。"当然可以，列兵，"他用拖腔说，"我很遗憾地告诉你，我们的一个士兵在今天早上的战斗中倒下了。你可以接替他的位置。"

---

① 吉姆·莫里森（Jim Morrison, 1943—1971），美国歌手、作曲家和诗人，同时也是美国摇滚乐队"大门乐队"的主唱，在20世纪60年代红极一时。

他指派我走在队尾，在两个中年男子的中间。我左边的人名叫毕晓普（Bishop），他有一头灰色的头发，脸颊上像是涂了红色的手指[129] 画颜料。我问他离开的那个士兵是怎么回事。"他妻子想让他回去参加今晚他们孩子的生日派对，"毕晓普说，"所以他早早挨了一枪，开车回家了。"

毕晓普也在早上的冲突中受了伤。他指着弄脏的脸颊，说："北方佬的子弹正好从我脸上滑过。"然后他从口袋里拿出一根管子，上面写着"吓人的东西：假血"。"在一个卖恶作剧道具的商店买的，"他说，"基本上是玉米糖浆，又混合了一些染料和化学品。"

我右侧的士兵是一名高大的男子，他长着一头细长而稀疏的头发，名叫奥尼尔（O'Neill），是一位参加过越战的海军陆战队队员。这段经历明显让他心怀怨恨。当叛军部队停下，不知道该往哪里走的时候，奥尼尔就埋怨："跟真的部队一模一样——一帮只会搞砸事情的人。"

我加入的是弗吉尼亚第 32 兵团的 H 连，来自弗吉尼亚州东南部的泰德沃特地区。领导连队的英俊男子是汤米·马伦上尉（Captain Tommy Mullen），他是一位职业木匠。奥尼尔在一家博物馆工作，毕晓普是一名警察，其他人好多都在纽波特纽斯港周围的造船厂工作。"我们是一群普通人，和当时的南军士兵很像。"毕晓普说。

"胡说，"奥尼尔突然插嘴说，"我们是一群肥胖的懒汉，在真正的内战中连一小时都应付不下去。"

第 32 兵团也没能很好地应付假的战争。我们的队列不停地摇摆，每次上尉下命令，都有人出错。"回到队列里！"上尉大声喊，"我说向右看齐！你分得清楚左右吗？"

　　我们走到一排树下。"小心毒藤！"领头的一个人喊道。后来，我们行军走过一片满是牛粪的牧场时，有人喊："小心地雷！"又走了几码，他又喊："小心电线！"我低头看到了一条蜿蜒穿过矮树的电线。奥尼尔跟我解释说，一个摄影队正在记录这次战斗。"我兄弟在敌军里面，纽约第 69 兵团，"他说，"他住在新泽西州。我希望我抓住他的场面能被拍摄下来。"

　　我们蹒跚地穿过满是荆棘的树林，直到马伦上尉下令停止行军。然后他给我们讲了接下来的战斗剧本。"北方佬会被打得很惨，遭受45% 的伤亡，"他说，"但是我们右翼的叛军将会被击溃，所以我们必须反击，把北方佬打回去。"他看了一眼手表。"距离战斗还有十分［130］钟，所以如果你需要的话，撒泡尿，吃些东西。"

　　士兵们拿出在商店买的牛肉干，塑料包装已经被去掉，还有装进旧雪茄盒里的万宝路香烟。我们在吃东西、抽烟和撒尿时，我问两个战友怎么看待硬核重演者。

　　"我们尽量做到真实，"奥尼尔说，"但是没人想吃发臭的培根，并且整晚睡在泥地里。这是个业余爱好，不是一个宗教。"

　　毕晓普指着自己混杂的装扮：他在庭院旧货展卖会上买的工作靴、一个手工制作的水壶、用现代陆军的背包制作的干粮袋。"我是这么看的，就像我一样，当时的士兵们会把任何能弄到手的东西拼凑到一起。他们的装备是完美的吗？不可能。"他还很厌恶硬核团队的势利眼。"那时候，军队接收所有可以参战的男人。所以为什么拒绝想参加战斗的人，就因为他胖或者看起来不像南军士兵吗？"

　　他说的有道理。我还意识到，比起参加南方护卫队的训练，被完美主义者包围着，我在这里，在这帮老是犯错的人中间，要放松得多。

炮火开始在树林那边的田地上响起。每次开炮，地面都在震动，松针纷纷落在我们的周围。一股恶臭的灰色烟雾在树林中逐渐散开。"深呼吸，孩子们。"马伦上尉说着，回到了他的内战角色中。我们右翼的部队举着枪和旗子从树林里冲了出去，消失在烟雾和噪声之中。有叛军开始哀号，还有轻武器开火的爆裂声。我开始感到紧张。蹲在树丛中，仔细盯着烟雾，听着枪和炮的爆炸声，我有点体会到了一名士兵的感受，他完全不知道谁正在赢得这场自己即将加入的战斗，或者完全不知道他在战斗中应该干些什么。

然后，我意识到自己还没有角色。"填装弹药！"上尉大声喊道。我身边所有的第 32 兵团士兵都开始咬弹药纸包，然后把黑火药倒进枪管里。因为我没有找到罗布，所以我是唯一没有枪的人。我问上尉自己可以在将要开始的战斗中扮演什么角色。

[131]　　"如果有人倒下，捡起他的枪，继续战斗。"他说。然后他小声补充道："如果没有人倒下，到处跑，然后中枪。我们总是需要伤亡的。"

回到队伍中，我跟毕晓普说了上尉给我的命令。"伤亡是个问题，"他说，"没有人愿意开三个小时的车来这儿，然后在前面的五分钟就倒下，在牛粪上躺一整天。"他说，有时候，军官会在战斗开始的时候问每个人的生日。"然后他们会说：'1 月和 2 月出生的人阵亡。3 月和 4 月出生的人受重伤。'"另一个办法是分发不同颜色的弹药纸包，然后指定一种颜色作为"死亡子弹"。

"但是，阵亡通常都是一个荣誉制度型的情况。"毕晓普说，"如果有人瞄准你并且开枪了，你就倒下。否则你就等着，直到你累了或者没子弹了。"

奥尼尔用一个关于阵亡的小窍门加入了谈话。"倒下之前先看一下地面，"他说，"我身上还有摔在自己水壶上造成的淤青呢。还有，别躺着死，除非你想被晒伤。"

肩并肩地，我们行军走出了树林，来到满是烟雾的战场。我们继续向前行军，然后向侧面行军，完全被烟雾遮住了视线。烟雾中的某个地方，有人用横笛嘟嘟地吹着《迪克西》。我们似乎在向声音的相反方向行军。所见之处，看不到其他南军。

"停！"上尉喊道。他拿出望远镜向昏暗中看。就在前面，我们听到有人小声说话，还有听起来像是扣动扳机的声音。

"组成战斗队形！"马伦大喊。十个人跪下，端起步枪瞄准前方，另外十个人站在他们后面。然后烟雾散去，露出了一群观众，他们坐在折叠椅上，举着照相机和摄像机对着我们。"他们在那边！"一个观众大喊，然后一百个快门同时按下。

"全体都有，向左转！"马伦喊着，指挥我们急转掉头，回到烟雾中。突然，大约50名北军出现在我们正前方，和我们一样，吓了一跳，队形大乱。"自由开火！"上尉大喊。火花从毛瑟枪中迸出，弹药纸包的白色碎纸片在我们周围飞来飞去。空包弹造成了震耳欲聋的轰鸣声。像街头哑剧演员一样，北方佬们精确地模仿着我们的动作。然后两边都手忙脚乱地装填弹药并再次发射。"把子弹倾泻出去，孩子们！"上尉大声地喊。

我用手指堵住耳朵，蹲在奥尼尔身旁。北军在我们前面不到20 [132] 码的地方，一枪一枪地射击。但是我白等了半天，我们这边都没有人倒下。

"该死的北方佬都射不准。"奥尼尔说。他的嘴唇因为沾满了火药而发黑。很明显，叛军们也不会瞄准。尽管火力猛烈，只有一个联邦士兵倒下。"北方佬从来不中枪，"奥尼尔发牢骚说，"他妈的穿防弹衣的部队。"

然后，按照战斗的剧本，北军们突然转身逃跑。"看啊，孩子们，他们在逃跑！"马伦喊道，然后拔出他的佩刀，继续喊："追击他们，孩子们！追击他们！"

"没用的北方佬！"

"一群懦夫！"

"不接收俘虏！把他们全部杀死！"

我们来到一片场地，地上躺着一些穿蓝色军服的人。几个阵亡者把手肘撑在地上，拿着傻瓜相机拍摄进攻的叛军。又向前跑了50码，我们遭遇到北军的猛烈射击，然后重复了之前的程序：战斗队形、自由射击、重新装填弹药、再次射击。在我们相互向对方射击了15分钟想象中的铅弹以后，上尉说："好了，孩子们，是时候有人中枪了。"

毕晓普从口袋里掏出"吓人的东西"，把亮红色的黏稠物抹在自己的太阳穴上，然后问我："想挤点儿吗？"我摇了摇头，想象着如果我把沾有假血的军服还给罗布·霍奇，他会说什么。"倒下时小心地雷。"毕晓普提醒我。

北军再次齐射。我紧捂住肚子大叫，摔倒在地上。奥尔尼侧身扑通一声倒下，像一头生病的牛一样，还号叫着："我完蛋了，噢，上帝啊，我完蛋了。"然后他看见了自己那位来自新泽西的兄弟躺在附近的草地上。"嗨，史蒂夫，他们也打中你了？就像内战，兄弟打兄弟！"

毕晓普四肢摊开地躺在地上，睁大眼睛，"吓人的东西"滑落到他的下巴上。另一个人趴在地上，笑得直抽搐。他戴着泡沫耳塞，就是飞机上发的那种。我在想如何向罗布·霍奇报告现在的场景。死了以后，来到了法布的天堂。

随着战斗趋于白热化，我和一个倒在身边的弗吉尼亚年轻人聊了起来，他叫布奇·麦克拉伦（Butch McLaren）。我问他受了什么伤。"是致命伤，"他说，"大量的内出血。但是我是为了光荣的大业 [133] 而死的。"

麦克拉伦翻过身，点燃了一支"死后烟"。他说，平时他在诺福克一个船坞做装配工的工作。每天工作时，他都会做白日梦，梦到这些出来参加重演活动的周末，还会想起他的外高祖父，列兵 R. J. 迪尤（R. J. Dew）。"他在奇克莫加受了三次伤，有一次还在没有任何食物的情况下连续行军四天。"麦克拉伦说。

我们重新躺到地上，这时叛军的预备队从我们身边冲了过去，向北军打了一轮齐射。"你知道吗？"麦克拉伦把脸贴在草地上，说，"如果我可以和外高祖父互换人生的话，我会毫不犹豫地去换。那个时候生活比较艰辛，但是在某种程度上也更简单。他不用交电话费、给车加油、担心犯罪问题。他知道自己为何而活。"

我们一直躺在草地上，直到军号吹响，发出战斗结束的信号。马伦上尉起身，单膝跪在地上，向他的部下发出了最后的命令："起死回生！"我们站了起来，和敌军死尸握手，观众给我们报以热烈的掌声。

战斗到第二天才会重新开始，所以士兵和观众都四散离开了：有些去停车场，有些去临时厕所，还有一些去一个叫"随军小贩街"或者"商场"的大型帐篷营房。在这里，被活灵活现地重现的，是我读到过的平民重演的奇怪世界。在沿街都是商店的土路上，北军和南军和平共处。整体的气氛是搞笑古怪的，商店的名字叫"提包党"或"同时服务北方和南方的战争获利者"。一个军品杂货商店的牌子上写着"禁止向士兵卖九"。^①顾客们可以穿着内战时期的服装照相——或者说是照玻璃版相片，一个人用带遮挡布的那种老式相机给他们拍，他们也可以购买写在手工信纸上的"内战时期"的爱情诗。

　　我看见情侣们穿着军服和圈环裙漫步，开怀畅饮"麦吉利卡迪医生"牌的沙士饮料，然后走开去参观"民用营房"。在一个南军帐篷里，我找到了一个"士兵援助会"，女人们扮成南方淑女的模样，坐着织袜子。她们喝着南军咖啡（干玉米兑黑糖浆），说北方女人的闲[134]话。"当然，北方女人可能不具备最高标准的道德秩序。"一个女人用拖腔说。

　　在联邦军那边，一个高个男人穿着黑色长款大衣，戴着直筒大礼帽，站在一群瞪大眼睛的孩子面前。^②"作为一个国家，我们的同远远大于异，"他宣称，"任何惹怒美国的外国势力都要遭殃。"

　　在现实生活中，这位演讲者是弗吉尼亚州的一名医护从业人员。他在战斗中扮演南军士兵，但对于平民角色，他更喜欢亚伯拉罕·林肯。"我演得像。"他说。问题是，在威尔德内斯还有两个林肯（以及至少三个罗伯特·E.李）。"但我觉得我是唯一有南方口音的林肯。"

---

　　① "禁止向士兵卖九"的原文是"No Likker Sold to Soljers"，正确的写法应该是"No Liquor Sold to Soldiers"，意思是"禁止向士兵卖酒"，这个牌子故意错误地拼写单词，以模仿内战时期文化程度不高的普通民众。
　　② 这位重演者是在扮演林肯，黑色长款大衣和直筒大礼帽是林肯的典型装束。

他说。然后，他回到角色中，拍拍我的肩膀，问："我能指望你在 11
月投我的票吗？"

这些场景加深了我通过阅读得来的印象。与其军事方面的刻板印
象相反，重演活动似乎是一个适合全家参与的优质业余爱好，集合了
露营旅行、乡村集市、周末戏服派对等元素。战斗间隙的时间表上
包含了方形舞表演、为儿童举办的问答游戏、女士茶会、内战时装
秀，还有一次户外的星期日教堂礼拜，两位重演者将会在礼拜上结
婚。"这是一个我们试图寻回的失去的年代。"一位名叫朱迪·哈里斯
（Judy Harris）的女士告诉我，她正在北军营地的一个水缸里洗衣服。
"男人是男人，女人是女人。那时候没那么复杂。"一位士兵路过，向
哈里斯脱帽致礼，说："晚上好，夫人。"她对士兵回以微笑，然后对
我说："看见我什么意思了吧？在现实生活中，没有人这么有礼貌了。"

在现实生活中，哈里斯是一名数据处理员。"但是在这儿，没有
人问你是做什么工作的。你可能是个牙医，也可能是个挖沟工人。
看见那位将军了吗？工作日的时候，他可能在埃克森加油站给顾客
加油。"

女人们在战场上则不是很受欢迎。一位扮演成男性士兵的女性重
演者在 1989 年的一场战斗中被驱逐了出去（她从女厕所出来的时候
被发现了），后来她告赢了国家公园管理局（National Park Service）。
自那以后，少数女性开始扮演士兵，并参加重演战斗，尽管男性重演 [135]
者们经常发牢骚，说这是法布的。

但是，另外一种易装——南方人穿成北方人的样子，或者北方人
穿成南方人的样子——很常见，这种情况甚至是被鼓励的。在我游览
北军营地时，背后的原因变得显而易见了。尽管在真实的威尔德内斯

战役中，北军的数量几乎是南军的两倍，但这里的情况正好相反。事实上，北军数量的不足是重演活动的通病，特别是那些在梅森-迪克逊线以南举办的活动。所以携带两套军服很有帮助，以防另一边需要你的参与。重演者把这个叫作"镀锌"，这是个内战术语，用以称呼那些在战斗中变换阵营的士兵。

"叛军们不得不轮流向我们射击，因为他们总是人数更多。"北军重演者约翰·丹尼尔（John Daniel）告诉我。虽然丹尼尔是一位来自弗吉尼亚的学校老师，他更愿意穿蓝色的军服。他不喜欢南方那边的，他称之为"红脖子美国"的元素。"（南方人）有一种摩托骑手的心态。（他们觉得）留个长头发，拿一把打松鼠的小步枪，南方就能复兴。"有些顽固守旧的南军甚至试图重写历史，他们把历史上南方输掉的战斗重演成叛军胜利的结局。

丹尼尔还更喜欢北军的制服风格。在历史上，北军倾向于配发极其整洁的蓝色制服，而南军制服则经常是在家里制作的，每个州的制服样式也不一样。"如果你想扮演一个普通的北军士兵，基本上你从架子上拿套衣服穿上就行了。"他说，"如果我想扮演南军，我都不知道从哪儿开始。今天我穿灰色制服吗，还是灰胡桃色的？戴宽边软帽还是扁军帽？穿军靴还是光脚？"

但是，正是这种风格的多样性吸引了许多南军重演者。正如我从罗布·霍奇那里学到的，叛军的时尚赋予了邋遢形象新的意义；南军穿打补丁的、磨破的衣裳，上面沾满了泥土、咖啡残渣和烟草唾液，这都是可以接受的——甚至是值得称赞的。糟糕的发型是必需的（《蔡斯营公报》上的一篇有关理发的文章建议"尽量用你所能找到的最钝的剪刀，并且用手指梳胡子"）。南军放荡不羁的形象还让南军装束平均比北军服装要便宜些。

另外，一些微妙的区别是叛军重演者数量占优的原因。首先，美 [136]
国人对弱者有一种天生的亲近感，这种情绪也导致了我在小时候偏爱
南军。"我扮演北军时，感觉自己像是入侵阿富汗的苏联人，"一位来
自新泽西的叛军解释说，"我是个侵略者、霸凌者。"在传奇色彩方
面，南方也轻而易举地获胜了。循规蹈矩的各级北方军官根本比不上
杰布·斯图尔特、艾希礼·威尔克斯，还有那些难逃厄运的邦联骑士
们。这也解释了为什么由《飘》培育出来的外国重演者们，几乎总是
穿灰色军服，尽管他们自己的祖先，19 世纪 60 年代的欧洲人和加拿
大人，通常都支持北军。

不过，这个业余爱好很少掺杂意识形态的因素。如果重演者们还
有除了玩耍以外的任务，或者是为战场遗址的保护而筹款，重演活动
就会是教育性的，而且没有党派背景。"我们来这儿不是为了辩论奴
隶制或州权。我们来这儿是为了保存普通士兵的经历，北军士兵的和
南军士兵的都保存。"雷·吉尔（Ray Gill）说，他是一位康涅狄格州
的会计师，穿着灰色军服。"我讨厌叫它业余爱好，因为它不止如此。
我们来这儿是为了找寻真正的答案，体验历史书以外的东西，然后把
我们的经历分享给观众。"

吉尔和其他重演者确实对他们扮演的人了如指掌。在军营中游
览，重演者们给我讲了他们所代表的部队的各种细节：吃的东西、
服役的地点、在每场战斗中的精确伤亡数字。但是这种学究式的专
注很少被他们用来探究内战发生的根本原因。"他们为什么打仗？我
猜和海湾战争时的情形差不多，他们就是参军了，然后就去了，因
为那是应该做的事。"雷·吉尔猜想，"我不认为北方和南方的情况

有什么不同。"

这种刻意的中立是有历史惯例的。重演是从内战老兵的重聚活动发展而来的，最早叫"扎营"。老兵们在战斗真实发生的战场上露营，穿着他们的旧军服，偶尔模仿表演他们年轻时的英勇事迹。1913年，几百位上了年纪的叛军老兵尽自己最大的努力穿越了他们在皮克特冲锋时穿过的战场，手里拿着拐杖，而不是毛瑟枪，用握手而不是[137] 刺刀和以前的敌人打招呼。那时，内战的苦难已逐渐抚平，双方在和解的气氛中相见，去庆祝他们同样的英勇，而不是群体的差异。

现在，重演者们基本上在做着同样的事。那些宣称与北方或者南方有深厚渊源的人，通常是因为他们的祖先为某一方而战了才这么说的。"我有 18 位南军祖先——穿蓝色军服就是觉得不太对。"一个弗吉尼亚人说，"我祖母总是谈起'北方侵略战争'，她的客厅里挂了一张柯里尔和艾维公司①印制的李的画像。听说我在葛底斯堡战役中扮演了一名联邦士兵时，她摇了摇头说：'你祖父会对你感到失望的。'"

另外一些人给了他们对南方的偏好一个 20 世纪 90 年代的解释。在一个叛军营地，我听到了长岛鼻音，所以我跟着声音找到了一位列车员，他正带领着一队长岛人行军：他们中有农民、工厂工人，甚至还有几个捕鲸者。"我们扮演南军是因为我们不喜欢一批人试图统治另一批人，"列车员说，"我们不是在反叛美国，而是在反叛那些想要骑在工人头上的黑心生意人。"他指着自己的战友们，补充道："一直以来，我们被压榨、裁员、削减员工规模、压制。我们是在为自由而

---

① 柯里尔和艾维公司（Currier and Ivy）是美国著名的平版印刷公司。

战，无论在这个战场上，还是在战场之外。"

这幅为自由而战的画面并没有怎么描绘奴隶的自由。虽然电影《光荣战役》启发了几支部队去模仿电影里刻画的黑人军团，威尔德内斯战役以及我后来参加的六七场战斗全是白人的活动。这也是一个蓝灰双方都倾向于回避的问题。当我向一位南方护卫队队员问起他所属的部队对种族的看法时，他回答道："我们当然是有偏见的。对法布们有偏见。"

我终于在一个随军小贩帐篷的后部找到了几位南方护卫队队员。这支部队已经决定不参加威尔德内斯战役的战斗了，因为"法布系数"太高，另外他们在忙于筹备自己的下一次活动，是一个仅限硬核团队参加的小战斗。"咱们商量一下怎么把阵亡的人带出来。"一个护卫队队员边说边在地上画着。显而易见，硬核活动永远不会听到"起死回生"的命令。

离开严格的队员们（罗布·霍奇神秘地缺席了），我走回叛军营地 [138]，找到了弗吉尼亚第 32 兵团的老战友们，他们坐在篝火旁，喝着一箱雪山啤酒。一个人拿着瑞士军刀捅一罐金枪鱼罐头。另一个人用叉子从一个塑料袋里舀东西吃，我认出来他吃的是我在海湾战争中见过的 MRE，或者叫速食餐（Meal-Ready-To-Eat）。"来点饼干吗？"一个人问我，手里端着装满了乐之饼干的纸盘子。

他们吃着喝着，开始总结今天的战斗。"如果我们今天看见的是真的枪林弹雨，"一个人发表意见说，"我们早就死了。"

"废话，福尔摩斯。除非我能开一架 F-15 战斗机参战，要不我才不会回到内战打仗呢。"

"还要带上一口袋盘尼西林。那个时候，他们唯一认识的思嘉是猩红热，而不是奥哈拉。^①和他们比，我们就是一群娘娘腔。"

对话从梅毒转移到了语义学上，还有据称是起源于内战的一组词语：妓女（Hooker）一词来源于乔·胡克（Joe Hooker），以容忍女性营妓而闻名的联邦军指挥官；鬓角（Sideburns）一词来源于安布罗斯·伯恩赛德（Ambrose Burnside），长了一脸浓密络腮胡子的联邦将军；卫生棉条（Tampon）一词来源于枪口塞（Tompion），是一种木塞子，用于防止灰土和雨水进入步枪的枪管；重金属（Heavy Metal）源自19世纪中期的俚语，意思是大型火炮装备。后来，啤酒喝完了，聊天的内容变得愈加右倾和亵渎神灵，从枪支管制谈到了希拉里·克林顿，而后又到了最近的一篇新闻报道，写的是电影院爆米花的健康风险。他们把这个当作左派官僚试图规定人们行为的又一个例子。"如果我想去电影院，往我的爆米花上抹八千万克胆固醇，那是我的权利，滚开吧。"一个人醉醺醺地喊道。

毕晓普，那个与我一同行军、用"吓人的东西"的士兵，邀请我和他一起去一个民用帐篷，在那里，几家人正在准备晚餐。这里的场景明显要体面得多。女人们穿着圈环裙在明火上烹饪火腿、玉米面包和黑眼豆，她们的孩子在帐篷的周围玩耍。

我和一位名叫黛比（Debbie）的女士一起择菜，我问她，她在丈夫去参加战斗的时候都做些什么。"洗碗，铺床，等他回来。"她说。

---

① 小说《飘》的主人公思嘉的英文名是"Scarlett"，与"猩红"的英文"scarlet"发音相同，拼写非常接近。这位重演者是在用同音词来表达真实的内战是艰苦和残酷的，士兵们时刻面对的是疾病的危险，而不是小说似的浪漫。

黛比用印花布做了自己的裙子，头发用"束发网"，或者叫发网，扎起来。她参照内战时期的"票据"（Receipts）来做饭，19 世纪的菜 [139] 谱被称为"票据"。"但我不是纯粹主义者。"她说着，打开了一罐苹果派的填充料。

平时，黛比是纽波特纽斯港的一位货运部门经理。"这是个压力很大的工作，每天的每一分钟都被安排好了。然后我来到这儿，没有电视，没有家电，整整两天都坐在篝火旁，与陌生人聊天，相互帮助。我们现代人已经失去了谈话的艺术，还有做邻居的艺术。"她唯一不喜欢的东西就是周末结束时的失落感。"爬进车里往家走，20 世纪就开始涌入。让人感到沮丧。"

晚餐后，下起了倾盆大雨，我往回走向第 32 兵团的营地，心里希望能找到一块干燥的地方睡觉。一名士兵已经撤回到他的车里了，空出了他的帐篷。我爬进去，立刻知道他为什么不在这里睡觉了。帆布帐篷非常不防水，弯曲地扎在地上，与我在安德森维尔战俘营的照片中看到的那些令人难受的斜面棚子类似。我找了些干草垫在湿了的地面上，但是没过几分钟草就湿透了。然后一股雨水流进了帐篷，漫过了我的腿。

至少，罗布·霍奇会认可这个帐篷。但是，我躺在湿了的草上，穿着湿了的军服，雨水打在离我的脸只有几英尺的帆布上，我忍不住想知道，如果真正的南军像我们今天下午那样起死回生了，他们会怎么做。如果有机会，任何称职的士兵都会选择睡在开了暖气的车里而不是躺在这泥地上吧？

黎明时分，我被一种嘶嘶声叫醒，这种声音让我想起了小时候在市郊的生活。打开帐篷帘子，我看见其中一个弗吉尼亚人正在往一堆木炭球上挤打火机油。他用自己的打火机点着了木炭，然后把一个现代的咖啡壶放在上面。整个营地中，南军们都在进行着他们的清晨净礼。一个人用马毛牙刷刷牙，并从一个无糖百事可乐的瓶子里大口喝水漱口。男人们走到树林里撒尿，穿着圈环裙的女人们在一排写着"女士专用"的临时厕所前面排队等候。

[140]　我再次去找罗布·霍奇，在一个随军小贩帐篷里面找到了在此过夜的护卫队队员们。其中一人告诉我，罗布于半夜时分离开了，去附近的一片空地扎营。我在那里找到了他，他正在一堆已经被打湿的火上面拧袜子。罗布说他在随军小贩帐篷里睡不着，听着倾泻如注的大雨，开始厌恶起柔软的营房。"我想看看，经过一天的战斗，在寒冷的夜晚全身湿透了睡觉是什么样子的，"他说，"现在我知道了。糟糕透顶。"

我和罗布坐在一起，他把半个水壶用作煎锅，拿刺刀戳着厚片培根煎烤。一群年轻的南军顺道过来聊天，而且，我感觉到，他们也是来向罗布致敬的。他们中的一些人在昨天或者以前的活动中见过罗布，其他人则在重演者的传闻中听说过他。罗伯特·李·霍奇，整个营地中最厉害的叛军，在季风雨中睡觉，用刺刀烹饪发黑的猪肉。

"罗布，"一个年轻的信徒问道，"这件衬衫是我在一个随军小贩帐篷买的，你觉得怎么样？"

罗布看了看衣服。"嗯……差不多。你要做的是把这些法布的木头扣子剪掉。然后去古董店买几个珍珠母的扣子缝上。"

年轻人走开了，然后另一个走过来，他身上有泥巴结成的硬块。罗布把煎锅里面的油擦在这个人的裤子上。"想往你的胡子上抹点吗？"他问。

这个人往他的下巴上沾了一点油，说："我听说你下个星期要进行一次 15 英里的行军。"

"对。想来吗？"

"当然想。前 10 英里我们光脚走吧。"

罗布露出了赞许的微笑。"超级硬核。"他说。

这是我之前没有意识到的罗布的另一面。他的名声和奇怪的魅力让他成了一个传教士或者大师，吸引着追随者加入硬核信仰。"如果你能让一个人加入，他就能把自己的整个部队带过来。"罗布解释说。

罗布计划今天去寻找可以招募的新人。他戴上一个写着"野战救护队"的红袖章，还给了我一个。作为 19 世纪的医护兵，我们可以在战场上随便走动而不参与战斗。罗布甚至还带了一小瓶杜松子酒，[141]以防我们需要给伤员麻醉。"能让你去战场上的最佳观赏位置。"罗布坐在路堤上面说。

第二天的剧本是重演斯波特瑟尔韦尼亚战役中的穆勒鞋战斗，这是威尔德内斯战役之后的一次血腥战斗，北军和南军在其中进行了肉搏战。北弗吉尼亚军在战壕里就位，罗布用他有辨别能力的眼睛看了一下各个部队的造型。没有谁给他留下深刻印象。

"看那个戴着圆顶礼帽的人。真可笑。那是 19 世纪 80 年代布屈·卡西迪 ① 的打扮。"

"看见那个胖军官了吗？军服很棒，但是他的体重太夸张了。还

---

① 布屈·卡西迪（Butch Cassidy），原名罗伯特·勒罗伊·帕克（Robert LeRoy Parker, 1866—1908），是 19 世纪晚期美国西部臭名昭著的银行和列车抢劫犯，他也是一个名叫"狂野团伙"（Wild Bunch）的土匪帮派头目。

有，他身后那个穿红裤子的人是谁？看起来像个马戏团小丑。"

"哎呀，那些炮兵军服上的红色装饰太多了。他们看起来像圣地兄弟会的人。"

我看见了弗吉尼亚第32兵团，给罗布指了他们。"我昨天和那些人一起。你觉得他们怎么样？"

罗布皱着眉头说："剪裁很差。裤子颜色不对。都太胖了。整个部队都需要做吸脂手术。"

我抱着希望给他指了马伦上尉，就是昨天那个英俊的军官，他身上具有的那种难以描述的南军品质惊艳了我。罗布确认了一下。"非常法布，"他说，"真正的南军会为了控制虱子而最终把那些头发剪掉。还有，那个帽子是怎么回事？全都错了——如果是在重演布尔战争①，可能是对的，但不能用在这次重演。"

罗布又观察了一个小时，逐渐地感到绝望了。但随着战斗打响，他终于发现了一个有望胜出的人。他指着一个身上沾满了干泥巴的叛军，说："衣服很好，铺盖卷恰到好处。"然后那个年轻人中了一枪，向后倒下，嘴里疯狂地骂着，还把衣服撕开，去检查想象中的伤口。

"哇，你看见他中枪的样子了吗？他很有天赋。我们走。"我们跑到受伤的午轻人跟前。我检查他的脉搏，罗布托起他的头。"很棒的中枪，"罗布说着，把杜松子酒灌进他的喉咙里，"我喜欢你打滚的样子。看起来像是神经受了伤。你听说过南方护卫队吗？"

---

① 布尔战争（Boer War）指的是英国与南非的布尔人（荷兰移民后代）为了争夺南非领土与资源而进行的战争。共发生过两次，第一次布尔战争发生于1880年至1881年，第二次布尔战争发生于1899年至1902年。通常所说的布尔战争一般指第二次布尔战争。

罗布正在传道，战斗暂停了。一位联邦军官冲进叛军的战壕。[142]"停止射击，"他喊道，"这没有按剧本来。我们应该近身肉搏。"他与一名南军军官协商了一下，并撤回到自己的位置。然后南军军官爬上胸墙，挥舞着他的佩剑。就在这时，北军们蜂拥穿过20码长的开阔地带，进入壕沟。两军陷入混战，士兵们都挥动枪托，模仿刺刀突刺。几个人扔掉武器，开始在地上乱摸。我想起了小时候在电视上看的假摔跤比赛。

半小时后，军号声响起。战斗结束了，这个周末的重演活动也结束了。但是，在阵亡的士兵死而复生并相互握手时，我注意到十几个人仍然躺在地上。一个人捂着他的胳膊，另一个扭动着身体呻吟着。他们的表演看起来非常好，我寻找着罗布，看我们是否应该招募他们。我没找到罗布，一个军官却跑过来问我的袖章："你扮演的是19世纪的医护兵还是20世纪的？"

"19世纪的。"

"天杀的。有些人真是太入迷了。"

过了一会儿，现代医护人员开着救护车出现了。他们给一个人包扎了一下断了的鼻子，抬走了一个折断了肋骨的人，还给一个呼吸困难的老人戴上了氧气罩。我后来得知，有57个人在这个周末的重演活动中受伤，其中两人需要住院。在一些活动中，还有致命的伤亡：几个人突发心脏病死了，还有个人在田纳西州一个不合季节的寒冷夜晚冻死了。

罗布带着他新招募的成员消失了，所以我独自走出战场，重演者和观众们都向停车场走去。其他人离开了很久以后，还有一位女士在草地上逗留。她有着纤瘦和娇柔的外表，穿着黑色的圈环裙、黑色紧身胸衣，还拿着一把黑色的遮阳伞，举在她蕾丝盖头的上方。我微微鞠躬，问起是什么把她带到威尔德内斯的。

"一个叛军在葛底斯堡射杀了我的丈夫，"她说，"我来这儿是为了纪念他。"

我配合她演下去，提出自己的看法说，杀她丈夫的叛军只是在执行命令。"但是我还是感到非常遗憾，夫人。"

[143]　　"您太好心了，士兵。"她说着，擦掉了眼泪，看起来好像是真眼泪。如今她英勇的丈夫已经不在了，我问她在大后方做什么。

"倒便盆和抽血，"她说，"我是纽约州托纳旺达的注册护士。"

她笑了，标志着我们现在已经"出戏"了，她伸出了戴着蕾丝手套的手，让我把她从草地上拉起来。"这身装束有十磅重，"她抱怨地说，"不能连续穿两天，因为会开始有味道。"

我们漫步走向停车场，卡伦·迈恩霍德（Karen Meinhold）跟我讲了她是如何变成一个北军遗孀的。六年前，在去游览位于宾夕法尼亚州赫希的巧克力工厂的路上，她在葛底斯堡停下，被那里众多的坟墓所震撼。她对内战的了解非常少，所以就开始读内战历史，逐渐变得着迷了。现在，她经常在星期五下班以后开 12 个小时的车来到弗吉尼亚，只为赶上重演活动的开枪仪式。

但是她不想扮演任何常见的女性角色，最不想扮演的就是护士。"毕竟，那是我在现实生活中的工作。"她说。她 34 岁，并且单身，最终决定成为一个寡妇，用手缝纫了她的七层装束：宽松长裤、内衣、紧身胸衣、紧身胸衣外套、圈环、衬裙和裙子。"去年在葛底斯堡的时候气温高达 108 华氏度。我差点儿晕了过去。"

她的悲伤一定是动人的；她在战斗活动中被 11 个人求婚，而且她怀疑不是全部的求婚都是开玩笑的。但卡伦拒绝了这些求婚，她决心继续当寡妇。"可能听起来挺蠢的，"她说，"但是我真的会哀悼死去的联邦士兵。"

我们走到了把两个国家分开的热狗摊位；一个牌子指向写着"联邦"的停车区域，另一个指向一片写着"C. S. A."的草地。已经开始堵车了，大家都在赶回 20 世纪。

"这些战斗结束之后，所有的士兵都站起来走了。"卡伦这么说，好像她希望活动有相反的结局，"但是在现实中，不是这么回事。荣耀是有代价的。我来这里是为了让人们记住这一点。"

双脚酸痛，衣服上都是灰土，我爬进车里，在几百个南军后面向高速公路的方向缓慢行驶。我打开收音机，然后很快就关上了。其他 [144] 人对我说的有些道理。尽管整个周末充满了不适和虚假的时刻，它提供了一种强制性休闲的快感和 19 世纪生活的社交氛围：一边削胡萝卜皮一边和女人们聊天，在罗布慢悠悠地做早餐时懒散地坐在他旁边，慢慢地走过北军和南军营地之间的长达一英里的乡村小路，这个距离开车一分钟就走完了。现代生活很少允许这些简单的、不慌不忙的休闲。

快上高速公路时，我在一家 7-11 便利店旁边停下买咖啡。店里挤满了黑人顾客。几个人疑惑地看着我的南军制服——而且，我感到他们还带着敌意。穿着钉靴和灰色裤子，我不自觉地走到柜台前，我想脱口而出地说"我只是在演话剧"或者"这只是个游戏"。

但我没有，我感到迷惑和羞耻，回到了车上。这也是重演者在逃避的 20 世纪的另一个方面：一个到处都有历史伤口和种族敏感度的多元化社会。原则上，纪念内战可能是一个探究这些伤疤的方法，许多伤疤都可以追溯到 19 世纪 60 年代。但是重演活动所做的却恰恰相反，它们在美化战场英勇和平民坚忍的精彩表演中让北方和南方平静地和解。

往北开过拉帕汉诺克河和拉皮丹河，我感到了心的法布。旗帜、毛瑟枪和军服不仅仅是成年男孩们的玩具，它们的象征意义也不能像脏衣服一样脱掉就行了。我回到家中，一副邋遢南军士兵的形象，连我家的狗都没认出我。脱掉袜子、靴子和灰色的羊毛裤，我决心下次一定要忠实于自己的价值观，穿蓝色的军服。

第七章　田纳西：在富特大师的脚下

南方人说话像唱歌。

——马克·吐温

威尔德内斯战役之后不久，我再次往南走，去履行一个不同类型 [145] 的约定。从旅程的开始，我就一直想联系谢尔比·富特①。事实证明，联系他出乎意料地容易。他的电话号码就列在公共电话簿里。但是，在几次拿起电话却没有拨出之后，我决定写封长信，请求他接受一次采访。他用一条简明的信息回应了我，写在一张精美的白色便签纸上："如果我们能找到合适的时间，我会很高兴与你谈话。"

我把这个当作一张召唤我去孟菲斯的传票。富特住在一栋20世纪30年代建造的都铎式建筑中，房子被盛开的李子树、山茱萸和玉兰树包围着。女佣把我带到了一个布置漂亮的小房间，房间有斜屋顶和深色的木地板，酒瓶子放在一辆手推车上。这个布置与我所期待的不太一样：市郊贵族风格，更像是亨利八世的房间而不是威廉·福

---

① 谢尔比·富特（Shelby Foote, 1916—2005），美国作家、历史学家、记者。尽管富特一直强调自己是一个小说家，但却以研究内战历史而闻名。他于1958年出版的三卷本《内战：一个叙事》（*The Civil War: A Narrative*）被认为是研究美国内战历史的经典之作。

克纳 ① 的。

　　片刻之后大踏步快速走进房间的人物同样令我感到惊讶。这位肯·伯恩斯内战纪录片里的银发智者穿着镶灰边的裤子和马球衫，看[146]起来像是在早餐之前打了几局网球。还有，比起电视上祖父式的人物形象，他看起来更加冷傲。没有握手或问好，富特就带我进入了一间书房，门前的脚垫上写着"走开"。

　　书房的大部分空间被一张床占据着，富特给我指了床边的一把椅子，让我坐下。他在床的另一边坐下，尽可能地远离我。他转过一半身子对着我，身后的桌子上散乱地放着一打烟斗，他伸手拿起一个，把烟草塞进去，用闲谈的语气说："我能为你做些什么？"

　　我不是很确定。在电视上，富特悦耳的拖腔和民间化的故事使我着迷，他的三卷本内战叙事史也同样如此，这部著作在出版了20年之后仍是热销的经典。这位78岁的作家已经变成了一种奇特的现象——一位内战名人——我天真地以为，以我通过电视节目对他的了解，我可以轻松地聊一聊自己的旅行，并且让他就我已经形成的一些看法发表一下见解。

　　与此相反，我发现自己只能摸索地问出十几个"宏大主题"的问题，这些问题都是我在来时的出租车上为了以防万一而排练的。当我终于把一个问题抛到床的对面——为什么内战的记忆如此持久？——富特直接打了回来。"因为它是我们经历过的最大的一场战争。它衡量了我们的本质，好与坏。如果把美国历史看作一个人的一生，内战代表了我们在青少年时期所遭受的巨大创伤。它是那种我们永远忘

––––––––––––

　　① 威廉·福克纳（William Faulkner, 1897—1962），美国作家，被认为是美国文学史上最具影响力的作家之一，意识流文学的代表人物，曾获得1949年诺贝尔文学奖。

不了的经历。"

　　富特点燃烟斗。我抛出另一个问题：为什么南方尤其坚持纪念内战？"仗是在我们自家后院打的，"他立即回应道，"说前院也行，人们不会忘记发生在自己家里的事。我在一个混乱的社会长大。我经常打架，可能一辈子打过五十次。让我记忆犹新的都是那些我打输了的架。"

　　战败的经历如何定义了战后的南方？

　　"它给了我们一种悲剧意识，我国的其他地方缺少这种意识。在电影《巴顿》里，巴顿将军说'我们美国人从未输过一场战争'。但是，巴顿自己的祖父就曾在李的北弗吉尼亚军中服役。他祖父绝对输过一场战争。"

　　我们就这样谈了半个小时，每个问题都引出了一个完美的采访片[147]段，是富特已经对采访者说过一百次的那种采访片段。我感到我们就像是在进行一个回应式的礼拜仪式。我还感到自己就是一个浪费他时间的蠢货。这时电话铃声响起，我解脱了。

　　"我就是。"富特生硬地告诉致电者，和我一样，那个人肯定对如此轻易就联系到伟人而感到惊讶。富特正在回答一个有关叛军在密苏里州的问题，我趁机看了看他的书房。房间看起来就像是从富特开始写作到现在的 30 年间都没怎么变过。电话机还是旋转拨号式的。屋里没有电脑、打印机或者调制解调器。我曾读到过，富特用手写作，用古董笔沾着墨水写。他甚至认为自来水笔都算是一种"机械的入侵"，是一种对现代的让步，他不完全认同这种让步。

　　富特挂掉电话。"这是个噩梦，自伯恩斯的那件事以来就有了，"他抱怨地说，"我正试着写一本小说，但我的大部分工作就是接那个电话。"

我问他为什么要接电话。"愚蠢的顽固，"他说，"在工作上，我这辈子从来没有过秘书或者研究助理。我才不会让这些喧闹逼自己去雇一个，或者逼我把自己的名字从书中拿掉。我不想换一种活法。"

然后，往椅背上一靠，富特又谈了些自己的故事，这正是我所希望的。"这是一个艰难的世纪，"他继续说，"我生于第一次世界大战，在大萧条中度过了青少年时代，于第二次世界大战时进入成年。这是人类历史上最血腥的一个世纪。"他停顿了一下，吸了口烟，说："现在，我活着见证了又一个可怕的事情——南方加入林肯的政党。"

共和党最近在南方赢得了一些国会席位，对一些地方来说，战后重建以来第一次发生这种情况。我问富特，他在青年时代如何看待林肯的政党。他放下烟斗，清了清嗓子，背诵了一个不成调的小曲：

> 亚伯拉罕·林肯是婊子养的，
>
> 他的屁股上长满了疥疮，
>
> 他的拳头，如铁匠的锤子，击打着他的阴茎，
>
> 他的肛门吹奏着《星条旗之歌》。

[148]　　富特咯咯笑了："我在 13 岁左右的时候，知道许多描写林肯的淫秽打油诗，但我只记得这一首了。"

我把剩下那些提前准备好的问题扔到了一边，听富特追忆他在密西西比州格林维尔的童年生活。他说，在 20 世纪的 20 年代和 30 年代，密西西比人依然清晰地记得战败的伤痛，所以他们拒绝庆祝 7 月

4 日，也就是维克斯堡陷落的日子。只有邮局———一家联邦机构——
在那天放假。

"我记得在 30 年代，城里住着一家俄亥俄人，天知道他们为什么
会住在那里。"富特回忆说，"在 7 月 4 日，他们开车到堤坝上，往地
上铺了块毯子野餐。他们的车没有拉手刹，滑进了密西西比河。大家
都说：'他们因为庆祝 7 月 4 日而遭到了报应。'"富特又笑了，补充
说："我们鄙视北方佬，毫不掩饰地鄙视。"

格林维尔对其他的外来者更加包容一些。这个位于三角洲上的
城市吸引了大量的外国移民。富特的外祖父莫里斯·罗森斯托克
（Morris Rosenstock）是一位来自维也纳的犹太人，他于 19 世纪 80
年代移民到美国，在一家种植园做会计员的工作，并娶了自己雇主的
女儿为妻。在 11 岁之前，富特每星期六都会和母亲一起去犹太教堂。
他不记得格林维尔存在过任何反犹主义；在当地的乡村俱乐部里，犹
太人比浸信会教徒还要多。但是富特从未喜欢过犹太教，随着年龄的
增长，他意识到外面的世界并没有格林维尔那样包容。这种情况在北
卡罗来纳州的大学中变得非常明显，他的朋友们都加入了一个兄弟
会，而富特因为自己的犹太人背景被拒绝加入。

"我当时知道自己在未来将要面临的各种麻烦，"在提起自己的犹
太人血统时，他这样说，"我一直不想去应对那种麻烦。它只是又给
我增添了一个问题，给我的生活加上了额外的尴尬。"所以，在 20 多
岁的时候，他接受洗礼，成了一名美国圣公会教徒。但是，他也不喜
欢基督教。"我从来就接受不了'连左脸也转过来'的教诲，"他说，
"我总是会回击，特别是在权威向我施加压力的时候。"

这种好斗的性格给他造成了巨大的损失。因为急切地想和德国人

作战，富特于 1939 年加入了国民警卫队，并且逐步晋升为炮兵上尉。

［149］ 当他所在的部队驻扎在北爱尔兰，为盟军进入欧洲大陆备战时，他与一位上校发生了纠纷，因为他觉得那位上校辱骂了自己的一个部下。不久，富特为了去贝尔法斯特而篡改了一份里程报告，他的实际行程比周末使用军队车辆的 50 英里上限多了两英里。那位上校和他的另一位上级以伪造文件的罪名把他送上了军事法庭。

回到美国后，富特再次入伍，成了一名海军陆战队的列兵，并且通过了新兵营的训练。但是，在他再次准备出发上战场之前——这次是去太平洋战场——战争结束了。改写他形容内战的话就是，富特错过了他们那一代人在青少年时期的巨大创伤。

"我感到自己被欺骗了，好像我被发了一手烂牌，所以没能赢得参加大冒险的机会。"他说。富特还想知道参战的经历会不会丰富他后来的写作。"我经常想，我能从枪林弹雨和战友在周围倒下的经历中学到多少——假设我没有倒下的话。"

没能参战，富特却和一位贝尔法斯特的女士结了婚，他就是因为去贝尔法斯特看这位女士才篡改了里程报告，最终导致他被送上军事法庭。我觉得这比上战场更浪漫，但是富特不这么看。"我感觉像犯了傻。"他说。富特还觉得自己作为一个南方人和南军后代，没有达到别人对他的期望。"密西西比的人都是勇敢和骑士精神的化身，"他说，"在那里长大，别人都期望你达到那些标准，大多数标准都是与身体上和道德上的勇气有关的。"

富特指了一下挂在墙上的一个南军老兵联合会（The United Confederate Veterans）所颁发的证书。这是 1892 年颁发给他的曾祖父赫齐卡亚·威廉·富特上校（Colonel Hezekiah William Foote）的。

内战前，赫齐卡亚拥有五个种植园和一百多个奴隶。"我小时候就清楚地知道，我是一个南方贵族。"富特说。

他的曾祖父反对脱离联邦，但却毫不犹豫地为南方而参战。"我也会那么做，"富特说，"我会和我的人民站在一起，无论对错。即使我反对奴隶制，我也会站在南方一边。我是个男人，我的社会需要我，我就挺身而出。内战中北方和南方的区别就在于，在北方，那些花了两百美元去免除兵役的人，或者是雇了一名德国雇佣兵代替自己 [150] 去打仗的人，他们身上不会背负污名。在南方你也可以，但没有人会这么做。你会被人看不起。"

富特对南方追溯性的效忠让我感到惊讶。这是老南方名誉攸关的道德准则：人民大于个人原则；耻笑与污名的约束。"其实都是些没用的东西，"富特承认，"但所有的南方人在不同程度上都认同这个道德准则，至少我这一代的南方男人是这样。"在富特的观念中，这种顽固的自尊心在内战中维持了南方人的信念。"正是'我不放弃，就不会被侮辱'的态度帮助他们熬过了阿波马托克斯投降。"

阿波马托克斯投降之后，用了差不多一个世纪的时间，南军的血才凉了下来。富特说，南方人对富兰克林·德拉诺·罗斯福（Franklin Delano Roosevelt）"始终不渝的爱"缓和了他们高傲的地方主义；第二次世界大战期间的爱国热情也起到了同样的作用。1945年，密西西比州终于解除了禁止庆祝独立日这个施行了长达80年的禁令。也是在这个时期，许多南方人不再把内战叫作"国家之间的战争"。"仔细想想，承认'内战'的叫法是意义重大的，"富特说，"内战是一个国家的两个部分之间的斗争，暗示南方从来没有真正地从美国分离或独立出去。"

即便如此，人们对南方的认同感——富特自己的南方认同感也包括在内——依然非常强烈。他在国民警卫队时所在的部队叫"迪克西师"，每次老南方的国歌响起，队员们都会立正。虽然他参加的是对德作战的训练，富特却如饥似渴地阅读了有关"石墙"杰克逊的书。1946年，他和儿时好友及同行沃克·珀西①一起在圣达菲旅行时，第一次见到了联邦军队的纪念碑。"我们马上就制订了计划，要把它炸掉。"富特说。

他们并没有炸掉纪念碑，但是珀西显然记住了这个想法。后来，他还在作品中使用了这个情节，以讽刺南方对内战的迷恋。在他于1967年出版的小说《最后的绅士》（*The Last Gentleman*）中，珀西笔下的年轻主人公向一位医生吐露："我在普林斯顿大学上学时，炸掉了一个联邦纪念碑。那个纪念碑只不过是藏在化学楼后面草丛中的一块牌匾，是1885级的校友捐赠的，用以纪念那些为了镇压那次臭名昭著的叛乱而做出伟大牺牲的人们，大概是这个意思。这个纪念碑冒犯了我。我在化学实验室里合成了一公升三硝基甲苯，在一个星期六的下午把它炸了。但是没人知道是什么被炸了。我似乎是唯一知道纪念碑在那儿的人。爆炸事件被认为是哈佛学生的恶作剧。"

[151]

像珀西一样，富特看重小说胜过一切。他从未完成自己的大学学业，也没有接受过任何历史学科的专业训练。在写两部小说之间的空窗期，富特才接受了写一部内战"简史"的委托——一个后来扩大为三卷并花费了他20年职业生涯的项目。"我花了内战时长的五倍时

---

① 沃克·珀西（Walker Percy, 1916—1990），美国著名后现代主义作家，同时也是20世纪后半叶美国南方作家中的领军人物。

间来书写它的历史。"他说。

当富特于 1974 年完成写作的时候，他在一次电视采访中对迪克·卡韦特[①] 说，他正忙着"忘掉我知道的所有关于内战的东西"，只有这样他才能回过头去写小说。尽管在历史上花了如此长的时间，富特仍然认为自己是一个小说家，而不是学者（许多历史学家同意这一点，并且在私下里抨击他的成功，还抨击其作品的逸事风格）。但是肯·伯恩斯的系列纪录片把富特推回了历史工作中，还把他带进了内战名人的奇怪世界里。伯恩斯的系列片于 1990 年播出，已经过去五年了，富特仍旧无论走到哪里，都会有人让他在自己的书上签名——这是他拒绝做的事。

"你给朋友签本书，是有意义的，但是当你给所有人都签名，签名本身就毫无意义了。"他解释说，"另外，我觉得索取签名的人都很讨厌，非常没有礼貌，这也是一个我拒绝给他们签名的原因。"

我庆幸自己忘了带几本他的书来索要签名。我还感到富特最初的高傲——那种明显不像南方人的冷淡——看来更像是绅士的缄默：一种老式的、非常英国式的友谊感和对私人空间的尊重。一个人，他认识一些人而不认识另一些人，但他不应该通过假装与后者亲近来贬低前者。但是，和富特身上的很多东西一样，他的这种特质具有讽刺意味。作为一个内向的、近乎隐居的人，用蘸水笔写作，不信任现代的物品，富特却通过在数百万电视观众面前出镜，伪装成一个热情随和的健谈者而出名。

许多与我交谈过的南方人认为，富特出现在伯恩斯的系列片里是

---

① 迪克·卡韦特（Dick Cavett, 1936— ），美国电视名人、喜剧演员和脱口秀节目主持人。

[152] 一种背叛，死硬派认为系列片是北方人制作的邪恶宣传片。富特不同意这个看法，尽管他觉得"对（系列片）过分强调了奴隶制的指责有一定的道理"。对富特来说，邦联大张旗鼓地捍卫州权并不仅仅是保卫奴隶制的一块遮羞布。"现在讲脱离联邦的权利很荒谬；但是在1861年，它并不荒谬，"他说，"如果13个殖民地不相信它们能脱离联邦的话，它们一开始就不会加入。"

富特关于种族的观点同样是复杂的。他所长大的时代充斥着频繁发生的私刑和习以为常的种族歧视。"巴西坚果被叫作'黑鬼的脚趾'，弹弓被叫作'打黑鬼的枪'。"他说。但是富特抵制了这种南方的趋势，并在早期就开始支持种族融合。他所属的南军老兵之子分会在一次访问孟菲斯的活动期间决定支持乔治·华莱士①，他随即退会了。他还放弃了在亚拉巴马州海岸地区盖一栋房子的计划，只是因为三K党在那里很活跃。

富特也不赞同"失败的大业"这种具有浪漫色彩的南方观点。他相信，在军事上，大业早就失败了。在意识形态上，正是因为大业失败了，所以它很容易被神话化。"我家乡的内战纪念碑称邦联为'唯一在生时和死时都没有身负原罪的国家'，"他说，"从未被考验过的东西最容易保持纯洁。"

在富特看来，得胜的北方"曾"被考验过，结果是不及格。"奴隶制是这个国家的第一个重大罪过，"他说，"第二个是解放奴隶，或者说是解放奴隶的方式。政府对四百万人说：'你们自由了。走

---

① 乔治·华莱士（George Wallace, 1919—1998），美国政治家，曾四次担任亚拉巴马州州长，并四次参加美国总统选举。华莱士以其种族隔离主义和民粹主义的观点而闻名。在民权运动中，他极力反对消除种族隔离。1963年，他在州长就任仪式上讲话时提出了臭名昭著的"现在隔离，明天隔离，永远隔离"的口号。

吧。'他们中四分之三的人是文盲，只有非常少的一部分人有职业技能。"

富特觉得战后重建的后果依然在影响着我们。但是过错不全在于政府或者美国白人。"让我非常沮丧的是黑人的行为。他们在兑现三K党的每一个可怕的预言。走在黑人社区的街道上不再安全。白人们编造了一个彻底的谎言，说黑人是介于猩猩和人类之间的一个物种，而黑人们的所作所为好像在证明这个谎言是真的。"

和嘲讽亚伯拉罕·林肯的淫秽小曲一样，谢尔比·富特的这一面并没有在伯恩斯的纪录片中出现。富特还对早期的三K党表现出[153]一种错综复杂的同情。前南军将士在内战刚刚结束之后就成立了三K党，为的是与他们所认为的残酷而无节制的战后重建做斗争。"谈论三K党时要谨慎，人们很容易曲解我要表达的意思。"富特谨慎地说，"但是，在一些方面，三K党很像纳粹治下的自由法国抵抗运动。因为有占领军的存在，就期望这些曾经英勇战斗过的人们躺下装死，那你肯定是疯了。"

富特还对内森·贝福德·福瑞斯特赞赏有加。他是三K党的第一任大巫师，战前是一个奴隶贩子，在内战中是一名叛军指挥官，据称他在一个叫"枕头堡"的战役中下令屠杀了已经投降的黑人士兵。富特认为福瑞斯特是内战中出现的"两个真天才"之一（另一个是林肯）。作为一位勇敢的骑兵指挥官，福瑞斯特是内战期间在南北两军中唯一从士兵上升到中将的人。他闪电般的战术后来在第二次世界大战中启发了隆美尔的闪电战。

在富特看来，福瑞斯特还是"一个品德高尚的人。我的黑人朋友都痛恨他。他们想把他的雕像推倒，把他们夫妻的尸骨挖出来，然后扔进风中。但是，人们普遍不知道他在三 K 党开始变坏的时候就将其解散了。"

1870 年左右，三 K 党被遣散了（不仅是因为福瑞斯特，也是由于政府的镇压）。1915 年，在电影《一个国家的诞生》大获成功之后，三 K 党复兴了，并很快变成了一个全国性的强大力量。① "今天的人们所记得的三 K 党是 20 世纪 20 年代的三 K 党，"富特说，"他们反天主教、反犹太人、反黑人。福瑞斯特的三 K 党是反黑人的，但并不是反对所有的黑人。当时他们是在试图防止文盲黑人取得诸如治安官和法官这样的职位。"

富特对南军战旗的看法同样是微妙的。在他眼里，那些把这面旗帜和奴隶制画上等号的人误读了历史。战旗是战斗时使用的旗帜，而不是一个政治符号。"它代表了法律、荣誉、对祖国的热爱。"富特说。在其下面战斗过的老兵也是这样崇敬它的。

同时，富特承认这面旗帜已经变成了"一面代表羞耻、耻辱和仇[154] 恨的旗子"。但是，他把责任推给了受过教育的南方人，他们允许白人至上主义者在民权运动的斗争中误用这面旗帜。"对南方人来说，自由乘车者是一群打扮怪异的人，"富特说，"他们留着奇怪的发型，穿着奇怪的宽松服装，似乎以一种我们不允许的亲密感与人交往。所以，那些所谓的头脑正常的南方人说：'他们把自己的流氓都送到我们这儿了。那就让我们的流氓去对付他们吧。'然后他们坐在那里，

---

① 《一个国家的诞生》（*Birth of a Nation*）是一部于 1915 年上映的美国电影，讲述了一位南方庄园主的儿子参加内战，并在战后组织三 K 党、对抗残暴的黑人势力的故事。该片以种族主义政治意识形态为指导，对三 K 党的暴力行为进行了合理化的解读。尽管颇具争议，此片在上映时引起了巨大轰动，成为美国电影史上票房最高的无声电影，并直接导致了三 K 党在美国的复兴。

看着老伙计们开着皮卡车，举着南军旗帜去对付他们。这时候，头脑正常的人应该介入，说：'不要用那面旗子，它不代表这些东西。'但是他们没有。所以对许多人来说，那面旗帜现在成了邪恶的化身，这我理解。"

富特停下来去接电话，我们谈话期间他已经接了几个电话了。一个电话邀请他做一个演讲（拒绝了），另一个电话询问了内战中卫理公会的问题（回答了），还有个电话问了一个关于肯塔基州的奴隶制的问题（改时间再回答）。富特总是带着不和气的语调，怒视电话，然后拿起话筒，略带厌烦地告诉每个打来电话的人："我就是。"

我提醒自己，我也是在消耗他宝贵的时间，所以我把话题转移到了我最想问的问题上。我很喜欢他的小说《夏洛战役》①，我还从阅读中得知他曾频繁地造访夏洛战役的战场遗址，很明显，他心存神秘的敬畏来看待夏洛。夏洛在孟菲斯东边几个小时车程的地方。我想知道是什么让富特觉得夏洛这么特别，还有我去那里时应该寻找什么东西。

"对我来说，那片土地散发出来的一些东西吸引了我，"他说，"就像记忆有时会不经意地在你面前跃然而起。"他的曾祖父参加了夏洛战役。夏洛是富特在自己的文学想象中参观了无数次的地方。"如果你给一个特定的地点发生的特定历史事件画了一幅画或者写了一篇东西，从某种意义上讲，这个地方是属于你的。这就是我对夏洛的感觉，一种所有权的感觉。"

富特去过夏洛二十多次，有一次是陪福克纳去的（他们在去的半路上停下，去找一个贩私酒的人，为的是让这个嗜酒的作家在星期天

---

① 《夏洛战役》(*Shiloh*) 是谢尔比·富特于 1952 年出版的一部历史小说，该书通过几位北军和南军普通士兵的视角，详细描绘了夏洛战役的过程。

的早上可以喝到威士忌酒）。富特总是尽量在夏洛战役的纪念日那天
去，如果可能的话，在战斗开始的黎明时分到达，然后顺着战斗的轨
[155]　迹走一天。这样，他就可以重现整个战斗，还可以领略到从树叶到光
照角度等所有的因素是如何影响战斗结果的。"如果光线、树叶和天
气都对，"他说，"我发誓我能看见和听到士兵们在穿过树林。"

　　电话又响了。挂掉电话，富特看了一眼手表。我已经在这里一上
午了，访谈应该结束了。我们走出他的书房，回到当下。20 世纪末
期有它的缺点，也有它的好处，这些好处就包括富特的奔驰跑车。他
提出要开车把我送到市中心的酒店。

　　我们开车驶入孟菲斯，在路过一排丑陋的连锁品牌折扣店时，富
特的谈话再次回到 19 世纪 60 年代。他最近读了几本士兵的回忆录，
他们和我们在心态上的不同让他印象深刻，他以前也经常遇到这种情
况。"人们的朴素使我着迷，"他说，"他们的思想似乎不如我们杂乱，
他们没有那种犹豫，去想哪些事情是对的，哪些事情是错的。他们知
道了，就去做了。"

　　富特在一个小公园旁边停下车，公园小得几乎都消失在了混乱的
现代孟菲斯之中。一些衣冠不整、头发蓬乱、拿着牛皮纸袋的流浪汉
躺在公园的长椅上。在公园的中心，坐落着一尊内森·贝福德·福瑞
斯特骑着马的巨大雕像。"他们在打扫的时候把它弄坏了，"富特说，
"它以前是深绿的铜色。现在看起来和'好时'巧克力一样。"雕像还
在几次活动中被人为破坏过。

　　看着纪念像，我试图去理解是什么让富特被福瑞斯特吸引。这位
骑兵有着深陷的双眼、窄脸和长长的尖胡子，非常符合谢尔曼给他的
外号："恶魔本尊"。这就是个无论对错都毫不犹豫的人。他知道了，

就去做了。"战争意味着打斗，打斗意味着杀戮。"这是福瑞斯特著名的言论。

对富特来说，福瑞斯特是一种"古老美德"的典范，比如狡猾和积极主动。在我们这个世纪的战争中，这些美德已经消失了。"士兵已经不再是一把会思考的刺刀，而只是雷达屏幕上的一个小光点。你按一下按键，就可以把他消灭掉。"相比之下，福瑞斯特几乎单枪匹马地改变了几场战斗的结果。总共有 29 匹战马在他胯下被射杀，他还亲自杀死了 30 名北方士兵——福瑞斯特曾吹嘘这个壮举说：他"最后以少一匹马的优势获胜"。

富特还在另一些事情上钦佩福瑞斯特。这位残暴且颇有争议的骑 [156] 兵为罗伯特·E.李的完美绅士形象提供了一个鲜明的对比。"在我那个年代，在相当大程度上，我认为李是个如耶稣般的人物，他没有原罪，"富特说，"没有比找到李的缺点更能让我高兴的事了，因为这会使他人性化。"

我们返回车中，驶入车流。"我对人应该生活在一个完美世界里的想法深恶痛绝，"富特说，"那会让我无趣得想哭。"

第八章　田纳西：夏洛的鬼之印记

历史，名词。一种大部分内容都是谬误的记录，它所记载的事情大多数是无足轻重的，而做这些事的人中，统治者大多数是恶棍，士兵们则多半是傻瓜。[1]

——安布罗斯·比尔斯[2]，《魔鬼辞典》

[157]　我上西方文明史的课迟到了。一个蓝色的考试答卷本放在我的课桌上。其他人已经开始答题了。我打开蓝本子。一个关于古希腊的问题映入眼帘。"怎么了？"坐在旁边的学生问我，"你没复习吗？"

汽车旅馆的闹钟将我叫醒。我躺在那里，盯着床边电子表上闪烁着的红色"4:00"，想知道自己在哪儿。科林斯（Corinth）。密西西比州的科林斯。科林斯式圆柱。西方文明史。

一家通宵营业的煎蛋饼餐厅在汽车旅馆的停车场上投下了一抹灰黄色的光。这家餐厅看起来像是爱德华·霍珀[3]会跑去给一位独自用

---

① ［美］安布罗斯·比尔斯：《魔鬼辞典》，莫雅平译，桂林：漓江出版社1991年版，第84页。

② 安布罗斯·比尔斯（Ambrose Bierce, 1842—1914），美国记者、作家。1861年以志愿兵的身份加入北方联邦军队，参加了内战。擅长写短篇小说，其作品多以恐怖和死亡为题材，代表作有《在人生中间》《这种事情可能吗？》《魔鬼辞典》等。

③ 爱德华·霍珀（Edward Hopper, 1882—1967），美国画家，现实主义画派的代表画家之一。

餐的顾客画上一幅素描画的地方。但是这家餐厅挤满了客人。我挤了进去，坐到一把高脚凳上。我旁边的人穿着一件工作衫，上面缝着他的名字"杰里"（Jerry）。他喝着黑咖啡，嘴里吹出完美的烟圈。我问他为什么这个地方在凌晨四点钟就这么忙。

"忙？哼。你应该一个小时之前过来，那时从酒吧出来的人群都在这儿。"

从酒吧出来的人群？我在前一天的深夜抵达了科林斯，当时连[158]个汉堡包都找不到，更别说一瓶啤酒了。"也许你很难相信，但是这里以前是个喧闹的城镇。"杰里说。那是在占人口多数的浸信会教徒们投票同意禁酒并关掉了镇上所有的啤酒馆之前。后来，他们后悔了，又投票允许售卖烈性酒（不知什么原因，这里的人们觉得烈性酒更容易管理）。在把啤酒税收送给旁边的田纳西州几十年之后，科林斯人又一次改变了他们的想法。"在上次选举时，"杰里说，"我们投票取缔了烈性酒，又允许售卖啤酒了。"所以酒吧又活跃起来了。

但是，杰里看起来不像是一个会在深夜喝酒的人。"是什么把你带到这儿的？"我问他。

"习惯使然。我以前在服装厂工作，总是在六点钟打卡上班之前来这儿吃早餐，持续了十年。"现在，杰里不在那里上班了，转而喂养实验室用的老鼠。"老鼠笼子八点才开门。"他说。但是他改不了这个黎明前的习惯。其他顾客大多是伐木工、农民和货车司机。杰里把烟头扔到一堆玉米片里，问："你呢，陌生人？"

"我只是路过。"我停顿了一下，继续说："今天是夏洛战役的周年纪念日。我想去那里看看。"

"在他妈的凌晨四点钟？"杰里的声音很大，柜台边上所有的人都扭过头来看我们。

我看着手中的咖啡，说："战斗是在五点打响的。我计划五点到那里。"

杰里摇摇头。其他人都耸耸肩，继续吃他们的煎蛋。"看来你是非得要从头到尾地体验。"他说。

科林斯以北的道路翻过平缓的山脉进入了田纳西州。一路驶过，我汽车的前灯照亮了偶尔路过的木材卡车和常见的南部农村生活场景：一个名叫"棉花厂"的铁路道口、一家 G-Whiz 便利店、一个上面写着"出售蚯蚓"的拖车房，还有一栋木结构的小教堂，上面挂了一个巨大的牌子，写着：**祷告是一辆卡车，开往上帝的货仓。**

在 1862 年那个泥泞的春天，叛军部队经过三天的艰难跋涉才走过这个地带，而我花了半个小时就开过去了。尤利西斯·S. 格兰特和四万名联邦士兵在田纳西河畔一个名叫夏洛的木结构教堂附近安营扎寨。格兰特在这里等待增援，待援军到来，他才能向南移动，去[159]攻击位于科林斯的重要铁路枢纽。但是，南军指挥官艾伯特·西德尼·约翰斯顿决定先发制人，命令位于密西西比河以北的部队向已经扎营的联邦军发动突袭。"今夜，我们会饮马田纳西河！"在战斗那天的黎明，他这样对自己的军官们说。

然而，下午三时左右，在骑着战马"食火者"领兵发起一次冲锋之后，约翰斯顿就死在了夏洛的"桃园"附近。叛军们继续战斗，几乎把格兰特的部队赶进河里。但是到了晚上，蒸汽船把联邦军的增援部队运送过河；北军在黎明时分发起了反击，重新夺回了前一天失去的阵地。南军四散穿过泥地，撤回到科林斯。七个星期之后，他们又撤离了科林斯。在夏洛战役中，南方失去了阻止格兰特征服邦联西部的最后机会。

1862 年 4 月，夏洛教堂已经有 150 名信众了，他们居住在这个荒蛮的定居点，以果园、蜂蜡以及小块的棉花地和玉米地艰难维持生计。今天的夏洛也没有好很多：一个没有行政建制的小村庄，有一个加油站、一家便利店和一栋破旧建筑，建筑的外面挂了一个"夏洛纪念品"的牌子，橱窗里摆着米尼弹头、生锈的随身小折刀和一些木片，木片的标签上写着"木化石，非常古老"。

我看到了一个指向战场遗址的路标，突然感到头晕目眩。与谢尔比·富特一样，我一直被夏洛战役所吸引，尽管对我来说，这股强烈的情感来自儿时的幻想，而不是家族纽带或者亲自到访。小时候，我第一次阅读并且绘制这次战役的时候，夏洛——在《圣经》中是"和平之地"的意思——听起来那么难忘和美丽，和布尔溪那种直白的名字，或者是源自德语的葛底斯堡和弗雷德里克斯堡一点都不一样。只有安蒂特姆能以一种优美的方式脱口而出。但是安蒂特姆，还有位于弗吉尼亚州和宾夕法尼亚州的众多战场，都在我老家方圆 50 英里之内。

夏洛则在世界的另一端，在荒野之中，那里有缓慢流淌的河流、小木屋，还有名称简洁的小溪：迪尔溪、奥尔溪、斯内克溪、利克溪。战斗记录画面的缺乏更加深了夏洛的神秘感。内战时的摄影师们很少会去阿巴拉契亚山以西冒险。我和父亲一起学习过的内战影像历史书只包括了一张夏洛战役的非摆拍照片：那是一张让人遐想联翩的照片，上面是联邦的明轮船在战场旁边的匹兹堡栈桥（Pittsburg Landing）靠岸。广阔而流速缓慢的田纳西河在后面蜿蜒。我几乎能看见一个木筏漂过，上面站着一个戴着草帽、穿着马裤的小男孩，往边上甩着钓鲇鱼的鱼线。

[160]

现在，真正的战场近在眼前，就在黎明前的昏暗中。我从公园的大门拐进去，关掉汽车的前灯，以免公园管理员把我扣下来，毕竟我是在非开放时间入园的。在黑暗中缓慢地行驶，我把车停在了游客地图上标示着"弗雷利农田"（Fraley Field）的地方。正是在这里，J. C. 弗雷利（J. C. Fraley）的棉花田，北军哨兵于 4 月 6 日的黎明首先遭遇了进攻而来的叛军。

一部车旁边的地上扔着被捏成团的百威清啤易拉罐。车内划亮了一支火柴。是另一个内战成瘾者在等待黎明吗？我轻轻地敲了敲车窗。车窗摇下来了一点，正好能让我瞥见车前座上坐着的两个吸烟的青少年，他们吓了一跳。"你们知道怎么去弗雷利农田吗？"我问。司机摇摇头，启动车子，快速开走了。和许多内战的战场一样，夏洛在日落以后就变成情人小道了。

我在昏暗中站着，浑身发抖，突然感到自己有些蠢。早饭时坐在我旁边的人是对的；我在他妈的凌晨四点多少分的时候跑到这个地方干什么？如果在黎明前穿过树林是那么该死的超然绝伦，为什么谢尔比·富特没有接受我的邀请一起过来？

黑暗中传来了树枝被踩的声音，还有一个人大声说："弗雷利农田在这边，我觉得。"一个人走近，咯嗒一声打着了一个打火机。他体格魁梧，和我差不多的年纪，穿着一件冲锋衣，戴着一顶滑雪帽。"我的高祖父曾在这里放哨，差不多就是这个时间，130 年之前。想想就不可思议，是吧？"

打火机灭了。现在是 4 点 55 分——战斗就是在这一时刻打响的——但是星星还在漆黑的天空中闪烁。"在书中，他们说当战斗打响时，有'黎明的灰色轨迹'，"那个人说，"但是我看不到一点儿灰色，也看不到一点儿黎明。"我也很疑惑。然后我突然想到，那时还没有夏令时呢。所以 1862 年 4 月的凌晨 4 点 55 分相当于今天的凌晨 5 点 55 分。用谢尔比·富特的话说，我们来早了一个小时。

我们找到一块木头，借着断断续续的打火机光亮坐着说话。布赖森·鲍尔斯（Bryson Powers）是一位 38 岁的公交车司机，来自明尼阿波利斯。一年前他被裁员，然后搬到了自己母亲家里住。为了在白天的时候不在家里，他去图书馆的宗谱学区域看书，在那里他 [161] 得知自己的高祖父曾在内战中服役。鲍尔斯按图索骥地追踪，从出生记录到入伍文件，再到官兵名册，最后到了辛辛那提卫生委员会保存的档案。

"他于 1861 年的深秋加入了威斯康星第 16 兵团，从威斯康星坐火车到圣路易斯，然后坐船到匹兹堡栈桥，正好赶上部队向这里进发，"鲍尔斯说，"然后他的膝盖中枪了，被送往辛辛那提的一家医院。几周之后，他在那里去世了。这就是他的战争经历。"

鲍尔斯的战争经历并不完整。"我想知道完整的故事。"他说。后来他重新找回了公交车司机的工作，攒下了足够的钱，请一个星期的假来这里。他坐飞机到孟菲斯，然后租了一辆车，因为他不想在南方开一辆挂着明尼苏达牌照的车。"以防我在某条小道上抛锚。"他说。即便如此，当租车代理告诉他，去夏洛最快的路线是穿过密西西比州北部边缘的时候，他还是感到了一阵恐慌。鲍尔斯没有走这条路线，而是走了一条穿过田纳西州的远路。"这是我第一次来南方，和我的高祖父一样，"他紧张地笑着说，"希望我旅行的结局比他的好。"

天空已经从黑色变成了灰色，使我们能够找到一条穿过树林的小路。当我们抵达弗雷利农田的边缘时，鲍尔斯抓住我的手臂，指着离我们大约 50 码远的一片树丛，小声说："那是一只鹿吗？"那个形状移动了位置，分成了两半。我听到窃窃私语的声音，好像还看到了一支步枪的轮廓。正如富特所描述的，你几乎能看见士兵们穿过树林走来。

我们慢慢地往前走，这时我听到一个男人说："布雷肯里奇和波尔克[①]肯定是从那边过来的。"这是熟悉的内战迷们所说的玩笑话。我放松了下来。但是鲍尔斯仍然踟蹰不前。我猜，他在明尼阿波利斯的公交车上一定从未遇见过内战重演者。

"看那边，"其中一人用夸张的拖腔大声地说，"有几个该死的北军哨兵。"他把枪从肩上拿下来，喊道："我们是田纳西第 24 兵团。你们是谁？"

"威斯康星第 16 兵团。"鲍尔斯喊了回去。

"我们让你们这些穿蓝色军装的大肚子们在这儿吃苦头了，是吧？"

[162]　"打中了我的膝盖。"鲍尔斯回复道。他看了一下手表。"大概就是这个时间，你们的人开始冲锋穿过树林，我们的人边喊着'噢，糟

---

① 约翰·C. 布雷肯里奇（John C. Breckinridge, 1821—1875），美国政治家、律师、军人，曾于 1857 年至 1861 年担任美国副总统。内战爆发后，他加入南军，成为南方的一位将军，并于 1865 年被任命为邦联的战争部长。利奥尼达斯·波尔克（Leonidas Polk, 1806—1864），南军将领，内战爆发前是田纳西州的一名种植园主，也是美国第 11 任总统詹姆斯·K. 波尔克（James K. Polk, 1795—1849）的堂弟。

糕'边打散篝火。"

我们四个安静地站在脚踝高的露水中，听着卡车经过的嗡嗡声从树林外面传来。然后，天空由灰色变成了粉色，我们周围的景色开始呈现出来：一块微微凸起的田地，一条河床，深色树林的边缘点缀着盛开的白色山茱萸。

我们也能看见对方的脸了，尴尬地介绍着现代的自己。拿毛瑟枪的人——他的另一只手拿了一瓶无糖胡椒博士可乐——是史蒂夫·奥克斯福德（Steve Oxford），一个留着浓密胡子的胖子，穿着一件皮外套和一条慢跑运动裤。他的朋友叫迈克·布兰特利（Mike Brantley），是一个瘦瘦的英俊男人。他们都在纳什维尔的电话公司工作，并调整自己的休假，使其与各内战战役的周年纪念日一致。

"这是我曾祖父的枪，所以我觉得我应该把它带回到这里。"奥克斯福德说，"实际上，他在这里中了枪，把自己的枪弄丢了，然后从一个北方佬的手中捡到了这支。"他给我们看了那支枪原先主人的名字，刻在枪托上。"你的祖先不是叫梅尔顿（Melton）吧，是吗？"他满怀希望地问道。

鲍尔斯摇摇头。"我的高祖父在皮博迪①的军团服役，是哨兵。"他指着我们来时的路说，"我猜他应该是在那边某个地方，站在一棵树的后面。我是这么理解的，他的一条腿露出来了片刻，就被子弹打中了。"

---

① 埃弗里特·皮博迪（Everett Peabody, 1830—1862），早年就读于哈佛大学，毕业后一直从事铁路工程师的工作，内战爆发后加入联邦军，官至上校。1862年3月，他率部参加夏洛战役，在战斗中阵亡。

　　奥克斯福德的叛军祖先是从这片田地的另一边冲出来的。"他所在的部队在那边的某个地方被阻击，"他指着河床说，"他的屁股上中了一枪。"布兰特利的曾祖父走的也是这条路线。他活过了这次战役，但没有活过内战。

　　三个人转头看着我。我解释说自己没有祖先在这里战斗过，还跟他们讲了我拜访谢尔比·富特的经历。然后我问他们为什么在黎明时分来这里。

　　"时间旅行，就像富特所说的，"布兰特利说，"我总是想到电影里的巴顿。你也知道那场戏，他向外看着战场，听到了号声，好像他去过那里一样，在很早以前的什么时候。"

　　[163]　奥克斯福德点点头，说："我有点希望这支枪开始发光、抖动，然后变得很重。你知道吧？就像在告诉我曾祖父捡起它的确切位置。"他笑了。"他现在可能正从天堂向下看着我，心里想：'你这个愚蠢的傻瓜，放下它。如果我当时有点脑子的话，就会在冲锋时留在后面喊"我马上就过去！"，就像在跳"田纳西摇摆舞"。'"这是内战俚语，意思是逃跑。

　　鲍尔斯也对自己的祖先有同样的强烈情感。"我猜我想对他了解更多一些，"他说，"我的意思是，我已经有了他的档案。他出生于1834年，有三个孩子，在威斯康星的奥科诺莫沃克入伍，和他的父亲一起。那时是秋天，他们可能想赚些钱。他们可能在想：'威斯康星马上就到冬天了，什么也干不了，所以我们去南方吧。'他们在名字旁边签了个 X，不会写字。"

　　他停顿了一下，继续说："我在明尼阿波利斯开公交车。许多黑人都在车上骂过我。这有点讽刺意味：我的高祖父穿上蓝色的军装被杀，是为了黑人能来到北方骂他的玄孙狗娘养的。"

其他人笑了。"你觉得南方怎么样？"布兰特利问他。

"嗯……你朋友拿着枪，所以我不知该怎么说。我听说南方人更有可能让别人吃苦头。"

"我们这次会放过你的，扬克。"奥克斯福德用拖腔说，"你尝过我们南方的美食了吗？"

"还没有。我至今为止一直在麦当劳和塔可贝尔吃饭。都是我习惯的食物。"

"你一定要试试手工松饼和红眼肉汁。"布兰特利说。

"什么是红眼肉汁？"

"基本上就是水和油。"

一只啄木鸟在附近的树林里发疯似的啄木头。"机枪！"奥克斯福德开完笑地说着，趴到了地上。

现在天已经完全亮了。我的脚被露水打湿了，突然感觉到冷。黎明前的魔法已经走掉了，站在黑暗中对陌生人讲个人历史的轻松亲密感也走掉了。"好吧，我们将会每年按时来这里，"奥克斯福德说着，伸出他的手，"或许明年我们还会在这儿见到你们两个扬克。"

我们慢慢地穿过树林回去。我注意到，离我的轿车几码远的地 [164]
方停着一辆日产轩逸和一辆福特烈马 ①。不像北军和南军，我们可以从战斗中休息片刻，在继续行军之前，坐在车里打开暖气休息几

---

① 此处的原文是"Chevy Bronco"，意为"雪佛兰烈马"，事实上"烈马"（Bronco）是美国福特汽车公司生产的一款经典越野车型，这里作者误把此车认作是"雪佛兰"牌的，因此正确的车型应该为"福特烈马"（Ford Bronco）。

分钟。

两个田纳西人开车走了以后，鲍尔斯从他的车里出来，进了我的车。"我刚才不想当着别人的面说，"他说，"但是当那个人问起我对南方什么感觉，我想说：'我去过加拿大，那里每个人说话都和我很像，看起来也和我很像。但是这里却像是外国。'"

"你什么意思？"

"可能是因为内战，我的人在这里中枪——我的意思是亨利·鲍尔斯。但是我仍然感觉他们看着我，然后自言自语地说：'该死的扬克。'我知道这听起来有点蠢，但我几乎感觉这里是危险的。那个拿着枪的人——第一眼看到他，我就想：'他在拿着枪指着我。'"

鲍尔斯笑了笑自己，现在不是很紧张了。"但是，你知道，那两个人还好，我还在想，如果他们生活在明尼苏达或者我生活在田纳西，可能我们能成为朋友呢。然后我又开始想，可能我的高祖父当时也是这么想的。开枪打中他腿的叛军说不定和他一样也是一个农民，他们年纪差不多。如果他们有机会和对方说话，而不是相互开枪，可能整个该死的乱局就会有不同的结果。"

鲍尔斯在离开弗雷利农田之前还有一个任务。和其他战场遗址公园一样，记录各个部队行踪和事迹的历史标牌也到处点缀着夏洛战场。鲍尔斯拿出了一张他昨天在公园总部买的夏洛地图。地图看起来像是一张已探明油田的图表，上面有带编号的小点和一个索引，需要拿着放大镜才能看清楚。

"我觉得我刚才就在那儿。"鲍尔斯指着弗雷利农田的边缘说。我们步行走了过去，找到了一块纪念碑，上面写着："密苏里州第21兵团和田纳西军团普伦蒂斯师（第六师）皮博迪旅（第一旅）的哨兵。

密苏里州第 21 兵团、密苏里州第 25 兵团的三个连队、密歇根州第
12 兵团的两个连队和威斯康星州第 16 兵团的四个连队于 1862 年 4
月 6 日在此交战。"

　　在这个数字森林的某个地方，有一个来自威斯康星的 27 岁文盲 [165]
亨利·鲍尔斯。我在那里离开了他的玄孙，让他安静地研究纪念匾和
其所在的战场。

　　天亮的样子和 1862 年 4 月 6 日一样——"晴朗、美丽、寂静"，
这是山姆·沃特金斯的话，他是一名南军列兵，在战后写了著名的内
战回忆录《H 连》。[①] 正是在夏洛，沃特金斯第一次真正地体验了战
斗——内战中的士兵们称之为"看大象"。夏洛战役中，整整 85% 的
叛军和 60% 的联邦军从未见过大象。向着沃特金斯所说的"砰，啪，
嗖—嗖—嗖"的战斗前进，他看到许多战友肠子都流了出来，还瞥见
一个人为了避免参加战斗而用枪打掉了自己的手指。沃特金斯的故作
勇敢在扔满了死尸和伤兵的战场上畏缩了。"我必须坦白，直到目睹
这些场景之前，我从未体会过被称为光荣战争的那个东西的'排场和
环境'。"他写道。

　　在夏洛，再也看不到大象的士兵人数多到令人难以置信。在两
天的战斗中，四分之一的人伤亡，两边的伤亡总数——共两万四千
人——超过了独立战争、1812 年战争和墨西哥战争中所有美军伤亡
人数的总和。这个谢尔比·富特所称的"阴森的数字"，让南北双

---

　　① 山姆·沃特金斯（Sam Watkins, 1839—1901），美国作家，在内战中是田纳西
第 1 兵团的一名普通士兵，以写作内战回忆录《H 连》（*Co. Aytch*）而著称，此书至今
为止仍被认为是研究内战中普通士兵经历的最好的第一手资料。

方那些以为战争会以极少的流血冲突快速结束的人清醒了过来。

我把车留在了弗雷利农田，步行往北走，南军在冲破薄弱的北军侦察兵防线以后走的就是这条路线。我的计划是听从富特的建议，重走战役第一天的过程。这个计划会让我穿越一片宽广的高原，它在田纳西河畔一百码高的悬崖边上突然消失。除了悬崖、几条小溪和沟壑，只有很少的地标。战役并没有怎么改变地形。在 1862 年，将军们还秉承着拿破仑式的战术；他们认为挖战壕会让部队士气低落，影响他们出击进攻。

[166] 所以，在战役第一天的早些时候，南军很容易就横扫了倍感意外且毫无防备的联邦军营地。一些叛军暂停了进攻，从比他们得到更好补给的敌人手中洗劫美钞、配给食品和衣物。但联邦军很快重整队伍，到上午十时左右，夏洛已经变成了激烈的战场。在弗雷利农田附近，我发现了一个标牌，上面引用了一个叛军士兵第一眼看到联邦军激烈反抗时所说的话。"我终于看到了一排带着深红色的小烟球，从一长排蓝色人物的后面迅速爆发出来；另外，几乎同时，我们耳边响起了骇人的爆炸声。"这篇生硬的散文的作者是一个来自阿肯色州的年轻人，他后来成为一名记者，因为说出了"我猜，您就是利文斯通医生吧？"而出名。

亨利·史丹利只是从夏洛战役中走出的众多名人之一。① 参加战

---

①　亨利·史丹利（Henry Stanley, 1841—1904），英裔美籍记者、探险家，以其在非洲的探险和搜索大卫·利文斯通的事迹而闻名于世。他出生于英国，后移民美国，并于 1862 年加入南军，参加了夏洛战役，在战役中被俘之后又加入了北军。内战结束后，史丹利开始从事新闻业，后成为《纽约先驱报》（New York Herald）的记者，并获派到非洲寻找失踪已久的英国传教士和探险家大卫·利文斯通。1871 年 11 月 10 日，史丹利终于在坦噶尼喀湖附近找到了利文斯通，并说了一句相当著名的话："我猜，您就是利文斯通医生吧？"

役的联邦将军包括格兰特（那时还是个处于酗酒传言阴影之下的后起之秀），他的副手威廉·特库赛·谢尔曼（当时，他在刚刚经历了一次精神崩溃之后回到军中），以及后来成为《宾虚》作者的卢·华莱士 [1]。还有约翰·韦斯利·鲍威尔（他在这里丢掉了一只胳膊，但仍在战后成功穿越了科罗拉多河和大峡谷），威廉·勒巴伦·詹尼（后来成了芝加哥的一名建筑师和"摩天大楼之父"），[2] 以及一位名叫安布罗斯·比尔斯的年轻士兵，他病态的短篇小说《鹰溪桥上》（"An Occurrence at Owl Creek Bridge"）后来成了初中阅读书单中的重要组成部分。

　　比尔斯还写了一篇非虚构的散文《我在夏洛的见闻》（"What I Saw at Shiloh"）。这个中西部农村男孩看到的是一片非常原始的森林，"就算看到漂亮的美洲豹，我也不应该感到惊讶"。离开铺装道路，进入树林里，我有点理解比尔斯所描述的感受了。树冠遮住了太阳。每条小路最后都越变越小，像车轮印一般，然后消失在混杂的灌木丛或长满了荆棘的河床上。在这些树林里推进，叛军部队变得特别迷失和混乱，开始相互残杀。友军误伤，那个时候叫"手

---

　　① 卢·华莱士（Lew Wallace, 1827—1905），联邦军将领，内战后曾担任过新墨西哥领地的州长。同时他也是一位小说家，以擅长创作历史冒险小说而著称。《宾虚》（*Ben Hur*）是其于 1880 年发表的一部以古罗马帝国为背景的长篇小说，讲述了一位贵族青年皈依基督教的经历。

　　② 约翰·韦斯利·鲍威尔（John Wesley Powell, 1834—1902），美国探险家、地理学家和民族学家，以探险科罗拉多河上游和大峡谷而闻名，曾担任美国民族学局的首任局长。威廉·勒巴伦·詹尼（William Le Baron Jenney, 1832—1907），美国建筑师、工程师，芝加哥建筑学派的创始人，于 1884 年设计修建了世界上第一座摩天大楼，被称为"摩天大楼之父"。

足相残事故"，在夏洛非常普遍，一位路易斯安那的上校后来回忆说："比起敌人，我们更害怕友军。"

在长满苔藓的石头和倒下的树木中开路前行，我终于回到了路上。现在离公园开门仍然还有一个小时。但我看见了一个好像穿着叛军军服的人，拿着手杖和一面我不认识的旗子独自行军。我赶上他，和他打招呼。他转过头，表情严肃地点了点头，说："今天是个死去的好日子。"

[167]

这个人一头长长的黑发、下垂的小胡子和蓬乱的络腮胡，看着恰如其分地像 19 世纪的人。但是他的军服却是东拼西凑的：灰色的南军扁军帽、蓝色牛仔裤、工作靴和迷彩外套。这是那种不被罗布·霍奇所允许的混搭装扮。但斯科特·萨姆斯（Scott Sams）并不是一位重演者，至少不是通常意义上的重演者。"这对我来说是件宗教性质的事情，"他说，"基督徒们有复活节星期天和午夜弥撒，而我有夏洛，在战役的周年纪念日这天。"

萨姆斯 35 岁，有一份他称之为"非常无聊的工作"，在查塔努加的一座工厂把手机装进盒子里。八年前，在从格雷斯兰德回家的路上，他在夏洛停下，那天正好是夏洛战役的周年纪念日。"像猫王一样把自己打扮起来那种事在我看来很假，但是这里的日出与众不同。我感受到了一种无法解释的、不可思议的快感。"所以，从那以后，每年的 4 月 6 日他都会回来，在前一天下班后开一整夜的车赶到这里，然后在车里睡几个小时，直到黎明。

每年，萨姆斯都会探索战役的一个方面：比如炮兵在战役中所扮演的角色，或者一个主题，比如恐惧。他的打扮是一种能够让自己加深体验的方法，类似朝圣者的贝壳。[1] 他身穿的陆军夹克是他在德国服役时的军服。旗子是复制品，复制的是参加夏洛战役的一支田纳西部队的军旗。

萨姆斯也拿了一张公园的地图，和布赖森·鲍尔斯给我看的那张一样，上面有地形线条、标示纪念碑和标牌的小圆圈及小方块。"我是一个具体的人，不是一个抽象的人，"萨姆斯说，"我试着俯瞰战场，去看他们所看到的场景。我在现场仔细找到纪念碑和标牌之前，地图上的各个圆圈和方块就不能落实，但之后就是咔嗒、咔嗒、咔嗒。[2]

他的手指划过图标，向我解释说，几百个红圆圈代表"好人"，蓝圆圈代表联邦军的位置。他指了指一堆蓝圈和红点——若非这些蓝圈和红点，那里原本应该是地图上的一片空白区域，现在上面写着"失地"——然后就冲进树林。"我今年的主题是'混乱'。"他回头喊道。

---

[1]　朝圣者的贝壳（Pilgrim's Scallop）指的是颁发给成功抵达西班牙圣地亚哥·德孔波斯特拉大教堂（Cathedral of Santiago de Compostela）的朝圣者的贝壳。相传，耶稣的十二门徒之一圣雅各（Santiago）曾前往伊比利亚半岛西北沿海一带传教。他在耶路撒冷殉教以后，几位门徒把他的遗体送往伊比利亚半岛安葬。813 年，基督教隐士佩拉约（Pelayo）在天使的指引下发现了隐藏已久的圣雅各墓穴。此后，阿斯图里亚斯国王阿方索二世下令在坟墓的位置修建了一座教堂，后来发展为今天的圣地亚哥·德孔波斯特拉大教堂。随着圣雅各的传说在欧洲流传开来，越来越多的基督徒开始前往此教堂朝圣。在古时，成功抵达朝圣地点的朝圣者会获得一个朝圣者贝壳作为证明，现在这种贝壳已经被朝圣者证书所代替。经典的朝圣者装束是身着斗篷，头戴宽檐帽子，手持装饰着贝壳的拐杖。在这里，作者想说的是萨姆斯的一身打扮就像朝圣者的装束一样，给了自己一种仪式感。

[2]　萨姆斯所说的"咔嗒"意思是地图上标记的某个纪念碑或标牌在现场找到了、落实了。

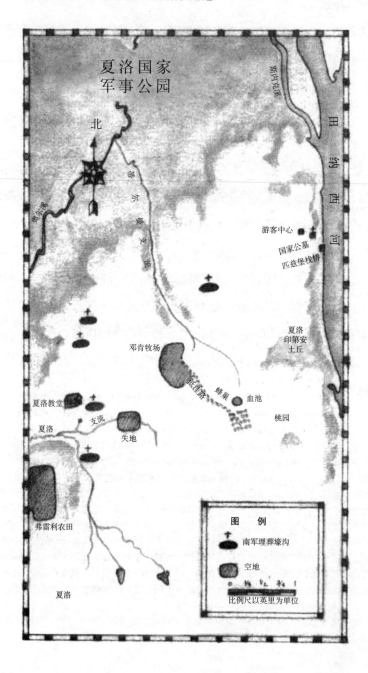

我吃力地跟着他。十分钟后，我们浑身被划伤，满头大汗，来到 [169]
了一小片空地。这里就是"失地"，名字很贴切。几个密西西比部队
的标牌竖立在空地的一侧边缘。一个写着"埋葬之地：伊利诺伊第
49步兵团"的标牌坐落在空地的中心。从密集的坟墓来判断，这片
孤零零的林中空地见证了一次短暂而激烈的战斗，正是许多这样的战
斗组成了富特所说的"无组织、凶残的斗殴"，就是夏洛战役。

萨姆斯转过头看我，露出了满意的微笑。"我们总是在书上读到
部队在战场上陷入混乱，"他说，"所有这些惊慌失措的部队都在树林
中游荡，遭遇对方。"他望着布满了坟墓的狭小空地，说："咔嗒，咔
嗒，咔嗒。"

我们费力回到路上，萨姆斯给我看了另一座坟墓：一块橡树桩
形状的石头，上面刻着"J. D. 帕特南"（J. D. Putnam）。墓碑上的
简短碑文写着："他的战友们将其埋葬在了他倒下的地方，把他的
名字刻在了曾经屹立在这里的橡树上。1901年，托马斯·斯蒂尔
（Thomas Steele）认出了这个埋葬地点，他于1862年帮忙刻在树桩
上的名字依然清晰可读。"威斯康星州的老兵们把原来的树桩换成了
这个大理石复制品，作为一个永久的纪念碑来标记他们在战斗中的
位置。

"我喜欢去想象这些老人回到这里，回想起他们年轻时经历的
事。"萨姆斯说，"在美国，再没有任何一场战争可以让交战双方都回
到交战地，说：'这就是战斗发生的地方，我做了这些事。'"

看着萨姆斯的地图，我意识到我们所站的地方离战役顶点发生的
地点很近，就在一个叫"蜂巢"（Hornet's Nest）的地方。我问萨姆
斯想不想去看一下。他摇摇头。公园快要开门了，他想在游客涌进夏

洛之前完成自己的任务。"我得去'血池'那边看一些'混乱'。"说完，他消失在了树林中。

"蜂巢"是一片由小树和灌木丛组成的杂树林。前面有一堵木栅栏，就在一条名叫"低洼路"的马车小路旁边。路的另一边是一个田园牧场，名叫"邓肯牧场"（Duncan Field）。夏洛战役的第一天，六千名联邦军蹲在"蜂巢"和"低洼路"，击退了叛军从"邓肯牧场"发起的 11 次冲锋。第 12 次冲锋——在当时是美国历史上最大规模的炮火袭击的掩护之下——终于迫使联邦守军投降。但是，北军在 [170] "蜂巢"坚固的防守成了整场战役的转折点，他们拖延了叛军足够长的时间，使格兰特可以重组军队和接纳援军。或者说，我读过的书上都是这么说的。

我走到了"邓肯牧场"的中间，慢慢地在原地转了一圈。这里的 360 度全景与我理想中的内战战场相一致，从小到大，我脑海里都存在着这种柏拉图式的理想的内战战场。一个被荒野包围的广阔牧场，树林中有一间小木屋，墙上的裂缝被泥土堵住。一堵简单的木栅栏，弯弯曲曲的，木头都是手工削凿的。低洼路是由装载着苹果、木材和玉米的拓荒者马车轧出来的。青铜炮管从高大的橡树之间伸出来。

我抵挡不住自己孩子气的冲动，快速奔向联邦军的阵地，试图召唤出子弹飞过的嗡嗡声，"蜂巢"这个名字正是来自这种嗡嗡声。然后，抵达"蜂巢"，我又变成了一个北军，蹲在低洼路上，想象着自己拿了把毛瑟枪架在木栅栏上。如果是在小时候，我会立即开始想象战场上充满了烟雾、火光和瑟瑟发抖的叛军。但是现在，作为一个想象力受损的成年人，我下意识地扫视周围，确认一下没有人在看我。

我坐在一块木头上，用成年人的双眼注视着牧场景色。"蜂巢"很漂亮，被松针、苔藓覆盖着，被穿过树木的太阳光点缀着。从这个角度看，"战场公园"的概念似乎是矛盾的。这里永久保存的是安详、美丽和安静——与其所纪念的事件正相反。

当安布罗斯·比尔斯在战役的第二天抵达夏洛时，他看到了一个因炮火而颤动的"烟雾丛林"，还有"铅弹打入血肉的那种令人作呕的一击"。树林已经被削成了炸断的树桩。"放眼望去，战斗的可怕残骸依旧散落在雨后松软的地面上，"比尔斯写道，"背包，水壶，被吸水膨胀的饼干撑大的干粮包，被雨水打入土中的毯子，枪管弯曲或者枪托碎裂的步枪。"各处都躺着残废的马匹和人，"很明显，都死了，除了一个人。"

比尔斯研究了这个伤兵。"他脸朝上躺着，抽搐地呼吸着，哼出咯咯的声音，"比尔斯写道，"子弹在他头骨上削出了一个凹槽，在太阳穴的上方；从这里，他的大脑突起、涌出，以薄片和线条的形状掉[171]在地上。我以前不知道，一个人剩下这么一点大脑还能活着，尽管是以这种不好的方式活着。"比尔斯纠结是否应该用刺刀刺死这个正在死去的人，但决定还是不了，继续向前挺进。

现在，在十万人于 1862 年 4 月的那天打仗的地方，我独自坐在一块盖满了苔藓的原木上，听着某棵树上的一只小鸟鸣叫。

如果说我不能直观地感受战斗，夏洛历史的另一面则更容易体会到。正如斯科特·萨姆斯指出的那样，夏洛有两个历史：战役本身和参战的人对战役的纪念。"年轻时，我们的心被火触动，"在战斗中两次负伤的奥利弗·温德尔·霍姆斯[①]写道，"我们曾感受到，并依然在感受，这高涨的生命热情。"在战后的生活中，这些人帮助建立了夏洛公园和其他的战场遗址公园，在华兹华斯[②]式的宁静中回忆他们年轻时的英勇事迹，并为了后人来纪念他们自己。

夏洛于 19 世纪 90 年代变成公园的时候，每个州都被允许用持久性材料修建一个纪念碑，比如花岗岩、大理石或者青铜。艾奥瓦州的纪念碑有 75 英尺高，重达 50 多万磅，使用了驳船和牛才运到了夏洛。雕像是一个象征着"名誉"的女人，底座的石头上刻着战死的艾奥瓦士兵的名字。一个哺育的乳房从她宽松的袍子中露出来。公园管理员们向我吐露，现在"名誉"哺育的是童子军，他们摆出用嘴吸吮大理石乳头的姿势来拍照。

战后的南部各州都没有财力修建如此规模的纪念碑。也不是所有的南方人都热衷于战场遗址公园，死硬派南军们认为公园是一种背信弃义的阴谋，用以美化北方的胜利。最终，大部分南方州还是在夏洛修建了纪念碑，但不像北方一样，另外给各个部队单独修建了几百个纪念碑。所以，与战争中的情况一样，在夏洛和大多数其他的战场，蓝色的数量远远超过了灰色。

另外，北方的纪念碑倾向于修得很宏伟，还倾向于歌颂胜利，南方的纪念碑则拥有一种哀悼的特质，不知怎的却更有力量，至少对于

---

① 指小奥利弗·温德尔·霍姆斯（Oliver Wendell Holmes, Jr., 1841—1935），美国内战期间，他在联邦军中服役了三年。1864 年，他开始在哈佛法学院学习，后来成为一名教授。1902 年，美国总统西奥多·罗斯福任命他为美国最高法院大法官，他后来成为美国历史上最著名的大法官之一。

② 威廉·华兹华斯（William Wordsworth, 1770—1850），英国诗人，英国浪漫主义诗歌的开创者，同时也是 20 世纪欧美新诗理论的先驱，开启了 20 世纪现代诗风的先河，被称为"第一位现代诗人"。

我来说是这样的。至今为止，最引人注目的纪念碑是一尊纪念来自南 [172]
方各州的所有士兵的纪念雕像，"无论是长眠于远方，还是长眠在此
地无痕的尘土里，没有坟墓（的士兵）"。这个纪念碑是由南军之女
竖立的，位于水位高点附近，夏洛战役时叛军正是在这里首先发起进
攻的，雕像是一位低垂的天使向一个类似死神的人物敬献桂冠花圈。
雕像的制作者把他的作品称为"被死亡与黑夜击败的胜利"。死亡指
的是约翰斯顿将军；黑夜指的是战役第一天的晚上，当时叛军即将取
胜，而夜晚的黑暗没有给他们完成胜利的机会。

　　阿波马托克斯投降以后，"失败的大业"的浪漫色彩在南方生根
发芽，而这座雕像正是此种浪漫色彩的大理石缩影。内战变成了一次
史诗般的本可取胜的战争，一次"失败的胜利"，勇武的南方没有抵
挡住偶然发生的不幸——比如说，约翰斯顿过早地战死，或者是"石
墙"杰克逊在钱斯勒斯维尔战役中被自己的手下误伤而死——也没有
抵挡住北方更强大的人力和资源。我后来发现了纪念碑于 1917 年揭
幕时的一个细节，揭示了不甘心的南方的另一面。纪念碑的基石下面
永久性地放置了各式各样的物品：旗帜、硬币和约翰斯顿将军的一缕
头发，还有一张照片，上面是两个当地权贵，他们穿着"三 K 党的
特别服饰"。

　　"失败的胜利"纪念碑过去一点，我到了一大块石头跟前，上面
刻着参加夏洛战役的亚拉巴马人的名字。一辆面包车开了过来，车后
保险杠上的贴纸写着"世界上最棒的爷爷"。一位戴着软帽的老太太
从车上跳下来，用她的手指抚摸着纪念碑上的名字。"他还在这儿！"
她朝着面包车大喊。然后对我说："这是我的曾祖父，托马斯·詹金

斯上尉（Captain Thomas Jenkins）。"

他的曾孙女是一位亚拉巴马的退休教师，名叫埃德温娜（Edwina）。她在 20 世纪 60 年代与自己的孩子们一起首次造访了夏洛，现在她和自己十几岁的孙子一起回来了。"我们来这儿是为了让他知道自己的'南方性'。"她说。她的孙子坐在面包车的后座上，听着随身听。世界上最棒的爷爷不耐烦地坐在驾驶员的位子上，车子没有熄火。

我问埃德温娜，她所说的"南方性"是什么意思。

[173]　"我丈夫是个北方人——来自波士顿，最糟糕的那种北方人——而且他将永远是一个北方人。"她说，"我们俩就像晚上和白天，我们已经结婚 43 年了。他是英格兰人而我是苏格兰人，在血统和禀性上都是。我很在意别人怎么看我。他不是。有一天我们在看电影，前面的人一直说话。我被打扰到了，但是什么也没说。他则冲人家大喊大叫：'你们知道吧，这儿还有别人呢！'我当时就想找个地缝钻进去。"

我不确定如何去理解这场内战。但是埃德温娜提醒了我。"他想教别人如何做事，和当年北方教南方如何生活一样。"

她的丈夫按了按喇叭。按照埃德温娜所说，她和世界上最棒的爷爷能在一起 43 年似乎是不可思议的。"我的南方就是我的南方。"随着面包车开走，埃德温娜大声地喊道，留下了我自己和托马斯·詹金斯上尉，还有其他勇敢的亚拉巴马人待在一起。我想他们一定很高兴知道自己的努力没有白费。

我继续向前走，去往血池。正是在这里，第一天的战斗达到高潮的时候，双方士兵爬过来喝水和清洗伤口。像战场上的其他景点一样，池塘的岸边有一个装着小型播放器的台子。我按了上面的按钮，听了一个当地人的证词，他在战斗刚刚结束之后就来了这里。"池塘里有死人和死马，还有损毁的炮车和拆卸过的枪支。士兵们把死人从水里抬出来，成排地摆在岸边。水看上去和血一样。"现在，一位父亲和女儿站在岸边，在清澈而冰冷的水面上用石子打水漂。

附近停着一辆敞篷奔驰车，车牌号是"MAYS"（梅斯），很是虚荣。一个大腹便便的男子，穿着 IZOD 牌的衬衫，在车顶上放着的一个公文包里快速翻找东西。比尔·梅斯（Bill Mays）是律师，来自密苏里州。他安排好手上的案子，以便自己可以在夏洛战役周年纪念日的那天从办公室跑出来，开六个小时的车来到这里。和我在弗雷利农田遇到的公交车司机一样，梅斯来这里是为了追寻祖先的踪迹，他的祖先是一位名叫伊莱贾（Elijah）的叛军列兵。

梅斯从包里拿出了一张详细的公园地图，这张地图我已经见过几次了。"我是一名律师，所以我总是寻找有力证据所指的方向。"他说。他知道伊莱贾随田纳西第 52 兵团在一个叫"云野"的地方参加 [174] 了战斗。地图上的一个红点标出了纪念田纳西士兵的一个标牌，就在我们所站的地方附近。但是梅斯找不到那个地方在哪儿。

他手里拿着公文包，快步走向自己猜测的纪念碑所在的方向，我跟在后面。走了几分钟，我们就在齐腿高的灌木丛中迷路了。"我去过弗吉尼亚的战场遗址，比起这里，那里就像是高尔夫球场。"他说，此时他的 IZOD 衬衫上已经沾满了汗渍。我们坐在一块木头上休息，拍打着蚊子，我问梅斯，追踪他曾祖父在 133 年以前的精确踪迹，为何如此重要。

"我来这儿是因为问题还在这儿，"他说，"人们仍然想独立于中央权威。证据显示，像伊莱贾一样的叛军坚信他们有个人权利去决定自己的政府应该是什么样的。"他开始去打开手中的公文包，然后停住了，好像意识到他不是在法庭上。"我是一名共和党党员，"他继续说，"追踪伊莱贾给了我一些新的视角来看待我所信仰的是什么，信仰虔诚的本质是什么。"

梅斯还在追寻更深层次的答案。南军未能在夏洛阻止北军把伊莱贾的部队带到奇克莫加的另一场重大战役。伊莱贾在那里被俘虏，然后被送到了印第安纳州的一个战俘营，在战争结束的几个星期之前，他死在了战俘营里。之后不久，伊莱贾的遗孀死于霍乱，所以他们的几个孩子被伊莱贾的一个已经移居到密苏里州的兄弟抚养长大，他们长大的地方离比尔现在住的地方不远。"归根结底，我猜，我是在试图弄清自己在整个大历史背景中的位置，"梅斯说，"我之所以是我，无论在地理上还是在政治上，是因为这里发生的事情。"

梅斯拿起他的公文包，向树林深处走去。我留在木头上休息了一会儿。直到现在，我都觉得别人追寻他们祖先的足迹有点奇怪和偏执。就像观鸟者们在全球长途旅行，狂热地编写自己的"观鸟名录"，这些战役家谱学者似乎因为一棵树而错过了整个森林。

但是梅斯的故事逼迫我回想起自己的一段孤独的旅行，十年前，我独自去了当时还属于苏联的一个偏远地区。带着旧地图和一本家庭回忆录，我在脚踝深的淤泥中艰苦跋涉，直到找到了我爷爷和他的家人们逃离沙皇俄国时所走过的那条马车道路。沿着那条路，他们最终走到了波罗的海的一个港口，然后到埃里斯岛①，然后到我。正如梅

[175]

---

① 埃里斯岛（Ellis Island）是纽约哈德逊河口的一座人工小岛。自1892年1月1日起，这里被用作移民检查站，主要检查来自欧洲的移民，在20世纪早期的移民高峰期，几乎所有的欧洲移民都是在埃里斯岛接受检查并进入美国的。

斯所说，我之所以是我，正是因为 1906 年发生在那条泥泞小路上的事情。回想这段旅行，我很羡慕梅斯和我在夏洛遇到的其他人。他们和美国的某一块土地有血缘关系，而我永远不会有。

中午时分，我抵达了游客中心，这是一座靠近田纳西河的现代建筑。一位名叫保罗·霍克（Paul Hawke）的公园管理员收了我两美元的入场费。我向他坦白，我从黎明就开始在夏洛游荡，早就把门票钱赚回来了。

霍克笑了，说："你是个朝圣者。每年都有朝圣者来我们这儿。每天都有，其实。"霍克的上一个职位是在豌豆岭（Pea Ridge），那是位于阿肯色州的一个战场遗址公园，就在州际公路的旁边。"在那里，你能看出来多半的来访游客都是因为看到了一个国家公园的牌子，然后想：'干净的厕所——我们停下休息吧！'"他还在葛底斯堡工作过，那里是那种所有父母都应该硬拉着孩子去的景点，吸引了成千上万对葛底斯堡战役知之甚少的游客。但是夏洛很少有意外来访的游客。"去哪里都不路过这儿，"霍克说，"所以来这儿的往往是真心实意想来的人。"

但是，夏洛的与世隔绝并没有让它避免一个日趋严重的问题，美国的各个战场遗址都存在这个问题。日益繁荣的内战文物市场吸引了大量的寻宝者，他们拿着金属探测器，趁着夜色在公园里寻宝。管理员们现在都带着夜视仪巡逻，有一次抓住了两个人，他们共携带了超过 130 件物品。文物还会冷不丁地冒出来；在我来夏洛的一个月之前，一位园丁在游客中心附近种草时发现了一颗未爆炸的炮弹。"内战炮弹的哑弹率是 50%，或者更高，"霍克说，"所以地底下还有非常多没有爆炸的东西。"

原来，霍克的专长就是这些半显露半埋藏的内战残留物。他工作职责的一部分就是徒步穿越科林斯周围的树林，寻找南军丢弃的地面防御设施。霍克甚至组建了"内战防御工事学习小组"，每年开一次会，讨论关于土垒的新研究。这个课题平淡乏味的本质吸引了性格温和的霍克。"我们总是倾向于关注战争中最大和最血腥的事件，"他说，"但是你仔细想想，土垒是士兵们专门为了打仗修建的，是内战的一个可以触摸到的残留。"

[176] 但是，霍克也承认，土垒并不总是可以触摸得到。大多数土垒已经逐渐消逝，到了裸眼在地面上看不见的程度。但是在从空中拍摄的红外线照片中可以看出它们的痕迹。

"战争给地貌留下了叫作'鬼之印记'的东西。"霍克说。我突然意识到，对于我在旅途中一直寻找的内战记忆的痕迹来说，这个比喻再恰当不过了。

我正在和霍克聊天，一个令人印象深刻的人加入了我们，他留着八字胡，穿着紧身牛仔裤和牛仔靴，戴着一顶牛仔帽和一副玳瑁眼镜。他看起来像一个书生气的快枪手。原来，他是公园的历史学家斯泰西·艾伦（Stacy Allen），他同意花几分钟时间回答我几个关于夏洛的问题。

可实际情况是，我们聊了三个小时，并且游览了整个战场。到我们结束的时候，这个严肃的、戴眼镜的堪萨斯人让我开始怀疑自己所了解的关于夏洛的一切——还有许多其他战役的情况——更像是虚构的，而不是事实。

艾伦的修正主义来自他所接受的体质人类学的学术训练。"传统的历史学家倾向于忽视最好的第一手史料——土地，"他开始说，"如果你能正确地解读土地，你会意识到很多书写的历史都是错的。"

比如说，大多数历史书在描述 1862 年夏洛的地形时，都说此地覆盖着不可穿越的春季树林。但是在连续观察了六年夏洛的春天之后，艾伦开始怀疑这个说法是否正确。他研究了旧的气象图和 19 世纪的农耕记录，发现在 1862 年，夏洛的春天来得特别晚。大多数的树木还是光秃秃的。艾伦还得知夏洛的农民通常会清理农田以耕种作物，还会把牲口用栅栏挡在农田外面。所以牛群和猪群都在树林中游荡，吃林下植物并踩平了它们。"总体上，在战役发生时，夏洛仍是冬天的地貌。"他说。战役时发生的混乱，他补充说，更多的是因为 [177] 烟雾、尘土和差劲的地图，而不是因为浓密的植物。

艾伦还研究了埋在地下的东西。1862 年，在两天的战斗之后，格兰特下令把双方的死亡人员埋葬在"沿着战斗发生地点"的乱葬岗里——换句话说，埋葬在他们倒下的地方。所以，下结论说埋葬壕沟的位置表明了最激烈的战斗发生的位置是符合逻辑的。但是，"蜂巢"附近从未发现任何埋葬壕沟，据信，就是在那里，联邦守军通过不断击退叛军穿过"邓肯牧场"的进攻而扭转了战局。

"很奇怪，是吧。"他说着，开车带我回到"低洼路"，向外注视着"邓肯牧场"。"这里应该发生过 11 次或者 12 次冲锋，但是我们找不到一具尸体来证实这些冲锋。"艾伦还研究了在"蜂巢"里面和外围战斗过的部队的花名册。他发现这些部队的伤亡率比其他参加夏洛战役的部队要低得多。

再一次，地貌提供了一条线索，至少在艾伦看来是这样的。遍布夏洛的历史牌匾是由 19 世纪 90 年代的一个战场委员会仔细地放置的，当时他们得到了回访夏洛的参战老兵的帮助。每个牌匾都旨在标记各个部队战斗的确切位置。但是，"邓肯牧场"却没有任何牌匾。相反，在此战斗的南方部队的标牌却聚集在牧场两边的树林里。

"爷爷很勇敢，但是不蠢，"艾伦说，"他避开了空地。你会不避开吗？"最终，他仅证实了一次尝试穿过"邓肯牧场"的冲锋，并下结论说其他进攻——共 7 次，而不是 11 次——是沿着牧场边缘的丛林进行的。

艾伦还相信，不知死活地穿过空地进攻在整个战争中很少发生，比一般认为的次数要少得多。最著名的例外，如富兰克林和皮克特冲锋，证明了一个规律：因为新改进的步枪可以在长达 700 码的距离上进行有效射杀，正面进攻已经变成自杀式进攻了。膛线枪已经替换了在之前战争中使用的更差的无膛线毛瑟枪，同时新枪也推翻了内战传说的另一个传奇色彩：白刃战。艾伦发现夏洛几乎没有肉搏战的铁 [178] 证，他怀疑在其他战役中同样没有发生肉搏战。事实上，刺刀和佩剑在内战中只造成了 0.5% 的负伤。我后来得知，在皮克特冲锋中，没有一例可以确认的刺刀伤害。

艾伦的侦察工作还揭示了"蜂巢"故事中的另一个反转。他对战后声称在"蜂巢"里面或周围战斗过的部队进行了"时间与动作"研究。最后发现他们中的大部分根本不可能在"蜂巢"战斗过。艾伦笑了。他讲到了故事的关键。"当你放眼看整个战役，"他说，"对于结果来讲，真正发生在这里的事情几乎是附带产物。"

在艾伦的版本中，夏洛战役的关键战斗发生在"蜂巢"的两侧，那里是南军在第一天集中力量进攻的地方。那天，进行侧翼攻击的某些叛军部队与"蜂巢"有过零星的接触。但是叛军在两翼把联邦军推了回去之后，才向"蜂巢"靠拢，这时"蜂巢"才变成联邦军唯一的突出部分。所以，联邦军在"蜂巢"坚持那么久的原因是，那天的大部分时间南军都在忙着进攻其他位置。

那么，显而易见的问题是，为什么历史书都认为"蜂巢"的战斗至关重要。这里，艾伦由体质人类学转到了心理学。"让我们把自己放在那些驻守'蜂巢'的北军的脑子里，"他说着，在"低洼路"上走来走去，"我们在这片树丛里，看不见战场的其他地方。叛军一整天都在向我们发动零星的进攻。然后突然之间，我们还在这里，其他人都撤退了。看起来好像整场战役都是我们自己打的。"

艾伦继续说，2200人在"蜂巢"被俘，作为战俘，他们有几个月的时间讨论这场战斗，还相互建立了亲密关系。内战结束后，他们组建了一个积极发声的老兵团体，叫"蜂巢旅"，由他们的指挥官本杰明·普伦蒂斯（Benjamin Prentiss）领导，他是一名有影响力的政治家，比自己大部分的同龄人活得都长。"他急切地想培养一种印象，就是'蜂巢'和他自己在战役中的关键角色，"艾伦说，"他对此事大肆渲染，特别是在他生命的晚期。"

所以，神话逐渐形成了，直到"蜂巢"变成战役的转折点。事实上，"低洼路"在最初的战斗报告中甚至都不叫这个名字。但是随着时间的流逝，浅显的马车轨迹在老兵的记忆中变得越来越深，最终导致 [179] 了这个绰号的出现。"格兰特曾经说过，夏洛是内战中被人误解最深的战役，"艾伦总结说，"我花了很长时间才理解这句话有多真实。"

离开"蜂巢"，艾伦把我带进了树林和夏洛教堂附近的狭窄空地，他相信战役的真正转折点在这里。正是在这里，进攻的叛军几乎打败了联邦军的右翼。但是谢尔曼的部下坚守、撤退、反击，拖住了南军的进攻。再一次，地貌讲述了故事。我们周围布满了中西部各州部队的纪念碑，他们承受了 80% 的伤亡，甚至更多。这些石板的中间散布着南军的埋葬壕沟，精心修建的长方形草地周围摆放着炮弹。它们看起来更像是高尔夫球场的推杆果岭区。一个掩埋坑埋葬了七百多名叛军，尸体摞了七层。夏洛已知的五个埋葬壕沟有四个在这一片区域。

艾伦说，早晨巡逻的公园管理员有时候会发现占卜板、魔杖和给死者的信——甚至还有一张葬礼卡片和一个男人的照片，他的骨灰在晚上被撒在了这里。"一位女士来到游客中心，说她在其中一个掩埋坑打坐冥想，与一位叫比利·乔（Billy Joe）的士兵交流了，士兵对她说'他想从那里出来'，"艾伦说，"我确定他是真的想出来。"

艾伦相信夏洛战役的最终阵亡人数是官方公布的 3500 人的两倍。在这个内战早期的战役，两军都还没有形成完善的统计伤亡数字的系统。夏洛战役的第一晚，数百名士兵横尸在战场上，没有被收集起来。艾伦在史料记载中发现，家猪享受了一次死人的"嘉年华宴会"。战场的有些部分还着火了，烧烤了阵亡和受伤的士兵。当然，安布罗斯·比尔斯对此场景进行了临床检查："他们的衣服大半被烧掉——他们的头发和胡子被烧光了；雨水来得太晚了，没有救下他们的指甲。"最后，许多尸体可能只是消失了，没有被数进去。

一直存活到接受医疗救护的伤兵也表现欠佳。艾伦猜测，夏洛战役中的 2500 名被列为受伤的士兵后来全部都因伤而死，大多是因为皮肉伤感染。战俘死亡的比例也是惊人的，通常是因为痢疾。

[180] 在造访夏洛的几个星期之前，我去了位于华盛顿的国家档案馆，

查阅了内战时期野战医院的报告。在报告中，医生们列出了对每个伤兵的治疗，典型的治疗有截肢、夹板固定，或者"水敷"，这种疗法是用湿的绷带包扎伤口，效果甚微却散播感染（医生们在内战之后才知道败血症）。医生们还给自己的病人写了简短的追踪报告。最常见的批注包括"可能会死""死于破伤风"，还有奇怪的赘述"致命，死亡"。

但是让我最为印象深刻的是医生们对每个伤病的一种记录，他们叫"受伤位置"。数量惊人的伤口位于"睾丸"，或者在"大腿和私处"，再或者是"腿和阴囊"。艾伦解释了这种现象背后的可怕逻辑。军官们持续地恳求他们的部下"向低处瞄准"，以避免射击到迎面而来的敌人的头顶上方。"而且，人类趋向于射击目标的中心部位，"他补充说，"所以好多人都是下腹部和腹股沟处中枪。"

对艾伦来说，这些完整的细节，以及内战战场上的其他恐怖情景，开始从包裹着内战的神话迷雾中显露出来。"每一代人都从不同的角度去看待内战，这就是为什么对内战的兴趣永远不会死。"他说。第一代人——老兵们自己——倾向于讲述战斗的故事，用书写勇敢与牺牲的那种意气扬扬的维多利亚式散文的口吻来讲述。"关注伤病和死亡的生动细节不是他们的风格。"艾伦说。（一个明显的例外是安布罗斯·比尔斯，他在肯尼索山头部中枪，并对自己的内战经历深恶痛绝。）

严重依赖老兵史料的历史学家们也掩盖了内战恐怖的一面，反而去强调战斗中的策略和将军们的个性。但是出生于 20 世纪 50 年代的艾伦，属于从小就在晚间新闻里看越南战争长大的一代。

"我认为下一阶段的内战研究——我这一代人的阶段——将会向美国公众展示内战到底有多可怕的真实情况。"他说，"你读一读外科医生的报告，就知道最大的问题不只是炮弹，还有那些打入伤口内部[181] 的衣服和皮衣的碎片，还有污渍和血肉。前面的人的牙齿和骨头也可以成为致命的子弹。"他暂停了一下，指着战场上面的一排大炮，"我们看着这些漂亮的武器，很容易忘记它们曾对人类的身体做过什么。"

开车回游客中心的路上，艾伦在夏洛的驾车游览路线上最受欢迎的景点停了下来：艾伯特·西德尼·约翰斯顿战死的地点。在儿时阁楼的墙上，我自己绘制的粗糙巨幅壁画中，我记录下了这一幕，一颗子弹像陨石一样以弧形穿过树林，打中了约翰斯顿的胸膛。在现实中，约翰斯顿的膝盖后部中枪，最终失血过多而死，一条简单的止血带可能就能救他的命。

艾伦带我走到标记了死亡地点的树桩。树桩非常不稳固，必须由树木之间的绳索和一圈铁栅栏加以支撑，就像帆船上的桅杆一样。一块牌匾写着这个木桩是一棵高大橡树的仅存部分，正是在这棵橡树下，约翰斯顿的一位副官艾沙姆·哈里斯（Isham Harris）发现他受伤的指挥官晕倒在了马鞍上。哈里斯把约翰斯顿拖到一条沟壑中，这位将军很快就在那里死去了。1896 年，哈里斯回到夏洛，为后人指认了这个地方。

艾伦让我研究了一会儿树桩，然后说："我们还没有对树桩进行树木年代学的研究，以确定它的年龄，但是我们研究过这棵树的旧照片。"他停顿了一下，"1862 年的时候，它很可能还不在这儿，即便它当时在这儿，也不会比一棵小树苗大多少。"

在公园各处修建了永久的纪念碑之前，关键的地点是用钉在树上的牌子标记的。所以在艾沙姆·哈里斯确认了地点之后，一块牌子被挂在最近的树上，上面写着"约翰斯顿的阵亡地点"——尽管这里离他真实死去的那条沟壑还有些距离。早期的游客明显被弄糊涂了，他们假定这棵树标记的就是准确的地点，约翰斯顿就是在这棵树下死去的。艾伦还认为，已是七旬老人的哈里斯在战役过去 34 年之后来到夏洛的树林里寻找地点，有可能根本就认错了地方。

"无论真实情况如何，"艾伦说，"我们在祭拜一块腐烂的木头，战役发生时它很可能都不在这儿。"但是暴风雨损坏了这棵被人崇敬 [182] 了许久的树木，艾伦和其他公园管理员想要根除树桩的努力激起了抗议——甚至还有匿名信恐吓说："如果你挖走了那棵树，你会后悔的。"所以树桩作为一段记错了的历史的遗物幸存了下来。"传奇很难死去，"艾伦说，"但是大地母亲在为我们根除这棵树的事情上做得很好。它不久就会消失。"

艾伦把我留在了冒名顶替的橡树旁边，我感到兴奋不已，但同时也对艾伦解码战场的研究感到不安。在启程旅行之前，我知道有关内战起因和遗产的激烈辩论依然存在。但是我天真地以为学者们已经完成了对战场细节的研究。毕竟，谢尔比·富特和其他人所依赖的是听起来很权威的《联邦军与邦联军官方记录》(*Official Records of the Union and Confederate Armies*)，内战爱好者们叫它 O. R.。总共 128 卷的 O. R. 是内战结束后不久由政府编纂的，大多数资料来源都是第一手的报告。历史学家还可以求助于之后出版的那些浩如烟海、犹太法典式的解释性著作。

但是，如果艾伦是对的，这部得到广泛认可的集大成之作充满了误差、虚假的记忆和为个人利益服务的曲解。作为一个修正主义者，他并不孤独。我后来得知内战学者们正在重新思考无数的战斗，并且开始质疑一些史料的可靠性，这些史料是人们一直以来都敬重的。比如，葛底斯堡战役之后，罗伯特·E.李——预示了越南战争中篡改阵亡人数的行为——捏造了有关溃败和惊人伤亡的报告。李还命令乔治·皮克特销毁他写的报告，这份措辞严厉的报告记录了以他的名字命名的那次损失惨重的冲锋。

甚至照片也会说谎。新的研究表明，许多众所周知的照片上的文字说明是错的。还有一些最为著名的内战照片是摆拍的，为了使照片有戏剧性的效果，尸体被拖到战场上的各处摆放好。历史学家还发现了以前未被使用过的史料——战时日记、未出版的信件、晦涩的法庭记录——这些史料促使了对常见主题的全新评价。

为了理解这一切，我后来给谢尔比·富特打了个电话。他平静地承认斯泰西·艾伦关于夏洛战役的观点很可能是正确的，而且他自己[183]那一代人的所有研究成果都是可以被挑战的。"我可以重写自己的三卷本内战史，而不用一点儿我第一次用过的史料，"他说，"还可能得出非常不同的结论。"

但是这并没有使富特感到困扰。像斯泰西·艾伦一样，他觉得每一代人都必须用自己的方式去重新解读内战。"我不觉得自己可以在内战后的一百年之内写出我所写的东西，"他说，"北方和南方花了那么久的时间才能透过尘土与火焰公正地看待对方。"

看来，新的一代人现在不得不洞穿谢尔比·富特和他的同行们所扬起的尘土与火焰。

离开约翰斯顿的阵亡地点，我艰难地走回到"低洼路"上。我到达战场已经十个小时了。我饿极了，双脚酸痛，还被田纳西的阳光晒得生疼。休息片刻，我看到一个瘦高的人，穿着天蓝色的裤子和一件整洁的蓝色外套，戴着一顶联邦军的扁军帽。我在夏洛遇到的唯一的北方人是来自明尼苏达的公交车司机。所以我决定在像叛军一样撤回到科林斯之前，再伏击一个北军。

走近一看，这个人的"造型"看起来是精心打扮过的：手工制作的短靴，内战时期风格的眼镜，刺刀鞘和水壶整齐地挂在胸前。他站在一尊高大的纪念碑前面，手中拿着一本打开的书。

"打扰了，"我说，"我能问你些事情吗？"

那个人从书中抬起头，说："问什么？"

"我正在为一部关于内战记忆的书做研究——"

"怪了，"他打断我说，"我也是。"他说话很正式，稍微带有一点口音，我不知道是哪里的。然后他说："你碰巧是托尼·霍维茨吗？"

我又仔细看了看他，说："我们在哪里见过吗？"

他笑了，伸出一只手。"我是德国斯图加特大学的沃尔夫冈·霍克布鲁克（Wolfgang Hochbruck）。几个月前，我给你发了一封电子邮件。你没有回复。"

在开始旅行之前，我在网上的一个内战聊天室贴出了一个问询的帖子，找寻想法和联系人。第一波回复特别枯燥乏味——大多是一些 [184] 未出版的专题著作的书单，都是书写不知名的兵团的——我很快就不再查看了。然后我就上路了，把这次网络空间的初次尝试忘得一干二净。沃尔夫冈一定是在那之后的什么时间联系了我。

"对不起，"我说，"你给我发了什么？"

"我说我们应该交换意见。"沃尔夫冈说，"你刚才想问我什么？"

"你为什么穿着蓝色的军装站在太阳底下，看着那个纪念碑？"

他把手中的书递给我：谢尔比·富特的《夏洛战役》。沃尔夫冈说，他第一次读这本小说是在 9 岁的时候，读的是德文版，他在小说中的一个人物身上找到了认同感，那个人物叫奥托·弗利克纳（Otto Flickner），是一个参军当了炮兵的移民。富特基于一个真实部队的历史写了奥托的故事，这个部队是来自明尼苏达州的芒奇炮位（Munch's Battery），他们在"蜂巢"附近参加了战斗。

30 年后，沃尔夫冈现在正进行着一次朝圣之旅，与密苏里的律师和明尼苏达的公交车司机一样。因为没有真正的祖先参加过夏洛战役，他把虚构的奥托·弗利克纳当作替代人物，踏着其足迹穿越战场。他现在所面对的纪念碑展示着一位明尼苏达炮兵，手中拿着一个像巨大棉签的东西。"我穿军服，"沃尔夫冈说，"是因为我觉得这会增强扮演奥托的体验。"

奥托·弗利克纳是一个奇怪的选择。在小说中，奥托逃离了他的岗位，一直逃到联邦军的后部。这也是基于史实的；在第一天的战斗中，许多联邦士兵崩溃逃跑了。

沃尔夫冈知道奥托逃跑的情节，这正是此人物吸引他的地方。"他看着南军冲锋而来，一次又一次，开着枪，尖叫着。然后他逃跑了。"沃尔夫冈停顿了一下，问："你会不跑吗？"

他再次打开《夏洛战役》，对照一张地图寻找奥托逃跑路线的下一站。这位德国教授和我明显有许多话可以谈。所以我从他的水壶里讨要了几口水喝，并在他快速步行穿过树林时蹒跚地跟着。

[185]　　在路上，我了解了沃尔夫冈在 20 世纪 60 年代的孩童时代，和我小时候相似得令人害怕。他的父亲经常来美国出差，回去时会给自己

的儿子带内战礼物。沃尔夫冈玩的塑料士兵和我小时候玩的一样。他也用林肯积木搭建小屋。他甚至钻研过同一本我曾学习过的内战战役著作，那是一本非常好的图文并茂的书，是时代生活图书公司出版的。

沃尔夫冈讲述着这些记忆，指出了一个显而易见的大环境，我不知为何将其忽视了。20世纪60年代早期是内战的百年之际。战斗重演郑重地开始了；成百部内战书籍出版了；与内战相关的游戏、玩具大炮和其他批量生产的商品前所未有地丰富起来。这解释了为什么沃尔夫冈的父亲会带内战的小物件回家。这也解释了我小时候的迷恋，我还沾沾自喜地倾向于把自己的迷恋看成是一个生不逢时的小男孩的古怪爱好。也许正相反，我是一个20世纪商业文化的产物，仅仅是对当时的产品线深感兴趣。其他男孩都对约翰·格伦（John Glenn）和太空飞船模型感兴趣；我更喜欢诚实的亚伯 ① 和林肯积木。

我们走到了一个河边的悬崖，上面是一些平顶的土丘。一个标牌解释说，这些土丘被认为是古代印第安人寺庙的平台。我们像战役中的南军侦察兵一样爬到一个土丘的顶上，向下注视着田纳西河。正如我想象的那样：一条宽阔缓慢的河流蜿蜒穿过田野，岸边是沙土悬崖和茂密的树林。

沃尔夫冈也在用眼前的景色对照他小时候的想象。我们正下方就是陡峭悬崖的底部，奥托·弗利克纳和几千名真实的逃避者就是在这里躲避战斗的。其中一些人为了逃离战争甚至发疯似的蹚过河去。"所以，到这儿就结束了，"沃尔夫冈咕哝地说，"我一直好奇奥托在战斗的第二天怎么样了。"

---

① "诚实的亚伯"是林肯的绰号。

当我问他为什么如此认同奥托时，沃尔夫冈对我讲了他自己在军队服役的经历。他 18 岁时应召入伍，在一艘驱逐舰上当鱼雷手，他发现自己和奥托一样，往炮筒里塞炮弹，只是大炮变成了反潜武器。[186] 沃尔夫冈证明了自己是一名合格的水手，海军想让他升职。但是，他见证了一位战友自杀，另外几位战友也"在这些武器周围变成了怪物"。所以他选择成为一名拒服兵役者①，在一个军事陪审团面前辩论了自己的案子。他引用甘地和马丁·路德·金的话，赢得了从海军退役的资格，后来还说服了另外三个鱼雷手追随他的脚步。

"在那之后，我对自己说：'我再也不会穿军装了。'"他指了指身上穿的北军制服，"现在，我又穿上了。"

和我一样，沃尔夫冈最近才找回自己儿时的热情。陪同妻子来美国为她的博士论文做研究，沃尔夫冈发现了所有写内战的当代著作。然后，在一次周末的出行中，他撞见了一次重演活动。"我意识到有一整个这种文化，或者说其实是邪教，围绕着内战的记忆。"他说。回到德国以后，沃尔夫冈开始教授美国研究课程，课程资料包括《红色英勇勋章》(*The Red Badge of Courage*)、《葛底斯堡》、《飘》和其他的一些内战小说和电影。

沃尔夫冈还在斯图加特成立了一个重演部队，扮演密苏里第三兵团，这是一个由德裔美国人组成的部队。真正的密苏里第三兵团包含了许多左翼政治流亡者，他们的红色旗帜上装饰着一个锤子敲打铁链的图案。新的密苏里第三兵团几乎一样奇怪，包括了几位女士、四个拒服兵役者和一位美国陆军的随军牧师。他们都扮演成列兵。"我们

---

① "拒服兵役者"的原文是"Conscientious Objector"，一般指因为道义原因而拒绝服兵役的人。

的民主传统不能忘。"沃尔夫冈解释说。他们在重演活动中募集到的收益都捐给了波斯尼亚的一个难民营。

我们在那里安静地坐了一会儿，看着驳船从河中经过。我感觉好像在夏洛的树林里遇到了自己的替身，一个活人的魂魄（doppelgänger）。和沃尔夫冈一样，我的心路历程从儿时着迷内战逐渐转变到青少年时期对此感到难堪，然后到根深蒂固地不信任所有与军事相关的东西。但是我们俩都为自己儿时的迷恋找到了发泄之处。沃尔夫冈研究战争，我写战争。在海外工作的时间里，我一直被战区所吸引：在伊拉克、黎巴嫩、苏丹、波斯尼亚、北爱尔兰。对于一个宣称仇恨枪支的人来说，我花了太多的时间看人们相互射击。"生命中没有比被人开枪射击却安然无恙更让人兴奋的事情了。"温斯 [187] 顿·丘吉尔这样回忆他的战地记者生涯。

对沃尔夫冈来说，也对许多他这一代的德国人来说，对战争着迷充满着一种更复杂的自我怀疑。"知道自己属于世界历史中最具毁灭性的那群人，在这样的认知中长大并不容易，"他说，"我认为德国的一些南军重演者是在表演种族优越性的纳粹幻想。他们对你们的内战着迷是因为他们不能庆祝自己被抑制的种族主义。当然，这种人大多数都是巴伐利亚人。"

沃尔夫冈则一直扮演联邦士兵。他还希望自己的学术成果和重演能最终传达出和平主义的信息。"至今为止，我的中心思想是，内战的纪念反映了一个朝向更加文明及和平的运动，"他说，"在重演中，北方和南方合得来，他们一起合作。看看那些扮演平民的人吧。可能我们更多地演绎战争，而不是真正地使用武器，我们的世界会变得更好。"他笑了。"当然，可能我的中心思想是荒谬的。"

我们向沃尔夫冈游览的最后一站走去，是国家公墓。战后，人们把联邦军阵亡将士的尸体从最初的埋葬壕沟搬到了这里。现在已经是下午晚些时候了，墓碑在刚刚修剪过的草坪上留下了又长又冷的影子。大多数坟墓都只有刻着"无名战士"的石头桩。一些墓碑上面记录了姓名首字母缩写或其他一些证实士兵身份的碎片信息：J. 佩—拉（J. Pe—la），莫斯利（Mosely），H. O. K.。我从公园的历史学家斯泰西·艾伦那里得知，夏洛战役的交战双方都没有名牌去辨认尸体。死者的战友有时会把一片纸缀在他们的军服上，或者把写着名字的纸放在瓶子里或《圣经》里，然后放进死者的口袋中。即便如此，埋葬在夏洛的所有南军士兵和大部分联邦军士兵都没有留下名字。

我们离开墓园的时候，一个戴着南军扁军帽的人看到了沃尔夫冈，他挥了挥拳头，假装愤怒地喊："下次我们会打败你们的，扬克！"

"噢，是吗？"沃尔夫冈回复道，顺着演下去，"在葛底斯堡吗？"

[188] 那个人笑了，问："你是哪个部队的？"

"密苏里第三兵团。德国斯图加特。"

"不会吧！"那个人笨手笨脚地在他的干粮袋里摸索，拿出了一个相机。"你介意我拍张照片吗？这会让我的伙计们大吃一惊的。"

沃尔夫冈礼貌地摆了个姿势。然后那个人道了谢，并和他握手。"德国的北方佬。天哪，真难得。"

那个人离开时，沃尔夫冈疲倦地笑了。他在告诉别人自己是德国人的时候，经常得到一些奇怪的反应。偶尔，重演者会吐露，在不重演内战的时候，他们希望能进行第二次世界大战的重演——穿着纳粹党卫军的军服。但是，大部分情况下，人们只是觉得沃尔夫冈很奇怪。厌倦了向别人解释，他杜撰了一个假的参加了密苏里第三兵团的德裔美国人祖先。"那样的话，当别人问我为什么来这儿，我就可以提起他。要不然，他们会觉得我做得太过了。"

沃尔夫冈的妻子萨拜因（Sabine）站在游客中心等他，满脸溺爱的微笑，就像一位母亲看着满身泥巴的儿子步履蹒跚地从足球比赛中回到家。

"你的一天是怎么度过的？"沃尔夫冈问她。

"像一个成年人一样。在汽车旅馆读一本书。"

沃尔夫冈介绍了我们后，萨拜因问我是否喜欢收集内战古董。我摇摇头。"那么，你的妻子是幸运的，"她说，"我们在斯图加特的家只有两个卧室。上次来美国的时候，沃尔夫冈开始收集——你叫它什么，葡萄籽？"

"葡萄子弹。"我说。

"事实上，"沃尔夫冈说，"它们叫米尼弹头。"

"他还想买一个生锈的东西。"萨拜因说。

"一把刺刀。"沃尔夫冈说。

"那个很大，跟一把剑一样。它会占去一整层书架。"

即便如此，萨拜因现在参与到了她丈夫的迷恋中。她说，一开始，重演活动让她感到不舒服。"欧洲还发生着真正的内战。那些战争看起来可不像是表演。"但是沃尔夫冈说服了她加入，扮演 19 世纪的护士或者获释奴隶的老师。"这就像巴西的嘉年华，"她说，"穿着戏服，做几天自己想做的人。这是一种重活一次的机会。"重演活动也是一种提神的休息方式，让她从自己的学术领域中跳出来：20 世纪 [189] 60 年代美国政治辞令。"我认为，19 世纪 60 年代的人比 20 世纪 60 年代的人说话更直白。"她说。

　　我和沃尔夫冈还有萨拜因一起去附近的一家鲇鱼餐馆吃了晚饭，然后回到他们住的汽车旅馆，我们在那里一起喝了些酸麦芽汁调制的波本威士忌酒，筛选着他们在旅行中积攒的一堆东西：战旗，重演者的野战餐具，还有一个棉铃形状的发条玩具，它能小声地演奏《迪克西》。"这些都是研究资料。"沃尔夫冈说。萨拜因翻了个白眼。午夜时分，我们站在汽车旅馆的停车场，相互交换了地址和电话号码，说好了要保持联系。

　　"下次我会回复你的电子邮件。"我说。

　　"我很高兴你之前没有回复，"沃尔夫冈说，"我们在战场上见面要好太多了。"

第九章　密西西比：米尼弹头致孕

旧的南方被耕埋在地下。

但是，灰土还是热的。

——亨利·米勒[①]，《空气调节器的噩梦》

(*The Air-Conditioned Nightmare*)，1945 年

密西西比州的偏远林区对很多美国人来说是一片披着神秘外衣 [190]的不毛之地，但对我来说却是最熟悉的南方土地。20 世纪 80 年代早期，我作为一名工会组织者，在密西西比的偏僻小路上开了几千英里的路，到处为工会寻找新的会员。15 年之后，我还能背出一长串沿路小镇的荒唐名字。以前，在漫长而孤独的行车路上，我会对自己高喊出这些地名：热咖啡（Hot Coffee），它的（Its），索索（Soso），矮胖（Chunky），为什么不（Whynot），斯库巴（Scooba），不寒而栗（Shivers），跳跃者镇（Jumpertown），棱镜（Prismatic），基本城（Basic City）。

但是，重读我在密西西比写下的日记，我对自己当时很少注意到和内战有关的事而感到惊讶。在各处，我会记录下某个纪念碑的碑文

---

① 亨利·米勒（Henry Miller, 1891—1980），美国超现实主义作家。

（"身着灰色军服的人是正确的，正确永远不会死"），或者是在一片叛军的坟墓前沉思片刻，这些坟墓位于杰菲马特超市和一家鞋厂之间的杂草丛中。但是，对于 22 岁的我来说，内战狂热的病毒在我的身体里仍然处于缓解状态；比起大炮和公墓，布鲁斯酒吧和密西西比大学的男女同校更能搅动我的心。另外，比起密西西比以东的其他南部

[191]　各州，福克纳和富特的家乡相对来说只有少量几个著名的内战景点。

当然，维克斯堡除外，在沿着纳齐兹古道（Natchez Trace）蜿蜒地穿过密西西比州之后，我正在向那里进发，纳齐兹古道在内战之前是一条商道，现在变成了一条观景公路。维克斯堡坐落在陡峭的悬崖上，俯瞰着密西西比河的一个转弯处，这里曾经控制着孟菲斯以南的河道上最窄和最湍急的要点。船只在维克斯堡的漩涡中摆动扭转，经常搁浅；内战之前，密西西比河上的蒸汽船只有两年的平均寿命。内战期间，联邦军的炮船还面临着额外的挑战，不得不从摇晃的甲板上开炮。南军则从维克斯堡被沼泽包围的悬崖上予以还击，可以阻止船只沿河南下，在其他港口全部陷落之后还可以长期坚守。格兰特通过从陆地和水上一齐进攻，然后围城，最终才拿下了这个"西部的直布罗陀"。

内战结束十年之后，密西西比河改道了，留下维克斯堡在高处干涸，还在瞬间就完成了格兰特打了几个月的仗才完成的事：一条绕过城市的路。工程师们后来修建了一条水渠，改变了城市悬崖下方不远处的一条水道的方向。现在，不是伟大的密西西比河，而是难听的"亚祖引水渠"围绕着马克·吐温口中的"高山之城"，他起这个名字的时候罕见地暂时抛弃了自己犀利挖苦的言语。

维克斯堡的滨水地区还经历了另一次转变，密西西比州于 20 世

纪 90 年代早期接受了赌博合法化。在 1981 年，我上次造访这里的时候，维克斯堡看起来破旧而别致，就像一个带有大炮和葛藤的低档纳齐兹古道。现在则只剩下破旧了。华盛顿大街曾经是维克斯堡高雅的主干道，现在变成了一个迎合赌博业的丑陋伤口：廉价汽车旅馆、当铺、兑现支票的商店、J. M. 弗莱租赁行、垃圾博士交易行、哈里斯夫人精神导师，还有一个房车公园，里面的街道被命名为双钻路和王牌大道。

　　偶然可见的大炮和南军青铜半身像现在已经淹没在闪烁着"轮盘赢家！"和"本市最容易赢钱的老虎机！"的霓虹灯广告牌之中。在[192]战时的围城中，南军在河岸上点燃成捆的棉花，以使炮手能看得见趁着夜色溜过的联邦船只。现在则是哈拉斯酒店和其他赌场全天 24 小时在水面上投下怪异的灯光。

　　我来到名字很大气的维克斯堡会议与游客局，和办公室主任聊了会儿天，她是一位名叫莉诺（Lenore）的女士。她 20 年前就开始在旅游业工作了。"那个时候，我们局就是州际公路旁边的一个双倍宽的拖车房，"她说，"有人进来时，我就拿出一张城市地图，在上面圈出六个景点——基本上就是战场遗址和几栋老房子。"现在，维克斯堡夸口有"27 个真正的景点"，不过用"真正的"这个词去描述仿制江轮上的赌场以及周围的主题公园、迷你高尔夫球场、河口碰碰船感觉很奇怪。

　　但是，很少有赌客会去看维克斯堡的历史景点。所以莉诺夜不能寐，试图想出一条可以吸引更多赌客来游玩的广告词。在门口，她试着说了一个。"'在历史的大腿上赌博'，"她说，"你觉得怎么样？太俗气了吗？"

这里有一家福克纳赌场礼品店，一条名叫酷百万路的街道，还有写着"拉斯维克斯堡万岁"的传单，所以以任何一句用来形容这个城市的话都很难显得太俗气。一家名叫美国之星的赌场复制了一艘 19 世纪的蒸汽船，带有明轮、大烟囱和多层甲板。历史相似度有些被赌场的规模破坏了——赌场的大小是真实蒸汽船的七倍——也被船只的不可移动性破坏了。船只被固定在一个永久停泊的驳船上，像一个过大的浴缸玩具蹲在一个被围起来的小潟湖里（密西西比的赌博法律要求所有的赌场必须在水中，无论你想什么办法）。

我入住了哈拉斯酒店，这家酒店仁慈地把自己的旧式风格限制在打着黑色领结的 21 点发牌员和 19 世纪河景的壁画上。我简短地玩了老虎机，输了一些钱，而后离开了清凉的赌场，开始沿着陡峭的悬崖走向维克斯堡的老城。天空是未经打磨的青灰色，空气很沉闷，我感觉就像在努力穿过一个重力场。走到一半，我的衣服和头发已经湿透了，我特有的快步走已经变成了沉重的步伐。现在是 5 月，1863 年维克斯堡的围城就是在 5 月开始的。我试着去想象大多是中西部农民[193]的联邦士兵们穿着羊毛军服，汗流浃背，祈祷叛军能在他们自己败给深南方炎热的夏天之前投降。

坐落在山顶上的就是我依稀记得的维克斯堡：砖砌的维多利亚式临街商铺和内战前的豪华住宅，有一些建筑的墙上还留着联邦军的炮弹。我沿着视线之内的一条平坦街道，拖着双脚向地图上一个听起来舒服的小点走去，这个小点标记的是可口可乐博物馆（可口可乐于 1894 年在维克斯堡首次装瓶）。半路上，我在一个古雅的商店停了下来，店铺的正面是做的假墙体，地图上标注的是"街角药店"。门的一侧放着炮弹，橱窗内摆满了奇怪的物件——决斗用的手枪、骰子、旧药瓶。

店内，一条通道摆着洗发露、泻药和 D-Con 牌老鼠药，下一排是专利药品和江湖郎中的药剂，标签上写着"奥托医生的印度复方药粉"或者"哇呼血液及神经补剂"。另外一个通道专门展示内战时期的医疗器械。店主是一个银发的小个子男人，名叫乔·格雷齐（Joe Gerache），他正在柜台后面填写处方。当我问起店里精神分裂似的陈列时，他说："在这个人生中，我是一名药剂师。在另一个人生中，我是一名内战时期的外科医生。"等几位顾客都离开，他把前门关上，带我参观了药店。

"这些是我最喜欢的几样东西。"他说着，由医疗器械开始了讲解。他拿起一把锯，看起来像是木工车间的钢锯。"这是内战中最流行的工具。它们在战争中锯了很多骨头。"锯的旁边放着一个开孔工具，是一个类似红酒开瓶器的器具，用来在头骨上钻孔。"当你用完这个东西时，病人要不然被装在箱子里送回家，要不然在脖子上挂个口水桶回家。那是脑部外科手术的开端。"

格雷齐拿起一个麻醉面罩。"幸运的是，当时有止痛药，大部分是乙醚和氯仿，"他说，"但是如果使用不当，手术就会成为一次单程旅行。"在没有麻醉药品的时候，士兵们在手术期间咬着子弹。格雷齐给我看了一个带着牙印的米尼弹头。"士兵们咬得太狠了，下巴都脱臼了。所以当时一般认为咬两颗子弹更好，一边一个。这样咬得更均衡。"

我们接着看药品。"内战中最大的杀手不是步枪而是细菌，"他说，"这些药品也杀了好多人。"他列举出内战医生的医疗车上存放的[194]补剂和药酊，包括硝酸银、蓖麻油、松脂、颠茄、鸦片、白兰地和奎宁。"唯一差不多能治病的就是奎宁，能治疗疟疾。"他让我看了一个瓶子，上面画着一个骷髅头和两根交叉的骨头。"这是石炭酸，用来清洗伤口。但它主要的作用是吃掉人体组织。"格雷齐摇摇头，"如果当时他们知道把它稀释一百倍左右，他们就有了来苏尔，一种完美的消毒剂。"

格雷齐用一次对痢疾的简短讲解结束了参观，痢疾在内战中使成千上万的双方士兵失去了战斗力。"如果当时南方找到了治疗此病的特效药，他们可能就会赢得战争，"他说，"相反，他们分发的药品只能让病情恶化。来，我让你看一些我的泻药。"

吓人的参观结束后，格雷齐向我讲了他小时候是如何开始收集旧武器和其他文物的。"我小时候，没人对这些东西感兴趣，所以人们会把他们阁楼和地下室里的东西送给我。他们会说：'拿走吧，我们很高兴能把它从家里清理出去。'"他咯咯笑了。"我父母很担心。他们觉得米尼弹头会发展到炮弹或者更糟糕的东西，就像现在的家长们担心吸大麻会发展到吸食硬性毒品一样。"

第二次世界大战期间，格雷齐在太平洋战场上的一个野战外科医院（MASH）①类型的部队服役。回家以后，他想过去医学院学习，但是经过常年的海外漂泊，"我感到生命在匆匆流逝"。所以他没有去上医学院，而是在一栋老房子里开了这家药店，这座房子在维克斯堡围城的时候是一家酒吧。他有时希望自己现实中真的追求了医生的职业，因此收集内战药品和医疗器械就变成了宣泄的出口。

格雷齐经常给学生团体分享他的收藏品，还在重演活动中表演截

①　野战外科医院的全称为 Mobile Army Surgical Hospital（MASH），是在第二次世界大战末期出现的一种美军野战医院，致力于对重伤的伤员进行紧急手术。

肢。但是，大多数时候，他是为了自己个人的乐趣而摆出这些文物。"我把收藏品放在店里是因为我在这儿的时间是在家的两倍。所以为什么不把它们放在这里看呢？"

格雷齐还证实了他父母的担忧。很多年前他就听过谣传，说城市的边缘埋着一尊巨大的南军大炮。"我开始想，子弹和手枪很好。但是可能我应该有个大炮。"在一位老太太的花园里，他发现一个看起[195]来像是炮筒边缘的东西从地里戳出来。老太太不想自己的花园被破坏，所以格雷齐在仍然不确定地底下埋的是什么的时候就买下了那块地。"我买了一只口袋里的猪①。"他说。

这只"猪"原来是一尊重达九千磅的派若特炮，南军放置于河边的巨炮之一。格雷齐指了指窗外街对面的一个交通环岛。那尊派若特炮就蹲在环岛中央，10英尺长的炮管对着水面的方向。对于收藏家来说，这尊大炮最少价值六万美元，但是格雷齐不担心它会被盗。"没人会挪走它，除非他们有工程起重机，"他说，"它被车撞过几次，但仅此而已。"

有人敲门。格雷齐看了看，好像希望他们走掉的样子。"下班后来我家，"他说，"我让你看看另外几件我最喜欢的东西。"

下山回到有空调的赌场，我坐在酒吧翻阅莉诺给我的旅游资料，还有我自己收集的一些关于维克斯堡的新闻剪报。"当想起我们的城市时，如果你所能想到的全是内战战斗场景的话，那你连一半的景色都还没看到。"宣传资料的文案这样开始，"别误会。维克斯堡在历史

---

① "买了一只口袋里的猪"原文是"Bought a pig in a poke"，这是一句俗语，指未经仔细查看就购买东西。

中的地位是永恒的。但是今天的维克斯堡远远不止如此。它是一个新和旧完美融合为一体的地方，在美国独一无二。"

事实上，新和旧融合得并不好，历史也绝不是永恒不变的。沿河的疯狂建设改变了当地的排水模式，雨水进入了维克斯堡脆弱峭壁的松弛泥质土壤中，加速了峭壁的水土流失。国家公园管理局最近被迫关掉了峭壁顶端的炮台，因为在山脚下修建了一条进出赌场的行车通道之后，炮台出现了塌陷。曾经击退联邦舰队的巨炮现在炮口向下，无力地对着一个赌场的停车场，炮台有滑向这个停车场的危险。

另外一家赌场无视国家公园管理局和历史学家的警告，用推土机[196]铲平了一个 19 世纪的黑人墓园附近的地面，这个墓园里埋葬着美国有色人种士兵的遗骸。在推土机推出了尸骨之后，工程停止了。"我只想把这些去世的人搬离这里。"墓地的管理员对本地报纸说，听起来像是一位将军在请求停火，以便移走他的伤亡人员。

维克斯堡的战场遗址，或者说是被国家公园管理局保护的一部分战场遗址，在河滨后面的山丘和沟壑上形成了一英里左右的新月形地带。通过步行和开车游览，我发现这次战役比夏洛战役更难把握。首先，维克斯堡战役不是一个单次的、两军在一片特定的战场交战的重大冲突。与此相反，维克斯堡战役是一场长达数月的战役，包含了几次微型战斗和 43 天的围城。因为格兰特向内陆推进以求包围城市，大部分战斗都发生在离维克斯堡很远的地方。

维克斯堡战役与夏洛战役在其他一些基本方面也有所不同。至 1863 年年中，将军们已经克服了他们之前对挖战壕的鄙弃。铁锹被证明和枪炮一样至关重要，双方共挖掘了长达六万英尺的"之"字形战壕。另外，老百姓也和士兵们一起受苦受难，忍受着猛烈的炮火轰炸和围城期间几近饿死的状态。总之，维克斯堡战役为格兰特和谢尔曼之后在东部发动的碾压式总体战提供了一次预演——在 20 世纪，欧洲各国军队以更为野蛮残暴的方式延续了此种战术。

战场遗址公园最显著的特征是"纪念碑过载"，一位公园管理员这样形容。公园里总共有 1323 个纪念牌匾和纪念碑，这还是经历了一次大量削减之后的数量；在 1942 年的金属短缺中，有一半的铁铸牌匾为了支援第二次世界大战而被捐献了出去。一个纪念碑非常引人注目。这个纪念碑的造型模仿的是罗马的万神殿，上面刻着 36,000 名伊利诺伊士兵的名字，其中包括一位名叫艾伯特·D. J. 卡什尔（Albert D. J. Cashire）的出色列兵。

"在战斗中操作毛瑟枪，"他的一位战友回忆说，"他和连队里的其他人都一样。"卡什尔还"似乎特别擅长那些步兵们非常瞧不起的任务"，比如缝纫和洗衣服。卡什尔共参加了 40 次小冲突和大战斗，在战后活跃于老兵事务，参加了几十年的老兵游行。

后来，在 1911 年，卡什尔在伊利诺伊州做勤杂工的工作时，被 [197] 一辆汽车撞倒并被送往医院，他的一条腿在接近臀部的位置被撞断了。为卡什尔做检查的医生发现了这位伊利诺伊老兵隐藏如此之久的秘密：卡什尔是一个女人，是一位名叫珍妮·霍杰斯（Jennie Hodgers）的爱尔兰移民。霍杰斯最终被送到了一家精神病院，被逼穿上女人的衣服，直到她于 1915 年去世。

"我在维克斯堡战役结束的时候离开了卡什尔［Cashier，原文如此］，那时他还是一个 22 岁的无畏男孩。"一位前战友在精神病院看望了她之后写道，"我找到了一个瘦弱的 70 岁女人，失魂落魄，因为被发现后，她被逼穿上了裙子。他们告诉我，在他们中间，她要多尴尬就有多尴尬。有一天她绊倒了，摔在地上，伤到了臀部。她再也没能康复。"

　　一位前军士说，霍杰斯曾告诉他："国家需要我，而我想要刺激。"她也有可能是被钱所诱惑；对于一个穷困的爱尔兰移民来说，士兵的军饷是每月 13 美元，这代表了一份微薄但稳定的收入。维克斯堡的战场遗址博物馆展出了一张霍杰斯穿军装的照片，照片上是一个有男子气概的人物，留着短发，站在那里明显比战友们低很多（她还不到 5 英尺高）。博物馆还讲述了 400 名女扮男装参加内战的女人们的故事。其中一位叫莎拉·艾玛·埃德蒙兹（Sarah Emma Edmonds），她选择在 1884 年公开她的性别，那时她以女士的身份出现在了密歇根第二步兵团的重聚活动上。

　　至少，霍杰斯的秘密在她死后流传了下来，她的假名被刻在维克斯堡的伊利诺伊纪念碑上，还被刻在战争部放置于她坟墓旁的老兵墓碑上。几十年之后，另一块石碑被加了上去，写着：

艾伯特·D. J. 卡什尔

内战，伊利诺伊第 95 步兵团，G 连

生为

珍妮·霍杰斯

于爱尔兰，克洛赫海德

1843—1915

　　维克斯堡的围城还造成了其他的怪现象。南军试验了使用骆驼，[198]　一位上校用一匹单峰驼去搬运他的个人行李——直到一个联邦军的神枪手射杀了这只骆驼。还有维克斯堡著名的洞穴，都是老百姓为了在联邦军的轰炸下保护自己而挖掘的。一些洞穴变成了精心布置的住宅，铺上了地毯，装了床，还有奴隶服侍生活起居。但是大多数洞穴都是粗糙拥挤的地洞，一位居民描述其为"老鼠洞"。和士兵们一样，老百姓也经历了食物供应的逐渐减少，直至微薄的每日配给。牛肉吃完了，他们就吃骡子肉、青蛙和老鼠。面粉被一种玉米粉和豆子粉的混合物所替代。"这种东西做出来的食物令人作呕，玉米粉的烹饪时间是豆子粉的一半，所以这个东西煮出来以后一半是生的，"一个南方人写道，"它有着天然橡胶的特质，比皮革还难消化。"

至7月初，士兵和老百姓都处于饿死的边缘，投降变得不可避免。南军的指挥官是一个来自宾夕法尼亚的逃亡者，名叫约翰·彭伯顿（John Pemberton），他告诉自己的军官们："我知道他们特有的弱点和国家的虚荣心。我知道，比起其他任何日子，我们能在7月4日从他们那儿获得更好的投降条件。"他是对的。格兰特慷慨地同意有条件释放参与了维克斯堡保卫战的三万名南军士兵。

即便如此，维克斯堡发生的凶残且旷日持久的战斗给这里的人们留下了深深的怨恨。尽管维克斯堡和其所在的县是密西西比州仅有的两个投票反对脱离联邦的县（另一个是纳齐兹县），战后的维克斯堡把大业神圣化，还轻蔑地把国家战场遗址称为"北方佬公园"。密西西比州最初拒绝在公园竖立纪念碑，而且从未给彭伯顿这个出生在北方的叛军指挥官立碑纪念。乔·格雷齐告诉我，最晚至20世纪50年代，"人们都不谈论这里发生的投降。那是'中止敌对行为'。维克斯堡人民从未放弃，是北方佬将军彭伯顿丢掉了城市"。

和别的地方一样，大量的神话支撑起了这个传奇故事。在投降之前，南军士兵们给彭伯顿写了一封署名为"众将士"的请愿信，信上说："如果你不能喂饱我们，即使投降这个主意本来就很糟糕了，比起用逃跑让这支高贵的军队蒙羞，你也可以以更好的方式投降。"也不是只有北边使用了残酷的现代战争手段。南军把北军战俘关押在维克斯堡法院里，让他们做人肉盾牌，使北军炮兵不敢轰炸这座建筑。

[199]

　　法院幸存了下来，只挨了一发炮弹，现在是维克斯堡的市立博物馆。这里的藏品是我在南方见过的最古怪的收藏——也是最政治不正确的。在"南军展厅"里，有一块当年留下来的硬饼干和一份《维克斯堡公民报》(Vicksburg Citizen)，因为当时的新闻纸都已耗尽，这份报纸是印在墙纸上的，在饼干和报纸的旁边，我找到了一条由"种植园嬷嬷制作的"南军裤子，还有一张照片，上面是一位南方主妇和"她的拒绝接受自由的奴隶们"。杰斐逊·戴维斯在这座法院发表了他的第一次公开演讲，一个关于他的展览说："杰斐逊·戴维斯和他的奴隶们之间有一种特殊的关系。他不仅是他们的主人，还是他们的朋友。"另外一个展览指出："讽刺的是，U. S. 格兰特将军是一个蓄奴者，而罗伯特·E. 李将军则解放了他的奴隶们。"

　　最后这句话是老掉牙的南方宣传。格兰特的姻亲是密苏里人，他们在内战之前拥有过奴隶；格兰特从他们那里购买了一个奴隶，一年之后给了他自由。至于李，这里提到的奴隶是他妻子于 1857 年 10 月继承的，按照遗嘱的条款，李作为遗嘱执行人需要在五年之内解放他们。李错过了截止日期，直到 1863 年 12 月 29 日才给予他们自由。

　　在另一个展厅，我看到了一个三 K 党的头罩，上面有眼洞和红色的穗子。"三 K 党的目的是在南方扫除由提包党、无赖和黑人组成的政府，这种政府通常是腐败的，"附加的文本这样写道，"有时候，无耻之徒会把残暴行为归罪于三 K 党。"

但是最引人注目的是名为"米尼弹头致孕"的展览。这个展览主要包括了一颗内战时期的子弹和一位维克斯堡医生的照片，以下是对这位医生行医事迹的描述：

> 1863 年，在密西西比州雷蒙德发生的战斗中，据说一个米尼弹头打穿了一位年轻叛军士兵的生殖器官，几秒钟后，这颗弹头又打入了一位年轻女士的身体中，她当时站在不远处自家的门廊上。后来，维克斯堡的勒格兰德·G. 卡帕斯医生（Dr. Le Grand G. Capers）为《美国医学周刊》（*American Medical Weekly*）写下了这〔200〕个故事。卡帕斯声称他治疗了两人的伤口，因为那颗米尼弹头有了繁殖能力，女孩怀孕了，然后他接生了婴儿，并把她介绍给了那位士兵，两人最终结婚，并通过常规方法又生育了两个孩子。

我吃惊地意识到，我在上小学时曾听过这个故事的修订版本。是否有可能这个原始版本的都市传说有一些事实依据呢？

我找到了博物馆的馆长戈登·科顿（Gordon Cotton），他正在一个小房间里整理文件。从长相到声音，科顿都特别像谢尔比·富特，部分原因可能是两人都在密西西比三角洲的同一个地区长大。"我听见有人在大声地笑，就知道你一定在看'米尼弹头致孕'的故事。"他说。

我问他是否觉得这个故事有可能是真的。

"那个女孩的母亲相信这是真的，其他的都不重要。"他回复道，

"我猜，你可以说那个孩子是最早的'枪之子'①。"

故事的部分情节的确是真实的。勒格兰德·卡帕斯医生是一位南军外科医生的真名，他于 1874 年在《美国医学周刊》上发表了关于米尼弹头致孕的文章，标题是："妇产科医生们注意了！美利坚联盟国一位战地及驻院外科医生的日记摘录。"但是，内战时期，医生们经常报道一些严重夸大高超医术的故事，卡帕斯写这篇文章意在滑稽地模仿那些故事。并不是每个人都领会到了这个笑话，卡帕斯的医学声誉再也未能恢复。

"我决定把卡帕斯写的故事原封不动地呈现出来，"科顿耸耸肩说，"历史不应该是无趣的。"这种态度也延伸到了别的展览，科顿坦率地承认，他自己布置的这些展览带有一种强烈的南方偏见。"这里就是维克斯堡的阁楼，"他说，"我们的故事就是维克斯堡的故事，不是宾夕法尼亚某地的故事。有人可能会说：'那是一个南方的观点。'但这是一座南方的城市。"

大多数展品来自本地家庭。三 K 党的头罩真的是来自阁楼，由科顿的一位亲戚妥善地保存在一个大箱子里。这套服装最初属于科顿的曾祖父，他是一名南军列兵。"三 K 党是我们的历史的一部分，无 [201] 论好坏，"他说，"人们经常问我的曾祖父是不是仇恨黑人。不，我告诉他们。他恨北方佬。总之，要不是因为北方的占领，我们就不会有好故事可讲。"

---

① "枪之子"的原文是"son-of-a-gun"，也可直译为"一把枪的儿子"，这是英语中的一句俗语，一般用于指代或形容某人，略有赞赏之意，可以译为"这家伙"或者"这小子"。因为根据故事的描述，这个女孩是由枪射出的子弹致孕而生子，因此科顿开玩笑说她的孩子是"son-of-a-gun"这个表达方式的最初来源。

科顿住在一栋 19 世纪 40 年代建造的农舍中，他的父亲、祖父和曾祖父都出生在这里。科顿的一个堂姐妹现在睡的床上还布满了弹孔，那是因为北军在一次劫掠种植园的行动中射杀了躺在这张床上的高祖母。"杀她的凶手就在这座法院的楼上接受了审判，"科顿说，"所以你看，我们从来就没有远离自己的历史。我不会为了让当下的什么人高兴，而去仔细检查这座博物馆，重写历史。"

总之，当下的情况并没有让科顿有多高兴，特别是那些赌场。"我还保持着那种老式新教教徒的职业道德，相信按劳所得。我不相信不义之财和靠运气取胜的游戏。"倒不是说他是个故作正经的人。"我们曾经有一个很棒的红灯区，"他说，"已经没了。"他也承认，赌场创造了成千上万的工作岗位，给密西西比这个长久以来都是全国最穷的州带来了数百万美元的税收。

但是科顿觉得赌场破坏了维克斯堡的历史氛围，它们在贩卖虚假的历史。和许多别的沿河城镇一样，内战前的维克斯堡是一个恶劣的地方，以罪恶和暴力闻名，这是事实。但是江轮通常都是普通的商贸船只，不喜欢赌博业。"如果在蒸汽船上发现了职业赌徒，他们会在下一站把他赶下去。"科顿说。

维克斯堡还努力扫清了罪恶的街区。维克斯堡这个名字来自纽伊特·维克牧师（Reverend Newitt Vick），他是一名坚定而狂热的卫理公会派教徒，他创建这座城市是为了建立一个基督教的模范前哨站。当它变成了一个罪恶的巢穴，市民们就组织起来把赌徒们赶了出去。一家名叫"袋鼠"的臭名昭著的赌窟拒绝关门。所以在 1835 年，一位名叫休·博德利（Hugh Bodley）的医生领导义务警员们武装起来，向"袋鼠"进军。他们接近赌场的时候，有个人隔着门开了枪，打死了博德利。后来人们在大街上焚烧了赌博用的轮盘和法罗牌的转盘，并用私刑处死了几名赌徒。"另外一些人最后都喂鲇鱼了。"科顿看着窗外的水面说。

离法院几个街区远的地方竖立着一个小方尖塔碑，上面写着："由心怀感激的社区竖立，以纪念休·博德利医生，1835 年 7 月 5 日，[202] 他在守卫维克斯堡的道德操守时被赌徒杀害。"新的赌场入驻维克斯堡的时候，哈拉斯酒店的代表来找过科顿，他们就如何打造河岸，还有如何把城市的历史融入他们的设计向他征求建议。科顿给他们看了一张博德利纪念碑的照片，不过不是上面的铭文。哈拉斯的人问是否可以把纪念碑移到河边，离赌场近一些。

"我想，那再好不过了。"科顿告诉他们。然后他给他们看了纪念碑上面的文字。他咯咯地笑了起来。"他们一点儿都不觉得有趣。"他说。

从他橄榄色的皮肤和不同寻常的姓氏，我猜想药剂师乔·格雷齐是南欧人出身。但当我来到他位于维克斯堡市郊的家中时，看到客厅的壁炉架上放着一个犹太教烛台。然后，我们开始聊天，他提到了维克斯堡的 schvartze。他突然停下来说："那是意第绪语，'黑人'的意思。"

"我知道，我祖父总是用这个词。"

"你是犹太人？"他问。

我点点头，格雷齐向厨房里的妻子喊："安（Ann），你知道吗？托尼是个 M. O. T.！"然后对我说："那是'部落成员'（Member of Tribe）的意思。"我还没来得及聊熏牛肉黑麦面包三明治，就被邀请——其实是被命令——参加明晚的犹太教堂礼拜，还被赶到客厅看一部有关密西西比犹太人生活的纪录片，是安从电视上录制下来的。[①] 到我看完的时候，晚饭准备好了，我坐在餐桌上，乔吟诵着感谢食物和红酒的希伯来语祷告。

"其实，我是天主教教徒，"乔说着，咬着一根莳萝泡菜，"我的祖父母来自意大利。但是我参加安的礼拜，她则和我一起参加弥撒。"

南方犹太人经常做出这种奇怪的混合。我在密西西比生活期间，一位犹太同事和我经常被默里迪恩的一个小犹太教堂请去帮助凑够"法定人数"（minyan），犹太教的礼拜仪式需要不少于十个礼拜者的法定人数。每周五打来的电话都是一样的："你们俩今晚会来教堂凑齐法定人数吗？我们会在礼拜仪式结束后打扑克牌。"犹太人的南方文化还孕育了终极的融合菜品：亚拉巴马州的格申·温伯格 [203]（Gershon Weinberg）猪肉与排骨烧烤餐厅。

在维克斯堡的犹太教堂，"法定人数"通常包括三位非犹太人女士，她们在教堂的合唱团里唱歌，还有几个黑人管理员。一位客座拉比只在盛大的节日来这里，所以其他的时候，都是教徒们轮流领读经文。我来教堂的那个星期五晚上，一位身穿条纹西服的保险推销员用南方口音的英语领读了安息日礼拜。十二位礼拜者中，只有很少几个看起来还没到六十岁。"我们已经十年没有举办过成人礼[②]了。"在简短的仪式结束后，保险推销员这么说。

---

① 熏牛肉黑麦面包三明治（Pastrami on rye）是一种源自纽约的犹太人食物，后来成为美国犹太人的标志性菜品。这里作者表达的意思是，他还没来得及聊犹太人的家常，对方就开始邀请他去犹太教堂和看纪录片的录像带。

② 成人礼（Bar Mitzvah），又译受戒礼，是为年满十三岁的犹太男孩举行的成人仪式。

和默里迪恩的犹太人一样，维克斯堡的教众也保持了一种有趣的礼拜后惯例。通常，大家会一起开车跨过大桥，去路易斯安那州的一家名叫"波男孩"的小龙虾餐馆吃饭。我去的那天晚上，"波男孩"没有开门，所以我们去了一家当地餐厅，吃了炸鸡、猪大排和油炸玉米球。在用餐的大部分时间里，一位名叫贝蒂·苏（Betty Sue）的女士主持了局面，向每个人盘问家常闲话，就像南方人特别喜欢做的那样。"她的娘家姓是什么？……他是厄尔的表亲吗？……他娶了那个孟菲斯女孩吗？"

但是没有太多的家庭可以谈论，至少没有太多的本地家庭。和许多南方城镇一样，犹太人最初于19世纪作为小商贩来到维克斯堡。沿着密西西比河向北走，他们沿河定居并开设生意。但是到了20世纪，年轻的犹太人开始离开，去往大城市。犹太男孩们在第二次世界大战中离家参军，加速了这次人口迁移，后来，民权运动也加速了这一进程，短暂地带来了北方犹太人的迁入。他们的长头发和自由派观点使当地人感到不安。"他们住在黑人区，和我们相比，他们用不同的方式和别人交往。"安·格雷齐说，印证了谢尔比·富特告诉我的情况，"自那以后，我们都不知道自己的基督教邻居们会如何对待我们。"

在几个南方城市，白人至上主义者用燃烧弹焚毁了犹太教堂。尽管维克斯堡没有出现这样的暴力行为，但犹太人社群持续变小，现在只有70人左右。"这还包括那些已经不在这里生活，却计划在死后葬于维克斯堡的人。"安说。

[204]　　第二天，我造访了犹太人公墓，墓园夹在一家必胜客餐厅和战场遗址公园之间。发生在维克斯堡的战斗曾蔓延到墓园所在地，刻着利

维（Levy）和梅茨格（Metzger）的墓碑奇怪地与纪念密西西比轻炮兵团以及得克萨斯格林旅的牌匾混在一起。

在内战开始的时候，大约有两万名犹太人生活在邦联各州。从一些方面讲，19世纪中期的南方比北方更欢迎犹太人，19世纪50年代，反移民情绪在北方达到了极度狂热的程度。格兰特在密西西比打仗的时候，经常抱怨犹太"投机者"，并下令禁止他们的活动，他一度称犹太人为"无法忍受的讨厌鬼"，还命令军队的铁路售票员阻止犹太人在杰克逊以南旅行。

但是从维克斯堡的犹太教堂和墓园来看，南方犹太人给人一种悲哀的、穷途末路的感觉，至少对生活在佛罗里达和几个大城市以外的犹太人来说是这样的。再过十年或者二十年，看起来似乎一切农村及小镇犹太人的生活痕迹都会消失，除了像这样的墓园和犹太人名字——科恩（Cohen），考夫曼（Kaufman），洛温斯坦（Lowenstein）——仍然在废弃的鞋店以及遍布偏远南方的百货公司的门面上依稀可见。

在维克斯堡的第二个星期，我被哈拉斯酒店赶了出来。我嫌麻烦就没有提前预订阵亡将士纪念日的酒店，天真地以为没有正常的人会在这里庆祝夏天的到来，高温已经袭击了城市，每次我到室外，眼镜就会起雾气并滑下鼻子。但是赌徒们不知道季节的变化；在100华氏度的白天消磨时光，有比控温的赌场更好的去处吗？城里其他的酒店也都订满了。所以我兑现了手中仅有的几个筹码，出发去纳齐兹古道，就像19世纪驳船的船员和输光的赌徒们经常做的那样。

开车驶离城市，我决定最后再看一次战场遗址。早报上提到公墓在正午时分会举行献花仪式。像许多美国人一样，我几乎忘记了阵亡将士纪念日不仅仅意味着可以去沙滩或者坐在 21 点赌桌前的三天周末。事实上，正是内战的大规模屠杀才导致了这个节日的设立。看南方人如何纪念他们的阵亡将士，维克斯堡似乎是一个合适的地方。

[205]

典礼的地点位于庞大的联邦军公墓中的一个背阴角落，附近的一块纪念牌匾上写着："已知 44 位士兵的姓名，其他人的姓名只有上帝知道。"维克斯堡埋葬的 17,000 名士兵中，只有 4000 名留下了姓名。一列挂满了丝带和旗帜的车队停下。40 个人下了车，大多都是头发灰白的老人，他们戴着军帽和勋章。第一眼看去，这就像普通的老兵集会，除了参与者都是黑人，只有一个白人。

这群人穿过众多维克斯堡无名阵亡将士的小墓碑鱼贯而入。有个人敬献了花圈并说了简短的祷告词。然后士兵们鸣 21 枪致敬，一位号手吹了军号。人群逃离正午阳光的当口，我和典礼的组织者聊天，他是一位名叫威利·格拉斯佩（Willie Glasper）的男士。他说维克斯堡的阵亡将士纪念日仪式在 20 世纪 70 年代的时候全部中止了。是他自己决定通过敬献花圈和穿过城市的简短游行来恢复这个节日。

"我是个邮递员，不是老兵，但我小时候就在这里玩耍，研究这些坟墓，"他说，"我从一个自由的角度来看待内战。一方胜了，另一方输了，结果就是我们自由了。"他停顿了一下。"可能这就是为什么白人们不来参加。"

像 7 月 4 日一样，阵亡将士纪念日在维克斯堡有一段痛苦的历史，在南方的大部分地区都是这样。是南方的女人们最先开始了布置士兵坟墓的春季习俗（佐治亚州的哥伦比亚估计最有资格宣称自己于 1866 年举办了第一次阵亡将士纪念日）。但是这个仪式很快在北方和南方都流传开来。1868 年，主要的北方老兵组织"共和国的伟大军队"（Grand Army of the Republic）指定 5 月 30 日为所有的老兵组织布置联邦军坟墓的日子。按照其惯常的做法，南方走了自己的路。南部各州宣布了它们自己的"邦联阵亡将士纪念日"，每个州的日期都不一样，但在很大程度上都和春季鲜花盛开的高峰期一致。直到 20世纪，随着群体痛苦的消退，还有新的战争造成了新的阵亡将士，5月末的阵亡将士纪念日才变成了一个真正的全国性节日。

　　但是旧习惯很难改掉。格拉斯佩说，长时间以来，维克斯堡有两 [206]个美国退伍军人协会（American Legion）的办事处，一个全是白人，另一个全是黑人。"他们的态度是：'你纪念你的阵亡将士纪念日，我纪念我的老兵节。'"他说。每年，格拉斯佩都会象征性地邀请白人协会的人来参加敬献花圈的仪式。但是今年参加仪式的唯一白人并不是退伍军人，是维克斯堡的市长。白人协会的办事处在阵亡将士纪念日的那天甚至都没有开门。他们于老兵节那天在市中心街道的中央分隔带举办仪式，而不是在内战公墓，那里有一些纪念 20 世纪的战争的纪念碑。

　　"类似的情况还有很多，"格拉斯佩说，"黑人如果举办什么活动，白人不来。而经常是白人举办什么活动，我们不去。我们在一起相互都会感到不自在。"

　　格拉斯佩邀请我去参加在美国退伍军人协会的办事处举办的接待会，办事处是一栋小建筑，位于一个黑人社区的一条小街巷中。在去的路上，他指给我看了一座新博物馆，这个博物馆是他和另外几个人建立的，为了纪念维克斯堡的黑人，其中包括萨拉·布里德洛夫·沃克（Sarah Breedlove Walker），美国的第一位黑人女性百万富翁。我问他为什么不尝试把这里的展览放在市立博物馆，就在我去过的那个旧法院大楼里。格拉斯佩表情奇怪地看着我。"那是他们的。"他说。甚至基督教青年会（Young Men's Christian Association，YMCA）在维克斯堡也有两个分会，一个白人的，一个黑人的。

在协会的大厅里，老兵和他们的家人坐在气球和彩旗装饰的下面，往热狗上面涂抹调味酱菜。市长在各个小群体之间走动，和老兵们热情地握手，侃侃而谈他的政绩（"减税，铺设了58条街道，修建了新的游泳池和棒球场，让失业率减半，安装了一个1100万美元的下水道系统……"）。

我在一位女士的旁边找到了座位，她在维克斯堡的各个学校教了25年的书。她说黑白同校时没有发生意外，而且现在黑人在政治上有很高的参与度。但是在社会上，肤色的界限没有被打破。"你会认为在所有人中，退伍老兵们最可能跨过界线。他们的共同点太多了，"她说，"但是，大部分老兵参加的是黑人部队，甚至在朝鲜战争中也是。所以我猜他们从未主动了解过对方。"

[207]　我的对面坐着一位80岁的女士，名叫劳拉·琼斯（Laura Jones），她是退伍军人协会妇女志愿队的队长。她的祖父是一位参加了维克斯堡战役的黑人士兵；他的名字就刻在伊利诺伊州的纪念碑上。小时候，她全家每个周末都会来战场遗址公园。"当时是免费的，我们可以在纪念碑里面玩耍，捡山核桃、胡桃和李子，找爷爷的名字。"她给我分享了另外两个栩栩如生的儿时记忆。"三K党在格罗夫街吊死了一个黑人男孩。我记得那棵树。我还看见一个满身柏油的女人。她为白人洗衣服，一些白人男子喜欢上了她。当然，这变成了她的错。幸运的是，在三K党往她身上撒羽毛之前，有人阻止了他

们，所以她只被泼了柏油。"①

劳拉·琼斯在她的有生之年看到了此类恐怖行为的消失。但她对能在维克斯堡看到真正的种族友好感到绝望。"人们不去消除不同，反而都想走他们自己的路。"她询问本地的高中要不要派他们的乐队来参加阵亡将士纪念日的游行。"他们说：'学校几天前已经放假了，制服都已经洗好收起来了。'那么，我们可以把制服再洗一遍。洗衣店又不会从城里搬走。但这就是他们的借口。密西西比小姐的选美比赛在 7 月举办。我打赌学校的乐队会参加。而且他们还参加圣诞节的游行，那是学校放假的时候。"最终，退伍军人协会花钱请了外州的几个黑人乐队。

得知种族分裂如此之深，我深感惊讶。维克斯堡基本上避开了民权运动的暴力，这种暴力使许多密西西比的社区饱受折磨。而且，像其他沿河城镇一样，维克斯堡比内陆社区看起来更开放，更包罗万象。得益于赌博业，现在维克斯堡的经济很强，在过去的一星期中和我交谈过的黑人都对赌场公平的招聘大加赞赏。在这里我也没有看到那种煽动性地展示叛军符号的行为，此种现象在肯塔基州陶德县和我造访过的其他一些地方很常见。

但是劳拉·琼斯说我不应该被维克斯堡的温和的虚假外表所欺骗。"事情没有变是因为人们的内心深处没有变。没有法律、政府和大公司会让你做正确的事情。那必须是发自内心的。"她拍了一下落 [208] 在酱汁罐子上面的苍蝇。"外部改变了，"她说，"但是内心没有。"

我吃完了热狗，在热带暴雨中驾车离开维克斯堡；甚至连天气都

---

① 　在人身上涂满柏油再沾上羽毛（ tar and feather ）是美国的一种传统私刑，通常由白人施加在有色人种身上，用以公开羞辱被行刑的人。

密谋在阵亡将士纪念日游行的时候下雨。维克斯堡证实了我自北卡罗来纳开始就在南部其他地方看到的令人沮丧的规律。在各地，我似乎必须探索两个过去和两个当下：一个黑人的，一个白人的，分开且不可调和。过去毒害了当下，反过来，当下也在毒害对过去的纪念。所以，需要有一个黑人阵亡将士纪念日和一个白人老兵节。一个黑人的市立博物馆和一个白人的。一个黑人历史月和一个白人的纪念日历。我们能希望达到的最好结果就是不情愿地容忍对方的历史记忆。你穿你的 X，我穿我的。

第十章 弗吉尼亚及周边：全面内战

战争是青少年的社交活动。

——约翰·贝里曼,《波士顿公园》[1]

我们正飞驰在里士满附近的州际公路上，罗伯特·李·霍奇狠狠 [209] 地戳了一下我的肋部。

"别法布！"他吼叫着，"你以为那些北方佬在葛底斯堡战役的时候睡觉了吗？在伯恩赛德的泥地行军中睡觉了吗？快他妈的起来！"[2]

罗布一手紧握方向盘，另一只手与在风中摇曳的地图较劲。咀嚼烟草的汁液从他的胡子上滑落，弄脏了他灰胡桃色外套的衣领。他脱掉了短靴，我能闻到他的羊毛袜发出的腐臭。或者，也可能是我的臭味。我在自己被汗浸湿的蓝色紧身裤中摸索，掏出了一个怀表。十点

---

① 约翰·贝里曼（John Berryman, 1914—1972），美国诗人，被认为是 20 世纪下半叶美国最重要的诗人之一和自白派诗歌的领军人物。《波士顿公园》（"Boston Common"）是贝里曼于 1942 年创作的一首诗。

② 1862 年 12 月，弗雷德里克斯堡战役爆发。由安布罗斯·伯恩赛德任总指挥的北方联邦军渡过拉帕汉诺克河向弗雷德里克斯堡发动进攻，惨败而归。战役结束后，伯恩赛德依然坚持渡河，想要再次开战。1863 年初，他再次下令渡河。但是从 1 月 19 日开始，突降暴雨，道路泥泞不堪，渡河失败。这次渡河的尝试被称为"泥地行军"（Mud March）。

钟；现在肯定是 1864 年的春天。

"去耶洛塔韦尔（Yellow Tavern）是这个出口，"罗布说着，把地图扔到一旁，猛地向右打方向，横跨了两条车道，"如果我们不迷路的话，就能看到杰布·斯图尔特被打死的地方，然后依旧能在午饭之前到达冷港。"①

[210] 我接到罗布的一个电话就从密西西比赶了回来，他在电话中对我说"全面内战"的时间到了。正值 6 月，白昼很长，罗布在给一位内战画师当模特和参加葛底斯堡的一次重大重演活动之间有一个短暂的窗口期。"你准备好开始快速旅行了吗？"他问我。

说真的，我不确定。我第一次听说"全面内战"还是在几个月前和南方护卫队贴身拥抱着睡的时候。罗布和乔尔·博依（就是那个细腰的建筑工人）告诉我他们是如何在葛底斯堡的一次重演活动中相识的。两人一见如故，随即决定对内战的东部战区来一次说走就走的旅行。他们草拟了一个必看景点的单子；上面有 30 多个景点，许多都相隔数百英里。乔尔在回到新英格兰上班之前只有一个星期的时间。

对于这样的旅行计划，其他人或许看到的是噩梦般的行程，罗布则看到了机会。"每个人都在以受控的方式玩内战，"他说，"我们想要做些疯狂的事情。"所以他们两人踏上了一次高速度的长途跋涉，

---

① 1864 年 5 月 11 日，北军将领菲利普·谢里登（Philip Sheridan, 1831—1888）率领的北方骑兵与杰布·斯图尔特的南军骑兵在里士满以北约六英里的耶洛塔韦尔发生了战斗。虽然最终谢里登带兵撤退，但是斯图尔特在战斗中受伤，并在第二天死去。这场战斗是威尔德内斯战役的一部分。威尔德内斯战役之后，北军继续向南部首都里士满进军。1864 年 6 月 3 日，尤利西斯·S. 格兰特率军在弗吉尼亚州的冷港正面进攻了罗伯特·E. 李的防御部队，在不到一小时的战斗中，北军损失了约七千人，最终撤退。这次战役被称为冷港战役。

从葛底斯堡到安蒂特姆，再到谢南多厄河谷以及其间的几十个战场遗址。当然，他们以硬核重演者的身份旅行：穿着恶臭的军服，天黑时离哪个战场近就在哪个战场露营。他们对现代文明唯一的妥协之处就是自己赶往各处景点所开的汽车。

"我们在大的景点只有一个小时左右的时间，小景点则只有几分钟，"罗布说，"所以整个内战以曲速航行的速度冲刷着我们。"疲劳进一步提高了兴奋度。"这是一次像做梦似的、宗教式的、神圣的长途跋涉。"他和乔尔像做礼拜一样阅读士兵们的日记和回忆录；在一些战场遗址，他们挖起一块块神圣的土壤。是乔尔把他们狂热的朝圣之旅起名为"全面内战"的。

两人立誓每年夏天都要重复他们的朝觐。但在第二次旅行之后，乔尔回到了马萨诸塞州生活，交了一个女朋友，逐渐脱离了内战。所以在次年，罗布和他的另外一个伙计进行了全面内战。现在轮到我了。他把我当作一个合适的伙伴，让我感到受宠若惊。但我还是忧心忡忡的。我上次和罗布一起过硬核生活只持续了一天。这次则将会持续一周，而且背负着预期。我能达到全面内战具有的那种卓越的标准吗？更让我担心的是，我能受得了一个星期不睡觉，并且在弗吉尼亚夏日的热浪中穿着扎腿的羊毛裤吗？——更不用提罗伯特·李·霍奇24小时的陪伴了。

在我们选定启程的那个星期一的早晨，我开车去罗布的公寓找[211]他。他住在他兄弟家的地下室，这是一栋位于华盛顿特区环城公路旁边的市郊联排别墅。内战装备散落在车库的地板上。"他的兄弟不喜欢他把这些东西在家里放得到处都是。"罗布的女朋友卡罗琳

（Caroline）解释说。很容易看出原因。没洗的衣服和器皿太臭了，我很惊讶他的兄弟还没有给专业灭虫人员打电话。

罗布跑了出去，最后再办件事，因此卡罗琳请我喝了杯咖啡。她是一位清秀的 23 岁女士，戴着一副特大号的眼镜，有漂亮的红色美甲，看起来与 19 世纪相距甚远，同样也和这座毫无个性的联排别墅格格不入，我们此时正坐在其中，拿着咖啡先生牌的马克杯喝咖啡。"我认为罗布喜欢他的女朋友对内战不感兴趣，"她说，"因为除了我之外，内战就是他生活的全部。"

卡罗琳和罗布是在一家餐厅认识的，当时罗布是她的服务员。他又长又尖的胡子让她觉得奇怪，但是直到他们的第一次约会——他穿了一件南军外套——卡罗琳才意识到自己面临的是什么。"我在想：'噢，不，他是个十足的怪人。'"她回忆说，"我告诉他：'内战可能对你来说很酷，但对我来说，它只是好多名字和日期，那又怎样？'"

但是罗布没有把自己的迷恋强加于卡罗琳身上，慢慢地，她喜欢上了他的陪伴——甚至开始理解内战。"以前，这些历史中的人好像，就像，不是人类。是别的什么东西。现在我认识到他们和我们一样，只是生活在不同的时代。"她参加了几次重演活动，甚至还给罗布缝了一件粗棉布衬衫。但是卡罗琳在观看冗长的电影《葛底斯堡》时决定到此为止了，罗布在这部电影中扮演了皮克特的一个手下。"任何不喜欢内战却去看了这部电影的人，都要死了。"她说。

罗布把车停进了私家车道。卡罗琳喝完她的咖啡。"我对朋友们说：'他没有听起来那么怪异。'"她说，"你只是需要努力去理解他。"

"你理解他吗？"

"有一点。"她笑了，"但也许这是因为我是一名智障人士的辅导员。"

罗布推门而入，脸上带着得意洋洋的微笑。"我弄到了一些腌猪[212]肉，"他说，"这些猪肉太咸了，会让你的眼睛流泪。"他把厚片的培根扔到我的腿上，还有一个土豆和蔫了的洋葱。"我没时间做硬饼干了。"他不好意思地补充说。

我之前跟罗布说了，这次我想扮演联邦士兵，所以他帮我留了一条淡蓝色的裤子、一件方格衬衫、一顶压扁的军便帽，还有一件海军蓝的便装上衣，上面有一片奇怪的黄色污渍。"一些蜡烛在口袋里熔化了，"罗布解释说，"美好的意外。"除此之外，我没有之前那样不光彩了，尽管没有了舒适。裤子太大了，上衣太小了，当罗布往我身上绑上铺盖卷、水壶、干粮袋、锡制水杯和弹药盒，我感觉自己像一只蜗牛，拖着不合身的壳。

"这只是1981年买的，而这只是1984年买的。"罗布说着，扔给我一双短靴，鞋底上有几个大洞，"现在是蜱虫高发的季节，而且莱姆病是今年的一个大问题。所以你留点儿心。"

"那虫子怎么办？"我问，"我们有帐篷或者蚊帐吗？"

罗布皱皱眉头，说："这是全面内战，托尼。神圣中的神圣。蚊虫叮咬是精神的升华。你躺在那儿，听着蚊子在你耳边嗡嗡响，试着入睡，心想：'这就是他们所经历过的。这是真实的体验。'"

当我终于穿上全部的装备，罗布后退一步，满意地看着我的北军造型点头。"你可以被关进安德森维尔战俘营了。"他说。

罗布穿上了他惯常穿的破烂南军军服。我们组成了奇怪的一对：约翰尼·里布和比利·扬克。我们挤进我那辆狭小轿车的前座，驶入了环线上交通高峰期的车流里。一瞥旁边车道上班的人，打着领带，穿着夹克，一脸星期一早晨萎靡的麻木表情，我突然感到头晕目眩，大笑起来。

罗布微笑着，显然也感受到了同样的荒诞主义的欢乐。"这是我的真正使命——一个内战流浪汉。"他说着，开始咀嚼这天的第一块烟草，"全面内战是一件波西米亚的事，就像肯·克西的校车旅行，只是我们走的是 19 世纪 60 年代，而不是 20 世纪 60 年代。"①

实际上，我觉得全面内战是两个十年的融合：一种奇怪的交融，包含了公路文化、腐臭的猪肉和追求难以捉摸的"时代的快感"——

[213] 硬核重演者们用此来描述时光旅行的那种吸毒似的快感。"今天是第一天，所以别有太高的期望，"罗布谨慎地说，"但等到我们开了一千英里左右的时候，没怎么睡觉，也没吃什么东西，那时才是'鸡皮疙瘩的城市'呢。"②

目前基本上只有城市。我们驶出环线，缓慢地行驶在 29 号公路上，19 世纪 60 年代时，这条路叫沃伦顿关卡（Warrenton Turnpike）。1861 年 7 月，联邦军队去马纳萨斯走的就是这条路。政客和郊游者跟着他们，期待着在喜庆的下午看到快速消灭南方叛军的大场面。

---

① 肯·克西（Ken Kesey, 1935—2001），美国著名作家、小说家、反文化运动领军人物。他自认为是 20 世纪 50 年代"垮掉的一代"与 60 年代嬉皮士时代之间的连接人物。其成名小说《飞越布谷鸟巢》（*One Flew Over the Cuckoo's Nest*，又译《飞越疯人院》）被认为是美国反文化运动的经典之作。1964 年，他用《飞越布谷鸟巢》的版税组织了一次公路旅行活动，开着一辆被命名为"向前"（Further）的改装校车，满载着自称为"快乐的恶作剧者"（Merry Pranksters）的一群人横跨美国，从加利福尼亚开到纽约的世界贸易大厦，然后返回。这次公路旅行成了嬉皮士时代的一个大事件，当时嬉皮士中非常流行的一句话就是"你在车上吗？"。

② "那时才是'鸡皮疙瘩的城市'呢"的原文为"Then it's goose-bump city"，意思是"那时才好玩呢"或"那时才刺激呢"。为了与下一句"目前基本上只有城市"（For now it was mostly just city）相呼应，此处选择直译。

伦敦《泰晤士报》的记者威廉·霍华德·拉塞尔（William Howard Russell）也随军而行，我们的开幕阅读选定的就是他的日记。

拉塞尔旅行的格调比我们高。他坐着一辆马车从华盛顿出发，"把茶倒进了一个瓶子里，还带了一瓶波尔多淡红酒、一瓶水和一纸包三明治，往随身携带的小酒瓶里装满了白兰地"。跨过波托马克河，拉塞尔进入了他称之为"树林茂密、波浪起伏的乡村"，点缀着印第安玉米地和由奴隶棚屋围绕着的木屋。

今天，同一条道路装饰着红绿灯和连锁店铺：史泰博商场、赛百味餐厅、百视达音像店。我们的第一站是费尔法克斯①，拉塞尔将其描述为一个由 40 栋房子组成的村庄，周围都是花园和农田。现在，它位于一个 90 万人的郊区县的中心附近。罗布在路边停下，旁边的几个大炮向外瞄准着旋转而行的车流。大炮边上的纪念牌匾上写着："此石标记了 1861—1865 年战争揭幕战发生的现场，沃伦顿步枪团（Warrenton Rifles）的上尉约翰·昆西·马尔（John Quincy Marr）是首个阵亡的将士，他于此地向西 46 度向南 800 英尺的地点倒下。"

罗布解释说，马尔是在第一次马纳萨斯战役的七个星期之前倒下的，当时他的叛军步枪手们遭遇了北军侦察兵。一些南方人因此把马尔看作是"第一位弗吉尼亚烈士"。但对罗布来说，这个景点真正重要的地方在于缝纫。"我们会在后面的全面内战中见到马尔的军服，"他说，"他的上衣是橄榄棕色的。那是因为当时邦联用的是不牢靠的植

---

① "费尔法克斯"的原文为"Fairfax Courthouse"，指的是弗吉尼亚州的费尔法克斯市（The City of Fairfax），在当地人的口语中，此地也有 Fairfax City、Downtown Fairfax、Old Town Fairfax、Fairfax Courthouse 等别称，此处为了避免混淆，将其简单地翻译为"费尔法克斯"。

物染料，很快就氧化了。"

我们离开费尔法克斯时，罗布拿出一个笔记本和一支笔，潦草地写下："全面内战，第一天，上午 10:00，约翰·昆西·马尔纪念碑。"

[214] 他之前未曾告诉我，这次旅行还有记账的特征。"到第二天或第三天，记忆都开始变模糊了，所以在精疲力竭之前，我们必须保持详尽的记录。"他说。

不久，我们又停了下来，路边的一个纪念牌匾上写着克拉尔·巴顿①曾在这个地点附近的医院里"照顾病患"，医院所在的地方现在是一个拥堵的十字路口。罗布又在他的笔记本上快速写着。"半个小时走了两个景点，不错，"他说，"这就是为什么北弗吉尼亚是很棒的'全面内战'区域。景点的密集度很高。"

自从搬到弗吉尼亚以后，我经常看见类似的纪念牌，在路边的野草中，或者在矮牵牛花装饰的商场旁边，这些牌子让人回想起内战中的小战斗和被遗忘的人物：德雷恩斯维尔的行动，英勇的佩勒姆，"石墙"杰克逊的母亲。②很高兴终于能有个借口把车停下来读上面的细节。但我不禁想知道，我们是否是多年以来——或者至少是自罗布在上次的全面内战中经过这里以来——第一个停下来读这

---

　　① 克拉尔·巴顿（Clara Barton, 1821—1912），早年做过中学教师和专利局职员的工作。美国内战爆发后，她成为一名护士，救助联邦军的伤员。1881 年，她筹建组织了美国全国红十字会并担任主席。
　　② "德雷恩斯维尔的行动"指的是发生于弗吉尼亚州德雷恩斯维尔的一次小型战斗。1861 年 12 月 20 日，杰布·斯图尔特在此率军对联邦军发起了攻击，但却在经历了激烈的战斗之后被迫撤退。"英勇的佩勒姆"指的是约翰·佩勒姆（John Pelham, 1838—1863），他是一名南军炮兵军官，隶属于杰布·斯图尔特麾下。在内战中，他创新性地将轻型火炮装备在骑兵身上，给联邦士兵造成了严重伤害，因此得到了"英勇的佩勒姆"的称号。

些牌子的人。

　　临近中午，我们越过一座矮山，涌进"马纳萨斯平原"，这是一个宽广的盆地，西部的边缘是布尔山脉。在差不多同一个地点，《泰晤士报》的记者威廉·霍华德·拉塞尔描述了一片"被装进了一个由蓝色和紫色山丘组成的框架里，在超远距离处逐渐柔和变为紫罗兰色"的景观。对这位英国人来说，此景"代表了可以被想象出来的、朴素田园林区风景之最令人愉悦的画面之一"。今天，布尔山脉的景色被雾霾所遮蔽，平原上填满了任何人都可以想象出来的、无序扩张的市郊住宅区之最令人不适的画面之一。

　　现代的马纳萨斯是华盛顿的一个发展迅速的郊外居住区，看起来非常滑稽可笑，以至于一些当地人叫它"马纳肛门"（Manasshole）。该市的当代声誉来自洛雷娜·博比特（Lorena Bobbitt），这个女人把她丈夫的阴茎砍断，并将其扔在一家 7-11 便利店外面的草地上。城市中古老的铁路枢纽，曾在 13 个月内引起了两次南北交锋，现在则被数英里的大片住宅区、各种快餐店和汽车专卖行所包裹着。内战的堑壕被推平，为保龄球馆、商店、办公室和行车通道让路，其中许多设施用它们自己覆盖掉的历史来命名：南军小路、迪克西当铺、战地福特车店、里布扬克购物中心。

　　在遭受了长达四英里的霓虹灯夹道刑罚之后，我们终于看见了一[215]个树木和草地的小型庇护所，由一圈木栅栏围着。这里是战场遗址公园，和一个市郊的高尔夫球场差不多大。我们把车停在游客中心，一群年轻人立即上来围观我们的军服。"好酷啊，"一个男孩大声惊叹地说，"我不知道你们还会开车。"

　　罗布用叛军那种冷冰冰的目光盯着男孩。"我们不是把那些蓝胖子'开'出战场了吗，孩子？"他低声吼叫着，"不是一次，而是两次？"男孩高兴地叫了起来，然后转向我。我耸耸肩，说不出话，意识到这将是难熬的一个星期，我扮演北军蠢蛋，罗布则是凶猛的南军。

男孩和其他五个人跟着我们来到公园中心的一个小山顶上。正是在这里，被围攻的南军将军巴纳德·毕对自己折损的部队说出了著名的话："看呐，杰克逊像石墙一样屹立在那里！"[1] 在别人还没来得及问他到底意在赞美还是嘲笑之前，毕就因伤势过重而死了；毕竟，毕的部队在顽强地战斗时，托马斯·杰克逊的部队则趴在山顶的后面，没有开枪。但是杰克逊的手下很快证明了自己的坚忍，绰号就流传了下来，现在，这位著名的弗吉尼亚人的骑马雕像高高地矗立在马纳萨斯。

"这是阿诺德·施瓦辛格（Arnold Schwarzenegger）在扮演'石墙'。"罗布指着杰克逊及其战马身上强健的肌肉线条，对年轻的观众们打趣说。罗布解释说，在现实中，杰克逊是一个身材普通的大学教授。杰克逊的一位副官描述他的马，小索雷尔（Little Sorrel），为"长相普通的小野兽"，它的步态"从来都是一样的，缓慢从容"。罗布转过头对着我，神秘地小声说："我们会在后面的全面内战中看到小索雷尔。"

从雕像出发，我们漫步到一间农舍，在这所房子里，一位卧床不

---

① 巴纳德·毕（Barnard Bee, 1824—1861），南军将领，出生于南卡罗来纳州的查尔斯顿，早年服役于美国陆军并参加了美墨战争。内战爆发后，他辞去军中职务回到家乡，并加入了南卡罗来纳军队。在第一次马纳萨斯战役中，他对部下喊出了著名的"看呐，杰克逊像石墙一样屹立在那里！"，随后就在率军进攻时受到了致命伤，并于第二天去世。

起的 85 岁寡妇，朱迪丝·亨利（Judith Henry），成了内战的首个平民伤亡，当时一颗炮弹从房顶上落下。亨利的房子旁边有一小堆砖头和炮弹，是于 1865 年摆好的，以"纪念在布尔溪战役中倒下的爱国者"。人们相信这是美国首个为联邦军士兵修建的纪念碑。

　　第一次马纳萨斯战役到处充斥着第一，这就解释了为什么它比第二次马纳萨斯战役更为人所知，第二次马纳萨斯战役是比第一次要血腥得多的战斗，发生于 1862 年，基本上在同一地点。首先，第一次马纳萨斯战役是内战的首场重大战役，引出了内战中最早的一句名 [216] 言，当欧文·麦克道尔将军警告林肯他的部队没有经验，还未做好参加战斗的准备时，总统回复说："你们缺乏经验，这是事实。但是他们也缺乏经验。你们都一样缺乏经验。"① 事实证明，北方部队不仅缺乏经验，还胆怯，他们在恐慌的撤退中向华盛顿逃跑，威廉·霍华德·拉塞尔称之为"布尔溪赛跑"。对南方人来说是著名的"大逃跑"。

　　第一次马纳萨斯战役还是第一场南北双方开始养成坏习惯的战役，就是给同一场战斗起不同的名称。南方人倾向于以战场附近的城市给战斗命名，于是叫马纳萨斯战役；北方人则选择地理特征，通常是一个水体，于是叫布尔溪战役，因为战斗是在布尔溪的河岸打响的。这个规则也普遍应用于夏普斯堡战役（北方人称之为安蒂特姆战役，以城镇附近的一条河命名）和默夫里斯伯勒战役（石河战役），尽管夏洛战役没有遵循此规则，而是南方以一座木教堂的名字命名，

---

　　① 欧文·麦克道尔（Irvin McDowell, 1818—1885），北军将领，在第一次马纳萨斯战役中担任联邦军指挥官。尽管他认为自己的部队缺乏经验，但迫于华盛顿方面的压力，仍然对北弗吉尼亚的南军发起了进攻。由于其在战役中运用的战术过于复杂，缺乏经验的部队没有将其有效实施，最终导致了战斗的失败。

但是北方人最初称之为匹兹堡栈桥战役，是附近的一处停船地点。想想看吧。

第一次马纳萨斯战役还标志着首次使用铁路往战场上部署军队。南军增援部队坐"车厢"抵达，正好赶上战斗开始，他们那时称火车为"车厢"。第一次马纳萨斯战役也是激烈的"叛军呐喊"第一次被听到，就在南军从树林中冲出来的时候。"因为当时他们没有录音带，"他说，"没有人确切地知道他们的喊声是什么样子的。至少有三种不同的版本。"

"让我们都听听！"几个男孩喊道。

罗布把一只脚踩在一个大炮的轮子上，清了清嗓子。然后他放开嗓子发出了一种令人毛骨悚然、声音洪亮的刺耳号叫。男孩子们咯咯笑了起来，耸起肩膀，好像被一个万圣节的鬼怪吓到了。"这是一种。"罗布说。第二种是快速连续的尖锐喊叫声，像狐狸猎人的呼喊。第三种是奇怪的、像猩猩发出的咕哝声，然后逐渐变成一种刺耳的号叫。"求偶的叫声。"罗布开玩笑说。

此时，我们的小观众群已经扩大为一群人，孩子们模仿罗布，不[217]受控制地齐声咕哝、叫喊和尖叫，他们的家长则抛出有关内战神秘事件的问题。罗布耐心地回答着每个问题，并指导孩子们发声，我能从他们入迷的年轻脸庞中看到一群未来的硬核重演者。

罗布花了一个小时才脱身。因此我们加速去完成第二次马纳萨斯战役，沿着未完工的铁路路基冲刺，在这里，"石墙"杰克逊的部下在子弹打完了以后拿起石头砸向迎面而来的北军。我们还到了附近的一块田地，当时毛瑟枪的射击太激烈了，以至于土壤中现在还留有铅的残余。第二次马纳萨斯战役据称造成了 25,000 人伤亡，是第一次马纳萨斯战役伤亡人数的 5 倍。至 1862 年夏天，这种屠杀几乎成了常规情况。

我自己还见证了之后的又一次马纳萨斯战役。我回到美国几个月之后，迪士尼公司推出了建造"迪士尼美国"的计划，在战场遗址的大炮射程距离之内修建一个历史主题公园。迪士尼的"想象工程师"们炮制了一个幻想的内战要塞，带烟花表演、"迪士尼全周影院技术"，还有每天重播的"监视"（Monitor）号大战"梅里马克"（Merrimack）号。① "这将会很好玩儿，'玩'字大写。"迪士尼的发言人欢欣鼓舞地说。

迪士尼的计划立即引起了反对。马纳萨斯在内战纪念的世界之轴（axis mundi）上，与 16 个战场遗址的距离都在一个小时车程之内。批评者警告说，主题公园会破坏这个"神圣之地"，还会用快餐式的历史来替代内战残酷的实际情况。最终，公园的敌人胜利了，高雅文化罕见地战胜了低俗文化。

但是，罗布和我就在国家公园的外面，坐在堵塞的车流中，胜利看起来是空洞的；像马纳萨斯的叛军一样，保护主义者们赢得了胜利，但似乎注定会输掉战争。我们刚刚造访的公园里的几乎每一寸土地都在繁忙交通的噪声所及范围之内。在附近的尚蒂伊，这个第二次马纳萨斯战役的第二天发生了一次血腥战斗的地方，战场遗址已经消

---

① "监视"号与"梅里马克"号分别是北军和南军在内战中建造的新型铁甲舰。美国内战爆发之时，正值铁甲舰开始在欧洲出现。1861 年 7 月，南方邦联海军将木质的"梅里马克"号护卫舰改装为装甲舰。北方联邦海军部也随即开始了建造新型铁甲舰的计划，并于 1862 年 1 月建成了"监视"号。1862 年 3 月 9 日，"监视"号与"梅里马克"号在弗吉尼亚州的汉普顿水道进行了激烈的近距离战斗，最终，在设计上更加先进的"监视"号重创了"梅里马克"号并将其赶走。这次战斗被称为"汉普顿水道之战"（Battle of Hampton Roads），是世界历史上第一次铁甲舰之间的对决。

失在成片住宅的下面。在西南方不远的布兰迪站，这个美国历史上规模最大的骑兵战斗发生的地方，开发商计划修建一条一级方程式赛车比赛的赛道。[①]

当我们终于摆脱了马纳萨斯蔓延的城区，向西穿过通衢山口，进[218]入弗吉尼亚州皮特蒙德地区起伏的农田时，我感到了解脱。蔚蓝的蓝岭山脉在我们前面若隐若现，我从包里掏出了我们为全面内战所选的第二本读物：安布罗斯·比尔斯对弗吉尼亚的第一印象，当时是1861年，他还是一位年轻的联邦军列兵。"我们中十个人有九个从未见过山，甚至没见过和教堂的尖顶一样高的小山丘，"比尔斯这样描写他所在的中西部军团，"作为平原部落的一员，在俄亥俄或者印第安纳的平地上出生和长大，山区是永久的奇迹。空间似乎有了一个新的维度；地区不仅有长度和宽度，还有了厚度。"

罗布在俄亥俄长大，比尔斯对此地景色的感叹让他感同身受，即使他没有比尔斯的华丽辞藻。"我已到达了巅峰，"他注视着窗外起伏的山丘和干砌石墙围起的牧场说，"它把你技术性击倒了，用这种历史与景观的组合拳。你不会在俄亥俄，或者是弗吉尼亚以外的绝大多数地方有这种感受。"

我们沿着斯尼克尔斯维尔关卡安静地行驶了一会儿，这是一条双方军队都曾行军走过的窄路。我一度本能地把手伸向收音机的旋钮去听新闻；然后，在听过了几个内容之后——波斯尼亚、预算赤字、总

---

① 1863年6月9日，阿尔弗雷德·普莱曾顿（Alfred Pleasonton, 1824—1897）率领的北方联邦骑兵与杰布·斯图尔特的南军骑兵在弗吉尼亚州的布兰迪站发生了战斗，史称布兰迪站战役（Battle of Brandy Station）。这次战役是葛底斯堡战役的一次前哨战，也是美国历史上发生的最大规模的骑兵战斗。

统政治——我关掉了收音机。我们的全面内战还不到一天，我就已经开始讨厌时事的入侵了。

今天已经完成的旅程也让我对罗布好奇起来。我被他和孩子们的融洽关系击中了，想知道是谁或者是什么，在这个来自俄亥俄州麦地那的小男孩心中激起了属于他自己的内战迷恋，他的家乡距离任何与内战有关的东西都有一天的车程。

"嗯……我的名字有点注定了我的命运。"罗布说。他的父亲来自亚拉巴马，一种对邦联莫名的忠诚跟随他一起搬到了俄亥俄。所以，当罗布在"石墙"杰克逊诞辰的那天出生时，一位哥哥提议起罗伯特·李这个名字，他明显混淆了两位指挥官相隔不远的生日。

罗布的兄弟姐妹还把自己的西尔斯牌"蓝与灰"玩具套装传给了他，这是一组塑料士兵玩具。"它们差不多有两英寸高，"罗布回忆说，"但是服装真的吸引了我，特别是叛军的服装，它们的宽边软帽和铺盖卷。我以前会跟它们说话。"拍一年级的照片时，罗布戴了一顶南军的扁军帽。"是个便宜货，"罗布说，"那时，我还是个法布。"

我们跨过谢南多厄河进入哈普斯渡口时，罗布打断了他的自传，1859 年，约翰·布朗对一座联邦军工厂进行的著名突袭就发生在这[219]里。布朗希望用矛和枪武装奴隶，触发一场席卷南方的黑人起义。与之相反，他仅仅设法引发了一场本地的交火，造成的第一个伤亡是一名自由的黑人行李管理员，是被布朗的人打死的。一心复仇的弗吉尼亚人肢解了死在突袭中的起义者们的尸体，然后审判并绞死了布朗和其他六个幸存者。正是在绞刑架上，布朗将一张预言一般的纸条递给其中一名守卫，使之声名鹊起："我，约翰·布朗，现在坚信，只有鲜血才能洗清这块罪恶土地上的罪行。"

因为铲形胡子和炯炯有神的双眼，布朗总是看着像个可怕的人物，哈普斯渡口让我觉得这是一个可怕的城镇。主街顺着一座难以置信的陡峭山丘向下俯冲，在一个被悬崖峭壁遮蔽的半岛到达尽头。一个古老的、白字写成的门嫩牌滑石粉广告漂白了一座悬崖的石头峭壁，只有巨大的"粉"字还清晰可读。

城中狭窄的街道带着一种萧条旅游陷阱的破烂外表，其实哈普斯渡口已经做了 135 年的旅游陷阱了。商人们在约翰·布朗突袭的几个星期之内就开始兜售遗物了，他们甚至还生产了矛，并且售卖据称是绞刑架上的小段绳索和木头碎片。战后的投机者们买下了布朗和他的部下在突袭中躲藏的消防工具房，并把它带到了 1893 年于芝加哥举办的世界哥伦布纪念博览会。后来，消防工具房回到了哈普斯渡口，最终被放置在了位于河边的原址附近。

罗布和我站了几分钟，注视着这个被搬来搬去的建筑，这是一栋小型的长方形砖房，有着稳重风格的门和空荡荡的圆屋顶（联邦部队在内战中偷走了钟）。已经是黄昏时分了，消防工具房和其他景点都关门了。我们沿着空荡荡的街道行走，把脸贴在约翰·布朗蜡像博物馆的窗户上往里看："88 尊真人大小的人物和场景。约翰·布朗从青年到绞刑架的人生故事。"漫步走回车上，我有种奇怪的感觉，好像我们在下班时间闯入了一座博物馆。

开车上山去往城镇现代区域的路上，罗布停车接了两个搭便车的[220] 人，他们留着长发，背着背包，手里拿着拐杖。他们刚从蜿蜒穿过附近山丘的阿巴拉契亚小道上下来，正在寻找商店补充物资。"这里像是死亡地带，是吧？"一个人说。他和朋友爬上塞满了装备——罗布的毛瑟枪、大手帕包着的腌猪肉、喝了一半的半打啤酒——的后座时，我注意到他们两人交换了眼神。然后一个人探身过来问："你们是这里活历史表演的一部分吗？"

"不是，"罗布说，给了搭便车的人一个他特有的那种经历了战斗以后的茫然眼神，"我们只是活在其中。"

这人又看了一眼他的朋友。"这很酷。"他说。

我们刚走了不到一英里，其中一个背包客说："你知道，这是个美好的夜晚。我想，我们就在前面的红绿灯下车吧，然后步行。"

两人急匆匆地从车里拽走他们的背包："非常感谢，伙计。"然后就往一条空荡的小巷冲刺而去。根据自己在夏天搭车旅行美国的经历，我认出了他们的惊慌恐惧，爬进陌生人的车里，对任何怪异与麻烦的闪现都保持警觉。罗布表现出的不仅仅是一次闪现，他简直就是在广播古怪。

"那些人什么毛病，到底？"罗布问着，打开一瓶啤酒，加速驶出已经暗了下来的城镇。

我们跨过波托马克河进入马里兰州，正如李的军队在第二次马纳萨斯战役中大败联邦军之后所做的那样。通过把战火引到北边，李希望能瓦解联邦军的士气，并说服英国和法国承认邦联。他还想在收获时节把战斗引离弗吉尼亚已经饱受战火蹂躏的农场。但是李绕开弗吉尼亚后勤基地的行动迫使叛军士兵们就地补给。于1862年9月艰难穿过马里兰的南军是如此狼狈不堪，直到阿波马托克斯投降之前最后的、绝望的日子，南方的军队才再次出现这种状态。

"我说起他们饥饿的时候，没有传达出那种从他们深陷的眼窝中看到的枯瘦饥饿的印象，"我们坐在河边，罗布读着一位马里兰女士

[221] 写的日记，"一整天他们都聚集在我们门前，都是一样地用拖腔诉苦：'我已经行军打仗整整六个星期了，除了青苹果和青玉米，我什么都没吃。'"

没熟的苹果和玉米会导致腹泻，更进一步耗尽了他们的体力。许多叛军还光着脚。一个马里兰人描述路过的南军为一群"衣衫褴褛、枯瘦且饥饿的狼。但他们有一种北方男人缺乏的气魄。他们像马戏团的骑手一样骑马"。读着这些描述，罗布变得比平常更加兴致勃勃，这些话描绘了他在重演中竭尽全力所表现的准确的南军形象：衣衫褴褛、极度饥饿、受尽虱子和痢疾的折磨，尽管如此，却是浪漫的。

我们抵达夏普斯堡时已经十点钟了，这座马里兰小城是李的向北推进于安蒂特姆河边结束的地方，在 9 月 17 日，那是内战中最血腥的一天。夏普斯堡看起来并不比 1862 年时大多少。主街的两旁是普通的临街店铺和浅门廊的房子。唯一有生气的地方是一个叫皮特酒吧的老酒馆，银子弹啤酒的霓虹灯招牌在窗户上闪烁着，门前的牌子上张贴着一个北军士兵和一个南军士兵。

刚一进去，我就在想我们是否犯了一个错误。酒吧里所有的人都转过头盯着我们，而且他们的注视并不全是友好的。大部分顾客都是年轻人，他们留着蓬乱的胡子，穿着剪开的 T 恤衫，身上有吓人的文身，眼睛因为数小时的激烈饮酒和抽烟而发红。其中一人从台球桌上抬起头，咕哝地说："看来我们这儿来了几个内战男孩儿。"

无视他们的注视，我径直走向吧台，研究起一个手写的菜单，上面列着腌鸡蛋和一种名叫"果冻枪手"的东西。"那是什么？"我问酒吧的女招待。

"一种果冻和伏特加混成的冰沙。"她说。

"尝一杯，扬克，"我旁边的人说，"能让你烂醉如泥。"

我没有尝试，而是点了杯啤酒，条件反射式地进入了猎奇记者模式，我通常在尴尬的境地中会这么做。"夏普斯堡的人都做什么？"我问邻居。

"喝酒。"他说。

"还有什么？" [222]

"钓鱼。"

我转向另一边的人，问了同样的问题。他也喝多了。"我们钓鱼，"他懒洋洋地说，"还有喝酒。我在早饭和午饭时也喝酒。"

罗布站在离我几英尺的地方，听一个长头发的人说话，他穿着皮套裤和一件黑色的 T 恤衫，上面印着一个骷髅头和交叉的骨头。这个人用已经喝醉的口气小声说："好吧，约翰尼。"他告诉罗布，"你可以留下，但是你的北方佬朋友必须走。"他听起来像是在调侃，但我不能确定。

"在这儿，"另一个人喊道，"我们不喜欢联邦的人。"

罗布赞成地点点头。"如果政府不停止告诉人们如何生活，"他像一个老牌叛军一样吼叫，"可能又会发生一场内战。"

"太对了！政府拿不走我的枪！"

"拿不走，先生！"罗布拍拍那个人的肩膀说，"我们一旦失去那些枪，不知道接下来会失去什么。"

这时，其中一个摩托骑手提出要给我们买一轮酒。另一个人想让我们晚上在他家过夜。我们礼貌地拒绝了他们的好意，喝完啤酒，溜回到马里兰的夜晚中。

我如释重负，赞赏了罗布的表演。他微笑着哼唱起内战时期的歌曲《我的马里兰》，歌的开始是"暴君的脚跟已经上了岸！"，结束是"她呼吸！她燃烧！她会来！她会来！"。马里兰最终没有来，即没有加入邦联。但是她的许多公民保持了对南方强烈的同情。正是一个马里兰人，约翰·威尔克斯·布思，在往林肯的头上打了一颗子弹之后，跳上福特剧院的舞台大喊："这就是暴君的下场！"① 至少对皮特酒吧的人群来讲，自那以后的 130 年间，这种感情没怎么变。

我们开车到战场遗址公园的边缘时，罗布向我透露了他的进攻计划。我们在黑暗中步行到位于"血腥之径"的露营地点，就是南军在三小时之内损失了几千人的低洼路。这是一个疯狂的计划，更别说还是非法的。我在游览夏洛时得知，黑暗并不能保护我们不被带着夜视镜巡逻的公园管理员发现。另外，在曾经摆满了南军尸体的沟里睡觉，让我觉得依稀有些恋尸癖。

"别担心，我和乔尔去过那里，"罗布说起了往期全面内战的可怕回忆，"我在壕沟里鼓胀，还拍了一张照片，但后来我觉得不好，就把照片撕了。这次我们只在那里睡觉。"至于在夜里擅自闯入，罗布说我们实际上是在保护公园。"如果让我抓到一个破坏公物者碰纪念碑或者大炮一下，他们会希望公园管理员能过来把他们从我手里救走。"

所以我们穿好衣服，干粮袋、水壶和绑成香肠一样的毯子挂在我们胸前。罗布把最后一瓶啤酒倒进一个柳条壶。"这样看起来好多了。"他这样解释，留下我独自纳闷，我们在黑暗中悄悄前行，谁会在意这种对真实性的触碰呢。

---

① 约翰·威尔克斯·布思（John Wilkes Booth, 1838—1865），美国戏剧演员，同情南部邦联，对内战的结局颇为不满。1865 年 4 月 14 日，他在华盛顿的福特剧院刺杀了正在观看表演的林肯，之后跳上剧院的舞台大喊："这就是暴君的下场！"这句话是弗吉尼亚州的座右铭，原文为拉丁文 Sic semper tyrannis。

我们沿着环绕公园的一条路出发，路灯开始闪烁，照亮了我们的路。偶尔还有车路过。每次车前灯靠近时，我们就冲刺到路旁，猛冲进又高又湿的草中，以免开车路过的是公园管理员，或是警察，再或是会去报告一个南军士兵和一个北军士兵于夜里偷偷溜进了战场的当地居民。十分钟后，我们都湿透了，在这种滑稽的锻炼中筋疲力尽，这让我想起了一种令人难受的高中橄榄球训练：穿着衬垫、戴着头盔全速跑，然后在 55 码线上爬行。

走了半英里，我们艰难地翻过一个木栅栏，向着罗布猜测的血腥之径的方向在丛林中开路前进。在伸手不见五指的黑夜中，他直接把我们带入了一个满是荆棘和带刺铁丝网的长方形地带。身体被划伤并流着血，我们继续前行，穿过树林，然后是空地，然后又是树林。在某一时刻，嘎嘎地踩着齐胸高的荆棘前进，听着罗布在前面的黑暗中践踏，我开始体会到这种行军的极度痛苦之处。在一些回忆录里，士兵们谈到他们乐于战斗，只是因为它是又一天痛苦不堪且无聊的行军的结束。我也感受到了士兵们经常抵抗不了的那种不顾后果的冲动，他们会丢掉装备，轻装蹒跚而行。而我们才走了一个小时；在 1862 年的夏天，李的许多部队行军超过一千英里。

"至少我们在减肥，"罗布流着汗说，"如果我想在下周末的葛底[224]斯堡活动中有个好形象，我需要减掉五磅。"

我们看到了一个建筑的轮廓，罗布认出来那是派珀农场（Piper's Farm），这里在战役发生时曾是詹姆斯·朗斯特里特[①]的总部，现在

---

① 詹姆斯·朗斯特里特（James Longstreet, 1821—1904），南军将领，是罗伯特·E.李的主要副将，李称其为"老战马"（Old War Horse）。在内战期间跟随李参加了北弗吉尼亚军经历的大部分战斗，其间短暂地参与了西部战区的战事。

是一间民宿旅馆。里面的一盏灯还亮着，所以我们溜过花园，走进了另一边的玉米地里，希望没有人听见我们，或者决定打一枪霰弹。

这时，月亮已经升起。我们穿行在一排排高高的玉米之间，景色突然开朗，四周都是山的剪影。月光明亮到可以阅读。稀疏的云彩和远处灯光的闪烁掠过夜空，与地上的萤火虫相呼应。罗布稻草人般的骨架，还有他的宽边软帽、尖胡子和肩膀上驮着的铺盖卷，在我正前方形成了一个清晰的轮廓。他看起来更像是一个扒货运火车的流浪汉，而不是一名南军士兵。

大口喝着罐子里的啤酒，罗布转过头，醉醺醺地小声说："这真是不正常得要死。"他指的是我们在黑暗中擅自闯入公园，寻找一条曾经填满尸体的壕沟去过夜。我感到了一股苦行僧式的快乐，和我们出发那天早上体验到的一样；好像是我爬出卧室的窗户，去和自己父母不喜欢的某个放肆的朋友一起玩耍。

过了片刻，我们泄了气，因为看到了标志着血腥之径一端的瞭望塔，与我们之间隔着似乎是不可能的距离。"我们走了一个小时的错路。"罗布坦白说。把瞭望塔用作坐标，我们转身行军穿过更多的田野和树林，翻过更多栅栏，每走几百码就停下来确定一下我们还能透过树木看见瞭望塔。

我们抵达血腥之径时已经是凌晨两点了。低洼路比夏洛的那条深得多，有一人深，前面是一条蛇形栅栏。1862 年，这里是一条天然的壕沟，南军可以抵御一波又一波联邦步兵穿越邻近空地的冲锋。最终，联邦军攻占了小径的一端，使北军士兵可以向下开火，并沿着路射击。"我们像射杀圈里的绵羊一样向他们射击。"一个纽约人回忆[225] 说。另一个士兵写道，尸体摞得太厚了，以至于"尸体组成了一条可以行人的线"，都不用踩到地面。

这个"恐怖的地板"现在长满了矮草，我们在上面展开了橡胶毯，是一种用硬化橡胶制作的厚防雨布。我疑惑地看着罗布。"查尔斯·古德伊尔，1844 年申请的专利。"① 他让我放心。然后，点燃蜡烛，我们大声朗读了今天最后的阅读书目：约翰·布朗·戈登② 的回忆录，他在守卫血腥之径的战斗中指挥了一支亚拉巴马团。

"我用全部的肺活量喊出'开火！'，我们的步枪冒着火，像闪电炫目的火焰在联邦军的脸上咆哮。效果令人震惊。整个前排，除了几个人之外，全部倒下了。"戈登在血腥之径中了五枪，其中一颗子弹打碎了他的一侧脸颊。"战神，"他后来说，"不是一个有审美趣味的神。"

罗布合上书，掐灭了蜡烛。我们躺在防雨布上，全身还被长距离行走而出的汗浸湿了。一股微风袭来，汗水变凉了。地上的水分开始渗透防雨布。湿气——和我们身上的臭味——开始引来蚊子。然后，凌晨三点钟左右，致命的一击来了：附近波托马克河产生的低沉的雾，翻滚穿过沼泽与山谷来到低洼路。温度悬崖式下跌，造成了不合季节的寒冷，就像夏日某个多雾天气中的旧金山。

我把湿漉漉的衣服盖在身上，徒劳地寻找着一个可能给我带来一

---

① 　查尔斯·古德伊尔（Charles Goodyear, 1800—1860），自学成才的美国化学家和产品工程师，发明了硬化橡胶。1844 年 6 月 15 日，美国专利局向他颁发了编号为 3633 的硬化橡胶专利。1898 年，为纪念其贡献，新成立的美国固特异轮胎橡胶公司（The Goodyear Tire and Rubber Company）以古德伊尔的名字（Goodyear）命名。

② 　约翰·布朗·戈登（John Brown Gordon, 1832—1904），南军将领。内战前是一位律师和种植园主，内战爆发后加入南军并成为一名上尉军官，参加了许多激烈的战斗且八次受伤，战争末期升任中将，成为罗伯特·E. 李最信任的将军之一。战后担任过佐治亚州的州长。

些温暖的睡姿。贴身紧抱似乎是睡觉的唯一希望，只是罗布——湿透了，可怜兮兮，扭动着身体——估计抱着他的舒服程度就像抱着一只生病的海象。

"这样的夜晚会给你带来厉害的痰打滚，就像他们在内战中那样。"他抱怨道。

"那是什么？"我问道，却并不是真的想听到答案。

"就是你的嗓子里充满了痰却咳不出来，痰就像在你的胸部和喉咙里打滚。有个人在他的日记中写道：'当一千个人被起床号叫醒，他们咳嗽的声音会淹没敲鼓声。'"

罗布咳嗽了一下，继续说："养老金记录里还提到，肺炎和支气[226] 管炎让这些人的后半生痛苦不堪。还有，在经历过这样的夜晚之后，如果你的脚不干透，就会得很厉害的水泡。湿透的皮肤在行军时一下子就扯开了。"

至少没有人朝我们开枪。"有一天我去了国家档案馆，"罗布说，"读到一个人的睾丸中枪，子弹打穿了他的括约肌。他不得不戴着尿布度过余生。"

罗布唠唠叨叨地继续说着这些事，直到他把自己说睡着了。我清醒地躺着，被逐渐占据大脑的妄想症所折磨，这种妄想症只有凌晨四点还睡不着的失眠者才了解——尤其是那些在雾气弥漫、曾经死人成堆的壕沟里非法露营的人。有什么东西在我们头顶的草地沟沿上沙沙作响。是一名戴着红外线眼镜的公园管理员吗？为什么我的呼吸变得很粗？那个站在小径的另一边，直勾勾地指着我们的白色人物是谁？

我终于成功地打了一个浅浅的盹，直到天亮。睁开双眼，透过依旧浓密的雾气看去，我意识到，在黑夜中对我虎视眈眈的幽灵是一个高大的石兵，他手里攥着一面石旗。罗布躺在那里，胎儿般地蜷曲着，看着我，脸上似乎难得地闪过了一丝硬核重演者的自我怀疑。"有时我会想自己是如何流落到这里的，"他呻吟着说，"我倾向于把这归咎于西尔斯的蓝与灰玩具套装。"

我们不想因为生火而加重自己的罪行，因此决定去镇上找早饭吃。大雾遮住了我们的运动轨迹，我们蹑手蹑脚地回到路上，道路离血腥之径只有五百码的距离，但是我们夜间的迂回绕行把这个距离拉长为差不多五英里。我们找到了一家早上六点开门的餐馆，坐在柜台旁一边吞食着鸡蛋和家常炸薯条，一边研究一本满是安蒂特姆阵亡士兵相片的影集。

"这是一些你能见到的最好的鼓胀尸体照片了，"罗布说，"看见这个人没有？眼皮肿胀，嘴唇噘起，经典的鼓胀。嘴唇合不上，所以向外肿起，呈 O 形。或者它们会向内卷。看，这个向内，那个向外。"罗布吸了一些蛋黄，吃了口吐司面包，把书翻到下一页。"看这个人的腿，非常粗壮，裤子上没有褶皱。裤子在腹股沟处夹紧。他活着的时候没有这么粗壮。"我们旁边的人从他的体育版报纸中抬头瞥了一眼，然后付了账。"我猜我被这些照片迷住了，"罗布继续说，[227] "因为我在现实中没有见过尸体。"

这些照片还为罗布提供了临床证据，让他可以用来完善自己的南军形象，不管是扮演活的南军还是死的。"这些照片都是近景，而且它们不是摆拍的，因此你能研究皮带扣，他们裤子上的嵌边，还有小块地毯，南军有时候把它们当作铺盖卷用。看到那个死人的水壶了吗？是带波纹的锡做的，这是缴获的北军物资。这就是关于叛军穿着的那种确凿的书面证据，你在其他任何地方都无法得到。"

战斗结束之后不久，马修·布雷迪就在他位于纽约的工作室中展出了这些照片，这在内战史和摄影史上都被证明是一个转折性事件。参观了布雷迪画廊的人们面对的是他们经常在艺术作品和印刷品中看到的现实，但他们很少或者从未在照片中看到过。"在放大镜的帮助下，死人的确切特征可以被分辨出来。"《纽约时报》如此报道说，并将布雷迪的展览比作"一些流着血的尸体，刚从战场上搬过来，沿着人行道摆放"。

曾去安蒂特姆寻找自己负伤的儿子的老奥利弗·温德尔·霍姆斯（Oliver Wendell Holmes Sr.），从布雷迪对死者赤裸裸的描绘中看到了其蕴含的和平主义信息。"这些照片所展示的景象是对文明的一种诠释，就是野蛮人可能很乐意向其传教士展示的那种文明。"他写道。霍姆斯意识到，人类第一次拥有了能够剥去战争的浪漫色彩、揭示战斗真实面目的图像："一个令人厌恶的、残忍的、令人作呕的丑陋事物"。

军方当然明白这一点；内战结束后，军方对美国战死人员的照片审查了近 80 年。直到 20 世纪 60 年代，公众才经常看到自己的儿子们在战争中的生动画面。在这层意义上，由电视引起的反越战情绪可以追溯到安蒂特姆阵亡人员的照片，就是罗布和我在喝咖啡和吃鸡蛋时研究的那些。

当我们回到战场遗址时，我还被眼前的景观所震撼，它仍然与 1862 年拍摄的照片中的场景非常相像。很容易就能把每一张可怕的照片与士兵们倒下的那片乡村田园对上号：他们的尸体被乱七八糟地扔在黑格斯敦关卡旁边的一条木栅栏边上，或者包围着邓克尔教堂附

近的火炮弹药箱，再或者是杂乱无序地躺在一片玉米地里，在这里，[228]
前进部队的刺刀在与人一般高的玉米秆上方闪烁的光芒暴露了他们的
行踪。130多年以后，玉米还在那里，由1862年就在这片田地上耕
种的德裔美国人的后代照看着。

有一张照片，罗布特别想去重温一下。这张照片被放大到一面墙
的尺寸，挂在安蒂特姆的游客中心里面，它展现了南军在前去参加战
斗的路上行军穿过弗雷德里克的街道。这幅影像被认为是整场战争中
唯一体现了移动中（而不是在营地、死在战场上、被俘或者是在照相
馆拍照时摆出僵硬的姿势）的叛军的一张照片。尽管照片已经模糊和
褪色了——上面挤满了戴着宽边软帽的士兵，精瘦而神采奕奕——但
它完美地捕捉到了叛军部队衣衫褴褛的风貌。

这张照片启发罗布和他的南方护卫队队员们去构思一个奇特的幻
想。他们想上演完全相同的场景，由硬核重演者扮演照片中的每个南
军，就连他们的装备、表情和姿态都一样。然后，他们会在窗户上架
上一台旧式照相机，重新照一张一模一样的照片。"这是你最能接近
'身临其境'的方式了。"罗布说。

我们自己的时间旅行也正在偏离轨道。我们在战场遗址磨蹭了
12个小时，按照全面内战的标准，这是一个名副其实的纪元。安蒂
特姆就是罗布所说的"早期战争"；我们在今天剩下的时间里还要参
观余下的1862年和1863年的前半年。这意味着我们要向南超速行驶
几个小时到达弗吉尼亚州的中部，在安蒂特姆战役之后的八个月里，
大多数战斗都发生在那里。

我们开车往回驶过波托马克河的时候，罗布拿出了他的笔记本，
更新了我们目前为止已经完成了的站点的清单。"如果把第一次和第

二次马纳萨斯战役分开来算的话，我们已经完成十个了，"他说，"对于第一个 24 小时来说，还算不错。"

在早晨漫长的行车途中，罗布转动着收音机的旋钮，直到找到了一个可以让我们保持清醒的摇滚电台。然后，压着音乐的声音大声说 [229] 话，他预告了内战的下一个阶段，自李于 1862 年 9 月从马里兰撤退至次年 6 月向葛底斯堡的毁灭性行军。

"这些都是南方的光辉岁月。"他借用布鲁斯·斯普林斯汀的歌词说。① 在 1862 年末的弗雷德里克斯堡战役中，李击退了一次北军入侵，这是内战中最一边倒的屠杀之一。然后，在次年 5 月的钱斯勒斯维尔战役中，李击溃了"好战的乔"②胡克的十三万四千联邦军，这支大军是有史以来在美国土地上集结过的最庞大的军队，其兵力是李的两倍。

钱斯勒斯维尔战役是李在内战中取得的最大的胜利，也确定了"石墙"杰克逊的圣徒地位，他在从侧翼攻击联邦军时受了致命伤——侧翼攻击是他短暂的军事生涯的最高点，最终也成了南军的最高点。"'石墙'特别像吉米·亨德里克斯和吉姆·莫里森，"罗布说，"他们都在自己的巅峰时期去世，没有活下来变成过气明星。"③

这个比喻并不严谨。莫里森和亨德里克斯是性欲狂热的嬉皮士，都因吸毒过量而死；"石墙"则是个崇拜《圣经》的禁酒主义者，他

---

① 布鲁斯·斯普林斯汀（Bruce Springsteen, 1949—　），美国摇滚歌手、作曲家和音乐家，以创作具有诗意的叙事性歌曲而著称，其作品多关注美国普通民众的生活。

② "好战的乔"（Fighting Joe）是北军将领约瑟夫·胡克的外号。

③ 吉米·亨德里克斯死于 1970 年 9 月 17 日，吉姆·莫里森死于 1971 年 7 月 3 日，这两位摇滚明星的命运非常相似，都是在 20 世纪 60 年代后期声名鹊起，并于 70 年代初的正当红时期因吸毒过量而死，均年仅 27 岁。

吮吸柠檬，小口喝温水，因为他认为人的身体应该避免极端的东西。但是罗布说的有些道理。如果杰克逊活了下来，却没能够改变战争的走向，南方最终的失利可能会使他的光环暗淡。"与其消逝，不如燃尽。"他效仿尼尔·杨[①] 悲叹道。

当我们抵达弗雷德里克斯堡的郊区时，既要消逝了，也要燃尽了，这里和马纳萨斯有着令人沮丧的相似之处。房地产开发商完成了几位联邦将军都没能完成的任务，征服了弗雷德里克斯堡，并在这个高雅的殖民地时期小镇上留下了数英亩的现代垃圾建筑。我们在杰夫·戴维斯高速公路上缓慢行驶，路过了一个名叫李广场的购物商场，罗布扫视了各家连锁快餐饭店。"快餐是全面内战旅行中要做的一个妥协，为了速度，"他说，"进行快速旅行时，有时候不得不吃快速的午餐。"罗布列举出我们的选项，给所有熟悉的名称都打上了自己的标签。"剧毒地狱"（Toxic Hell），他指着一家塔可贝尔（Taco Bell）说。然后是"比萨荡妇"（Pizza Slut）[②]。阿比斯（Arby's）不可避免地变成了"法布斯"（Farby's）。我们最终选择了哈迪斯餐厅（Hardee's）的汽车购餐通道，至少这家餐厅与田纳西军的一位叛军将领[③] 有着同样的名字。

---

① 尼尔·杨（Neil Young, 1945— ），加拿大著名摇滚歌手、音乐家和社会活动家，于 20 世纪 60 年代踏入乐坛，在其长期的音乐生涯中创作了许多广受好评且社会影响巨大的作品。

② "比萨荡妇"指的是必胜客（Pizza Hut）。

③ "田纳西军的一位叛军将领"指的是威廉·J. 哈迪（William J. Hardee, 1815—1873）。哈迪早年曾在美军服役，并参加了美墨战争。内战爆发后，他加入了南军，成为田纳西军中的一位将军。内战期间，他主要在西部战区作战，参加了 1864 年的亚特兰大战役和 1865 年的卡罗来纳战役，并于 1865 年 4 月跟随约瑟夫·约翰斯顿向谢尔曼投降。

午餐让我们更加困倦，因此我们决定对弗雷德里克斯堡战役进行

[230] 一次罗布所说的"飞车游览"（此称谓较为恰当，因为这是一场部分于夜间进行的城市战役）。然后我们向钱斯勒斯维尔进发，它在弗雷德里克斯堡西边十英里的地方。在 1863 年，钱斯勒斯维尔根本就不是一个村庄，只是一家名叫钱斯勒小屋的小旅馆，位于奥兰治关卡和一条木板路（这条路真的是由钉在原木上的木板铺在泥地上修建而成的）的交叉口。这场战役还构成了《红色英勇勋章》一书没有名字的背景，在书中，斯蒂芬·克莱恩①描绘这片景色为"由森林挤出来的一些小片的砂石地"。

现在，钱斯勒斯维尔正慢慢地被吸进大弗雷德里克斯堡地区的血盆大口之中，在每个街角，住宅区和仿造的庄园府邸都从树林里探出头来。国家公园管理局只管理着这片广阔战场遗址的一小部分；20 世纪早期，政府在征用钱斯勒斯维尔附近的土地方面进展缓慢，让人们怀疑其并不急于纪念南方最亮眼的胜利。

现在，没有正式受到法律保护的土地看样子都要被破坏了。当地的报纸报道说，一家名叫快捷卖场的公司计划建造一家加油站和便利店，地点就在"石墙"杰克逊在著名的侧翼进攻中掉转南军的地方，此次行动使南方取得了当天的胜利。其中的讽刺意味是无意造成的———一家快捷卖场（Fas Mart）取代杰克逊的快速行军（Fast March）———但对历史的忽视却不是。"只有一小撮人关心战场遗址。"

---

① 斯蒂芬·克莱恩（Stephen Crane, 1871—1900），美国著名小说家和诗人，被认为是美国自然主义文学的先驱，同时也和女诗人艾米莉·狄金森一起被认为是美国现代诗歌的先驱。其最著名的作品为《红色英勇勋章》，讲述了美国内战期间，一名年轻人出于对战争的奇妙幻想而参加北军的故事。小说从一个士兵的角度去描写战争，突出了战斗环境中个人的具体感受。

该县的监事在以"财产权"的名义维护快捷卖场时对本地报纸说。

　　在这个坑坑洼洼的战场遗址的中心附近，我们转弯进入了小型的游客中心。罗布告诉桌子后面的公园管理员："我们想看所有与'石墙'杰克逊之死有关的东西。"管理员从狭义的解剖学术语来理解罗布的问题。"我们只有'石墙'的胳膊，"他说，"剩下的尸体在列克星敦，和他的马埋在一起。"

　　我和罗布对视。"石墙"的胳膊？我们当然知道外科医生在钱斯勒斯维尔的附近将杰克逊破碎的胳膊截肢了。但在旅游指南上，没有任何地方暗示这个神圣的上肢仍然留在这个地方。

　　"我们一般不告诉别人，"公园管理员解释道，"除非他们具体问 [231] 了。"然后他从桌子底下拿出一张地图，给我们指了去往胳膊埋葬处的路，在西边的一块私人领地上，开车很快就到了。"你们可能会发现周围有一些柠檬。"公园管理员补充说。

　　游客中心的外面矗立着一座标记着杰克逊受伤地点的纪念碑，他是在 5 月 2 日胜利的高潮时刻受伤的。经过一天行军，杰克逊的部队绕过了胡克人数众多的部队，然后在快要日落时冲出树林，击溃了联邦军的侧翼。黄昏时分，当联邦军混乱地撤退时，杰克逊疾驰到最前线去侦察敌情，以判断是否要借着月光发动进攻。他穿过黑暗的树林往回走时，北卡罗来纳的哨兵误认为他们一行人是北军骑兵。"向他们射击，孩子们！"一个军官喊道。齐射的子弹三次打中了杰克逊的手和胳膊，打死了四名随行人员。从来就是一位严厉教官的杰克逊，据称向一名副官说："那是乱打枪。"

　　离纪念碑几码远的地方放着一块很大的石英巨石，是战后不久用牛拉过来的。这块被简单地称为"杰克逊石头"的石块，不知为何，比通常装饰这种地方的精美维多利亚风格雕塑更具有说服力。一个少年虔诚地站在那里，研究着石头。他留着刺猬头，脸上的每个孔洞都戴着环形饰物，穿了黑色的战靴、剪开的迷彩短裤和 T 恤衫，T 恤衫上面写着："性爱手枪。非常空闲。"他抬起头，向罗布点头致意，像小混混对浪人一样说："很棒的服装。我从哪里能买到这样的东西？"罗布把自己的地址给了这个少年，并承诺会给他寄一份硬核物品"供应商"的名单，在我第一次表达了对重演的兴趣时，他就给我寄了一份。少年走开了，罗布说他经常这样招募新人。"军装就像蚯蚓，是鱼钩上的鱼饵。一旦他们咬钩，你需要做的就只剩下收线了。"

　　从杰克逊受伤的地点开始，我们按照时间线倒着走，来到了"石墙"最后一次行军的前夜与李会面的松树林。两位将军坐在篝火旁的硬饼干箱子上，谋划了他们大胆的计划，把南军分开，让杰克逊绕到联邦军的侧翼。他们于次日清晨的最后一次分别，被称为"最后的会[232]面"，是"失败的大业"的所有神圣时刻中最为神圣化的一个，这幅画面被制成无数的印刷品和画作，曾经装饰了许多南方白人的家。

　　"我们明天到里士满再看这些艺术和神话的东西。"罗布说。今天的课程是解剖学。因此我们继续开车，去找寻"石墙"的手臂。可能历史上没有任何肢体有如此多的牌子。我们驶过一个标题为"杰克逊受伤处"的纪念标牌，另外一个写着"杰克逊截肢处"。杰克逊受伤以后，担架兵在密集的炮火中把他抬下战场，两次把将军摔到地上。然后就是氯仿麻醉剂和外科医生的手术刀；杰克逊的整个左臂只有一小块残肢能被挽救。个性使然，"石墙"从容不迫地接受了失去手臂的事实。从药物麻醉的昏睡中醒来时，他宣称医生的骨锯听起来是"最悦耳的音乐"。

第二天，杰克逊被装上了救护车，运送到大后方的一个农场。同时，一个助手把他的手臂捆扎起来，拿到了他兄弟的家中，埋在了家族墓地。我们把车停在了通往埋葬地点的安静小路上。罗布从他的干粮袋里找出两个医务兵袖章——"能让我们进入正确的状态"——我们把它们戴上，然后庄严地走向埋葬地点，位于一片刚犁过的玉米地的中央，由一个小铁栅栏和一圈地鼠洞包围着。

墓地并不显眼，只有一块石碑，碑文写着："'石墙'杰克逊的手臂，1863 年 5 月 3 日。"没有出生日期和死亡日期，没有成就清单。只有断臂的日期。事情变得更加奇怪。附近的一个纪念标牌上写着："1921 年，在沃伦·哈丁总统出席的一次模拟战斗中，海军陆战队的斯梅德利·D. 巴特勒将军挖出了手臂，而后将其放入金属盒中重新掩埋。"① 我后来得知，当巴特勒从一名当地人处听说杰克逊的手臂埋葬于此时，狂妄自大地宣称："胡说八道！我将带领一个班的海军陆战队队员挖开此地，来证明你错了！"他在地下几英尺的地方找到了装着手骨的盒子，懊悔地将其重新掩埋，并且立了一块青铜牌匾，后来牌匾不见了。

正是下午三时左右，我们又困又累，墓园看起来是个可以休息一会儿的好地方。罗布闭上眼睛躺着，我则大声读着我们在游客中心拿 [233] 到的书籍。在这些对"石墙"的胜利进行的传奇式的复述中，我得以

---

① 沃伦·哈丁（Warren Harding, 1865—1923），美国政治家，于 1921 年至 1923 年就任第 29 任美国总统，并于任期内去世。斯梅德利·D. 巴特勒（Smedley D. Butler, 1881—1940），美国海军陆战队少将，在海军陆战队服役 34 年，随军参加了遍布世界的无数次小规模战斗及区域性战争，其中包括八国联军的侵华战争。巴特勒在其军旅生涯中荣获勋章无数，于 1931 年退役后成了反战和反大资本的社会活动家，因此在美国军队中和社会上都名望颇高。

一睹杰克逊著名的个人癖性。这是一个在战斗中无所畏惧的人，但却患有严重的疑病症，他相信，吃下一颗黑胡椒就足以使自己的"右腿失去力气"。他是坚定的长老会信徒，不喜欢在公开场合跳舞，却喜欢在自家的客厅与妻子一起跳波尔卡舞。作为一个拥有六个奴隶的弗吉尼亚人，他在主日学校给黑人上课，违反了弗吉尼亚州的法律。他还是一个没有慈悲之心的监工，无休止地逼迫自己的部下，会毫无悔意地射杀逃兵，但却在七天战役①中屈服于战斗的疲劳，精神紧张地睡过了大部分战役。

"他不太稳定。这对我很有吸引力。"罗布说，"再加上他总是获胜的事实。我可能是个失败者，但至少我和一个赢家在同一天出生。"

罗布对杰克逊的认同比这更加深入。杰克逊及其手下的"步行骑兵"大多是来自谢南多厄河谷的出身卑微之人。杰克逊在现在是西弗吉尼亚州的丘陵乡村地区长大，其少年时代的经历有如哈克·费恩：他在7岁时成为孤儿，后来驾着木筏沿俄亥俄河到密西西比河，向过往的蒸汽船出售柴火。②

罗布自己的家庭也是来自那种普通的内陆南方血统。他的父亲出生在亚拉巴马州石溪附近的艰苦山村的一间木屋里。他是一个骡子

---

① "七天战役"（Seven Days Campaign）指的是从1862年6月25日至7月1日的七天之中发生在弗吉尼亚州里士满周围的一系列战斗。1862年6月下旬，由北军将领乔治·B.麦克莱伦（George B. McClellan, 1826—1885）率领的波托马克军团意图攻占邦联首都里士满，经过一系列战斗，由罗伯特·E.李率领的北弗吉尼亚军最终使北军放弃了进攻里士满的计划，撤退到詹姆斯河岸的基地。因大部分的战斗发生在里士满东部的弗吉尼亚半岛，因此"七天战役"又被称为"半岛战役"（Peninsula Campaign）。

② 哈克·费恩即哈克贝利·费恩（Huckleberry Finn），是马克·吐温的小说《哈克贝利·费恩历险记》（*Adventures of Huckleberry Finn*）中的主人公。小说讲述了白人少年哈克贝利·费恩与黑奴吉姆在密西西比河上驾着木筏漂流，经历了种种奇遇的故事。因此作者说少年时代的杰克逊和哈克贝利·费恩类似。

商贩的儿子，上完八年级就辍学了，16 岁时，他坐车去往克利夫兰，抵达的时候兜里只有 15 美元。在一个南方人家里借住的期间，他遇到了罗布的母亲，她的家族来自田纳西。他们结婚 9 天之后，罗布的父亲被派去打日本人，30 个月之后才回来，得了炮弹休克症，他所在部队的 57 人中只有 7 个人幸存了下来，他是其中一个。

罗布的父亲最近刚从卖二手车的工作中退休，和妻子一起搬到了亚拉巴马州他的祖先世代生活的木屋里。"虽然我在北方长大，但我和南方，至少是和我的家人来的那部分穷困的南方，有着牢固的纽带。"罗布说。他很高兴在国家档案馆里发现自己的祖先只是不曾拥有奴隶的普通农民。这些自耕农通常都厌恶种植园的上流人士，如果[234]他们拥有 20 个或更多的奴隶，就可以免于服兵役，这个漏洞引发了在南方很有名的抱怨："富人的战争，穷人的战斗。"

罗布显然将自己归于后者。"我喜欢把自己当作普通一兵。"他说着，脱掉自己的脏袜子，挂在一块墓碑上晾晒。

我们在"石墙"的手臂旁打了个盹，直到天气凉下来，然后艰难地走回车上。我们周围的土地实际上是两次战斗发生的地方。"石墙"受伤那天将近一年之后，北军在钱斯勒斯维尔西边的密林中再次与李的军队打了一仗，史称威尔德内斯战役。在一些地方，士兵们还偶然发现了在一年之前的战斗中未被掩埋的士兵的骸骨。

威尔德内斯不再那么荒了；除了几个路边的展览、零星的大炮，以及指向树林的小道，战场遗址的大部分已经被开发了。我们沿着一排战壕向前走，直到它在一片由砖墙包围的大院前面戛然而止，上面的牌子上写着："福恩湖，一个 NTS① 乡村俱乐部社区。"

---

① NTS 是美国的一家地产开发公司，总部位于肯塔基州的路易斯维尔。

出于好奇，我们沿着一条有树荫的入口道路进入了社区，小区的边界上到处挂着"安全巡逻正在进行"的警告牌。然后有一个保安亭。警卫说只有业主才可以进入，但他让我们往前开到正好能看见高尔夫球场、人工湖及远处树木繁茂的住宅区的距离。该开发项目沿着以朗斯特里特、杰克逊、伯恩赛德、阿波马托克斯命名的街道和死胡同进行布局——这些名称是米尼弹头，而不是高尔夫球，曾经在这里的空气中划过的唯一提示。

我们绕出该开发项目时，罗布指着路中央分隔带中依稀可见的散兵坑，生气地说："我应该在其中一个坑里鼓胀，我想让这些有钱的混蛋每次开球时都不得不看着我。"

我从未见过罗布如此愤怒。我们出发之前，他说过每次全面内战都有主题；至少到目前为止，我们令人沮丧的主旋律是弗吉尼亚历史景观的破坏。威尔德内斯变成了高尔夫球场的长草区；"石墙"在一家快捷卖场进行侧翼行军；杰克逊、李和朗斯特里特现在是购物中心的名字，街道修建在他们曾经战斗过的土地上。

[235]　　　罗布和他的硬核伙计们经常组织行军活动，为保护战场遗址和其周围的景观筹款。但有时罗布认为需要采取更加激进的行动。"我经常幻想，我那位有门十二磅拿破仑炮的伙计在向这些玩意儿实打实地打几炮。"在我们路过一个名叫李-杰克逊庄园的房地产开发项目时，他说道。

我们继续前进，路过了一些历史标牌和地产商的广告牌，直到我们来到斯波特瑟尔韦尼亚法院，威尔德内斯战役的几天之后，格兰特和李在这里打了一仗。至1864年5月，双方都学到了血腥之径的惨痛教训；在这里，战壕迂回曲折，以使防守方可以向攻击方进行"纵向射击"，或者从几个侧面向他们射击。叛军还把他们胸墙前方的树木都砍掉，以形成一个空旷的杀伤区。然后他们把砍倒的树木削尖，摆成名叫鹿寨的像矛一样的障碍物，将其林立在战壕的前面。斯波特瑟尔韦尼亚战役与夏洛战役相距甚远，却离第一次世界大战的西线战场很近，夏洛战役中的将军们认为挖战壕缺乏男子气概，并且会打击士气。

也是在这里，在一个叫"血腥之角"的突出部，发生了整场战争中的一些最近距离和最激烈的杀戮。5月12日的黎明，格兰特向叛军的防线倾泻了两万人；在18个小时的战斗中，大部分时间还下着大雨，双方进行了罕见的长时间肉搏战，他们砍、锤、用刺刀刺、近距离水平射击。这次攻击并没有取得什么成果，只是造成了大约一万四千人的伤亡。尸体密密麻麻地挤满了泥泞的战壕，埋葬人员干脆推倒了胸墙来掩埋死者。

我听罗布大声朗读了半个小时关于大屠杀的描述："躺在死尸下面的伤员和垂死之人的蠕动移动了整个人群……有的士兵被刺刀从木制障碍的缝隙中刺死和捅死，有的则被像投标枪一样掷过来的上了刺刀的步枪叉死……当我告诉别人我在斯波特瑟尔韦尼亚所看到的恐怖情景时，我从未期待他们会完全相信我所说的话。"所有这些恐怖开始让我感到麻木。钱斯勒斯维尔战役、斯波特瑟尔韦尼亚战役和威尔德内斯战役在最为血腥的内战战斗中排名第三、第四和第六；弗雷德里克斯堡战役排第十。合计下来，那天下午我们所穿越的方圆十英里的区域有十万人的伤亡。作家鲍勃·沙科奇斯[①] 把内战中的弗吉尼亚 [236]称为"南方的屠宰场"。在血腥之角，我觉得我们好像躺在那个屠宰

---

① 　鲍勃·沙科奇斯（Bob Schacochis, 1951—　　），美国小说家和大学教授。

场的中心附近。

发生在斯波特瑟尔韦尼亚周围的屠戮之规模让人难以把握，即使是对那些参与了屠杀的人也是如此。奇怪的是，许多士兵都描述了有一棵直径近两英尺的橡树在小型武器的炮火中被击倒。战役之后，这个布满弹孔的木桩在费城举办的百年纪念博览会[①]上特别展出，后来被安置在了史密森尼博物馆。"这棵树的死亡，"一位历史学家说，"是衡量那种超出理解能力范围的战斗规模的一种方法。"

一个人的死亡也比数千人的屠杀更容易理解，特别是当这个人恰巧是"石墙"杰克逊的时候。即使是无党派的国家公园管理局所写的资料也是按照南方人起的名字来称呼他的死亡地点："杰克逊圣地"。与别的圣地相比，这里很普通：一间位于一个名叫几内亚站的铁路岔口处的框架结构小屋，医生们把杰克逊的手臂截肢后，将其送到这里康复。在27英里的救护车行程中，老百姓聚集在路线的两旁，给受伤的将军送来炸鸡、饼干和酪乳。

我们等到天完全黑下来，然后沿着一条从老火车站通往圣地的半英里长的碎石路匍匐前进。除了一栋看门人的房子和黑暗中的几声狗叫，没有什么可担心的。这是一个晴朗的旱夜，A形结构的小屋轮廓清晰地矗立在离铁道不远的一小片空地上。我们将铺盖卷铺在房子的门廊下，轮流大声朗读有关杰克逊最后日子的篇章。

起初，杰克逊似乎在朝着快速康复的方向发展。但几天之后，呕吐和发烧来了。医生们将其诊断为肺炎，然而今天的医生怀疑杰克逊

① "百年纪念博览会"（Centennial Exposition）指的是于1876年在费城举办的世界博览会，当时恰逢美国独立100周年之际，因此而得名。

在钱斯勒斯维尔时从担架上摔下来也可能造成了内出血。医生们用当时常见的残忍手段来治疗肺炎，比如给杰克逊放血，用热玻璃杯捂住他的胸口，让他起水泡，把病菌吸出来。但是在 5 月 10 日早晨，将［237］军的医生告诉杰克逊的妻子他挺不过今天了。她告诉自己的丈夫以后，杰克逊向医生确认，然后表示："我的愿望实现了。我一直希望死在星期日。"

这个场景让我想到了曾经读过的一篇对谢尔比·富特的采访，在采访中他谈到了 19 世纪中叶的临终仪式。"当你快死的时候，医生会说你快死了，"富特说，"你把家人召集到身边唱赞美诗，你很勇敢，很坚强，告诉妻子她对你很好，不要哭。然后告诉孩子们要听话，照顾好母亲，爸爸准备好上路了。这叫善终，很重要。"

杰克逊的死不仅善终，堪称卓越。在安慰了心急如焚的妻子并抱了他刚出生的女儿之后，他谢绝了医生给的白兰地酒，声称："如果可能，我想保持清醒的头脑，直到最后。"然后，如富特在他的内战史中讲述的那样，杰克逊进入了临死的精神错乱："交替着祈祷和下达命令，都和攻势有关。刚过三点钟，在他去世之前的几分钟，他喊出：'命令 A. P. 希尔 ① 准备行动！把步兵派到前线。告诉霍克斯上校（Major Hawks）……'他没有把这句话说完，似乎就这样把战争抛在了身后：他微笑着说出了最后一句话，语气中充满了平静的解脱。'让我们渡过河去，'他说，'在树荫下休息。'"

怪异的是，传说罗伯特·E.李同样也在临终前命令 A. P. 希尔投

---

① 即小安布罗斯·鲍威尔·希尔（Ambrose Powell Hill Jr. 1825—1865），南军将领，是罗伯特·E.李最为信任的下属之一，参加了东部战区几乎所有的重大战役，于 1865 年 4 月在彼得斯堡战役（Battle of Petersburg）中受伤而死。

入战斗。"告诉希尔，他必须过来，"李在善终之前说，"拔营。"A. P. 希尔是个脾气暴躁、被淋病折磨的指挥官，他总是穿着一件红衬衫投入战斗，经常和自己的上司争吵。从李和杰克逊的临终之言来判断，希尔明显进入了他们的内心深处。我想知道希尔是否在自己的临终之时提到了这两位指挥官，以此作为回报。

"不知道，但我觉得没有，"罗布困倦地咕哝着说，"希尔在彼得斯堡被打死了，就在皮克特输掉五岔口之战①时饱餐炸鱼的地方。"

"嗯？"

[238] "我们会在后面的全面内战中看到。"罗布说着，渐渐入睡。

我醒着躺了一会儿。正如在安蒂特姆时那样，夜晚拭去了所有20世纪的迹象，躺在木板条的门廊上面，离杰克逊死的地方只有几英尺远，我感受到了我们露营地的悲凉气息。杰克逊去世八个星期之后，李的部队在葛底斯堡自毁了。从那时起，南方人和内战迷们就猜测，如果杰克逊还在的话，葛底斯堡战役——以及由此造成的整个战争进程——可能会有不同的结果。"那栋老房子，"英国首相戴维·劳合·乔治②于1923年造访杰克逊圣地时说，"见证了南方邦联的衰落。"

几内亚站还拥有一种额外的尊严，正适合其所供奉的人。这间小屋与南方种植园的宏伟豪宅没有什么相似之处，正如杰克逊和李那样

---

① 五岔口之战（Battle of Five Forks）是内战最后阶段的彼得斯堡战役中的一次关键战斗。1865年4月1日，由菲利普·谢里登率领的北军在弗吉尼亚州彼得斯堡西南方的五岔口公路枢纽向皮克特率领的南军发起进攻，最终北军攻克了南军防线。次日，李指挥下的南军放弃了彼得斯堡与里士满向西败退，最终于4月9日在阿波马托克斯投降。鉴于其在内战最后阶段的关键性，五岔口之战也因此被称为"邦联的滑铁卢"。

② 戴维·劳合·乔治（David Lloyd George，1863—1945），一般称劳合·乔治，英国自由党政治家，自1916年至1922年担任英国首相，领导英国在第一次世界大战中取得胜利。

的贵族少有共同之处一样，李来自弗吉尼亚的一个主要家族，娶了另一个大家族的女儿，整个成年时期都在穿梭于大庄园之间。相比之下，杰克逊娶了一位牧师的女儿，在她难产而死后，他娶了另一位牧师之女，两次结婚都去了尼亚加拉瀑布度蜜月。他住在弗吉尼亚军事学院（Virginia Military Institute）附近的一栋普通的联排住宅中，内战爆发之前他一直在那里教书。他的教授工资不允许有太多的奢侈，即使其长老会教徒的性情允许他那么做。

罗布打断了我的沉思，他翻身咕哝着说："忘了些事儿。"然后他掏出了笔记本开始写："全面内战，第二天。"

> 5:30　起床，血腥之径
>
> 6:00　在餐厅吃早餐，看鼓胀的尸体
>
> 7—9:30　安蒂特姆：玉米地、邓克尔教堂、博物馆
>
> 12—1　弗雷德里克斯堡（飞车游览）
>
> 2—5　钱斯勒斯维尔、威尔德内斯、"石墙"的手臂
>
> 6—8　斯波特瑟尔韦尼亚
>
> 10—1　杰克逊圣地、宇宙星空、阅读杰克逊之死

我们刚进行到 1863 年 5 月，内战的中间点。"休息会儿，"罗布说着，把毯子盖到头上，"明天我们要进行杰布·斯图尔特之死，加上里士满和 1864 年剩下的部分。"

明天在几个小时以后就到来了，就在一列货运火车呼啸而过的时[239]候，离我们露营的地点只有 50 来码远。在黎明前昏暗的光线中，我

透过小屋的窗户往里看，现在看来，这是一栋漂亮的板条屋，有木瓦房顶、宽大的松木地板、白色的墙面及一种简约的夏克风格^①之美。一个房间里放着杰克逊去世时所睡的床，这是一张四帷柱的床，床垫下面有绳索，床前有一个千斤顶用来收紧绳子——这就是短语"睡个好觉"（sleep tight）的由来。壁炉台子上放着一个钟表，正是在这个钟表的嘀嗒作响中，"石墙"的生命结束了。钟表停在了 3∶15，杰克逊去世的确切时间。

距离"石墙"去世一年零一天的时候，李的军队失去了其最著名的骑兵。杰布·斯图尔特受致命伤的地点，耶洛塔韦尔，听起来恰如其分地浪漫：那种斯图尔特可能会在战斗的前夜穿着马刺跳舞的乡村酒馆。^②尽管斯图尔特和"石墙"一样是个禁酒主义者和虔诚的基督徒，他建立了一种肆无忌惮的骑兵形象：纹丝不乱的大胡子，黄色丝腰带，深红色内衬的斗篷，鸵鸟羽毛插在他的宽边软帽上。斯图尔特谈起他在联邦军队周围的大胆骑行，好像那是在捕猎狐狸；在一次侥幸脱险后，他声称自己宁愿"至死不屈"也不愿接受投降。

斯图尔特的倒下够不屈的了，他在里士满北边一点的地方用手枪与乔治·卡斯特^③的骑兵作战时被射下马。年仅 31 岁的他很快跟随

---

①　"夏克风格"的原文为"Shaker"，也可译为"夏克式"或"夏克式风格"，指一种室内家居及家具的设计风格。该风格以简约、实用为特点，被称为极简主义设计的开山鼻祖，最早起源于 19 世纪在美国影响很大的夏克教派（又译震颤教），该教派追求"灵魂的纯洁"，在物质上禁止世俗的装饰，提倡节俭，并逐渐将这种观念应用到了与生活息息相关的室内和家具设计上，形成了独具一格的设计风格。

②　耶洛塔韦尔（Yellow Tavern）意为"黄色酒馆"。

③　乔治·卡斯特（George Custer, 1839—1876），北军将领，被认为是美国历史上最著名和最杰出的骑兵军官。早年从西点军校毕业，随即加入美国骑兵部队。在内战期间，作为骑兵指挥官参加了几乎所有的主要战役，并在葛底斯堡战役和五岔口之战等战斗中率部取得关键性胜利。1863 年，年仅 23 岁的卡斯特被任命为准将，成为联邦军中最年轻的将领。

"石墙"加入了南军的万神殿。但斯图尔特最后一战的地点似乎和这位跑得飞快的骑兵生前一样行踪诡异。耶洛塔韦尔曾经所在的同名小镇现在的特征是一个停车场、一家汽车美容店和一家卡丁车商店。甚至连名字都从地图上消失了。围绕着小镇的商业区现在属于里士满郊区的格伦艾伦。除了路边的一个历史标牌——位于骑士汽车旅馆旁边——没有任何迹象显示这里曾发生了那场夺走了内战中最具传奇色彩和最勇敢的人物之一的战斗。

　　终于，在游荡了迷宫般的死胡同和住宅区——杰布·斯图尔特大道、石墙谷、李街口——之后，我们在州际公路的车流声所及之 [240]处找到了一个方尖塔碑。纪念碑是由斯图尔特的部下于 1888 年竖立的，上面刻着一首描述南方男子气概的经典四音节诗："他无畏忠诚，纯洁有力，亲切真实。"我们在那里站了几分钟，试图在 95 号州际公路上卡车的轰鸣声和附近网球场里持续不断的击球声中召唤英勇的骑士。耶洛塔韦尔消逝不再。

　　后来，在与历史学家们交谈并参观了内战景观其他失落的角落之后，我开始理解耶洛塔韦尔以及其他许多遗址消亡的背后令人悲哀的逻辑。其他美国本土的战争大多发生在边疆地区，而内战的主要战斗大多是为了控制铁路枢纽、公路交叉口、河港或海港而打的：马纳萨斯、亚特兰大、查尔斯顿、查塔努加、弗雷德里克斯堡、彼得斯堡等。内战之后的五十年中，美国经历了快速的工业化，许多这些交通枢纽自然而然地发展成了商业中心或制造业中心。高速公路与写字楼没有占领的地方，现在正被市郊生活区所吞噬。只有在安蒂特姆和夏洛那样的与世隔绝的战场遗址，历史景观才有希望保持原始的状态。

离开耶洛塔韦尔，我们绕过里士满，就像李和格兰特在 1864 年所做的那样。又一次，两军在他们打过仗的土地上相遇：1862 年，李曾在里士满东边平缓的山丘和泥泞的溪流之间击退乔治·麦克莱伦。我们决定只参观后一场战役，并前往冷港，两军的战斗于 1864 年 6 月初在此地达到了高潮。

冷港其实不是一个港口，它也肯定不冷；我们到访的那天，温度高达 95 华氏度。"港"（Harbor）据信是一个古英语词，指的是小酒馆，"冷"（Cold）则指的是酒馆所提供的食物。要么是这个来源，要么就是"冷"是"煤"（Coal）的变体。或者，也可能整个名字指的是一个最早被称为库阿伯（Cool Arbor）的宜人休息站。哪种解释都行。

小酒馆已经随着大部分战场遗址一起消失了，现在被市郊住宅所覆盖，包括一片被不和谐地命名为"草莓地"的住宅区。保留下来的是一个小而宁静的峡谷，联邦和邦联的战壕被几百码宽的平坦、近乎空旷的地面隔开。威尔德内斯战役和斯波特瑟尔韦尼亚战役之后，格兰特相信李的军队已经筋疲力尽了。因此，他下令进行了一次索姆河战役式的进攻，他认为此次进攻可以击败防守固若金汤却兵力严重不足的敌人。[241]

他的士兵们则更有自知之明。在黎明攻击的前一天晚上，格兰特的一位幕僚军官观察到："许多士兵脱下了他们的外套，似乎是在缝合上面的裂口。在这样的时刻，此种缝纫的现象显得相当奇怪，但仔细观察后发现，士兵们正平静地在纸条上写下他们的名字和家庭地址，并把它们缀在外套的背面，这样他们的尸体就能在战场上被认出来，家乡的家人们也就能得知他们的命运。"

6 月 3 日早晨 4 点 40 分，六万联邦军涌出长达七英里的前线战壕。

等候在那里的南军用持续的枪炮齐射作为回应，炮火太猛烈了，以至于十二英里之外的里士满的窗户都在摇晃。"前面的师团好像雪花掉落在潮湿的地面上一样融化了。"一位联邦士兵后来写道。联邦军在几分钟之内损失了六千人。"当我独自一人，不会因哭泣而感到羞愧时，"一位来自佛蒙特州的士兵在失败的冲锋之后的家信中写道，"我像一条被鞭打的西班牙猎狗［原文如此］一样哭了起来。"

格兰特后来承认，这次进攻是他军事生涯中最愚蠢的错误。但他把数以百计的伤员留在 6 月的烈日下哀号，使屠杀变得更加惨烈。在这场战争或其他任何战争最冷酷无情的一幕中，格兰特和李为了在双方防线之间收集伤员的条件争论了好几天。格兰特不想因为要求正式的休战而丢面子；李则因为无人区中没有自己的部队，觉得没有理由屈服。谢尔比·富特写道：随着讨价还价的继续，"伤者现在已经三天没有喝水和缓解疼痛了，他们的哭喊下降为低声哭泣"。

格兰特最终屈服了，呼吁停火。当北军的担架兵在进攻的四天之后爬出战壕，他们只在已经发臭的成堆尸体中找到了两个还活着的士兵。一个埋葬小队在一位死了的北军士兵的口袋中发现了一个日记本，最后一篇日记写着："6 月 3 日。冷港。我被杀了。"

从冷港出发，我们缓慢地通过拥挤的车流到达里士满的市中心。[242] 这个邦联的前首都现在是一个有 75 万人口的繁忙都市，是美国东部大都市带的尾部，头部则位于废奴主义的波士顿。但里士满融入延长的"波－华"走廊是相对较近的事，不知为何，该市看起来比我想象的要更南方一些。人们说话和相互微笑的方式有一种亲切和悠闲的感觉，比起北边不远的弗吉尼亚市，这与一天车程之外的孟菲斯和查尔斯顿更有共鸣。在一家餐厅，女服务员叫我"亲爱的"，用拖腔说出当日的特价菜：鸡肉和饺子、酪乳饼干、油炸南瓜。在我们今天早些时候行驶的 95 号州际公路上的某处，我们已经越过了那条仍旧分隔南北的无形分界线。

南方性以另一种更诡异的方式印在了里士满身上。该市是一个脱离联邦的巨大纪念碑，有成千上万个叛军坟墓、无数个纪念碑，以及南军堡垒、军械库、医院、监狱和士兵宿舍的遗迹。南军历史在现代里士满的下面形成了如此富饶的腐殖质，过去在奇怪的、被遗忘的地点冒出来，就像法老时代的宏伟一瞥能在 20 世纪埃及的混乱中突然出现一样。在里士满以黑人居民为主的东区的一条死胡同里，我们发现了模仿亚历山大城庞贝柱修建的高耸纪念碑；一位叛军站在上面，注视着废弃的工厂、高速公路立交桥和市中心的写字楼（在其中一栋楼里，杰布·斯图尔特四世现在从事着股票经纪人的工作）。在好莱坞公墓，里士满对开罗的死亡之城做出了回应，一座粗糙的花岗岩金字塔上刻着 "Alumni et Patriae Asto"（永远纪念为国家而战的人），俯瞰着 18,000 名南军的坟墓。

在一条不那么古典的脉络中，詹姆斯河边的一堵混凝土防洪墙上的一面牌匾写道："这个地方曾是美利坚联盟国的利比战俘营①。"另一座臭名昭著的地牢"雷霆堡"②的位置现在是一个停车场。杰夫·戴维斯取名不当的行政宅邸，灰白色的"邦联白宫"，现在坐落

---

① 利比战俘营（Libby Prison）是内战期间南军于里士满市内设立的一所战俘营，由一栋多层大型砖混结构的工厂改造而成。

② 雷霆堡（Castle Thunder）同样是由南军在里士满市内设立的监狱，但其地位较为特殊，主要关押违纪的南方士兵、临阵脱逃者和逃兵等罪犯，并没有关押过北军战俘，因此不能算是一座战俘营。

在一个巨大的医院综合楼的阴影之下。我们没有参观白宫，而是前往与之相邻的更伟大的宝藏：邦联博物馆。这里是"失败的大业"众多 [243] 圣物箱中最好的一个，也是被缴获的叛军旗帜的存放处，这些旗子是阿波马托克斯投降40年之后根据国会的一个法案归还给南方的。

罗布说我们的时间只够参观一小部分博物馆的展览。可以预料的是，他径直走向装着衣服的玻璃柜，这些衣服大多属于那些我们在过去几天里参观了其生活的人们。我们首先查看了约翰·昆西·马尔所穿的布满弹孔的大衣，他在费尔法克斯的死亡地点是我们全面内战的第一站。"这可能用的是漆树染料，最初是浅紫的灰色，"罗布在谈到大衣浑浊的橄榄色时说，"氧气和阳光使其颜色变暗了。"

我们移步到一个箱子前，里面展示着杰布·斯图尔特的高筒靴、羽毛帽、白手套以及这位将军的画像，他在画像上签下了个性的签名："杰布·斯图尔特/征途，1863年9月3日。"另一个箱子里装着给"石墙"截肢的工具，还有他的一位副官的外套，上面沾着伟人的血。"我们开始把全面内战的点连起来了，"罗布虔诚地说，"那件外套可能是沿着我们昨晚睡觉的门廊传过来的。而那套百得工具碰过我们昨天下午在上面打盹的手臂。"

但是罗布把他最深的敬畏留给了普通士兵的服装：起皱的扁军帽、破旧的短靴、手织牛仔布做的裤子。"这基本上是一种棉和羊毛的斜纹混纺布。"罗布老练地研究着裤子的面料说。还有一个被称为"家庭主妇"的缝纫工具包，供士兵们用来修补他们的衣服。

在飞快地参观了博物馆的其他两层楼之后，我们快速开车穿过城区，来到一片曾经组成了南军梵蒂冈的建筑群：一座专用于一个信仰的城中之城。这片几个街区大的飞地包括了一栋以前的南军士兵之家和退伍军人医院，南军纪念教堂和南军纪念学会，这里被称为"南方的贝特修道院"（隐喻征服者威廉为了纪念和他一起在黑斯廷斯战斗的贵族们而修建的圣殿）。修道院里有对"失败的大业"最为著名的艺术致敬，一组模仿贝叶挂毯①对威廉征服英格兰的描绘而作的壁画。

[244]　　这些壁画是由一位在巴黎美术学院接受训练的法国人以宏伟的风格绘制的，它们遵循了一个古典的概念，将季节与邦联短暂的生命轮回等同起来。"春"歌颂南方早期的成功。"石墙"骑在小索雷尔上，士兵们在他身边行军走过，挥舞着帽子，身体前倾，好像他们渴望战斗。"色彩很强烈，但杰克逊的颜色不对。"罗布发表意见说。

"夏"展示了所有的南军先贤：李、杰克逊、斯图尔特、朗斯特里特，还有另外六位将军。"这些人在现实中从来没有同时在一起过，"罗布说，"总之，他们看起来太僵化了。"

"秋"是最好的一幅壁画，特别描绘了杰布·斯图尔特身穿全套骑士服带领一次冲锋。"完全就是'三个火枪手'的造型，"罗布打趣说，"行如流水的动态，非常好。"最后一幅壁画"冬"则描绘了一座陷落的炮台，有死马和正在撤退的枯瘦叛军。"有点太伤感了。"罗布一边评价，一边回到"春"，从头再看一遍。

罗布对画风的批评让我感到惊讶。"你画画吗？"我问他。

"说来话长。"他说。我哄劝他说出了简短的版本。和我一样，罗布小时候也涂鸦内战场景。和我不一样的是，他表现出了真正的天赋。上高中时，他以一幅描绘两个叛军在廊桥上的画作赢得了州里举

_____

① 贝叶挂毯（Bayeux Tapestry），又名巴约挂毯，是一幅创作于11世纪的针织艺术品，描绘了1066年威廉公爵征服英格兰的黑斯廷斯战役，现存于法国巴约市博物馆。

办的艺术比赛。比赛的奖品是罗布带着他的画去华盛顿旅行，这幅画在国会大厦展出了一年。这促使罗布在肯特州立大学上学时选择主修室内艺术专业。

"我想继续做自然的内战场景，"他说，"我的老师们则想让我回到手指画。抽象表现主义，那些东西。一位老师说我的东西是'过时的狗屎插图'。他跟我说，我应该放弃艺术，去干些别的。"罗布笑了。"我接受了他的建议。从大学退学，变成了一个内战流浪汉，自那以后我差不多一直都是。"

我对罗布画画的一面一无所知。一个我更熟悉的天赋——他的表演才华——在几分钟之后出现了，当时我们穿过街道，来到了由玉兰花环绕的南军之女联合会的总部。这栋建筑是一个类似陵墓的大块 [245]头，窗户很小，前门上着锁，侧门则由防弹玻璃、安保摄像头和一个微小的喇叭盒保护着。罗布按了一下按钮，请求进入。一个女人的声音回复说，该建筑只对会员开放。

罗布往后退，以便摄像头能拍到他的灰色军服和脸上的愤怒表情。"我是南军老兵之子的会员，"他大声吼叫，"你是在说，只是因为我是个男人，所以你不能让我进去吗？"

一位穿着长裙的年轻女士出现在门口。"我不想有人在这里吵闹。"她叹口气说，同意带我们简短地参观。她带我们快速走过安静的大厅，两边摆满了玻璃柜。我瞥见了在第一次马纳萨斯战役中挡住了子弹的一本士兵的《圣经》，瓦瑞娜·戴维斯①的订婚戒指的复制品，以及李的家谱的镶框照片。在一间侧面的办公室里，我们的导游指给我们看

---

① 瓦瑞娜·戴维斯（Varina Davis, 1862—1906），杰斐逊·戴维斯的第二任妻子，美利坚联盟国唯一的一位第一夫人。

了一个大玩偶，是按照南军之女联合会的创始人的形象制作的。然后，经过一扇关闭的门时，她说："那是邦联儿童会的房间。"

"他们就是在那里编写了教义问答测验的问题吗？"我想起了在北卡罗来纳看到的比赛，问道。

"我不能说。"她说。罗布也试图与她谈话，但同样没有成功。不过，我们已经上路三天了，没有洗过澡或者换过衣服。我们遇到的几个人都对我们敬而远之。我不能责怪导游想要快点将我们送走。

在门口，我最后试着问了一个问题：在当今的时代，这样的年纪，被与世隔绝在 19 世纪 60 年代的一个圣殿里，是否觉得奇怪？女士回头看了一眼，小声说："奇怪不是正确的用词。时间隧道更贴切。"这位女士是最近才从新英格兰地区移民过来的，她回复了报纸上的一则博物馆工作的广告。广告上没有提到南军之女联合会。"我觉得他们雇我的唯一原因是我家是南方浸信会教徒。"来了以后，她一直处于文化冲击之中。"在北方，内战已经结束了。不像这里。"她微微一笑，关上了厚重的玻璃门，回修道院去了。

我们躺在一棵玉兰树的阴凉下，我夸赞了罗布在门口的表演。[246] 罗布疑惑地看着我。原来他确实是南军老兵之子的会员，经常参加小组会议。不知为何，我假设罗布对邦联的忠诚没有超越服装与情感。我见过的许多南军老兵之子的会员都是叛军旗帜的狂热守护者和当代政治的反动主义者。罗布并不完全符合这个模型，作为一个在俄亥俄州出生的艺术生，他的个人哲学，如果他有个人哲学的话，似乎是无政府主义的。

"我认为自己是一个自由派南军，"他说，"我想让历史保存下来，我认为邦联是一个伟大的故事，讲述了那些做了不可思议的事的人。

但我并不认同许多与其相关的政治。"

"比如什么？"

"比如种族。如果我的姐妹嫁给了一个黑人，我一点儿都不在乎。除非他是一个法布。"

罗布的话提出了一个我自开始旅行就一直在深思的问题。真的有政治正确地纪念邦联的事情吗？或者说任何纪念大业的尝试都不可避免地被南方人曾经优雅地称为他们的"独特制度"的东西所玷污了吗？

几分钟后，当我们漫步在里士满最著名或者说最臭名昭著的大街纪念碑大道上时，这个问题又出现了——而且是大面积地出现。大道两旁摆满了邦联神圣三位一体的雕像——戴维斯、李和杰克逊——还有他们最有才能的两位副手，杰布·斯图尔特和马修·方丹·莫里 ①，一位海军指挥官和海洋学家。

我在华盛顿附近长大，那里的大多数居民对无处不在、落满鸟屎的联邦将军的雕像视而不见，因此我从来没有真正地理解为什么人们对纪念碑大道如此大惊小怪。但当我们抬头看到罗伯特·E.李骑着一匹健壮的骏马时，我吃了一惊。李的青铜雕像被安装在一个白色花岗岩的基座上，总共有 61 英尺高。雕塑家用一匹法国猎马代替了李的战时坐骑；人们认为，对于这样一位巨大的骑手来说，"旅行者"这个模特太纤细了。其他纪念碑几乎都是一样的气派。它们被放置在一条 50 多码宽的林荫大道上，使这些雕像在原本低矮的住宅区中显得格外显眼。

---

① 马修·方丹·莫里（Matthew Fontaine Maury, 1806—1873），美国海军军官、海洋学家，海洋学创始人之一，在内战中加入了南方海军。

[247]　　　纪念碑大道的规模也放大了整个区域的怪异感。毕竟，戴维斯、李、杰克逊、斯图尔特并不是国家英雄。在许多美国人的眼中，他们正相反：他们是反叛国家的领袖人物——往好了说，是分离主义者；往坏了说，是叛徒。受到纪念的人中没有一个是土生土长的里士满人。而且他们的任务失败了。他们称其为"失败的大业"并非没有道理。我想不出世界上还有哪个城市会在街道上摆满纪念反政府失败者的巨大石雕。

　　并非只有我一个人怀有这样的想法。我们在一场关于65年来首次提议在纪念碑大道上添加雕像的激烈辩论中抵达了里士满。黑人网球明星和土生土长的里士满人亚瑟·阿什最近去世了，市政府计划在与李和其他南军雕像相隔几个街区的地方给他竖立一尊雕像以示纪念（在布满雕像的里士满，目前只有一座纪念碑纪念一个黑人——波强格斯[1]）。

　　我们在一家路边咖啡馆喝冰茶时，从当地报纸上了解到了这一切。"好像有个虱子在咬我。"罗布说着，用手在裤裆里摸索。他用另一只手拍打着自己的后颈。"这些苍蝇现在似乎很喜欢我。我身上的味道一定很重。"旁边桌子的两位女士起身挪到里面去了。

　　罗布正在捕杀寄生虫的时候，我读到，将阿什的雕像放置在纪念碑大道上的计划同时引起了黑人和白人的强烈反对，市政府的官员已经退缩了。他们现在更倾向于几个替代方案，比如把雕像放在黑人社区，或者放在一个公园附近，年轻的阿什曾在那里看白人打网球，他自己却不被允许进入球场。关于该问题的公开听证会定于当天

―――――――――

① "波强格斯"是比尔·罗宾逊（Bill Robinson, 1878—1949）的昵称。罗宾逊出生于里士满，是20世纪早期的美国著名黑人舞蹈家和踢踏舞大师。

晚些时候举行。

我看了罗布一眼，他正在抠自己的耳朵后面。"我们去听证会正确吗？我的意思是，从全面内战的角度来看。"我问。

罗布像犹太拉比一样捋了捋胡子。"我认为是合礼的，"他说，"只要听证会包含南军的内容。"唯一的问题是，在傍晚开始的听证会之前要做点什么呢？罗布研究了一下里士满的地图，圈出了几个我们还没有游览的景点。"更多死去的叛军。"他说。

好莱坞公墓是南方最大和最著名的南军死亡人员集合地，格外难找。我们绕着一个破旧的街区转了好几圈，才在一栋楼的侧面发现了 [248] 一个奇怪的并列指示牌：一个箭头同时指向"胜利地毯清洁公司"和失败者的坟地。

这片丘陵地带埋葬了超过 18,000 名南军，其中许多人都是死在了里士满的战时医院里。3000 名在葛底斯堡战死的士兵的骸骨后来被挖出来，搬到这里重新埋葬。我们在一片长满了杂草的田地附近找到了乔治·皮克特的骨灰盒墓葬，田地里埋葬的全是他的部下。他们的坟墓被粗糙的石墩标记着，上面只刻有数字和 CSA 三个字母。"他们活着的时候也是被这样看待的。"罗布说，"'你能带来多少人？''15,000 人。'像皮克特那样的人都这么说话。"挤满了无名墓碑的田地让我想起了约翰·贝里曼[①]写的一首关于一座内战纪念碑的诗。他写道：死者是"被误导的血红的统计学意义上的人"。

我们开车经过了标记着杰布·斯图尔特坟墓的普通方尖塔碑，然后来到俯瞰着詹姆斯河的一座真人大小的杰斐逊·戴维斯铜像。纪念

---

① 约翰·贝里曼（John Berryman, 1914—1972），美国诗人，20 世纪下半叶美国诗坛的主要人物以及美国自白派诗歌的奠基人之一。

碑上的铭文概述了战后南方盛行的战争受害者说："为公义而受迫害的人是有福的，因为天国是他们的。"戴维斯在死后也离奇地遭受到迫害；他那防腐处理不得当的尸体于入葬前供公众瞻仰，在成千上万的吊唁者眼前开始腐烂。在好莱坞公墓，戴维斯忍受着最后的侮辱。他坟墓上方的铜像永久地直接凝视着一座纪念碑，上面刻着他最主要对手之一的姓氏：格兰特（名字是托马斯·E.，而不是尤利西斯·S.）。

从好莱坞公墓出发，我们开车快速穿过了另一个有 17,000 座坟墓的"南军休息地"，然后来到肖克伊山公墓，它位于一个衰败的街区之中，隐藏在一团交错的州际公路下面。墓园的入口处竖立着一个铸铁的围栏，上面交织着毛瑟枪、叛军旗帜、扁军帽和军刀的图案。一个带有大卫星图案的牌匾上写着："为了上帝的荣耀，纪念长眠于此神圣之地的希伯来南军士兵。成立于 1866 年的希伯来女子纪念协会立。"

希伯来南军士兵的名单按照姓氏的首字母顺序排列，从 M. 艾伦（M. Aaron）到朱利叶斯·扎克（Julius Zark）。有一个名字带着一个[249] 奇怪的补充说明："H. 格施伯格（H. Gershberg）应该正确地读作亨利·金特伯格（Henry Gintberger）。"是亨利的某个异教徒战友记错他的姓氏了吗？另一座坟墓被列为无名。他们都不知道此人的名字，却是如何知道他的宗教信仰的？另外，为什么希伯来南军士兵被埋在这里，而不是在别的里士满叛军墓园里？

没有人可以回答这些问题，至少在肖克伊山的废弃环境中没有。我明显感觉到，罗布和我是几个月以来第一批经过这里的访客。我们的各种城市旅游指南也没有提供任何帮助。像查尔斯顿一样，里士满似乎对自己的邦联历史有矛盾情绪。两座城市都对其最著名的内战景点——萨姆特堡、纪念碑大道、邦联博物馆——进行了口头宣传，但却明显更愿意强调其他不太有争议的景点：艺术、餐饮、购物。在里士满，这种新南方的虚假外表反映了该市的人口结构。在经历了几十年的白人逃离之后，现在中心城区的人口主要是黑人。在我们白天游览的许多街道上，一个白人都没见到。

这种蜕变，以及我感觉到的矛盾心理，在有关纪念碑大道的公开听证会上变得更加明显。一名黑人抗议者站在市政厅的外面，举着个牌子，上面写着："白人种族主义还在"。他的腿上绑了一块红布，代表着"几百年压迫的鲜血"。在里面，里士满的黑人市长和黑人占多数的市议会与 400 多名市民面对面地坐着，从穿着非洲达西基服装的黑人到穿着蓝色牛仔裤、打着叛军旗帜领带的白人。

我本以为会看到我在肯塔基州陶德县参加的愤怒会议的都市版本，在那里，白人家长们就撤换学校的叛军吉祥物的计划发泄了他们的愤怒。与之相反，我在这里看到的是一次有关公共艺术、历史符号的影响力、种族愈合以及平权措施的深入讨论——尽管这是为了一个已故的黑人男性，他在 18 岁时逃离了里士满，以躲避他后来所说的"它的种族隔离、它的保守主义、它的狭隘思想"。

一位身穿泡泡纱面料西服、打着红色领结的白人老人是首先发言的人之一。他的外表和温文尔雅的拖腔符合我对古板的里士满人的刻板印象——他说的话很快就与这一形象相悖了。"我们有纪念碑大道，[250] 而不是南军战争大道，"他说，"让我们把它从幻想变成真正的纪念碑大道吧。如果我们不这么做，就是在和全世界说，亚瑟·阿什不配在这条街上。"

接下来讲话的是一位退休的黑人工头，他表达了类似的观点。"我们必须立即行动起来去忘记以前的那场战争，"他拐弯抹角地说着内战，"这是我们解决这个黑人／白人问题的唯一途径。"

其他黑人几乎控制不住他们对纪念碑大道，以及他们在民权斗争之前所遭受的几十年的邦联崇拜的怒火。对他们来说，把阿什放在纪念碑大道上代表着一种精神上的补偿，一种可以弥补黑人长期以来所忍受的一些侮辱的"明目张胆"的姿态。"我想让自己英雄的雕像和李的一样高，"一个人喊道，"我想让阿什和所有户外雕像一样大。亚瑟·阿什比李更重要！"

但其他黑人认为阿什在纪念碑大道上会被削弱而不是被抬高。"如果他们可以的话，大道上的其他人会把他变成奴隶，"一个大学生说，"为什么要把阿什放在那些在 20 世纪 90 年代会被判为罪犯的人中间？"另一个人更直率。"为什么我会想让自己的英雄放在一条失败者的大道上？"他问。

随着辩论的进行，我觉得我自己的观点也在摇摆不定，就像市议会一样，他们的观点明显从修建纪念碑首次被提出时就是如此了。我赞同那些认为里士满需要通过在纪念碑大道上实行种族融合而与过去进行一次象征性决裂的发言者们。但我也发现自己在为一位黑人老人鼓掌，他提议将雕像放在一个可能激励今天的黑人青年的地方，而不是在一个大多是白人的社区，南军幽灵出没的地方，阿什本人小时候都会害怕在那里行走。但是，下一位发言人表达了一个同样有道理的观点：把阿什的雕像放在黑人区会使这位网球明星生前所忍受的种族隔离永远持续下去。

同样令人信服的是，有几位发言者基于美学和历史的原因反对放置雕像。阿什 24 英尺高的形象会在 61 英尺高的李面前相形见绌。而且，一尊 20 世纪运动员的现代雕像，身穿网球衫，手握网球拍，在 [251] 摆满了 19 世纪军人的大道上会显得不正式和不协调。无论人们如何看待南军，他们在纪念碑大道上的雕像本身就具有历史意义，是"失败的大业"心态的一件独特的博物馆展品。

还有人给这个理由加上了政治色彩。"阿什不是士兵，他的雕像还不到李雕像的马鞍处。"韦恩·伯德（Wayne Byrd）说，他是传统保护协会的一个分会的负责人，就是我在南部各地遇到的那个支持叛军旗帜的组织。"这座雕像会使阿什显得平凡，也不尊重那些把街道上其他人视为神圣的南军美国人。"

以包容性和敏感性的名义——对阿什的记忆和对"南军美国人"这个迄今为止被忽略的少数群体——伯德提议纪念另一个被忽视的群体：黑人南军。近期的研究表明，一些奴隶和自由黑人在叛军中服役，尽管他们的数量和动机并不清楚。实际上，传统保护协会这个美国最为政治不正确的一家组织，在试图声称自己有政治正确动机的同时，却摆出一种恰恰相反的姿态。通过纪念那些拿起武器保卫白人主人的黑人，该组织找到了一种狡猾的方式将大业与奴隶制脱离关系。

在休会的间隙，我在大堂中找到了伯德，问他"南军美国人"是什么意思。"一个南军美国人——以前的和现在的——指的就是反对大政府的人，"他说，"我们南方美国人只是想不被打扰。"

"是的，南方想不被打扰——去压迫人民！"一个长发男子喊道。

"这与奴隶制无关！"一个穿着叛军旗帜 T 恤衫的人喊了回来，"是州权！"

"完全正确。拥有奴隶的权利。拆掉雕像和种植园！"

"因为金字塔是由奴隶建造的，我们就应该拆掉它们吗？另外，华盛顿和杰斐逊怎么办？他们曾拥有奴隶。我们应该拆掉他们的纪念碑吗？"

[252]　我注意到一个身穿牛仔裤、头戴鸭舌帽的白人男子站在一边，吸着烟，在其他人喊叫时，摇了摇头。华莱士·费森（Wallace Faison）是一位来自北卡罗来纳边界小镇的花生农。"对我来说，这根本不是政治问题，"他安静地说，"南方——我们失败了。我觉得我也失败了。纪念碑大道就像是最后的英灵殿，是一个我可以去的精神场所。这很疯狂，我解释不清，但我就是这么感受的。"

回到市议会大厅，我们留下来再听一个人的发言，是一位戴着厚片眼镜、身穿深灰色西装的会计师。吉姆·斯莱瑟（Jim Slicer）是华盛顿特区人，在那里，内战雕像是他所谓的"只是骑在马上的人"，没有人关心。"我已经搬到里士满六年了，我仍然不理解，"他说，"对我来说，把里士满的主要纪念碑献给'失败的大业'就像是在说我们把自己献身于没有希望、没有未来的事情。就像是有一座单相思的纪念碑。"

对斯莱瑟来说，问题不是阿什是否应该放在戴维斯、李、杰克逊旁边的基座上，而是："他们是否应该放在那里？纪念碑大道是否应该存在？"

斯莱瑟走出大厅时，我问他会提出什么样的替代方案。"我会像俄罗斯人对待斯大林和列宁雕像那样对待李和戴维斯的雕像，"他说，"拆掉它们，或者至少不要再加盖了。停止纪念错误。"至于阿什，他提议修建一条全新的街道来颂扬网球明星和其他现代里士满人。"将其打造成一条未来的大街，而不是过去的。"

他笑了，补充说："当然，这永远不会实现。这座城市摆脱不了自己的过去。我在里士满生活的六年里学到了这么多。"

斯莱瑟是对的。最后，市议会推翻了自己的想法，全票通过将阿什的雕像放在纪念碑大道上。一位女议员解释说，这个举动是一种必要的邪恶，以驱除里士满的历史魔鬼。"鬼魂依旧阴魂不散，我们还没有解决这个问题。"她说。

从里士满出发，罗布和我前往另一个闹鬼的地方：彼得斯堡，在首府以南 23 英里的地方，这里是 1864 年和 1865 年内战尾声的发生地。正是在这里，在经历了冷港的大败之后，格兰特围城九个月，最终在李于阿波马托克斯投降一个星期之前攻破了南军的防线。那时，李曾经引以为傲的军队已经萎缩成了男人和男孩组成的稻草人军团，被饥饿、疾病和逃兵所困扰。彼得斯堡叛军阵亡者的照片上面都是一些面容光滑、没有穿鞋的十四五岁的少年，他们半陷在战壕的泥土中，属于几天之后就真正失败的大业的最后、当然也是最无意义的伤亡者。 [253]

在暮色中，彼得斯堡看起来一贫如洗、几近荒废。黑人家庭挤在曾经优雅的内战前住宅摇摇欲坠的门廊上，这些住宅最初的主人很有可能是蓄奴的白人。在我们认为是市中心的地方停好车，罗布和我漫步走过空置的工厂和花生仓库，然后来到一个写着"老城"的牌子前面，这里有一些微弱的商业生活迹象。走进一家新奥尔良主题的餐馆，我们立即被坐在吧台前面高脚椅上的六名男子搭讪。

"你好，我是吉姆（Jim）！"

"你们是重演者吗？"

"需要一杯啤酒吗？"

这比通常的南方人的好客还要热情，特别是鉴于我们艰苦旅行三天之后的外表和臭味。我们在一个年轻的秃头男子身边坐下，他叫史蒂夫（Steve）。"彼得斯堡的社交生活是如此有限，以至于看到一张生面孔就是一种解脱。"他说。史蒂夫，这位城里唯一的法律援助律师，还解释了为什么彼得斯堡看起来如此荒废。

"废除种族隔离，"他说，"他们施行黑白同校的那一天，就是许多白人给搬家租车公司打电话的那一天。"在民权运动之前，彼得斯堡的种族隔离程度很高，甚至黑人和白人在法庭上宣誓说实话，他们的手都放在不同的《圣经》上。动荡之后，法庭在 1970 年下令实施黑白同校，白人集体逃到了一个名叫"殖民高地"的郊区——史蒂夫叫它"殖民白地"。该郊区现在比彼得斯堡还大，吸引了这个地区几乎所有的新开发项目。

留下的是一个只有 38,000 人的挣扎中的城市，其中四分之三的居民是黑人，四分之一处于贫困状态。彼得斯堡的种族隔离是如此[254]影响深远，以至于该市的主要公立高中毕业的第一届黑白同校毕业生最近举办了两个 25 年重聚活动：一个白人的，一个黑人的。史蒂夫从法学院毕业之后立即搬到了彼得斯堡，计划一旦在其他地方找到工作就逃离这里。

"这里是南方的肛门。"他说。然后，他意识到自己已经连续说了 20 分钟了，问道："是什么风把你们带到这里的？"

"只是路过，"罗布说，"我们明天去参观战场遗址。还有其他事情可以做吗？"

史蒂夫喝完啤酒，忧郁地看了一眼酒吧。"你看见的就是。"他说。

另外五个人看着我们，等着轮流给我们买杯啤酒，倾诉他们的苦衷。罗布看了我一眼，歪歪头，像是在说"离开这里"。因此我们感谢了史蒂夫，回到空荡荡的街道上。"这里的旅游局应该雇这个人。"罗布说。

我们回到车上，驶过典当行、假发店和一家二手车店（"折扣就在这里。把退税变成汽车！"），直到抵达不远处的农田。罗布把一个叫"五岔口"的小型战场遗址选为我们的露营地。就是在这里，菲尔·谢里登的骑兵击破了彼得斯堡叛军防线的一侧，为北军的全面进攻打开了一条路，最终迫使李放弃了该市。五岔口之战也是臭名昭著的，在这场战斗中，乔治·皮克特和他的骑兵指挥官菲茨休·李[①] 的部队就在不远处面临灾难的时候，他们却在狼吞虎咽地享受着鱼肉和波旁威士忌酒。

我们把车停在一个战场的纪念标牌旁边，将地布铺在离马路20码远的地方。罗布点燃一支蜡烛，朗读了关于这场战斗的内容，重点读了鱼肉午餐的部分。"皮克特大约在两点钟与我会合。我们一起吃了午餐，吃的是迪林（Dearing）和我于两天前在诺托维［河］里钓到的一些上等鲱鱼。"主办了这顿饭的托马斯·罗瑟[②] 将军回忆道。另一位叛军军官说，他看到皮克特坐在一个帐篷里，"拿着一瓶威士忌或白兰地，我不知道是哪个，因为我没有被邀请一起用餐"。

皮克特最终动身加入了他被敌人围困的部队，但是战斗很快就失

---

①　菲茨休·李（Fitzhugh Lee, 1837—1891），南军少将、政治家，战后于1887年至1891年担任美国众议院议员。

②　托马斯·罗瑟（Thomas Rosser, 1836—1910），南军少将，杰布·斯图尔特最信任的下属，以组织发起大胆的骑兵突袭而著称。

[255] 败了，皮克特已经岌岌可危的名声也是如此下场。24 年后，这个事件仍然让人耿耿于怀，就在杰斐逊·戴维斯去世之前，他写道："那场致命的午餐是邦联的毁灭。"

罗布掐灭蜡烛，我们躺在高高的草丛中，又一天漫长的旅行让我们疲惫不堪。五岔口的名字来自内战时期在此交会的海星状道路。不幸的是，现在还是这样。每次当我开始昏昏欲睡时，车灯透过树林闪烁，又一辆车在其中一条路上疾驰，通常车窗都是打开的，收音机声音很大。我想要起身挥舞一张方格旗。

一个小时以后，我们拔营，艰难地走进树林，离马路很远。当我们满怀感激地躺在松针上时，下起了零星小雨。几分钟后，变成了瓢泼大雨。我们再次拔营，向树林更深处走去，直到我们找到了一座废弃的小木屋，木头之间缝隙由灰泥堵住，悬空的门廊上的支撑梁早已腐烂了。屋子看起来不稳，但我们太湿了，而且筋疲力尽，无暇顾及这些，就蜷缩在了漏水的屋檐下，直到暴风雨结束。

"哈利路亚。"罗布说着，再次铺下他的地布。他的欣喜只持续了30 秒。这是一个又热又潮的晚上，我们躺在茂密的夏日树林里，穿着湿透的臭衣服。罗布枕着的干粮袋里装满了已经放了三天的咸猪肉。我们的露营地实际上是一则打给蚊子的地产广告：**死水！潮湿的空气！腐烂的肉！恶臭的皮肤！**

蚊子一开始是一两只地过来，像侦察机一样，然后成群结队地嗡嗡作响，俯冲轰炸我们的眼睛、耳朵、鼻孔和嘴唇。我在头上盖了一条毯子，但很快变得很热，不得不再掀开。蚊子立即袭击了我身上每一寸暴露的皮肤。在我旁边，罗布翻来覆去，拍打着蚊子，嘴里骂着："去他的乔治·皮克特，去他的天杀的烤鲱鱼。"

　　除了等待天亮没有什么可做的，我带着疲惫循环思考，不断被罗布的呻吟和号叫打断。我试着完全静止地躺着，想着棒球、佛教、总统的名字、内战将领们的名字、我看过的最近五十部电影的名字。我看了看自己的怀表。才凌晨两点钟。

　　在某个时刻，冷漠或失血使我缓缓入睡。在黎明时分醒来，我发 [256] 现头皮上有虱子，手腕上有恙螨的咬痕。罗布躺在那里，头上紧紧裹着一条毯子，手掌捂住耳朵，就像爱德华·蒙克的画作《呐喊》中的女人一样。① 在瞬间的精神错乱中，我在想罗布是否可能已经因伤而死了。但随后他低沉的声音从毯子下面传了出来。"每次我的毯子滑落，我就像在电影《中途岛之战》② 中一样，"他呻吟着说，"日本和美国的螺旋桨飞机一次又一次地起飞。我一直在想，附近一定有一艘航空母舰。"罗布掀开毯子；他的眼睑和脸颊因为蚊子的叮咬已经红肿了。"这是我人生中最糟糕的一晚。"他宣称。对罗布·霍奇来说，能说出这句话不容易。

　　我们安静地坐了片刻，挠痒。在全面内战中，我们第一次远离人类社会扎营。早晨是雾蒙蒙的；烟雾似乎不太可能引起注意。因此，我们决定冒险生火。"总之，"罗布说，"如果我们今天不把这块咸猪肉吃了，它就会变成致命的食物。"它在罗布的干粮袋里放了三天之后无疑是有毒的，而不是有点毒。"如果我们把它煮烂，"罗布向我保证，"它可能不会杀死我们。"

---

　　①　爱德华·蒙克（Edvard Munch, 1863—1944），挪威表现主义画家，现代表现主义绘画的先驱。《呐喊》（*The Scream*）是蒙克的一幅代表作，绘制于 1893 年。

　　②　《中途岛之战》（*Midway*）是美国拍摄的一部历史战争电影，上映于 1976 年，重现了第二次世界大战中的太平洋战场上发生的中途岛战役。

因此，我收集了湿漉漉的小树枝，设法生起了一堆阴燃火。罗布熟练地切掉猪肉发白的表皮，然后把肉切成块，扔进他用作煎锅的半个水壶里。"有时你会发现一个猪的乳头。"他戳着咸猪肉说。

罗布猜测做饭需要 45 分钟。我不想抱着乳头出现的一线可能，盯着猪肉在它自己的油脂里面慢炖。因此，我决定去觅食，像曾经在这里的南军可能做的那样，并步行回到车上。我沿着五条路中的一条行驶，来到了一个叫丁威迪（Dinwiddie）的村庄，这里有一家餐厅，上面挂着一个巨大的牌子，写着："这就是一个汉堡包！"我睡眼惺忪地想，是不是这里的汉堡包太差了，以至于可能被误认为是其他东西。

餐厅没有开门，但一个报纸箱里面有《丁威迪箴言报》（*Dinwid-die Monitor*），报纸上的横幅广告宣称："唯一在乎丁威迪县的报纸。"我回到露营地，给罗布读了县治安官日志上的被逮捕人员名单——公共场合醉酒，开具空头支票，"三项骂人和辱骂"——以及关于南方小镇的帐篷复兴聚会、家庭重聚会和夏日基础服饰的报道。

[257]　　这打发了时间，直到罗布宣布早餐已经做好。煎锅里现在有一摊冒泡的黑色油脂，肥肉块在浮渣上面晃动。罗布把他的刀戳进黑乎乎的东西里，坚持说："里面有瘦肉。"然后，他串起一块烧焦的脆骨，举到我鼻子底下晃来晃去。"祝好胃口。"他说。

我透过眼镜，疑惑地看着肉块，摇了摇头。罗布晃动着刀。"来嘛，"他诱劝说，"把它想成发黑的乡村火腿。"我闭上眼睛咬了下去。罗布戳住另外一块，放到自己嘴里。我们喘着气，眼睛里都是眼泪。肉完全不像肉；吃起来像是一个受潮的盐块，被油脂浸透了。罗布试着吃下第二块，但很快就吐了出来。

"我打赌这东西杀死的叛军比北方佬的子弹还多。"他哼唧着说。

现在，我们已经完全没有胃口吃第二道菜了，本来的计划是做土豆和洋葱。于是，罗布倒掉了锅里的东西，确保把油脂洒在了他的裤子上，并往他的胡子上抹了一点。

我们振作精神，出发前去游览彼得斯堡的防御设施，或者说是我们还能找到的那些设施。塞奇威克堡，由于迫击炮和狙击手不断地对准它射击，又称"地狱堡"，现在躺在包围了该镇的连锁快餐地狱之下。当我们停下问路时，一位警察说："就在凯马特超市所在的地方，差不多就是那个位置。"另一座著名的堡垒，马洪堡，也被铲平了，现在躺在一家必胜客餐厅的停车场的下面。

战场的其他部分为第一次世界大战提供了比斯波特瑟尔韦尼亚战役和冷港战役更残酷的预演。在这里 292 天（差不多是整个内战时间的四分之一）的僵持状态中，两军修建了沙袋避弹坑、刺栏（像豪猪一样插满了尖刺的障碍物），还有将电报线悬挂在树桩之间做成的绊脚线。联邦军甚至还试验了一种机枪的前身，名为加特林枪，这是一种多管的武器，借助手摇器发射子弹（这也是黑帮俚语"加特"①的起源）。

也正是在这里，联邦军完成了内战中最大胆的工程壮举。为了打破僵局，宾夕法尼亚的煤矿工人在一个叛军阵地的突出部分下面挖掘[258]了一条 500 英尺长的隧道。然后他们引爆了 4 吨重的火药，真的把守卫部队炸上了天。但随后的联邦军进攻很快就变成了一次恐怖的愚蠢行为。前进的部队突然跌进了爆炸造成的巨坑之中，使南军可以聚集

---

① "加特"的原文是"gat"，在美国俚语中是左轮手枪的意思。

在坑边，向那些挤成一堆的无助的联邦军士兵开火。联邦军在撤退之前损失了 4000 人。

这个被称为克雷特之战（Battle of Crater）的战斗留下了一个宽 170 英尺、深 30 英尺的洞，至今仍清晰可见。在国家公园管理局于 20 世纪 60 年代末接手此地之前，这片洼地组成了克雷特高尔夫球场的一部分，球道和推杆果岭区遍布在战场上，球洞都是以彼得斯堡战役中的人物命名的。

漫步在树林中，我们发现了一座缅因州第一兵团的纪念碑，在参加了内战的所有联邦部队中，这个兵团遭受了最严重的一次性团级损失；在一次短暂而徒劳的冲锋中，850 个缅因士兵中的 632 个成了伤亡者。现在在纪念碑的周围到处扔着碎啤酒瓶、用过的保险套和小玻璃药瓶。附近一个带有冲锋地图的纪念牌匾上面画着涂鸦："毒品站！"彼得斯堡的战场遗址显然在天黑以后就变成了一个城市公园。

我们对眼前的场景感到沮丧，转而前往游客中心，收集有关下一步去向的情报。一位公园管理员告诉我们，弗吉尼亚州刚刚开设了"李的撤退路线"，这是一个叛军从彼得斯堡到阿波马托克斯的 100 英里逃跑路线的自驾游项目。在沿途的每个站点，路边的发射器都会播报历史报告，游客可以通过车内的收音机收听。"你只需要停下车，听报告，然后开车到下一站。"公园管理员一边解释，一边递给我们地图和旅行指南。

罗布欣喜若狂。"这是全面内战的天堂，"他欢叫起来，"我们不用下车就可以完成 20 个景点。"

第一站是彼得斯堡西边的一个小镇，名叫萨瑟兰站。当我们坐在车里没有熄火，听收音机里讲解 1865 年发生在那里的一次小规模战斗的时候，旅行指南上的一句话引起了我的注意。"如果吉米（Jimmy）在的话，可以去奥尔格斯商店（Olgers Store）看看那座相当兼收并蓄的博物馆，以获得一种淳朴南方的体验。"

奥尔格斯商店就在马路对面。乍一看，它看起来就是一个曾经遍 [259] 布南方沿路小镇的那种正日渐消失的典型乡村商店：一栋低矮的板条建筑，破烂不堪的外廊，一个旧的百事可乐广告牌上写着"奥尔格斯杂货铺"。就在窗纱门里面，站着一尊巨大的罗伯特·E.李的雕像，被喷成了亮金色。雕像的脖子上挂了一个牌子，上面写着："进来吧。其他一切都出了问题。"

我们正要进去，一个巨人从商店的角落里出现了。他拿着一把大刀和一个我见过的最大的西瓜。"撤退路线开放的那一天，我就把雕像上的布揭开了，"他说，"你们应该来的。自从克雷特之战以来，南军的血气就未如此高涨过。"

他举起大刀，把大西瓜砍成了三块，每块都是一顿饭的量。他给我们每人递了一块，然后在门廊下垂的顶部台阶上坐下。"希望你们不着急去哪儿。你们知道他们怎么说：'在奥尔格斯商店待两个星期等于上了大学。'"

吉米·奥尔格斯是少有的那种可以毫不夸张地被称为"与众不同"的人。首先，他格外地高大：身高 6 英尺 6 英寸，重达 320 磅，他的身体塞进运动短裤和无袖 T 恤衫里，胳膊和腿像巨大的粉色树枝一样戳出来。他高大的体格与一个 20 世纪 50 年代科学课教师的头部——寸头、方脑袋、黑框眼镜——以及一位南方殡仪馆馆长的甜美缠绵、几乎是咕噜叫的拖腔口音不协调地匹配在一起。

奥尔格斯事实上的确在殡仪馆工作过——那是他不在传教、写诗和为《丁威迪箴言报》写专栏的时候，或者是他不当人口只有1000人的萨瑟兰站的非官方市长的时候。但他真正的业余爱好是打理这个他的祖父于20世纪初开设的商店，奥尔格斯就是在这里出生的。但是，"店主"这个称呼也不太合适。奥尔格斯商店不再是一家商店了，而像我们的旅行指南说的那样，是"一座相当兼收并蓄的博物馆"，有点像把大峡谷称为地上一个相当大的洞。

[260] "他完全是真人大小，是用废品做的。"奥尔格斯说着，把我们带进屋里看金手指·李。将军的剑柄其实是一根锄头柄，护手是屋顶的木瓦做的，剑鞘是一块汽车排气管——整座雕像都覆盖着石膏板。最奇怪的是，雕像的创作者——一个名叫弗兰克的放荡不羁模样的男人——突然从宽肩膀的李雕像后面出现了。

"我什么都做，"弗兰克说，"连我的牙都是自己做的。"他把自己参差不齐的假牙取出来，递给我，以示证明。

"你应当看看雕像揭幕那天的弗兰克，"奥尔格斯说，"李的头比洗脸盆还大，对此他感到非常自豪。"

我把假牙还给弗兰克，向奥尔格斯问起悬挂在李脑后房梁上的巨大棉质服装。"世界上最大的一条女士灯笼裤，伯莎·马古（Bertha Magoo）穿过的，她是一位体重高达749磅的女士。"奥尔格斯说。我还没能进一步询问伯莎的事，奥尔格斯就跳进屋子的深处向我们展示一个老式的火腿煮锅、一个鲸鱼的脊骨、一截上面写着"世界上最大的松木"的木头、一件殖民地时期的西服和马鬃制作的假发（它们属于一位《独立宣言》的签署者），还有一张十分丑陋的女人的照片。

"这是朱厄妮塔（Juanita），我的第一任妻子，"奥尔格斯说，"她疯狂地喜欢甘蓝菜，你也知道，那东西会导致胀气。有一天，她吃了一锅。我在田地里听到了爆炸声，但当我赶到房子时，已经太晚了。什么都没剩下。"他摇了摇头。"上帝啊，我想念那个女人。"

奥尔格斯在小时候就开始了他的收藏，首先收集的是箭头和米尼弹头，都是他自己从地里挖出来的，然后就是邻居们拿到店里的零星物品。因此，当商店在 1988 年关门的时候，奥尔格斯把它改造成了一个展示柜，用来展示他多年来收集的所有垃圾。现在，地板、墙壁和天花板上的每一寸都装饰着小摆设。"希特勒往伦敦派去一千架轰炸机的那一晚，我在这里出生了，我在那个角落睡了好多年。"奥尔格斯指着一堆生锈的工具和一个我无法识别的骨头说，"一个混蛋的下颌骨。"他说着，走到旁边的房间，里面堆满了旧的午餐盒。"妈妈和爸爸睡在这儿。"他说。

奥尔格斯的父母最近去世了，中间相隔了一个月。"他们开这家店的时候，这里是社区的中心枢纽。"他轻声说，"我妈妈是一位医生，但不是上过医学院的那种，而是人们会带婴儿来看病的那种。[261] 以前的人，除非他们病得很重，否则不会去看医生。我爸爸给人拔牙——我也拔过几颗。我母亲还替不会写字的人写信。"

商店也曾是一家真正意义上的杂货店，达到了外面广告牌上的承诺："你想要什么！我们都有！"地板上的一块污渍标记着一个在此放置多年的 50 加仑的糖浆桶的位置，旁边放的是灯油桶、猪油罐和装猪蹄、猪头的大桶。以前墙上还挂着猪的其他部位：猪肩肉、猪下巴、猪耳朵。

商店的特色商品是腌货，这是一种由凝固的猪耳朵和猪蹄组成的混合物，被做成面包条的形状，然后像面包一样切成片。"地球上最

接近神赐食物的东西。"奥尔格斯拍打着自己的嘴唇说。他的母亲还
做猪肠（猪内脏，做成糊状后油炸）、玉米面肉末饼（一种油炸的猪
杂碎肉饼，我曾在一家乡间小路旁的小饭馆吃过），还有一种没有名
字的猪脚趾和其他下脚料的混合物，煮过以后，用面粉包裹，然后和
甜马郁兰一起油炸。

"噢……上帝啊，光想想都能让我发出尖叫，"奥尔格斯说，"现
在的年轻人，不知道什么是真正的食物，只知道火腿汉堡包和比萨。"
他们也不知道什么是真正的购物。"沃尔玛、凯马特、什么马特超
市。它们和汽车杀死了乡村商店。人们还会来这里，像以前一样坐着
聊天，但他们什么都不买了。"最终，在他的家族经营了 80 年商店
之后，奥尔格斯被迫关门歇业，去殡仪馆工作了。"商店关门的那一
天，"他说，"整个生活方式都随之消失了。"

我们坐在门廊上，吐着西瓜籽，看着绕过小镇的那条繁忙的新高
速公路上的车流。我给奥尔格斯讲了自己的旅行，并问他，为什么像
他这样的南方人会崇敬过去。"孩子，这是一个简单的问题，"他说，
"一个南方人——一个真正的南方人，现在剩下的已经不多了——与
土地的关系更亲近，与家乡更亲近。北方人就没有这种依恋。也许这
意味着它没有什么深度。"他停顿了一下，然后补充说："我对北方
的人感到遗憾，或者是对任何与土地没有形成那种纽带的人都感到遗
憾。你不能怀念你从未拥有过的东西，如果你从未拥有过，你就不知
道那是什么。"

[262]　　我以前听南方人说过一百次这种话了，通常都是在开着吉普切诺
基穿过交通堵塞的郊区街道的时候，或者是在一个美国哪里都有的牧
场式住宅里看电视的时候不带讽刺地说的。但是，奥尔格斯过着他所

赞美的生活。他很少会到距离萨瑟兰几英里以外的地方，直到去威廉与玛丽学院上大学，学校在向东一个小时车程的地方，他只在那里上了三个月。"我太想家了，以至于受不了，"他说，"食物比糟糕还糟糕，教授们都是无神论者，我室友是个禽兽。"

"什么意思？"罗布问道，他显然被吸引住了。

"他把我带到一个维京派对。那里的人们戴着有角的帽子，把裹着床单的女人扛在肩上。他们把一个女孩带进来献祭，到他们用完了她的时候，她倒真希望自己被献祭了。"奥尔格斯摇摇头。"这可不是什么扒内裤的恶作剧，孩子。"不久之后，奥尔格斯回到了萨瑟兰。"我感到很荣幸，因为我没有被大学污染。教育不是一切，至少正规的那种不是。"

自那以后的 35 年中，奥尔格斯只离开过萨瑟兰两次：去华盛顿特区度蜜月，去北卡罗来纳看大海。"我是个恋家的孩子，一个恋家的灵魂，"他说，"奥尔格斯商店一直是我的领地。"

拿起他的拐杖——一个滑雪杆——他带领我们走过 95 华氏度的高温来到他称之为"家园"的地方，就是马路对面的一家驿站旅馆，他家族的一部分人已经在这里生活了无数代了。然后，撑着滑雪杆，他讲述了 1865 年 4 月发生在旅馆前院的战斗。"仅有四千南军面对两万三千个北方佬，但是李告诉他们要不惜一切代价守住铁路线。因此，他们沿着就在铁路线旁边的一排巨大雪松挖了战壕，北军冲锋了三次，早上九点钟一次，下午一点钟一次，五点钟一次。最后一次他们冲破了防线。其中一棵雪松身上留下了一颗炮弹，已经有一百年了。"

在世纪之交，奥尔格斯的祖父更换了旅馆的心材松木外墙板。"当他拆掉墙板时，米尼弹头一下子就滚落下来了，就是有那么多。"

奥尔格斯把我们带进屋里，走过他的一位 80 岁的听障姑妈，她正坐
在厨房里往罐子中装腌黄瓜。他拉起客厅的地毯，露出了木地板上的
一块污点。"南方血迹，"他说，"他们把受伤的士兵拉到了屋里。"奥
尔格斯的一位先人曾在旅馆的附近作战，就在内战结束的前几天因伤
势过重而死。

[263]

对我来说，人们在那么晚的日期还去打仗并阵亡，而不是投降，
这似乎是悲伤且毫无意义的。但奥尔格斯并不这么看。他认为南方的
领导们错了——"如果他们赢了，我们就变成一个分裂的国家了，奴
隶制会多存在几十年"——但是他认同士兵个人对家乡的忠诚。"一
个男人在一生中必须挺身而出，至少一次，"他说，"那就是这里发生
的事。他们知道自己会输，但他们依然不顾一切地战斗，就在这片他
们生活的土地上。"

他把我们带到一个家族墓园，在墓碑间漫步。墓园里埋的哥特式
人物足以填满一个弗兰纳里·奥康纳①的故事，至少奥尔格斯是这样
描述的。有一位曾祖父在内战中手腕被打穿，后来因为"伤口瘙痒"
而住院，奥尔格斯声称："他手臂上的洞太大了，以至于我爸爸小时
候经常把手指插到里面。"家族中的另一位老兵发誓，如果南方战败，
他就再也不刮胡子了。"我小时候，他的胡子像寄生藤 样一直悬挂
到膝盖处。"奥尔格斯还给我们指出了十几位姑妈和姑婆的坟墓，她
们都终身未婚。"大量男孩子在战争中死去，以至于很长一段时间，
没有人可以嫁，"他说，"然后这就有点变成一种家庭习惯了。"

---

① 弗兰纳里·奥康纳（Flannery O'Connor, 1925—1964），美国小说家和评论家。
奥康纳是一位南方女作家，其作品常被归类于"南方哥特式小说"（Southern Gothic），
多以南方为背景描述怪诞的故事。

奥尔格斯给我们看了他自己的位置，就在他父母的旁边，并说他见到造物主的时候，只有一件让他害怕的事情。他是家族里一长串黄狗民主党人中第一个投票给林肯的政党的人。"当我和爷爷在天堂之门相见时，我希望他不会发现。"但在其他方面，他忠于自己的叛军祖先。他拒绝走剩余的撤退路线，也从未去过阿波马托克斯，而阿波马托克斯就在这条路上，开车不久就到了。"这样，"他解释说，"就可以一直是 1865 年 4 月了，我们还没有输掉内战。"

我们漫步回到商店。奥尔格斯不得不关门去殡仪馆上班了。但他给了我们一个离别的礼物：一个梅森玻璃罐，里面装满浑浊的乌龟汤，是他在前一天煮的。"我得把爷爷漏掉的北方佬都干掉。"他[264]拍着我的联邦军制服的后背说。然后，他向自己的车走去，突然唱起歌来：

> 他们用南方的枪和弹，杀死了五十万北方佬，
>
> 希望能多杀一百万，而不是他们取得的战绩。

奥尔格斯挥挥手，开车走了，留下我们去消化乌龟汤和一箩筐朴素的智慧。我们透过商店的窗户往里看，在心里拍下了最后一张快照。"这就是全面内战的缩影，"罗布摇着头说，"这么多东西，你不可能全部接受，而且反正你也不知道该如何处理。所以你就让它冲刷着你吧。"

李的撤退路线也是如此。我们从萨瑟兰站往西走，越过狭窄的桥梁，经过那些被遗忘的城镇，南军和追击的联邦军在这些地方发生了

小规模的战斗。我们在一座木结构的教堂前面停下，教堂的地板上仍有 130 年前躺在这里的尸体留下的血迹；我们也在一间很小的博物馆旁停了下来，那里有一个银制托盘，当地的一个奴隶曾用这个托盘给罗伯特·E. 李端上午餐；我们还在阿米利亚县（Amelia County）的法院停下，这里的南军纪念碑上写着："噢，同志们，无论你们裹尸何处，阿米利亚都会把你们放在她的心中。"剩下就是一片模糊的连绵农田和废弃的铁路支线，有着诸如迪顿维尔、杰特维尔、法穆维尔、莱斯小站之类的地名。

这里是弗吉尼亚州的"南区"，位于平坦的泰德沃特地区和皮特蒙德地区的连绵山丘之间的一块乡村飞地。像吉米·奥尔格斯的领地一样，南区似乎在很大程度上已经逃脱了现代的影响。我们这天的大部分时间都在其中旅行的阿米利亚县，现在的人口是 1865 年时的一半。撤退路线的其中一站是一座已经消亡的村庄，名叫詹姆斯敦，我们的旅行指南上说："该镇死于 1920 年左右。"

在我们开车穿过了弗吉尼亚州其他地区那些无序扩张的城区之后，这种田园牧歌式的、不繁荣的景观让我们感到震惊。这里的景色也为我们的汽车收音机里播放的讲解提供了一个恰如其分的怀旧背[265]景。在一个星期的日夜行军中，李的稻草人军团同时被饥饿和联邦骑兵追随，叛军们花了宝贵的时间去觅食，或者在铁路枢纽等待从未到来的口粮。

到最后，李的部下喝溪水，吃本来打算喂马用的干玉米；军队在战场上的最后三天里，500 匹叛军军马死于饥饿。而在此期间，菲尔·谢里登和乔治·卡斯特吃饱喝足的骑兵一直在不断逼近，像他们在内战后追杀平原印第安人一样追杀南军。但没有出现小巨角之战 ①，只有一次发生在塞勒溪的保卫战，五名南军将领和几乎四分之一的李的士兵投降，致使李惊呼："我的上帝啊！军队已经解散了吗？"

塞勒溪附近的一个旅游站点占据了另一家杂货店的停车场。不像奥尔格斯商店，这家店还在营业，窗户上挂着一对奇特的牌子："游戏检查站：熊—鹿—火鸡"和"大奖已累计至三百万"。在里面，我们发现商店里空无一人，只有一个年轻的黑人在一张破旧且光线昏暗的桌球台上独自打球。他戴着太阳镜，穿着一件"辛普森一家"的 T 恤衫，头戴亚特兰大勇士队的棒球帽。"你们一定是在做那种重演的事。"他说着，抬头看着我们，露出困惑的笑容。

罗布叹了口气，第 15 次解释了全面内战到底是怎么一回事。这个人耐心地听着，把球杆放下，说："我一直在等一位像你这样的人来回答一个关于那场战争的问题。"

"尽管问吧。"罗布说。

"让我们把时间拨回到 1861 年。其实，你们两位是第一代表亲。你们俩都是白人，对吧？一个北方人，一个南方人，但这都只是概念。为什么你们非得杀死六十万个表兄弟？你们不能解决这个问题吗？"

罗布看了看我。我也看了看他。那人走到窗前，指着外面的马路。"我在那边长大，从小就在塞勒溪边喂牛，"他说，"就在内战结束的三天之前，六千个伙计在那里负伤或战死。为了什么？"

---

① 　小巨角之战（Battle of Little Big Horn）于 1876 年 6 月 25 日发生在蒙大拿州的小巨角河附近，是美军与北美势力最庞大的苏族印第安人之间的一次战斗。最终，印第安人军队歼灭了乔治·卡斯特率领的美军骑兵团，取得了最后的胜利。这次战斗是整个印第安战争中印第安人所取得的最大胜利。

作为全面内战的联邦军代表，我感到自己有责任说些什么。"至少有一些北方人，"我提出答案，"认为他们是在为了解放奴隶而战斗。"

那人拉低他的太阳镜，直勾勾地看着我的眼睛。"你在逗我呢，是吧？我打过海湾战争。没有人是为了什么自由的东西而被打爆屁股的。"然后他又把时间往回拨。指着罗布对我说："比如说，他是你姨母的儿子，他有奴隶。你对他说：'让咱俩为了奴隶打仗吧？'得了吧，不可能。你真正会说的话是，"他停顿了片刻，然后继续以完美的音调模仿红脖子的方言说道，"嘿，比利·乔，你想对那些奴隶做什么我都没意见。继续用锁链拴住他们，去他妈的。你妈妈是我妈妈的姐妹。"

他用正常的声音说："这个奴隶战争的说法，就是一个大大的谎言。其实这并不重要，只是今天白人仍然喜欢说：'该死，我的祖先是为了那些黑鬼而死的，他们应该心怀感激。'我在海湾战争中的所见所闻，让我意识到战争没有用。萨达姆这个主要人物还活得好好的。都是政治和贪婪。你们的战争也是一样。在我看来，你们本可以解决这个问题。"说完，他往柜台上拍了一美元，从收银机旁边拿了一张彩票，走出门去，把我们独自留在无人的商店里。

一小时后，我们抵达了阿波马托克斯法院，南北最终在此解决了问题，就在威尔默·麦克莱恩（Wilmer Mclean）的农舍的客厅里。正如战争中的许多事情一样，李的投降有一个经典的对称。在南方向萨姆特堡打响了内战的第一炮的四年之后，北弗吉尼亚军放下了他们的武器。投降书是在一个愁眉苦脸的农民家里签署的，这个农民之前的房子在马纳萨斯，那里是内战的第一场陆地战役发生的地方，之后他逃离了马纳萨斯，搬到了阿波马托克斯。"我是这场战争的始与终。"麦克莱恩在投降几个月之后这样告诉一位北方的访客。

　　至少故事是那样发展的。甚至肯·伯恩斯也在他的纪录片中强调了这个巧合，他的纪录片以农民麦克莱恩的故事开场，这位"年迈的弗吉尼亚人"在马纳萨斯战役之后"受够了"，为了寻求安全举家搬迁到阿波马托克斯，结果战争却跟着他去了。

　　按照阿波马托克斯的公园管理员们的说法，真相更为复杂，也没那么传奇。第一，麦克莱恩不是农民；他是一名企业家，在第一次马[267]纳萨斯战役中，他把自己姻亲的庄园府邸租给了叛军。他也没有迅速逃离马纳萨斯，为他的家人寻找一个安全的避难所。他又在那里待了两年，然后意识到弗吉尼亚州的南区对他的主要业务来说是个更方便的总部：战时投机生意。除其他项目外，麦克莱恩还炒卖白糖，他从古巴的一个兄弟处买到糖，并以虚高的价格卖给邦联政府。

　　内战结束以后，麦克莱恩利用他与格兰特的短暂相识，在亚历山德里亚的港口获得了一份征税员的工作。在他生命中的不同时期，他也是一个破产者、一个赖账的人、一个非常不被妻子（一名富有的寡妇）信任的人，以至于他妻子让他签署了一份婚前协议。"游客们总是来这里谈论'可怜的威尔默'。"帕特里夏·舒平（Patricia Schuppin）说，她是带领游客参观修复后的麦克莱恩房屋的公园管理员。"我不得不把坏消息告诉他们，他是一个相当无耻的人。"

　　投降后，麦克莱恩的房子很快就变成了游客和投机倒把者的猎物，包括麦克莱恩自己在内。他把李与格兰特会面的客厅里的家具都卖了，并向来参观房间的士兵收取一个金币的费用。后来投机者买下了这座农舍，并将其拆解，希望能把它运到华盛顿，变成一个旅游景点。计划失败了，被拆毁的房子在那里放了几十年，变成了一堆木材和灰泥，当地人经常从里面偷走一些"投降砖头"卖给偶尔到访的游客。阿波马托克斯法院一直是个实质上的鬼镇，直到第二次世界大战之后国家公园管理局才修复了这里。

重建的麦克莱恩客厅是一个挂着厚重窗帘的正式房间，看起来很幽闭，对于其所承载的重要历史来说，不知怎的太小了。1865 年 4 月 9 日，李和格兰特聊了他们在墨西哥战争中一起服役的事，然后写下了投降条款。格兰特的一位副官，一个名叫伊莱·帕克（Eli Parker）的塞内卡印第安人，写下了正式的文件（显然他把格兰特的原稿放进了自己的口袋里，后来把它卖了）。没有任何戏剧化的场景或者交出佩剑，但一位副官因情绪过于激动而不得不由其他人来接替他。

公园管理员帕特里夏·舒平说，游客们经常有类似的情绪反应，[268]特别是南方人。"昨天有位女士在这里哭了，当她得知我来自密西西比时，她问我：'你怎么能在这个可怕的地方工作呢？'我对她说，我不觉得这里可怕。统一是南方能够幸存的唯一途径，我们在保持了自己的基本文化的同时，又重新合并到一起了。"

舒平还看到了内战的另一个积极的结果。"这场战争为妇女权利运动的兴起做出了巨大贡献。"她说。1860 年之前，在这个国家的大部分地方，女人不能拥有或经营生意，除非她们是寡妇或者让一个男人管理她们的财产。"但在内战期间，女人们开始做护士、文员和工厂工人，并且经营生意和种植园。内战之后，她们开始起诉要求继续这样做的权利。"内战还促进了妇女参政运动，像苏珊·B. 安东尼 [1] 这样

———————————
① 苏珊·B. 安东尼（Susan B. Anthony, 1820—1906），19 世纪美国废奴运动与妇女选举权运动的领袖人物。

的妇女组成政治团体来支持林肯、废奴，进而支持妇女的选举权。

我还想听，但一群游客到了，舒平抱歉地回到了自己的岗位上。"肯定有人会问起可怜的威尔默。"她叹气说。

我们溜达到一间修复的小酒馆，联邦军在这里印制了通行证，以便南军可以不受阻碍地返回他们的家园。在这里，通过与另外一名公园管理员交谈，我又了解到一个关于阿波马托克斯的神话。我经常听到南方人伤感地讲起他们的叛军祖先从弗吉尼亚一路走来，饥肠辘辘地回到家中。虽然有些士兵可能是这样做了，但有条件释放的通行证使南军有权免费乘坐联邦控制的船只或者火车，并从沿途遇到的联邦部队领取配给口粮。南方也有成千上万份口粮囤积在主要城市和铁路枢纽。

"任何一个口袋里连一片面包都不带就走回亚拉巴马州的南方人，可能都是出于骄傲而那么做的，而不是迫不得已。"公园管理员解释说。

在我的旅途中，我经常被提醒，我认为自己知道的关于内战的情况更多是基于传说而不是事实。关于阿波马托克斯的杜撰太多了，以至于一位前公园管理员写了一本名为《李的投降的三十个神话》（*Thirty Myths about Lee's Surrender*）的书，还有一本续篇描写了另外 21 个神话。最经久不衰的一个误解是李的投降标志着邦联的结束。[269]事实上，李只带领了他麾下的 28,000 名士兵投降，将另外的大约 15万名士兵留在了战场上。直到一个月之后，最后的一次陆地上的战斗才在得克萨斯州的棕榈牧场打响；讽刺的是，这次战斗的结果是南方取胜。最后一位停止抵抗的南军将领是斯坦德·韦特（Stand Watie），他是一个切诺基人，于 6 月 23 日带领自己的印第安人部队投降。同时，一艘名叫"谢南多厄"（Shenandoah）号的南军巡洋舰直到 6 月下旬还在白令海峡扣押联邦捕鲸船，并且一直在逃，直到它于 1865 年 11 月 6 日在利物浦靠港，即李投降整整七个月之后。

我们游览了仅有的几栋修复的建筑之后，就没有什么可看的了。阿波马托克斯法院还是一个由绵延的森林和牧场包围的小村庄。这种荒凉之感放大了这里发生的事情的雄辩性。与我们游览过的许多景点相比，战场上的英雄主义并没有怎么在画面中出现。相反，阿波马托克斯纪念了一种在美国更为罕见的、不那么受欢迎的美德：和解，与可以被称为体育精神的东西相混合。格兰特不赞同他的部队庆祝胜利，并坦言自己"对一个敌人的倒台"感到伤心和沮丧，"他曾为一个大业英勇地战斗了这么久，并遭受了这么多的苦难，尽管我相信，这个大业是人们曾经为之战斗的最糟糕的大业之一"。

就其本身而言，李也在失败中表现出了同样的风度。他将一名副官准备的告别演说草稿中一段充满仇恨的话删去了，而只是感谢了他的部下"四年来以无与伦比的勇气和刚毅为标志的艰苦服役"。他后来力促南方同胞接受失败，并且为统一的国家服务。"真正的爱国主义有时要求人们在一个时期的行为与另一个时期的行为相反，"他在战后写给 P. G. T. 博雷加德的信中说，"推动他们行为的动机——即做正确的事的愿望——恰恰是一样的。"

在正式交出武器时，葛底斯堡战役中多次负伤的英雄，乔舒亚·张伯伦（Joshua Chamberlain），命令他的手下以静默和一种被称为"枪上肩"的骑士动作来尊重他们的敌人。南军中与他地位相当的约翰·布朗·戈登——他身上有十三处战斗负伤的疤痕——以一个令人难忘的方式做出回应，张伯伦在他的回忆录中有所描述。张伯伦写道，戈登把他的马转向联邦将军，"用马刺轻轻地"碰了一下坐骑，"使这个动物微微地用后脚站起，他转过身时，马和骑手做了一样的动作，[270]马头向下摆，优雅地鞠躬，戈登将军则把他的剑尖落在自己的脚尖上，以示敬礼"。很难想象现代美国人会以如此优雅的方式来结束任何一场比赛，更不用说一场持续了四年、造成了一百多万伤亡的战争。

离开公园，我们在一个小墓园停了下来，本地的妇女于1866年修建了这座墓园。这里有19座坟墓，埋葬着就在投降之前发生在阿波马托克斯的一次短暂战斗中死去的19个人。18座坟墓是南军的，但一座坟墓的墓碑上写着："美国无名联邦爱国者"。内战结束仅一年之后，那些送自己丈夫和儿子出征的女人们愿意把一个北方佬安葬在这里，与南军一起，这似乎很了不起。

但这个墓园也有那种在战后南方迅速再现的傲慢挑衅的迹象，破坏了在阿波马托克斯做出的许多和解的尝试。南军之女联合会竖立的牌匾上面列出了李的军队人数为9000人，不到真实总人数的三分之一，从而使叛军所面对的劣势更加难以承受。铭文写着："经过四年的英勇斗争，为了捍卫人们相信的基本原则，李放弃了一支在精神上仍未被征服的军队的残部。"

经过四天艰苦的旅行，我也觉得准备好投降，并踏上归途了。但罗布则坚持我们继续往西60英里去列克星敦，在谢南多厄河谷。列克星敦是南军纪念的第二大城市：如果说里士满是麦加，列克星敦就是麦地那。战前，"石墙"杰克逊在列克星敦的大学教书，战后则是罗伯特·E.李在此教书。两个人都埋葬于此。他们的马也是。"其实，准确地说不是埋。"罗布这么说，并没有提供任何细节。

因此，我们离开阿波马托克斯，驶过一个"布鲁斯及斯蒂夫殡仪馆"的广告牌，进入阿巴拉契亚山脚下的丘陵地带。在落日时分开车穿过弗吉尼亚最美丽的一段景色，我不由自主地哼唱起《他们毁掉老迪克西的那一夜》，有些奇怪地感到忧郁，就像格兰特在阿波马托克斯那样。我们抵达了内战的传统终点，它的句点，渐渐变暗的山丘强调了南方历尽艰辛之后的消亡。"正是这样的景色，"在我们越过蓝岭，向谢南多厄河谷俯冲时，罗布说，"让你理解了吉米·奥尔格斯所说的人们为自己的家园而战。"

[271]

我们在天刚黑的时候来到了列克星敦。经过名叫石墙广场的临街商场，进入一片由内战前住宅组成的高雅街区，我们发现了一张贴在商店窗户上的海报，上面写着一场名叫《石墙国家》(*Stonewall Country*)的音乐剧将于当晚在一个户外剧院演出。这场演出似乎是结束一次全面内战的恰当方式，毕竟我们全面内战的主要主题之一就是"石墙"杰克逊的多变生涯。

在音乐剧的开始，导演对观众表示欢迎，然后扫了我们一眼，说："我特别想知道你们两位对本次节目的看法。"我已经对穿着军服旅行变得非常习惯了，起初我都不知道他什么意思。导演不需要担心；戏服看起来很好，演出对我们刚刚探索过的景观进行了一次不敬的展示。节目中有杰布·斯图尔特，他系着丝绸腰带，穿着高筒靴，唱着"我是白昼的撼地者，我是午夜的行乐者"。然后是《A. P. 希尔的布鲁斯》，这首歌悲痛地回顾了这位鲁莽的将军与他上司发生的冲突。而贯穿表演的是"石墙"，一个卡通式的严厉人物，在合唱团用一首名为《七天发狂》的曲子嘲笑他在七天战役中的疑病症发作时吸吮着柠檬。

罗布迷上了一位穿着圈环裙的女演员，所以我们在演出后留了下来，以示敬意。然后罗布看见她和一位男演员一起走了，罗布认为那个男演员的军服是节目中最糟糕的。"真他妈的不出所料，"他呻吟道，"小妞们总是喜欢法布的人。你会看到穿着紫色夹克的同性恋者，看起来像巴尼 ① 似的，但他们是得到所有小妞的人。"

我轻轻地说，硬核形象在吸引小妞方面有其缺点。罗布怒视着我，说："你在说什么呢？我应该停止用培根油洗我的胡子？"

夜色已晚。一场冷雨拍打着剧院的马戏团式帐篷。甚至罗布也不热衷于像我们原来计划的那样，在石墙坟墓旁边的激流中睡觉。因此，我们把铺盖卷铺在了刚刚观看了《石墙国家》表演的木板上。罗布尽职尽责地记录下我们当天完成的景点，然后笼统地写下："午夜。在石 [272] 墙国家露营。"他掐灭蜡烛说："我不想留下一次法布的手写记录。"

法布们得到小妞；他们也得到了睡眠。整个星期以来，我们第一次睡得好过可怜的打盹。幸好我们找到了有遮蔽的地方睡觉；早餐时，我们从一位女服务员处得知洪水冲毁了道路，淹死了几个人。

雨一直下个不停，我们参观了弗吉尼亚军事学院，"石墙"曾在这里教授炮兵战术和自然与实验哲学（这个学术组合没有听起来那么奇怪；在 19 世纪 50 年代，自然哲学类似物理学）。"石墙"的名字和他致敬的一句霍雷肖·阿尔杰 ② 式名言装饰着弗吉尼亚军事学院的营房："你的决心决定了你能成为什么样的人"。一座"石墙"的雕

---

① "巴尼"指的是美国儿童电视片《巴尼和朋友们》（*Barney & Friends*）中的主要角色。在片中，"巴尼"是一只紫色的卡通恐龙。

② 霍雷肖·阿尔杰（Horatio Alger, 1832—1899），19 世纪美国儿童小说作家，其作品大多讲述穷孩子如何通过努力获得财富和成功，被称为"白手起家"（Rags-to-Riches）叙事体，在镀金时代的美国影响深远。

像俯瞰着阅兵场，旁边是他的部队在马纳萨斯使用过的大炮。

"石墙"也主宰着杰克逊纪念厅，这个小教堂同时也是一座博物馆，里面摆满了这位烈士教授的遗物，包括他在钱斯勒斯维尔穿过的一件橡胶雨衣和一本"石墙"在课堂上用过的《巴特利特球面天文学》（*Bartlett's Spherical Astronomy*）。在教科书中，一名学员写下了杰克逊的故事："少校今天早上问了关于金星的额外问题，让我掉了层皮。我希望他能放过我和金星。"其他学生觉得杰克逊非常死板和单调乏味，以至于他们称杰克逊为"汤姆傻瓜"、"方盒"和"老杰克"，尽管那时他才三十多岁。像尤利西斯·格兰特一样，"石墙"杰克逊在 19 世纪 50 年代的一系列工作中是个失败者，他在战争中找到了他在平民生活中从未享受过的成功。

博物馆最珍贵的展品是杰克逊的战马小索雷尔——或者说是它的残骸。这匹骟马破烂的马皮被包在一个巴黎石膏制作的身体上，并被放置在一个透景画般的平台上，周围撒满了泥土和树叶。这匹笨重的暗褐色马僵硬地站着，仿佛是在立正，它仍然套着杰克逊在内战中用过的马鞍和马笼头。

对小索雷尔来说，这是一次漫长而奇怪的骑行的结束，这次骑行始于 1861 年，当时杰克逊从一辆缴获的联邦列车上获得了这匹马。[273] 杰克逊是个笨拙的骑手，他喜欢这匹骟马的温和步态（"就像摇晃摇篮一样简单"，他给妻子的信中写道）。战马在另一个方面也很适合它的主人；两者都身材普通，其优良的品质只有在战斗中才会显现出来。尽管杰克逊的一位战友将其描述为"一匹非常难看的暗褐色矮胖马"，但事实证明，小索雷尔在行军中不知疲倦，在炮火中也很冷静。这匹马在马纳萨斯战役的一次枪伤中幸存下来，而且只脱缰过一次，那是在钱斯勒斯维尔战役中杰克逊骑着它中枪的时候。

小索雷尔被联邦军队俘获，然后又被叛军夺回，在战后的几年中，它一直在乡村集市和邦联庆典上巡回演出。纪念品寻觅者从小索雷尔的鬃毛和尾巴上剪下太多毛了，以至于最终需要有守卫来看护。这匹马在36岁时的死亡也没有结束这种侮辱。它的皮在弗吉尼亚军事学院图书馆的一个笼子里展出，而它的骨头则被用于生物课的教学。

现在，小索雷尔终于在学校的博物馆里安息了，在这里，它只需要承受目不转睛的游客和史密森尼学会的标本师的偶尔来访，他会把马的侧面的裂口和脸上的裂痕补上。"如果它在钱斯勒斯维尔与'石墙'一起被打死，"罗布凝视着小索雷尔的玻璃眼珠说，"它就不用经历这一切了。"

我们从弗吉尼亚军事学院漫步到华盛顿与李大学。在这里，是罗伯特·E.李统治着一切。李教堂为李在战后南方的基督般的地位提供了一个令人瞠目的实例，将军曾在此祈祷并且在此作为校长办公，圣坛上摆放着一尊李的真人大小的雕塑，是由雕塑家在将军去世之前对他的脸部和体格进行测量以后制作的。甚至连李的嘴唇的厚度以及耳朵的宽度都是经过测量的。李躺在一张行军床上，穿着整齐的军服，好像他正在战场调度的间隙打盹。他的卧姿让我想到了威斯敏斯特大教堂里那些躺在自己坟墓顶上的诺曼骑士。

"方头靴，和原件一样。"罗布说。

"是七码的，"教堂的导游补充说，"和李的一样。"

罗布点点头，说："李长了一对小脚，而且腿短，但他的躯干长，[274] 所以他坐在马上看着比在地上更高大。"

"你知道李喜欢让人挠他的脚吗？"导游反问道。

她和罗布交换解剖学冷知识的时候，我到外面去看了李的坐骑的坟墓，旅行者在她的主人去世九个月之后死去，当时她踩到了一根生锈的钉子，感染了破伤风。和小索雷尔一样，旅行者的骨头经受了无休止的转移。旅行者被埋葬在战争中她披的一条毯子下面，很快就被挖了出来，结果却在一个标本店里坐了40年。这具骨架后来在军事学院展出，学生们在马的骨头上涂画了他们名字的首字母缩写。当骨架开始退化时，旅行者被重新埋葬在李教堂的后门旁边，在一块简单的花岗岩石板下面。游客们在那里留下胡萝卜，以示尊重。

我们在埋葬"石墙"的公墓——他两次被埋葬在这里——完成了我们的病态之旅。那里有一尊杰克逊手握望远镜的雕像，附近的一块墓碑上写着："'石墙'杰克逊的遗骸已从该地点移走，现长眠于纪念碑之下。"罗布咯咯地笑了，想起了在钱斯勒斯维尔附近埋葬着"石墙"截肢的那个诡异的、挖了两次的坟墓。"斯梅德利·巴特勒一定也来过这儿。"他说。

我们在雨中站了片刻，就在"石墙"的坟墓旁，然后回到车中，驶过谢南多厄河谷这片"石墙"和他的部下如此努力战斗来守卫的土地。尽管在往北走，按照当地的说法，我们却是从列克星敦周围的高地向温切斯特附近的谷底"沿着河谷向下走"。

我们在雨中飞驰的时候，罗布恳求我去游览最后几个景点。"在同一个出口下高速，我们可以去克罗斯基斯和共和港。"当我们接近通往"石墙"的两场硬仗[①]发生地点的岔道口时，他渴望地注视着窗

[①] 克罗斯基斯之战（Battle of Cross Keys）和共和港之战（Battle of Port Republic）分别发生于1862年6月8日和9日，是"石墙"杰克逊在谢南多厄河谷发动的河谷战役（Valley Campaign）的一部分，两次战斗一起组成了南军在此次战役中的决定性胜利，最终迫使北军撤出谢南多厄河谷。

外说。

但我一直踩着油门，现在急切地想洗个热水澡，和妻子团聚。同时，罗布和他的硬核伙计们约好了在葛底斯堡见面，他们碰面的次日，那里将开始一连串的重演活动。我们开到华盛顿的环线时，罗布 [275]打开他的笔记本，回顾了今日的十几个景点。然后，他若有所思地凝视着外面的车流，对我们的全面内战写下了几个总结性的想法：

"收获颇丰。新的维度。神圣。精神升华。幽默。有教育意义。最大限度地利用了时间。紧张。多次达到巅峰状态！"

五天之后，罗布从葛底斯堡的一个电话亭打来了对方付费电话。重演活动都已经结束了，但他和几个硬核伙计留在了那里。现在，他决定用一次精彩的活动来结束其漫长的内战旅居生活。"明天是皮克特冲锋的周年纪念日，"他说，"我们要在皮克特的部队冲锋的准确时间和准确地点重演冲锋。想来吗？"

我身上的恙螨咬痕和毒藤皮疹刚刚开始消退。但我很好奇，想看看罗布的时间旅行幻想是如何实现的。因此，我戴上金属框眼镜，穿上放在门廊上晾晒的脏兮兮的短靴，驱车前往我们在皮克特将军自助餐厅旁边的集合地点，这里是侵占了葛底斯堡战场遗址的，由快餐店、蜡像馆和廉价汽车旅馆组成的现代城区的一部分。

罗布不在，但很容易就找到了他的三个伙伴。他们看起来像是罗布的克隆：下巴上留着胡子的纤瘦男子，破旧的灰胡桃色军服，晒黑的脸庞，还有在篝火旁贴身紧抱着睡了太多的夜晚而造成的那种经历了战斗之后的茫然眼神。但是，当三个人都用北方口音介绍自己时，我感到有些惊讶。唐（Don）和约翰（Johann）来自纽约，鲍勃（Bob）来自俄亥俄州。他们是在拍摄一部关于安德森维尔的电影时和罗布认识的，在电影中，他们四人都扮演了饿得半死的联邦军战俘。"我们在《内战新闻》（Civil War News）中看到了这则广告。"约翰解释说，他是一位高大英俊的斯堪的纳维亚血统男士，看起来像年轻时的马克斯·冯·叙多夫 ①。"广告说，电影公司在找'18 岁至 35 岁的精瘦男性'。我猜我们都符合条件。"

　　罗布出现了，拿着一套给我穿的备用叛军制服，还有一本他称为"圣经"的书——陆军战争学院对葛底斯堡战役的详细介绍。"我们将精确地按照弗吉尼亚第 24 兵团的路径来重演。"他挥舞着一张该部队在皮克特冲锋中的路线地图宣布。

[276]　　葛底斯堡正值旺季，战场各处都是蜂拥的游客。但我们设法在紧靠神学院山脊（Seminary Ridge）的树林里找到了一块安静的地方，蜷缩在树荫下，就像南军在等待进攻开始的漫长时间里所做的那样。"正午的沉寂之后，"罗布看着"圣经"说，"南军用 140 门大炮轰击了一个多小时，当时，这是美国历史上最大的集中炮击。"大炮的爆炸声传到了 150 英里外的宾夕法尼亚州城镇。

　　罗布随身带了几本其他的书，我们轮流大声朗读，等待着下午三点左右南军"走出"树林，来到叛军与墓地山脊（Cemetery Ridge）上的联邦军防线之间的空地。"有五万匹马参加了这场战役，"罗布啃着一块硬饼干说，"你能想象出来那是多少粪便吗？"我们还了解到，冲锋的那天温度达到了 87 华氏度；皮克特以全班最后一名的成绩从

---

① 马克斯·冯·叙多夫（Max von Sydow, 1929—2020），著名演员，出生于瑞典，后于 2002 年加入法国国籍。在其 70 年的演艺生涯中，长期活跃于欧美各国的电影、电视及舞台剧中，一生共参演了超过 150 部电影及多部电视剧。

西点军校毕业；这位将军用芬芳的香膏护理自己的长卷发；罗布的高
中毕业论文写的是皮克特冲锋，得了个 C－。

在美国历史上，也许没有哪个半小时比皮克特冲锋受到过更多的
细致审查了。然而，有关这次攻击的确凿事实仍然非常稀少。没有人
确切地知道有多少人参加了冲锋，哪些部队冲破了标志着北军主防线
的石头墙，或者冲锋是什么时间开始和结束的。与几乎所有的内战事
件相比，这次进攻也被更多的神话和误解所笼罩。甚至连名称都具有
误导性：皮克特的部下仅占南军进攻部队的三分之一，詹姆斯·朗斯
特里特指挥了进攻，而不是皮克特。也没有人能确切地说清楚皮克特
在冲锋时到底做了什么。一些资料来源甚至把他放在了后方附近，痛
饮着"南军氯仿"——威士忌酒——肯定没有像我的童年壁画中所描
绘的那样，举着佩剑在前面领军冲锋。

我们向外凝视着南军穿过的空旷河谷，试着去想象叛军在等待前
进的命令时是什么感受。这给了我一个借口来读我最喜欢的描写内战
的一段话，来自福克纳的小说《坟墓的闯入者》①。在一个长得不能再 ［277］
长的句子中，福克纳既捕捉到了"走出"的戏剧性场面，也捕捉到了
自此以后一直萦绕在南方人想象中的怀旧的"本可能出现的结果"。

　　　　对每个 14 岁的南方男孩来说，并不只是一次，而是任何他
　　　想要的时候，1863 年 7 月的那个下午还不到两点钟的这个时刻

---

① 《坟墓的闯入者》（*Intruder in the Dust*）是美国作家威廉·福克纳于 1948 年发
表的长篇侦探小说，是福克纳创作生涯晚期的作品。该小说通过描写一起案件揭露了美
国的种族歧视问题，同时作者也通过小说中对种族矛盾及种族融合的分析与争论，表达
了自己的种族观念。

总是存在：各旅士兵都进入了铁丝网后面的位置，树林里的枪都上了子弹，准备就绪，卷着的旗帜也已经打开准备高举招展，一头上过油的卷发的皮克特本人也许一手拿着他的帽子，一手拿着剑正在向山上望去，等待着朗斯特里特发号施令，此时胜负未决，失败还没有发生，甚至还没有开始，面对那阵地和那些形势……它不但没有开始，而且还有时间不去开始，然而，它就要开始了，我们大家都知道这一点，我们已经走得太远了，押下了太多的赌注，那时刻，甚至不需要一个 14 岁的男孩来想这一次。也许这一次，有这么多东西要失去，也有这么多东西可以获得：宾夕法尼亚州、马里兰州、全世界、华盛顿金色的穹顶本身及其绝望的难以相信的胜利成为那孤注一掷的赌博、那两年前押下的赌注的最后的点缀；或者对于任何一个即便是驾驶过一艘用缝缀的布帆的帆船的人来说，1492 年的那个时刻，当某个人心想就是它了：那没有退路的绝对边缘，是马上掉转船头回家还是义无反顾地继续向前行驶，不是找到陆地就是从世界那轰鸣的边缘掉下去。①

当我读完这段话——需要几次大口换气才能朗读出来——约翰摇摇头说："这个人真他妈会写。"另一个人看了下怀表，对罗布点点头：一去不复返的时刻到了。罗布起身，指了指墓地山脊上的树丛，北弗吉尼亚军曾将其用作进军方向的参照物。"士兵们，"他模仿着葛底斯堡电影中的皮克特演讲说，"今天你们为老弗吉尼亚而战！"

---

① 此段译文参照了〔美〕威廉·福克纳：《坟墓的闯入者》，陶洁译，上海：上海文艺出版社 2015 年版，第 156 页，有删改。

我们轮流从一个随身酒壶里痛饮了一口酒，庄严地相互握手，说："上面见。"然后罗布带领我们走出树林。"列队，"他喊道，"肩并肩。向前，齐步走！"

当我们离开有树荫的树林时，感到了午后的太阳刺眼的热和亮。墓地山脊在远处闪闪发光，大约有一英里远，中间是一片起伏的田 [278]野，缓缓地向上倾斜。我们安静地在高高的草丛中行军时，我能感觉到地面在我破裂的靴子下嘎吱作响。隔着我身穿的灰胡桃色羊毛外套，干粮袋很不舒服地摩擦着我的肩膀。我感到头戴的宽边软帽下面形成了一条汗水带。我的心开始怦怦直跳，更多是由于兴奋，而不是因为劳累。我突然感到头晕目眩。就是它了。从世界那轰鸣的边缘掉下去。这是"时代的快感"的初期反应吗？

我的遐想被草丛中一个明亮的东西打破了。我探下身，找到了一把花哨的塑料宝剑，一定是哪个孩子丢失的。然后我听到我们的左边有嗡嗡声和咔咔声。在大约 50 码外，游客们组成了一条散兵线，拿着相机和望远镜瞄准我们。另外几个从右翼走近我们。

"让我们加快步伐，孩子们。"罗布说着，走得更快了。但是却无处可逃。在几分钟内，我们就被穿着短裤和 T 恤衫的人群淹没，他们用提问和相机闪光轰炸我们。

"你们是重演者吗？"

"你们谁是皮克特？"

"你们这次会为我们赢得战斗吗？"

我们尽可能地不理他们，继续快速行军，眼睛看着地面。但几个跟随者还是黏在队伍的两边。一个晒得通红、身穿吊带衫的女人跟着罗布的步伐，与他大步走在一起，仔细研究他的军服。

"你们是谁？"她问。

"南军。"罗布咕哝地说。

"侦察部队（Ferrets）？"

"南军。"罗布重复说。

"哦。"女人说，她看起来有些失望。

当我们终于摆脱了随行人员，罗布停下来查阅他的战场指南，并让我们稍微向左一点，朝着不恰当地命名为"幸福农场"的地方前进。突然，鼓声在我们后方响起。我转过头，看到大约一百个游客跟在我们的后面行军，显然是受到了我们的榜样的启发。大多数走在前排的人都戴着宣传球队或牛饲料品牌的鸭嘴帽。一人背着鼓，另一个人用横笛演奏着《迪克西》，第三个人挥舞着一面叛军战旗。

[279]　　"长官，"约翰对罗布说，"北弗吉尼亚的游客正在后方向我们靠拢。"

罗布越过他的肩膀看了一眼。一个人挥舞着拳头喊道："让他们下地狱，孩子们！"

罗布下命令说："行军速度，每分钟110步！"我们加速了行军，直到把影子军队甩在后面。我们进入一块长着齐胸高的玉米的田地里。墓地山脊就在玉米秆的上方若隐若现。"整队。"罗布喊道，我们相互靠拢，肩膀都几乎挨在一起了，就像每次炮弹将他们的队列撕开一个口子时，南军所做的那样。

我们走到了埃米茨堡路，这条路基本上和墓地山脊平行，是叛军向联邦防线发起最后冲击的起点。就是在这里，联邦军的枪炮坚定地开火，发射出近距离的霰弹和步枪弹，在叛军涌向路边的木板围栏时，对他们进行了猛烈的攻击。后来，人们发现围栏的一块木板已经支离破碎了，上面有 836 个弹孔。

我们并未遭受这样的猛烈炮火，只有一排密集的散兵：露营者、房车、皮卡车。在我们爬过栅栏的时候，照相机和摄像机从窗户和天窗里伸出来，对着我们拍摄，好像我们是路边的小鹿。"你们能再来一遍吗？"一个人一边给相机换胶卷，一边喊着。

我们在车辆之间蜿蜒前行，冲向道路背面的缓坡。罗布喊道："快步走！"就像南军所做的那样，我们组成了一个飞行的楔子，冲刺穿过最后一百码的开阔地。一个叛军后来形容这片空地"长满了三叶草，和土耳其地毯一样柔软"。三叶草是否在那里，我看不出来；地面上散布着太多人了，他们或跪或趴，为了拍下一张戏剧化动作的快照，将他们的相机从草中探出。人群非常密集，以至于当我跟在罗布后面向坡顶的石头墙飞奔时，不得不将几个人挤开。

"家，孩子们，家！"罗布喊道，挥舞着他的宽边软帽，"家就在山的那边！"

我们在最后一波按快门的声音中抵达了石头墙，然后瘫倒在地上，又热又累。这次冲锋花了我们 25 分钟的时间，和历史上的冲锋差不多。我们只损失了一个人，留在了埃米茨堡路护理他的水泡。这[280]比真正的南军伤亡率要好得多，他们中几乎有三分之二的人在进攻中阵亡、受伤或者被俘。一个密西西比连队全军覆没了。南军总计在葛底斯堡遭受了 28,000 人的伤亡，包括在冲锋中带领皮克特师团的 32 位高级军官中的 31 位。

"你们这些人在试图证明什么？"一个穿着"顽石咖啡馆"T 恤衫的人问道，"我是说叛军们。"

"你们现在是战俘了吗？"

"真的像电影里演的那样吗？"

喘了口气以后，罗布开始耐心地依次回答每个问题，正如我在马纳萨斯看到的那样。看着专心致志的人群，我开始对我们一路冲锋吸引过来的围观者感到不那么反感了。从他们的问题中可以看出，罗布的审问者们被葛底斯堡深深地吸引着。但在一个到处都是蚊虫和旅游巴士的 7 月来此参观，他们似乎隐约感到失望，面对空旷的战场、无声的大炮、不会说话的大理石碑，不知道该做些什么。通过穿着叛军制服冲锋穿过战场，我们给他们的想象力提供了一次有血有肉的提升，一条现代景观不容易提供的进入战斗的途径。在我短暂的重演生涯中，这是为数不多的几次，我觉得自己穿上军服，做了一件有意义的事。

然而，很难不感到自己像一个动物园里的动物。当我走到游客中心里面上厕所时，站在隔壁小便池的人看着我说："他们让你们在室内撒尿吗？"我系着裤裆的纽扣，听到身后传来了熟悉的咔嗒声，转头发现一个男孩拿着相机微笑。"抓住你了。"他说。

回到外面，我发现罗布和他的朋友们正在收拾装备。他们和一位摄影师约好了，摄影师想复制整个内战中最著名的照片：三个精瘦的南军战俘骄傲地站在葛底斯堡的一个木栅栏边上。摄影师还在为一组内战日历搜集素材，计划把罗布的肖像照放在某个月份上。"邦联的海报男孩，"罗布咧嘴笑着说，"接下来，我要上插页画了。"

[281]   但是，罗布坦白说，他感到有些沮丧。明天，他从 20 世纪的超期逃离将会结束，他将回到做服务员以支付房租的日子。

"我曾经连续十天穿这件军服，"他伤感地摸着被污垢弄得发亮的衣袖说，"当我终于进入淋浴间时，会感觉像是在法布。"

第十一章　佐治亚：随窗而去 [①]

你驾车穿过亚特兰大……环顾四周，再向上看，

你会想，这是什么地方？这是个地方吗？

——沃克·珀西，《回到佐治亚》

（*Going Back to Georgia*），1978 年

　　像皮克特冲锋之后的"侦察部队"一样，我向南撤退到弗吉尼 [282] 亚，将战役策划为穿过我至今为止绕过的内战的关键地带。葛底斯堡战役之后的一年，李把联邦军锁在了弗吉尼亚的血腥僵局之中，同时，"西边"的联邦军则一路打进了佐治亚州与亚拉巴马州的邦联腹地。"我开始把几千人的死伤看作一件小事，就好像早晨慌忙出门。"1864 年 7 月，在佐治亚北部击退了敌人的一次血腥进攻之后，威廉·特库赛·谢尔曼在给他妻子的信中这样写道。五个星期之后，谢尔曼给他的上司们发了一封简要的电报："亚特兰大是我们的了，大获全胜。"——这次胜利使得林肯免于在秋季的选举中落败，也决定了南方邦联失败的厄运。

---

　　① 本章标题"随窗而去"的原文是 Gone with the Window，指的是小说《飘》的英文书名 *Gone with the Wind*，这里作者借用了日本游客对《飘》的英文书名的误读，详情见本章正文。

现在去亚特兰大比谢尔曼的时代要容易得多。佐治亚州 97 美分一加仑的汽油和未强制执行的限速让我可以在一条州际公路上疾驶，这条路直接连着亚特兰大的主干道桃树大街。和谢尔曼不一样的是，[283] 我带着忐忑的心情去往亚特兰大。尽管我从未访问过这座城市，但在南方旅行，不可能不被亚特兰大触角颇深的飞机场①困住过，也不可能没有被播放亚特兰大毫无特色的天际线、不懈的自我推销以及其冷酷高效的棒球队的电视画面闪电轰炸过。亚特兰大在我的想象中就像一个飞艇大小的笑脸表情。

我也从旅行中遇到的非亚特兰大人那里吸收了他们的偏见（诚然，他们大多是传统的人）。真正的迪克西子女们喜欢称呼自己为南部各州人，对他们来说，亚特兰大是反南方的：一个按照商会心中的形象建立起来的粗鲁的、自以为是的城市，被提包党、职场阶梯的攀爬者和参会者们所占据。"每次看亚特兰大，"南方最具智慧的观察家约翰·谢尔顿·里德（John Shelton Reed）打趣说，"我都看到了 25 万南军士兵以死阻止出现的景象。"

反亚特兰大人士甚至从科学的角度去解释该市对迪克西的不忠。作为职业社会学家，里德引用社会调查来展示亚特兰大的"生活节奏"——这些调查测量了步行速度、银行交易的时间长短、人均手表佩戴率——超过了全国平均水平。更糟糕的是，亚特兰大人在对待陌生人的友好程度方面（例如，换零钱或帮助盲人过马路）也低于平均水平。"亚特兰大唯一令人瞩目的地方是，"里德指出，"桌上舞厅的数量与多样性。"

---

① 亚特兰大飞机场是美国最大的机场和美国东南部的航空交通枢纽，因此作者称其触角颇深。

在黄昏时分抵达亚特兰大，我主要被其商场和商店的数量与平淡无奇所震撼。州际公路把我带到了巴克海特区，这是一个高档区，一个亚特兰大人曾向我推荐说，这里"五光十色"且"接近市中心"。在桃树大街上慢速行驶，我路过了雷诺克斯广场（美国第一个市郊商场），一家牌子上写着"自 2 月始成为巴克海特的一项传统"的餐厅，还有无数的"精洗美容院"，这是一种硬核的洗车行，里面的洗车工用镊子和棉签洗车。大概每十个街区，就有一家名叫米克餐馆的连锁餐厅；我在一家加油站买的地图上面标注了所有的米克餐馆，像里程碑一样遍布城中。

从巴克海特区到亚特兰大紧凑的市中心有几家米克餐馆远，也就是六英里。曾经在这里盛开的桃树已经消失不见，取而代之的是一个写字楼的森林，楼上写着大公司的名字：可口可乐、达美航空、佐治亚-太平洋[①]、美国有线电视新闻网。爬出我的车，我游览了唯一可见[284]的 19 世纪遗迹：地下亚特兰大（Underground Atlanta），这是一个商业区，现代都市在周围发展起来的同时，它却保持在了街面以下。地下亚特兰大最初是一个铁路边的集市，奴隶和其他"商品"在这里被卸下火车贩卖。现在，这里古朴的煤气灯照亮翻新的店面：维多利亚的秘密、山姆古迪商店、富乐客鞋店、胡特餐厅、盖普服装店。

像大多数读着《飘》长大的初次到访者一样，我认为谢尔曼和他挥舞着火把的士兵们应对亚特兰大枯燥乏味的现代性负主要责任。这种观念也根植于城市的自我形象之中。亚特兰大把凤凰作为自己的象

---

① "佐治亚-太平洋"全称为"佐治亚-太平洋股份有限公司"（Georgia-Pacific Corporation），成立于 1927 年，是美国的一家著名企业，主营木材与造纸，总部位于亚特兰大。

征；城市的座右铭是"涅槃"。但第二天，在亚特兰大历史中心，我得知现代城市并不是从内战的灰烬中崛起的。"亚特兰大人铲平的亚特兰大地区要比谢尔曼铲平的多得多。"亚特兰大最杰出的历史学家富兰克林·加勒特（Franklin Garrett）说。

89 岁的加勒特记忆太渊博了，以至于历史中心有一个年度知识竞赛叫"难倒富兰克林"。他最后一次被难倒是在几年前，当时，他没能回忆起 20 世纪 20 年代的一家百货商场的一名门卫的名字。但是他记得那栋建筑。"没了。整个街区都没了。"他说着，查阅着一张地图，像划掉诸多灭绝的物种一样划掉已消失的建筑。

在亚特兰大，幻灭总是全域性的。大多数内战前的南方城市——萨凡纳、查尔斯顿、莫比尔、新奥尔良——是由殖民地时期的港口发展而来的，亚特兰大却是在内战爆发的 24 年之前才开始作为一个铁路终点站出现的，当时叫特米诺斯[①]。早早地展现出重塑的天赋，特米诺斯很快就摆脱了其具有丧葬气息的名称，并在内战期间变成了一个繁忙的铁路与军需品中心。撤退的南军放火焚烧了该市的大部，谢尔曼的部队又加了一把火。即便如此，加勒特说差不多城市的四分之一，包括大概 400 栋房屋和建筑在大火中幸存了下来。

旧亚特兰大不能幸免的是该市在内战以后无休止的自我重造。加勒特说，毁坏得非常彻底，现在连一栋内战前的建筑都找不到了。城中的战场遗址也是一样。桃树战役购物中心几乎就是叛军于 1864 [285] 年 7 月在桃树溪发动后卫攻击的所有回忆了。甚至连"桃树"这个名字也失去了它的历史印记。桃树是多么理想的一个商业地址，匆

---

　　①　"特米诺斯"的原文是"Terminus"，意为起点站或终点站。

匆忙忙的亚特兰大人干脆克隆了它；现在有 32 条街道的名字包含了这棵果树。

虽然加勒特对失去如此多的历史感到痛心，但他也认为这种破坏反映了这座城市的基本特征。"亚特兰大一直在向前走，"他说，"它从来都不像萨凡纳或查尔斯顿似的，是个花前月下的城市。它总是有一种更像瑞德·巴特勒的态度，而不是艾希礼·威尔克斯的那种。"

当然，这种一往无前的态度有它进步的一面。正是亚特兰大的报纸编辑亨利·格雷迪（Henry Grady）于 1886 年推广了"新南方"一词，用以描述准备好与北方和解——也准备好接受北方投资——的地区。亚特兰大是第一个废除了人头税的南方城市，种族隔离的解除也比大多数南方的都市中心要容易得多。而且，该市从 20 世纪 70 年代就开始选出黑人市长，变成了全国黑人中产阶级心中的麦加。本地商会也参与了行动，曾经把"一个忙得没时间去仇恨的城市"作为其宣传语。

就像亚特兰大的许多方面一样，这种炒作有可能会掩盖现实。亚特兰大的中心城区仍是美国最穷、犯罪率最高的内城之一，城区的衰落和疯狂的白人逃离相一致。即便如此，在亚特兰大的市中心闲逛，不可能不对众多的黑人职业人员和跨种族情侣，以及黑人与白人在酒吧、午餐柜台、办公室的随意融合所震惊。

但是亚特兰大相对较好的种族融洽——还有无休止地兜售其进步的形象——助长了该市对自己历史的忽视。凡是亚特兰大无法拆毁的历史，都被剪裁了，以免过去的任何丑陋污点损害城市的声誉。在申办 1996 年奥运会期间，这种对历史污点的清除变成了彻头彻尾的奥威尔式的做法。一个名叫罗斯维尔的郊区在大公司赞助商的压力之下，把其年度历史节日名称中的"内战前"一词删掉了（还试图禁止南军重演者参加节日）。罗斯维尔的历史保护委员会还拆除了一个纪念标牌，这个牌子标出了一栋内战前住宅旁边的奴隶宿舍。"我们将会在奥运会结束以后立即把它放回去，"一名当地官员说，"这是历史。"

[286]　　在一天的结束，市中心的玻璃塔楼都清空时，我看到了该市的支持者们不愿宣传的亚特兰大的另一面。当黑人回到市内社区或市中心以南的近郊住所时，白人则涌入高速公路，驶向远处的飞地，大多在城市的北边。亚特兰大人把环城的公路叫作"周界"，好像它代表了一个真实的边界，以黑人为主的城区与白人占多数的郊区之间的边界。甚至有一栋公司的办公楼自相矛盾地叫"周界中心"。

　　亚特兰大人也把他们由环城公路所包围的城市叫作甜甜圈。现在有两个电话区号，"甜甜圈里面"一个，外面一个。自 20 世纪 70 年代以来，中心城区的人口一直在减少，下降到了 50 万人以下，但大都市区的人口却翻了一番，超过 300 万人了，大多数都住在甜甜圈以外。

　　驶入一条 12 车道的高速公路，我迷失在了纷乱的出城州际公路上。尽管增长迅速，佐治亚州北部仍然保持着明显的田园风光。大亚特兰大地区并没有无序地扩张，而是转移到了其他地方，远郊的节点会突然出现在松树林、连绵起伏的山丘和红土田野之中。大亚特兰大地区还涌现出一批令人惊叹的封闭式社区。其中一个叫斯威特博特姆庄园的小区提供了高档住宅，都是仿照查尔斯顿炮台区和新奥尔良花园区的住宅修建的：有一点旧南方的优雅被移植到新南方郊区的味道，带有安全大门和私人道路。

　　我在石山结束了行驶，就在城市的东边。据说这是世界上最大的一块露天花岗岩，圆顶的山体从环绕着亚特兰大的树林中突出来，像人群中一个非常高大、严重秃顶的人。山体上凿刻着全世界最大的浅浮雕，是一个占地三英亩的南军三体像——李、杰克逊和戴维斯——他们骑在马上，把帽子放在心脏的位置。单是李的雕像就有九层楼高。

　　石山于 1915 年受南军之女联合会的委托，由制作了拉什莫尔山雕像的同一位艺术家开始建造，旨在成为南方最重要的南军圣地。它[287]还变成了三 K 党的一处集会地，三 K 党于 1915 年重生，并在后来宣布亚特兰大为其帝国城市。但 80 年之后，当石山脚下的公园成为奥运会的场所之一时，"看不见的帝国"变得，就是，看不见了。就在奥运会之前举办的一场关于石山的博物馆展览没有提及任何与三 K 党有关的事情。"我认为一些章节还是留给历史学家们为好。"亚特兰大的市长这样对本地媒体说。

　　公园的管理层还选择弱化了一个受欢迎的激光表演中有关南军的内容，该表演以浮雕为背景。出于对效果的好奇，我加入了散布在山脚下的毯子和香蕉椅上的几千名观众。灯光亮起时，我对石山与拉什莫尔山的大不相同感到惊讶。在这里，人物是以剖面图的形式展示的，浮雕相对较浅，仿佛是一枚巨大的邦联硬币在山面上留下了一个化石般的印痕。

　　这个印象持续了大约十秒钟，也就是音乐启动的时间，作为前奏曲播放的是熟悉的软饮料广告短歌："永远有可口可乐。"激光在骑马的南军身上打出了一个跳舞的可乐瓶子。接下来是一篇卡通漫画，讲的是一位名叫比福德（Buford）的老伙计在一条时间隧道中旅行——虽然没有穿越很远。在 ZZ Top 乐队和披头士乐队的音乐声中，动画形象的摇滚吉他手闪现在山上。[①] 然后又无间断地转换到了电影《贝弗利山警探》[②] 的主题曲，并伴随着抽象的画面：不规则的四边形、星星、星群。

　　音乐片段和激光画面都没有持续超过几秒钟。我捕捉到了 B-52 乐队演唱"沿着亚特兰大的公路前进"和亚拉巴马乐队做着《每周 40 小时》工作的音乐片段。[③] 查理·丹尼尔斯的《恶魔来到佐治亚》与埃德·沙利文介绍披头士的声音相碰撞，飞机在《回到苏联》的音乐声中降落在山上。[④] 然后是各运动队的标志——勇士队的、猎鹰队的、鹰队的——接着猫王出现了，将他的胯部塞进了"旅行者"肌肉线条明显的侧身里面。[⑤] 在这一刻，我确定自己能听到罗比·李和其

---

　　① ZZ Top 乐队是一支美国摇滚乐队，于 1969 年在得克萨斯州的休斯敦成立，主要创作蓝调摇滚风格的音乐。披头士乐队（The Beatles）是一支英国摇滚乐队，于 1960 年在英国的利物浦成立，在 20 世纪 60 年代和 70 年代红极一时，被认为是世界上最著名的摇滚乐队之一。

　　② 《贝弗利山警探》（Beverly Hills Cop）是一部美国动作喜剧电影，上映于 1984 年。

　　③ B-52 乐队（The B-52s）是美国的一支摇滚乐队，于 20 世纪 70 年代中期在佐治亚州成立，以创作轻快和另类的歌曲而闻名；"沿着亚特兰大的公路前进"是 B-25 乐队创作的歌曲《爱的小屋》（"Love Shack"）中的一句歌词。亚拉巴马乐队是美国的一支摇滚乐队，于 1969 年在亚拉巴马州成立，主要创作美国乡村风格和南方摇滚风格的音乐，《每周 40 小时》（"Forty Hour Week"）是他们创作的一首歌曲。

　　④ 查理·丹尼尔斯（Charlie Daniels, 1936—2020），美国歌手和作曲家，对南方摇滚、乡村音乐和蓝草音乐都做出了巨大贡献，《恶魔来到佐治亚》（"The Devil Went Down to Georgia"）是其最著名的一首代表作。埃德·沙利文（Ed Sullivan, 1901—1974），美国著名电视节目主持人、记者和专栏作家，其主持的《埃德·沙利文秀》是美国电视历史上播出时间最长的综艺节目。《回到苏联》（"Back in the U. S. S. R."）是披头士乐队的一首歌曲。

　　⑤ 勇士队、猎鹰队和鹰队都是亚特兰大本地的职业运动队。其中亚特兰大勇士队（Atlanta Braves）是棒球队，隶属于美国职业棒球大联盟（Major League Baseball, MLB）；亚特兰大猎鹰队（Atlanta Falcons）是美式橄榄球队，隶属于美国国家橄榄球联盟（National Football League, NFL）；亚特兰大鹰队（Atlanta Hawks）是篮球队，隶属于美国职业篮球联赛（National Basketball Association, NBA）。后半句中的"旅行者"指的是罗伯特·E. 李的坐骑。

著名的坐骑在他们位于列克星敦的坟墓里翻滚。①

表演在一组老套的形象中结束：思嘉·奥哈拉（Scarlet O'Hara）、桃子、种植园，还有佐治亚州各个大学的吉祥物。然后猫王又出现了，用缓慢而性感的拖腔演唱着《迪克西》，同时，激光勾 [288] 勒出了李、杰克逊和戴维斯的轮廓。台下的人群开始欢呼。但当骑马的人活了过来，飞驰过石山时，《迪克西》无间断地切换成了《共和国的战斗圣歌》，李把他的剑横在腿上折断。两截剑很快变形为北方和南方的地图，并随着"他的真理在前进"的歌声合为一体。最后，为了抹去大业的最后一丝痕迹，在林肯纪念堂、肯尼迪的坟墓、小马丁·路德·金和一个投票箱的影像中，音乐播放了《上帝保佑美国》（"God Bless the U. S. A."）。烟花燃放，石山依次变成了巨幅美国国旗、自由女神像和拉什莫尔山。音乐和激光突然停止，三位邦联的骑士消失在了夜色中。

我在那里坐了一会儿，让《迪克西》和《战斗圣歌》，以及李、林肯和猫王在我的脑中回响。这个节目是一摊政治正确的泥潭。其所传达的信息似乎是没有信息——激光表演在其快节奏的动画片中所描绘的有分歧的人物、歌曲或历史事件都没有真正的内容。当你可以把所有的东西都塞进搅拌机，然后喷在全世界最大的岩石上时，为什么还要去争论谁应该或者不应该被纪念与崇敬呢？

正如亚特兰大的许多东西一样，石山已经变成了一个乏味且无害的消费品：邦联就是引擎盖上的立体车标。虽不是第一次，但我却比以往都更深刻地对自己在旅行中遇到的新邦联主义者感到一阵亲近。

---

① 罗比·李（Robby Lee）指的是罗伯特·E. 李。

比起劫持南方最大的圣地，用来播放可口可乐的广告和音乐电视频道的歌曲，还是纪念迪克西和辩论其哲学更好一些。

不过，甚至连亚特兰大的新邦联主义者都不一样。在南方旅行，我经常遇到传统保护协会的代表，这是一个总部设在亚特兰大的组织，以其在捍卫叛军旗帜时使用攻击性策略而闻名。因此，我和该组织的主席李·科林斯（Lee Collins）约了一次午饭。我以为他会是个枯瘦的男人，炯炯有神的眼睛，戴着叛军旗帜的胸针，留着19世纪的发型——那种我经常在新邦联主义者的聚会见到的造型。相反，来[289]我入住的酒店接我的是一位衣冠楚楚的三十多岁男士，一身学院派头的打扮，穿着系扣领衬衫，戴着名牌领带和角质镜框的眼镜。

"我们可以吃南方菜，"在我们爬上他的面包车时，李·科林斯说，"或者我们可以吃更南方一点的菜。"我很好奇，选择了后者。科林斯拿起他的车载电话，开始用西班牙语聊天。然后他对我说："我妻子是哥伦比亚人，我一直想试试这家馆子。"科林斯转弯进入比福德高速路，这是亚特兰大移民区的主干道，开过亚洲面馆和穆斯林肉店，然后在一家路边小酒吧停了下来。科林斯又一次用了流利的西班牙语，不看菜单就点了菜。

"我们有一种文化——南方的文化——已经从美国的结构中被清洗出去了，"科林斯一边说着，一边往墨西哥炸玉米片上涂抹着厚厚的辣椒酱，"我的孩子们有一半拉美裔血统，我对此感到骄傲。但他们也有一半南方血统。我想让他们也为此感到骄傲。"

科林斯通过一个哥伦比亚民俗与舞蹈小组认识了他的妻子。从那以后，他结识了一些拉美裔人，这帮助了他去拓展自己的非邦联生计：计算机咨询业务。"我是工科背景，"他说，"我接受的训练是找出问题，实施并检测解决方案，然后继续处理下一个问题。我们不会被情绪所包裹。传统保护协会也是一样。"

传统保护协会有一个电子公告栏和一个免费热线电话（1-800-TO DIXIE），这样会员们就可以报告"违反传统的行为"，例如，一家连锁酒店决定停止升起包含了叛军旗帜的佐治亚州旗。传统保护协会散发广告，组织写信运动，在有关叛军旗帜的争论中游说了州立法机关。传统保护协会甚至还有一个政治行动委员会（Political Action Committee，PAC），负责向同情他们的候选人输送资金。

"传统运动是一个崭新的行业，"科林斯扒拉着米饭和豆子说，"就像十年前的莲花公司①一样，当别的公司都在生产软件的时候，它生产电子数据表。现在，莲花公司卖数据库。我们也创造了一个细分市场。一个民权行业的细分市场。我们的细分市场就是南方传统。"

科林斯还学会了剽窃民权及自由派组织用来对抗歧视的习惯用语。"我们是天选之民，在诸多暴行中幸存下来。"他说这些话的时候，就像一位反诽谤联盟②的发言人。效仿全国有色人种协进会，传统保护协会创建了一个法律辩护团队来帮助偏见的受害者，例如，[290]一名因为在自己的工具箱上贴了一面战旗而被解雇了的纺织工人。

---

① 莲花公司（Lotus Development Corporation）是美国的一家软件公司，于1982年在美国马萨诸塞州成立，致力于开发表计算及数据库管理的企业办公软件。

② 反诽谤联盟（Anti-Defamation League）是一家国际性非政府组织，成立于1913年，总部设在美国纽约。该组织最初成立的目的是保护被诽谤的犹太人，以制止针对犹太人的歧视；现在，反诽谤联盟的主要目标是对抗反犹太主义思想，采取措施以封锁反犹太人的言论。

"我从民权运动中学到的主要东西就是坚持不懈的力量，"科林斯说，"他们斗争了 15 年才有了马丁·路德·金纪念日。我们会坚持到底。"

我遇到的其他新邦联主义分子大多都是浪漫主义者。他们所崇敬的南方是热血的、凯尔特人的、鲁莽勇敢的；他们的偶像是暴力片《勇敢的心》里面由梅尔·吉布森扮演的苏格兰族人。[1] 在他们的观点中，理性主义和技术效率是靠不住的北方特性，来自曾经镇压过苏格兰人和爱尔兰人的重商主义的英格兰帝国。

科林斯对这个哲学再熟悉不过了，但他并不赞同将其作为今天斗争的组织工具。"乡愁不是一个足够有力的力量，"他说，"如果是的话，南军老兵之子就会有一千万名会员，而基督教联盟则只会有一千名。"

即便如此，科林斯也没有对某些新邦联主义的意识形态免疫。在他的观点中，亚特兰大的新南方外衣只是内战以及北方按照自己的形象来塑造迪克西所做的努力的一个延伸。"新南方打破了农业经济的束缚，促进了南方的工业化，"他说，"这已经成功了。但它并没有俘获人民的心和思想。"

对科林斯来说，这个情况帮助解释了亚特兰大郊区扩张的特点。"这里的人们还保持着一种农村的心态。他们想要空间，"他说，"南方人可能在工厂工作，但他们还会梦想拥有一个农场。"无论有多少

---

① 《勇敢的心》（*Braveheart*）是一部于 1995 年上映的历史电影，由美国电影明星梅尔·吉布森（Mel Gibson, 1956— ）执导并担任主演，影片讲述了 13 世纪末和 14 世纪初苏格兰起义领袖威廉·华莱士（William Wallace, 1270—1305）带领苏格兰各阶层人民反抗英格兰统治的故事。这里作者所说的"苏格兰人族人"指的就是威廉·华莱士。

北方人涌入亚特兰大，一种本质的南方性会持续下去。"我们有一层额外的盔甲，就是我们的文化。"

科林斯的盔甲挡住了我试图射向他的论点的每一支箭。传统运动并不是向后看，他说；它被精确地调到了时代的方向。"我们是反联邦的。邦—联的，如果你喜欢这样说。我宁愿佐治亚州不拿联邦一分钱。"他相信这种独立倾向导致了内战，在他的观点中，内战是因为经济问题和宪政主权而打的。"如果南方只是想保留奴隶制，最简单的办法就是留在联邦之中，因为奴隶制在联邦是合法的。"叛军旗帜 [291]也并不象征着对黑人的压迫；毕竟，星条旗在奴隶制上方飘扬了80年之久，而南方的战旗却从来没有。"邦联是对宪法进行严格解释的一次尝试。仅此而已。"

这些观点我以前基本上都听过，但从来没有被人如此巧妙地表达过——也从未在吃芭蕉和墨西哥青椒炖肉时讨论过。科林斯甚至对亚特兰大没有成功地开发邦联历史提出了企业家式的批评。"我们有一种取之不尽、用之不竭的自然资源。这种资源就是南方传统。石山——人们不会去那里滑雪，他们去那里是因为它是一座邦联纪念碑。失去充分利用我们拥有的东西的机会，这让我感到恶心。它比石油更值钱，因为它不会枯竭，也不会污染空气。"

科林斯是个大忙人。他将一杯牛奶咖啡一饮而尽，并递给我一张名片和一份传统保护协会的"任务陈述"。但是，他不愿与我分享的一件事情是其组织的规模。"为了与李在阿波马托克斯的策略一致，"他说，"我不公布数字。不确定性因素对我们有好处。"

回到汽车旅馆，翻阅着传统保护协会的资料，我注意到另一家企业的广告，我在南方旅行时经常想了解这家企业：佐治亚州北部的拉芬制旗公司（Ruffin Flag Company）。我在几十种南方出版物上见过拉芬产品的广告，也见过他们的产品在南方各地的商店和重演活动中售卖。我突然意识到，要感受新邦联的商业脉搏，并且，比起李·科林斯愿意提供给我的信息，能更好地了解新邦联运动的规模与现状，拉芬制旗公司可能是一个好地方。另外，公司老板的名字让我感到好奇。索伦·德雷施（Soren Dresch）听起来并不像是常见的凯尔特人血统的南军士兵后裔。

拉芬制旗公司的总部位于亚特兰大东边的一座小镇上，一块唠叨的牌子——"迪克西式地欢迎您来到佐治亚州的克劳福德维尔。这里有住宅、商店、学校、教堂、工厂和营业场所。"——宣告着你已经 [292] 来到了近乎废弃的镇中心，这里的许多住宅、工厂和生意现在都被遗弃了。主街两旁衰败的店铺和已经褪色的"苏打麦芽啤酒"广告牌，有着深南方电影片场那种具有画面感的破旧不堪，这里也的确经常被用作电影的取景地。

克劳福德维尔还是邦联的那位患有哮喘病的尖刻的副总统亚历山大·汉密尔顿·史蒂芬斯（Alexander Hamilton Stephens）的故乡。与当代的副总统们形成鲜明对比的是，史蒂芬斯会毫不犹豫地说他老板的坏话，他曾说过杰夫·戴维斯"软弱且优柔寡断、爱耍性子、易怒、固执却不坚定"。他的府邸"自由厅"依旧坐落在该镇的边缘，里面的奴隶宿舍完好无损。就在街道的对面，有一栋木制平房，门前飘扬着一面叛军旗帜。这里就是拉芬制旗公司的总部，简直就是一个家庭手工业作坊。

一进入平房的前门，我就看见了拉芬制旗公司的老板在印着叛军旗子的皮带上打洞。索伦·德雷施是一个面色苍白的 31 岁秃头男子。他穿着卡其布裤子、帆船鞋和马球衫，说话带北方口音。乍一看去，他像是一位略有衣衫不整的科德角游艇俱乐部的经理。

这个印象并没有太大偏差。当我问起他的名字时，他解释说，他的父亲学的是哲学专业，耶鲁大学博士毕业，喜爱忧郁的丹麦哲学家索伦·克尔凯郭尔（Sören Kierkegaard）。"我的全名是索伦·K. 德雷施，"他说，"但 K 就是个 K。爸爸也喜欢卡夫卡，我猜。"

在康涅狄格州的纽黑文长大，德雷施从小就表现出了铜头党 [①] 的倾向。"我的房间里有个邦联的神龛。叛军旗子，汽车牌照，我邮购的东西。"德雷施不确定这种对南方的忠诚是从哪里来的。他父亲的家族来自堪萨斯州，而他母亲的家族来自俄亥俄州。"我爸是个 60 年代自由派类型的人，他反叛体制，"德雷施说，"可能我反叛他。他讨厌我所有的东西，有一次还试图把它们都扔掉。"

但德雷施仍是个叛军，他在高中毕业后就脱离了联邦，上了亚拉巴马大学。正是在那里，他发现自己的商业天资。他的第一门生意是：进口便宜的叛军旗帜卖给学生。那是在 20 世纪 80 年代中期，当时全国有色人种协进会和其他一些团体对叛军旗帜的攻击使得人们对旗子的热情重新高涨起来，特别是在深南方的大学里。后来，和 [293] 李·科林斯一样，德雷施发现了他可以填补的细分市场。"在高品质的市场上面存在着空白。"他说。

德雷施把我带到他的展示室，这里曾经是这栋普通小屋的客厅。他指给我看了一架子的汽车牌照，其中包括一个竞争对手的产品：

---

① "铜头党"（Copperhead）特指在内战中同情南方的北方人。

"保存好你们的邦联货币，男孩子们——南方会再次崛起。"德雷施一脸嫌弃的表情。"我刚开始的时候，市场上只有这种东西。叛军旗帜的防虫网、保险杠贴纸和俗气的 T 恤衫。都是些红脖子的东西。"有个企业家甚至推出了一种可以同时用作尿布的叛军旗帜大手帕。

德雷施向我展示了他自己生产的一个汽车牌照，上面印着邦联印章，印章上有乔治·华盛顿和"上帝是我们的守卫者"的座右铭。另一个牌照印着亚拉巴马州的州旗，旗帜由白底和红色的圣安德鲁十字组成。"品质，"德雷施说，"品位。我开始做这个生意的时候，我以为最便宜的东西卖得最好。但事实正好相反，因为邦联在人们的心中是珍贵的。自 1992 年以来，我已经卖出了四万个汽车牌照。"

他把我带进另一个房间，角落里，一台电脑在电话留声机的旁边闪烁。德雷施拿起了一条叛军旗帜图案的阿富汗编织毛毯。"手工纺织的卡罗来纳布料。"他抚摸着厚实的面料说。高品质的邦联物品并不便宜。德雷施的一些产品能卖到 100 美元一件。"定制的旗子甚至更贵。"他说。例如，一面为覆盖棺木特别设计的旗子。

德雷施还出售小一些的物件：啤酒冷藏箱、皮带、狗圈。"但没有种族主义的东西。"他向我保证。他的保险杠贴纸坚持使用无害的标语，比如："迪克西：没有被遗忘的旧时光。"他的 T 恤衫喜欢用著名南军的黑白照片，其中一张描绘的是一个留着长长的白发、膝盖顶着一支步枪的男人。这是埃德蒙德·拉芬（Edmund Ruffin），德雷施的公司就是以他命名的。拉芬是内战前著名的农学家，写了开创性的论文《论含钙肥料》（"An Essay on Calcareous Manures"），他后来变成了狂热的分离主义者，据称在萨姆特堡打响了第一炮。

四年之后，因对南方的战败感到沮丧，拉芬用一面叛军旗帜裹住自己，在日记中写下了最后一篇檄文（德雷施将其印在了 T 恤衫的背后）："而现在，用我最新的写作及发言，用我的临终之言，我在这 [294] 里重申，并自愿表明我对北方统治——对所有与北方佬在政治上、社会上和商业上的联系，对背信弃义、恶毒及卑鄙的北方佬种族——的十足仇恨。"然后拉芬对着自己的脑袋打出了最后一枪。

德雷施笑了。"拉芬 T 恤衫卖得很多。"他说。但迄今为止，他最畅销的是一件印着另一位凶猛南军的 T 恤衫：内森·贝福德·福瑞斯特，"马鞍上的巫师"，三 K 党的第一任大巫师。"当然，李的 T 恤衫曾经是我们最畅销的产品，"德雷施说，"但在过去的几年中，福瑞斯特已经让李五倍地黯然失色了。"

德雷施在销售福瑞斯特 T 恤衫上的成功，从商业上证实了我在南方各地感受到的趋势：对南军的纪念是一把愈发强硬的、意识形态的利刃。如德雷施所说："南方人厌倦了忍气吞声。他们正在变得更具攻击性。李是个代表了与联邦和解的南方绅士。福瑞斯特则代表了全力以赴攻击他们的精神。"

正如我从谢尔比·富特那里了解到的那样，福瑞斯特与李在另一个方面也有所不同，这帮助解释了他在南方工薪阶层中所具有的特殊吸引力。福瑞斯特生于贫穷之家，没有接受过什么正式的教育，是一个白手起家的人，在内战前就成了一个富裕的奴隶贩子，在战争中从列兵一路升为中将。"来吧，孩子们，"福瑞斯特曾经在一则招兵广告中这样写道，"如果你想找点乐子，杀点北方佬的话。"

我在当地的一家餐馆继续和德雷施聊天，边聊边吃玉米面包、青萝卜和火腿。德雷施坦白说，他在迪克西生活的这些年里，自己的口语中加入了一些赘语，还有了轻微的南方语调。"我可能潜意识地练习了。"他承认。但德雷施和北方保持了一种奇怪的联系。他的旗子不是由死硬派的南方女裁缝制作的，而是由一群住在密歇根上半岛地区的使徒路德教派妇女制作的，那里是美国大陆地区最靠北的区域之一。德雷施在访问密歇根时曾见过其中几位女士，对她们的职业道德以及对细节的关注印象深刻。这些北方妇女在家里缝纫，照着一本名叫《南方英勇的符号》（*Emblems of Southern Valor*）的样品簿做旗子，每小时挣 6 美元。

[295] "其中一位女士辞职了，因为她认为旗子代表了反对美国，"德雷施说，"但她们中的大多数人不太了解这是干什么的。"

我问德雷施，埃德蒙德·拉芬会如何看待一家以他这个煽动叛乱者的名字命名，但却与背信弃义的北方佬种族保持着商业联系的公司。德雷施耸耸肩，说："他可能会对着我的脑袋开一枪。"对于一个以"致死的恐惧与厌恶"① 的作者的名字为名的人来说，索伦·德雷施似乎对自己奇怪的营生的矛盾性非常不以为意。

午餐后，德雷施从他的皮卡车上挑了一件拉芬 T 恤衫以及另外几个物件让我拿回家。"告诉我它们在弗吉尼亚的表现如何，"他在回办公室的时候说，"我还没怎么渗透那里的市场呢。"

在亚特兰大的第二个星期，我去了该市的游客服务中心总部，与一位名叫玛丽·安（Mary Ann）的和蔼可亲的红发女士聊了天。我告诉她，我已经游览了石山和其他几个与内战有关的景点，想知道自

---

① "致死的恐惧与厌恶"的原文是"Fear and Loathing Unto Death"，这里作者指的是索伦·克尔凯郭尔的两本著作《恐惧与战栗》（*Fear and Trembling*）和《致死的疾病》（*The Sickness Unto Death*）。

己是否错过了什么。

"没什么。"她说。然后，她在一个抽屉里翻找，拿出了一本小册子，样子就像便利店的服务员拿出一本塑料包裹的《皮条客》杂志①一样。"我们不把这个放在外面，因为它政治不正确，可能会冒犯到某些人。"她解释说。这个由当地一位名叫伊莎贝拉·巴扎特（Izabell Buzzett）的南军之女编写的小册子为散布在亚特兰大的叛军纪念碑提供了一个指南。我告诉玛丽·安，我已经在南方各地收集了几十本这样的小册子了。她点了点头，小声地说："在大多数城市，这个册子会被放在前面，巴扎特夫人会站在柜台后面，而不是我。"

但这里是亚特兰大。来到玛丽·安办公室的游客们对传统的邦联历史也没有什么需求。"塔拉庄园在哪儿？这总是他们的第一个问题，"她说，"然后就是，'思嘉和白瑞德埋在哪里，他们是埋在一起的吗？'"

"你如何回答他们？"

玛丽·安笑了，说："我试着委婉地告诉他们事实。'亲爱的，你知道那是一部电影，是吧？'然后我不得不解释说，整部电影都 [296] 是在加利福尼亚拍摄的。没有一个场景是在佐治亚。"塔拉庄园的场景其实是圣费尔南多河谷的一块地方，那里被染成了红色，使其看起来像佐治亚。甚至连塔拉庄园周围的橡树都是假的，是由电话线杆做成的。

"打破别人的幻想是件令人伤心的事，"玛丽·安说，"他们期待塔拉庄园就在这儿，在市民中心的旁边。"作为安慰，她会指引他们

---

① 《皮条客》（*Hustler*）是美国的一本色情杂志，通常在便利店的不起眼位置或者柜台后面售卖，新杂志由塑料薄膜包裹，以防止未成年人翻阅。

去看"通往塔拉之路博物馆"的电影收藏品展览及位于石山的一个复制的庄园。

然而，有一个群体总是想要更多。"日本人很崇拜思嘉，"玛丽·安说，"他们总是来这里说：'我在找《随窗而去》。'"①

我在外面闲坐了一会儿，翻阅玛丽·安给我的小册子。我当然可以沿着巴扎特夫人指出的路径，去寻找那些鲜为人知的南军方尖塔碑。但我已经经历过这些了。玛丽·安的话也让我很感兴趣，证实了我在整个旅行过程中所感受到的一些事情：《飘》为保持内战的鲜活以及塑造其记忆所做出的贡献，比阿波马托克斯投降以来的任何历史书或事件所做的都要多。总之，探索亚特兰大要求我采取一个不同的方法。当我可以像日本人一样去寻找虚构的过去时，为什么还要挖掘真实的和没有被人记住的过去呢？

州际公路上去往琼斯伯勒（Jonesboro）的出口位于亚特兰大以南半个小时车程的地方，出去以后就到了塔拉大道。这条路经过了塔拉汽车世界、塔拉移动房屋公园、塔拉五金店、塔拉浸信会教堂，还有常见的快餐店、快捷加油站和快钱借贷公司。我在塔拉大道转弯，路过了塔拉乐器店、塔拉奖杯店、塔拉花店，然后进入了琼斯伯勒的市中心，这里有一排令人愉悦的砖砌店面，对面是一座火车站，上面挂着的牌子上写着："《飘》之家"。在克莱顿县（Clayton County）的商会，前台后面的墙上挂了一张塔拉庄园的照片。商会主管营销的副主

---

① 《飘》的英文书名为"*Gone with the Wind*"，可直译为"随风而去"，日本人的口音通常会将"Wind"（风）误读为"Window"（窗），让人以为他们说的是"Gone with the Window"，即"随窗而去"。这里玛丽·安用略带嘲讽的语气故意模仿日本人的口音，以强调日本人对《飘》的喜爱。

席李·戴维斯（Lee Davis）拿起了我手中的《飘》。"克莱顿县——就在第六页提到了我们，"她说，"这是世界上最好的营销方案。"

然而，戴维斯有一个问题：琼斯伯勒和克莱顿县没有东西可以营销。在电话簿里，有47个塔拉的电话，包括塔拉台球厅、塔拉基督[297]教堂、塔拉皮肤科中心、塔拉环卫公司。唯一缺少的就是塔拉庄园。

"玛格丽特·米切尔①的外曾祖父母，菲兹杰拉德夫妇（The Fitzgeralds），在这附近有一栋房子，"戴维斯说，"但仅此而已。"现在的克莱顿县也不太像米切尔在她的小说中所描绘的乡村："在这片欢乐的土地上，有白色的房舍、宁静的田野和缓缓流淌的黄浊河水。"②现在，作为亚特兰大的一个发展迅速的睡城，克莱顿县"野蛮的红土地"已经被埋在住宅区和购物商场之下了。而且，和桃树大街一样，《飘》的场景也不再是一个独家地址。"佐治亚州差不多每个县都已经在试着把整个圈环裙的事情变现。"戴维斯说。

在出去的路上，我们在展示着《飘》纪念品的大厅停了下来。在费雯·丽③的剧照旁边，我注意到了一位长得特别像她的女士的照片。"那是谁？"我问。

"噢，那是思嘉·奥哈拉，"戴维斯说，"我的意思是，职业的思嘉。她在几年前赢了个什么选美比赛，从那以后，她基本上就是思嘉了。"

---

① 玛格丽特·米切尔（Margaret Mitchell, 1900—1949），美国作家，小说《飘》的作者，出生于亚特兰大，并终生生活于此。《飘》是米切尔的唯一作品，出版于1936年，甫一问世即风靡全球，成了美国文学中的经典。

② ［美］玛格丽特·米切尔：《飘》（上册），朱攸若译，长春：时代文艺出版社2017年版，第8页。

③ 费雯·丽（Vivien Leigh, 1913—1967），英国女演员，在由小说《飘》改编的1939年美国电影《乱世佳人》中饰演主角思嘉。

她的真名叫梅利·梅多斯（Melly Meadows）——媚兰①的简称，就像艾希礼·威尔克斯的妻子——她就住在附近。因此，我给她打了个电话，安排在她的家庭办公室见面，就在琼斯伯勒主街的旁边。在门廊迎接我的年轻女士穿着紧身牛仔裤和松垮的开领女士衬衫。但她与思嘉——至少是与费雯·丽所演绎的思嘉——的相似却绝对不会有错：雪白的肌肤、纤细的腰、鹅蛋脸、丘比特弓形的嘴和用一条翠绿色的丝带绑在后面的长长的黑发。

"我非常高兴你能过来，"她说着，温柔地握了握我的手，"来，让我把我的小册子和名片给你。"

名片上压印着她身穿内战前礼服的照片，还有用英语和日语印制的梅利·"思嘉"·梅多斯。"还有南方佳丽与绅士可供选择"，小册子上写着。梅利邀请我和她一起坐在门廊的秋千上。"我已经有点变成思嘉·奥哈拉公司了。"她叹气说。

梅利·梅多斯是一位白手起家的南方佳丽。在多年来被同学们取笑长得像费雯·丽之后，她参加了当地商场举办的一场思嘉模仿秀比赛，并击败了其他 40 名模仿者（她的姐妹获得了亚军）。此后，她开始穿上自己的圈环裙参加当地的慈善活动。不久，她就被雇来参加亚特兰大地区的商务早餐会、剪彩和其他宣传活动。她接着推广了许多东西，从维达利亚洋葱②到亚特兰大的旅游业，再到日本的可口可乐。年景好的时候，她一年赚了五万美元。

梅利现在 20 岁出头，正在为思嘉之后的生活做打算，她已经开始在当地的一所大学学习。"我想成为一名基督教福音传道士。"她

[298]

---

① 在小说中，艾希礼·威尔克斯的妻子是媚兰·威尔克斯（Melanie Wilkes）。
② 维达利亚洋葱（Vidalia onions）出产于佐治亚州的维达利亚，享有国际声誉。

说。这似乎是个相当大的跳跃，从佳丽到《圣经》学生。但是梅利不这么认为。"我坚持阅读最畅销的书籍。"她解释说。

事实上，梅利直到最近才读了《飘》。她不是为了美容技巧才去读的；除了避免日晒以保持思嘉那种"玉兰色的白皙皮肤"，梅利的容貌天生就像思嘉。但是穿圈环裙需要一些时间来适应。她的内战前服饰重达 20 多磅，穿在身上让人难以行走。梅利说，刚开始穿的时候，她经常打翻椅子和花盆。还有一次，她在拍摄一个电视广告时，快速跑过被雨水淋湿的庄园庭院，不小心踩到了圈环，跌倒在了泥水中。

"你很快就意识到，以前的人们并不那么光鲜，"她说，"穿着圈环、裙撑和宽松长裤，女人们可能在大部分时间里都是汗流浃背、臭气熏天。"

这种服装也没有把男性仰慕者转变为大胆的白瑞德。梅利注意到，男人们反而往往会变得害羞和恭敬。"总之，别人很难接近穿着圈环裙的人。"梅利还学会了用思嘉式的厉害话语来应对调戏。"我只是微笑着说'你是个黑心肠的恶人'或者'我应该给你一巴掌'。"

梅利在她仍与母亲一起居住的那间普通的砖砌平房里保留了一间办公室。她把我带到了一个小房间，里面装备了传真机、激光打印机和五部电话。"当然，带来电转接和语音信箱，"她说，"我在路上的时候有一部移动电话。"

她打开电脑，给我看了一个叫"佳丽"的文件。上面列出了 30 名左右被她训练为替身的女士。"如果有人打电话说有个活儿，我做不了，"她解释说，"我就对他们说：'我可以为你们预订其他人。'我[299]还转包白瑞德的活儿。"她甚至还有一位随时待命的嬷嬷。我问她是否对自己老南方角色的这一方面感到任何不适。"并没有，"她说，"思嘉对所有人都很不尊重。她经常很刻薄，有点苛刻。要说有什么的话，她对奴隶比对自己的孩子更好。"

但是，梅利确实在思嘉身上找到了一些可以认同的品质。"我喜欢她做生意的天赋，这是一个相似点。我相当争强好胜。"梅利也和思嘉一样喜欢令人震惊的行为。有一次，在欢迎日本皇室来访亚特兰大的正式场合，梅利和皇后聊了起来。"我心里想，天呐，他们的生活相当模式化，"梅利回忆说，"所以，当她问我是否穿了裙撑，我大声说：'你想看我的内衣吗？'"然后梅利拉起了自己的裙子，露出了红色的宽松裤子。这个动作取悦了皇后，也一下子让梅利成了在日本家喻户晓的名人。

之后，梅利曾多次访问东京，现在她的日语说得很好，足以与仰慕者闲谈。"有一次，我在亚特兰大和一位游客说日语，一位女士气呼呼地说：'噢，天呐，日本人甚至把思嘉·奥哈拉都买下了。'"

和玛丽·安一样，就是那位我在旅游办公室遇到的女士，梅利感到了日本人对《飘》有一种特殊的亲近感。"在一些方面，他们的文化和老南方类似，"她说，"传统的女人穿和服，她们娇弱的气质得到欣赏，男人则是坚忍而强壮。"梅利给我看了一篇日本报纸对她的介绍，并翻译了标题："思嘉小姐，一个传统的日本女孩"。

梅利还感到了 19 世纪佐治亚与 20 世纪日本之间的另一种亲近关系：两者都在被战争蹂躏之后重建了自己。"他们皇室的象征是凤凰，就像亚特兰大的一样。"她说。

碰巧的是，梅利在第二天晚上与一个日本旅行团有约。因此，我在亚特兰大的一家南方主题餐馆再次找到了她。梅利站在停车场，穿了一件塔夫绸的圈环裙，戴着蕾丝手套，耳朵上的翠绿色耳环与她的绿色天鹅绒腰带和手提包相搭配。一辆大巴车停下，25 个日本人涌向了她，激动地说着话，向她鞠躬并站在她旁边照相。梅利踮起 [300]脚尖，拉起裙子，露出了红色的宽松裤。游客们笑着鼓掌。然后她转过身来，诱惑地透过她的光肩回望，以不可思议的方式模仿了费雯·丽。至少在这一刻，梅利·梅多斯似乎和《圣经》学校还有很长一段距离。

旅行团转移到里面的一间正式的餐厅，梅利神气地游走在桌间，用日语聊天。我请求旅行团的导游，一位名叫大治郎（Daijiro）的男士，翻译她打趣的话。

"你真帅，长得像克拉克·盖博 ①。"

"你的公司是做什么的？"

"我非常喜欢你们的天皇和皇后。"

大治郎说，旅行团由退休的水果和蔬菜批发商们组成，他们在美国旅行一个星期。他们只游玩三个地方：尼亚加拉瀑布、拉斯维加斯和亚特兰大。"我们想看美国的美景和历史。"大治郎说。

我问他为什么《飘》在日本有如此大的吸引力。"你必须了解时代背景，"他说，"在 20 世纪 30 年代，我们看美国电影，然后在战争期间，我们不看了。这些电影在战争结束后回来了，《飘》是最受欢迎的。我想，看到这个女人如此努力地重建自己的家园，这给了人们希望。另外，她坚守自己的家庭，这是我们所钦佩的。"

他停顿了一下，说："还有一点，但这只是我的观点。我觉得人

———————————

① 克拉克·盖博（Clark Gable, 1901—1960），美国电影明星，在电影《乱世佳人》中饰演白瑞德一角。

们看这部电影，然后想：'这才是真正的美国，一个美妙的地方，不是和我们打仗的那个。'"

食物上来了，游客们尝试性地吃着秋葵汤和玉米面包。大治郎看了一会儿梅利，然后补充说："思嘉的力量让我们着迷。但在内心深处，我们更像媚兰·威尔克斯，她有礼貌，也很和善。"

听着大治郎的话，我感到了日本文化和南方文化之间的另一种亲近关系；他们都有一种微妙的、有礼貌的准则，对于像我这样直率的、没有礼貌的外人来说，往往显得矛盾和令人困惑。

主菜上来的时候，梅利挥手告别。"噢，胡说！"①她唱了出来，快速离开房间，走下餐馆的华丽台阶。她的母亲在外面的一辆面包车里等着。梅利晚上还要参加一个活动，而且已经迟到了。

[301]

我向梅利伸出胳膊，这样她就可以提起圈环裙进入车中。"哎呀，你是一位真正的绅士，即使你是个北方佬。"她用拖腔说着，拉上了面包车的门。她母亲开车飞驰而去，将我独自留在停车场，马鞭草的淡淡清香在佐治亚的温暖夜晚中萦绕。

梅利·梅多斯还给我留下了别的东西：一个令人好奇的提示。尽管我在商会听到的情况是克莱顿县没有塔拉庄园，但它就在这里。梅利只知道一些模糊的细节——"一间属于一个疯老太太的又大又旧的房子"——但她给了我一个名字：贝蒂·塔尔梅奇（Betty Talmadge），佐治亚州前州长和参议员赫尔曼·塔尔梅奇（Herman Talmadge）年迈的前妻。

---

① "噢，胡说！"的原文为"Oh fiddle-dee-dee！"，是小说中思嘉的口头禅。

贝蒂·塔尔梅奇住在琼斯伯勒以西七英里的一条狭窄的小道上，路的尽头是一座希腊复兴式的庄园府邸。入口处放着一个豪宅的精确模型，和狗窝的大小差不多。前面的牌子上写着"兔子·E.李"，一只小兔子从里面跳出来闻我。然后，一位独腿的大个子女士出现在草坪对面。"我是贝蒂，"她喊道，"几年前因为血栓丢了这条腿。让我带你参观我的房子吧。"

贝蒂拄着拐杖飞快地穿过草坪，把我领到豪宅的外廊。"我听说，在内战中，他们把粮食藏在这儿，这样北方佬就偷不走了，"她用拐杖敲着一根柱子说，"好故事。谁知道是真的还是假的。"

贝蒂脚步嗵嗵地走进屋内，穿过上面铺着刺绣地毯的宽大松木板。"我在1970年6月8日晚上8点钟戒的烟，"她欣赏着地毯说，"之后，我的针线活就开始突飞猛进了。"她还给我看了一个玻璃箱子，里面放着帕特·尼克松①送给她的花，贝蒂在这位第一夫人的丈夫辞职后为她举办了一次午餐会，这些花是作为感谢而送的。"帕特是个好人。我也喜欢迪克②。他被抓住了，仅此而已。"

这种对政治丑闻漫不经心的看法是有家庭根源的。贝蒂的公公尤金·塔尔梅奇（Eugene Talmadge）曾长期担任佐治亚州的州长，他有一次对选民说："我当然偷盗，但我是为了你们而偷盗的。"他还喜欢警告自己的政治对手："我就像猫屎一样卑鄙。"南方政界不再产出［302］这样的人物了，尤其是在佐治亚州，该州最近一位有名望的州长是一

---

① 帕特·尼克松（Pat Nixon, 1912—1993），美国前第一夫人，美国第37任总统理查德·尼克松（Richard Nixon, 1913—1994）的夫人。尼克松自1969年至1974年两次担任美国总统，在其第二次任职期间因"水门事件"辞职。

② "迪克"（Dick）指的是尼克松。

个来自普莱恩斯的虔诚的花生农。

贝蒂把我带到另外一个房间，墙上挂着她自己的画像，画中的她还是一位年轻的华盛顿女主人。"如你所见，这是昨天刚画完的，"她冷淡地说，"那时候的华盛顿很有意思。人们举办疯狂的派对。喝太多酒了，还鬼混。"她摇摇头。"那些日子已经过去了，随风而去了，你可以这么说。"

我感激贝蒂打开了话题，随即把谈话引向了我的文学探索。贝蒂笑了。"噢，这里不是塔拉庄园，这里是十二橡树庄园。我有塔拉庄园，但那是另一个故事了。"十二橡树（威尔金斯家的庄园）的故事始于 1973 年《纽约时报》的一篇文章，贝蒂小心地把文章保存在塑料薄膜里。报道称塔尔梅奇庄园"被认为是玛格丽特·米切尔笔下的十二橡树庄园的原型"。记者没有提供更多的细节。贝蒂也没有。

"像所有的作家一样，玛格丽特·米切尔可能在写作中对其进行了加工，"她说，"但这就是那栋房子。或者说，我是这样告诉别人的。"她微笑着把新闻剪报放回文件夹中。"《纽约时报》是份权威的报纸。如果它刊印了什么东西，那肯定是真的。"我不禁想知道贝蒂自己是否是《纽约时报》逸闻的匿名来源，但这么问似乎很不礼貌。

贝蒂很好地利用了这个故事。1975 年，在没有任何警告的情况下，她的丈夫向法院申请了离婚。然后，他因财务上的不当行为被参议院斥责，并被选下台。回到佐治亚州，贝蒂发现自己变成了一个落魄的离婚者，独自生活在这个有 11 个房间的乡间豪宅里。又和思嘉相似。

"我是个 18 岁就结了婚的小镇女孩，"她说，"如果你到了 22 岁还没有丈夫，别人就会觉得你是个老处女。我母亲唯一的建议是'你只需要做丈夫的贤内助就行了'。"她笑了。"我相信了这一切。但母亲从未告诉我，当我 53 岁时，丈夫离开了，我该怎么办。"

塔尔梅奇所做的就是再次变成女主人，这次是为了钱，在她所谓的十二橡树庄园用晚餐款待生意人和外国游客。她的"玉兰晚餐"套餐包括思嘉胡萝卜、白瑞德饼干和亚伯-火腿·林肯。"是'伯德夫[303]人'约翰逊①的社交秘书教我给菜肴起名字的，"贝蒂说，"这能打开话匣子。你可能会感到惊讶，但许多知名人士在社交场合都不太自在。这能让他们放松。"

这种故意讨喜的习惯延伸到了她的小动物身上，因此才有了我在门口遇见的兔子·E.李。塔尔梅奇把我带到外面，并向我介绍了她养的其他农场动物：尤利西斯·S.呼噜猪（Ulysses S. Grunt），克拉克·咯咯火鸡（Clark Gobble），思嘉·奥母鸡（Scarlett O'Hen），约翰·C.牛霍恩阁下（Honorable John C. Cowhoun）。②"为了博我的北方佬朋友们一笑，我什么都愿意做。"贝蒂说。

我把谈话引回了塔拉庄园。贝蒂说，15 年前，她听说玛格丽特·米切尔的曾祖父母菲兹杰拉德夫妇所拥有的农舍已经空置，成了破坏者的猎物。"我决定只要我还有十二橡树，我也可以有塔拉。"她打电话用一千美元买下了废弃的房屋。

贝蒂给我指了一块田地那边的一间房子，看起来像是个拓荒者的小木屋，坐落在松树林的边缘。这就是菲兹杰拉德的房子，或者说是贝蒂抢救出来的部分；她把这所房子上保留下来的更宏伟的维多利亚

---

① "伯德夫人"约翰逊（Ladybird Johnson）指的是美国前第一夫人克劳迪娅·阿尔塔·泰勒·约翰逊（Claudia Alta Taylor Johnson, 1912—2007），她是美国第 36 任总统林登·约翰逊（Lyndon Johnson, 1908—1973）的夫人。
② 贝蒂用了尤利西斯·S.格兰特、克拉克·盖博、思嘉·奥哈拉、约翰·C.卡尔霍恩等著名人物的名字的谐音来给她的动物命名。

式加建部分放在了仓库里。我注视着房子，感到了一阵失望。无论贝蒂的房子是不是十二橡树，它至少是个内战前的豪宅。但这间板条棚屋看起来好像曾经属于斯莱特里一家（Slatterys），即住在塔拉庄园山下的"沼泽垃圾"，而不属于奥哈拉家。

但故事并没有在此结束。购买了菲兹杰拉德的房子后不久，贝蒂听说好莱坞塔拉庄园的外墙在出售。其年迈的所有者朱利安·福斯特（Julian Foster）在 20 年前就买下了这个电影布景，他希望能在佐治亚创建一个内战前的迪士尼乐园。他的梦想从未实现，腐烂的外墙已经变成了一个负担。但福斯特是个偏执的人，他拒绝说出塔拉的位置。"他总是说：'我是唯一知道它在哪里的人。那是我的保险。'"贝蒂说。

最终，福斯特开车带着贝蒂绕来绕去，在佐治亚北部山区的一间谷仓停了下来。她花五千美元买下了布景，是塔拉庄园在 20 世纪 30 年代的好莱坞搭建时的成本的十五分之一。但在她拿到布景之前，福斯特死了。"我联系了他的遗孀，"贝蒂说，"她说布景还可以卖给我，但现在我成了唯一知道在哪里能找到塔拉的人。"

[304]　贝蒂方向感很差，在坐汽车和小型飞机进行了为期一周的搜索后，她仍然无法找到那个谷仓。通过一张被取消的谷仓的租金支票，她才最终找到了塔拉。"我拥有了它，"她说，"或者说是它拥有了我。我不确定是哪种情况。"

场景是由三合板、复合板和纸糊的材料制成的（该场景的一位主创人员在电影上映后接受采访时坦言，都是些"你能在西尔斯商店买到的"材料）。尽管如此，贝蒂雇的估价师把场景与别的好莱坞道具做了对比——《绿野仙踪》中狮子戏服的尾巴、《卡萨布兰卡》

中的钢琴、英国军舰"邦蒂"（HMS Bounty）号 ①——塔拉的估价是一百二十万美元。"我猜我应该感到自己很富有，但我却没有，"塔尔梅奇说，"至少现在还没有。"

贝蒂希望能把塔拉、菲兹杰拉德的房子和十二橡树打包出售，形成一个朱利安·福斯特梦想建立的那种主题公园的核心。但她还没有找到买家。所以塔拉继续待在仓库里——具体在哪里，贝蒂不愿意说。"我和福斯特一样，"她说，"我不告诉任何人它放在哪里。那是我的保险。"

但她同意让我看看场景的照片，现在已经支离破碎了：一个门、几根柱子、一个纸糊的砖头。如果谢尔曼的部下终究还是将其烧毁了，这看起来就是塔拉可能变成的样子。不过，贝蒂并没有放弃所有的希望。把我送到门口时，她轻蔑地笑了笑，说："明天，就像他们说的，是新的一天。"

第二天我又来到了琼斯伯勒，依然在追踪塔拉的足迹。我了解到，一位名叫赫布·布里奇斯（Herb Bridges）的退休邮递员拥有世界上最大的《飘》的小物件收藏。据说他还对小说中虚构的及历史的景观了如指掌——包括奥哈拉庄园的真实位置。

布里奇斯 65 岁，是一个温文尔雅的小个子男人，住在一栋砖砌平房里，就在他工作了 30 年的乡村邮路边上。他以前的工作是其对

---

① 《绿野仙踪》（*Wizard of Oz*）是美国的一部童话故事电影，改编自美国儿童读物《奇妙的奥兹男巫》（*The Wonderful Wizard of Oz*），上映于 1939 年；《卡萨布兰卡》（*Casablanca*）是美国的一部第二次世界大战谍战电影，上映于 1942 年；英国军舰"邦蒂"号指的是美国历史题材电影《叛舰喋血记》（*Mutiny on the Bounty*）中军舰的电影布景，该片上映于 1935 年，由克拉克·盖博主演。

当地景观如此了解的原因之一。在邮局工作还给他带来了纪念品的宝藏，多年前，他在一家二手书店发现了一本第一版的《飘》，从此
便开始收集纪念品。"我也不知道自己为什么买了它，"他说，"花了我 25 美元，在那个时候可是一大笔钱。"这本书现在价值大概 1 万美元。

后来有一天，布里奇斯去了亚特兰大的一家图书馆，一股奇怪的冲动再次涌上心头。"那里有一本捷克语版的《飘》，"他说，"我对自己说，拥有一本岂不是很好？"

布里奇斯对出版业不是很了解，但他知道如何利用邮政系统，设法将一本捷克语版的小说穿越"铁幕"，邮寄到美国。"然后我开始想，保加利亚语的版本看起来是什么样的？"因此，他往索非亚写了信。渐渐地，在其有限的预算允许的情况下，布里奇斯从越南、埃塞俄比亚以及另外几十个国家购买了《飘》。"这在邮局变成了一个玩笑，"他说，"我，一个佐治亚农村地区的邮递员，收到各种从共产主义国家寄来的包裹。我觉得有些人认为我是个间谍。"他甚至找到了一本来自拉脱维亚的版本，出版于 1938 年——不久之后，这个波罗的海小国作为一个独立国家消失了 50 年。

布里奇斯还开始邮购电影画报和剧本，还在跳蚤市场留意庸俗的艺术品：思嘉造型的香水瓶、印着艾希礼脸庞的盘子、各式各样的玩偶、拼图、纸夹火柴和其他小饰品。"人们以为这种垃圾宣传品是由《星球大战》和《蝙蝠侠》开始的，"他在向我展示几个堆满了这些东西的房间时说，"如你所见，并不是。"

不幸的是，布里奇斯的孩子们并不认同他的着迷，而且他不想把自己的藏品一件一件地卖出去。因此，和贝蒂·塔尔梅奇一样，布里

奇斯一直在等待一位有钱的"温迪"（Windie），即小说和电影的狂热粉丝，来买他的收藏，并将其永久地展出。"我可能会和这些东西一起埋进地窖，就像个法老一样，"他说，"几百年后，他们会把我和所有这些思嘉、白瑞德和嬷嬷的玩偶一起挖出来，然后想：'这个人信奉的到底是什么奇怪的、偶像崇拜的宗教？'"

布里奇斯还收集了大量关于小说和电影的冷知识，并在本地大学和成人教育项目中分享这些信息。因此，那个星期的晚些时候，我去听了他在琼斯伯勒的一家老年寄宿所的讲座。50个人全神贯注地听着，布里奇斯展示着他的小饰品和同样精彩的奇闻趣事。玛格丽 [306] 特·米切尔是一位5英尺高、体重100磅的新潮女郎（flapper），她曾宣称："作为一个留短发、穿短裙、不动感情的年轻女性，就是传教士们所说的那种会下地狱或在30岁之前就被绞死的人，我天然地对自己是老南方精神的化身感到有些难为情！"她把小说的初稿命名为"挑着重担"，最初把自己书中的女主角命名为潘茜（Pansy），而不是思嘉。还有，她在横穿桃树大街去看电影时被一名下班的出租车司机撞死了，当时她才48岁。我还了解到，在电影中扮演普莉西①的女演员最后住在纽约的哈莱姆区，靠救济生活；纳粹德国封禁了这部影片，因其浪漫化了抵抗占领的行为；还有，克拉克·盖博戴有假牙，他的口臭非常严重，以至于一些女演员不愿意在表演中和他接吻。

课后，一位瘦小的白发女士聚精会神地盯着布里奇斯的电影海报看，她佩戴的名牌上写着"佩姬·鲁特（Peggy Root），阿肯色州马格诺利亚"。"你想象不到《飘》对我们这一代人意味着什么。"她用

---

①　普莉西（Prissy）在小说中是思嘉的贴身女黑奴。

柔和的拖腔说。

当我问及为什么会这样时，她的眼睛湿润了。"贫穷，"她说，"我意思是说，我们的贫穷。我在阿肯色长大时，我们没有足够的椅子放在厨房和起居室。所以大人们把椅子在两个房间之间拖来拖去，而孩子们都坐在地上。生活就是那么赤贫。然后这本书出版了，讲述了一个我们所不知道的富裕的南方。是在逃避现实，我猜。"

一位瘦小的秃头男士出现在她肩膀后面。这是佩姬的兄弟，雷（Ray）。"我们的父亲是个佃农，"他说，"他不得不做另外六份工作来维持生计。砍铁路枕木。杀负鼠，卖它们的皮毛。摘山核桃。他还去找那些手里的棉花不够一捆的佃农，把他们的棉花凑成一捆，然后拿到市场上去卖。"

"还记得那个和爸爸一起砍枕木的人吗？"佩姬说。

雷笑了。"爸爸有个搭档，他会把衣服脱掉，光着身子砍枕木。他对所有人说，蚊子能让他更加努力地工作。但真正的原因是他只有一身衣服，所以他不想在树林里把衣服弄坏。"

雷和佩姬小的时候，每周在田地里工作六天。星期天，他们去教 [307] 堂。他们能回忆起的唯一的娱乐活动就是在邻居的收音机旁听《大奥普里》节日①。"我第一次读《飘》是在八年级，"佩姬说，"但我把它藏了起来，不让母亲看见。她是神召会教徒，非常激进。她不允许任何有伤风化的小说。"后来电影上映了，甚至更加浪漫言情。"就像去了另一个星球一样，"佩姬说，"想象我们的祖先是那样生活的。我们

---

① 《大奥普里》(*Grand Ole Opry*) 是一个起源于美国田纳西州纳什维尔市的音乐广播节目，主要播放乡村音乐，最早于 1927 年开始在纳什维尔本地的电台播出，后因影响力扩大而开始在全国性的广播电台和电视台播出，并定期举办现场音乐会。

唯一听说过的自己的内战祖先是一位因内战而破产并且疯了的祖父。他在自己的客厅里贴满了邦联钱币。"

她沉默了片刻。"我是个好学生，是我们家族第一个上完高中的女人。有时我想，如果没有内战，也许我也可以成为一个玛格丽特·米切尔。"相反，佩姬是一名电话接线员，很少走出阿肯色州的农村地区。"这是我多年以来第一次度假。"她说的是老年寄宿所的项目。

雷扫了一眼他的手表。"一点钟，"他研究着课程表说，"欢笑治疗。"

赫布·布里奇斯收拾好了他的东西。"我应该告诉这些人真实的塔拉庄园和十二橡树庄园的情况，"他说，"或者它们会在哪里。"我和其他人一样陷入了小说的浪漫故事中，几乎忘记了这是我来找布里奇斯的初衷。

布里奇斯提出带我去看那些地点，是他通过将小说中描述的地理环境与玛格丽特·米切尔自己在克莱顿县的时期相对照而找到的。我们转弯进入一条名叫塔拉路的林荫小道，然后把车停在一片挂满葛藤的雪松旁。布里奇斯说，这里是菲兹杰拉德老房子的所在地，贝蒂·塔尔梅奇在 15 年前把房子挪走了，玛格丽特·米切尔小时候经常来这里。布里奇斯从米切尔的兄弟处得知，这栋农舍曾经被棉花田包围。这个地点现在对着一片正在建设的住宅小区——"霍索恩的安多弗。可以游泳／打网球的小区，79,900 美元起。"——一栋栋复式楼围绕着死胡同的尽头，这些死胡同的道路因为太新了，所以还没有被命名。

小说里没有提到这个地方，但它给布里奇斯侦察米切尔想象中的

[308] 景观提供了一个起点。"我们知道她喜欢在这里长时间散步，"他说，"如果你仔细观察她可能看到的景色，与书中的描述非常吻合。"

我们往前开了一英里左右，到了塔拉路的一个岔路口。布里奇斯说："记得小说的第一个场景吗？就是塔尔顿双胞胎兄弟离开思嘉的那个？"

我打开自己的平装书："两人转过尘土飞扬的弯道，出了塔拉的视野。布伦特在一丛山茱萸底下勒住了马。"① 布里奇斯微笑着说："就是这儿。"

他的计算依据是土地的布局以及该地点与书中真实坐标的距离，比如琼斯伯勒和弗林特河。"为了确认，我与一些住在附近的老人交谈过，"他说，"他们都告诉我，就在这个地方，曾经有一丛山茱萸。"

山茱萸已经被矮树丛般的地产广告——"房屋出售，塔拉地产公司"——还有一个指向塔拉沙滩的牌子所代替，沙滩指的是附近人工湖旁边的一块沙嘴。布里奇斯继续沿着塔拉路慢慢地行驶，指给我看了书中的下一个场景，在这个场景中，思嘉在路上等待她的父亲从威尔克斯庄园回来："她的思绪沿着这条路走下山冈，走到缓缓流淌的弗林特河边，穿过泥泞的河床，一直走到第二个山冈上艾希礼居住的地方——十二橡树。这条路的意义全在于此——它通向艾希礼，通向那有白色廊柱的美丽建筑物，它耸立在山顶上，就像一座希腊神庙。'啊，艾希礼！艾希礼！'她想着，心跳得更快了。"② 这条路在几个章节之后再次出现，是在奥哈拉一家乘坐马车去参加十二橡树的派对时：一条尘土飞扬的小路，旁边长着野紫罗兰、切洛基玫瑰、"野蛮

---

① 米切尔：《飘》（上册），第 11 页。
② 同上书，第 27 页。

的红色沟壑"和棉花种植园。

现在，推土机捶打着红色的土地，播种下一栋栋开发的住宅。但地形与小说中的描述相吻合，惊人地吻合，道路沿着平缓的斜坡向下走，通向缓慢流淌的褐色弗林特河。这很容易让人联想到沼泽底部，那里有"白人垃圾"斯莱特里一家居住的三英亩土地，就在奥哈拉和威尔克斯两家庄园之间。在河对岸，道路向上走到一个山丘，那里能看到周围景观的全貌。"十二橡树。"布里奇斯指着山顶说。

山顶上没有希腊神殿，只有树木和牛，还有波浪起伏的牧场。布 [309] 里奇斯指着草地周围茂密的树林说："米切尔写道，'沙沙作响的松树似乎带着一种古老的耐心'去开垦这片土地，"他说，"看吧，确实是这样。"但是，我不禁想，还有多久，这片树林就会被另一个可以游泳 / 打网球的社区占领。

我们原路返回，回头跨过弗林特河，往对岸的山丘上开。布里奇斯在已经消失的山茱萸丛附近停了下来。一条长长的车道沿着一座小山丘蜿蜒而上。"塔拉应该在那里，我心中没有疑问，"他说，"这一定是它。"

车道的终点有一个手写的牌子，上面写着"房主直售"。但是布里奇斯并不想走得太近，并且承认他从未走近过。"在这里，你会遇到一些暴脾气的人。"他说。我想，布里奇斯作为一个前邮递员，一定知道自己在说什么。

他把我送回我的车旁，我在车里坐了一会儿，翻着小说，重读有关塔拉庄园的片段。"那房子是黑奴建造的，结构笨拙，杂乱无章，耸立在山丘上，俯瞰着一直伸展到河边的绿色牧场……'土地是世界上唯一值钱的东西，'他大声喊道，'因为世界上只有它是无法被消灭的，你好好记住！'……'是的，是的！去塔拉！哦，白瑞德，我们得快走！'"①

　　我驾车回到塔拉路，把车停在挂着"房主直售"牌子的车道上。路的尽头是一栋低矮的板条屋，地基由煤渣砖建成，前廊上放着一台洗衣机。两个大胡子男人靠着皮卡车站着，往地上吐口嚼烟草的汁液。

　　"打扰一下，"我说，"你知道这里是塔拉庄园所在的地方吗。我的意思是，如果它是真实存在的，这里就是它所在的地方。"

　　"不，这里不是，"其中一人说，他自我介绍说自己叫库珀（Cooper），"塔拉在沿着路往下走 1 英里的地方。那个疯老太太就是在那里找到它的。现在有 155 栋复式楼正在进驻。"

　　我意识到他所说的是菲兹杰拉德的老房子，我试着向他解释了赫布·布里奇斯刚刚告诉我的情况。库珀回头看了一眼他普通的房子。[310]"我在塔拉生活了一辈子，却从来不知道这个。"他耸耸肩，"我妻子对有关《飘》的东西很着迷。但它就是引不起我的兴趣，"他眯着眼，"除非它能赚钱。"

　　"这个房子卖多少钱？"我问。

　　他思考了片刻，说："五万左右。"鉴于这条路上包含游泳和网球特权的现代分层房子才卖七万多，这是一个荒唐的数额。我坦白说，我不是在找房子，只是在找信息。库珀看起来有些失望，但却告诉我房子后面的树林里隐藏着几个内战坟墓。"后面有和你手臂一样粗的蛇，但如果你想去的话，你可以随意转转。"

---

　　①　米切尔:《飘》（上册），第 55 页；米切尔:《飘》（上册），第 41 页；[美]玛格丽特·米切尔:《飘》（中册），朱攸若译，长春：时代文艺出版社 2017 年版，第 441 页。

我开路穿过茂密的灌木丛，找到了几块近乎被藤蔓和松针掩埋掉的石头。我只能勉强地看清碑文。一块没有刻日期的墓碑上简单地写着"约翰·M.特纳（John M. Turner），爷爷"，但另外两个有南军墓碑那种眼熟的、略带尖角的顶部，我在十几个战场遗址上都见过。（"它们被做成这种形状是为了避免该死的北方佬坐在上面。"一位南军老兵之子的会员曾告诉我。）拨开藤蔓，我看到一块墓碑上面写着"伊莱贾·A.曼（Elijah A. Mann），美利坚联盟国，佐治亚第10步兵团，E连"，另一个上面写着"悉尼·D.曼中尉（Lieut. Sidney D. Mann），美利坚联盟国，佐治亚第44步兵团，D连"。没有奥哈拉、威尔克斯或塔尔顿。不过，我还是想知道，玛格丽特·米切尔在十来岁的时候是否来过这里，这些孤独的南军坟墓是否搅动了她的想象。

徒步穿过树林，回到放着生锈的自行车和破旧皮卡车的院子里，我爬上自己的车，慢慢地朝州际公路的方向开去，驶过了被更多地产广告牌划伤的红土地（"艾希礼森林""塔拉角""塔拉新家园的大橡树，来自80年代"），然后经过了琼斯伯勒、塔拉购物中心、塔拉汽车发电机与点火器、塔拉变速箱、奥哈拉食品与酒。我意识到日本人从未找到塔拉庄园未尝不是一件好事。它已经没了。随窗而去了。

回到亚特兰大，我致电了曾经拜访过的历史学家富兰克林·加勒特，去证实我在琼斯伯勒的所见所闻。他沙哑地笑了，然后告诉我，在20世纪30年代，玛格丽特·米切尔曾给他打过电话，就在她写完[311]小说之前。她想检查一下自己打算使用的名字是否与1860年城市名录中的家族相符。"她不想因为使用了某个名字，而这个名字，比如说，能和小说中的某个下流家族联系起来，而使任何人难堪。"

后来，电影上映之后，加勒特帮助市里规划了一条旅游路线，该路线经过了皮特帕特小姐①的房子和书中提到的其他几个亚特兰大地点的大致位置。很快，他就收到了米切尔寄来的一封愤怒的长信。"富兰克林，"她在信中提到这些地点时说，"它们只存在于我的脑海中。"

加勒特又笑了，并提到了米切尔在《飘》的粉丝们开始长途跋涉来到佐治亚寻找著名的种植园时写的几封信。我发现其中一封信引用了一篇旧的新闻报道。米切尔讲述了她在为小说做研究时是如何找遍了克莱顿县的小路，以确保她所描写的景色确实是虚构的。她甚至打乱了本县的地理，并检查了一下，确定没有类似塔拉庄园的那种带有林荫大道的住宅。她这样做是为了不让任何人认为她自己的祖母是思嘉·奥哈拉的原型。米切尔有些恼火，因为人们还是决心把她虚构的创作安在现实中。

"我费的事，"她得出结论说，"似乎都是徒劳的。"

显然，我的也是。

---

① 皮特帕特小姐（Miss Pittypat）在小说中是媚兰的姑妈，在亚特兰大居住。

第十二章　佐治亚：仍是战俘

公正的历史还未到来。

如果现在公布真相，没有人会相信。

——罗伯特·E.李，1868 年

从亚特兰大出发向东，我沿着谢尔曼"向海洋进军"的路线行[312]
驶。谢尔曼的大军把沿途的房屋烧到只剩发黑的烟囱，并把它们称为
"谢尔曼的哨兵"；部队把铁轨拧成"谢尔曼的领带"；谢尔曼还成批
地派出被称为"流浪汉"的觅食者去劫掠乡村。

或者说，这是我一直以来想象的样子。自从来到佐治亚，我读了
一些资料。又一次，我认识到自己之前吸收的内战知识好多都是虚
构大于事实。谢尔曼说得好听，保证"要让佐治亚痛苦地号叫"。但
是，"进军"的真实情况基本上没有兑现他的话（至少在佐治亚是这
样的；他对南卡罗来纳和北卡罗来纳更严酷一些）。佐治亚州的一位
地理学家巨细无遗地画了一幅"进军"的地图，他发现许多据称被烧
毁的房屋事实上现在还矗立在那里。他下结论说："真实发生的毁坏
私人房屋的情况确实罕见。"

按照历史的标准，谢尔曼的"进军"也谈不上尤其残忍，只造成

了很少的平民死亡。三十年战争对欧洲造成的破坏，美国人针对土著

[313] 印第安人的例行屠杀，或者是如威廉·匡特里尔①之流率领的邦联游
击队造成的谋杀和伤害——与这些相比，谢尔曼对待佐治亚老百姓的
方式几乎可以说是有教养的。

　　他提出的投降条件确实是有教养的。当约瑟夫·约翰斯顿②在阿
波马托克斯投降之后交出他的部队时，谢尔曼起草了一份非常宽大的
投降协议，在北方激起了震怒，人们强烈要求谢尔曼按照格兰特给李
的条件来办。内战之前，谢尔曼在南方生活了 12 年，所以认同南方
的许多态度。所有这些帮助解释了一个奇怪的现象：一个世纪以前，
南方人对谢尔曼的责骂要比今天少很多。在谢尔曼的进军仅仅 15 年
之后，他回访了佐治亚州，佐治亚人毕恭毕敬地招待了他。谢尔曼在
1891 年去世时（他把战后的岁月献给了与印第安人作战、写回忆录
和滑旱冰），他的抬棺人就包括了内战中的敌人约瑟夫·约翰斯顿。
18 年以后，《哈珀斯》（*Harper's*）月刊的一位记者重走了谢尔曼的进
军路线，在沿途的居民中发现，"苦难令人惊讶地缺席"。

　　但是现在这不是事实了，至少在科尼尔斯镇（Conyers）不是，
我在这里停下来，参加了在共济会堂召开的一次南军老兵之子的会
议。会议的开始，一位南军老兵之子的指挥官猛烈地攻击了南方的

---

　　①　威廉·匡特里尔（William Quantrill, 1837—1865），美国内战期间的一支邦联
游击队的首领。匡特里尔早年做过教师，后来加入了一个盗贼团伙。内战爆发后，他所
在的团伙变成了亲邦联的游击队，专门在密苏里州和堪萨斯州的边疆区域对亲联邦的普
通民众进行烧杀抢掠。比如，在一次袭击堪萨斯州劳伦斯的行动中，匡特里尔和他的团
伙屠杀了约 150 名平民，并且在洗劫了全镇以后放火烧毁了所有房屋。1865 年 5 月，匡
特里尔在一次与联邦军队的交火中丧生。

　　②　约瑟夫·约翰斯顿（Joseph Johnston, 1807—1891），南军将领，其主要军事
成就是成功地指挥了第一次马纳萨斯战役。

敌人，这些敌人似乎大多住在亚特兰大附近——或者是他口中的
"被占领的城市"。他抱怨了亚特兰大的自由派报纸"亚特兰大便秘
报"[①]和呼吁换掉州旗的佐治亚州州长。"我们是一群独特的人，"他
在热烈的掌声中总结道，"其他人都嫉妒我们，因为他们没有我们所
拥有的传统。"

今晚的主要发言者，缪丽尔·乔斯琳（Mauriel Joslyn），是一位
佐治亚作家，她主要研究南军战俘的战地日记和信件。她是一位纤
瘦的女士，绑了一个古板的圆发髻，戴了一副八边形的眼镜，一袭
镶褶边领口的长裙，看起来特别像我印象中的艾米莉·狄金森[②]。"我
有 25 位祖先参加了内战，"乔斯琳开始了发言，给听众热身，"我们
家人总是说我们贡献了一个团。"然后，作为演讲的前奏，她进行了
一个独特的呼应环节。她把近期有关波斯尼亚的新闻故事和谢尔曼
进军的细节混合起来，每次都让听众去猜行凶者是塞尔维亚人还是
北方佬。

"她的丈夫是敌军的一名上尉，"乔斯琳读道，"两个士兵进入房 [314]
间时，她躺在病床上。他们强奸了她，后来她死在一所精神病院。"
乔斯琳暂停了一下。"北方佬还是塞尔维亚人？"（北方佬。）

"醉酒猖獗。许多士兵被随意到处劫掠的承诺所吸引，应对平民
所犯下的暴行负责。"谢尔曼的无赖们还是塞尔维亚士兵？（塞尔维

---

① "亚特兰大便秘报"的原文为"The Journal and Constipation"，指的是《亚特
兰大宪法报》（*The Atlanta Journal-Constitution*），这位发言者故意用谐音将报纸的名称
说错，以讽刺这份自由派报纸。

② 艾米莉·狄金森（Emily Dickinson, 1830—1886），美国著名女诗人。一生写
过 1700 余首诗，生前仅发表了 7 首，其余都是在她死后才出版的，被视为 20 世纪现代
主义诗歌的先驱之一，其作品对现代派诗歌影响巨大。

亚人。）

这个环节持续了 15 分钟。和大多数听众一样，我大半时间都猜错了。"所以你们看，"乔斯琳总结说，"萨拉热窝和佐治亚所遭受的苦难没有太大的区别。"

乔斯琳讲话的主题与她刚刚列举的暴行形成了一种奇怪的温和对比。在研究一群叛军战俘时，她发现战俘与北方女人保持了活跃的通信。许多战俘是在葛底斯堡受伤并被俘的。他们在宾夕法尼亚疗养，通常历时好几个月，由来自巴尔的摩、费城和纽约的年轻女护士们照料，被转移到北方战俘营以后，护士们还和他们保持了联系。

通信变得很形式化。如果一个战俘被释放，他会把笔友的名字交给狱友。女人们也会互换笔友的姓名。一个北方妇女，因为嫉妒自己有笔友的朋友们，跑去造访了特拉华堡（对当时的老百姓来说，看叛军战俘是一种满足好奇心的旅游），向一名南军扔了一个去核的苹果。苹果里面有十美元和她的地址。"他长得很好看——我有他的照片。"乔斯琳这样评价那个战俘。两人通信了几年，在战争结束后结婚了。

我被乔斯琳和她不同寻常的研究所吸引，第二天就去了她家里，她住在一个叫斯巴达的小镇。"家里太乱了，请原谅——这座房子里总有些 19 世纪 60 年代的什么东西。"她说着，带我进入厨房，里面杂乱地堆放着重演者的军服、内战日历和一摞摞书籍。乔斯琳给当地报纸写稿子，她的丈夫是一位土壤科学家。但是他们真正的使命是内战。

"我们不是在读什么资料，就是在为一次重演活动做准备，"她[315] 说，"几乎就像是我们采用了一种不同的行为准则。对我来说，当代南方就像是一面窗帘，我总是试图透过它去看以前这里曾经有过什么东西。"

乔斯琳找出一沓南军战俘写给北方女人的信件，是她在不同的档案馆收集的。许多信件用"亲爱的表亲"或"亲爱的姨母"开头——这种做法是为了规避战俘营不许给非亲属写信的规定。信件的内容还避开了政治或者是战争的细节。这也是一种躲避审查的做法。但乔斯琳怀疑通信者们也不热衷于多讲他们的地区差异。

"他们心里想着其他事，"她说，"文学、艺术和发疯似的调情。"一个温文尔雅的密西西比人饥渴地给一个北方女人写信，想念"那些令人爱慕的场景，那些让年轻的心躁动的妩媚美人"。他恳求笔友给他寄"一本莎士比亚或者拜伦的书"，还随信寄去了几缕自己的金发。乔斯琳叹了口气，说："我真想见见他。"

詹姆斯·科布（James Cobb），一位风度翩翩的得克萨斯人，从狱友手中继承了一位名叫科拉（Cora）的通信者。两个陌生人互换了照片，很快就相爱了，每个周日，两人都在同一时间看着对方的照片写信。"我在（监狱的）院子里散步，直到夜幕降临后很久，无人陪伴，只有我感到近在咫尺的隐形人，"科布写道，"但是，噢，这一切是多么不尽如人意啊！我仍坐立不安地渴望她的出现。"至1864年底，科布开始称呼他的笔友为"我亲爱的科拉"，并告诉她："想着你想让我说的话，并想象我说过了。"

有一段时间，科布还给科拉的朋友艾莉森（Allison）写信，艾莉森爱戏弄人，很享受她的信在后方造成的紧张气氛。当艾莉森正在写信时，一位追求者来了，她让那个人等着，直到把信写完——她把所有这些精彩的细节都报告给了科布。"如果你在这儿，而且他能抓住你，我不会对后果负责！"艾莉森的情郎变得极为嫉妒，所以科布终止了他们之间的书信往来，大度无畏地写道："我不希望成为情侣之间吵架的原因。"

乔斯琳说这些信件颠覆了她对 19 世纪 60 年代两性关系的刻板印象。"有一种并不是我们所认为的维多利亚时代的坦率和调情，"她说，"而且男人完全没有居高临下地和女人讲话。他们在信中平等地对话。"也许，他们也感到被不寻常的环境解放了。"相比于在当时求爱的繁文缛节中交往，他们在这些信中可能要亲密得多。"乔斯琳说。

[316]

男人之间也彼此温柔相待。信中谈到有些俘虏会给狱友洗衣服，或者教他们跳交际舞。"他们甚至有锻炼课，有点像杰克·拉兰内 ① 在波因特卢考特（Point Lookout）教课。"乔斯琳所提及的是马里兰州的一座监狱。"我还有一些男人们后来相互写给对方的信件，署名为'最好的爱'。这些人显然没有我们今天对男人们相互示好的成见。"

他们还克服了给敌区老百姓写信的羞耻感。如果说有什么的话，南北之间的分野为通信增添了刺激。"对女人来说，那些'可恶的叛军'是禁果。"乔斯琳说。对男人来说也是一样；在南方的刻板印象中，北方女人是荡妇或清教徒——或者两者都是，像海斯特·白兰 ② 一样。"因此，这对双方来说都是具有挑逗性的。"乔斯琳说。

---

① 杰克·拉兰内（Jack LaLanne, 1914—2011），美国健身大师和励志演说家，被称为美国的现代健身教父。

② 海斯特·白兰（Hester Prynne）是美国经典小说《红字》（*The Scarlet Letter*）中的主人公，此书由美国著名的浪漫主义小说家纳撒尼尔·霍桑（Nathaniel Hawthorne, 1804—1864）所著，讲述了发生在北美殖民地时期的恋爱悲剧故事。在故事中，主人公白兰嫁给了她不爱的男人，后来她与一名牧师相爱并生下女儿，虽然因此受尽了凌辱却拒不透露孩子的父亲，以保护自己的爱人。白兰身为不忠女人却保持了清教徒忠贞的特质，因此乔斯琳说南方男人对北方女人有这种刻板印象。

写信一方面由匮乏所支撑，另一方面则由怜悯所支撑。一个叛军在信中感谢他的笔友寄来桃子，然后支支吾吾地要钱。"这是我以前从未做过的事，"他写道，并保证会还钱，"如果我被允许活下去。"他的通信人害怕钱会被没收，但是回答说："虽然你是一个叛军，与我们作战，我可怜你，在陌生土地上的陌生人。"

比信件更让人心酸的是女人们寄给战俘们签名的签名纪念册。通常，男人们会在他们的名字旁边写下"未婚"或者"没有妻子、没有孩子"。"有三样东西是我极度渴望得到的，"一个男人写道，"一把剑、一位妻子和我的自由。"一个弗吉尼亚人写道："我已经22岁了，还是单身，但是在希望中活着。"他很快因为痢疾去世了。乔斯琳合上纪念册，眼眶湿润。"我的伙计们总是在钓鱼。"她说。

仅有少数人成功地钓到了东西。那些没有在战俘营死去的人回到了受穷困折磨的家中，见到了失散多年的家人。一个赤贫的叛军在战后等了六年，东拼西凑了一些钱，盖了一栋房子，然后才向他的笔友［317］求婚。她答应了。

但是，更典型的例子是詹姆斯和科拉的故事，他们非常激情地通信，写信的时候盯着对方的照片。"我热切地希望，"詹姆斯于1864年12月写道，"在下次圣诞节到来之前，我的憧憬会被硕果所取代！"在下一个圣诞节之前，他的确自由了，旅行到费城见了科拉。但是在短暂的停留之后，詹姆斯回到了南方，娶了一个当地女人为妻。两位笔友再也没有见过面。科拉结婚时，她退回了詹姆斯写的所有信。后来詹姆斯的妻子生了一个女儿，他取名为科拉。"我愿意付出我的右臂，"乔斯琳说，"来了解这个故事的其余部分。"

我很好奇，想听更多乔斯琳自己的故事。我想知道为什么她以及我遇到的其他女人，从北卡罗来纳的苏·柯蒂斯开始，对内战战俘如此迷恋——似乎很少有男人热衷于内战的这一个侧面。事实上，鉴于内战中有 40 万人成为战俘，几乎是战斗死亡人员的两倍，战俘的命运可能是内战最被人忽视的一面。

"这可能听起来有点性别歧视，"乔斯琳说，"但我的理论是，男人喜欢内战因为它是个动作片，他们对战场上的剧情入迷。战俘是内战感性的一面。女人被那些原始的感觉所吸引，我们更理解它，它引出了我们的母性本能。"她指了指签名纪念册，"别忘了，许多士兵还只是孩子，还不到 20 岁，在北方的战俘营里忍饥挨饿，不知道什么时候才能回家。最重要的是，这些人非常需要他们的妈妈。"

乔斯琳自己的爱情生活也效仿了她的研究。她是一个小时候喜欢玩打仗的假小子（"男孩子们都是恃强凌弱的家伙，所以他们总是扮演北军"），她在和一个弗吉尼亚军事学院的学员交往时，遇到了自己未来的丈夫。"我的约会对象说他的室友有一把内战时期的毛瑟枪。那个室友就是里克（Rick）。我总是说我是为了他的枪才嫁给他的。"

实际上，他们后来在通信中相爱了，那时里克在空军服役。还有另外一条平行线：里克的家族来自北方。幸运的是，他发现自己有一位远亲祖先可能曾经为南方而战。"这几乎是我们结婚的一项标准。"乔斯琳说。她把他们之间所有的通信都保存起来了，但计划有一天把它们烧掉。"我不想有人研究我们，就像我研究我的伙计们那样。"

[318] 乔斯琳给了我一本她写的关于叛军战俘的书，上面有她的亲笔签名。这本书由一家小出版社出版，并没有引起多大的轰动。"几乎是一个收藏品。"她开玩笑说。我问她在相对的默默无闻的情况下努力有何感受。

乔斯琳就此思考了片刻，透过她的八边形眼镜眯着眼。"我从长远的角度看问题，"她说，"像我这样的人，我们是历史的守护者，就像黑暗时代那些拿着拉丁文书籍的僧侣们一样。或者可能像东欧的人们，他们在俄国革命和所有清洗历史的企图之后，仍然保持着自己真实的历史和宗教信仰。现在共产主义消失了，真相从档案中走了出来。"

我不确定自己是否听懂了这个比喻。列宁格勒似乎离波因特卢考特太远了。但对乔斯琳来说不是。"对我来说，内战历史学家——至少是那些北方历史学家——也在封锁事实，"她说，"因此，像我这样的小人物必须让真实的故事活下去。只有那样，当革命结束了，人们出来寻找历史，我们可以说：'在这儿呢。我们替你们保存着呢。'"

当晚，在一家路边的汽车旅馆里读着乔斯琳的书，我更明白她的意思了。战俘们的情书在她的书中占的比重不大，只是为了举例说明北方战俘营的恐怖。反过来，这也是一个更大的任务的一部分：去纠正大多数美国人对内战战俘的扭曲印象，这种印象来源于有关安德森维尔战俘营及其指挥官亨利·维尔茨（Henry Wirz）的"迷思"。在乔斯琳和她引用的南方历史学家看来，叛军战俘遭受的苦难远远超过了联邦战俘，由于其残酷的换俘政策，北方应对南北战俘的苦难负责。

对我来说，这大多都是新闻。在安德森维尔，大约 13,000 名战俘死于饥饿和疾病，亨利·维尔茨后来作为战犯被送上了绞刑架，他是美国历史上唯一受此指控的人。尽管南方对失败的大业充满热

[319] 情，但整顿他及其指挥的战俘营的声誉，似乎是一项格外不切实际的任务。

所以，我放弃了谢尔曼的进军路线，转而向安德森维尔进发，安德森维尔位于佐治亚州西南部的农村地区，靠近吉米·卡特①的家乡普莱恩斯。蜿蜒驶出佐治亚的山地，进入肥沃的草原地带，我感觉好像来过这里。庄稼可能不一样，但是小高速公路上的沿途风景看起来与南弗吉尼亚至西阿肯色的景色基本相同：装着卫星信号接收器的单倍宽拖车房，经营着家庭生意的低矮砖砌平房（美容院、磨刀、鱼标本制作、车辆救援），白色框架的教堂上面挂着惊叹语气的布道牌（"呈现耶稣！"），麻雀小镇——"欢迎来到福克兰，机遇之镇，人口数 764"——被抛弃给了时间与葛藤，穿着背带工装裤的人在一家破败的"汽油杂货"店（"油箱和肚子——填饱它们"）前面晃荡。然后就是一个小镇，广场上有个叛军石雕，还有一家"家庭餐馆"提供成份的午餐，有鸡肉和饺子、蜜饯红薯、青萝卜、雪梨沙拉和山核桃派。接着又是农田和树林。

说"一个南方"是愚蠢的，就像说"一个北方"同样是愚蠢的。以前的邦联州包含了几十个次文化，从佛罗里达和得克萨斯州的拉美文化飞地，到路易斯安那州南部的卡津乡村②，再到阿巴拉契亚山中的贫困地区。不过，南方偏远地区的地理亲缘关系为该地区在内战期间表现出的凝聚力与复原力，以及之后南方对南军记忆的珍视提供

---

① 吉米·卡特（Jimmy Carter, 1924—　　），美国前总统，自 1977 年至 1981 年任第 39 任美国总统。

② 卡津乡村（Cajun Country）是路易斯安那州的法裔文化区域，拥有独特的语言、风俗、音乐、菜肴等。

了一些线索。

接近安德森维尔，我被看似一阵降雪的东西遮住了视线：棉铃被风从一片刚刚采摘过的棉花地里吹到了路面上。这个场景也让人想起了曾经把南方农村紧密联系在一起的东西。棉花正在南方再度流行，我一直把这种作物看作是一个小奇迹。这些完美的白色小球直接从大自然中萌发出来，而且如此自然的东西同时又显得如此人工化，这似乎令人难以置信。

我的乡村遐想在安德森维尔国家公园的大门前戛然而止。入口的道路直接进入了一片白色墓碑的海洋，这些墓碑密密麻麻地挤着，几乎都碰到一起了，像钢琴的键盘一样。地下躺着 13,000 名在安德森[320]维尔战俘营死去的北方士兵，这个数字与北军在内战最血腥的五次战役中的阵亡人数的总和相当：葛底斯堡战役、奇克莫加战役、钱斯勒斯维尔战役、斯波特瑟尔韦尼亚战役、安蒂特姆战役。

我在一个安静的工作日到达这里，一位名叫弗雷德·桑切斯（Fred Sanchez）的公园管理员同意带我游览。走过墓地时，他指出，那些标记着战俘营早期死亡人员的墓碑比后来的坟墓间距更大。他解释说，最初，战俘们被放在简单的松木棺材中下葬。后来，死亡人数越来越多，尸体被埋在壕沟里，用松木板盖上。不久，甚至这种微薄的覆盖物也被抛弃了。"掘墓人还开始把尸体侧身摆放掩埋，这样他们就能放进去更多的尸体。"桑切斯说。

有几座坟墓从成排的石头墓碑中脱颖而出。一个刻着"12196，L. S. 塔特尔（L. S. Tuttle），中士，缅因州"的墓碑顶上站了一只大理石的鸽子，面朝北方。人们相信是塔特尔的遗孀或者是他的某个缅因州战友在战争结束几十年之后把鸽子加上去的。另外六座坟墓位于一排排整齐的坟墓的一侧。这里埋葬的是所谓的"掠夺者"，是战俘营里掠夺弱者战俘的恶棍。战俘们扮演律师和陪审团对他们进行了一次庭审，这些"掠夺者"被绞死，并和其他的战俘分开埋葬。

真正的战俘营地距离墓园有四分之一英里，现在是一片起伏的田地。正是在这里，从 1864 年到 1865 年，在超过 14 个月的时间里，南军守卫把 41,000 名北军战俘驱赶进一个没有任何遮挡的木制围栏里，暴露在佐治亚的烈日和暴雨之下。围栏设计的承载人数只有最终所容纳人数的三分之一。这使得 1864 年夏天的战俘们人均只有 20 平方英尺的生活空间可以用来搭建他们的"棚屋"，那是一种用大衣、毯子和其他任何战俘们可以搜刮到的东西做成的 A 字形的小屋。

有一条溪流贯穿围栏的院子，这是安德森维尔战俘营唯一的水源，也是营地的公共厕所，被称为"水槽"。这条溪流是名字不恰当的甜水溪的支流，河水在 1864 年迅速倒灌，淹没了战俘营的大部分区域。"你可以从战时的照片中看到，战俘营基本上是一个盖满了人类排泄物的沼泽地。"桑切斯说。在刮风的日子，恶臭可以被一直吹到十英里之外的阿梅里克斯。在暴风雨天气中，"棚屋"被掀翻，整个围栏院子变成了一片由污泥、粪便和害虫组成的泥浆。一位幸存者写道："我们不得不用牙齿过滤水，以防止蛆虫进入。"

最初的围栏没有留下任何东西，不过公园管理局重建了一些木墙。原来还有由岗哨划定的"死亡线"，这是围栏内的一个周界，任何因犯一旦越线就会遭到守卫塔楼的射击（这也是现代报纸业用语"截止时间"的来源）。①其他标牌指出了一些小洞的位置，战俘们挖

[321]

---

① "死亡线"的原文为"deadline"，在现代英语中，通常表示"最后期限""截止时间""截止日期"等意思。

出这些鼹鼠洞般的小洞，疯狂地寻找干净的水源、遮挡，以及在某些情况下，寻找逃生通道。

在最肮脏的高峰期，安德森维尔战俘营仅一天就夺取了 127 个人的生命。许多人因为伤寒和坏疽病而死，其他人则是因为营养不良。缺乏维生素导致了坏血病，这是一种痛苦的疾病，会造成牙龈腐烂、牙齿脱落和肉体溃疡。一小部分人在"死亡线"被射杀，或者在其简陋的地洞塌陷时被活埋。七个严重抑郁的战俘被列为死于"思乡病"。桑切斯说，有些绝望的战俘故意越过"死亡线"，或者故意喝下"水槽"周围有毒沼泽里的水。

但迄今为止，最大的杀手是腹泻和痢疾。这不仅是因为战俘营里缺乏卫生条件，也是由于分发下来的腐肉和满是玉米棒子颗粒的粗粮，这些食物进一步刺激了战俘们已经非常虚弱的肠道。这其中有一件残酷而具有讽刺意味的事。指着远处几个一直在冒烟的烟囱，桑切斯说，周围的土地现在都在开采高岭土，这是一种白粉状的矿物质，用来做高岭土果胶。"在全世界最丰富的止泻药品矿藏地之一的上面，成千上万的人因拉肚子而死。"他说。

桑切斯对处理死者的描述勾起了一个黑死病肆虐的中世纪村庄的画面。每天早上，战俘们把前一天夜里死去的战友拖到战俘营的南大门，运木材的大车在这里收集尸体，20 个尸体一车。战俘们会花钱去取得抬出死者的特权，这能给他们一些时间来寻找柴火。战俘们还扒光死人的衣服，用以给他们的"棚屋"打补丁。

在南大门附近，一些牌子标出了已消失的监狱建筑的位置，包括[322]"死人房"和"解剖房"。战俘营的指挥官亨利·维尔茨命令医生检查每具尸体，以找出死因——还能阻止有人通过假死越狱。叛军还把大部分的埋葬任务和其他围栏之外的工作指派给黑人战俘，因为他们的肤色会使其在逃跑的时候更加显眼。讽刺的是，这意味着黑人战俘的日子比白人好很多。花更多时间在腥臭的监狱范围之外，黑人们能够觅食，也能得到其他囚犯享受不到的锻炼与新鲜空气。

桑切斯冷冷地详述这一切时，我们漫步穿过围栏院子，现在这里是一片茂盛的田地，黄花盛开。蝴蝶在高高的草丛中飞来飞去。在内战的战场遗址，总会有几个大炮或者战壕来唤起战斗与杀戮的场面。而这里，什么都没有。唯一还可以感受到的痛苦是安德森维尔闷热的气候。即使是在秋天，空气中也充满了令人窒息的湿气，蘑菇覆盖着沼泽地。穿过营地的水流是一个满是蚊子与小虫的咸水小河。

在另一个基本方面，安德森维尔与战场也有所不同。这里的苦难是缓慢的、平淡无奇的、不光彩的。对已经在这里工作了 18 年的桑切斯来说，恰恰是这种缺乏戏剧性使安德森维尔的恐怖变得极为阴险。"我们喜欢关注越狱、在'死亡线'上的枪击，这些不寻常的时刻，"他说，"但是在某种程度上，安德森维尔的故事非常无聊。是一个关于生存的个人故事。我的下一顿饭从哪儿来？我在哪儿能找到阴凉处？我的肠胃能再多坚持一天吗？"

这种有辱人格的挣扎对关押在安德森维尔的参战老兵来说，一定是加倍残酷的。"想象一下你从葛底斯堡战役中幸存下来，"桑切斯说，"却来到这里，因腹泻日渐消瘦。"

桑切斯让我自己在那里逛了一会儿，我还去参观了紧挨着营地的一栋小楼，上面写着战俘博物馆。里面几乎没有桑切斯刚刚告诉我的任何内容。相反，有一个涵盖了从美国独立战争到海湾战争的美国战俘的宽泛展览，其中只有几件来自安德森维尔战俘营的物品展出。

在公园的入口处，有一座较大的博物馆，这里提供了二战战俘的 [323] 视频，讲述了他们被德国人和日本人虐待的惨状。一个关于安德森维尔战俘营的简短介绍性视频——一群肥胖的重演者法布式地扮演忍饥挨饿的战俘——解释了南方没有准备好接收如此多的战俘，是因为北方拒绝在战争中途交换战俘。一个幕墙展览从类似的角度解释了安德森维尔的悲剧，指出北方"意识到"停止交换战俘"对他们是有利的"，因为南方比北方更需要人力。格兰特的一句话被作为证据引用："让我们的人关在南方战俘营里而不交换他们，对他们来说是残酷的，但这种做法对还在部队里继续战斗的人来说是仁慈的。"

这充其量只是对事件的一种选择性和误导性的解读，并没有提及北方停止交换战俘的另一个原因：为了抗议南方拒绝交换联邦军战俘中越来越多的黑人士兵。1863 年 5 月，邦联国会宣布南方将会把俘虏的黑人士兵重新变成奴隶，并处决他们的白人军官。格兰特，作为一个冷酷的消耗战实施者，毫无疑问地发自内心说了那些话。但他在换俘工作已经结束一年多之后才发表了这个臭名昭著的声明。

在一个由美国政府管理的公园里，这种南方化的讲解似乎很奇怪。把其他战争中的战俘故事包括进来也没有让我觉得完全是善意的。这样做的影响是淡化了安德森维尔的悲剧，也美化了向美国人所传达的信息；毕竟，南军并没有像日本人和越南人一样虐待他们的战俘。两座博物馆都没有提及的是一个似乎至关重要的区别：安德森维尔在美国本土，在美国人的看管下见证了 13,000 名美国人死亡。

在公园的办公室，我向桑切斯和另外两位管理员分享了我的保留意见。他们在椅子上不自觉地晃了晃。"你不是第一个生着气从那里出来的人，"桑切斯说，"我曾经不得不在那个博物馆里制止北方人和南方人的争吵。"

　　自从克拉尔·巴顿在内战刚刚结束时就试图将安德森维尔战俘营建成一个亡者的圣殿以来，争议就一直笼罩着此地。南方人强烈[324]反对任何纪念战俘营的计划，他们担心这将被用来妖魔化该地区（或者是"挥舞血染的衬衫"，在19世纪末，这个称谓被用来指代利用群体性热情的尝试）。直到20世纪70年代，才达成了妥协；安德森维尔战俘营可以变成一个国家纪念地，但前提是它必须纪念所有美国战争中的战俘。

　　即便如此，在公园设立第一座博物馆时，"我们遭到了大量的谴责，"桑切斯说，"南方人觉得我们在把发生的事怪罪到他们身上。"公园软化了他们的表现形式，后来又增加了我在营地旁边参观的那个小型战俘博物馆。这个举动又造成了另外一种争议。有一个展览提到了大批与朝鲜合作的美国战俘，在朝鲜战争老兵的投诉下被迫改写。

　　一个新的、更大的战俘博物馆即将修建，这引发了又一轮的游说活动。一位亚拉巴马女士领导的一个叫南军战俘协会的组织要求新展览的一半必须专门用于展现北方的战俘营。"她来到这里，开始咆哮'你们的政府'什么的，好像南方还不是这个国家的一部分。"一位管理员说。之后，这个女人在附近的安德森维尔村落设立了她自己的战俘博物馆。她和别的死硬分子还在每年维尔茨被绞死的日子于安德森维尔举行集会，用歌唱、演讲和祈祷来缅怀这位上尉的一生。

　　我问仪式是什么样的，其中一个管理员不安地咯咯笑了。"非常怪异，"他说，"我还得在这个社区生活，所以我不应该再多说什么了。"

当离开公园，开车穿过高速公路来到安德森维尔这个小社区时，我就明白了为什么公园管理员们不愿多谈。对于以其名字命名的战俘营来说，安德森维尔已成了一个村庄大小的辩解书。反击开始于路边纪念维尔茨的一个历史标牌，于 1956 年由佐治亚州竖立。上面说："即使他是天使下凡，他也改变不了匮乏与饥饿的可怜故事，除非他拥有能力去重复面包和鱼的奇迹 ①。"

就在铁道的旁边，北军战俘下车的地方，立着另外一个标牌，是 [325] 我来这里一年之前才竖立的。上面说：安德森维尔"既纪念遭受苦难的联邦士兵，也纪念履行职责的南军士兵，他们经历的疾病与死亡，在数量上与他们不幸的战俘们相当"。我后来得知，这也是非常具有误导性的。

铁道旁边的一座重建的火车站已经变成了博物馆，专门用于展示本地历史和维尔茨，展品包括了南军老兵之子于 1981 年授予维尔茨的荣誉勋章，以表彰他"冒着生命危险和超越职责范围去保卫祖国及其崇高的理想，在其中展现出非同寻常的英勇与勇敢"。南军老兵之子还通过了一项决议，指定维尔茨于 1865 年 11 月 10 日上午 10 点 32 分被绞死的时刻为"殉难时刻"，举行"南军英雄-烈士"的年度纪念活动。

安德森维尔剩余的商业区包括几家古董店和一家蔬菜厂，城镇的 247 名居民中许多都在这里工作，给黄瓜和辣椒打蜡和打包。一个大理石塔碑高耸在主街上，上面刻着**"维尔茨"**。这个塔碑是由南军

---

① "面包和鱼的奇迹"是《圣经》中的一个故事。故事讲述的是耶稣在一个偏远的地方传道，大量的信徒前来聆听。后来，门徒见天色已晚，建议耶稣让听众散去，以寻找食物。耶稣则拒绝了建议，让门徒们拿出食物给人群吃，门徒回答说他们只有五个面包和两条鱼，耶稣拿过面包和鱼，掰碎以后分发给众人，最终喂饱了五千人。

之女联合会于 1909 年竖立的，铭文写着："拯救他的名字，使其摆脱被愤恨的偏见所附的污名。"方尖塔碑还刻着格兰特所说的关于交换战俘的话、对维尔茨"仁慈"的赞美，以及杰夫·戴维斯的一句话："当时间软化了激情与偏见，当理智揭掉了歪曲的面具，正义女神，持稳她的天平，将会要求许多过去的谴责与赞美换位。"

我后来了解到，南军之女联合会最初为该纪念碑撰写了一则更具煽动性的信息。说是美国政府，而不是维尔茨，"应当为安德森维尔战俘营的苦难而被起诉"，还列出了篡改的内战战俘营的死亡率。但愤怒的北军老兵说服了佐治亚州的官员去缓和纪念碑上的语言。

尽管如此，当地人对该战俘营及其记忆的情感直到 20 世纪依然很强烈。在城中的旅馆，带我去房间的是一位名叫佩姬·谢泼德（Peggy Sheppard）的女士，她是纽约人，嫁给了一个佐治亚人，在这里生活了 50 年。她说，她第一次来到这里的时候，她丈夫的朋友们带她开车游览了战俘营。"他们说：'所有好的北方佬都在这儿——在地底下。'"

[326]

当时，她对此感到困扰，但现在不会了。作为一个业余历史学家，她写了一本同情维尔茨的小书。"知道得越多，我越意识到北方人已经被洗脑了，不知道这里到底发生了什么。"她说。

我想知道自己是否也被洗脑了，所以决定在维尔茨的周年纪念日之前留在这里，在此期间阅读书籍、日记，还有从图书馆收集来的其他类型的记录，以及从公园管理员的办公室收集来的档案。詹姆斯·麦克弗森在《自由的战歌》中所说的"胜利者书写了（安德森维尔的）历史"当然是事实，首先是幸存者们发表的添油加醋的日记，他们声称维尔茨亲自虐待并杀害战俘。① 这个"维尔茨是魔鬼"
的学派由麦金利·坎特 1955 年出版的普利策奖获奖小说《安德森维
尔》以及根据此书改编的电影达到顶峰，威廉·夏特纳在电影中扮
演了军队的检察官。②

　　最近的学术研究描绘了一幅更为灰暗的画面。到 1864 年安德森
维尔战俘营启用时，邦联几乎无法养活和给养自己的士兵，更不用
说格兰特于弗吉尼亚发动血腥战役时像洪水般涌进安德森维尔的战
俘们了。在最高峰时期，安德森维尔战俘营的人口只少于四座南方
城市。

　　大多数历史学家还认为亨利·维尔茨是个笨蛋，而不是一个禽
兽。作为一个瑞士出生的移民和顺势疗法医生，他没有很好的能力去
应对南军的官僚主义或南方正在崩溃的基础设施。比如，他试图修建
一个水坝系统来冲刷不卫生的水槽，但从来没有收到实施此计划所需
的木材和工具。

　　作为一个脾气暴躁和自怜的人，说着一口带有浓重口音的英语，
维尔茨也在战争结束时轻而易举地变成了一个替罪羊。对他的审判就
是一场表演。维尔茨直到上绞刑架时还拒绝指认他的上级们——这是
许多南方人把他看作是一位英雄-烈士的一个原因——除了他以外再也
没有人遭到起诉。也没有人深究北方战俘营的恐怖之处，那里有充足的 [327]

---

　　①　詹姆斯·麦克弗森（James McPherson, 1936—　），美国内战历史学家，普林
斯顿大学教授，其所著的《自由的战歌：内战时代》（*Battle Cry of Freedom: The Civil
War Era*）荣获了 1989 年普利策奖。
　　②　麦金利·坎特（MacKinlay Kantor, 1904—1977），美国小说家、记者和编剧，
出版过若干部描写美国内战的小说，其中《安德森维尔》（*Andersonville*）获得了 1956
年的普利策小说奖。威廉·夏特纳（William Shatner, 1931—　），加拿大演员，其出演
过的最著名的角色是《星际迷航》中的寇克船长。

食物和药品供应。在被认为是最糟糕的联邦战俘营的埃尔迈拉，囚犯死了四分之一，死亡率只比安德森维尔略低一点。如果南方赢得了战争，埃尔迈拉的指挥官很可能会代替维尔茨被绞死。

然而，如果说传统的、倾向于北方的安德森维尔历史充满了夸张与遗漏，南方辩护者的版本也如此。维尔茨可能是个替罪羊，但他很难是一位战斗英雄。他对自己的军事履历撒了谎，声称自己在七棵松战役①中受过伤，其实他根本没有参加那场战斗——或者，显然没有参加过内战中的任何战斗。

也不是说安德森维尔战俘营的管理可以被称为人道的。战俘们不仅缺乏住所和卫生条件，而且没有简单的器皿去盛装和烹饪他们的口粮。负责炊事班和其他重要职责的文员是个腐败的牟取暴利者，他偷窃食物卖到黑市上。当具有同情心的佐治亚人带着一马车给战俘的食物和衣服来到营地时，他们被打发走了。这些供给反而给了叛军部队。

离奇的是，一个慷慨的佐治亚人后来成功地进入了营地：一个名叫安·威廉姆斯（Ann Williams）的女人，她在营地中待了一天，与七个战俘发生了性关系。在审问她之后，维尔茨报告说："每一次，（她都）拒绝收钱，对他们说自己是一个朋友，来这里的目的是想看看她能如何帮助他们。"

至于南军守卫，他们的痛苦程度与战俘相同的说法是荒谬的。他们可以在营地之外觅食或交易，还有从家里拿物资（大多数守卫都是

---

① 七棵松战役（Battle of Seven Pines）是美国内战中联邦军于1862年在东部战区发动的第一次大规模进攻半岛会战（Peninsula Campaign）的一部分，于1862年5月31日至6月1日发生在弗吉尼亚州东南部的奇克哈默尼河（Chickahominy River）附近，经过两天的激战，双方不分胜负。

来自附近农村的少年和老人），用以补充他们的配给口粮。他们住在无遮蔽的、茅厕遍地的围栏上游的帐篷里。两百多名守卫死亡，大约是战俘营存在期间在此服役过的守卫总人数的 10%。但是这和战俘 30% 到 35% 的死亡率没有可比性。

安德森维尔战俘营的悲剧也没有随着 1865 年春天营地的关闭而结束。阿波马托克斯投降之后不到三个星期，一艘名叫"苏丹娜"号[328]的超载的蒸汽船在密西西比河上发生了锅炉爆炸，2000 名乘客被活活淹死或烧死，这是美国历史上最严重的船舶灾难。大部分伤亡人员是来自安德森维尔的获释战俘，他们终于踏上了回家的路。

维尔茨被绞死的周年纪念日那天，黎明昏暗且潮湿，因此，纪念他的仪式从维尔茨纪念碑移到了主街上的一个狭小的木教堂里。四十个人挤在里面，包括几名安德森维尔守卫的后代、十几个重演者和穿着 19 世纪装束的女人们。我挤进一条长椅，旁边的人自我介绍说他叫卡尔·哈格曼（Karl Hagmann），是亚特兰大瑞士领事馆的一名代表。"每年我们都派个人过来，代表瑞士的到场，但我是第一次来，"他说，"通常我都参加亚特兰大的商业或者文化活动。"我问他如何看待围绕维尔茨的争议。"我们也有悠久的历史，也很爱国，"他说，然后用外交辞令补充道，"但是我不太了解这件事。所以我没有真正的看法。"

他是房间里唯一没有看法的人。"万能的上帝啊，今天我们在你面前纪念亨利·维尔茨，"一个牧师在仪式开始的时候缓慢而庄重地说道，"请允许我们忠于基督教信仰的教诲和我们南方的大业，我们只会给你，圣父，给亨利·维尔茨的纪念，给所有为邦联而受难和牺牲的人，带来荣耀。阿门。"

　　紧随其后的是两位佩戴勋章的南军老兵之子军官，他们回顾了为恢复维尔茨的名誉所做的努力。他们的终极任务是：国会特赦，就像1975 年给予罗伯特·E. 李的一样。"我们的枪已上膛，"其中一个指挥官喊道，"南方会再次崛起。所以坚持下去！"

　　主题报告人是一位出版新邦联主义书籍的出版商兼编辑，他出版的书包括《安德森维尔：南方视角》（*Andersonville: The Southern Perspective*）。"有些人可能会说我们曾是，现在还是，一个失败的大业，"汉克·西格斯（Hank Segars）说，"但是，只有在我们忘记的时候，大业才会失败。"他呼吁听众记住维尔茨，然后，身为一名图书出版商，他提出了一个似乎很奇怪的抱怨。"麦金利·坎特的小说[329] 在安德森维尔的书店和别的许多地方，仍是一本畅销书。"他对着听众发出的响亮的叹息声说。在谴责着这种还有其他带有北方偏见的说法中，西格斯最后呼吁大家拿起武器。就像老叛军们拿着枪举着旗出发去打北方佬，今天的南方人必须与麦金利·坎特们、肯·伯恩斯们，以及其他污蔑邦联和亨利·维尔茨等英雄-烈士事迹的宣传者们进行斗争。"如果人们知道历史的真相，今天就会有 4000 人在这里，而不是 40 个。"

　　仪式在一位身穿紫色圈环裙的女士的唱歌声中结束，我开始误以为她唱的是《星条旗之歌》。曲调和第一句歌词都是一样的："噢，你可看见。"但是，在黎明的曙光中飘扬的旗帜并不是星条旗。"这就是南方的十字架，它将永远存在，再次照亮我们的自由与荣耀。"在唱了几句关于反抗暴君和手持盾牌的斯巴达人的歌词之后，歌曲激昂地结束："南方的十字架将胜利地挥舞，如自由的旗帜或勇者的枢衣。"

离开教堂，我们跟着一个南军荣誉卫队走到维尔茨的纪念碑。方尖塔碑现在被邦联旗帜所包围着，其中还有瑞士国旗。鉴于该国著名的中立性，这看起来有点奇怪。之前坐在我旁边的瑞士外交官在帮忙向纪念碑敬献花圈时也显得相当困惑。然后一个乐队开始演奏《迪克西》，人群起劲地唱"向别处看！向别处看！"，瑞士领事也跟着假唱。重演者们对着毛毛细雨的天空发射了礼枪，仪式随之结束。

南军老兵之子的两个身披勋章的军官，吉姆·雷诺兹（Jim Reynolds）和查理·克莱门茨（Charlie Clements），在纪念碑前徘徊，劝勉剩下的几位战友继续战斗。尽管他们行为举止像军人，但两人都没有军队背景；雷诺兹经营一家法律研究公司，克莱门茨是一名学校教师。人群散去以后，我提出了一个在我逗留期间一直困扰我的问题。与其宣扬维尔茨是英雄，并将安德森维尔的惨剧归咎于北方，不如把内战时期的战俘营作为我们历史上的黑暗篇章来展示，双方都不应该对此感到骄傲，这样不是更加富有成效——也更符合史实吗？

"这根本行不通，"雷诺兹说，"北方佬们开始了这一切，我们必 [330] 须动用所有可用的力量进行反抗，即使这看起来是单方面的。"

"我们不想要原谅，"克莱门茨补充说，"我们希望人们能站在我们这边。"

"但为什么要把故事两极化呢？"我问，"这不是把钟摆摇向另一个极端了吗？"

"也许吧，"雷诺兹说，"但如果我们把钟摆完全摆向我们这边来，可能我们就能把公认的观点推到更接近它应该在的位置。"

这就是历史上的中东地毯交易。卖家出一个价格，买家出一个比卖家的价格尽可能低的价格。经过一系列讨价还价并喝了许多杯茶以后，他们在一个价格上达成共识。这是一种有趣的购物方式，虽然很耗时。但它似乎很难成为理解我们共同历史的模式。

"想象一列火车在铁道上行驶，"雷诺兹继续说，"一个北方人站在一边说，火车是在由左向右行驶。一个南方人则站在另一边说，火车是在由右向左行驶。他们看的是同一辆火车和同一条铁路，而且从他们站的地方看，双方都是对的。这就是安德森维尔的处境。我们有一个同样正确的观点，可以说是更加正确的，但它没有被听到。"

我建议说，如果他提出一个更加平衡的观点，可能会被更好地听到。

"也许吧，"他说，"但我们已经被迫进入了一个极端的位置。它反映了将每件该死的事情怪罪于我们的挫败感。我们厌倦了被贬低和被粗暴地对待。我们也可以指责别人，在安德森维尔这件事情上，我们直接指责北方——对格兰特、埃尔迈拉，以及所有其他的战俘营。"

这种挫败感也孕育了强烈的团结感。如克莱门茨所说："处于这样的战斗中，必须团结一致。即使我们有分歧，也没有异议的余地，其实我们并没有分歧。维尔茨没有妥协，他没有背叛自己的南军战友。这就是为什么他是个英雄。我们必须行动一致。"

和我遇到的很多新邦联主义者一样，这两人把自己圈在了自己创[331]造的围栏里，并在周围设立了一圈意识形态的"死亡线"。任何哪怕只是假装倒向对立面的人，都被认为是大业的叛徒而被枪毙。作为一个外人，我就更没有希望穿过"死亡线"了。

随着雨越下越大，雷诺兹拍了拍我的肩膀，力劝我明年还过来。"说不定那时维尔茨已经被宣布无罪了，"他说，"我们就可以手牵着手一起唱：'终于自由了！终于自由了！'"

离开安德森维尔，我觉得自己已经准备好从佐治亚解放出来，向亚拉巴马进发，这是密西西比河以东我唯一还没有探索过的邦联州。但是，最后再翻阅一次佐治亚州的旅游指南时，一个简短的条目引起了我的注意。"佐治亚的扬克-里布城市：菲兹杰拉德小镇是我国内战和解的活纪念碑。"

"和解？"在经历了安德森维尔之后，这个概念让人耳目一新。我查了地图。菲兹杰拉德在安德森维尔东南方一小时车程的地方。只是一次简短的绕行。

第一眼看去，菲兹杰拉德与我造访过的其他佐治亚城镇类似：一座由宽阔的街道组成的平整网格小镇，周围是小型工厂和连锁餐厅。然后我注意到了路牌：格兰特大街、谢尔曼大街、谢里登大街等，一直按照联邦军的等级排列下去。之后是一排南军将领的名字：李、约翰斯顿、杰克逊、朗斯特里特、戈登、布拉格。

靠近网格的中心是一座写着"蓝与灰博物馆"的建筑。在里面，我找到了馆长，一位名叫贝丝·戴维斯（Beth Davis）的 86 岁女士，她正在整理一个有关叛军宽边软帽和联邦军扁军帽的展览。"我尽力确保每个展示柜里都有两边的东西。"她说。尽管我在过去的一年中已经参观了几十个博物馆，除了南军缴获的物品或者是像安德森维尔的那种北军战俘的随身物品，这是我第一次看到联邦军的装备被展示出来。

博物馆的不偏不倚反映了菲兹杰拉德不同寻常的历史。该镇是以菲兰德·菲兹杰拉德（Philander Fitzgerald）的名字命名的，他是一

名内战时期的军鼓手，后来成了印第安纳州的一名养老金律师和一份
老兵报纸的出版商。19世纪90年代，一场严重的旱灾袭击了中西部，
[332]　这时菲兹杰拉德冒出了一个新奇的点子。"为什么不在南方建立一个
士兵的殖民地，让那些老男孩躲开难熬的冬天和旱灾呢？"贝丝·戴
维斯解释说。

随着农场的危机日益严重，灾区向外请求帮助。第一个做出回
应的就是佐治亚州，州政府给农民和他们的牲畜送去了一火车食物。
菲兹杰拉德感到了良机，所以给佐治亚州的州长写了一封信，描述
了他在南方建立殖民地的梦想。虽然州长是一名叛军老兵，但他想
开发自己州里人口不足的农业区，所以他邀请了菲兹杰拉德来访。
两人选定了佐治亚州中南部原始松林里的一处松脂采集营地作为殖
民地的地点。

菲兹杰拉德在他的报纸上推销殖民地，出售合资公司的股份，在
佐治亚州买了几千英亩的土地。然后，在1895年的夏天，2700名北
军老兵和他们的家人长途跋涉来到南方，其中许多人是坐着马拉篷车
来的。起初，他们所去的松林荒原看起来和他们逃离的尘暴地区农场
一样凄凉。本地人也不全都是友好的。一个计划的反对者抨击殖民
地为"美丽的佐治亚州身上的一个污点"，几个地主拒绝卖地给新移
民。"人们过去常说那里没有什么有价值的东西，只有松树、狗尾草
和北方佬。"戴维斯说。

但"先驱者们"种下了庄稼、建立了定居点，还邀请周边乡村的
佐治亚人来参加节日，庆祝殖民地在南方的第一次丰收。"组织者担
心两边都会有冲动的家伙，"戴维斯说，"所以他们计划了两次游行，
一次给北军老兵举办，另一次给南军老兵。"但是，当乐队开始奏乐，

两军的老兵同时加入了游行队伍，一起行进穿过城镇。从此以后，他们合并为"蓝与灰第一营"，每年都庆祝他们的的和解。

这次拥抱的时机非常好。在 1896 年，该镇第一次节日的两个月前，南方人在里士满开会，成立了南军老兵之子；南军之女于 1894 年成立。19 世纪的最后一个十年和 20 世纪的第一个十年标志着南军纪念的高潮，南方各地的社区都在竖立纪念碑，挑衅地宣扬大业的正义性。

但是，在菲兹杰拉德，南军老兵开始和他们以前的敌人住在一起。和解刻在了该镇的身上，和刻在其他南方社区的石头战士身上的 [333] 群体性敌意一样，不可磨灭。菲兹杰拉德为游客和未来的定居者修建了一个巨大的木制旅馆。先驱者们打算叫它"格兰特-李酒店"，但因为急于安抚他们的新邻居，他们把两位将军的名字颠倒了过来。主街以东的所有街道都以联邦将军的名字命名，以西的街道用他们敌人的名字命名。一条街道以联邦铁甲舰的名字"监视"号命名，另一条街道则纪念它的叛军敌人"梅里马克"号。林肯大道和阿波马托克斯路环绕着城镇。

1942 年，贝丝·戴维斯在嫁给一个菲兹杰拉德人以后不久就从亚特兰大搬到了这里，那时最后一位老兵去世了，蓝色和灰色变得难以分辨。甚至教堂都合并了，把南方卫理公会教徒和最初被当地人称为"北方佬卫理公会教堂"的团体合并到一起。

戴维斯说，她第一次察觉到该镇不寻常的血统是她遇到的老年居民的奇怪口音。"他们中的很多人都不像我们这样说话。"她说。戴维斯的祖父们为邦联而战，她也不知道该如何看待她丈夫清晨的歌声，其中包括了《共和国的战斗圣歌》。"他有浑厚的男中音，我担心我们会被邻居驱逐出去。"更为奇怪的是，她丈夫的家人不在 4 月 26 日庆祝南军的阵亡将士纪念日，在佐治亚州，那是一个重要的节日。反而，在 5 月底，她的丈夫宣布说他要去墓园，用他的小号吹奏军号。她跟着去了。

"有些墓碑上写着'他与许多死去的北方佬肩并肩地和罗伯特·E.李一起行军'，"她回忆说，"这时我丈夫才跟我解释了北军的阵亡将士纪念日，还有他父亲曾为联邦而战，全镇有一半人的父亲都曾为联邦而战。我对他说：'马丁·戴维斯（Martine Davis），你知道所有这些却没有告诉我？你认为如果告诉我了，我就不会来这里生活了吗？'"她笑了。"他说不是，他只是从小就被教育不要和南方人讨论内战，包括我在内。"她微笑起来，补充说："那是我第一次听说还有这么有礼貌的北方佬。"

[334]　　戴维斯说，最初，她对自己的祖父辈们曾经和公公打过仗感到不安。但是逐渐地，她开始对菲兹杰拉德的历史感兴趣起来，并写了一部关于该镇早期定居者的话剧，名叫《我们的朋友：敌人》（*Our Friends, the Enemy*）。但是，话剧有一个演员的问题。在内战百年纪念期间，话剧在当地彩排的时候，导演找不到任何还有北方口音的人。"我不得不告诉他，我们把他们都变成南方人了。"戴维斯说。

在几个方面，菲兹杰拉德也把本地人变成了北方人。南军之女联合会仍然纪念南军阵亡将士纪念日，但是她们也参加另一个阵亡将士纪念日，戴维斯也会去参加，亲自敬献花圈去纪念蓝与灰。城镇的镇徽上有一个北军和南军士兵在佐治亚州的地图上握手的图像，上方写着："痛苦战斗中混杂的鲜血，在这里由兄弟之情联合在一起。"戴维斯在李-格兰特酒店开设"蓝与灰博物馆"时，双方士兵的后代都捐献了传家之物。一些居民——南方与北方族群混血的后代，或者是戴维斯口中的"北方佬叛军"——捐赠了两军的物品。

李-格兰特酒店现在已经没有了，除了镇上的路牌和戴维斯的小博物馆，没有什么东西可以让人回想起菲兹杰拉德非凡的历史。"消防队在谢尔曼大街上，人们经常拿这个开玩笑，"戴维斯说，"但除此之外，你很少听到关于内战的谈话。"

从某种意义上说，这似乎是健康的。尽管我经常痛惜亚特兰大和其他地方对历史的忽视，我也看到了对过去的记忆会变得多么有害和两极化，仍然，戴维斯刚刚告诉我的故事没有广为人知，似乎很遗憾。无论菲兹杰拉德如何反常，它都让人一瞥战后南方历史的另一种面貌，类似 19 世纪末种族进步与合作的诸多事例，这些例子已经被南方人对战后重建的妖魔化，或者被北方人对三 K 党驱动的、吉姆・克劳法的南方自以为是的刻板印象从现代记忆中抹去了。

"历史是向前看的，却是在回顾中书写的，"英国历史学家 C. V. 韦奇伍德（C. V. Wedgwood）曾说过，"我们在思考开头之前就已经知道结局了，我们永远无法重现只知道开头的感觉。"对我来说，[335] 菲兹杰拉德是一个小小的提醒，南方战后的历史并不是注定要导致我在南方那么多地方见证的那种围绕过去的纷争与愤怒的。

对戴维斯来说，菲兹杰拉德的故事给美国人带来另一个更广泛的信息。"如果老兵们可以在战争刚刚结束以后走到一起，相互原谅和忘记，那我们肯定也能克服我们的不同，"她说，"旧的伤口是在这里愈合的，旧的障碍被越过。看来我们也应该能做到这一点。"

她关掉博物馆的灯，我提出开车送她回家。戴维斯住在一栋最早由先驱者建造的木屋里，位于两条由南方将军命名的大道之间的一条横街。"我们搬到这栋房子时，我对我的北方佬丈夫说，保佑他的心：'马丁，如果我们不得不生活在这个北方佬的巢穴里，我很高兴我们能住在戈登和布拉格之间，我不认为我能在谢尔曼和格兰特之间安然入睡。'"她笑了，在门口停了下来，"有意思的是，鉴于我现在所知道的一切，我有时还有那种感觉。"

第十三章　亚拉巴马：唯一健在的
南军遗孀讲些故事

我是那场战争的最后一位健在老兵的最后一位健在老兵。

或许这是一种廉价的名气，但是，看，这比什么都没有强。

——露西·马斯登，出自艾伦·格加努斯《往日情怀》①

我在笔直的高速公路上飞驰，驶过派恩莱弗、奥赖恩、尼德摩尔 [336] 和杰克。路上的车突然都转向路肩，警示灯在雨中闪烁。广播里一个沙哑的声音在警告亚拉巴马州境内突然暴发的洪水。我把脸贴在挡风玻璃上，终于看到一个小路牌，猛地冲进了厄尔巴总医院的停车场。我拿上副驾驶座位上的一盆菊花，蹚过脚踝深的水，穿过医院嗖嗖作响的门，滑过大厅走到护士站。然后我想不起来她的名字了，那个我从未谋面的女士的名字，她也从未听说过我。

"南军遗孀在哪儿？"我脱口而出，"她还好吗？"

---

① 艾伦·格加努斯（Allan Gurganus, 1947— ），美国作家，其作品主要关注他的家乡北卡罗来纳州。小说《往日情怀》（*Oldest Living Confederate Widow Tells All*）是其代表作之一，描写了99岁的南军遗孀露西·马斯登（Lucy Marsden）向一位访客回忆往事片段和南方历史的故事。由小说改编的同名电影于1994年上映。

　　我开夜车到厄尔巴其实始于几周之前，在亚拉巴马州的东北角。

[337] 当时我正在采访一个新邦联的狂热分子，她顺口对我说："你都来亚拉巴马了，真的应该去看看最后一位南军遗孀。"

　　"最后什么？"

　　"南军遗孀，"她重复了一遍，"她住在佛罗里达锅把地区旁边的一个不知名小镇。奥普（Opp），好像是。"然后，她继续喋喋不休地谈论起背信弃义的北方佬以及叛军旗帜的神圣不可侵犯性。

　　我有些兴奋，但也有些半信半疑。南军士兵的遗属，他们被称为"真正的南军之子"和"真正的南军之女"，已经非常罕见了。稍微做一下算数就知道是不可能还有健在的遗孀的。亚拉巴马州的最后一位南军死于 1951 年，享年 104 岁。如果"真正的南军之妻"真的存在的话，那就表示她现在是一位将近 150 岁的老人的妻子。

　　我在电脑上搜索新闻的结果也不太乐观。在数十篇报道艾伦·格加努斯的畅销小说《往日情怀》的文章之中，我找到了一篇美联社的报道，讲述了最后一位非虚构南军配偶的故事：南卡罗来纳州萨姆特的黛西·凯夫（Daisy Cave）。据美联社报道，她于 1990 年去世，"结束了内战故事的又一个篇章"。报道中并未提及亚拉巴马州的奥普镇。

　　尽管如此，1990 年并不久远。也许这位亚拉巴马州的遗孀幸存了下来。于是我联系了一位南军之女，她住在离奥普不远的一个小镇上，我问她是否听说过这位传奇的南军配偶。"哦，你是说艾伯塔·马丁夫人（Miz Alberta Martin）吧，"多萝西·雷朋（Dorothy Raybon）说，"啊，当然。她的丈夫威廉·贾斯珀·马丁（William Jasper Martin）是亚拉巴马州第四兵团的列兵。我自己核实过了。"

当我问她为什么这位遗属至今鲜为人知时，雷朋停顿了一下才做出回应。艾伯塔·马丁与 85 岁的威廉·马丁结婚时，还是一个年轻的农妇，有一个孩子。后来，在这位老兵去世仅仅八周之后，艾伯塔与威廉·马丁的一个孙子再婚了。

艾伯塔现在住在一个叫厄尔巴的小镇（离奥普很近），和她与老兵生育的儿子住在一起。我问他们在那里做什么。雷朋说："就是活着。"

"马丁夫人是什么样的人？"

"她是个非常典型的农村妇女，"雷朋说，"她抽鼻烟，总在自己[338]的毛衣口袋里放个小痰盂。而且毫不避讳这些事。"

第二天一早，我给艾伯塔家打了电话，她的儿子威廉接听了电话。他说他的母亲已经出门了。她平日都待在老年中心，玩宾果游戏和马蹄铁。我问他是否可以对她做个采访。"当然，随时都可以，"威廉说，"我们一直都在厄尔巴。"

我研究了一下地图。厄尔巴位于亚拉巴马州南部"狗尾草地区"①的深处，这是一个农村地区，除了粗糙且多刺的植被，没有什么显著的特征。"狗尾草地区"离我计划要去的地方都不近。反正，我估计推迟几个星期再去也不会耽误我的独家新闻；艾伯塔·马丁已经活了 90 多个年头了，还有精神头扔马蹄铁呢。于是我决定先去走访亚拉巴马州的其他地区，然后在去往新奥尔良的路上在厄尔巴停一下，我已经粗略地计划了要在新奥尔良的法国区放松一下。

但是，每天晚上和我妻子通电话时，她总是缠着问这件事。"你

---

① "狗尾草地区"（Wiregrass Region 或 Wiregrass Country）包括美国佐治亚州南部、亚拉巴马州东南部和佛罗里达州的"锅把地区"，因这一地区盛产狗尾草而得名。

见过那位遗孀了吗？"她这么问，然后用她独有的澳大利亚俚语补充说，"如果在你去之前她就'挂了'，你会恨死自己的。"

因此，在一个暴风雨的下午，我再次致电厄尔巴，想要预约一次拜访。又是艾伯塔的儿子接听的电话，但这次他比较忧虑。"我妈妈今天早上很早就醒了，气痛难耐。我把她送到了急诊室，医生让她留院观察。"

我突然感到一阵恐慌。对于一个90岁的人来说，早起"气痛"严重到需要住院治疗的程度，听起来像是心脏病的不祥之兆。我问威廉是否可以到厄尔巴总医院拜访她。"她很愿意，"他说，"只要她还有意识。"

于是我冒着疾风骤雨急速驾车到医院，滑步走到医院的大厅。值班的护士放下手中的书，平静地抬起头看着我。"你是说马丁夫人吗？"她说着，微笑地看着我被雨水淋湿的菊花和发型，"15 号病房。"

病房小而安静。病人不多，除了我以外没有其他访客——不足为奇，毕竟外面下着暴风雨。15 号病房的门半开着。没有人回应我的敲门声，所以我直接走了进去。艾伯塔·马丁平躺在床上，胳膊上插着一些管子，被子盖到脖子的位置。她伸出床单的脸又黄又斑驳，像一个苹果头娃娃①。我及时赶到了。

然后艾伯塔睁开了双眼。她欣赏着我带来的鲜花，说："你实在不必这样。"我把菊花放在她的床头柜上，在盛装假牙的玻璃杯旁，并向她解释了我为什么过来。"哦，天哪。"她边说边整理自己长长的

[339]

---

① 苹果头娃娃（Apple-head doll）是北美地区的一种民间工艺品，这种娃娃的头是由晒干的苹果制作而成的，因此而得名。

白发，头发乱蓬蓬地散在两个枕头上。然后，她向我露出了一个温暖而无牙的微笑，证实了一个显而易见的情况——我并不需要这么着急来拜访她。"我在这儿住得太久了，都快变成我家了。"她说。这家乡村小医院其实就是一个豪华版的医生办公室；我意识到，任何有严重健康问题的人肯定是会转移到更大的医院的。

　　但是我很高兴能来这里，艾伯塔似乎也很高兴见到我。她说她的儿子有点"神经兮兮"，不指望他能陪伴左右。"我今天早上离家之前帮他整理好了床，"她说，"在把我们俩的床都整理好之前，我不会离开家。可能只有在生病到不得不被抬走的情况下，我的床才会放着不整理。"艾伯塔舒适地靠上枕头。"哎，这里也没有宾果游戏，"她说，"所以你想聊多久，我们就聊多久。"

　　我们聊了三个小时，如果护士没有为了让艾伯塔休息而把我赶出去，我们可以很轻松地再聊上三个小时。像南方的乡下人一样，艾伯塔喜欢讲故事，不紧不慢地讲。所以当我开门见山地问她——她是如何嫁给一位南军老兵的？——艾伯塔笑着说，我只有在完整地听完她的"我是如何艰难地来到这个世界上"的故事后才能理解。

　　"我是在离这里不远的一个小地方出生的，离这里大概五英里远，就在去往奥普路上的一栋老房子里。"她开始讲述。我把椅子拉近；自听过卡罗来纳低地地区受古勒语①影响的口音以来，她的拖腔和措辞是最难懂的了。"我的爸爸和妈妈睡在一张床上，妹妹和我睡一起。我的四个兄弟和五个同父异母的兄弟一起住在隔壁的房间里。"

　　艾伯塔 11 岁时，她的母亲去世了。她辍学和父亲一起在田里干 [340]

---

　　①　古勒语（Gullah）是居住在南卡罗来纳州沿海地区的黑人所操的一种语言，融合了英语和多种西非语言。

活，当佃农。"我锄花生，摘花生，用干草叉摇晃花生以除去泥土，煮花生。"她回忆说，"每天都是花生。"

15岁时，艾伯塔和妹妹一起去一家棉纺厂纺线，赚9美分的时薪。不久，她遇到了一个金红色头发的英俊的年轻男子。"他开出租车、喝酒、瞎混，"她说，"我猜我那会儿就是太小了，不懂事。那就是我。我怀孕了，他却抛弃了我，娶了另一个被他搞大肚子的女孩儿。"

艾伯塔生下孩子六个月之后，那个出租车司机死于车祸。艾伯塔搬到她的一个同父异母兄弟家里住，他兄弟自己有四个儿子。她说："你要是和你的兄弟以及他的儿子们一起住在乡下，你就不得不照顾他们，然后你就会感到厌倦。"因此，在一天晚上，当一位老人隔着栅栏向她招手时，她就走了过去和他聊天。

"我记得他有一双大大的蓝眼睛，皮肤发红，留着小胡子。对一个老人来说还不错。"那个人就是南军老兵威廉·贾斯珀·马丁。他每天都会走这条路到附近的一家商店购买烟草，每次路过他都隔着栅栏和艾伯塔聊天。"我们也没聊什么实质性的东西，我称之为没有意义的聊天，只是说话，"她说，"我们之间没有火花。"火花在老南方的俚语中是调情的意思。

但闲谈很快变得正经起来。"他说他正在寻找一个妻子，想知道我是否愿意成为他的妻子。我当时也已经厌倦了住在那所房子里，也需要有人帮我抚养儿子。我们已经认识几个月了。于是我告诉他，好啊，应该可以吧。"

威廉当时80岁，但他有大多数年轻人都没有的资产：一份体面又稳定的收入。作为南军老兵，他每月能从州里领到50美元的退休金，比许多佃农一年赚的还多，特别是在棉铃象鼻虫灾害严重的20

世纪 20 年代。

"我们在法院结的婚，"艾伯塔说，"我穿了一件蓝色连衣裙，也不是什么特别的衣服。他也穿着普通的衣服。他的朋友们手持牛铃围着我们转啊转地唱小夜曲，还来了一轮欢呼。"但是没有进一步的庆祝活动了。"那时日子苦，人们不知道什么是度蜜月。"

他们之间的年龄差距也让他们的相处比较正式。"我叫他马丁先[341]生，"艾伯塔说，"我从没叫过他别的名字，因为他年纪太大了。他和我父亲一样叫我西丝（Sis）。但是我叫那个老头马丁先生，即使在床上也这么叫。"

我问她是否后悔嫁给一个比她大 60 岁的男人。艾伯塔笑着回答："比起做一个年轻男人的奴隶，我更喜欢做一个老男人的宠妻。"

结婚十个月后，艾伯塔又生了一个儿子，叫小威廉，也叫威利（Willie）。她说，她的丈夫总体来说对孩子们很好。"但我可以告诉你，他神经兮兮的。他看你的样子就像要杀了你一样。"

他对自己在内战的日子也含糊其词。"他没说过太多，我也没多问，"艾伯塔说，"他说他去过维京尼（Virginny），总是饿。如果他们路过一片庄稼地，任何他们能找到的东西，土豆或任何人可以吃的东西，他们都会拿走。他还进过医院，好像是肺炎。他说别人还报告说他死了，但其实是他的弟弟被杀了，不是他。他从来没有说过关于北方佬或者开枪打过什么的事，除了有一次他开枪打了一只山猫。"

即便如此，威廉每年还是会去蒙哥马利（Montgomery）参加老兵大会。然后，在 1932 年的一次聚会中，他生病了，回家几天后就去世了。"他被安葬在奥普的一座坟墓里。上面有个墓碑，写着他参加过的战争。"这就是最后一位南军遗孀所知道的关于她丈夫为大业而参军的全部情况了。

艾伯塔很快改嫁给威廉的孙子查理（Charlie），有点忘了她知之甚少的前夫的参军事迹。然后，在威廉去世60年之后，她在老人中心看到了一个有关南军之女的电视节目。"他们一直在谈论（南军的）女儿什么的，而我是一位（南军的）妻子，"她说，"或者说曾经是一位（南军的）妻子。"

她还看过一部由艾伦·格加努斯的小说《往日情怀》改编的电视剧。"那个片子不错，演得也很好，但压根就不像我。"艾伯塔说着，自得地笑了。"无论如何，我比她强。我不是最老的南军遗孀。我是唯一的一个，最后一个活着的。"

最终，艾伯塔住在阿肯色州的儿媳给亚拉巴马州的州长写信指出[342] 了这一点。州长办公室将这封信转交给了南军之女联合会，最终格林维尔的多萝西·雷朋便开始着手调查并确认艾伯塔身份的真实性。南军之女联合会安排在威廉的墓上放置了一个邦联的纪念牌，州长办公室宣布艾伯塔为该州民兵组织的名誉中校副官。一个南军老兵之子的营地甚至将她命名为荣誉炮手。"我连玩具枪都没打过。"艾伯塔摇着头说。

一些南方传统团体也开始护送艾伯塔和她的儿子去参加亚拉巴马州的重演和纪念活动。"我记得有一次派对，他们把我们带到了塔斯卡卢西附近，"艾伯塔说，"他们打了些枪，我离得太近了，把我的右耳都震聋了。"她还参加了蒙哥马利的一次游行示威，以支持在州议会大厦上继续悬挂叛军的战旗。"我认为旗子应该插在那儿，"她说，"一面旗子可以飘扬，另一面旗子就可以飘扬。但这并不值得大惊小怪地去争吵。黑人都讨厌它。而且你知道的，很多有色人种比白人好多了。有些白人真的是你见过的最差劲的人了。"

在过去的几年中，生活渐渐平静下来，除了本地记者会偶尔来采访一下。艾伯塔喜欢受到关注，但也承认自己无法真正地理解这些喧嚣。而且一直被询问同样的问题让她有些不悦。"我和那个老头只一起生活了五年零六个月，"她说，"他已经去世很久了。我嫁给我的下一任丈夫查理，有五十年零六个月。为什么从来没有人问过他的问题？"

那天晚上，我在一家名叫"B阿姨"的旅馆里，仔细阅读了多萝西·雷朋提供给我的有关威廉·马丁在军队服役的文件。其中包括一些来自20世纪20年代的奇怪的往来信件，是关于威廉逾期申请邦联养老金的。一位州官员写道："这位老人的记忆太差了，他无法记起他的上校或上尉的名字，也几乎记不起他在军队服役的事。"另一封信报告说，威廉·马丁甚至想不起来他所服役的连队。"他的回乡证〔343〕丢了，而且据他所知，所有可以给他作证的人都死了。"

威廉的申请表也引发了一些疑问——或者说是，他没能解答这些疑问。当被问及他应征入伍的日期时，威廉写道："战争后期。"关于他在军中服役确切时间的各个问题都填着"不记得"或者"不知道"。至于他为什么在之前从未申请过养老金，威廉说："无法提供所需的证据。"在收入与资产的那一栏，文件上记录着"无"。文档底部有一个X，旁边的标记写着"他的签名"。

尽管威廉无法提供他在军队服役的证明，他后来设法找到了两名证人——其中一个是他的兄弟——他们签署了一份声明说见证了威廉离乡参战。因此威廉·马丁获得了养老金资格，之后便开始物色妻子的人选。

我给艾伯塔住在阿肯色州的大儿子哈罗德·法罗（Harold Farrow）打了电话，问他是否记得更多有关威廉战时经历的细节。他说不记得。事实上，哈罗德对他继父的记忆很少。"他又老又贪婪。只是一个整日坐在摇椅上无所事事的老头儿，"他说，"不过我和我弟弟可能打扰到他了，因为他总是摇着拐杖说：'我抽你们！'"

"他抽了吗？"

哈罗德咯咯地笑了。"我们当时住的木房子是由杉木块架起来的，离地面大概有 30 英寸。所以当老人举着拐杖追我们时，我们就爬到房子下面大喊：'你，老马丁。希望你早点死掉！'"

哈罗德还有另外一段历历在目的记忆。"他是一个好嫉妒的人，非常好嫉妒。"有一次，在哈罗德六七岁大时，威廉的孙子查理来访。"老头马丁拿着一把猎枪出去并警告他：'如果你敢打开大门，那将是你打开的最后一扇门。'老头那么生气肯定有原因的。我估计是嫉妒。"

那天查理走了，不过他在祖父去世两个月之后就回来与艾伯塔结婚了。包括艾伯塔和 7 岁的哈罗德在内的一家人一起到田间务农。"我们穷得不能再穷了，"他说，"从早上六点一直工作到晚上七点。"[344] 哈罗德在 16 岁时离家参军，除了回家探望母亲，再也没有回亚拉巴马州。"我很高兴她得到了一些关注，"他说，"她的一生都很苦。是的，非常苦。"

第二天早上，我参观了没有什么看头的厄尔巴，这是一个有着四千人的小镇，坐落在豌豆河旁。我向一位商会的官员询问，厄尔巴有没有我可以参观的历史遗迹。"恩特普赖斯（Enterprise）那边有个虫子雕像。"她说着，递给我一本附近城镇的宣传小册子。70 年前，恩特普赖斯以一种奇怪的致敬方式为毁坏了亚拉巴马州棉花田的蟹形昆虫竖立了一座纪念碑。"向棉铃象鼻虫及其作为繁荣前兆所做的贡献致以深深的谢意。"碑文这样写道。棉铃象鼻虫的危害迫使棉农多样化生产，恩特普赖斯如今已是一个领先的花生种植业中心。

但是，厄尔巴缺乏邻居的幽默感，以及商业头脑。厄尔巴原名本顿维尔（Bentonville），后来以流放拿破仑的那座荒凉岛屿的名称重新命名了自己。① 更奇怪的是商会那本新的光面小册子的封面。上面展示了整个城镇沉在深水之中的照片，写着"厄尔巴大洪水，1990年 3 月 17 日"字样。这看起来是一个奇怪的宣传。

"我们在试着想一条新广告语，"商会官员补充说，"类似'大家的小镇'这样的话，"她停顿了一下，"我们的城镇很小，厄尔巴能拿出来说的也仅此而已了。再有就是豌豆河总是闹洪水。"

"'最后一位南军遗孀之家'怎么样？"我建议。

那女人礼貌地笑了笑并摇了摇头。"除了疯狂的内战迷，世界上谁会关心这个？"

回到厄尔巴总医院，我发现艾伯塔和昨晚一样精神振奋。所以我们差不多接着昨天的话题继续聊她的人生故事，聊威廉的去世以及她两个月后就嫁给同龄的查理·马丁。"有意思的是，我曾经说过，即使他是世界上最后一个男人，我也不会嫁给他，"她说，"他太能喝酒了，又到处鬼混。不过人们都说爱就像土豆一样，从眼里开始发芽。

---

① 厄尔巴岛位于意大利中部西边的海域，拿破仑于 1814 年第一次战败并被迫退位以后被流放于该岛，并在此生活了将近一年的时间。

他长得好看。"

[345]　　至少与他的祖父相比，他很有趣。"我们会去跳方形舞，大部分是老式的娱乐活动。"艾伯塔说。虽然艾伯塔不喝酒，但她回想起有一天晚上，她和查理一起喝了几杯。"我那晚很尽兴。我们跳了一晚上的舞。那是我一生中最快乐的时光。"

　　但是在经济上，生活比以前更加困难了。威廉去世时，艾伯塔不知道她其实可以领取一份南军遗孀的抚恤金——她再婚的那一刻就失去了领取的资格。因此，他们一家人不得不靠种地挣得的每月 7 美元50 美分来维持生活。因为她很快嫁给了前一任丈夫的孙子，艾伯塔还不得不忍受闲言碎语。"我知道人们对此颇有微词，但这根本不关他们的事儿，"艾伯塔说，"当时的日子真是太艰苦了，我根本不可能一个人把几个儿子养大。"

　　他们婚姻的大部分时间都很艰难。查理于 1983 年去世以后，艾伯塔的儿子威利搬来与她同住，两人靠查理和威利服兵役的社会保障金和养老金生活。尽管如此，既然她已经是公认的最后一位南军遗孀了，艾伯塔还是希望自己可以再多领一点钱。南军之女联合会为需要帮助的年长会员保留了一小笔救济金。"但是他们说，必须有人过世才能腾出指标给我。"

　　中午前后，威利来到医院。他留着平头，蒜头鼻，脸颊上的胡子刮得乱七八糟的，看上去比他 67 岁的实际年龄大得多。

　　"威利，你看起来不太好。"他的母亲躺在床上说。

　　"妈妈，现在我们需要担心的人不是我。"

　　他们两个互相打趣，直到护士进来护送艾伯塔去接受检查。艾伯塔让威利给我看一些放在家里的家庭纪念品。"我们住在树林里。"他说着，指引我走上一家木料场后面的一条路，在豌豆河的附近。马丁家简陋的单层房屋比拖车房大不了多少。屋里，一张旧沙发和安乐椅对着电视，一面叛军旗帜盖住了一整面墙。"是一些南军的大人物送给我们的，"威利说，"对我来说没什么特别的，除了它能遮住墙板上的缺口。"

他把剪贴簿从书架上取下来。里面塞满了各南军团体寄来的信件和证书，以及索要艾伯塔签名的信件。其中一封来自南卡罗来纳［346］州的某个南军老兵之子营地的信说，现在悬挂在马丁家墙上的旗子，曾经以她的名义短暂地飘扬在哥伦比亚的州议会大厦穹顶上。信的落款写着："致先烈为之奋斗的大业，您永远忠实的谨上。"威利耸了耸肩。"我们甚至都不知道还有这些团体，之子、之女、儿童会什么的。这些人肯定很有钱，能整天参加这些会议。他们应该不用工作，我猜。"

剪贴簿里还包含了一个家谱，上面记载着威廉·贾斯珀·马丁于1868年和他的第一任妻子结婚，当时他的妻子才13岁。在她去世之前，他们总共生了十个孩子。之后他第二次结婚，又生育了五个孩子。艾伯塔是他的第三任妻子，威利是他的第16个孩子。威利说："那个老头可真是到处留情。"

威利去艾伯塔卧室的抽屉里找老威廉的照片。我站在走廊里，他在堆积了90个年头的生活琐碎里翻找。"她什么垃圾都留着，"他边说边拿回来一个折了角的酸奶油饼干食谱，一本老旧的家用《圣经》，还有一串又长又有光泽的赤褐色头发，"这是妈妈的头发，不知道她为什么留着。"

《圣经》里夹着两张旧照片。一张是艾伯塔年轻时的照片，一头深色的头发披散在她的肩上。另一张是一个颧骨很高的男人，下垂的小胡子，表情活泼。他的旁边坐着一个方下巴的肥胖女人，头发梳成整齐的发髻。这是威廉·马丁和他的第二任妻子，拍摄于世纪之交。

我问威利，他对父亲还有什么记忆。"他们说他是我的父亲，我不知道，"他说，"他去世时我才 4 岁。他好像喜欢让我坐在他膝盖上，给我喂红薯。"他点了根烟，看了一会儿照片。"你想看看老头的坟墓吗？"他问。

我们驶过一片片棉花田和山核桃林，进入奥普，这是一个很像厄尔巴的小镇。在去墓地之前，威利决定去拜访一下艾伯塔 86 岁的妹妹莱拉（Lera），莱拉住在"小猪扭扭超市"后面的公共住房里。我们见到莱拉时，她正在将一锅玉米面包放入烤箱。莱拉的一头白发和脸上的皱纹使她看上去和姐姐特别像。但是，她们的性格完全不同。莱拉说："艾伯塔总是比我脾气暴躁一些。"

我问莱拉，她对姐姐和南军老兵的婚姻还记得什么。"如果是我，我也会和他结婚，"她回答说，"那个时候，每月 50 美元是很多钱。"她叹了口气。"那个年代就是那样，女人别无选择。最初的时候，艾伯塔和我在奥普的工厂工作。每周 6 天，每天 12 个小时。屋里的棉线飞舞得像雾一样。但是只要敢开窗户，他们就会马上解雇你。"

莱拉说艾伯塔生第一个孩子时就离开了工厂。但是后来她被困在了照顾同父异母的兄弟及其家人的工作中。"艾伯塔那时候太想离开家了，"莱拉说，"那个老兵对我来说还可以。我那会儿在棉纺厂工作，休息日会去看她。他们每天无所事事，两人都不工作。他们过得很好。"与此同时，莱拉在工厂工作了 28 年，没有一天的收入超过 1

美元。

我问她是否记得威廉说过任何内战的事情。"不记得，他没有谈论过内战，"她说，"现在想想，是有点奇怪。但那会儿的人并不像现在的人这么喜欢谈论自己。"

房间安静了下来。我能闻到玉米面包的香味。威利说我们该去墓地了。莱拉把我们送到门口，对威利说："你告诉艾伯塔，别再哼哼唧唧了，回去打宾果游戏吧。"

墓地占据了一块狭窄且杂草丛生的土地，位于奥普一条崎岖不平的道路旁。我看到的第一块墓碑上写着："L. W. 与 S. M. 富勒夫妇（L. W. and S. M. Fuller）的婴儿，出生并死亡于 1922 年 4 月 25 日。"另外几块石头标记着在生产时死去的新生儿和母亲们。一些墓碑是用水泥制成的，看起来像是拿棍子刻的字。甚至名字也很简单。"萨拉·库恩"（Sarah Coon）或者"奥默·W.（Omer W.），特谢·马丁（Texie Martin）的丈夫"，再或者是我以前从未听说过的教名：克罗亚（Croyal）、马利奇（Malizie）、阿迪勒（Ardiller）。

威廉带我走到一块平放在地上的长石板前，它的表面是空白的。不过它的顶部有一块比较新的大理石碑，上面写着：

威廉·贾斯珀·马丁 [348]

亚拉巴马第四步兵团列兵

联盟国陆军

这是几年前由南军之女竖立的石碑。"在此之前，只有那块石板，上面什么也没写。"威利说。他拍了张拍立得，安静地站了一会儿。

"我哭不出来，因为我不怎么记得他。"

我们绕回厄尔巴，在艾伯塔出生长大的村庄停了一下。"她以前住在那儿。"威利说着，给我指了花生地和棉花田那边的几栋饱经风霜的小木屋，紧挨着一片松林。这个景色很像沃克·埃文斯[①]拍摄的"大萧条时期的亚拉巴马"（Depression Alabama）中的一幅摄影作品。我也意识到，艾伯塔或莱拉可以轻易地在埃文斯最著名的肖像作品中担任模特：一个佃农的妻子，身穿简单的棉布裙，背靠佃农小屋的粗糙木墙板的构图将其过早衰老的容貌凸显出来。

回到厄尔巴后，我把威利送到他家，自己带着一盒巧克力回到了医院。艾伯塔看上去很疲倦，开始抱怨起午饭吃的果冻、果汁以及结块的沙拉。"我早餐喜欢吃粗燕麦、香肠、奶酪、黄油和香蕉，"她说，"午餐也很丰盛。晚上不要再吃太多了。所有的食物都一起消化的话会肚子疼。"

胃部的不适也迫使艾伯塔放弃了自己心爱的鼻烟，她5岁时就初次尝试了。"很久以前，当一个孩子看上去脸色苍白或者不好好吃东西时，人们就说：'给他们一些鼻烟。'人们认为吸鼻烟能防止你吃棉铃和叶子，不是这个就是那个。"我向她问起那位南军之女的女士告诉我的便携式痰盂。"那只是一个有盖的玻璃罐，"艾伯塔说，"我叫它鼻烟杯。"

我拿出威利在她卧室里找到的纪念品。她对着自己的照片端详了片刻，然后抚摸了那束辫子。"我一直觉得自己长得不好看，除了头发。这头发的颜色和原来不太一样了，那时候更黑点儿。"艾伯塔的

---

① 沃克·埃文斯（Walker Evans, 1903—1975），美国摄影家和摄影记者，以拍摄大萧条时期美国农村的写实照片而闻名。

父母是虔诚的基督教会信徒，不赞成女人剪头发。因此，艾伯塔在
30 岁左右以前一直留着长发。"然后有一天，我和别人一样，想要剪 [349]
短发，"她说，"所以我就剪掉了。但是，刚一剪掉我就希望能把头发
接回去，变成原来长长的棕发。所以我就保留了这束辫子以作纪念。"

艾伯塔的脸变得柔和，她开始讲起一种叫"盒子慈善餐会"的乡
村习俗。"怎么做呢？你先做一个小鞋盒一样的盒子，绑上丝带和蝴
蝶结，然后用好看的纸装饰一下。"她说，"盒子里有足够两个人吃的
食物。两个苹果，两个香蕉，蛋糕和三明治。你把它带到教堂去，人
们开始对它竞标。买到盒子的男孩儿就可以和你一起吃饭，而得到最
高出价的女孩能赢得奖品。我很喜欢'盒子慈善餐会'。"

"你赢过吗？"

"我应该赢过一次。"她说。与老兵结婚后不久，艾伯塔便和他
去过一次"盒子慈善餐会"，男人们开始为她的盒子竞标。"我那时
候才 20 岁，体重 114 磅，一袭长发。男孩子们一直对我的盒子出价。
但马丁先生不喜欢那样。他认为他们在戏弄他，他很嫉妒，以为他
们可能会与我擦出火花什么的。"所以他们就撤下了艾伯塔的盒子，
换上了别人的。从那之后，她和威廉就再也没有去过"盒子慈善餐
会"了。

"我确实赢过一场比赛，"艾伯塔补充说，"查理去世后，我精神
崩溃了，在一家养老院住了三个月。我不得不在一个摇椅上摇晃，摇
得最长时间的人赢。我摇了五个小时。奖品是五美元。"

到了傍晚，艾伯塔似乎累了。自打我昨天到访以来，我第一次感
到她有点厌倦了我问她很久以前的事情。"躺在这张床上，我有一辈
子去回忆呢，"她说，"但是我不想再去想过去了，我想着未来。"然

后，她仔细地看着我，好像第一次见我，"你还能活相当长的时间，不是吗？"

"是的，女士。希望如此。"我暂停了片刻，然后问她觉得未来会是什么样的。艾伯塔叹了口气，闭上了眼睛。"如果还是老样子的话，那应该不会太好。"

我把她赤褐色的辫子放在了床边，悄悄地走出了房间。

[350]　正如随后发生的那样，艾伯塔的未来完全不是老样子。在我拜访她九个月之后，我在《今日美国》（*USA Today*）上看到了艾伯塔的照片。一篇小文章报道说，亚拉巴马州授予了她南军遗孀的养老金，总计每月 335 美元（其中一部分是补发的钱；她丈夫查理于 1983 年去世后，她就又有资格领取一份南军遗属的养老金了）。艾伯塔告诉报纸的记者，她计划用这笔钱购买空调、助听器和一套新的假牙。

艾伯塔也再次引起了各传统团体的关注。南军老兵之子将威利和她带到里士满参加该组织成立 100 周年的纪念活动，这是艾伯塔第一次乘坐飞机。所有与会人员都起立鼓掌迎接她的到来。"她是连接邦联的一个活的纽带，"南军老兵之子的执行董事宣称，"这是我们所有人离一位真正的南军士兵最近的时刻了。"

威廉·贾斯珀·马丁也得到了一些死后的荣誉。南军之女联合会在其杂志上发表了艾伯塔的简介。里面充斥着她丈夫在战时的英勇事迹，都未经考证；文章说，威廉在里士满附近的一场血腥战斗中负伤，他后来回忆起人们"像镰刀砍倒庄稼一样被砍倒"时的喊叫声。文章还报道说，他一直战斗到最后，在阿波马托克斯和李一起向北军投降。

这时候，我已经对威廉·贾斯珀·马丁的事迹有了更多的了解。他对家人的含糊其词，以及他申请养老金时的失忆症，都使我迷惑不解。因此，我和一位专门研究南军战争记录的研究员一起去了国家档案馆。威廉·贾斯珀·马丁确实在档案中。他于 1864 年 5 月下旬应征入伍，第二个月就被送往里士满，几乎立刻就出现在了医院的记录中，得了风疹。他于 7 月出院，放了 60 天的假。然后他就擅离职守了，再也没有回来。在他连队的花名册上，威廉的名字旁边写下了"逃兵"一词，一直到战争的结束。

威廉的名字在阿波马托克斯投降两个月之后再次出现，当时他去 [351] 蒙哥马利找联邦官员办理正式的回乡证。据档案记录，他有 5 英尺 10 英寸高，深色头发，蓝眼睛和"白皙的肤色"——和艾伯塔描述的一样。我们还发现了威廉的弟弟的记录，他被错误地以威廉的名字列在一份文件中。他死于战斗负伤，留下了 3 美元 5 美分的个人财产。

威廉是幸运的，他当逃兵以后没有被南军当局抓住枪毙，此事也没有在多年后暴露，以至于他无法领取养老金。但是，无论艾伯塔那位麻疹缠身的丈夫 130 年前在老维京尼做过什么，我都为艾伯塔感到高兴，也为她的假牙和助听器感到高兴。

第十四章　亚拉巴马：我曾有一个梦想

过去从来就没有死。它甚至还没有过去。

——威廉·福克纳，《修女安魂曲》(*Requiem for a Nun*)

　　在州际公路上长途开车让我有些恍惚失神，接近蒙哥马利时，两个异乎寻常的景象把我惊醒了。第一个景象是一长排穿着白色制服的人，他们脚踝上戴着镣铐，轮着锄头，清理着灌木丛，由手持霰弹枪的守卫们监视着。亚拉巴马州最近恢复了"锁链囚犯"，当局把犯人派到主要的高速公路上干活，以达到最大的宣传效果。[①]

　　第二个景象是一个巨幅的商会广告牌，欢迎游客来到蒙哥马利：

我们即历史！

请参观民权运动纪念碑，

和首个邦联国会大厦。

---

　　① "锁链囚犯"(Chain Gang)指的是一群囚犯被铁链锁住在户外做苦工，是美国的一种传统的惩戒方式。在此政策下，当局通常会让囚犯在诸如修路和道路维护等市政工程中服劳役，以达到改造犯人和节省公共开支的效果。同时，让囚犯在公共场合工作对普通民众也起到了警示的作用。

第一句话就把蒙哥马利扔进了托洛茨基的垃圾桶里，它与后面令人瞠目的并列现象具有同样的讽刺意味。民权运动与内战——作为蒙哥马利的主要旅游景点被一同写在广告牌上。

在黄昏时分驶入蒙哥马利，乍一看去，我在想"我们即历史"的 [353] 广告语是不是应该按照字面意思来理解。因为已经过了下班时间，市中心的写字楼都已经空了，这让蒙哥马利几乎变成了一座鬼城。鸟儿在树上吱吱叫的声音都比过路的车辆制造了更多的喧闹。我入住了一家酒店，位于宏伟却已废弃的火车站旁边，我问接待员哪里能找到吃的东西。她让我去一条挤满了连锁快餐店的高速公路，那里离市中心有几英里远。

她还向我解释了为什么市中心看起来如此死寂。在 20 世纪 60 年代，新建的州际公路把蒙哥马利一分为二。从那以后，"白人逃离"①和郊区临街商场的兴起吸干了旧商业区的生命。也不是说蒙哥马利从来就是一个以热闹而著称的城市。1861 年，邦联在蒙哥马利设立政府之后不久，伦敦《泰晤士报》的记者威廉·霍华德·拉塞尔就曾尖刻地指出："我很少见过比这里更无聊和了无生气的地方。它看起来就像是俄国内陆的一个小镇。"

但是徒步游览这座城市，我发现相比于我曾造访过的其他南方州府，蒙哥马利有一个优势。不像哥伦比亚、杰克逊或者亚特兰大，蒙哥马利内战前的核心区没有被谢尔曼烧掉或者被地产开发商夷为平

---

① 20 世纪 70 年代和 80 年代，随着美国民权运动的发展和种族隔离政策的解除，越来越多的黑人及其他有色人种移居到大城市的中心地带工作和生活。同时，社会与经济地位较高的白人为了避免种族混居和城市中日益升高的犯罪率，纷纷迁出市中心，移居到市郊较为优质的社区。这种现象被称为"白人逃离"（White Flight）。

地。地形也在暗中提升历史的地位。蒙哥马利的历史中心区坐落在一块高地上，在以前的农业时期，这块高地叫"山羊丘"（Goat Hill）。取决于你看它的角度，山羊丘要不就是代表了整个南方最神圣的地方，要不就是南方最容易闹鬼的地方。

高地的顶端是亚拉巴马的圆顶议会大厦，杰斐逊·戴维斯于1861年在这里宣誓就职（几个月之后，邦联迁都到里士满）。一颗铜星标记着戴维斯所站的那块大理石。一个世纪之后，乔治·华莱士点名要站在这个位置上发表他的州长就职演说。"从这个邦联的摇篮，这个伟大的盎格鲁-撒克逊南方的中心，我们今天敲响自由之鼓，再合适不过了，"他宣布说，"现在隔离，明天隔离，永远隔离。"

进入大厅，我发现自己被一群学生包围着，他们即将开始参观议会大厦。"我是桑迪（Sandy）。"导游对学生们说。她是一位年轻的[354] 黑人女士，头戴白色的发带，穿着一件非洲风格的裙子。"这位是勒利恩·华莱士，"桑迪指着乔治·华莱士妻子的半身像补充说，"她在死于癌症之前做了16个月的州长。"①

我们顺着大理石走廊向前走，两边的墙上挂满了亚拉巴马州历任州长的肖像画，这是一个跨越了175年的峻颜厉色的白人男子队伍，再加上勒利恩。桑迪指出了乔治·华莱士以及现任州长"福布"·詹姆斯的肖像，他在画中抓着一棵树。"这是为了显示他与亚拉巴马之根基的亲密。"桑迪解释说。"福布"的全名——福瑞斯特·胡德·詹

---

① 勒利恩·华莱士（Lurleen Wallace, 1926—1968），美国政治家乔治·华莱士之妻，1966年，继其丈夫之后当选为亚拉巴马州第46任州长，成为美国历史上第一位女性州长，1968年在任期内因病去世。

姆斯——包含了两位著名南军将领的姓。①

我们爬旋转楼梯来到了议会大厦的圆形大厅，里面装饰着描绘亚拉巴马历史的巨幅壁画。一幅名为"财富与休闲造就的黄金时代：亚拉巴马州内战前的岁月"的壁画描绘了一对优雅的男女骑马立在一座宏伟庄园的前面。一个黑人嬷嬷抱着一个白人小孩站在宅邸的前廊。"这是内战之前 20 年的场景，那是棉花为王的时代。"桑迪说。

我们穿过走廊来到以前的州参议院议事厅。"孩子们，"桑迪说，"杰斐逊·戴维斯就是在这个房间当选为邦联总统的，这里已经恢复成了 1861 年的样子。"

"那些是什么？"一个扎着马尾辫的小女孩问道，她指着议事厅后面摆放的一些看着像花盆的东西。

"痰盂，"桑迪说，"人们把咀嚼烟草的汁水吐在里面。"

"咦，恶心！"

桑迪讲解了原来铺在议事厅的地毯是如何被揭掉，然后送去给叛军士兵当毯子用的，这时我意识到，整个参观已经变成了南部怀旧金曲的回放：从脱离联邦到种族隔离，从杰斐逊·戴维斯到乔治·华莱士。我还注意到了这个学生团队有点奇怪。孩子们都是白人，年龄差距很大，由一群老师陪同着，老师和学生的比例差不多是一比二。一部分学生穿的 T 恤衫上印着："耶稣的孩子，绝对是他的。"

在与一位名叫罗克西（Roxie）的女士聊天时，我了解到这群人

---

① 小福瑞斯特·胡德·詹姆斯（Forrest Hood James Jr., 1934—   ），别名"福布"·詹姆斯，美国政治家，曾于 1979 年至 1983 年和 1995 年至 1999 年两次担任亚拉巴马州的州长。他名字中的福瑞斯特和胡德分别是南军将领内森·贝福德·福瑞斯特与约翰·贝尔·胡德（John Bell Hood, 1831—1879）的姓。

是由南亚拉巴马州在家接受教育的孩子们组成的，他们正在首府进行实地考察。"现阶段，四年级的孩子们正在学习内战历史，"罗克西说，"当然，是从基督教的角度来学的。"

我问她什么意思。"我们先按照一套预先设置好的课程教他们，[355] 这套课程是我们从佛罗里达的一个基督教团队那里得来的，"她说，"然后我们用图书馆以外的东西作为补充。我兄弟是一个内战迷。这也有所帮助。"

"你们怎么讲奴隶制？"

"嗯，孩子们总是问：'为什么会有奴隶制？'我们解释说，没有多少人曾拥有奴隶。我有三位高祖父参加了内战。他们并不富有。他们为南方而战是为了捍卫自己的生活方式。"她停顿了一下，继续说，"当然了，我们是基督徒，奴隶制是不对的。但是我们教孩子们说，奴隶制并不是引起内战的主要原因。"

罗克西的丈夫道格（Doug）戴着一副金属框眼镜，背了一个上面写着"耶稣爱你"的背包。他是一名工程师，教孩子们科学课。我问为什么他们夫妻选择在家里教育孩子。"因为如果你想让自己的孩子在所学的课程上有所选择，他们就说你是仇视同性恋者或是种族主义者，再或是其他什么东西。"道格说。

"什么意思？"

"比如说奴隶制。那是一段历史，仅此而已。你不能掩盖它。但是教授真相的话，公共学校不会那样做。"

桑迪正在给孩子们讲解由被解放的黑奴打造的大理石台阶，道格和罗克西礼貌地暂停了谈话。"我们的孩子有点与世隔绝，"罗克西小声说，"所以这样很好，有一个，你知道的，不一样的导游。"

参观移步到了外面的一个纪念塔，周围有各种邦联的旗帜，还有代表各部队的雕塑。"这个是纪念那些收到地毯的士兵们的。"桑迪说。有一尊雕像是一名戴着羽毛帽、留着夸张小胡子的骑士，我研究了一下雕像下面的碑文。

骑士一族中最具骑士风度的一员
自古以来
他手持骑士精神的明灯
点亮金子般的心

我们在标记杰斐逊·戴维斯就职地点的铜星处结束了参观。孩子们睁大双眼，轮流在铜星上跳上跳下。

旅行团走了以后，我留了下来与桑迪聊天，并问她在这个老南 [356] 方的神殿当导游是什么感觉。"我这辈子从未想过自己会在这里当导游，"她说，"很明显，有些来这里的游客有同样的感觉。你知道吧，就是死硬派的叛军。他们看着我，好像在说：'你这个黑色面孔是怎么来这儿的？'"她笑着说，"但我回答了他们所有的问题，所以他们走的时候很满意。如果说有什么不同的话，反而是北方来的黑人旅游团心神不宁。他们想知道为什么到此参观会在他们的行程中，还有我到底在这里干什么。"

"你如何回答他们？"

"我说：'看看这儿吧，亲爱的，历史已经改变了，如果没有改变，我就不会在这里。这里的人不会要我，我也不会来这里工作。我每天都看见黑人从这里走过——黑人官员，明白吗，不是保洁员或女佣。现在墙上还没有黑人的肖像画，但那是迟早的事。'"

用她小小的方式，桑迪觉得自己正在加速这种变化。"我想这些过世的白人看见我都想从坟里爬出来了。"她与一位戴假发的内战前州长对视。"我在这儿，亲爱的。这是 20 世纪 90 年代。明白吗？"说完，她笑了，急忙向大门走去，另一个旅游团已经进来了。

在山羊丘剩余的地方游览，我不断地遇到同样的、令人瞠目的并列现象。议会大厦旁边的一块纪念牌匾指出州议会大厦是第一次邦联国会的召开地，同时也是 1965 年塞尔玛至蒙哥马利民权大游行的终点。仅几步之遥就是德克斯特大街浸信会教堂，20 世纪 50 年代的时候，小马丁·路德·金是这座教堂的牧师，并且参与领导了蒙哥马利公共汽车抵制运动。教堂外面的街上竖着两块纪念牌匾。一块牌匾说德克斯特大街是杰斐逊·戴维斯就职典礼游行的地点："在这次游行中，《迪克西》第一次由乐团演奏。"另外一块牌匾讲述了德克斯特教堂和公共汽车抵制运动的事。

教堂后面的一个街区竖立着我在城外广告牌上看到的民权运动
[357] 纪念碑，和邦联的首个白宫在同一条街上。纪念碑是由林璎设计的，与同出自她手的华盛顿越战纪念碑很像，纪念碑由黑色大理石板建成，上面刻着 40 位死于民权运动中的人的名字。① 隔着几道门，在州立档案馆的走廊里，南军将军们的半身铜像和布克·T. 华盛顿及乔治·华盛顿·卡佛的半身铜像面对面地放着。纳京高和布鲁斯音乐家 W. C. 汉迪与"亚拉巴马吟游诗人"汉克·威廉姆斯的画像挂

---

① 林璎（Maya Ying Lin, 1959— ），美籍华裔设计师和雕塑家。1981 年，当时还是一名耶鲁大学学生的她设计了位于美国首都华盛顿的越战纪念碑。

在同一面墙上。[①] 在专门留给宗教领袖的区域，马丁·路德·金和鲍勃·琼斯（Bob Jones）的画像挂在一起，鲍勃·琼斯是南卡罗来纳州鲍勃·琼斯大学的创始人，这所大学是基督教右派的一座堡垒，禁止学校里出现跨种族恋爱。

有时，这种黑人与白人偶像的亲近变得有些奇怪。在衰落的市中心商业区，我发现了一栋废弃的建筑，这里曾经是帝国影院。一块纪念牌匾写着，罗莎·帕克斯于 1955 年在这里的一个公交车站拒绝把她的座位让给一个白人男子，从而引发了蒙哥马利的抵制运动。[②] 牌匾的反面则写着汉克·威廉姆斯于 1938 年在帝国影院赢得了一个歌唱比赛，那是在他写出诸如《你的欺骗之心》（"Your Cheatin' Heart"）等经典歌曲之前。

比起我造访过的其他南方城市，蒙哥马利能够直面自己的过去，令人耳目一新。假斯文的查尔斯顿会把同样的历史蒙上一层纱，或者小心翼翼地转移目光；我不敢想象一幅黑人反叛者登马克·维西的画像和其他"叛军"的肖像画放在一起，比如要塞学院的学员或 P. G.

---

① 纳京高（Nat "King" Cole, 1919—1965），美国黑人钢琴演奏家和爵士乐大师，出生于蒙哥马利。W. C. 汉迪（W. C. Handy, 1873—1958），美国著名黑人音乐家和作曲家，被誉为"布鲁斯之父"或"蓝调之父"。汉克·威廉姆斯（Hank Williams, 1923—1953），美国乡村歌手、作曲家和音乐家，被认为是 20 世纪美国最重要及最有影响力的歌手之一。

② 罗莎·帕克斯（Rose Parks, 1913—2005），美国黑人民权主义者。1955 年 12 月 1 日，时年 42 岁的帕克斯在蒙哥马利乘坐公共汽车时，司机根据种族隔离政策要求黑人给白人让座，她拒绝了司机的要求，后遭到监禁，并被罚款 10 美元。帕克斯的被捕引发了蒙哥马利长达 381 天的抵制公共汽车运动，这场运动的组织者正是当时还名不见经传的马丁·路德·金。最终，1956 年，美国最高法院裁定禁止在公共汽车上实行种族隔离。1964 年出台的民权法案进一步禁止了所有公共场所的种族隔离政策。帕克斯因此被尊为美国的"民权运动之母"。

T. 博雷加德的画像。亚特兰大则会铲平山羊丘，或者重写南军纪念碑上的铭文，并且在"骑士一族中最具骑士风度的一员"长着卷曲八字胡的脸上投上全息卡通影像。

亚拉巴马州甚至巧妙地处理了关于叛军战旗的争论，它在亚拉巴马州议会大厦的圆顶上飘扬了几十年。南卡罗来纳州和佐治亚州还在争论是否在高空中保留这个象征的时候，亚拉巴马在 1993 年就降下了旗子，把它放在了议会大厦南军纪念碑的旁边。争议双方的一些鼓动者反对这种妥协，但是关于旗帜的纷争已经逐渐从大众的意识中消退了。

[358]　　蒙哥马利把自己的历史平衡得很好，好得几乎不像是真的，在某一方面，确实不是真的。在我来到这里的第三天，早上醒来就看见了一篇本地报纸的报道，标题是"联邦将军的纪念碑被盗"。这个碑是用来纪念詹姆斯·威尔逊（James Wilson）的，他是一名骑兵指挥官，于 1865 年带兵摧毁了附近的塞尔玛市，而后在阿波马托克斯投降三天之后和平占领了蒙哥马利。最近才在议会大厦旁边竖立起来的纪念碑于夜晚神秘地消失了。一个人匿名给报社打电话说："竖起纪念碑的负责人应该被'浑身涂满柏油，再涂上羽毛，然后骑马游街赶出城去'。"

竖起纪念碑的主要负责人是威尔·希尔·坦克斯利（Will Hill Tankersley），他是一位投资银行家，也是蒙哥马利商会的前任主席。我在市中心的一栋银行建筑的七楼见到他的时候，他正在研究一部科特龙①。坦克斯利 70 岁左右，一头金发，打了一个红色的领结，胡子

---

　　① 科特龙（Quotron）是世界上第一款实时推送股票市场信息的电子设备，由位于美国洛杉矶的科特龙公司发明并推广，于 20 世纪 60 年代首次问世，直至 90 年代才逐渐被更先进的设备取代。

是精心梳理过的，他对威尔逊的纪念碑被盗感到疑惑。"这是一个反常行为，"他说，"我敢说，比起关心内战，99.9% 的亚拉巴马人更关心谁会赢得亚拉巴马大学对阵奥本大学的橄榄球比赛。"

坦克斯利属于剩下的 0.1% 热情关切内战的人。"我是西点军校的毕业生，第六代亚拉巴马人，我的一位祖先，一个来自亚拉巴马州派恩阿普尔的 17 岁少年，参加了内战，一直战斗到了李投降的那一天，对此我感到无比骄傲。"他说，"但是历史就是历史。我们输了。唯一发生在蒙哥马利的战斗就是威尔逊的突袭。所以，为什么不像纪念我们别的历史一样去纪念它呢？"

坦克斯利停下来接了个电话。"现在的价格是 15 美元 25 美分，下跌了八分之一。"挂掉电话，他把一本《标准普尔》推到一旁，找出《H 连》，就是我在夏洛读过的那本由田纳西列兵山姆·沃特金斯所写的著名回忆录。"从这些回忆录里，能看到这些孩子有多勇敢，"坦克斯利说，"我想北方的孩子们也是一样。我们不应该妖魔化一方而神化另一方。"

许多亚拉巴马人显然不同意这个观点。威尔逊的纪念碑最初竖立起来时，坦克斯利收到了如急流般涌进来的愤怒的信件和电话。"一个人打电话过来说：'只要他们在克利夫兰竖立一个内森·贝福 [359] 德·福瑞斯特的纪念碑，你就可以在这儿竖立一个威尔逊的。'"他咯咯笑着说："我告诉他福瑞斯特并没有打到克利夫兰。"另一个来电者把威尔逊的纪念碑比作一座纪念本尼迪克特·阿诺德 ① 的纪念碑。

---

① 本尼迪克特·阿诺德（Benedict Arnold, 1741—1804），美国独立战争中的美军将领，在战争前期战功赫赫，官至大陆军少将。但他却于 1780 年背叛了独立事业，投奔英军并成为英军准将，反过来率军与大陆军作战。战争结束后，他去往英国，最终客死伦敦。在美国历史上，阿诺德一直以来都被认为是美国独立事业的最大叛徒而饱受非议。

一本新邦联主义的出版物甚至创造了一个"威尔·希尔·坦克斯利年度无赖奖"，并把奖项颁给那些背叛了南军传统的南方人。

如此的公愤让坦克斯利感到惊讶。作为商会的主席，他还帮助策划了对蒙哥马利民权运动的历史进行详尽标记的工作，但这项工作并没有造成多大的争论。"有意思，是吧，"他说，"比起发生在他们自己时代的斗争，人们对一场130年前就输掉的战争更为大动肝火。"

坦克斯利处理蒙哥马利的历史时所使用的兼顾方法不仅仅是哲学意义上的。在商业方面也有道理。"两次社会的大变动从这里开始——内战与民权运动，"他说，"游客们想看这些。"同时纪念这两起事件也是改善亚拉巴马受到重创的声誉的一种方法。"这个州溢满了资源，"他说，"人们有很好的职业道德。我想把工作带到这里。但我们仍有一个形象问题。当你坐在纽约的某个董事会会议室里听到土老帽们还在这儿挥舞着叛军旗帜时，对生意不好。"

坦克斯利瞥了一眼他的科特龙。今天的股市已经收盘了，尾盘上扬，这在长期的牛市里很常见。"你会觉得股票从来不会跌，"他摇摇头说，"在有些事情上，人们只有很短的记忆。"

我反着走威尔逊所走过的路线，向塞尔玛进发，往西一个小时的车程。塞尔玛位于亚拉巴马黑土带的带扣区域附近，黑土带是一个有着黑色肥沃土壤的条状地带，曾经是南方最富饶的棉花产地。1860年，达拉斯县（塞尔玛现如今所在的县）的棉花产量、奴隶数量和人均财富在亚拉巴马州排第一位。塞尔玛还变成了邦联的一个重要的兵工厂和制造业中心。在内战的尾声中，内森·贝福德·福瑞斯特为拯救塞尔玛打了一场注定失败的战斗。威尔逊的骑兵俘虏了大部分福瑞斯特的部队，并在前往蒙哥马利之前，放火烧毁了塞尔玛的兵工厂。

福瑞斯特最后一次战斗的第二天过去将近一个世纪之后，塞尔玛因另外一场防御战而闻名。亚拉巴马州的州警戴着防毒面具和头盔，由紧急授予副官职位的当地人组成的骑兵武装队支援，阻止了民权示威者们跨越塞尔玛的埃德蒙德·佩图斯大桥向蒙哥马利进军。[①]然后警察用警棍、牛鞭、牲口刺棍和催泪弹袭击了和平的游行队伍。混战的电视画面震惊了全国。此次事件发生一个星期之后，约翰逊总统向国会施压，使其通过了《投票权法案》（Voting Rights Act），结束了文化水平测试和其他一些规定，这些政策长久以来被用于阻止黑人投票。法案通过之前，在达拉斯县达到法定投票年龄的 15,000 名黑人中，只有 250 人注册投票成功。一年以后，这个数字达到了 9000 人。塞尔玛桥事件的 30 年后，在亚拉巴马州的黑土带地区和密西西比州，竞选当上官员的黑人数量比美国任何其他地区都要多。

佩图斯大桥的冲突——被称为"血色星期天"——在国人的印象中，把塞尔玛变成了歧视偏见和暴行的同义词。但是，和蒙哥马利一样，塞尔玛最近把自己糟糕的历史变成了旅游上的优势。"从内战到民权运动。"城市边界旁的农田中立起的广告牌上这样写着。在塞尔玛的小游客中心，一位年长的白人男士拿出一张城市地图，仔细地

---

① 1965 年，马丁·路德·金等黑人领袖在亚拉巴马州组织了三次声势浩大的抗议游行，被称为"由塞尔玛向蒙哥马利进军"。这里作者提到的是第一次游行，发生于 1965 年 3 月 7 日。600 名游行者在离开塞尔玛穿过埃德蒙德·佩图斯大桥（Edmund Pettus Bridge）时遭到亚拉巴马州警的袭击，这次游行因此被称为"血色星期天"（Bloody Sunday）。三次游行是塞尔玛投票权运动的一部分。这些运动直接推动了 1965 年《投票权法案》的通过，使黑人的选举权和被选举权得到保障，是 20 世纪 60 年代美国民权运动具有里程碑意义的成就。

在上面标出了几个历史景点：内战前的豪华宅邸、1865 战斗的遗存、佩图斯大桥、马丁·路德·金历史徒步游览和投票权博物馆。"在塞尔玛，我们一直生活在过去之中，现在还是，"他说，"但过去对于我们来说却变了。它包括了许多以前没有的故事。"

我们聊着天，这个人说他曾于 20 世纪 60 年代民权运动的暴力时期在塞尔玛种族隔离主义的市议会担任议员。"我出生在 1921 年，在种族隔离中长大，那时的饮水机都是分开的，"他说，"现在想想，真是愚蠢。大部分人都不认识字，却到处都是写着'白人'和'有色人种'的牌子。"

我问他如何看待之后发生的变化。"人越老就越平和，我猜，"他说，"游行示威者们纠正了一个不公正。"他对内战的看法也一[361] 样。"我小时候，南军都是神，北军都是魔鬼。但是内战是必须打的，就像民权运动一样。"所以他在这里，一个老人，引导游客去游览他和自己的祖先曾经为了捍卫南方的"生活方式"而战斗并且战败的土地。

但是，我在塞尔玛游览时，明显地感到改变也仅此而已了。黑土带的政治景象和旅游景观已经转变了，但是社会和经济的画面还和以前一样。跨过铁道，在主要居住着黑人的东塞尔玛，有一大片棚户区，破败不堪的棚屋不稳定地支在水泥地基上。就在城市的外面，我开车路过了一个全是黑人的公共房屋社区，夹在废弃的球场和一个百威啤酒厂中间。入口处的牌子上写着"内森·B. 福瑞斯特家园"——鉴于福瑞斯特作为一个贩奴者和三 K 党大巫师的恶名，这是一个奇怪的选择。土褐色的公共房屋还环绕着布朗小教堂，这里曾是塞尔玛民权运动的总部。教堂的前方竖立着一个马丁·路德·金的半身铜像，铭文上写着：我曾有一个梦想。

塞尔玛的西边居住的绝大部分是白人，要比东边富裕得多。但是这里零星的旧豪宅似乎只是在强调塞尔玛从内战前的富足中跌落的事实。西塞尔玛中心的一个公墓更加深了这种哀伤的气氛。老人须从活橡树上垂下，遮住了一个高大的塔碑，此碑标记着150位无名叛军的集体坟墓。"坟墓中有宏伟，昏暗中有光荣。"铭文这样写道。

我在佩图斯大桥旁边的投票权博物馆结束了感伤的游览。墙上挂满了白人州警穿过催泪弹的烟雾追赶黑人抗议者的照片。博物馆里还有一位游客，他是一位头发花白、穿着肯特布①袍子、戴着帽子的黑人男子。"那是我，就在那儿。"他指着一张照片说，照片中有一个年轻男子，穿着大外套，打着领带，手臂和其他游行示威者挽在一起。"我们那时候真年轻。"

理查德·布恩牧师（Reverend Richard Boone）帮忙指导"塞尔玛计划"的时候只有20岁，那个阶段的民权运动被称为"塞尔玛计划"。"我们以前穿着连体工装，戴圆顶小帽，"他说，"我们把自己当作浸信会的拉比。"后来，布恩在蒙哥马利的帝国影院试图废除种族隔离时被捕，罗莎·帕克斯就是在这里开始了她的公共汽车抗议。[362] "美好的往日，"他说，"所有事都很清楚，非黑即白，就像这些照片一样。"

如今，布恩发现自己被卷入了更加扑朔迷离的抗议之中。过去的三个月，他在蒙哥马利的一家黑人电台外面抗议，这家电台播放了几个有争议的节目，包括"伊斯兰国度"领袖路易斯·法拉堪牧师每周

---

① 肯特布（Kente Cloth）是非洲的传统布料。

一次的讲话。讽刺的是，电台的办公室就在帝国影院的正对面。"现在，有黑人面孔按照白人老爷的吩咐做事，"布恩说，"就像奴隶制时期，干家务的黑鬼对干农活的黑鬼作威作福。"

他以前的一些白人盟友现在也加入敌人的阵营了。布恩最近去了华盛顿的百万人大游行，他反感针对游行组织者法拉堪牧师的反犹太主义指控。"他说犹太人的那些话都是事实，"布恩说，"他们曾经站在我们这边。但现在，他们中的好多人都是吸血鬼。"

对此，我当作没听见。我们游览完博物馆剩余的部分，路过了游行者脚上的石膏，还有纪念民权运动烈士的一个小教堂般的"纪念室"。博物馆还经常举办民权运动的纪念活动，今天下午就有一个纪念艾尔玛·琼·杰克逊（Irma Jean Jackson）的活动，她是一位塞尔玛的资深活动家。所以我在几个小时之后返回到了这里，与布恩还有其他约 50 个人一起参加了活动，他们几乎都是老年或年纪较大的中年黑人妇女。

"这个博物馆是我们纪念普通士兵的地方，"主持人开始说，"在运动中，我们都曾是孩子，我们一定不能忘记艾尔玛·琼和其他年轻斗士的事迹。"然后艾尔玛·杰克逊讲了话，回忆了她大学时代的政治觉醒。"捍卫我们权利的时候到了。"她说道，之后讲述了为人熟知的塞尔玛斗争，"我们走到桥头，他们冲过来开始打人，扔催泪弹。太阳都黯然失色了，当时的烟就是那么大。警棍把人的头打裂，都能听见头骨碎裂的声音。人们尖叫着，在小水坑里拍打，舀水清洗他们刺痛的眼睛。"

杰克逊继续讲着，观众里有几个人开始小声哭泣。然后她呼吁 [363] 听众谨记烈士们和"他们所为之奋斗的大业"。我意识到自己以前听过这些。纪念年轻的普通士兵；捍卫我们的权利；英雄事迹与牺牲烈士的冗长故事。同样的哀伤主题贯穿了我参加过的几十次南军纪念活动。

几乎每句话都开始带有熟悉的回音。艾尔玛·杰克逊讲述了在塞尔玛和蒙哥马利之间"整日行军，睡在野地里"的情况——就像叛军士兵们在弗吉尼亚所做的那样。她回忆了运动的其他圣地——伯明翰、塔斯卡卢萨、小石城——这些地方与她的听众产生了强烈的共鸣，就像夏普斯堡和夏洛之于许多南方白人。谈起在南部各地的小镇中工作的经历，杰克逊说："我们都得了神经性胃炎，有时两天没有东西吃，因为餐馆都还没有取消隔离。"——这让我想起了瘦削的南军在穿过马里兰的饥饿行军中觅食青玉米和青苹果的故事。

杰克逊的演讲在对圣人领袖的召唤中结束，对此次演讲来说，圣人就是马丁·路德·金。"所有人都是士兵，但只有部分人是战士，"她说，"他是一名战士，为人民而战的战士，他牺牲了一切，使人民可以自由地生活。"在关于"石墙"杰克逊和罗伯特·E.李的南军老兵之子会议上，也可能有人说过同样的话。

当她说完后，布恩牧师发表了一个简短的讲话，更加明确地呼应了内战。"引用我们最伟大的总统的话：'我们聚集在一个伟大的战场上。那些曾在这里战斗过的勇士们，活着的和去世的，已经把这块土地圣化了，这远不是我们微薄的力量所能增减的。'①"布恩点燃了蜡烛来纪念民权运动的亡者，听众开始歌唱《不会让任何人改变我》。这是一首激动人心的歌曲，但是我感到了一片悲痛的云飘浮在房间

---

① 这句话来自林肯的《葛底斯堡演说》。

里。和我遇到的许多白人一样，这些民权与会者似乎陷入了一种鬼魂之舞，从英雄牺牲、光环加身的烈士和未实现的梦想等崇高的过去中召唤灵魂。

仪式结束后，我和博物馆的馆长罗丝·玛丽·桑德斯（Rose Mary Sanders）聊了起来，她是一位引人注目的女士，留着短发，穿着漂亮的非洲长袍，双臂上半挂着银色丝带。

[364]　　我问她，我在听众中感受到了一种悲情的怀旧情绪，是不是错的。

"你是对的。这里很令人沮丧是因为真正的改变太少了，"她说，"我们的市长还是'血色星期天'时候的市长。我们不再担心被三K党射杀，但是我们担心被自己人射杀。我们取消了学校的种族隔离，现在所有的白人学生都去了他们自己的学校。这里白人的收入仍然是黑人的三倍。有什么值得高兴的？"

罗丝·桑德斯的外表和谈吐都不像塞尔玛本地人，她也不是。她和丈夫汉克（Hank）是哈佛大学毕业的律师，以前在非洲工作，后来在20世纪70年代的时候搬到了亚拉巴马州。从此以后，他们就变成了塞尔玛主要的——也是最具争议的——社会活动家。汉克当选为亚拉巴马州自战后重建以来的第一位黑人州参议员，曾经因为试图取下州议会上的叛军旗帜而被捕。罗丝带头发起了一次黑人的罢课，抗议把黑人学生"导向"慢班的情况。这次于1990年发生的抗议最终导致了种族冲突，塞尔玛的学校被关闭，国民护卫队也被召集了——来保护白人学生。等到学校重新开学时，剩下的白人学生全体逃到了私立学校。

桑德斯最近的一个大业是发起一次请愿，改掉内森·贝福德·福瑞斯特公共房屋社区的名称，就是我在城外路过的那个。"你能想象

犹太人住在某个名叫希姆莱① 的小区吗？"她问。但迄今为止，她的
努力遭到了黑人的冷漠对待。"大多数人不够了解他们自己的历史，
所以不知道自己被侵犯了。他们从未听说过福瑞斯特，只听说过福瑞
斯特·冈普② 。所以他们就接受了这个名字。白人把像福瑞斯特一样
的杀人犯变成英雄，是因为我们自己的无知和内化的压迫，是我们任
其发生的。"

桑德斯的另一个大业进展得更顺利些。她开设了一所特殊学校，
专门收留辍学或是因为违纪或学习问题而留级的黑人青少年。桑德斯
说，学生们现在正在学习非洲帝国的历史，会很快进行到现代美国黑
人历史。当我告诉她我自己的研究时，桑德斯的眼睛一亮。"要不你
明天回来和我的学生们讲讲吧？"

我同意了，条件是我可以测验学生们对内战的态度。桑德斯笑 [365]
了，说："你不用问，他们会主动告诉你，洪亮而清晰。"

第二天，在去桑德斯的课堂之前，我顺便去见了塞尔玛长期在位
的市长。乔·史密瑟曼（Joe Smitherman）的职业生涯是南方政治的
一个微型经典。史密瑟曼以前是一个家电商店的老板，后来作为一个
公开的种族隔离主义者在政治舞台上崭露头角，在民权运动的动荡中
担任市长，从此巧妙地随着风向的变化而动。他现在已经是第八次担
任市长了，而这个城市的黑人比例是 60%，而且市议会和教育委员

① 　海因里希·希姆莱（Heinrich Himmler, 1900—1945），纳粹德国的首脑人物之一，
历任德国秘密警察（盖世太保）与党卫军的头目，直接领导了对犹太人实施的大屠杀。
② 　福瑞斯特·冈普（Forrest Gump）是 1994 年上映的美国电影《阿甘正传》
（*Forrest Gump*）中的主人公。

会都是黑人代表占多数。

"在和别的白人竞选时，我赢得了 90% 的黑人选票。"他说。鉴于他曾经反对过投票权的示威者，有一次还在记者招待会上失口说出了"马丁·路德·库恩"①，这似乎是一个奇怪的吹嘘。

史密瑟曼现在是一个头发花白的 64 岁男子，打了一条史努比的领带，坐在那里一直吸烟，旁边都是纪念品，反映了他在位三十年间奇特的曲折经历：一面邦联旗帜，一把汤普森冲锋枪，相框装起来的照片——这些照片有乔治·华莱士的、莱斯特·马多克斯②的、杰西·杰克逊的，以及塞尔玛的黑人助理警察局长的。他从文件柜里拿出一张有关约翰·路易斯（John Lewis）近期到访的新闻剪报，他是一位在"血色星期天"之后因严重脑震荡而住院的民权运动领袖。"路易斯说，塞尔玛的变化'几乎难以置信'，"史密瑟曼说，"而他的头骨是在这里被打裂的。"

但是史密瑟曼不想多讲这个城市发生的民权运动骚乱。"人们都说：'噢，塞尔玛啊，那是他们放狗咬人的地方。'"他抱怨说，"我们这儿连狗都没有。狗都在伯明翰。"

不过，史密瑟曼非常乐意谈论塞尔玛最近决定推销其民权运动历史的事。"基本的想法是，我们已经因为那座桥上发生的事而被污名化了这么久，为什么我们不把它也推销出去呢？"也就是在最近，塞尔玛才对其内战历史变得大度起来。"你必须记住，是北军赢得了在

[366]

---

① "库恩"的原文为 Coon，在英语中是辱骂黑人的称谓。

② 莱斯特·马多克斯（Lester Maddox, 1915—2003），美国亚特兰大的商人和政治家，曾于 1967 年至 1971 年担任佐治亚州的州长。1964 年，他因为在自家的餐厅拒绝招待黑人而闻名全国。

这里发生的战斗，并烧毁了该市。老一辈塞尔玛人天然不喜欢大肆宣传这些东西。"

我向史密瑟曼问起他自己对邦联的态度。作为回应，他给我讲了自己在大萧条时期的童年，那时他是个佃农的儿子。"我们当时很穷，"他说，"我父亲在我只有几个月大的时候就死了，我母亲依靠政府救济把我们六个养大。对我们来说，内战是一种骄傲。它是我们仅有的东西了。有钱的白人，他们有当过这个上校或者那个将军的祖先。但是我们对那些一无所知。只有那种曾经重要过的自豪感。"

现如今，市政府帮忙赞助了一个一年一度的重演活动，演绎北军在塞尔玛的胜利，还支持每年的"血色星期天"纪念活动。史密瑟曼甚至在桥上加入了回访的游行者，并授予了曾和金共同创办"南方基督教领袖大会"的乔瑟夫·洛厄里牧师（Reverend Joseph Lowery）一把城市钥匙。

即便如此，新的种族冲突仍然不断出现，包括罗丝·桑德斯最近要求内森·贝福德·福瑞斯特家园改名的诉求。"大家都简称它为 N.B.F.，"史密瑟曼在谈到公共房屋社区时说，"如果你住在 N.B.F. 118 号，你真的想把地址改成木兰花园 118 号吗？我们有一条李街、一条杰斐逊·戴维斯大道、一条马丁·路德·金大街。我们应该过了纠缠这种事的时候了。"

史密瑟曼送我到门口时，我告诉他，无论我写了塞尔玛什么东西，都会给他寄一份副本。他咯咯笑了。"我才不在乎你做什么呢。你们这些人都一样，满脸微笑地来这里，然后回家写一篇挖苦我们的东西。"他拍拍我的背，整理了一下他的史努比领带，回办公室去了。

几个月之后，一位亚拉巴马的朋友给我邮寄来两张新闻剪报。一则新闻报道了包括市长在内的塞尔玛官员投票决定以一位当地民权领袖的名字重新命名内森·贝福德·福瑞斯特家园。另一篇报道说，乔·史密瑟曼仅以 52 票的优势击败了一名黑人候选人，赢得了他的第九个塞尔玛市长任期。

[367]　　　罗丝·桑德斯的教室紧挨着投票权博物馆，教室的墙上挂着罗莎·帕克斯、W. E. B. 杜波依斯、拉尔夫·埃利森的相片，还有一张一名三 K 党人弯腰看着一个正在流血的黑人的照片。①一幅巨大的海报上写着："我需要尊重，我想要尊重，我会给予尊重。"15 个大多是十六七岁的孩子跨坐在椅子上或是趴在桌子上。我刚开始讲自己的旅行，一个名叫贾马尔（Jamal）的学生就举起手。"你给书起好名字了吗？"

"还没有。"

他走到黑板前，用大写字母写下**"南方的红脖子"**。其他学生都笑了，开始喊他们自己的建议："南方的穷酸白人！""偏执狂！""白鬼！"

我微笑着擦了黑板。"内战对你们来说意味着什么？"我问。

"什么也不是。"几个学生齐声喊道。

"是他的事，"一个名叫珀西（Percy）的少年说，"意思是他的故事，是白人男性的故事，不是我的。"②

---

①　W. E. B. 杜波依斯（W. E. B. Du Bois, 1868—1963），美国黑人学者和民权活动家，是美国有色人种协进会的创始人之一。拉尔夫·埃利森（Ralph Ellison, 1913—1994），美国黑人小说家，其代表作《隐形人》（*Invisible Man*）获得了 1953 年美国国家图书奖。

②　"他的事"和"他的故事"的原文为 "*his*-tory" 和 "*his* story"，是对英文单词 "history"（历史）的拆解，珀西想借此表达内战是白人男性的事，与黑人无关。

我指出其实不是这样的。"黑人也打了内战，而且奴隶制是因为内战才结束的。"

"不，奴隶制没有结束！"一个叫妮基（Ni'key）的女孩宣称，"我们只是不把它叫奴隶制了而已。"

我换了方式去问："当我说'亚伯拉罕·林肯'的时候，你脑子里首先想到的是什么？"

"仁慈的种族主义。"

"只是种族主义。"

"他曾拥有奴隶。"

"那不是真的。"我说。

"他可能付给黑人的钱太少了，以至于他们还不如去做奴隶！"妮基喊道。另外几个学生过来和她击掌庆祝。

"那《解放奴隶宣言》呢？"我问。

"怎么了？"贾马尔说，"那些南方穷酸白人是农民和捕捞奴隶者，所以他们当然会打那些北方来的书呆子。林肯必须解放奴隶，所 [368] 以他才能把他们当士兵用。"

我们来来回回讨论了半个小时。实质上，学生们是在说内战与种族或奴隶制没有任何关系——和新邦联主义者的观点大致相同，只不过新邦联主义者是透过州权的棱镜来看内战的。

我问是否有学生参加过塞尔玛一年一度的内战重演活动。珀西笑了，说："我们这儿有一些疯狂的红脖子。他们可以用活动中的射击作为借口开枪打我们，然后说是意外。"

"一个假设的问题，"我说，"我的曾祖父参加了内战，为南方而战。我应该如何纪念他？"

"忘了他。他是坏人。"

"那些穷酸白人做了错事。为什么纪念他们？"

"红脖子！"

"白鬼！"

罗丝·桑德斯终于介入了。"越南战争是邪恶的，"她说，"但是我们不认为每一个参加越南战争的人都是邪恶的。"

学生们安静了片刻。"你说得在理，"一个学生说，"我叔叔曾去那里打仗。"

然后桑德斯拍拍桌子。"但是不能有纪念碑！我们正在努力纠正年轻人的犯罪行为。不能在此同时纪念南军罪犯们。"

"太对了！"

"内战还在继续，"桑德斯说，"唯一的区别是联邦军队也背叛了我们。因此，在北方和南方，我们都在同邦联战斗。"

"继续说！"

"还有，为什么我们要去看什么纪念南方生活方式的重演？"桑德斯说，"我付的钱只会放进继续压迫我们的罐子里。只有几个白人参加了我们的大桥重演。他们在发出信号，表示我们的历史并不重要。那么我们为什么要参加他们的活动呢？"

我安静地听着。桑德斯所传达的信息与我在南方各地听到的一样。我的历史和他的故事。你穿你的 X，我穿我的。两个种族都将自己与对方隔离开来。当课堂终于结束的时候，我松了一口气。

[369]　"你自己也看到了，"桑德斯在带我回到博物馆的时候说，"这些孩子对整个内战群体有诸多恐惧与愤怒。"

我建议说，如果他们和"内战群体"有更多接触的话，可能就不会这样了，他们中的有些人，比如蒙哥马利的威尔·希尔·坦克斯利，认为自己在种族方面是进步的。

桑德斯皱了皱眉头。"比起把自己的种族偏见藏起来的自由派白人，我更喜欢和那些承认自己是种族主义者的人打交道。"然后她开始长篇大论地攻击起白人民权运动工作者，像朱利安·邦德①一样的黑人"背叛者"，还有"打击法拉堪之辈的犹太人"。

"犹太人不喜欢法拉堪是因为他称犹太人为吸血鬼，"我回复说，"如果你们在对抗种族主义，就不应该有一个说种族主义言论的领导者。"

"别告诉我们谁应该当我们的领导者，"桑德斯厉声说，"如果你因为领导者说的一些话就放弃他，那么你什么人都追随不了。"

"一些话？"我也厉声说道，"他说希特勒是个伟人。作为一个犹太人，我觉得这很有问题。"

"噢，又来了，犹太人的苦难。那我们的苦难呢？我们的种族大屠杀呢？印第安人遭受的种族大屠杀呢？"

我们争论了半个小时才喊停。我环顾四周。我们被"血色星期天"和"从塞尔玛向蒙哥马利进军"的照片所包围。昨天看到这些照片，我希望自己在佩图斯大桥上，或者在马丁·路德·金的身后行军。布恩牧师称之为"美好往日"。从某个角度上讲，他是对的。

桑德斯的思绪似乎和我的相似。她带我到一扇窗户前，向外看，

---

① 朱利安·邦德（Julian Bond, 1940—2015），美国黑人社会活动家、民权运动领袖、政治家，早年于20世纪60年代参与创办了民权组织"学生非暴力协调委员会"（Student Nonviolent Coordinating Committee, SNCC），随后参政，当选为佐治亚州众议院的议员，晚年担任过五届全国有色人种协进会主席。

透过雨水看着车流爬上佩图斯大桥。"我猜，我希望这座博物馆能为历史增加一些清晰度，或者至少能记住那个有一些清晰度的时代，"她说，"从那时起，事情已经变得太复杂了。"

我在傍晚的昏暗中驶离了塞尔玛，路过金的"我曾有一个梦想"半身像，心情比我在南方长期漫游的任何时刻都要低沉。如果说内战给我的童年带来了想象力的话，20世纪60年代的种族混乱则塑造了我的政治意识。当金在离我家几英里的地方发表梦想演说的时候，我才5岁。"向华盛顿进军"是我的第一个政治记忆——我怀疑，主要是因为我父母为了我的母亲是否应该参加而争吵。我父亲是一个自由派，但是非常谨慎，害怕麻烦。最终我母亲待在了家里。

五年之后，我坐在朋友家的屋顶上，看着华盛顿在由金的被刺而激起的暴乱中燃烧。差不多是那个时候，我渐渐离开了内战。回想起来，我不记得是为什么了。但可能是因为我对周围充满种族色彩的城市的认识越来越深刻；在某一时刻，看起来很酷的南军不再那么酷了。对我来说，联邦士兵则总是显得很无趣。

或者也可能只是我的关注点转移了。在大学，我学习黑人历史，辅导市内贫民区的孩子们，写了一篇关于南方黑人工人的冗长毕业论文。正是我的论文导师，一位来自密西西比一所黑人大学的民权学者，力劝我毕业后去南方做工会组织者的工作。在密西西比的时候，我写了自己的第一篇报纸文章，是关于一位伤残黑人伐木工的，我发现自己更喜欢写作，而不是煽动。在某种程度上，我儿时对南方邦联的痴迷已经演变成了成年后对南方和种族的关注——以一种迂回的方式导致了我对职业的选择。

过去一年的旅行给了我足够的机会去重访所有这些。但南方对我来说已经变了，或者说是我变了。我对内战历史的热情，以及我对同样热爱内战历史的南方人所感到的亲切感，总是碰到种族主义与右翼政治。而我在塞尔玛，在对无数白人至上主义者压住自己的脾气之后，却对一位黑人女士发了脾气，而她的热情最初是我所钦佩的。几个月前，在密西西比，我得知自己工作过的那个曾经激进地实行种族融合的工会，现在则全是黑人了。对它来说，来自北方的白人同情者已经没有什么用处了。显然，像罗丝·桑德斯和理查德·布恩这样的黑人活动家也同样没什么用了。在某种程度上，这是不可避免的，也是健康的。人们必须自己打自己的仗；外人往往会碍手碍脚，特别是 [371] 在南方。尽管如此，我有时觉得自己是一个敌人，在白人和黑人中都是，这让我感到很难过。

在驶出塞尔玛的路上，我还思考了另外一些事情。罗丝·桑德斯的学生让我一睹亚拉巴马州愤怒的年轻黑人都学了什么内战知识。我还看到了一些保守派白人——我在州议会大厦遇见的家庭教育者们——对他们的孩子进行的关于奴隶制和脱离联邦的教育。我很想知道这两个极端之间是什么样的情况。

通过一个朋友的朋友，我联系到了格林维尔的一名历史老师，格林维尔是一个人口 8000 人的城镇，位于蒙哥马利以南一个小时车程的地方。比利·福克（Billie Faulk）正准备给她的高中学生讲授内战，她说我可以旁听。但是，邀约却带着一个奇怪的注意事项：内战不是高中规定课程的一部分。

"亚拉巴马州的教学课程方案可怜得很。"福克在课间擦着黑板说。

福克是一位纤瘦漂亮的女士，四十出头，有着二十年老教师的那种疲惫的紧张。她说，在小学，学生们在涵盖全部亚拉巴马与美国历史的通史课程中快速了解了一下奴隶制和脱离联邦。八年级时，他们会在一门截至1877年的美国史课程的末尾回到内战。"但在学年中，大多数老师的讲课进度都会落后，最后就匆匆讲一下内战。"福克说。

正式来讲，这就是他们学习内战历史的全部了。亚拉巴马州最近改变了学校的课程设置，所以高中生只学习1877年以后的美国史。我后来打电话咨询了一位州官员，他解释说："我们想把大纲调整为包括更接近当代、与学生更相关的时期。"得克萨斯州和另外几个南方州也这样做了。

福克已经尽其所能去通融规则，用她自己的资料去补充课本的内容，并在课堂中包含了对奴隶制和内战的回顾。但是这最多只能起到创可贴的作用。"大多数学生连基本的史实都掌握不了，"她说，"所以很难真正地去深入讨论一些问题。"

[372]　她的学生鱼贯而入。五个黑人学生在门边坐成一团。六个白人学生则坐在窗户旁边。我自己坐了一排，这一排变成了两组学生之间无人区似的地带。

"我们谈一谈南方社会，"福克开始讲课，"南方意味着什么？"

"乡村口音，"一个男孩说，"乡村道路。"

"就像是，边远地区。"

"我们比北方种更多的地。"

"我们讲话不同，吃有趣的食物。比如我们有响尾蛇比赛和欢庆西瓜。"

这似乎是一种对南方身份相当狭隘与自嘲的理解。但是，讨论没有提及叛军旗帜，令人耳目一新。不幸的是，就像福克预警的那样，也几乎没有提及史实。

"奴隶制持续了多久？"她问。

"直到 20 世纪初？"一个男孩小心地说。

"1940 年。"另一个学生很确定地说。

福克皱了皱眉头。"其他人也这么认为吗？"其他人茫然地看着她。"好吧，答案是 1865 年。"她停顿了一下，然后问："内战什么时候开始的？"

"1812 年！"

"1840 年！"

"1816 年！"

"1861 年。"福克纠正说，"我们如何了解奴隶制？我们都有什么资料？"

"书，好像，还有电影，"一个男孩喊了出来，"斯科蒂·皮蓬[①]自传。"

"是简·皮特曼小姐[②]，你个傻子！"他的一个朋友捶着他的后背喊道，"斯科蒂·皮蓬是公牛队的。"全班哄堂大笑。

---

① 斯科蒂·皮蓬（Scottie Pippen, 1965— ），前美国职业篮球运动员，于 20 世纪 90 年代效力于巅峰期的芝加哥公牛队，与前美国篮球巨星迈克尔·乔丹（Michael Jordan, 1963— ）一起带领公牛队六次夺得了美国职业篮球联赛的总冠军。

② "简·皮特曼小姐"指的是 1974 年上映的美国电影《简·皮特曼小姐自传》（*The Autobiography of Miss Jane Pittman*），改编自美国黑人小说家欧内斯特·盖恩斯（Ernest J. Gaines, 1933—2019）出版于 1971 年的同名小说。在电影及原著小说中，主人公简·皮特曼小姐是一位活了 110 岁的黑人妇女，出生于内战爆发的 19 世纪 50 年代，在民权运动兴起的 20 世纪 60 年代去世，故事用她的视角讲述了美国黑人一个多世纪的斗争历程。

福克问学生们，当她说"老南方"的时候，都想到了什么。

"大房子。"

"还有大裙子。"

"大型派对，像《飘》和《南方与北方》①里面的那种。"

"艰苦的劳作、棉花、奴隶。"一个黑人学生说。他是唯一在课上发言的黑人学生。

[373]　福克解释说，在亚拉巴马的大部分地区，老南方不是很老，也不是很辉煌。只有不到 1% 的白人拥有 100 个或更多的奴隶，一些亚拉巴马州最好的种植园是由内战爆发仅 40 年之前修建的小木屋发展而来的。

"你是说林肯长大的那个小木屋吗？"

"当他们解放奴隶的时候，奴隶们都跑去把他们原来的主人杀了吗？"另一个男孩问道。

"有些事我不太理解，"第三个男孩说，"如果奴隶们被残忍地对待，为什么他们在电影里总是有一口好牙？"

福克在剩下的 20 分钟时间里讲课，直到下课铃响起。"如你所见，"她说着，露出了疲倦的笑容，"我在和好莱坞竞争。当他们学到内战前的南方不全是思嘉·奥哈拉和艾希礼·威尔克斯时，几乎是失望的。"

同样的神秘面纱也包裹着他们对内战的理解。"他们认为内战都是荣光。"她说。福克试图通过谈论战争的恐怖来驱散这种传奇色

---

①　《南方与北方》(*North and South*)是英国小说家伊丽莎白·盖斯凯尔(Elizabeth Gaskell, 1810—1865)于 1855 年出版的小说作品，讲述了成长在英国南部的玛格丽特·黑尔(Margaret Hale)与北方工厂主约翰·桑顿(John Thornton)之间的故事，两人代表了截然不同的南方与北方，产生了种种冲突却最终相互谅解。小说借助两位主人公的爱情故事展现了维多利亚时代英国的社会与历史。

彩。她自己的祖先为南方而战：一个在 14 岁时参战，另一个是 16
岁。"他们是穷人，打了一场富人的战争，"她说，"我不认为其中有
什么荣光。"

我们去食堂吃了炸牛排块、青萝卜、腌甜菜和玉米面包。又一
次，孩子们在食堂里按种族松散地分开。接下来的休息课间也是一
样，学生们在外面活动，一群白人挨着一群黑人。

福克的下一节课是世界历史，所以我来到学校的图书馆看她给我
的教科书。"像南方的大多数人一样，亚拉巴马人对州权持有强烈的
信念。亚拉巴马州参加了脱离联邦运动，在内战中与联邦作战。"这
两句话就是九年级的初级读本上有关内战的全部内容了。

尽管如此，这也好过老式的辩解书，我曾在蒙哥马利的一个图书
馆读过。"蓄奴者解放他们的奴隶只是个时间问题。"一本 20 世纪 40
年代的九年级课本这样声称。另一本 1961 年的课本则描绘了和蔼的
嬷嬷与顺从的田间奴隶们露出"一排排洁白的牙齿"。书中还满是邪
恶的北方佬、恶毒的无赖和贪赃枉法的提包党。

我在另一间教室找到了鲁比·香布雷（Ruby Shambray），她是 [374]
一位体格魁梧的黑人女士，已经在格林维尔教了 35 年历史了。"我刚
开始在这里上班的时候，内战是我最喜欢的题目，"她说，"你只需要
讲授发生的事情，孩子们很感兴趣。"

那时，她的学生全是黑人。后来，当学校于 1969 年取消了种族
隔离时，许多中产阶级的白人父母开始把他们的孩子送到新的全白人
私立学校上学——在南方俗称"隔离学院"（seg academies）。这个情
况使格林维尔高中流失了活力与资源，现在学校的学生大部分是黑人
和工薪阶层的孩子，和这个地区许多其他的公立学校一样。香布雷说

学校的图书馆严重缺书，电脑很少，实验室很老旧。亚拉巴马州花在公立教育上的钱比美国其他任何州都要少。

取消种族隔离还把内战变成了一个雷区。"突然，我无论说什么都是错的了。"香布雷说。黑人指责她弱化奴隶制，白人则认为她污蔑他们的祖先。香布雷发现自己开始害怕讲内战。"有几年，我会从1855年快速跳到战后重建。"她说。

后来，从20世纪70年代中期到80年代中期，氛围好了一些，香布雷学会慢慢地把学生带入内战。"我在开场白中说，今天在座的各位对所发生的事情都没有责任。这是历史，我们需要以公开、明智的方式来讨论问题。"

但就像我在南方各地交谈过的其他人一样，从80年代中期开始，香布雷感到人们的态度变得越来越强硬。黑人和白人都变得更爱争吵，而更少关心事实。"我现在已经教了两代人了，这一代人不一样，"她说，"他们比以前的孩子更敏感，但同时对别人更冷漠。"

每年，她都会要求学生们选择一个历史主题做特别报告。"现在，总会有一个白人学生想做三K党的报告。有些学生还声称他们是三K党党员。"同时，黑人则似乎有意忽略19世纪。"他们觉得那是别人的战争，是属于别人的历史。"她所说的和我在塞尔玛听到的一样。

[375]　　这种分裂延伸到了去蒙哥马利的学校旅行。黑人孩子们在民权运动的景点兴奋不已，白人孩子们则是在议会大厦和邦联白宫。他们还在教室里保持距离。"我不给学生指定座位。各个班级会自我种族隔离。他们都已经习惯了这种方式。"

香布雷也退了一步，再次对教授内战感到不安。新的课程设置让她摆脱了困境，因为她不需要教授1877年以前的事件了。"我必须讲奴隶制和内战——这太重要了，"她说，"但我不会讲太多。"

铃声响起，我回到福克的教室，听她讲的 11 年级大学先修历史课。[①] 至少，这些学生已经基本掌握了史实，课堂讨论很快就转到了内战的起因与遗产。

"内战是有现实意义的，因为其影响仍然是明显的，"一个学生说，"在南方，许多人依然很穷，还持有种族偏见，这种情况基本可以追溯到内战。"

"我认为现在的种族主义比那时还糟糕，"另一个女孩说，"那时候，尽管他们不是平等的，但黑人和白人都干农活，经常一起工作。今天，我们分开得更厉害。"

一个学生抚摸着他的小胡子说："北方也应该承受一些责备。他们说了很多解放黑奴的漂亮话，但是在战后没有为黑人做过什么。而且当黑人开始向北方迁移，那里的白人不比南方的白人好多少。"

一个黑人学生把种族偏见的持久性归咎于父母。"种族主义是代代相传的。"她说，"就像去教堂一样，你不能选择去哪个，你只是跟着父母去。"

对话已经变得畅所欲言了，我也举起了手。我独自坐在中间的走道问，为什么所有的白人学生坐在教室的一边，所有的黑人学生坐在另一边？

"一直是这样。"一个白人学生说。一个黑人学生点点头。"我们小时候都是朋友，"她说，"没有人想黑人和白人的事。但是长大后，

---

① 大学先修课程（Advanced Placement，AP）是美国大学向优秀高中学生提供的一种高级课程，修完此类课程并通过考试的高中生可以在大学期间免修同类课程并获得学分。

从新闻中听到一些事，看看周围，听到人们说的小事，事情就起了变化。我们还是朋友，但是不一样了。"

　　这一说法不带有任何敌意。事情就是这样。至少学生们坐在同一间教室，相互交谈，不像罗丝·桑德斯的学生或是我在蒙哥马利遇到的在家接受教育的孩子。再或者说，不像北方的大多数学生。在我接受教育的华盛顿特区，现在的公共教育系统内97%是黑人学生。

[376]

　　今天的最后一节课下课后，我向福克问起了学校里的非正式种族隔离，还有白人学生似乎比黑人学生要坦率和自信得多。"我们曾经有个从马其顿来的交换生，"她说，"他告诉我：'你知道，黑人在这里占多数，但是他们怕你们。'他是对的。黑人在白人主导的社会中长大，他们似乎容忍这种状态。"

　　像鲁比·香布雷一样，福克也被近年来出现的、她称之为"老伙计主义的波动"的现象所迷惑。"以前，孩子们真的想合得来，并且理解对方。后来这种冲动消失了。"她暂停了一下。"我从这里的一所种族隔离的学校毕业。当时我知道黑人孩子在别的地方接受教育，但是我从未真正考虑过这个问题，也没有站出来争取改变。不知何故，我希望这些孩子能更多地考虑这些事情，但我不确定他们是否那样做了。"

　　我在格林维尔高中又待了两天，带着对所见所闻五味杂陈的心情离开了。很明显，失败的大业在年轻的亚拉巴马人心中已经快要真正地失败了。只有优秀的学生掌握了内战历史最模糊不清的轮廓。也不是说这些青少年不正常。我后来读到一篇关于南方人对内战知识了解程度的调查：在18岁至24岁的被调查者中，只有一半能说出一个战役的名称，八个人中只有一个知道他们是否有南军祖先。

　　这与前几代人的经历相差甚远，他们从出生起就被南军文化的浓厚肉汁所熏陶，所学的教科书也不过是旧南方的宣传。从这层意义上说，无知或许是好事。孩子们对过去知道得越少，似乎就离它越远。可能南方最终会通过忘记创造了恶魔的历史而驱除恶魔。

　　但亚拉巴马人似乎也放下了马丁·路德·金的著名演讲中所体现的那种更近和更有希望的历史。"我有一个梦想。"他说，希望在亚拉巴马"黑人男孩和女孩将能与白人男孩和女孩情同骨肉，携手并[377]进"。与密西西比一样，亚拉巴马似乎比南肯塔基那种少有民权斗争烙印的地方迈出了更大的步伐。即便如此，塞尔玛的那句金的名言的过去式渲染，似乎是对我访问的大部分 20 世纪 90 年代南方地区的一个悲伤的恰当评论。

　　在格林维尔的最后一晚，我去见了一位名叫鲍比·甘布尔（Bobbie Gamble）的退休教师，她在格林维尔的公立高中和一所私立学院教了好多年书。"我们真的相信，如果从一年级开始就让孩子们在一起，整个种族态度就会起变化。"她说。甘布尔回忆起她在 20 世纪 70 年代早期组织的名为《你好，多利！》①的舞台剧。她让黑人孩子们扮演了许多白人角色，两个种族的家长在观众席上舒适地混坐在一起。"考虑到这里以前的情况，那是一场小小的革命。"她说。

　　但是，25 年后再看，这次革命似乎是有局限性的，而且好像变得反动了。"现在没有人真正地谈论种族融合了，"甘布尔说，"现在，目标似乎是一切平等的分离主义。不仅仅是在设施方面，而且还体现在我们如何展现社会上。黑人历史和白人历史。黑人文化和白人文

---

①　《你好，多利！》（*Hello Dolly!*），又译《我爱红娘》，是一部于 1969 年上映的美国喜剧歌舞电影。

化。我们应该把所有这些作为我们的文化和我们的历史来教授。但现在没有人再试图那样做了。这是'普莱西诉弗格森案'①延伸到了一切事情上面。"

在教育上，分离不是真正的平等。甘布尔说，最初，把孩子送去私立学院的白人家长"是不想让自己的孩子坐在黑人旁边的有钱人"。但是随着公立学校品质的降低，私立学院开始吸引那些中产阶级家庭，他们只是想让自己的孩子有更好的机会。私立学院的学费是每月150美元，导致了预算紧张，加深了黑人的怨恨，许多白人则将公立学校的衰落归咎于黑人。"这是一个恶性循环，而南方被困在里面了，或者说整个国家都困在里面了，真的。"她说。

出城的路上，我在戴尔堡南巴特勒学院停了下来，学校的牌子上写着"建立于1969年"——格林维尔的学校解除种族隔离那一年。为了适应学校的飞速发展，整齐的砖砌建筑周围盖满了拖车房。放学时，我看到的一百多个奔向校车的学生中没有一张黑人面孔。我走过一个户外操场，看到地上画着一面巨大的南军战旗。和老叛军一样，隔离学院实际上已经脱离了其周围不断变化的社会。

[378]

离开格林维尔时，在笼罩着我的塞尔玛之行的那片忧郁阴云的阴影之下，我一直在回想鲍比·甘布尔的临别赠言。"记住，'血色星期天'只是30年前的事，黑白同校甚至更晚。可能我们要求的太多了。革命不可能一蹴而就。"

在长长的校车队伍后面蜿蜒离开格林维尔，我希望她是对的。

---

① 普莱西诉弗格森案（Plessy v. Ferguson），又称"普莱西案"，是美国历史上一个具有划时代意义的案件，此案的判决标志着"隔离但平等"原则的确立。

第十五章　收起帐篷

结束一场战争最快的办法就是输掉它。

——乔治·奥威尔 [1]

当我意识到我的内战奥德赛就要结束时，我正在去往葛底斯堡的 [379] 半路上，肩上挂着一只活鸡。

罗布·霍奇和我一起行军穿过宾夕法尼亚南部整齐的农田。因为是凌晨三点钟，我们看不到太多风景。"这就是——天堂，"罗布说着，指向一个谷仓的轮廓，在盛夏的月色中朦胧可见，"没有一丝 20 世纪的迹象。"

罗布在他又长又黑的卷发上涂满了润发油，还把八字胡抹成两边翘起的造型。他看起来就像是低配版的皮克特，穿着他在去年夏天的"全面内战"中穿过的灰胡桃色制服，至今仍未清洗过。这一年来，罗布一直在寻找硬核重演的新边界。其他 40 名叛军在我们后面艰难前行，有些还光着脚，他们是罗布招募来的，为的是进行一次 12 英里的强行军，赶到葛底斯堡参加重演战斗。

---

[1] 乔治·奥威尔（George Orwell, 1903—1950），英国著名小说家、记者和社会评论家，他的代表作《动物庄园》和《1984》是反极权主义的经典名著，其中《1984》被认为是 20 世纪影响最大的英文小说之一。

"现实中的士兵，大部分时间都在行军，而不是战斗。"罗布这
样解释此次徒步行军的原因。最初的计划是在黎明时分行军，但罗
布在午夜时突然决定改变计划，就像内战时期的指挥官们经常做的
那样。

为了增加真实性，罗布前一天从一个宾夕法尼亚农民那里买了只
公鸡和另外三只活鸡。"叛军们都随身携带家畜，所以我们为什么不
呢？我们会在战斗之前把这些鸡炖了。"

现在，其中一只鸡已经在我的肩上啄食和拉屎三个小时了，我对
其命运的任何不适之感早已烟消云散。我已经随时准备好按照罗布的
命令把它的脖子拧断了。我的另一个肩上背了一麻袋来自大后方的信
件。我们出发之前，罗布借着烛光，煞费苦心地用内战时期的笔给这
些信件填写了地址。"我们会在黎明分发信件，这样你就不用大老远
把这个包拖到战斗地点了。"他这样向我保证。

就在前方，汽车的前灯在乡村小路的拐弯处闪烁。我本能地转过
身喊道："马车！"一名军士命令士兵们"散开"，他们腾出了道路，
汽车飞驰而过。一个士兵醉醺醺地绊倒在草地上，脸朝下摔倒了，神
经质地咯咯大笑起来。"他吸食了鸦片酊，长官，"我对罗布说，"天
一亮，我就会向医疗官报告这件事情。"

罗布笑了，拍拍我的肩膀，说："超级硬核。"

这已经是我回美国后的第三个夏天了，也是我回到内战的第三个
夏天。每次看日历，我都会去联想 19 世纪 60 年代的同一天发生了什
么。5 月意味着钱斯勒斯维尔战役和"石墙"杰克逊在树荫下失去他
的胳膊。6 月 9 日是我的生日，但也是布兰迪站发生骑兵战斗的日子。

[380]

当然，7 月 4 日是维克斯堡投降和李在皮克特冲锋失败后的第二天率军撤退的日子。[①]

8 月同样是特别的，只是在不同的方面。在了解了这么多周年纪念日和纪念活动以后，我给自己加上了一个：在马里兰州弗雷德里克举办的内战医学年会，我和我的父亲连续参加了三年。这个会议已经变成了我们父子之间的一个新的惯例——或者说，是旧惯例的更新版本。旧的版本是我们一起认真翻阅成卷的内战相册，现在，我们一起坐在光线昏暗的礼堂看幻灯片，听题目为"南军的传染病医院"或 [381]"内战时期毒品滥用与麻醉"之类的讲座。

我的父亲刚从全职脑外科医生的职位上退休，和我一样，他也刚刚回到内战。以前，在不接待门诊病人的时候，他会看看医学档案，写一些关于那些开辟了治疗脑部外伤技术的战地外科医生的学术文章。"他们做的手术大多数都是试验性的，"在一个讲小脑穿透伤的可怕的讲座中，他小声地对我说，"内战时，80% 的脑部中枪最终导致了死亡。"

我是他三个孩子中最小的，也是唯一和他一样对内战持有热情的家庭成员。在医学会议的周末，我的母亲和妻子一起闲逛弗雷德里克的古董商店。午餐时，我母亲吐露她"曾经"造访过几个战场遗址——在 45 年前，我父亲追求她的时候。

---

① "皮克特冲锋"发生在 1863 年 7 月 3 日，葛底斯堡战役的第三天。7 月 4 日，罗伯特·E. 李见大势已去，趁着夜色和大雨率军渡过波托马克河，撤离战场，林肯于当日向全国宣布联邦军队取得了葛底斯堡战役的胜利。同日，驻守在维克斯堡的近三万南军向尤利西斯·S. 格兰特率领的北军投降，结束了历时九个月之久的维克斯堡战役，史称"维克斯堡投降"。维克斯堡投降标志着北方联邦军攻克了南军在密西西比河上唯一的据点，将南部联盟拦腰切断，打开了向南军后方进攻的大门。葛底斯堡战役与维克斯堡战役同为南北战争的转折点。

"在一个盛夏的下午，他认为的有意思的事就是去布尔溪，"她说，"那里热得要死，而且我一点都不感兴趣。我当时觉得很怪。"

在黑暗中行军了几个小时以后，罗布命令我们进入一个果园，休息到天亮。大伙把他们的毛瑟枪堆成圆锥形帐篷的形状，还把地布铺在满是露水的草地上。在黎明前的寒冷中，几个士兵贴身拥抱着睡了。

我把鸡拴在木栅栏上，志愿和罗布一起站岗。这意味着，我们要站在路边喝柳条水壶中的蜂蜜酒，这是一种罗布为部队准备军需品时购买的廉价酒。罗布大口喝着酒，骄傲地看着他正在睡觉的手下。从去年四个人的"皮克特冲锋"到现在，我们走了很长的路。从那时起，罗布变成了一个人的卢拉帕鲁萨音乐节①，不断地创造即兴的节目来吸引越来越多的追随者。

在第一束曙光出现的时候，附近农场的一只公鸡打鸣了。我们的公鸡还在睡觉。"起床，你这个法布的公鸡。"罗布喊道，用脚轻轻地推了推鸡。公鸡漫不经心地叫了一声，部队睡眼惺忪地起床集合。然后，罗布喊了一声："分发信件！"我打开麻袋，拿出厚厚的一摞信件。我艰难地辨认着信封上模糊不清的潦草字迹——这些信封都是19世纪信封的复制品，罗布用蜡密封好了——叫出了每个士兵的名字。

[382]

在几分钟的时间内，大家安静地读着他们的信。一个士兵得知北方佬占领了他的农场；另一个士兵得知他的父亲已经死于伤寒。罗布聚精会神地看着一张锡版小照片，照片是从昨晚他给自己准备的信件

---

① 卢拉帕鲁萨（Lollapalooza）音乐节，始于1991年，每年的8月左右在美国芝加哥的格兰特公园举行，被誉为世界十大音乐节之一。

里拿出来的，上面是一位神情严肃的年轻女士。"她可能看起来很普通，"他擦掉眼泪，哽咽地说，"但她是我的妹妹。"

在一个炎热的下午，我父亲带着我，驱车在华盛顿进行了一次怀旧旅行。在石溪公园，他指给我看了一堵北军防御胸墙的遗址，他小时候就翻过这堵墙，联邦军队曾在这里抵御了朱巴尔·厄尔利麾下叛军的一次英勇的突袭。我们还在宾夕法尼亚大道停留了片刻，在 20 世纪 30 年代，我父亲曾在这里亲眼看过参加阅兵仪式的内战老兵。他回忆说："我曾经站在这里，盯着那些留着长胡子的老兵看，他们坐在敞篷车里驶过。"

我们在国家卫生与医学博物馆结束了旅行，我最后一次来这里是 30 年前，当时我还在和父亲一起阅读十卷本的《影像内战史》。这所博物馆是为了收集内战战场上的外科手术标本而建立的，其中一个藏品尤其给我的童年留下了恐怖的印象。在葛底斯堡，一颗炮弹打碎了联邦将军丹尼尔·埃德加·西克尔斯的腿。[①] 他截肢以后活了下来，然后把腿捐给了博物馆——一起送去的还有个纸条，上面写着"少将 D.E.S. 敬赠"——他每年都会在他受伤的日子去看自己的断肢。

不巧的是，出于保护文物的目的，这条腿暂时不展出了。我研究了下装腿的乌木棺材和一张西克尔斯装着假肢的照片——他活到了

---

① 丹尼尔·埃德加·西克尔斯（Daniel Edgar Sickles, 1819—1914），纽约政治家和美国内战中颇具争议的联邦将领。战前，西克尔斯被控谋杀妻子的情人，却在法庭上以"暂时性精神失常"辩护成功，无罪释放。他成为美国历史上第一个在法庭上用"暂时性精神失常"进行辩护的人。内战爆发后，西克尔斯加入联邦军队并成为少将，其在战争中的表现也颇具争议。在葛底斯堡战役中，西克尔斯不听从指挥官乔治·米德的指挥，导致其部队损失惨重，自己也负伤并失去了一条腿。

89 岁高龄——我父亲逛了一个关于头部外伤的展览。

"看到脑浆喷出了吗？"他指着一张照片说，"那是脑疝。"另一张照片展示了一个因为头部被马踢成凹陷性颅骨骨折而死亡的士兵。

[383]　"伤口在一条主动脉上，他们不应该动手术的，"他看着照片诊断起来，"病人可能只是得了血栓。"

我们移步到一个展示内战时期外科手术工具的展台。"骨锯、锉刀、圆口凿、环锯，"我父亲一一列举出这些展品，"我以前用过一个叫哈德逊钻的东西，带曲柄，和这些人用的工具没有太大区别。"

不知道为什么，我小时候从来没有意识到，我的父亲从他的工作和内战外科医生的工作之间看到了些许联系，他从那些在华盛顿街头中枪的年轻人头中取出子弹，内战外科医生在伤兵的头上用环锯进行手术——他们做手术的医院和我父亲用了大半辈子的手术床只相隔了几个街区。现在回想起来，我意识到我们花了格外多的时间去研究《影像内战史》的第七卷，这一卷是专门讲战时医院的。

临近葛底斯堡战斗的地点，罗布在一栋红色的农舍前命令部队停止行军，让一名士兵去要水喝。一位白发女士开了门。面对聚在她前院的 40 个臭烘烘的叛军，她一点儿都不显得疑惑。"你们不是第一批来我家的南军，虽然上一次已经是很久以前的事了，"她说，"1863 年，杰布·斯图尔特的骑兵曾来过这儿。他们就睡在那边的磨坊。"

女士给我们指了水龙头的位置，然后回屋拿出来一些自制的土豆面包和几罐苹果酱。我们把水壶灌满，满怀感激地坐到草地上，狼吞虎咽地吃着不易消化的食物。对我来说，这是重演最主要的乐趣。它让我恢复了对简单事物的珍视：凉水、一片面包、一块阴凉地。

女士的一个孩子拿着照相机走出来。她扫视了一下人群，决定给包括我在内的一组士兵拍照。我往脸上抹了一些火药，摆了一个威猛的姿势。按下快门的那一刻，我想起了罗布和他的硬核伙计们第一次出现在我家门前路上的那个早晨。我给他们拿了饮料，呆呆地看着这些人，就像现在这些农民一样。

我们离开农场之前，罗布让一个副官写了个纸条："非常感谢您[384]的盛情款待。"然后，他把纸条放进一个内战的信封里，又往里放了一张五元的邦联货币，然后把信封放在了农舍门口。效仿着他所扮演的人物，罗布宣布："我们只向武装分子开战。"李在战争期间曾命令叛军部队，任何从北方农民那里得到的军需品都必须付钱购买。①

行军的最后几英里，我们沿着一条旧铁路的碎石路堤行进。我的双脚疲惫，而且还穿着不合脚的鞋，踩在碎石上感到很痛苦。枕木上的沥青渣子在冒泡，热浪在前方闪烁。毫无遮蔽的铁路似乎永远没有尽头。

当然，这都是罗布计划好的。"这是观光路线，孩子们。"他向哼哼唧唧的士兵们喊道。一个人脱下鞋子去查看脚上的水泡，他带的鸡挣脱束缚，蹦蹦跳跳地跑下路堤。"向逃兵开枪！"有人喊道。但是，没人有力气去追它，鸡逃进了树林里。罗布摇了摇头，说："硬核的鸡。"

整个夏天，我都在筛选和整理自己在长期的内战漫游中所积攒下

---

① 1863 年年中，李决定进军北上，以威胁华盛顿和减轻弗吉尼亚州的压力。进入北方领土之后，他于 1863 年 6 月 27 日发布了《第 73 号训令》（General Orders No.73），向部队强调不允许骚扰和洗劫北方的普通民众。罗布所说的"我们只向武装分子开战"正是《第 73 号训令》中的一句话。

来的笔记。旅行已经进入了第二年，最终把我带到了 15 个州。但是
在旅途中，我意识到想要全面地探索南部对内战的痴迷，估计需要花
几辈子的时间。我仅设法简短地涉足了老邦联的外围地区——北佛罗
里达、阿肯色、路易斯安那、东得克萨斯——并没有到达我做梦都想
造访的那些更遥远的前哨地带，包括巴西在内，名叫"不和解者"的
一群死硬派叛军战后在巴西建立了一个殖民地。他们的后代至今还会
庆祝一年一度的"邦联日"（confederado festa），以纪念他们的叛军
祖先。

最终，我的旅行集中在了核心的几个邦联州。从卡罗来纳低地地
区到密西西比河三角洲，再到谢南多厄河谷，我经常听到人们表达着
同样的情感。每到一处，人们都会谈起他们在战争中失去的家人和财
富；谈起他们的怀旧之情，怀念南部作为一个紧密结合的整体去维护
基督教价值和农业生产方式的时代；最频繁提及的是，他们对诸如
[385] "石墙"杰克逊、罗伯特·E. 李和内森·贝福德·福瑞斯特等传奇人
物的崇敬之情。"那是我们的荷马时代，"罗伯特·佩恩·沃伦这样描
写内战，"英雄人物冉冉升起的样子只比神稍微差了一点。"

在现实中，他们根本不是神，这一点却使他们更能激发人们的兴
趣。我读得越多，就越认识到大理石雕像上的南方神话人物通常都是
自傲和小气的人，他们会因为斗嘴，甚至是相互决斗，伤害到他们共
同的大业。北方将军们甚至更差，无论在战场上还是战场外。丹尼
尔·西克尔斯在葛底斯堡（在他自己造成的愚蠢战术行动中）丢掉腿
的几年之前，在华盛顿的街头射杀了妻子的情人。西克尔斯用美国历
史上第一个成功的"暂时性精神失常"辩护而免于罪责。然后他与妻
子重归于好。很难想象西克尔斯——或者格兰特（一个酗酒者），或

者谢尔曼（疑似精神失常），或者"石墙"（同上）——能在今天没有任何光环加持的军队中上升到最高层。

内战，如同我在无数的战场看到的那样，还标志着从旧骑士精神下的战斗向现代无差别和工业化屠杀的转变。沃克·珀西曾写道："（内战是）最后一场个人的战争，个人的足智多谋不仅对他自己来说算些什么，还有可能影响整个战局。"不仅对于将军们来说这是事实，对于像杰迪代亚·霍奇基斯（Jedediah Hotchkiss）这样的人也是。他是一位地理学家和地图制作者，在策划几次南军最成功的行动之前，他都会跋山涉水去调查敌军的位置。今天，同样的任务是由间谍卫星和无人机完成的。

在另一个基本方面，内战也是由人来测量的。绝大多数时候，战斗都发生在前工业时期田园牧歌式的地方。整个战役胜负的关键往往在于士兵们一天能走多少英里的路，他们能给马匹收集多少草料，人和动物能忍受多热或者多冷的气温。士兵和领导者也把他们的经验限制在了栩栩如生的农村景象中。杰斐逊·戴维斯曾害怕把征兵的年龄降低到 17 岁会"把国家的玉米种子给磨碎了"。1864 年，格兰特在命令谢里登去劫掠谢南多厄河谷的农田时说："今年飞过河谷的乌鸦必须自带食物了。"①

然而，正是新科技才使内战的浪漫和乡土气息为人所知。没有照[386]片，叛军和北方佬就会和独立战争时期的民兵和黑森人②一样让现代

---

① 1864 年，菲利普·谢里登成为波托马克军团的骑兵总司令，率军在谢南多厄河谷击败了敌军，并且彻底摧毁了这一地区的经济基础设施，首先在内战中实施了"焦土"政策。

② 在美国独立战争期间，英国雇了大约三万名德国雇佣兵来帮助北美战场上的英军。这些雇佣兵大多数来自黑森-卡塞尔大公国（State of Hesse-Cassel），因此这些雇佣兵被美国人称为黑森人（Hessians）。

美国人感到疏远。19世纪40年代和50年代残存下来的银版照片大多数是呆板的室内个人照。所以在我们自己的历史中，内战是可以深入研究的最远的时期，它给我们带回来了符合现代观看方式的自然的画面。

但是，时间旅行和怀旧，还有罗伯特·佩恩·沃伦所说的"扶手椅杀戮欲"只能解释这么多了。[①] 对我遇到的许多南方人来说，纪念内战已经变成了他们用以对抗现代性的护身符，变成了他们反动政治的情感杠杆。新南军甚至已经把他们的文化战争带到了网络上，在名叫 DixieNet、CSAnet（"南方的电子之声"）和 Propreble（"电子南军"）的网站上。

尽管我对这些顽固守旧的叛军几乎感觉不到任何意识形态上的联系，但我承认，他们在一点上是对的。引起内战的问题——特别是种族问题——仍然没有得到处理和解决。还有战争提出的宏大问题也一样没有得到解决：美国会保持统一吗？在1861年，这是一个区域性的困境，今天则是全国性的。但在社会上和文化上，沿着阶级、种族、民族和性别的界限，美国有足够多的分离主义和不统一的迹象。普通人在普世的原则下——甚至是在同一门语言之下——联合起来，这个概念在我的有生之年变得比任何时候都更加有争议。

但是，尽管我的旅行让我在一定程度上理解了其他人对内战的迷

---

① "扶手椅杀戮欲"原文是"armchair blood-lust"，也可翻译为"不付诸实际行动的杀戮欲"。罗伯特·佩恩·沃伦的意思是内战的历史为人们内心的杀戮欲望提供了一个宣泄的渠道，所以有一部分人对内战着迷是因为他们想通过研究、纪念甚至重现内战来满足自己心中的杀戮欲。

恋，我仍然很奇怪地感到无法去解释我自己对内战的着迷。一个心理分析学家会毫无疑问地告诉我，我把内战与童年时期和父亲一起读书的夜晚联系了起来。他是一个工作狂，其他的时间都不在我的生活里。但是，不知道为什么，这并不能完全解释我在旅行时，冲刷着我的那种深深的、几乎是精神上的满足感：在卡罗来纳的一个图书馆研究南军的花名册时，在奇克莫加用手抚摸蛇形栅栏时，把脚趾伸进拉皮丹河时。偶尔，人们在谈起他们对内战的热情的同时，也部分阐释了我的热情。我回想起迈克·霍金斯，北卡罗来纳州那个有书卷气的纺织厂工人，他在读历史书的时候，会感到仿佛"离开了一段时间"。或者是琼·韦尔斯，查尔斯顿的南军博物馆馆长，她在一个死去的鼓手男童留下的鼓槌里看到了战争无法形容的恐怖。[387]

然后是吉米·奥尔格斯，罗布和我在"全面内战"中遇到的弗吉尼亚店主。"你不会去想念你未曾拥有过的东西，"他这样描述他自己和南方这片土地的纽带，"如果你从未拥有过它，你就不知道它到底是什么。"我对内战的依恋正是如此的感受。内战是我"曾经拥有过"的东西，就像近视或者男性脱发一样，是我身上的一种天生的特性，一方面是从我父亲那里遗传的，另一方面是从我的外曾祖父艾萨克太姥爷那里遗传的。内战给我带来的快乐难以用语言形容，至少难以用同道上瘾者之外的人能听懂的语言来形容。

"你说的是一种时代的快感，"在向葛底斯堡行军的最后一英里，当我试图去解释这一切时，罗布这样对我说，"你一直有快感，只是你意识不到。"

可能他是对的。不过话说回来，在篝火旁贴身拥抱睡觉时，或者是在寒冷的弗吉尼亚河边瑟瑟发抖地站岗时，我很少能感受到罗布和他的朋友们所描述的那种时代的快感。我小时候，内战形成了一个幻想的世界，我可以用画笔进入，或者用紧握住的一根木棍进入，把它想象成一支毛瑟枪就行了。在某种程度上，我的旅行是为了去试着重新发现年少时的那种兴致勃勃的感觉。但是，儿时的幻想一直与成年的现实碰撞——这种现实包括我无趣的成年想象力和纪念内战不断引起的那些令人不安的成年人问题。

尽管如此，我还是在这里，肩上挂着一只活鸡，行军去葛底斯堡。当然，罗布的狂热比我严重得多。但是，当我问到他痴迷的来源时，他变得异常地结结巴巴。

[388] "跟你一样，我想，我也解释不清，"他说着，把柳条壶里的蜂蜜酒倒掉，"我的意思是，我对下半辈子穿什么衣服一点儿都不在乎，但是在重演中，我非常看重我穿的衣服。就好像，我在寻找圣杯，只是它不是一个杯子，它是一身灰色的衣服，有着恰到好处的染色和数量刚刚好的走线。"

在下午早些时候，我们到了葛底斯堡重演的地点。罗布安排了一个军乐队来迎接我们，我们在《迪克西》的音乐声中走过拿着摄像机和傻瓜相机的密集围观人群，行军进入战场。

大炮开始打响，有个人通过扬声器宣布战斗马上就要开始了。这是在提示我们离开战场。罗布和他的追随者们很少打仗了；没有子弹的战斗必定缺少真实性。硬核重演者们更喜欢黑暗中行军和读家信这些没有污点的经历。

所以，部队撤退到附近一个场地安营扎寨。我把鸡给罗布，告诉他我必须回家了。"明天回来参加返程的行军，"他说着，重重地坐在地上，宽宏大量地放开了鸡，"带着长了一天的水泡行军，会把你带到更高的境界。"

但是，我在晚上决定我不会回来了，至少在很长一段时间内不会了。杰拉尔丁和我们三个月大的宝宝在等着我。夜晚行军时，我会想他们，还会因为离开他们来玩内战而感到内疚。是时候把孩子气的东西放在一边了，至少要等到我自己的孩子长到也可以玩这些东西的年龄。

我沿着山脊向南行驶，这条山脊从宾夕法尼亚州南部一直延伸到我在弗吉尼亚的家，与李的军队从葛底斯堡撤退的路线平行。在落日时分跨过波托马克河，想象着疲惫的叛军蹚过河流，我感到了在过去的几年中经常洗刷我的那种梦幻般的满足感。

几天前，读着罗伯特·佩恩·沃伦写的关于内战的文章，我读到了几句感同身受的话。"内战爆发时，我国很高比例的人口甚至还不在这个国家。这并不是说他们就没有资格去感受内战那种富有想象力[389]的魅力。事实上，去感受这种魅力正是成为美国人的仪式。"

读着这句话，我在想是否"成为美国人的仪式"能够帮助解释为什么我的外曾祖父会在19世纪80年代刚刚抵达美国不久就去买了一本内战书。作为一个在美国没有家人的流亡者，他必定感到特别迷茫。他在阿波马托克斯投降仅17年之后就到了这里，那个时候，人们对内战还保持着鲜活的记忆。艾萨克太姥爷身上有博学的犹太教祭司的血统。或许他感到内战历史是一本美国的犹太法典，它能解锁这片他选择移居的土地的秘密，能让他感到成为其中的一分子。

再或者是，就像如今很快就迷上了体育队或者流行文化明星的年轻移民一样，他被内战所吸引，是因为它是一个可以代表公民身份的徽章。再者，也可能是他在血汗工厂的某个工友曾在纽约军团作战，他用战争故事激起了艾萨克太姥爷对内战的兴趣。

但是，当我跨过波托马克河驶入弗吉尼亚的山丘地带时，我感到沃伦的话对我同样适用。因为在美国缺少很深的家族根基，我开始在这片大陆上感觉像家的地方种下我自己的根。这不是我计划的，至少我没有有意识地去计划。但是，用沃伦的话说，我与内战风景的关系有一种仪式的特征，无论是葛底斯堡的田地或是安蒂特姆的伯恩赛德桥，再或者是什么小的乡村景色——一堵歪石头墙、一座老公墓、一栋简单的木屋——那些我沿着乡村道路开车时瞥到的景色。从儿时起，我就感到了与这些地方深深的联系，首先是通过和我父亲一起学习神圣的文本，然后是通过我尝试去复制这些地方的努力。我复制的作品就像是中世纪的彩玻璃，存在于我阁楼房间的墙上和我写的内战史草稿中。

原来，我的澳大利亚籍妻子在这里也有根。她在研究自己家族历史的时候，发现了一个家谱和一张她的美国籍高祖父的模糊照片，他在照片里戴着一顶帽子，看起来像是内战时期的军便帽。我和罗布一 [390] 起去国家档案馆，发现杰拉尔丁可能有几位曾在新英格兰军团服役的祖先，他们在弗吉尼亚参加过战斗。

这并没有给杰拉尔丁燃起周末跑去马纳萨斯的热情。但是她同意给我们刚刚养的狗起名为"夏洛"。在我侃侃而谈地聊起内战时，她也不再故意夸张地打哈欠了。但是，杰克逊在钱斯勒斯维尔战役中受到致命伤的周年纪念日，我们的儿子出生了，这时杰拉尔丁划出了她的底线。我们的儿子不能被起名为"石墙"，或者是任何其他罗布建议的弗吉尼亚籍将领的名字：朱巴尔、莫斯比、阿什比、阿米斯特德。[①]

我们选择了更早期的另一个传奇人物：詹姆斯·费尼莫尔·库珀笔下的冒险家纳蒂·班波。[②] 整个夏天，杰拉尔丁边照顾纳蒂边听《最后的莫西干人》的电影原声带，梦想着有一天他会像猎人班波那样，穿着鹿皮鞋和马裤在丛林里奔跑。[③]

至于我，我有一个不同的幻想。楼上为我们儿子预留的卧室有老木梁和斜面天花板。墙面急需重新粉刷。或许等纳蒂长大一些，他可以自己装饰墙面。书架上的几本旧书或许能给他一些灵感。

---

① 阿什比，即小特纳·阿什比（Turner Ashby, Jr., 1828—1862），南军骑兵指挥官。阿米斯特德（Armistead），即路易斯·阿米斯特德（Lewis Armistead, 1817—1863），南军准将，在葛底斯堡战役的"皮克特冲锋"中受到致命伤，两天后去世。

② 詹姆斯·费尼莫尔·库珀（James Fenimore Cooper, 1789—1851），19 世纪前期美国的著名作家。他的小说主要描写 17 世纪至 19 世纪的美国边疆和印第安人的生活场景，在美国文学史中别具一格。纳蒂·班波（Natty Bumppo）是库珀的小说《皮袜子故事集》（*The Leatherstocking Tales*）五部曲中的主人公，是一个由印第安人抚养长大的白人男子。小说中他有许多别名，如鹰眼、探路者、猎鹿人或者皮袜子。总体来讲，他是一个拥有许多技能的英雄式猎人和战士。

③ 《最后的莫西干人》（*Last of the Mohicans*）是于 1992 年上映的美国电影，改编自詹姆斯·费尼莫尔·库珀的同名小说，此小说也是《皮袜子故事集》五部曲之一。电影中的主人公为"鹰眼"纳蒂·班波。

致谢

  我对以下诸位表示感谢，没有他们的帮助，写这本书会困难许多，也会少很多乐趣。苏·柯蒂斯和艾德·柯蒂斯，感谢他们把我引见给南军老兵之子、南军之女联合会、邦联儿童会和南军之猫。约翰·谢尔顿·里德，感谢他对南方的才思与智慧，我从中吸取良多。约翰·科斯基，邦联博物馆里最无价的珍宝。大卫·古德温，一位来自南肯塔基的勇敢灵魂与密友。布鲁斯·李·多比和劳拉·李·多比，田纳西州最热情的主人。罗伯特·罗森，卡罗来纳低地地区的一位绅士和学者。还有其他因为数量太多而无法一一提及的人们，他们都证明了南方是多么应该享有好客的美誉。

  我还对我的电子邮件笔友表示感谢——小龙虾、彼得·阿普尔博默、沃尔夫冈·霍克布鲁克——他们无比慷慨地分享了自己的研究。还有任何作家都希望拥有的最好的评论家团队：杰拉尔丁·布鲁克斯、埃莉诺·霍维茨、乔希·霍维茨、克里斯·达尔、布莱恩·赫尔、迈克尔·刘易斯和彼得·格鲁斯克。你们所花费的时间没有被忘记。

索引

（索引页码为原书页码，即本书边码。）

图书在版编目(CIP)数据

阁楼里的南军:未结束的美国内战现场报道/(美)托
尼·霍维茨著;宋思康译. —北京:商务印书馆,2023
(公众史学译丛)
ISBN 978 - 7 - 100 - 22465 - 9

Ⅰ.①阁… Ⅱ.①托… ②宋… Ⅲ.①新闻报道
作品集—美国—现代 Ⅳ.①I712.55

中国国家版本馆 CIP 数据核字(2023)第 094788 号

权利保留,侵权必究。

公众史学译丛
阁楼里的南军:未结束的美国内战现场报道
〔美〕托尼·霍维茨(Tony Horwitz) 著
宋思康 译

商 务 印 书 馆 出 版
(北京王府井大街36号 邮政编码100710)
商 务 印 书 馆 发 行
北京艺辉伊航图文有限公司印刷
ISBN 978 - 7 - 100 - 22465 - 9
审 图 号:GS (2023) 2154 号

2023 年 11 月第 1 版　　　开本 880×1230　1/32
2023 年 11 月北京第 1 次印刷　印张 17⅜
定价:108.00 元